中国现当代文学学科

『山师学人』研究资料丛书

李宗刚　魏建　等　著

山东师范大学中国现当代文学学科发展侧记

山东人民出版社·济南

国家一级出版社　全国百佳图书出版单位

图书在版编目（CIP）数据

　　山东师范大学中国现当代文学学科发展侧记 ／ 李宗
刚等著． —— 济南：山东人民出版社，2024．9． —— ISBN
978-7-209-14014-0

　　Ⅰ．Ⅰ206.6

　　中国国家版本馆 CIP 数据核字第 20248MW253 号

山东师范大学中国现当代文学学科发展侧记
SHANDONG SHIFAN DAXUE ZHONGGUO XIANDANGDAI
WENXUE XUEKE FAZHAN CEJI

李宗刚　魏建　等 著

主管单位　山东出版传媒股份有限公司
出版发行　山东人民出版社
出 版 人　胡长青
社　　址　济南市市中区舜耕路517号
邮　　编　250003
电　　话　总编室（0531）82098914
　　　　　市场部（0531）82098027
网　　址　http://www.sd-book.com.cn
印　　装　山东新华印务有限公司
经　　销　新华书店

规　　格　16开（169mm×239mm）
印　　张　26
字　　数　388千字
版　　次　2024年9月第1版
印　　次　2024年9月第1次
ISBN 978-7-209-14014-0
定　　价　88.00元
　　　　　如有印装质量问题，请与出版社总编室联系调换。

总序

"中国现当代文学学科'山师学人'研究资料丛书"的缘起

李宗刚

　　"中国现当代文学学科'山师学人'研究资料丛书"是一套旨在呈现山东师范大学（原名为山东师范学院，以下简称"山师"）中国现当代文学研究和资料梳理发展脉络的丛书。该丛书分为学科著名学者的研究资料和学科著名学者的研究著作两部分。研究资料不追求体例上的一致性，而是根据每部作品的具体情况确定其体例——这样的妙处在于使每部作品的个性完整地保留下来。尽管每部作品的体例有所差异，但其价值指向是一致的，那就是呈现或还原学科的整体风貌，为读者了解山师中国现当代文学学科提供便利。

　　近年来，学界对学术史、学科史予以特别关注，已经有人着手编写著名学者的研究资料，这与作家研究资料一样，对我们从整体上了解研究对象具有积极作用。基于此，我也萌发了编写山师中国现当代文学学科教师研究资料的想法。那么，如何来命名这套丛书呢？起初命名为"山东师范大学中国现当代文学学者研究资料丛书"，这样命名的好处是比较周正，但缺少一种鲜活的气息；后改为"山师现当代文学学者研究资料丛书"，这样命名的好处是比较简便，但指代性不够准确；后来，将其命名为"中国现当代文学学科'山师学派'研究丛书",这样命名的好处是通俗明了,不足是有些人对"山师学派"的说法心存疑惑——山师的中国现当代文学研究团队称得上"学派"吗?在"朱德发及山师学术团队与现代中国文学学术研讨会"上,多位专家在其发言或论文中使用了"山师学派"这一概念。其实,无论依据工具书上关于"学派"的定义,还是依据人们对"学派"的理解,中国现当代文学研究界的"山师学派"早就存在了,其正式出现的时间可追溯到60多年以前。刘增人教授总结了山师中国现当代文学学科的学术贡献和学术特色的三大传统,可视为"山师学派"的重要根据:一是"源远流长的中国现代文学史撰写实践与理论升华";二是"延绵不绝且逐步深入的史料发掘整理";三是"已成系列的鲁迅与中国现代著名作家研究"。魏建教授还对"山师学派"三部分组成人员的情况进行了限定:一是山师中国现当代文学学科团队中传承和发扬该学科学术传统的团队成员,二是在外单位工作、由山师中国现当代文学学科培养的传承和发扬该学科学术传统的研究生、本科生等各类学生,三是与山师中国现当代文学学科发生密切联系并传承和发扬该学科学术传统的学科周边成员。

　　客观地讲,从《现代汉语词典》对"学派"的解释来看,"学派"指"同一学科中由于学说、观点不同而形成的派别"。据此,我们可以这样理解:同一"学派"应该是在同一学科中"学说""观点"相同。按照这一解释来看,任何一所大学的中国现当代文学研究都无法称得上"学派",一个人在不同时期的观点会有所变化,更何况不同的人在不同时期的观点呢?但是,细加考察便会发现,这些处于同一物理空间的学者,他们的观点尽管不甚相同,他们产生的不同观点却具有某种共同的学术背景,哪怕是身处对峙的阵营,也在某种程度上标示出他们的观点是以对峙一方观点的存在为前提的。从这样更为宽泛的意义上来理解"学派",我们便可以把曾经处于同一物理空间的学者视为一个有机的学术共同体。这样一来，我们便确定把这套研究资料丛书命名为"中国现当代文学学科'山师学人'研究资料丛书"。

从历史发展来看，山师尽管是一所省属师范院校，但其中国现当代文学学科在全国具有较大的影响。早在1952年，这所学校便设立了由八位教师组成的现代文学教研组，形成了由田仲济先生领衔的中国现代文学教学和研究队伍。1954年，由中央人民政府高等教育部和中央人民政府国家统计局批准，山东师范学院开始招收中国现代文学专业的研究生，由此该学科成为全国屈指可数的几个中国现代文学研究生招生单位之一；1955年，首批研究生入学；1981年，获得中国现代文学首批硕士学位授予权；1989年，中国现代文学专业更名为中国现当代文学专业；1998年，获得中国现当代文学专业博士学位授予权；2007年，被评为国家重点学科。这使得一所省属师范院校凭借其中国现当代文学学科而获得全国其他高校的认可。当然，该学科之所以得到学术界的认可，主要缘于第一代学者田仲济、薛绥之、冯中一等前辈在学科建设初期的筚路蓝缕之功，得力于第二代学者朱德发、蒋心焕、宋遂良、吕家乡、袁忠岳、查国华、韩之友以及在1986年便调离学科的冯光廉等学者在学科建设中期激流勇进的提升之功，得力于新世纪以来的魏建以及已调离学科的吴义勤、张清华等学者在学科建设上的延展之功。

多年来，"山师学人"在学术园地里辛勤耕耘，为我们奉献出了一批丰硕的学术研究果实，为山师现当代文学学科的发展做出了卓越贡献。学术界对山师中国现当代文学学科的成就给予了充分肯定，本学科向全国输送了一大批从事文学研究的优秀学者。

站在新时代的起点上，我们回望中国现当代文学学科走过的70多年历程，越发觉得有必要对学科的历史做一系统的梳理，这也恰是我策划和组织这套研究丛书的目的之所在。"山师学人"的第一代学者和部分第二代学者已经离开了我们，我们这批第三代学者也不再年轻，这正是我们作为学科历史的链条发挥"承前启后"作用的关键时期。

其实，从学术研究的规律来看，重要的不在于怎样命名，而在于怎样行动。我们通过对山师学者研究资料的编写和研究成果的呈现，能够为山师中国现当代文学学科做一点实实在在的工作，为从事学术史和学科史研究的学者提供获取原始文献资料的便利，便没有辜负学科前辈学者把这份事业托付给我们的深切期望，并完成了我们应该完成的任务。

我们热切地期盼着，"中国现当代文学学科'山师学人'研究资料丛书"犹如植根于山师这方沃土的一棵大树，再次迎来枝繁叶茂的好时节！

目录

＼＼＼＼＼ 第二编 ／／／／／／

第一、第二代"山师学人"研究文选

///////// 第三编 /////////

山师现当代文学学科与学人

第一编

山师现当代文学学科
历史回顾

中国现代文学期刊研究与学派传承

——以"山师学派"为例

魏 建

  期刊因中国社会由古代向现代的转型而诞生，随着中国现代化的进程而发展。其中文学类期刊，从 1872 年《瀛寰琐记》问世算起，已经走过 140 多年的历程。这些文学类期刊，既是研究中国近现代文学的宝贵史料，也是中国近现代文学本体的重要组成部分。既然大家认可五四以后中国的新文学开启了一个"社团文学时代"，那么更应该认可早在五四以前中国文学就已经形成了一个"报刊文学时代"。从这个意义上说，文学期刊应该是与作家作品、文学社团、文学流派等同样重要的，研究 20 世纪中国文学历史发展的基本单元之一。然而，与作家作品、文学社团、文学流派等研究对象相比，学术界对中国现代文学期刊的研究是很不够的，已有的成果也主要限于文献学领域。若要深化对这一课题的研究，也许应该从总结中国现代文学期刊整理和研究的历史经验开始，其中，学派传承就是值得总结的重要历史经验之一。

一

  先说什么是"学派"。《现代汉语词典》中对"学派"的解释是："同一学科中由于学说、观点不同而形成的派别。"[①] 一般人理解的"学派"，内涵有深有浅，外延有宽有窄，使用中更是见仁见智。就笔者所见，彭定安先生所

---

① 中国社会科学院语言研究所词典编辑室：《现代汉语词典》(第七版)，北京：商务印书馆 2016 年版，第 1488 页。

做的界定更符合多数人心中的"学派"。他说:"一个学派的形成,大体上需要这样一些条件:有一二位具有学术成就、学术威望、为'众星所供'的学术带头人;有一个学术方向与理论见解大体一致而又各有所长的学术团队与梯队;他们具有原创性理论贡献、已经形成一种为学术界大体认可的理论体系和学说;有一批在文化学术界具有广泛影响的著述,其中有几本或几篇代表作。"①

五四以前,中国学术界学派林立,虽不乏唯我独尊式的门户偏狭,却也有相互竞争的发展动力和学术张力。若干年后,大多数学派逐渐萎缩,甚至消失,只有很少的学派依稀尚存,如章黄学派在北京师范大学汉语言文字学学科的承传等。至于中国现代文学研究界是否存在学派,专家们是有不同意见的②。但是,历史发展的事实告诉我们,学术发展需要走学派化的道路。正如文学艺术发展到一定程度必然会出现流派纷呈的"百花齐放"局面,同样,学术发展到一定程度,也应该出现学派纷呈的"百家争鸣"的景观。所以,近年来国内有影响的高校纷纷提出了打造"××学派"的旗号,我听说的就有"北大学派""复旦学派""南京大学学派""南开学派""吉大学派""山大学派""武大学派""北师大学派""岭南学派"等。虽然山东师范大学(简称"山师",包括原山东师范学院)的地位并不能与这些名校相比,但许多专家认为在中国现当代文学研究界确有"山师学派"的存在。特别是在2014年9月举行的"朱德发及山师学术团队与现代中国文学学术研讨会"上,多位专家在发言中和论文里使用了"山师学派"这一概念。其实,无论依据"学派"的工具书定义,还是依据人们对"学派"的理解,中国现当代文学研究界的"山师学派"早就存在了,其正式出现的时间可以追溯到60多年以前。

1954年8月,当时的中华人民共和国中央人民政府高等教育部和国家统计局正式发文,批准山东师范学院招收中国现代文学专业的研究生。③与这一

---

① 彭定安:《答〈东方论坛〉编者问》,《东方论坛》2009年第4期。
② 冯光廉:《中国现代文学研究至今无学派》,《中国社会科学报》2014年8月1日。
③ 《中华人民共和国中央人民政府文件·1954年8月25日〔54〕统字第104号》,山东师范大学档案馆。

文件同时被批准招收中国现代文学专业研究生的，还有北京大学等另外三所名校。这四所高校的中国现代文学学科，应是我国在这一领域的第一批教学和科研重镇。60多年过去了，有多所高校的中国现当代文学学科后来居上，形成新的中国现当代文学领域的教学和科研"高地"。无论其他"高地"的地位发生了怎样的变化，山师学派都从未受到学界的轻视，如有的专家所说："在国内学术界，提到中国现代文学学科，必定会提到山东师范大学。山东师大的现代文学学科是全国起步很早、人才济济、很有影响的学科，是我国中国现代文学学科的主力军和光荣。"① 该团队拥有"全国人数最多、门类最齐的强大阵容"②。到20世纪80年代初期，山师学派已经形成具有自己特色优势的研究方向和学术传统。刘增人教授将山师中国现代文学学科的学术贡献和学术特色总结为三大传统：一是"源远流长的中国现代文学史撰写实践与理论升华"，二是"延绵不绝且逐步深入的史料发掘整理，为中国现代文学学科建设提供了坚实的基础"，三是"已成系列的鲁迅与中国现代著名作家研究"。③

所谓"山师学派"，应该是由三部分人组成的：一是山师中国现当代文学学科团队中传承和发扬该学科学术传统的团队成员，二是在外单位工作、山师中国现当代文学学科培养的传承和发扬该学科学术传统的研究生、本科生等各类学生，三是与山师中国现当代文学学科发生密切联系并传承和发扬该学科学术传统的学科周边成员。那么山师学派的学术传统是什么？

二

山师的中国现当代文学学科（以下简称"本学科"）创建于1952年。第一代学科带头人是著名学者田仲济先生。早在1947年田仲济先生就出版了

---

① 吕进：《山东师大在新时期的新诗研究》，《山东师范大学学报（人文社会科学版）》2015年第4期。

② 丁帆：《贺信》，载魏建等《拓展现代中国文学研究的新格局——朱德发及山师学术团队与现代中国文学研究学术研讨会论文集》，济南：山东人民出版社2016年版，第20页。

③ 刘增人：《对山东师大中国现代文学学科三大传统的印象》，载魏建等《拓展现代中国文学研究的新格局——朱德发及山师学术团队与现代中国文学研究学术研讨会论文集》，济南：山东人民出版社2016年版，第317—373页。

《中国抗战文艺史》（署笔名"蓝海"），被尊为大陆中国现代文学学科的奠基人之一。到 20 世纪 60 年代初期，本学科团队成员已超过十人，初步形成刘增人教授总结的三大研究方向：中国现代文学史的编写和研究，中国现代文学文献史料的搜集整理和研究，鲁迅及中国现代著名作家研究。在这三个研究方向中，最先引起学界瞩目的是中国现代文学文献史料研究方向，最先获得学界好评的是本学科编撰的一套丛书和一本目录。一套丛书指《中国现代作家研究资料丛书》（包括《中国现代作家研究资料索引》《中国现代作家研究资料索引》《中国现代作家小传》），以及郭沫若、茅盾、巴金、老舍、曹禺、赵树理、夏衍、李季、周立波、杜鹏程等十几位现当代作家的研究资料汇编。该汇编包括这些作家的生平资料、其作品的研究和评论资料，作家谈自己的思想、生活和创作的文章等，并附有作家的著译年表或著作年表。一本目录指本学科整理的《1937—1949 年主要文学期刊目录索引》。本学科完成的以上文献史料研究成果被后人称为"中国现代文学文献史料研究的奠基之作"，还有人称其"完全可以看作新时期由中国社会科学院文学所主持的大型史料丛书'中国现代文学史资料丛书'甲、乙、丙编的雏形"①。其中《1937—1949 年主要文学期刊目录索引》一书，是 1959—1960 年本学科前辈学者薛绥之等人编纂完成的，1960 年以"山东师范学院中文系"之名内部出版。该书虽然只收录了《人世间》等 30 种文学期刊的目录及发刊词，却是对中国现代文学期刊进行集中整理的最早成果。

"十年浩劫"期间，中国现代文学研究几乎停滞，但本学科的前辈还是克服各种困难，编印出了《鲁迅主编及参与或指导编辑的杂志》一书，署名"山东师院中文系现代文学教研组"，以"《山东师院学报》资料丛书"的名义出版发行。该书对鲁迅编辑过的《新青年》、《语丝》、《莽原》、《波艇》、《未名》、《奔流》、《朝华周刊》、《朝华旬刊》、《萌芽月刊》、《文艺研究》、《巴尔底山》、《五一特刊》、《前哨》（《文学导报》）、《十字街头》、《文学月刊》、《译文》、《海燕》等 17 种期刊逐一撰写了简介，收录

---

① 刘增人：《对山东师大中国现代文学学科三大传统的印象》，载魏建等：《拓展现代中国文学研究的新格局——朱德发及山师学术团队与现代中国文学研究学术研讨会论文集》，济南：山东人民出版社 2016 年版，第 373 页。

了各刊各期目录和这些期刊的发刊词、本志宣言、出版预告、重要文章、征稿启事、终刊词、复刊词、启事、例言、前记等相关文献史料。据笔者所见，这是"文革"十年间仅有的一项文学期刊方面的学术著作。

天津人民出版社 1988 年出版的《中国现代文学期刊目录汇编》，是本学科团队在中国现代文学期刊整理与研究方面最重要的学术收获。该书隶属于中国社会科学院文学研究所主持的国家"六五"哲学社会科学重点项目"中国现代文学史资料汇编"（丙种）中的"中国现代文学书刊资料丛书"之一，北京大学中国现代文学学科和山东师范大学中国现代文学学科共同承担这一课题的编纂工作，北京大学负责上册，山东师范大学负责下册。上册是 1915—1936 年 6 月创刊的 170 种期刊（另有附录 2 种），主要作者是北京大学的唐沅、封世辉、孙庆升。乐黛云、袁良骏、商金林等也参加了部分编纂工作。下册是 1937—1948 年 12 月创刊的 106 种期刊（另有附录 2 种），作者是山东师范大学的韩之友、舒欣、顾盈丰。全书收录了从 1915 年《青年杂志》创刊起到 1948 年年底创刊的《华北文艺》，共 276 种期刊。"其中绝大部分是文学期刊，也酌情选收了一部分与中国现代文学关系密切的综合性文化刊物。"①虽然该书前言特别说明"在选编过程中参考了原山东师范学院中文系内部出版的《1937—1949 年主要文学期刊目录索引》"②，实际上山东师范大学负责的下册在以下几个方面大大超越了 1960 年内部出版的《1937—1949年主要文学期刊目录索引》。其一，在收录期刊的数量上增加了接近 80 种；其二，详细考证了这 100 多种期刊的创刊、休刊、复刊、终刊的时间；其三，补充、整理、考证了这 100 多种期刊的编辑、撰稿、出版、印刷、发行等基本情况；其四，补充、完善了这 100 多种刊物的目录；其五，增加了这 100多种期刊的作者索引、期刊馆藏索引、期刊基本情况一览表等资料；其六，撰写了具有较高学术含量的每一种刊物的简介。《中国现代文学期刊目录汇编》出版后，受到中国现代文学研究专家的交口称赞，至今仍是许多学者经常查阅并高度信赖的著作，被称为中国现代文学期刊研究史上的一座里程碑。

---

① 唐沅、韩之友等编：《中国现代文学期刊目录汇编》，《前言》，天津：天津人民出版社 1988 年版。
② 唐沅、韩之友等编：《中国现代文学期刊目录汇编》，《前言》，天津：天津人民出版社 1988 年版。

本学科团队成员不仅先后推出了《1937—1949年主要文学期刊目录索引》《鲁迅主编及参与或指导编辑的杂志》《中国现代文学期刊目录汇编》等著作，还发表了许多有关中国现代文学期刊研究的学术论文，如查国华的论文对茅盾所编辑期刊的研究，张桂兴的论文对老舍所编辑期刊的研究，魏建的论文对《创造》季刊、《创造周报》等期刊的研究，洪亮的博士学位论文对国民党官办文艺或文化刊物的研究等。近年来，本学科重大项目"20世纪中国文学主流"《历史档案书系》的作者，在整理和研究原始文学期刊的基础上也写出了一些有关文学期刊研究的学术论文，有的已经发表，有的将陆续发表。

近十几年来，本学科研究中国现代文学期刊的传统在山东师范大学中国现当代文学专业博士、硕士研究生那里得到传承，研究领域不断拓展和深入。包括：周海波的博士学位论文对民国时期报刊的综合研究，杨爱芹的博士学位论文对《益世报》副刊的研究，张勇的博士学位论文对前期创造社期刊的综合研究，管冠生的博士学位论文对1933年报刊的研究，邓招华的博士学位论文对西南联大文学期刊的研究，张梅的博士学位论文对晚清和五四时期代表性儿童文学期刊图像叙事的研究，陈志华的博士学位论文对《新青年》的研究，卢国华的硕士学位论文和博士学位论文对《晨报副刊》的持续研究，杨庆东的硕士学位论文对《小说月报》的研究，徐敬的硕士学位论文对《洪水》的研究，李瑞香的硕士学位论文对《文化批判》的研究，余琼、冯瑞琳、田任云对《新华文摘》"文学作品""文学评论"等栏目的研究，以及代飞飞的硕士学位论文对民国《红杂志》的研究等。

三

进入21世纪，中国现代文学期刊的整理和研究实现了大踏步的跨越。首先是2005年刘增人等纂著的《中国现代文学期刊史论》由新华出版社出版。这是第一部对中国现代文学期刊进行整体性、历时性研究的学术著作。2010年，由吴俊、李今、刘晓丽、王彬彬主编，南京大学、中国人民大学、北京师范大学、华东师范大学等高校研究生参编的《中国现代文学期刊目录新编》，由上海人民出版社出版，堪称中国现代文学期刊整理和研究的历史上又一部里程碑式的成果。《中国现代文学期刊目录新编》较之《中国现代文学期刊目录汇编》取得了以下明显的突破：收录期刊数量是后者的近2.4倍，由276种增加到657种。在期刊目录整理的基础上，对这657种期刊逐一进行介绍，既有对期刊基本情况的客观陈述，又有对其重要内容的学术归纳，如期刊的倾向、特色、作者构成、重要作品或文学活动，以及期刊的沿革、流变等。为方便读者查阅，该书编著者思考缜密，设想完备。另外，这部著作在空间上也有拓展和深入，比如对广西、"孤岛"、"沦陷区"等以往被忽视的特殊地域里文学期刊的分布情况，都做了比较详尽的著录。这部著作也是这一领域迄今为止字数最多的成果——有700多万字。《中国现代文学期刊目录新编》获得学术界称道还没几年，2015年，刘增人等编著的四卷巨著《1872—1949文学期刊信息总汇》出版了。它容纳的文学类期刊数量达到惊人的一万多种！时间跨度从1872年中国第一份文学期刊《瀛寰琐记》创刊到1949年9月底，共77年。这部著作详细考证了这一万多种期刊的刊名、刊期、创刊时间及地域、编辑人（所）、发行人（所）、印刷人（所）、休刊或复刊或终刊、主要栏目、主要撰稿人等各种元信息，具有搜罗完备、体例科学、便捷适用的突出特点。"搜罗完备"不仅指的是发掘出的文学类期刊数量暴增到一万多种，仅书中插图就空前地增加到1510幅。"体例科学"和"便捷适用"是联系在一起的：首先，对文学期刊的内涵与外延做出了更科学的界定；其次，在文学期刊名称的表述上亦有较大的创新，给文学期刊一种类似"条形码"的识别标志，也为读者判断文学期刊的真实"身份"提供了具体、可信的依据；再次，正文分为"时间序列中的文学期刊信息"与"空间序列中的文学期刊信息"两大部类，前者按照文学期刊创刊的时间先后排列，后者按照文学期刊创刊的区域（分为中国国内诸省、区、市与中国香港、澳门、台湾等特殊区域，以及国外各国家）排列。文学期刊的封面等相关图像穿插在该刊的文字说明附近，努力营造图文并茂、相得益彰的效果，帮助读者回到文学史和文学期刊的发生现场。正文前列有刊名目录，注明该刊在该著的页码，正文后有笔画索引和音序索引两种刊名索引——为读者查找自己所需文学期刊的条目及图像提供了非常便捷的方式。《1872—1949文学期刊信息总汇》甫一出版即好评如潮，被学术界誉称为中国近现代文学期刊整理与研究的集大成之作。

刘增人先生在受聘山东师范大学兼职教授之前，并不是山师中国现当代文学学科的团队成员，但他与本学科的学术联系密不可分，以至许多中国现代文学研究专家把他当成山师学术团队的重要骨干。如温儒敏在朱德发及山师学术团队与现代中国文学研究学术研讨会上代表中国现代文学研究会致辞时说，山师"这个团队师非常齐整的……从田仲济先生开始，有薛绥之先生、冯光廉先生、蒋心焕先生、查国华先生、刘增人先生、宋遂良先生……"①

在《1872—1949 文学期刊信息总汇》全书的末尾，是刘增人先生写的一篇精彩的散文，题为《一卷编就，满头霜雪——五十余年，我陪文学期刊走过》。文中提到的重要人物全是山师团队的前辈学者。文章一开头就说到山师的培养："上世纪六十年代初，我在山东师院中文系读书，给我们担任现代文学史课的就是大家普遍敬仰的薛绥之师。"②1959 年，17 岁的刘增人考入山东师范学院中文系，在学习中国语言文学专业各门课程的同时，尤其接受了山师中国现代文学学科学术传统的影响。他对母校的深刻印象首先是"以重视现代文学史料著称，尤其注重搜罗现代文学期刊"③。后来，他写过六篇回忆当年老师的文章，其中有四位是教他中国现代文学课的老师——田仲济、薛绥之、书新、查国华。

在文学期刊方面影响他的第一人是薛绥之先生。薛先生是 1960 年内部出版的《1937—1949 年主要文学期刊目录索引》编写组的实际负责人。刘增人先生对薛师的深刻记忆有二：一是薛先生讲课中那些来自文学历史现场的细节，"像闪亮的彗星，拖曳着耀眼的光束径直扎根在我辈学子的心海深处"；二是薛绥之先生向他推荐的《晦庵书话》。刘增人先生回忆："拜读《书话》，对其中那些别开生面的编辑与出版、查禁与伪装等期刊事业里的惨烈严酷的斗争与斗争艺术，就充满了好奇与敬仰。对于唐弢先生与众不同的文风笔意，

---

① 温儒敏：《中国现代文学研究会会长温儒敏致辞》，载魏建等：《拓展现代中国文学研究的新格局——朱德发及山师学术团队与现代中国文学研究学术研讨会论文集》，济南：山东人民出版社 2016 年版，第 25 页。

② 刘增人：《一卷编就，满头霜雪——五十余年，我陪文学期刊走过》，载刘增人、刘泉、王今晖：《1872—1949 文学期刊信息总汇》第 4 卷，青岛：青岛出版社 2015 年版。

③ 刘增人等：《中国现代文学期刊史论》，北京：新华出版社 2005 年版，第 673 页。

对于书话这种别开生面的文学体式，也仰慕不已。那是我真正喜欢上现代文学这一多事的学科的开始，也是我一直关注文学期刊的开始。"①

在文学期刊方面影响他的第二个人是书新先生。1963 年从山师毕业后，刘增人先生随山师中文系副系主任书新先生到泰安师专工作。书新先生是1958—1963 年本学科团队的学术骨干之一，"非常热心于搜集整理现代文学期刊"②。他是国内最早研究中国现代文学期刊的专家之一，对左联文学期刊的考证成果至今被各种中国现代文学史著作使用。书新先生在山师工作时为本学科购置了大量民国时期的文学期刊。他调到泰安师专担任中文系主任，上任伊始就到上海购置了一大批民国时期的文学期刊。刘增人先生回忆，那些期刊"有上海文艺出版社影印的左联期刊系列，如《拓荒者》《萌芽》《北斗》……有全套的《文学》，还有《茶话》、《美丽》、《小说月报》（1940年版）等方型杂志。贪婪地翻阅这些从未谋面的期刊，成为现代文学组各位老师最兴奋的节庆。于是，我的讲稿中有时就偶尔插上几句关于现代文学期刊的故事，引逗起那时不少学生浓厚的兴趣"③。"文革"期间，刘增人先生在书新先生带领下，在大量阅读鲁迅作品原著及其所刊载原始期刊的基础上，撰写出《鲁迅生平自述辑要》一书④。书新先生也参加了 1960 年内部出版《1937—1949 年主要文学期刊目录索引》的编著工作，亦是北京大学与山东师范大学合编的《中国现代文学期刊目录汇编》的主要作者之一⑤。他对刘增人先生研究中国现代文学期刊的影响特别大。

在文学期刊方面影响他的第三个人是冯光廉先生。从 1979 年开始，刘增人先生开始了与本学科冯光廉先生长达 20 多年的科研合作。他们先是承担国家"六五"大型哲学社会科学项目"中国现代文学史资料汇编"（乙种）"中国现代作家作品研究资料丛书"的三个子课题《叶圣陶研究资料》《王统照

① 刘增人：《一卷编就，满头霜雪——五十余年，我陪文学期刊走过》，刘增人、刘泉、王今晖：《1872—1949 文学期刊信息总汇》第 4 卷，青岛：青岛出版社 2015 年版。
② 刘增人等：《中国现代文学期刊史论》，北京：新华出版社 2005 年版，第 673 页。
③ 刘增人：《一卷编就，满头霜雪——五十余年，我陪文学期刊走过》，刘增人、刘泉、王今晖：《1872—1949 文学期刊信息总汇》第 4 卷，青岛：青岛出版社 2015 年版。
④ 舒汉：《鲁迅生平自述辑要》，济南：山东人民出版社 1979 年版。
⑤ 署笔名"舒欣"。

研究资料》《臧克家研究资料》的编写。刘增人先生回忆："为了完成叶圣陶、王统照、臧克家三位现代作家的研究资料的编纂，数年间大约有 1/3 的时间，是终日泡在京、沪、宁、津等地的公共图书馆与大学图书馆里，与纸页完全变黄的期刊与报纸对话。"① 在查阅和整理叶圣陶研究资料的过程中，他不仅深化了对《小说月报》以及文学研究会期刊的了解和研究，还翻阅了许多鸳鸯蝴蝶派的期刊和《妇女杂志》《教育杂志》等综合性期刊；在查阅和整理王统照研究资料的过程中，他不仅深化了对一些著名新文学期刊的了解和研究，还接触了大量不太知名的刊物和副刊；在查阅和整理臧克家研究资料的过程中，他不仅深化了对一些平民期刊和革命期刊的了解和研究，还摸清了一些贵族化期刊和国民党官方期刊。冯光廉先生不仅参与了 1960 年内部出版《1937—1949 年主要文学期刊目录索引》的编写工作，而且是"文革"期间本学科编写《鲁迅主编及参与或指导编辑的杂志》一书的组织者。不仅如此，1987 年冯光廉先生从山东师范大学调到青岛大学工作，调动前后冯先生为青岛大学的中国现当代文学学科做了一件功德无量的大事，那就是把山东师范大学图书馆馆藏的所有晚清和民国时期的文学期刊全部做成缩微胶片。1988 年刘增人先生调到青岛大学工作后，越发偏爱对中国现代文学期刊的研究，这批缩微胶片应是他在这一领域硕果累累的基础，也是他敢于不断超越前人研究的"底气"。

　　《1872—1949 文学期刊信息总汇》面世后，学界同行叹服刘增人先生在中国现代文学期刊整理和研究方面所取得的巨大成就，至于他成功的原因，除了人们想到的——他的勤奋、他的执着、他的学术水平等，显然还有一个重要因素，那就是学派传承。

四

　　刘增人先生是山师学派中国现代文学期刊整理和研究的传承者，更是超越者。从 1960 年《1937—1949 年主要文学期刊目录索引》里的 30 种期刊，到 1988 年《中国现代文学期刊目录汇编》下册中的 106 种期刊（另有

---

① 刘增人等：《中国现代文学期刊史论》，北京：新华出版社 2005 年版，第 673 页。

附录 2 种），到 2005 年《中国现代文学期刊史论》中《中国现代文学期刊叙录》里的 3500 多种期刊，再到 2015 年《1872—1949 文学期刊信息总汇》的 10100 种期刊，山师学派不断创造并刷新着自己在中国现代文学期刊整理和研究领域的一个又一个纪录。这一个个不断攀升的纪录，好似一座座越来越高的山峰。假如把一个期刊比作一米，《1937—1949 年主要文学期刊目录索引》像是一个 30 米高的土包，《中国现代文学期刊目录汇编》像是 276 米的小山，《中国现代文学期刊史论》则是 3500 多米的高峰，《1872—1949 文学期刊信息总汇》简直就是耸入万米云霄的世界屋脊。山师学派对中国现代文学期刊的整理和研究是在刘增人先生手中实现了两次大踏步的学术超越，达到了常人难以企及的高度。这是能力的确证，更是事业心的确证！他也为中国现代文学研究者的学术定力树立了榜样。

刘增人先生在中国现代文学期刊文献整理方面一次次的大踏步跨越，绝不只是期刊数量的骤然增加，还是一次比一次更大幅度地拓展了中国现代文学的研究疆域。《1872—1949 文学期刊信息总汇》"分为时间序列和空间序列两部分"[1]，无论从时间维度还是从空间维度，这部著作都让人惊讶：我们过去看到的中国现代文学，原来只是它的冰山一角！除了让人惊讶，这部著作还纠正了许多中国现代文学研究专家对期刊及文献的误解。文学期刊不仅是中国现代文学史研究的史料和基础，还是中国现代文学史本体的重要组成部分。中国现代文学与中国古代文学的一个重要区别在于，中国现代文学依附于文学期刊而生存。文学期刊有时是中国现代文学作品、社团、流派等的栖居地，有时是中国现代作家的创造物本身，有时还是中国现代文学运动思潮的承载者。

作为山师学派成员之一，在中国现代文学期刊整理与研究方面，刘增人先生的超越还表现在他对中国现代文学期刊研究的学理性提升。从"目录索引"到"目录汇编"，再到"信息总汇"，这些名称的变化就有不断提升的学术理念在其中。"目录索引"主要是为了查询，体现的是"整理文献"的

---

[1] 刘增人、刘泉、王今晖：《1872—1949 文学期刊信息总汇·说明》第 1 卷，青岛：青岛出版社 2015 年版，第 2 页。

理念；"目录汇编"包含了与目录相关的多项内容的集合，在"整理文献"的基础上增添了"学术研究"的意思；"信息总汇"大大超出了目录之外有关期刊的丰富内容，既有"整理文献"的理念，也有"学术研究"的意思，还有"还原历史"的含义。更深一步的学理性提升，还包括刘增人先生提出的"宁滥勿缺"和"涉文学期刊"等学术思想。世人都说"宁缺毋滥"，唯独刘增人先生独创"宁滥勿缺"。他很早就提出："在收罗、叙述文学期刊时，一向认同'宁滥勿缺'的主张，即使只知一个刊名或附带其笼统的创刊年代者，也不轻易放弃。这不仅因为自己历年来收集颇为不易，个中艰辛，非亲历者无从体会；更是由于深信中国有如许之大，很难确保永远无人对这些零碎的消息有所关注。"[①] 这是文献学行家之论，切中中国文学期刊文献整理之肯綮。他提出的"涉文学期刊"是相对"纯文学期刊"而言的。他的"涉文学期刊"，大大拓宽了中国现代文学研究的学术视野，不仅有助于看清中国现代文学与左邻右舍的相关性，而且有助于看清中国现代文学文化生态的复杂性。最能体现刘增人先生中国现代文学期刊学术水平的，在他和研究生撰著的《中国现代文学期刊史论》的上编和中编，其对中国现代文学期刊及其发展的学理性探讨之深入，已有多篇文章发表高论[②]，我不再赘述。

山师学派具有很大的开放性和包容性。它是在不断吸收兄弟学校、兄弟学科优势以及学术资源的基础上发展起来的。1949 年，薛绥之进入"华北大学国文系学习，始授业于李何林先生。由此……转到对中国现代文学的学习和研究上"[③]。1955 年，薛绥之先生调来山师工作，随之为山师学派增添了"李何林学统"。1957 年，冯光廉先生从开封师范学院[④] 毕业来山师工作，强化了山师与开师之间的学术交流，随之为山师学派充实了"任访秋学统"。1958 年蒋心焕先生在山师毕业留校后不久，到武汉大学跟随刘绶松先生学习研究生课程，回校后带来了"刘绶松学统"。1976 年，韩之友先生从南开大

① 刘增人等：《中国现代文学期刊史论》，北京：新华出版社 2005 年版，第 218 页。
② 如张光芒、童娣：《文化研究、史料考释与文本研究的有效结合》，《文艺报》2006 年 4 月 11 日；赵普光：《一项中国现代文学期刊研究的壮举》，《鲁迅研究月刊》2006 年第 7 期等。
③ 《薛绥之先生纪念集》（薛绥之弟子编，1985 年内部出版发行），第 17 页。
④ 今河南大学。

学调来山师工作，强化了山师与南开大学之间的学术交流，让山师学派不断充实来自南开大学中文系的相关学术资源。1981 年，毕业于山东大学的吕家乡先生调来本学科工作，深化了山师与山东大学之间的学术交流，让山师学派不断充实来自山东大学中文系的相关学术资源。1983 年，毕业于复旦大学的宋遂良先生调来本学科工作，深化了山师与复旦大学之间的学术交流，让山师学派不断充实来自复旦大学中文系的相关学术资源……

刘增人先生在山师学派的发展传承中，50 余年陪同文学期刊一路走来，越走越辉煌。这辉煌是他与山师学派是相互塑造、相互成就的。总结他与山师学派的历史经验，不是为他本人，也不只是为山师学派，还有很多与中国现代期刊、中国现代文学、中国现代学术相关的东西包含其中，值得探究。

[原载《山东师范大学学报（人文社会科学版）》2017 年第 2 期]

山东师范大学中国现当代文学学科资料汇编的历史回溯

李宗刚　　高明玉

资料汇编工作在学术研究中具有不可忽视的重要意义。对研究资料加以系统编选和整理，既是保存资料的有效手段，也能够为后期研究工作的开展提供重要参考。山师现当代文学学科（全称为山东师范大学中国现当代文学学科，以下简称"本学科"）自1952年建立之初就非常重视研究资料的汇编工作，自田仲济、薛绥之等第一代学人开始，文献史料的搜集、整理和研究就成为本学科的特色工程，此后在一代代山师学人的薪火相传中蓬勃发展。

一、二十世纪五六十年代：蓬勃兴起的学科资料汇编

二十世纪五六十年代山东师范学院中文系编纂的以《中国现代作家资料丛书》为代表的现代文学研究资料是对中国现当代文学学科而言具有重要价值和意义的资料汇编。1950年，教育部《高等学校文法两学院各系课程草案》颁布，规定"中国新文学史"课程为各大学中国语文系的主要课程之一。1951年，田仲济由齐鲁大学转入山东师范学院工作。同年，教育部召开有关"'中国新文学史'教学大纲"草拟和制定的会议，田仲济代表本学科参加了这次会议。1952年全国高等院校进行院系调整，山东师范学院经过调整后共设包括中文系在内的9个系、11个专业，各系相继设立教研组，中国现代文学教研组的成立，标志着中国现代文学学科正式建立。作为学科当之无愧的奠基人和开创者，田仲济具有强烈的学科建设意识，一贯重视学科资料的整理与汇编工作，这也为后来学科资料汇编的蓬勃兴起奠定了重要基础。至1959年，

山东师范学院中国现代文学学科已形成以田仲济为核心的学术研究团队。

正是在本学科正式建立和学科队伍形成的基础上，本学科编纂了山东师范学院函授讲义《中国现代作家作品（第一分册）》（山东师范学院中国现代文学教研组编，1959 年 3 月）、《中国现代作家作品（第二分册）》（山东师范学院中国现代文学教研组编，1959 年 6 月）、《中国现代作家作品（第三分册）》（山东师范学院中国现代文学教研组编，1959 年 10 月）。1959 年，编选了《中国现代作家作品参考资料》（第一、第二、第三辑，山东师范学院现代文学教研组编，1959 年），以配合函授讲义的使用。这部分资料的编纂，为本学科后来的资料汇编工作做了预演。20 世纪 50 年代后期，随着全国编写文学史教材热的兴起，"山师中文系部分教师和本四学生"开始编写《中国现代文学史》（共五卷，内部印刷，1960 年 7 月）。为了较好地配合教材编写工作，学科同时启动了资料编选工作。资料编选工作由薛绥之等教师指导当时的中文系四年级（即 1956 级）学生 20 多人共同参与。1958 年，薛绥之被打成右派，在很长的一段时间内无法正常从事教学和科研工作。出于对资料编选的兴趣与热爱，他将工作的重点转向资料整理，其后来成长为鲁迅资料和研究的专家，与这段经历是分不开的。在《中国现代作家研究资料丛书》（以下简称《丛书》）的编选过程中，书新、顾盈丰协助薛绥之具体负责落实[1]。《丛书》自 1960 年开始相继面世，署名"山东师范学院中文系"。《丛书》内容包括"中国现代作家小传""中国现代作家研究资料索引""中国现代作家著作目录""中国现代文学社团及期刊介绍"[2]，以及郭沫若、巴金、茅盾等 11 位作家的研究资料汇编。具体书目如下：

山东师范学院中文系编：《郭沫若研究资料汇编》，山东师范学院印刷厂，1960 年（约 25 万字）。

山东师范学院中文系编：《巴金研究资料汇编》，大众日报印刷厂，1960 年（约 12 万字）。

---

① 2020 年 12 月 9 日，李宗刚电话采访冯光廉老师的录音。
② 山东师范学院中文系编：《郭沫若研究资料汇编》，山东师范学院印刷厂，1960 年，第 1 页。

山东师范学院中文系编：《茅盾研究资料汇编》，大众日报印刷厂，1960年（约 15 万字）。

山东师范学院中文系编：《毛主席诗词研究资料汇编》，山东师范学院中文系，1960 年（约 30 万字）。

山东师范学院中文系编：《老舍研究资料汇编》，济南印刷厂，1960 年。

山东师范学院中文系编：《夏衍研究资料汇编》，山东省商业厅印刷厂，1960 年（约 12 万字）。

山东师范学院中文系编：《周立波研究资料汇编》，大众日报印刷厂，1960 年（约 10 万字）。

山东师范学院中文系编：《赵树理研究资料汇编》，大众日报印刷厂，1960 年（约 15 万字）。

山东师范学院中国语文系（原称如此——著者注）编：《李季研究资料汇编》，大众日报印刷厂，1960 年（约 12 万字）。

山东师范学院中文系编：《杜鹏程研究资料汇编》，山东省商业厅印刷厂，1960 年（约 12 万字）。

山东师范学院中文系编：《曹禺研究资料汇编》，山东省商业厅印刷厂，1960 年（约 13 万字）。

山东师范学院中文系编：《中国现代作家小传》，山东师范学院印刷厂，1960 年（约 12 万字）。

山东师范学院中国语文系（原称如此——著者注）编：《中国现代作家研究资料索引》，大众日报印刷厂，1960 年（约 30 万字）。

山东师范学院中文系编：《1937—1949 年主要文学期刊目录索引》，山东师范学院印刷厂，1962 年。

山东师范学院中文系编：《中国现代作家著作目录》，大众日报社，1962 年。

这些资料将作家、作品、社团、期刊等纳入现代文学资料汇编体系中，初步建构起山师现当代文学史料整理与研究的脉络，其开创性的史料编辑方式对学科后来的资料汇编工作具有重要的启示意义。对此，陈思和这样评价：

"薛绥之（陈思和在此用薛绥之指代这套《丛书》的编者——著者注）曾编撰全国第一套大型现代作家研究资料（1960年），奠定了这个学科最初的文献资料基础。"① 由此来看，《丛书》的编纂不仅在本学科发展史上具有重要价值，更重要的是其作为一套重要的现代作家研究资料，为整个中国现代文学学科建构起文献资料的基本格局，其开创性价值不言而喻，这为本学科在期刊资料方面的整理、汇编与研究奠定了坚实的基础，同时对本学科此后的发展产生了广泛而深刻的影响。凭借《丛书》，本学科在资料汇编领域崭露头角并获得了学界的认可，更在此领域迈出了富有历史意义的第一步。

具体来看，《丛书》的《编辑说明》为我们清晰地呈现了它的概况：

山东师范学院中文系四年级同学和部分教师，在院党委和系总支的直接领导下，在编写"中国现代文学史"的同时，奋战两个月，编出一套中国现代作家研究资料丛书，包括"中国现代作家小传""中国现代作家研究资料索引""中国现代作家著作目录""中国现代文学社团及期刊介绍"，以及毛主席、郭沫若、茅盾、巴金、赵树理、周立波、老舍、杜鹏程、李季、夏衍、曹禺等作家研究资料汇编。总计约三百万字。②

从《编辑说明》可以看出，由山东师范学院中文系师生"奋战两个月"编辑出的《丛书》带有时代的特殊印记，尽管编选的资料如《编辑说明》指出的那样，"因时间仓促"而导致"错误或遗漏在所难免"，但《丛书》的史料价值和对后世资料汇编工作的意义极其深远。这套资料的编选，奠定了本学科在资料搜集整理方面的传统，培养了一批文献资料研究专家，如后来在鲁迅研究资料整理与编选方面具有全国影响的薛绥之、在茅盾研究资料搜集整理方面做出贡献的查国华等。

《丛书》收录的11位现代作家的研究资料，在总体设计和编选体例上对后世资料汇编工作者来说极具借鉴意义。以较早出版的《郭沫若研究资料汇

---

① 陈思和：《未完稿》，上海：东方出版中心2019年版，第9页。
② 山东师范学院中文系编：《郭沫若研究资料汇编》，山东师范学院印刷厂，1960年，第1页。

编》为例，这本资料汇编的主要内容包括"作家生活、思想、创作道路（以时间先后为序），及诗歌、戏剧、小说、散文的作品评述，并附作家著译年表于后"[①]。从这段选取于《编辑说明》的简介来看，这部资料汇编在编选方式上显示出鲜明的独特性。编选者通过精心设计的编辑架构将丰富史料纳入整个"郭沫若研究资料"体系中，既有作家生平史料的编年整理，又有对作家作品重要评述的收集；既体现出史料整理的扎实功力，又汇聚了众多学者的学术思想火花，内容庞杂而又有机交融，自成体系。全书共分为四编。第一编是对作家生平资料的收集整理，以时间为序，以清晰的历史脉络梳理了作家生平，如同在历史的河流中捡拾散落的珍珠，将作家在不同时期的重要史料加以网罗归纳，极具研究参考价值。第二编至第四编主要以体裁为依据对郭沫若作品的研究资料进行汇编整理，分为"诗歌""历史剧""小说、散文"，收集研究者对郭沫若作品的评述资料。以体裁为标准对作家作品研究资料进行整理无疑是本书的重要尝试，这既有利于研究者的检索和使用，更为其后的资料汇编工作提供了范本与启示。此外，值得一提的是，本学科后来能够成为郭沫若研究的重镇，与这段历史有着一定的联系。

这一时期，薛绥之在资料汇编工作方面的成绩还体现在其对鲁迅研究资料的整理。早在1957年，薛绥之编选了《鲁迅研究资料索引》（山东省图书馆印，1957年）。在具体编纂目上，这部《鲁迅研究资料索引》旨在为鲁迅研究者提供一些学术性较强的材料，因此没有收入一般的纪念性文章。全书共分两部分：第一部分为鲁迅生平、思想、贡献及其他，第二部分是鲁迅作品研究。客观地说，《鲁迅研究资料索引》在史料编选方面还不够成熟，并参考了复旦大学中国语言文学系资料室编印的《鲁迅著作与鲁迅研究》等有关资料。然而，正是由此出发，薛绥之对鲁迅研究资料产生了广泛而持久的兴趣，后来他编纂出一套更为成熟完备的《鲁迅生平资料丛抄》，书写了本学科在鲁迅研究资料汇编领域的新历史。与《鲁迅研究资料索引》同一系列出版的，还有严薇青编纂的《鲁迅创作篇目编年》（山东省图书馆印，1957年）。这部资料汇编同样是为山东师范学院和山东省图书馆联合"纪念鲁迅

---

① 山东师范学院中文系编：《郭沫若研究资料汇编》，山东师范学院印刷厂，1960年，第1页。

逝世 20 周年"编写的，其编纂目的在于为研究鲁迅思想发展和检索鲁迅的创作、杂文及诗等作品提供便利。《鲁迅创作篇目编年》将鲁迅的创作及全部杂文篇目，按写作年月分别编列，所收创作篇目包括《呐喊》《野草》《彷徨》《故事新编》《朝花夕拾》等 5 种，杂文篇目包括《坟》《热风》《华盖集》《华盖集续编》《而已集》《三闲集》《二心集》《伪自由书》《南腔北调集》《准风月谈》《花边文学》《且介亭杂文》《且介亭杂文二集》《且介亭杂文末编》《集外集》《集外集拾遗》《鲁迅全集补遗》《鲁迅全集补遗续编》等 18 种及鲁迅所著译各书的序、跋、题记、后记等。《鲁迅研究资料索引》与《鲁迅创作篇目编年》作为本学科早期在鲁迅研究资料汇编方面的探索性成果，为本学科其后在鲁迅研究资料方面的成就奠定了基础。

这一时期，本学科在文学史和教学参考资料的编纂方面同样取得了较为突出的成绩。在文学史方面，本学科首先编纂了《中国现代文学史（初稿）第一册》（山东师范学院中文系编著，1961 年 1 月 1 日）、《中国现代文学史（初稿）第二册》（山东师范学院中文系编著，1961 年 1 月）、《中国现代文学史（初稿）第三册》（山东师范学院中文系编著，1961 年 2 月）、《中国现代文学史（初稿）第四册》（山东师范学院中文系编著，1961 年 11 月）、《中国现代文学史（初稿）第五册》（山东师范学院中文系编著，1962 年 3 月）。其后，本学科又编纂了《中国现代文学史（上册）》（山东师范学院中文系现代文学教研组印，1964 年 2 月）、《中国现代文学史（下册）》（山东师范学院中文系现代文学教研组印，1964 年 3 月）、《中国现代文学史（第一分册）》（山东师范学院中文系中国现代文学教研组印，1964 年 8 月）、《中国现代文学史（第二分册）》（山东师范学院中文系中国现代文学教研组印，1964 年 9 月），为文学史教学提供了内容较为丰富的教材。后来，本学科还参与了《中国当代文学（1949—1965）（下册）》（山东师范学院、曲阜师范学院中文系现代文学教研组编，1966 年 3 月）的编纂工作。与文学史的编纂相呼应，本学科还编选了一批教学参考资料。为给学习"中国现代文学作品选读"这门课的学生提供参考，本学科编纂了《中国现代文学作品选读参考资料（第一辑）》（山东师范学院中文系编，1962 年 3 月）、《中国现代文学作品选读参考资料（第二辑）》（山东师范学院中文系编，1962 年 4 月）。

为给学生学习中国现代文学史提供方便，本学科编印了《中国现代文学手册（人物之部）》（山东师范学院中文系中国现代文学组编，1964 年 6 月），作为教本的辅助读物。《中国现代文学手册》收录人物 182 名，有 103 名系以本学科 1961 年 5 月印出的《中国现代作家小传（修订本）》为基础，加以修改补充，同时新写、改写了部分内容。此外，本学科还与兄弟院校共同编纂了《中国现代文学史参考资料（第一编）》（山东大学、山东师范学院、曲阜师范学院中文系现代文学教研室编，1965 年 7 月）、《中国现代文学史参考资料（第二编）》（山东大学、山东师范学院、曲阜师范学院中文系现代文学教研室编，1965 年 12 月），作为《中国现代文学史》的辅助读物。

二、20 世纪 70—90 年代学科研究资料整理的实绩

本学科在二十世纪五六十年代编辑出版系列研究资料的基础上，在 20 世纪 70—90 年代继续拓展学科研究资料汇编的新道路，赓续了重视史料搜集与整理的传统。这一时期，致力于研究资料汇编工作的有田仲济、薛绥之、查国华、顾盈丰、冯光廉、蒋心焕、书新、崔西璐、刘金镛、朱德发、韩之友、陆思厚、房福贤、张桂兴、王万森（按进入本学科时间先后排序）。他们在各自的研究领域辛勤耕耘，在资料整理方面取得了一定成绩。主要包括薛绥之的《鲁迅生平资料丛抄》，朱德发、蒋心焕的《第三次国内革命战争时期解放区文艺运动资料汇编》，崔西璐、刘金镛、陆思厚、房福贤、王万森参与编写的《中国当代文学研究资料》丛书，田仲济的报告文学研究资料，查国华的茅盾研究资料，冯光廉与刘增人的王统照、臧克家、叶圣陶研究资料，书新、韩之友等人的鲁迅研究资料和期刊研究资料，张桂兴的老舍研究资料等。

薛绥之在前期研究资料编选的基础上，继续致力于资料汇编与整理工作，并取得了一系列成果。1977—1980 年，薛绥之担任主编，带领编辑出版了一套《鲁迅生平资料丛抄》，第一次对分散的鲁迅生平资料进行了系统发掘和整理。这套资料以山东师范学院聊城分院的名义陆续出版，在当时引起很大的反响。此外，本学科还编辑出版了《鲁迅语录》（山东师范学院"文革"串连红卫兵指挥部《伏虎》《干到底》战斗队编，1968 年）、《鲁迅作

品选读：小说散文诗歌部分》（山东师范学院中文系现代文学教研组编，1973年）、《鲁迅作品选读：杂文部分》（山东师范学院中文系现代文学教研组编，1973年）、《鲁迅批判孔子》（山东师范学院中文系编，1973年）、《鲁迅小说选讲》（山东师范学院中文系中国现代文学教研组编，陕西人民出版社1974年版）、《鲁迅杂文选讲》（山东师范学院中文系现代文学教研组编，山东人民出版社1974年版）、《鲁迅反孔斗争史话》（山东师范学院中文系编，山东人民出版社1975年版）、《鲁迅杂文中的事件》（山东师范学院中文系《鲁迅杂文词典》编写组编，1975年）、《鲁迅作品教学手册》（未正式刊出本，山东师范学院聊城分院中文系图书馆编，1976年）、《学习鲁迅参考资料（增订本）》（山东师范学院中文系现代文学教研组编，1976年）、《鲁迅作品选读（1）》《鲁迅作品选读（2）》（山东师范学院中文系编，山东人民出版社1976年版）、《鲁迅杂文选读》（山东师范学院中文系编，1977年）、《鲁迅诗歌散文选讲》（山东师范学院中文系现代文学教研组编，1977年）、《鲁迅杂文中的人物》（山东师院聊城分院中文系编，1978年）、《鲁迅作品讲解》（山东师范学院、山师聊城分院《鲁迅作品讲解》编写组编，山东人民出版社1979年版）、《鲁迅作品教学初探》（山东师院聊城分院中文系编，天津人民出版社1979年版）、《鲁迅作品注解异议》（薛绥之编著，山东人民出版社1979年版）、《鲁迅论文学与艺术》（山东师范学院中文系文艺理论教研室编，山东人民出版社1979年版，这一时期，文艺理论教研室从总结文学创作规律出发，也参与了现代文学资料整理工作）、《中国现代作家谈创作经验（上、下册）》（山东师范大学中文系文艺理论教研室编，山东人民出版社1980年版）、《鲁迅作品教学难点试析》（薛绥之编，上海教育出版社1981年版）、《茅盾论鲁迅》（查国华、杨美兰著，山东人民出版社1982年版）、《中学鲁迅作品教学争鸣》（未正式刊出本，山东师范大学中文系编，山东师范大学中文系，1986年）、《鲁迅杂文辞典》（薛绥之著，山东教育出版社1986年版）等一批中文系师生教学参考资料和鲁迅研究资料汇编。由此可以看出，致力于鲁迅研究资料的汇编与整理是这一时期学科资料汇编工作的亮点，无疑彰显了本学科一代学人的学术风貌。

这一时期，本学科在鲁迅研究资料汇编方面取得的成果，离不开薛绥之的引领和付出。1974年山东师范学院在聊城设立分院，薛绥之任聊城分院中文系主任。在这一时期，薛绥之担任主编，以山东师范学院聊城分院中文系和图书馆的名义为中文系学生编印了一套教学参考书，即《鲁迅生平资料丛抄》。作为丛书的主编，薛绥之承担了组稿、审稿、印刷等工作。同时，由于当时资料分散难以获取，薛绥之等人常常奔波各处搜集资料，许多编辑工作也是在旅途中完成的。在时代条件的局限与人生逆境的双重压力下，薛绥之等人凭借惊人的毅力，克服重重困难，将分散在各处的鲁迅生平资料进行收集整理，最终完成了这项艰巨的任务。

《鲁迅生平资料丛抄》的编辑与出版也离不开国内研究者的帮助。这套教学参考书由薛绥之担任主编，同时邀集了全国近20位鲁迅研究者参与编辑。《鲁迅在绍兴》分册收录的文章是邀请浙江绍兴鲁迅纪念馆、绍兴师范和上海的几位研究者完成的；《鲁迅在广州》分册参考并采用了中山大学中文系所编《鲁迅在广州》的材料，同时邀请了丁景唐、张能耿等参与编选；《鲁迅在西安》分册邀请西北大学鲁迅研究室单演义代为编选；《鲁迅在杭州》分册请北京师大中文系钟敬文代编①；《鲁迅在南京》分册委托南京师范学院中文系资料室和南京师范学院附属中学语文教研组联合编选；《鲁迅在上海（二）》分册委托上海师大中文系龚济民编选；《鲁迅在上海（三）》分册请昌潍师专中文系禹长海编选。

《鲁迅生平资料丛抄》是对鲁迅生平资料的第一次系统搜集和整理。这套教学参考书以鲁迅生平踪迹为线索，按地区对资料进行编排，分为《鲁迅在绍兴》《鲁迅在广州》《鲁迅在北京（两辑）》《鲁迅在西安》《鲁迅在日本》《鲁迅在杭州》《鲁迅在南京》《鲁迅在上海（3辑）》。按照原定编选计划，还有《鲁迅在厦门》，全部9种，共12辑，近200万字。但《鲁迅在厦

---

① 朱丽婷、尹奇岭、金星编选的《谷兴云先生珍藏学者书札选》（团结出版社2021年版）收录的钟敬文与谷兴云的书信，为我们还原了《鲁迅在杭州》的部分编选过程：在"19780112信"中，钟敬文提到自己在参加《鲁迅在杭州》的编辑工作；在"197802信"中，钟敬文询问绍兴师范谢德铣的情况，为编辑《鲁迅在杭州》寻求稿件；在"19780526信"中，钟敬文提到《鲁迅在杭州》的编辑工作进行顺利；在"19780626信"中，钟敬文请谷兴云为其邮寄资料，以查找有关鲁迅在杭州的文章；在"19781003信"中，钟敬文提到《鲁迅在杭州》文稿已集，将于当月交出。

门》因故未能编成，因此这套丛书最终编成 11 册，除厦门外，鲁迅生平所生活、工作的地方都有专辑。具体书目如下：

山东师院聊城分院中文系、图书馆编：《鲁迅在绍兴》（韩立群编校），山东聊城印刷厂，1977 年 7 月。

山东师院聊城分院中文系、图书馆编：《鲁迅在广州》（薛绥之、孙进增编校），山东聊城印刷厂，1977 年 7 月。

山东师院聊城分院中文系、图书馆编：《鲁迅在北京（一）》（薛绥之编校），山东聊城印刷厂，1977 年 10 月。

山东师院聊城分院中文系、图书馆编：《鲁迅在北京（二）》（薛绥之、董兆初编校），山东聊城印刷厂，1978 年 4 月。

《鲁迅在西安》（单演义编），西北大学鲁迅研究资料组印，1978 年 8 月。

山东师范学院聊城分院中文系、图书馆编：《鲁迅在日本》（薛绥之编选，王富仁、彭鸣亚校订），山东师范学院聊城分院印，1978 年 12 月。

山东师院聊城分院中文系、图书馆编：《鲁迅在杭州》（钟敬文代编，朱金顺协助），山东师院聊城分院、山东师院聊城分院图书馆印，1979 年 3 月。

南京师范学院中文系资料室、南京师范学院附属中学语文教研组合编：《鲁迅在南京》（俞润生、徐昭武、许祖云编选），山东师范学院聊城分院中文系、图书馆印，1979 年 5 月。

山东师范学院聊城分院中文系、图书馆编：《鲁迅在上海（一）》，山东师范学院聊城分院印，1980 年 2 月。

山东师范学院聊城分院中文系、图书馆编：《鲁迅在上海（二）》（龚济民编选），山东师范学院聊城分院印，1980 年 6 月。

山东师范学院聊城分院中文系、图书馆编：《鲁迅在上海（三）》（禹长海编选），山东师范学院聊城分院印，1980 年 1 月。

从主要内容来看，《鲁迅在绍兴》收录鲁迅青少年时期在故乡绍兴的有关资料，并附南京时期的有关资料；《鲁迅在广州》收录鲁迅在广州时期的自述和他人的回忆文章，并介绍了鲁迅与广州的几种刊物的关系和有关鲁迅在广州的报道；《鲁迅在北京（一）》主要反映了鲁迅在北京的教育实践，《鲁迅在北京（二）》主要反映了鲁迅在北京的文艺实践，同时辑录鲁迅1929年和1932年两次从上海去北京的资料；《鲁迅在西安》收录鲁迅在西安的著述，鲁迅在西安的杂文和书信，有关鲁迅在西安的回忆与纪念文章和有关鲁迅在西安的报刊报道；《鲁迅在日本》收录有关鲁迅在日本时期的回忆文章和重要研究史料，收入的文章有些是在报刊上发表过的，有些是专门为本书撰写或翻译的；《鲁迅在杭州》收录鲁迅在杭州的有关研究资料，并附《鲁迅在杭州活动简表》；《鲁迅在南京》收录鲁迅在南京时期的自述、他人的回忆文章和相关调查研究资料，并附有关图片；《鲁迅在上海（一）》反映了鲁迅在上海期间的社会政治活动和参加左翼作家联盟的活动，《鲁迅在上海（二）》反映了鲁迅在上海十年的工作、生活及其与文艺界青年的关系，《鲁迅在上海（三）》反映了鲁迅在上海时期与外国学者的交往。有学者评价："编入本书的资料，尽量选录第一手材料，除具有直接见证意义的原件、照片外，对回忆、访问、调查，也以收录当事人的见闻为主。全书按地区编排，以时间为序，采取记事体，同时还编写鲁迅在各地的活动年表，与鲁迅有关的人物小传，以及鲁迅所到的地方介绍等。本书引证精确，资料翔实可靠，反映了目前国内鲁迅生平资料汇集和研究工作的水平。"①这套资料深受学界好评。陈思和后来对此套丛书做了专门评价："后来薛绥之又主编《鲁迅生平资料丛抄》共11册，惠及后学。"②

20世纪80年代，在《鲁迅生平资料丛抄》的基础上，薛绥之担任主编，韩立群担任副主编，李何林、唐弢、戈宝权担任编委会顾问，经过重新编写和修订，陆续编辑出版了一套《鲁迅生平史料汇编》。这套资料汇编约200万字，由天津人民出版社出版，共分五辑六册，第一辑包括《鲁迅在绍兴》和《鲁迅在南京》，第二辑为《鲁迅在杭州》，第三辑包括《鲁迅在北京》和《鲁迅在西安》，第四辑包括《鲁迅在厦门》和《鲁迅在广州》，第五辑为《鲁迅在上海》。可以看出，这套资料汇编基本沿用了《鲁迅生平资料丛

---

① 冯光廉、朱德发：《薛绥之教授对中国现代文学研究的贡献》，《山东师大学报（哲学社会科学版）》1985年第2期。
② 陈思和：《未完稿》，上海：东方出版中心2019年版，第9页。

抄》按地区编排资料的方法，以时间为序，采取纪事体，兼用交叉编选的方法，对时、地不一致之处变通选用。与《鲁迅生平资料丛抄》相比，《鲁迅生平史料汇编》增加了大量图片资料，总计200余幅，分别编排在各地区文字资料之前，收录的鲁迅生平资料原件和回忆、访问、调查，则按照全书的编写体例依次序列其后。该资料汇编还编写了鲁迅在各地的活动简表，与鲁迅有关的人物小传及鲁迅所经地方的介绍等。同时，汇编还收录了鲁迅自述中的有关史料和关于鲁迅在各地活动的资料，以及相关研究专著和文章，另附索引以便研究者翻检使用。对此，有研究者评价："这套丛书摘录的材料多出于博物馆和纪念馆的特藏、档案，还有少见的古籍与旧说，以及许多未刊稿，而新写的材料也很精审翔实，它们确可说明许多不易明了的问题，所以此书令人感到可贵与可喜。"同时，对于从《鲁迅生平资料丛抄》到《鲁迅生平史料汇编》的改编，研究者同样给出了十分恰切的评价："从'资料'的加工而成为'史料'，其目的在于使它成为更加精练、更加准确、更加信实可靠和便于引用。"①

这一时期，以《鲁迅生平资料丛抄》和《鲁迅生平史料汇编》为代表，薛绥之等山师学人编辑出版的一系列鲁迅研究资料以其极富开创性的编纂方式和重要研究参考价值获得广泛认可和赞誉。这些研究资料第一次对鲁迅的有关史料进行了大规模集中而富有特色的编纂整理，并采用全新的编选方式组织材料，形成了较为完善的鲁迅研究资料体系，对鲁迅研究工作做出了重要贡献。对此，王富仁曾经这样回忆道："薛老师直接把我带入鲁迅研究的道路上，薛老师给我的鼓励和帮助，永远无法忘怀。"②从某种意义上说，王富仁作为深受薛绥之影响的学人，之所以在鲁迅研究方面异军突起，离不开包括薛绥之等前辈学者对鲁迅研究资料的搜集与整理。

这一时期，本学科其他教师也积极参与到研究资料的整理工作中。朱德发和蒋心焕在20世纪70年代末80年代初便已编就《第三次国内革命战争时期解放区文艺运动资料汇编》，后因种种原因未能出版，这一资料汇编被迫

---

① 王吉鹏、田宇、王大慧编著：《追踪伟大人生的轨迹——鲁迅生平研究史》，长春：吉林人民出版社2004年版，第185页。
② 王富仁接受本报采访：《聊城是我永远的精神故乡》，《聊城晚报》2017年3月21日。

束之高阁。对此，朱德发曾不无感喟地题写了如下文字："20 世纪七十年代末八十年代初，朱德发承担了中国社会科学院文学研究所主持的国家课题'中国现代文学运动资料汇编'的'第三次国内革命战争时期文学运动资料汇编'任务，1978 至 1980 年先后查阅了全国几十个图书馆的期刊杂志。因保管不善，被老鼠啃啮了不少资料，所剩下的残片余文装袋保存，一方面作为那段资料搜求艰难工作的纪念，一方面留给有志于研究这段不平凡文学运动者参用。"① 幸运的是，这批书稿辗转 30 多年，终于等到了问世的机会。2018 年，在山师文学院的支持下，这一项目得到了山东省一流学科山东师范大学文学院中国语言文学学科建设经费的资助，这批研究资料终于得以拂去历史的尘埃，重新呈现在世人面前。在出版说明中，朱德发不无兴奋地写道："救活这部书稿的时机终究来到：一是我们所在的山东师范大学中国现当代文学学科于 2007 年被批准为国家级重点建设学科，不仅承传并光大了本学科在历史上重视文学史料汇编的优良传统，而且对有价值的文学资料出版给予大力资助；二是李宗刚教授是我们两个人培养指导的硕士和博士研究生，他既热爱文学资料工作，又潜心学术研究，既是硕士生指导教师，又是博士生指导教师，并心甘情愿地承续这部资料的重新校勘、重新打印、重新联系出版等诸多烦琐工作，争取完好无损地将这部积压了三十多年的'资料汇编'救活！"② 对朱德发和蒋心焕等学者而言，资料整理这一基础性工作的学术价值和意义非常重大。朱德发在 20 世纪 70 年代末和 80 年代初能够在学术研究上率先实现突围，与其所下的足够的资料功夫是分不开的。实际上，正是通过对原始期刊的查找和阅读，他的学术研究才找到了最为可靠的历史基点，并由此回到历史现场，为其后来在五四文学研究上的突破奠定了坚实基础。蒋心焕能够成为国内较早将中国近代文学纳入传统与现代转换的视域中进行研究的学者之一，也离不开他在这一时期所做的资料搜集与整理工作。从这样的意义来说，山师现当代文学学科的一些学者在资料搜集整理与学术研究方面之所以能够双翼并飞，恰恰是得益于他们既重视对原始资料的发掘，又重视学术思

---

① 参见朱德发于 2003 年 6 月 28 日乔迁新居整理书稿时的手迹。
② 朱德发、蒋心焕、李宗刚：《第三次国内革命战争时期解放区文艺运动资料汇编：上卷》，沈阳：辽宁人民出版社 2018 年版。

想的突围。除此之外，他们还跟踪学术热点，注重对新发表的学术成果的整理与编选。1986 年，山东师范大学中文系王克安编选《中国现代文学宏观研究论文选》时，"现代文学教研室的蒋心焕副教授、朱德发副教授对本书做了具体指导和审阅，其他老师也都提出了宝贵的意见"。这本论文选编选了王富仁等新时期以来开始崛起的学者的代表性文章 18 篇，这些论文以宏观研究为特点，旨在供现代文学教学工作者、研究者，高等院校、夜大、函大中文系学员学习研究中国现代文学之用。这本论文选尽管不属于文献史料的发掘与整理，但其所选论文较好地续接了五四启蒙思想，回应了新时期的思想解放思潮，引领了文学研究的新风向，弥补了既有教材的某些缺憾，拓展了学生对中国现当代文学的认识空间。

山师现当代文学教研主任冯光廉极其重视资料工作，并积极投身于资料汇编工作。其成果主要表现在他与刘增人（1959—1963 年就读于山东师范学院中文系）合作编纂的一系列关于王统照、臧克家和叶圣陶的研究资料方面。这一时期编选的资料有：冯光廉、刘增人编《王统照研究资料》，属于"中国现代文学史资料汇编"乙种的"中国现代作家作品研究资料丛书"（宁夏人民出版社 1983 年版）；冯光廉、刘增人编《臧克家集外诗集》（陕西人民出版社 1984 年版），收入作品 120 余首，附录《臧克家生平文学活动年表简编》首次在国内发表，这是研究臧克家诗歌创作的宝贵资料；刘增人、冯光廉编《叶圣陶研究资料》，为"中国现代作家作品研究资料丛书"之一（北京十月文艺出版社 1988 年版）；冯光廉、刘增人编《臧克家研究资料》，为"中国现代作家作品研究资料丛书"之一（甘肃人民出版社 1990 年版）。对此，刘增人回忆道："为了完成叶圣陶、王统照、臧克家三位现代作家的研究资料的编纂，数年间有 1/3 左右的时间，是终日泡在京、沪、宁、津等地的公共图书馆与大学图书馆里，与纸页完全变黄的期刊与报纸对话。"[①] 冯光廉一向致力于期刊资料的整理与汇编工作，不仅参与了 1960 年内部出版的《1937—1949 年主要文学期刊目录索引》的编选工作，而且组织了"文化大革命"期间本学科《鲁迅主编及参与或指导编辑的杂志》的编纂工作。1987 年冯光廉

---

① 刘增人等：《中国现代文学期刊史论》，北京：新华出版社 2005 年版，第 673 页。

从山东师范大学调到青岛大学工作。在调动前后，他为青岛大学的中国现当代文学学科做了一件功德无量的大事，就是把山东师范大学图书馆馆藏的所有晚清和民国时期的文学期刊全部为青岛大学做成了缩微胶片。可以看出，冯光廉虽然调离本学科，但他与山师现当代文学学科的血脉传承纽带并没有就此断裂，而是将本学科资料汇编的传统带到了新的领地，使其在新的土地上开花结果，实现了学科资料汇编工作的学派传承。新世纪以来，冯光廉和刘增人合作汇编的一系列资料被再次编辑出版，表明这些研究资料汇编在新的历史时期仍然具有极大的研究参考价值和重要史料价值。2010年，中国社会科学院文学研究所主导推出《中国文学史资料全编·现代卷》，这套丛书以"中国现代文学史资料汇编"为基础而又有所扩展，收录的有关王统照、叶圣陶、臧克家的研究资料包括：冯光廉、刘增人编《中国文学史资料全编·现代卷王统照研究资料》（知识产权出版社2010年版），刘增人、冯光廉编《中国文学史资料全编·现代卷叶圣陶研究资料》（上下）（知识产权出版社2010年版），冯光廉、刘增人编《中国文学史资料全编·现代卷臧克家研究资料》（上下）（知识产权出版社2010年版）。这些研究资料汇编基本再现了冯光廉、刘增人在二十世纪八九十年代编纂的风貌。此外，冯光廉作为本学科负责人，极其重视并着力培养研究生搜集与整合资料的能力。1985年，山东师范大学中文系副主任冯光廉为刚入学的中国现当代文学专业研究生讲授"中国现代作家研究"专题课程。冯光廉"要求每人自由选一个作家，写一篇研究述评"。在冯光廉及导师们的指导下，这批青年学子"搜集资料、编拟提纲、撰写初稿、讨论修改"。在此过程中，他们"表现出令人惊异的积极性、刻苦性和开拓创新精神"。这批青年学子的"热情、冲劲、毅力和胆识"，让深谙教育规律的冯光廉看到了"中国现代文学研究将会以不同既往的步伐向前行进的希望所在"。[①]1987年4月，《山东师大学报（增刊）》发表了山东师范大学中文系1985级中国现当代文学专业研究生的研究成果《现代作家研究述评》。出人意料的是，这本以研究生的研究成果为主的增刊竟然在1988年获得了山东省社科优秀成果三

---

① 冯光廉：《序言：一次有意义的尝试》，《山东师大学报》1987年增刊。

等奖。当年初出茅庐的这批青年学者，已经成长为当下学界的栋梁，不少人成为博士生导师。其中，谭桂林当选教育部"长江学者"特聘教授，魏建当选国家"万人计划"领军人才……他们以自己的实绩证明了二十世纪80年代的理想主义已经结出了丰硕的果实。

这一时期，在资料搜集和整理方面功夫下得较为充足且取得较大成就的还有查国华，他是国内较早从事茅盾研究资料整理与研究的学者。1983年，孙中田与查国华编的《茅盾研究资料》（上中下）由中国社会科学出版社出版；1985年，查国华编的《茅盾年谱》由长江文艺出版社出版；1998年，查国华与查汪宏编的《茅盾日记》由山西教育出版社出版；同时，查国华又受邀参加了《茅盾全集》的编选工作。对此，魏建曾这样回忆道："查先生更大的贡献在于第一版《茅盾全集》。第一版《茅盾全集》总计41卷，1984年至2006年由人民文学出版社陆续出版，是我所见到的体量最大的作家全集。中国作家协会成立了《茅盾全集》编委会编辑室，主要倚重的学者是叶子铭、丁尔纲、查国华等人。编辑室副主任丁尔纲先生告诉我，查国华贡献特别大。查国华自己校注了4卷，校注定稿和参与定稿19卷，参加了编选、注释、校勘、定稿等各个环节的工作，历时近20年。最后一卷（资料附集）不是茅盾的作品，主要是查国华先生自己撰写的。"魏建高度评价了查国华在茅盾资料整理和研究方面的贡献："查国华先生从1950年代就致力于中国现代文学文献史料的研究，1980年代初期就以学术造诣深厚、学术特色鲜明而闻名学界。他先后承担并完成了许多重要的学科研究项目，在茅盾研究方面的成就尤为突出。他参与负责《茅盾全集》编、注、校、审等所有重要环节的工作，历时近20年，是编委会最信赖的专家之一。30多年来，他的代表成果《茅盾年谱》《茅盾研究资料》等著作一直为国内外同行专家所敬佩。"也正因为如此，魏建对查国华的尊重之情逐步加深："我对查国华先生的了解是从尊重开始的，那时的尊重只是因为他是我老师的老师；后来，了解了他的学问和学养后，我开始尊重他学术造诣的深厚；再后来，对他的了解更多了，我越发尊重他的学术定力和学术情怀。"[①]魏建对查国华的这份由衷的尊重正是来源于

---

① 魏建：《不求名利只问耕耘——查国华的文献史料研究》，《中国社会科学报》2017年4月13日。

对本学科传统的尊重与赓续。

在这一时期，学科成员还参与编选了"中国当代文学研究资料丛书"，崔西璐、刘金镛、陆思厚、王万森、房福贤参与编选了丛书的部分内容。"中国当代文学研究资料丛书"是一套大型资料丛书，由全国30多个单位协作编辑而成，涵盖了中国当代文学史上有一定地位、在国内外有一定影响的100多位作家的研究专集和合集。丛书编纂的目的在于为从事当代文学、现代文学、文艺理论、文学写作教学和研究的有关人士提供完整系统的研究资料，同时为其他文学爱好者的文艺创作和研究提供一定的参考。茅盾在为这套丛书所做的序言中这样写道："《中国当代文学研究资料》的出版，填补了解放以来文学研究工作中的一个空缺。解放后，我们出版过好几种现代和当代文学史，但是其中所论述到的作家和作品，却寥寥可数；专门研究作家和作品的著作也出了一些，但也只限于研究鲁迅等几个老作家；对于其他广大的作家群和他们的作品，除散见于报刊上的一些评论文章外，还没有系统的专门的研究。这种状况与三十年来我们文学事业的飞速发展很不相称。三十年来我们的作家队伍是大大的壮大了，涌现了'风华正茂'的第二代、第三代新人。他们的作品，无论在数量、质量和题材面上，都大大超过了解放以前。然而，理应与之相适应的作家研究工作却大大落在后面。"[1] 正因为如此，这套丛书的出版使茅盾看到了"文艺的春天"来临的曙光。

具体来看，本学科在这套丛书编选过程中做出了突出贡献。据"中国当代文学研究资料丛书"出版书目[2] 统计，本学科成员参与编辑了其中五册，分别是：刘金镛、陆思厚、房福贤编选的《徐怀中研究专集》（解放军文艺出版社1983年版），刘金镛撰写的《徐怀中小传》；刘金镛、房福贤编选的《孙犁研究专集》（江苏人民出版社1983年版），刘金镛撰写的《孙犁小传》；刘金镛、陆思厚编选的《陆柱国研究专集》（解放军文艺出版社1984年版），刘金镛、陆思厚撰写的《陆柱国小传》；刘金镛、房福贤编选的《从维熙研究专集》（重庆出版社、贵州人民出版社1985年版），房

---

[1] 刘金镛、房福贤：《中国当代文学研究资料丛书·从维熙研究专集》，重庆：重庆出版社1985年版，序言。

[2] 卜仲康：《蓊溪访谈》，苏州：苏州大学出版社2013年版，第9—12页。

福贤撰写的《从维熙小传》（载于《北京师院学报》1985年第4期）；崔西璐、王万森、陆思厚编选的《刘绍棠研究专集》（重庆出版社、贵州人民出版社1985年版），同时编者撰写了《刘绍棠小传》。值得特别注意的是，"中国当代文学研究资料丛书"编委会在丛书的前言中对为丛书做过贡献和给予支持的所有单位表示感谢，山东师大作为丛书重要的协作单位名列其中。

作为本学科的重要奠基者，田仲济极为关注研究资料的编选工作。对此，蒋心焕和宋遂良在关于田仲济学术人生的文章中这样叙述："建国初期，田先生担任齐鲁大学中文系教授兼系主任时，就注意有关现代文学资料的搜集，购买了当时东方书社出版的新文学书籍。一九五二年院系调整，齐鲁大学合并到山东师院后，他更是有意识地购买五四以来出版的新文学书籍和期刊。一九五五年上级给田先生主持的研究生班拨了八千元经费，田先生全用来购买书报杂志，并建立了资料室。七十年代初期，田先生获悉已故现代文学著名藏书家瞿光熙的家属拟出售私人藏书的消息，他一则以喜，一则以忧，惟恐这批资料零落散失，他不顾个人还在受'审查'的艰难处境，冲破了种种阻力，想方设法使这一大批名贵书籍从南方私人书库安抵师大图书馆。田老常说，资料是研究的基础和前提；只有从第一手资料出发所进行的科学研究，才能经受住历史的考验，才是真正有价值的研究论著。"[1]

田仲济对待资料编选工作的毅力和坚持还体现在其编辑《王统照文集》的曲折历程中。早在王统照逝世以后，国家出版部门就计划为其出版一套文集，这一任务后来落到田仲济肩上。在1964年年末或1965年年初，田仲济编成《王统照文集》，交给出版社。不料"十年浩劫"的发生导致文稿几乎全部散失，所幸王统照生前亲自整理的一部分手稿和剪辑保存的文稿大部分保留下来，为后来重新编辑《王统照文集》提供了珍贵材料。1978年，出版《王统照文集》的计划被再次提上日程，仍旧由田仲济负责编辑工作。1980年起，几经波折的《王统照文集》终于问世，并由山东人民出

---

① 蒋心焕、宋遂良：《青山不老　桃李成林——田仲济教授和现代文学研究》，《山东师大学报（社会科学版）》1987年第4期。

版社陆续出版。《王统照文集》编选了王统照重要的文学著作，在具体编排方面，按体裁进行分卷编排，同时遵循年代顺序。虽然王统照的剧本与翻译的诗歌、小说并未收入文集中，但在当时，已经算是一套较为系统的王统照文集。值得一提的是，杨洪承作为田仲济的学生，20 世纪 80 年代初在田仲济主编《王统照文集》时就曾参与其中。由此出发，杨洪承找到了早期学术研究的一个重要支点，其后来在王统照研究方面取得的一系列成果，与这段经历有一定渊源。同时，本学科重视资料汇编工作的传统也在一定程度上对杨洪承产生影响，其后来主编的一套 7 卷本《王统照全集》（中国工人出版社 2009 年版）便是最好的证明。

田仲济除了特别重视王统照的资料，还在报告文学、山东其他作家、解放区文学和散文杂文等文献资料整理方面有所建树。田仲济在 20 世纪 80 年代参与编选了"中国报告文学丛书"。该丛书由长江文艺出版社出版，是一部囊括 60 多年报告文学的发展历史、总字数 800 多万字、共计 19 分册的研究资料巨著。该丛书按历史时期分辑：五四到 1937 年抗战前为第一辑，抗战至 1949 年前为第二辑，1949 年至 70 年代为第三辑。每辑再分若干分册。田仲济参与编选第一辑，即五四至抗战前的部分。这辑研究资料的编选也有相当深厚的历史渊源。早在 1961 年，中央决定组织人员编写文科教材，《特写报告选》列入编辑计划。当时田仲济等数人集中在上海工作了 3 个月，按计划编选了 23 篇，大约 15 万字，包括五四到 1949 年前各个时期、各个流派、各种风格、各种形式的特写报告。遗憾的是，这套资料在当时并未出版。对此，田仲济回忆道："若是这个选集印出的话，可能成为我们现代文学特写报告的第一个较为全面的选集，可惜书籍既未能出版，而原稿也散失了。幸而偶然的机会，从存书中发现了一个篇目的底稿。虽然不能说这个篇目选得十全十美，但至少对今后这个工作有参考的价值。"因此，在后来参与编辑"中国报告文学丛书"时，田仲济实际上已经有了一定的资料基础和编选依据。对此，田仲济不无谦虚地说："由于有以前那个篇目作基础，再补充一些文章，又请了一两位同志帮同寻找文章和复印，我实际未作多少工作。"[1]但作为丛书策划人之一和执行编委的尹均生，在回顾这套丛书成书过程时写道："古稀高龄的田仲济教授为丛书提供了不少珍贵篇目。"[2]这表明他对田仲济所做工作的高度认可。由此可以看出，从事资料工作常常需要这种数十年如一日的毅力和坚持，久久为功方能获取那枝头最丰硕的果实。1984年，在田仲济的主导下，学校成立了中国现代文学研究中心，这为进一步推进现代文学研究和资料整理工作起了助力作用。该中心原打算不定期地编印一部《史料丛刊》，收录在新文学史上有过影响的山东作家的作品和有关史料。《山东新文学史料第一辑》（1985年内部发行）便是在田仲济主导下编印的山东现代作家耶林的专号。耶林的创作被称为是"铁骨红心的硬性文字"[3]。早在1979年田仲济就曾起草报告，在第四次文代会上请周扬、夏衍、丁玲等14人签名，呼吁出版《耶林纪念文集》，后来这部文集由张以谦、蔡万江编选，田仲济作序。因而，《史料丛刊》第一辑"耶林专号"就是耶林纪念文集出版前所做的铺垫工作。具体在史料编选方面，《史料丛刊》坚持忠于历史事实的原则，对作品和史料不做任何加工和修改。这一编辑标准的提出，显示出编者强烈的史料意识和实事求是的精神，也保证了其编选的资料能够最大限度地保留史料的本来面目，为研究者提供了可靠的文献史料。遗憾的是，《史料丛刊》后因种种原因未有续编。这一时期，田仲济还主编了《中国解放区文学研究资料丛书》，丛书主要包括《冀鲁豫文学史料》（中共冀鲁豫党史工作组文艺组编，河北教育出版社1989年版）、《冀鲁豫文学作品选》（中共冀鲁豫党史工作组文艺组编，河北教育出版社1989年版）、《冀南文学作品选》（刘艺亭、宋复光编，河北教育出版社1989年版）、《晋察冀文学史料》（张学新、刘宗武编，天津社会科学院出版社1989年版）、《湖南苏区文艺运动湘籍作家在解放区》（王驰、胡光凡主编，天津社会科学院出版社1992年版）、《福建革命根据地文学史料》（万平近主编，海峡文艺出版社1993年版）。从具体编写来看，这部丛书以

---

① 田仲济：《田仲济序跋集》，济南：山东教育出版社1991年版，第88页。
② 尹均生：《国际报告文学的源起与发展》，武汉：华中师范大学出版社2009年版，第315页。
③ 参见张以谦《铁骨红心的硬性文字——耶林同志"左联"前后的文学创作介绍》，《山东师院学报（哲学社会科学版）》1980年第2期。

几个主要革命根据地分卷，搜集、整理、编辑了各个革命根据地不同历史时期的文学史料和文学作品。丛书编者遵循尊重历史的方针来编选文学史料，尽量使用第一手材料，以保留史料和作品的本来面貌，为研究者提供客观可靠的参考资料。该丛书旨在广泛搜集整理解放区文学史料，实事求是地总结解放区文艺运动的历史经验，继承发扬解放区文艺的光荣传统，推进新时期社会主义文学的繁荣发展，其对于解放区文学研究的史料价值不言而喻。此外，田仲济还与蒋心焕合作主编了《中国新文艺大系（1937—1949）：散文杂文集》（中国文联出版公司 1996 年版）。《中国新文艺大系》作为一部反映五四以来中国新文艺优秀成果及其发展历程的重要文献史料集，对五四运动前后到 1982 年年底的新文艺作品和史料进行总结，以文学艺术门类分集编纂整理，为相关研究者提供了比较系统、完整的史料文献。田仲济和蒋心焕参与这部重要文献史料集的编纂，在一定程度上显示了本学科在资料汇编工作方面的实力。对于这段编选经历，蒋心焕曾这样回忆道："令我终生难忘的是田老作为老一代学者严之又严的工作态度和一丝不苟的工作作风。该书最后审定的作品为 506 篇，但这 506 篇是我们费时几年从近万篇作品中筛选出来的。经过初选、二选和最后审定，田老勤奋、严谨的工作作风贯穿始终，万分感人。1937—1949 年这十多年，正是伟大而艰巨的战争年代，当时出版的不少书籍和报刊一般都是土纸印刷，字迹模糊难辨，田老拿着放大镜，多次校对，改正错字、漏字。初选、初校工作，我做得比较多，自以为是够认真的，但经他审定还是发现一些差错。这时，他就语重心长地说：'事在人为。'我们不敢保证一个错字也没有，但应以'尽善尽美'的高标准来完成它。田老还把有些作品寄给他熟识的作家，询问用哪个版本为好。总之，大到作品入选标准，小到对错漏的订正，都在他殚精竭虑的关注中。"[①] 这部研究资料的编选，不仅使蒋心焕深刻理解了从事资料工作的方法和标准，同时也为其在 20 世纪 90 年代逐渐转向散文研究奠定了坚实基础。

这一时期，韩之友在鲁迅研究资料工作方面表现突出。对鲁迅研究资料的关注一向是本学科的特色与优势所在。早在"文革"尚未结束时，本学科

---

① 蒋心焕：《蒋心焕自选集》，济南：山东人民出版社 2015 年版，第 413 页。

就曾作为"红皮本"的注释单位之一，参与了鲁迅著作的注释工作。1979年，山东师范学院《集外集拾遗补编》注释组编辑出版了《鲁迅〈集外集拾遗补编〉（1928—1936）资料选辑（上下卷）》。这部资料汇编是学科成员将他们在注释鲁迅《集外集拾遗补编》（1928—1936年部分）过程中阅读与积累的资料重新编选而成的。从内容来看，编入这部书的资料，大部分选自公开或内部出版的报刊书籍，小部分是新写的。这些新写的内容或为注释组收到的答信，或是有关人员应注释组请求特意撰写的。全书共分三辑。第一辑和第二辑为综合性的论述文字，第一辑是关于木刻版画的，第二辑是关于翻译的，第三辑是单篇佚文的资料。这部分内容将有资料可选的、能单独编排的56篇鲁迅佚文的相关资料，按照写作时间的先后顺序进行编排。在各篇所选资料中，包括一部分"反面资料"，为了便于阅读，与"正面资料"合编在一起，按时间先后排列，不再另行分类，这为我们走进历史现场提供了可能。同时，这部资料选集的出版，得到了人民文学出版社鲁迅著作编辑室、北京鲁迅博物馆、鲁迅研究室等单位和一批鲁迅研究学者的协助和支持，使学科在鲁迅研究资料领域呈现出继往开来、不断进取的崭新面貌。正是基于这一深厚的学科传统，在1981年版《鲁迅全集》和2005年版《鲁迅全集》的修订与注释工作中，韩之友代表本学科参与了这一工作。他首先参与的是1981年版《鲁迅全集》第8卷《集外集拾遗补编》（负责1927—1936年部分）的修订与注释工作。对此，有学者这样回忆道："该卷是1981年版《鲁迅全集》修订难度较大的一卷，又是修订质量较高的一卷。这是修订者韩之友先生的严谨学风与扎实功底的有力佐证。"[①] 正是凭借扎实的工作能力和丰富的修订工作经验，韩之友之后又主持了2005年版《鲁迅全集》该卷的修订工作。这一时期，在鲁迅研究资料的修订工作之外，韩之友还参与编辑了《中国现代文学期刊目录汇编》（以下简称《汇编》）。《汇编》由北京大学与山东师范大学合作编辑，1988年由天津人民出版社出版。该书编选1917—1949年编辑出版的在中国现代文学史上有影响、有代表性和史料价值的文学期刊276种，全

---

① 魏建、李宗刚、刘子凌：《拓展现代中国文学研究的新格局——朱德发及山师学术团队与现代中国文学研究学术研讨会论文集》，济南：山东人民出版社2016年版，第375页。

书详列所选期刊的目录，并附作者索引和馆藏信息。致力于期刊研究的刘增人曾这样评价这部丛书："该《汇编》以皇皇两巨册的空前容量，尽可能准确地描述了 276 种（另有附录 4 种）比较重要的现代文学期刊的创刊、休刊、复刊、终刊、编辑、撰稿、出版、印刷、发行等基本情况，收录了各刊物尽可能详尽的目录，还在书末开列了期刊作者索引、期刊馆藏索引、期刊基本情况一览表等极其有用的资料，是自有现代文学期刊研究以来最为完备的工具书和资料库，至今仍是现代文学研究特别是现代文学期刊研究最可靠的依据之一。其被称为功德无量之举，确乎是实至名归。"① 刘增人的高度评价证明了这部丛书的重要史料价值和研究参考价值，同时体现出他对于丛书编者所做工作的极大认可。

需要指出的是，除韩之友外，学科成员顾盈丰、舒欣（即书新）也参与了《中国现代文学期刊目录汇编》的编辑工作。顾盈丰在目录学方面用功较多，他参与编选了《中国现代作家著作目录》，还参与编写了《1937—1949 年主要文学期刊目录索引》（山东师范学院中文系编，1962 年内部出版。据《中国现代文学期刊目录汇编》前言记载，山东师范大学中文系参与编印的部分即是参考此书）。书新在参与编撰《中国现代文学期刊目录汇编》之外，还与刘增人合作编写了《鲁迅生平自述辑要》（上下册）（山东人民出版社 1979 年出版），这部资料汇编封面署名的作者"舒汉"即书新与刘增人的联合笔名。这部鲁迅资料汇编实际上正是本学科在鲁迅资料汇编领域的延续，与此前薛绥之主编的鲁迅研究资料一同构成了本学科鲁迅研究资料的谱系。值得一提的是，刘增人 1963 年毕业于山东师范学院中文系，此后任教于泰安师专和青岛大学，长期致力于期刊资料的搜集与研究，可以说本学科"以重视现代文学史料著称、尤其注重搜罗现代文学期刊"② 的传统对其影响极大。同时，他又以自己沉潜到期刊资料中、徜徉于学术研究的海洋中的不懈实践，而终成文学期刊研究的大家，从而极大地提升了本学科在史料建设中可能企及的历史高度。

---

① 刘增人：《刘增人文选》，济南：山东教育出版社 2016 年版，第 397 页。
② 刘增人等：《中国现代文学期刊史论》，北京：新华出版社 2005 年版，第 673 页。

　　这一时期，本学科在新诗研究[①]方面成绩卓著，研究者包括冯中一、孔孚、吕家乡、袁忠岳等一批学科成员。他们的新诗研究视野广阔、思考深入。与新时期诗歌研究相伴而生，学科成员在新诗研究资料汇编领域同样取得了一些重要成果。1991年，由冯中一担任主编，袁忠岳和吴开晋担任副主编，马怀忠、孔祥会、冯中一、孙国章、沈传义、吴开晋、桑恒昌和袁忠岳作为编委成员，编辑出版了《孔孚山水诗研究论集》（山东文艺出版社1991年版）。贺敬之为这部研究论集题写书名，他在"孔孚诗歌研讨会"上的发言也被作为本书的代序言。从内容来看，这部研究论集总结了1981年以来孔孚山水诗研究的成果和1990年在曲阜召开的"孔孚诗歌研讨会"的成果，在近百篇已发表和未发表的文章中精选出40余篇汇编而成。同时，这部研究资料汇编在编选时注意全面反映孔孚山水诗的研究概貌与研究所达到的深广度。1994年，由朱德发主编的《中国山水诗论稿》（山东友谊出版社1994年版）出版，王琳、张光芒、姜振昌、张清华、鹿国治、袁忠岳、吕家乡参与撰稿。这部研究资料"采取了史论兼顾结合、以史为经、重在进行史学理论探讨的立场与方法，强调在'中国山水诗美学'的方向上下功夫。全书分为导论、过程论、本体论三个主体部分，最后又附以山水诗研究的论著目录索引，以全面和立体的视角对中国历代尤其是现代山水诗的历史流变、文化意蕴与美学特征进行梳理与探讨"[②]。这一时期，袁忠岳在诗歌研究的同时也参与编写了一些颇具影响的诗学书籍。他作为撰稿人之一，参与了朱先树、阿红、吕进主编的《诗歌美学辞典》（四川辞书出版社1989年版）和朱先树主编的《中国当代抒情短诗赏析》（文化艺术出版社1986年版）的编写工作。

　　与此同时，本学科从事资料研究的学者张桂兴长期致力于老舍研究资料的搜集与整理，成为老舍资料研究方面的代表学者。张桂兴编纂的《老舍年谱》（上下卷）（上海文艺出版社1997年版）是较完备的老舍生平研究资料，其编著的《老舍研究丛书》系列，包括《老舍著译编目》（中国国际广播出

---

① 吕进：《山东师大在新时期的新诗研究》，《山东师范大学学报（人文社会科学版）》2015年第4期。

② 李海萍、高航：《山东省社会科学优秀成果奖获奖作品概览1994.7—2004.12》，济南：齐鲁书社2008年版，第632页。

版社 2000 年版）、《老舍旧体诗辑注》（修订本，中国国际广播出版社 2000 年版）、《老舍资料考释》（修订本，中国国际广播出版社 2000 年版）、《老舍文艺论集》（山东大学出版社 1999 年版）、《〈老舍全集〉补正》（中国国际广播出版社 2001 年版）、《老舍与第二故乡》（青岛海洋大学出版社 2000 年版）等。张桂兴在老舍研究资料整理方面成果丰硕，显示出其专注于资料工作的深厚功力和坚韧毅力。张桂兴取得这样的成果与其长期以来所秉持的研究方法是分不开的。在《老舍年谱》的后记中，张桂兴回忆了他的编选经历："《老舍年谱》中的每一条、每一款，都是'从一个侧面投射出的''一股光柱'；全书的所有条、所有款'聚合在一起'，才能争取'映现出一个完全的老舍先生'来。为了达到这个目的，笔者所确定的《老舍年谱》的修订原则是：一律核对原件，以保证资料的准确性；力求每一条、每一款都尽量摘录当时、当地报刊杂志的原始记载，藉以尊重历史并力求重现老舍昔日的音容笑貌；绝对不做'文抄公'——不核对原件，就任意抄来抄去，以至于以讹传讹。就这样，笔者不仅再次翻遍了本校、本省的图书馆，而且还多次赴北京、上海、天津、南京、武汉、长沙、重庆、成都等地的几十家图书馆去核对资料。对一些利用资料较少，不便于亲自前去查阅的其他几十家图书馆，分别进行了书面查询。其最终结果是，不仅纠正了过去的诸多讹误，而且新发现了一大批鲜为人知的资料，填补了老舍一生中某些方面、某个侧面或某段时间的空白。劳动量之大，资料之难找，奔波之辛苦，可想而知！"① 可以看出，正是因为具有这种坚决不做"文抄公"的求真精神，张桂兴的资料整理和考据工作才得以扎扎实实地推进，并最终有所收获。

张桂兴教授从本学科退休之后，依然把资料的搜集与整理当作自己安身立命的根本。他不仅在老舍资料方面做出了突出的贡献，还在林语堂研究资料整理方面有所拓展。林语堂作为一位"脚踏中西文化"的现代文学作家，著述较为复杂，涉及文学、语言学、历史学、教育学和中外文化交流等众多领域，相关资料众多，且大都散落在世界各地，没有很好地搜集整理起来。因而，编选一部系统完整的《林语堂全集》势在必行。近年来，凭借多年资

---

① 张桂兴：《老舍年谱（下册）》，上海：上海文艺出版社 1997 年版，第 940—941 页。

料汇编工作的经验和基础，张桂兴承担了有关部门共同委托的重大文化建设项目《林语堂全集》的编选工作。这部《林语堂全集》约60卷，2000万字左右。可以想见，《林语堂全集》的编纂和出版为其后的林语堂研究奠定了系统完备的资料基础。张桂兴以其在资料研究领域的实践，将资料工作作为其学术人生的依托和生长点，真正达到将资料整理工作与学术人生相融合的境界。

三、新世纪：赓续传统、砥砺前行的学科资料汇编

进入新世纪，本学科资料汇编工作也迎来了新的发展阶段，以吴义勤、魏建为代表的新一代山师学人赓续学科传统，沿着前辈学者的足迹继续探索资料汇编的新路径。在新世纪的第一个十年，吴义勤参与主编了《中国新时期文学研究资料汇编》，为推进新时期文学资料工作的开展做出了至关重要的贡献；在第二个十年，由魏建担任主编的《20世纪中国文学主流·历史档案书系》，力求通过对20世纪中国文学史重要文学板块的关注，展现文学史的历史变迁，深化20世纪中国文学史研究，显示出新时代现代文学资料汇编工作的创新性。

新世纪以来，山师现当代学科资料汇编工作是在两位学科带头人的组织下展开的。2000年，吴义勤成为学科带头人，他带领学科团队积极致力于学科建设，在资料汇编方面的重要成果是参与总主编的《中国新时期文学研究资料汇编》。这套丛书总主编由孔范今、雷达、吴义勤和施战军担纲，由山东文艺出版社2006年出版，分为甲、乙两种，甲种主要选编新时期文学思潮、流派、文体等方面的综合研究资料，本学科参与编选的研究资料有《中国新时期小说研究资料》（共三册）、《中国新时期女性文学研究资料》《中国新时期儿童文学研究资料》《王安忆研究资料》《韩少功研究资料》《余华研究资料》等。其具体书目如下：

吴义勤主编，房伟、胡健玲编选：《中国新时期小说研究资料（上）》，山东文艺出版社2006年4月版。

胡健玲主编，陈振华编选：《中国新时期小说研究资料（中）》，山东文

艺出版社 2006 年 4 月版。

胡健玲主编，王永兵编选:《中国新时期小说研究资料（下）》，山东文艺出版社 2006 年 4 月版。

张清华主编，毕文君、王士强、杨林编选:《中国新时期女性文学研究资料》，山东文艺出版社 2006 年 4 月版。

胡健玲主编，孙谦编选:《中国新时期儿童文学研究资料》，山东文艺出版社 2006 年 4 月版。

吴义勤主编，王志华、胡健玲编选:《王安忆研究资料》，山东文艺出版社 2006 年 5 月版。

吴义勤主编，李莉、胡健玲编选:《韩少功研究资料》，山东文艺出版社 2006 年 5 月版。

吴义勤主编，王金胜、胡健玲编选:《余华研究资料》，山东文艺出版社 2006 年 5 月版。

有鉴于研究界对新时期文学资料工作关注的不足，这套丛书力图建构一个全面反映中国新时期文学的资料汇编体系。丛书力求做到:一是全面系统地展示中国新时期文学研究的成就和中国新时期文学研究的现有水平;二是为全面客观地评价和认识中国新时期文学提供科学的参照和理论的依据;三是全面梳理、呈现和总结中国新时期文学的研究历史和研究脉络。因而，在编选的过程中，这套丛书力求资料的系统性、学术的科学性、观点的多元性，以使研究者对中国新时期文学研究的历史与现状形成较为全面、客观的认识。此外，这套丛书在每册附录部分对相关研究成果以索引的方式予以呈现。丛书乙种是新时期文学代表作家研究资料，主要内容包括作家生平与创作自述、相关期刊论文资料，附录部分有作家的作品年表和研究资料索引。

值得关注的是，这套丛书体现出一种重述历史的意图。程光炜对其有过这样的评价:"它是'今天'与'过去'的对话，体现了某种'重构历史'的想法。""这样的'编排'，有把大量材料打乱和加以'重排'的目的，说明了编选者不满'过去'结论，希望通过挑选、甄别、吸收、放弃的方法，对研究对象进行'重述'。这样的工作，由于拥有'今天'的眼光，明确无误的'今天'的意识，它的意义，显然大大超出了'技术'层面。"① 因此，丛书编选的大量资料虽然是已发表的文章，但经过编选者的重新编排，以一种重构的秩序将其整合之后，这些材料就被赋予了新的历史意义。

2009 年，魏建成为学科新的带头人，他继续致力于拓展学科资料编选和学术研究的新路径。魏建在郭沫若资料整理与学术研究方面颇有造诣，同时以史料为基点大力探索文学史书写的新方法。为此，他从文献史料和学术研究两个维度来尝试着拓展 20 世纪中国文学研究的空间。从 2013 年开始，魏建带领学科成员陆续编辑出版了"20 世纪中国文学主流·历史档案书系"，已出版 12 册。其具体书目如下：

朱德发、赵佃强编：《国语的文学与文学的国语——五四时期白话文学文献史料辑》，人民出版社 2013 年 9 月版。

魏建编：《青春与感伤——创造社与主情文学文献史料辑》，人民出版社 2013 年 12 月版。

王万森、刘新锁编：《文学历史的跟踪——1980 年以来的中国当代文学史著述史料辑》，人民出版社 2014 年 7 月版。

周志雄编：《网络文学的兴起——中国网络文学发展文献史料辑》，人民出版社 2014 年 7 月版。

刘子凌编：《话剧与社会——20 世纪 30 年代中国话剧文献史料辑》，人民出版社 2014 年 3 月版。

李宗刚编：《炮声与弦歌——国统区校园文学文献史料辑》，人民出版社 2014 年 8 月版。

张丽军编：《写实与抒情——中国乡土文学思潮文献史料辑》，人民出版社 2014 年 10 月版。

房伟编：《颠覆与重建——20 世纪 90 年代中国小说历史叙事思潮研究史料辑》，人民出版社 2015 年 1 月版。

---

① 程光炜：《文学的今天和过去》，长春：吉林出版集团有限责任公司 2009 年版，第 242—243 页。

贾振勇编：《左翼十年——中国左翼文学文献史料辑》，人民出版社2015年4月版。

陈夫龙编：《侠坛巨擘——金庸与新武侠小说研究史料辑》，人民出版社2015年7月版。

吕周聚编：《朦胧诗历史档案——新时期朦胧诗论争文献史料辑》，人民出版社2016年9月版。

孙桂荣编：《变动时代的性别表达——新时期女性文学与文化研究文献史料辑》，人民出版社2016年11月版。

丛书主编魏建在为丛书撰写的序言中指出，丛书的编纂受到勃兰兑斯《十九世纪文学主流》的启发，采用以个案透视整体的方法。在具体编选过程中，编选者并没有囿于勃兰兑斯的方法，而是以开放的眼光，重视对中国本土的学术资源进行现代转化，在继承传统的同时也追求创新。丛书的创新之处首先体现在通过对20世纪中国文学"地标性建筑"的关注来展现20世纪中国文学地图。丛书从20世纪中国文学发展史上的重要文学板块，如言情文学、白话文学、乡土文学、左翼文学、话剧文学、大后方文学、新诗潮、女性文学、文学史著述、武侠小说、网络文学等入手，在对一个个文学板块的聚焦中来观测整个20世纪中国文学的历史嬗变。丛书的创新之处还体现在重申了史料对文学史研究的意义。丛书对文学史文献史料的高度重视，强化了文献史料对文学史研究的基础作用，强调文献史料是文学史"本体"的重要组成部分，这种以史料为依托的研究方法有利于深化20世纪中国文学史的研究。

在编纂方面，"20世纪中国文学主流·历史档案书系"不仅致力于重构20世纪中国文学历史发展的文献和史料根基，而且力图通过对各个重要文学板块文献史料的整体复原，尽可能直观、立体地还原20世纪中国文学史"本体"的原生态风貌。作为"20世纪中国文学主流"的"一期工程"，"20世纪中国文学主流·历史档案书系"成为"20世纪中国文学主流·学术新探书系"的重要资料基础，为本学科后期资料汇编与研究工作的展开提供了系统而翔实的原始史料。在内容方面，丛书追求文献和史料的"原始"性，编选的材料以"原始史料"和"经典文献"为主，以"回忆与自述"和"历史图片"为辅，所选文献和史料均以初版本或能搜集到的最早版本为准。在具体编排方式上，丛书关注20世纪中国文学的"地标性建筑"，在具体编选时，各文学板块史料独立编选成册。但各册内容并非各自独立、毫不相关，而是"分中有和、似断实连"，在20世纪中国文学的总体框架中形成了一个有机的整体。

本学科历来重视学科团队建设，注重对学科团队资料的保存与整理。2014年，朱德发及山师学术团队与现代中国文学研究学术研讨会召开，会议结束后，学科成员魏建、李宗刚、刘子凌担任主编，将本次会议的材料汇编成《拓展现代中国文学研究的新格局——朱德发及山师学术团队与现代中国文学研究学术研讨会论文集》（山东人民出版社2016年版）。虽然从书名来看，这部资料汇编名为"论文集"，但实际编选内容并不局限于此，而是将与此次会议有关的照片、贺信、致辞以及一些其他类型的文章一并收入，较好地保留了此次学术研讨会的一些历史细节和珍贵史料，同时便于研究者回眸与展望。具体来看这部资料汇编收录的内容，第一部分是贺信，以收到时间先后为序，共收录了17封贺信。第二部分为开幕式致辞，按现场致辞先后顺序，收录了商志晓、温儒敏、吴义勤、王红勇四人的致辞。第三部分是参与本次学术研讨会的学者提交的论文，这一部分又以文章的内容分类，划分为五辑。第一辑编选的论文以朱德发的具体著作为研究对象，对这些著作进行评析，属于文本细读类，共编选6篇；第二辑编选的论文集中关注朱德发的五四文学研究，共编选6篇；第三辑编选的论文集中探讨朱德发的文学史思想与文学史研究，共编选10篇；第四辑编选的论文对朱德发的学术精神、学术思想、学术品格进行总结与探析，共编选12篇；第五辑编选的论文则从不同侧面对山师现代中国文学学术团队进行考察，共编选9篇。第四部分是附录，收录了提交会议的5篇散文和1篇会议综述。众多学者对"朱德发及山师学术团队与现代中国文学研究"这一议题做出了自己的阐释，这一方面显示出研究者对朱德发的学术成就和学术人生的肯定，同时表明了以朱德发为代表的本学科学术团队获得了学界认可，成为现代中国文学研究中一个不可忽视的学者群落。

新世纪以来，本学科在文献资料方面用功较多的是魏建。魏建在此期间完成了两个国家社科基金项目，"郭沫若文学佚作的收集、整理和研究"是一般项目，"郭沫若作品修改及因由研究"为国家社科基金重点项目。魏建还组织申报了国家社科基金重大招标项目"中国近现代文学期刊全文数据库建设与研究"，该项目系以本学科为申报单位获得的首个重大招标项目，也是山东师范大学首个重大招标项目，该项目首席专家为刘增人。

这一时期，学科其他研究者也积极投身于研究资料的汇编工作，并取得一系列成果。李宗刚与谢慧聪辑校了《杨振声研究资料选编》和《杨振声文献史料汇编》（山东人民出版社 2016 年版）。该资料出版后，在学术界产生了一定的反响。陈子善在其主编的《现代中文学刊》2017 年第 4 期封三上，以《山东人民出版社推出杨振声研究新著》为题专门刊出了这两本书的书影及介绍。李浴洋在《中国图书评论》2017 年第 1 期评述 2016 年中国现代文学研究著作时，特别提及关于杨振声的这两本研究资料。李钧等人在《潍坊学院学报》2017 年第 3 期上撰文指出，杨振声研究系列资料的出版，使杨振声重回人们的视野，改变了文学史上对杨振声作品自 1987 年以来重复汇编的现状，改变了文学史上对杨振声研究资料尚属空白的现状。[①] 此外，李宗刚还编选了《郭澄清研究资料》（山东人民出版社 2016 年版），陈夫龙编选了《激情与反叛——中国新文学作家与侠文化研究资料辑》（山东人民出版社 2017 年版），朱德发、蒋心焕、李宗刚编选了《第三次国内革命战争时期解放区文艺运动资料汇编》（辽宁人民出版社 2018 年版），陈夫龙编选了《〈铁道游击队〉文献史料辑》（中国社会科学出版社 2018 年版），陈夫龙、王晓文编选了《灵魂的相遇：朱德发著作评论集粹》（中国社会科学出版社 2019 年版），李宗刚编选了《多维视阈下的中国现当代文学》（山东人民出版社 2019 年版）、《〈山东师范大学学报（人文社会科学版）〉目录摘要汇编（1978—2018）》（贵州人民出版社 2019 年版）、《赵德发研究资料》（山东大学出版社 2020 年版），李宗刚、王沛良编选了《穿越时空的鲁迅研究——"山师学报"（1957—1999）鲁迅研究论文选》（山东人民出版社 2020 年版）。

---

① 谢慧聪：《李宗刚：人生，在学术中绽放光彩》，《联合日报》2018 年 10 月 23 日。

从这些资料编选中可以看出，在新的历史时期，本学科学人继续砥砺前行，接续了学科重视史料搜集与整理的传统。

应该提及的是，本学科的资料汇编工作得到《山东师范大学学报（社会科学版）》一以贯之的支持。可以说，在本学科资料整理与研究这一历史进程中，从编30来年的文学编辑翟德耀功不可没。翟德耀作为学报的编辑，高度重视现代文学研究与文献史料方面的相关成果，发表了本学科学者的一系列文献史料的论文，尤其是在鲁迅、茅盾、王统照等名家的纪念节点上，积极延揽和组织本学科学者撰写相关论文，促进了本学科资料整理与研究的深化。

综上，二十世纪五六十年代，在以田仲济和薛绥之为代表的第一代学人的带领下，本学科编纂了"中国现代作家研究资料丛书"，由此奠定了学科资料汇编工作的基础；20世纪70—90年代，本学科继续拓展资料汇编的新道路，在鲁迅、茅盾、老舍、孙犁、从维熙、刘绍棠、徐怀中、陆柱国、王统照、臧克家、叶圣陶等作家研究资料，以及解放区文艺运动、报告文学、期刊等研究资料领域不断结出新的硕果，标志着本学科在资料汇编工作方面有了一定的实绩；新世纪以来，以吴义勤、魏建为代表的新一代山师学人继续突出学科资料汇编工作的特色，在第一个十年编辑出版了《中国新时期文学研究史料汇编》（该汇编与山东大学等合作完成），在第二个十年编辑出版了"20世纪中国文学主流·历史档案书系"，赓续并发扬了本学科重视资料汇编工作的传统。通过对山师现当代文学学科资料汇编历史的回眸，可以更好地辨明今后学术研究的路径，在现代思想的烛照下发掘并阐释历史资料的学术价值和意义，使中国现代文学研究在丰厚史料的基础上拓展出新的思想空间。

［原载《山东青年政治学院学报》2021年第5期，后收入李宗刚编《山师学人视阈下的中国现当代文学——"山师学报"论文选：1959—2009》（山东大学出版社2022年版）和李光贞等主编《中国学术日译》（櫂歌書房出版社2023年版）］

山东师范大学中国现当代文学史编写的历史回溯

李宗刚　　闫　晗

山东师范大学（原名为山东师范学院，为了行文方便，下文统一简称为"本校"）中国现当代文学学科（为了行文方便，简称"本学科"）自创立以来已走过 70 余年的光辉历程。70 余年来，本学科致力于学科建设与人才培养，为中国现当代文学学术研究界源源不断地输送一批又一批优秀人才。这些学者后来几乎遍布全国，形成了一批在教学与科研上卓有建树的著名学者。同时，本学科还在重视研究资料整理的基础上积极拓展中国现当代文学史的编写工作，逐步建构起了独具特色的文学史编写体系。因此，将本学科整个文学史编写的历史纳入 70 多年的学科史加以考辨便显得极有意义和必要。本文拟从 20 世纪 50 年代至 1976 年、1977—1989 年、1990—1999 年、新世纪第一个十年、新世纪第二个十年等五个时期来梳理本学科作为第一署名单位的文学史编写历史，以期对中国现当代文学方面的文学史编写研究提供镜鉴。

一、20 世纪 50 年代至 1976 年：文学史编写的初步尝试

随着新中国高等教育把中国现代文学纳入中国语言文学教学课程体系中，中国现代文学（又称为"中国新文学"）成为大学学生学习的一门专业基础课程。本学科正是适应这一历史要求，开始了文学史编写，主要代表成果有《中国新文学史》（山东师范学院印刷，20 世纪 50 年代初）、《中国现代文学史》（共计 5 册，山东师范学院印刷，1960—1962 年）、《中国现代文学史（上册）》（山东师范学院中文系现代文学教研组印，1964 年 2 月）、《中

国现代文学史（下册）》（山东师范学院中文系现代文学教研组印，1964 年 3 月）、《中国现代文学史（第一分册）》（山东师范学院中文系中国现代文学教研组印，1964 年 8 月）、《中国现代文学史（第二分册）》（山东师范学院中文系中国现代文学教研组印，1964 年 9 月）等。

20 世纪 50 年代，本学科编写完成了《中国新文学史》，并作为本校中文系讲授"中国新文学"课程的教材。笔者查阅本校档案馆保存的早期档案，在卷宗时间为 1953 年的档案里发现了一份《山东师范学院各系各学科使用教材概况表》，其中就有《中国新文学史》这部教材。根据这份档案记载，该教材的"原著者及编译者姓名"为"田仲济（山东师范学院教授）"，"出版处所及年月日"为"本院出版印刷科"，这说明《中国新文学史》在 1953 年就已作为教材投入使用。①

20 世纪 50 年代后期，全国范围内开始出现高校自主编写文学史的现象。对此情况，有学者早在 2005 年就对这个时期的中国现代文学史编写的基本面貌进行了梳理。② 但是，这一评述并没有把这一时期本校中文系于 20 世纪 60 年代初编写的《中国现代文学史》纳入其中。这不能不说存在着一定的缺憾。20 世纪 60 年代初版《中国现代文学史》是本校中文系自成立以来，以青年教师和学生为主力而编写的一部文学史。这部《中国现代文学史》共分为五册，包括《中国现代文学史（初稿）第一册》（山东师范学院中文系编写，1960 年 7 月）、《中国现代文学史（初稿）第二册》（山东师范学院中文系编写，1960 年 7 月）、《中国现代文学史（初稿）第三册》（山东师范学院中文系编写，1961 年 2 月）、《中国现代文学史（初稿）第四册》（山东师范学院中文系编写，1961 年 11 月）、《中国现代文学史（初稿）第五册》（山东师范学院中文系编写，1962 年 3 月）。据笔者不完全统计，《中国现代文学史》字数在 60 万字左右。

20 世纪 60 年代初版《中国现代文学史》作为特定时代的产物，较之以前的文学史编写，有其特殊之处，主要是在编写的组织方式、框架结构及历

---

① 经多方查阅与搜索，该书已难以找到原稿，1953 年的《山东师范学院各系各学科使用教材概况表》证实《中国新文学史》是当时的教材。

② 贺桂梅：《"现代文学"的确立与 50—60 年代的大学教育体制》，《教育学报》2005 年第 3 期。

史分期阶段、编写内容等方面有所不同。换言之，《中国现代文学史》具有鲜明的时代政治性特征，由此可以窥见这一时期群众性编写《中国现代文学史》的基本面貌。

诚如 20 世纪 60 年代初版《中国现代文学史》在编写说明中坦诚指出的那样，"由于执笔者不一，各部分在体例、简繁、形式、风格上不大一致"，"因为时间仓促，未能仔细修改、校正"，"在观点和内容上定会有不少错误"①，其时代的局限性是不言而喻的。但从历史的发展来看，这部文学史的编写实践，为本学科培养了一批后来在文学史编写方面不断精进的青年教师和学生，像冯光廉、蒋心焕等学者都在本学科继续参与了一系列文学史的编写工作。

1964 年版《中国现代文学史（上册）》和《中国现代文学史（下册）》、1964 年版《中国现代文学史（第一分册）》和《中国现代文学史（第二分册）》是本学科与山东大学等高校合作编写的文学史，为满足当时的教学之需起到了应有的作用。与 20 世纪 60 年代初版《中国现代文学史》有所不同的是，这几部文学史的编写不再以学生为主力，而是由几位高校教师共同组成编写队伍。1964 年版的《中国现代文学史》是由"山东大学、山东师范学院、曲阜师范学院的刘泮溪、韩长经、张伯海、薛绥之、冯光廉、蒋心焕、谷辅林诸同志执笔"② 共同写成的。冯光廉回忆说："当时，我与山东大学的张伯海下到农村参加四清运动。由于学生复课急需一本教材，但一个学校编写太慢，因此我就提议与张伯海一起编写教材。"山东大学、山东师范学院两个院校完成了文学史的前半部分，之后曲阜师范学院的徐文斗、谷辅林等人也加入进来，编写了文学史的后半部分。内部印刷之后马上投入使用，并获得不错的反响。③

总的来看，本学科在 20 世纪 50 年代和 60 年代的文学史编写方面尽管存在一定的历史局限性，但是，作为文学史编写的重要尝试和实践，本学科在文学史编写上迈出了可喜的第一步，并逐渐成为一种可贵的学科传统。实际

---

① 山东师范大学中文系编：《中国现代文学史（初稿）第一册》，前记，济南印刷厂，1960 年。
② 田仲济、孙昌熙主编：《中国现代文学史》，济南：山东人民出版社 1979 年版，第 543 页。
③ 2022 年 6 月 16 日，翟德耀电话采访冯光廉老师的录音。

上，本学科在此后的文学史编写上之所以能够不断开拓创新，恰好是与这样的文学史编写实践分不开的。从这种意义来说，本学科的一系列文学史编写实践恰好是在螺旋式上升过程中逐渐开展起来的，在本学科发展历史中占有举足轻重的地位。

二、1977—1989年：文学史编写的开拓创新

1976—1989年，本学科在文学史编写上持续发力。一方面，本学科的教师们接续本校中文系在文学史编写方面的优良传统；另一方面，在文学史编写的实践中更是逐渐建构起一套独具特色的文学史编写体系，并取得了一系列具有创新意义的文学史著作成果。其主要文学史著作有：《中国现代文学史》（田仲济、孙昌熙主编，山东人民出版社1979年版）、《中国现代文学史》（上下册）（山东师范大学附设自修大学，山东师范大学中国现代文学教研室，1983年5月）、《中国当代文学简编》（山东师范大学附设自修大学，山东师范大学中文系中国当代文学教研室，1983年7月）、《中国现代小说史》（田仲济、孙昌熙主编，韩立群、蒋心焕、王长水、韩之友执笔，山东文艺出版社1984年版）、《中国现代文学史教程》（冯光廉、朱德发、查国华、姚健、韩之友、蒋心焕编著，山东教育出版社1984年版）、《中国现代/当代文学二百题》（冯光廉、朱德发主编，冯光廉、朱德发、刘增人、吴开晋、崔西璐、蒋心焕、韩立群、韩之友、魏绍馨执笔，山东文艺出版社1984年版）、《中国现代文学史题解》（冯光廉、朱德发、刘新华、查国华、姚健、韩之友、蒋心焕编著，山东教育出版社1984年版）、《中国现代文学史新编》（孙昌熙、朱德发主编，宁夏人民出版社1987年版）、《新编中国现代文学史》（朱德发、蒋心焕、陈振国主编，明天出版社1989年版）。

1979年版《中国现代文学史》的主编分别为田仲济、孙昌熙，其编写人员为山东大学王长水、史若平、李庶长、孙保林等，本校冯光廉、蒋心焕、朱德发，曲阜师范学院魏绍馨、朱光灿、韩丽梅，本校聊城分院韩立群、孙慎之[①]。这部文学史在全国，乃至海外都是影响比较大的一部文学史。作为

---

① 田仲济、孙昌熙主编：《中国现代文学史》，济南：山东人民出版社1979年版，第543页。

"十一届三中全会以后我国出版的最早的教科书之一"①，也是"文革"后第一部首次发行到国外的现代文学史著作，出版后便获得了海内外学术界的一致好评，"可谓新时期中国现代文学史领域的一枝报春花"②。参与这本文学史编写的蒋心焕曾这样回忆道："这本书出版后，香港《文汇报》《大公报》、日本《野草》杂志以及国内《文学评论》等报刊相继发表推荐、评介文章，肯定了这本书较早地恢复了文学史本来的面貌，是一本可信之书。"③"该书出版后，好评如潮，香港《大公报》以'实事求是！实事求是！实事求是！'的大字广告推荐此书。"④ 对于这一文学史编写实践，香港的《文汇报》也给予了高度评价："现今，文学、史学、艺术又得到健康的发展，特别是自从进行'实践'问题的讨论以来，思想解放、实事求是的优良作风又出现了。在文学艺术的花圃，一朵朵娇艳欲滴的鲜花灿烂地开放。其中，山东人民出版社出版的《中国现代文学史》，就是美艳的一朵。……本书是令人欢迎感奋的。愿有更多像本书一样的好作品出世！更愿实事求是的作风，大大发扬！"⑤ 1985 年，该书作为"中国现代文学史丛书"之一，由山东文艺出版社出版了修订本。

1979 年版《中国现代文学史》能引起如此强烈的反响，并赢得海内外的赞誉，与其在编写指导思想上的解放有关。1979 年版《中国现代文学史》努力"消除极'左'政治对文学史研究粗暴干涉的后果，还历史以本来面目，还学术以本来身份"，"'旨在恢复实事求是的党的优良传统'"，"践行解放思想的编写原则"。⑥ 正如蒋心焕曾经回忆的，田老带领编写人员认真总结了新中国成立以来文学史编写中的"左"的和形而上学的倾向，提出解放思想、

① 蒋心焕、宋遂良：《青山不老　桃李成林——田仲济教授和现代文学研究》，《山东师大学报（社会科学版）》1987 年第 4 期。
② 李宗刚：《中国现代文学研究的代际传承——以蒋心焕教授为例》，《长江学术》2022 年第 2 期。
③ 蒋心焕：《回忆恩师田仲济》，《春秋》2009 年第 1 期。
④ 蒋心焕：《文学史研究的春天——二十年瞬间与记忆》，《蒋心焕自选集》，济南：山东人民出版社 2015 年版，第 455 页。
⑤ 右天：《实事求是的作风——介绍〈中国现代文学史〉》，香港《文汇报》1980 年 1 月 4 日第 9 版《文化之窗》第 393 期。
⑥ 李宗刚：《中国现代文学研究的代际传承——以蒋心焕教授为例》，《长江学术》2022 年第 2 期。

实事求是、恢复历史本来面目的要求。[①] 当然，这部文学史能够在思想上有所解放，则与本学科以及山东学术界此前在文学史编写时注重实事求是的基本原则，注重在原始资料中发掘文学史的内在规律有关。

1983 年版《中国现代文学史》共分为两编：上编是对中国现代文学史上的运动、斗争、创作进行概述，包括"五四新文化运动及其发展""左翼文学运动""抗战的民主的文学运动""文学思想斗争""创作概述"五章；下编主要介绍一些有代表性的作家作品，其中有的以个人进行专章介绍，例如鲁迅、郭沫若、茅盾，其余大部分作家及其作品是将其并列在一章中进行介绍。同时，为了教学需要，该文学史"在编写体例或者是内容，都考虑到便利于自学"。值得一提的是，这部文学史在编写时仍然延续、继承了自 20 世纪 60 年代本学科在文学史编写方面"重视原始史料"的优良传统，"在编写时力求从原始史料出发，反映中国现代文学发展的本来面目，并尽量吸取当前学术界研究的新成果"[②]。

1983 年版《中国当代文学简编》则"力求注意高等学校专业基础课教材的特点，既理清历史线索，又突出作家作品，既传授知识，又培养能力，以利教师教课和学生自学"；与此同时，"还力求吸收最新研究成果，反映学科的历史进展"。值得肯定的是，该书编写者已经意识到旧体诗词在中国当代文学发展中的重要地位，并把旧体诗词未能收入本文学史感到遗憾，"时间关系，当代文学的一些重要组成部分，如电影文学、戏曲文学和旧体诗词等，只好暂付阙如"。[③]

1984 年版《中国现代小说史》是一部曾经产生过较大影响的小说史，并被翻译成韩文在韩国出版。这部由田仲济和孙昌熙主编的小说史主要有四位执笔人员，分别是山东大学的王长水、本学科的韩之友和蒋心焕、聊城师范学院的韩立群。该小说史编写秉持着"'文学是人学'，特别是小说，主要的是要真实地反映出时代的面貌，是要写出典型环境中的典型性格"[④] 的原

---

① 蒋心焕：《回忆恩师田仲济》，《春秋》2009 年第 1 期。
② 山东师范大学中国现代文学教研室：《中国现代文学史》（上册），说明，1983 年。
③ 山东师范大学中文系中国当代文学教研室编：《中国当代文学简编》，1983 年，第 468 页。
④ 田仲济、孙昌熙主编：《中国现代小说史》，济南：山东文艺出版社 1984 年版，序言，第 3 页。

则，采用了以人物形象来划分章节的方法，并根据人物形象类型的不同分为8章。相较于之前大部分文学史以历史时期、作家作品、风格以及社团流派作为文学史划分的依据，这部小说史突出体现了写法上的尝试与创新。2002年，经金永文、李时活、赵诚焕等韩国学者翻译的韩语版《中国现代小说史》在韩国出版。《中国现代小说史》的外译，不仅提升了本学科的国际影响力，亦促进了中韩文学与文化交流，堪称本学科在文学史编写实践上一次历史性的跨越。

1984年版《中国现代文学史教程》①是为"自修大学开设中国现代文学史课程"和"爱好现代文学者"而编写的。该书"力求从原始史料出发，坚持实事求是的原则，反映中国现代文学发展成果的本来面目"。此外，"为了帮助读者了解中国现代文学史的发展线索"②，第一次在书的最后附录《中国现代文学年表》，对现代文学各时期的大事记予以整理。该书在编写体例上主要分为上、下两编，上编主要概述文学运动与文学创作，下编主要介绍作家作品。该书改变了过去文学史只对鲁迅、郭沫若、茅盾进行专章论述的体例，巴金、老舍、曹禺在本书里也以专章形式出现，这在一定程度上对既有的文学史编写框架有所变革。

1984年版《中国现代/当代文学二百题》从严格意义上来讲并不是文学史，但它对既有的文学史是一种有益的补充。正如编者所言，本书是"为了帮助广大业余自学者或申请参加大学中文专业考试者（或在校的大专院校中文系学生），更好地掌握中国现代、当代文学史的基础知识、基本规律，更有效地提高评价作家作品的能力"而编写的，考虑到适用性与实用性，主要采用了题解的形式来呈现中国现当代文学史。结合中国现当代文学的教学大纲，本书从整个中国现当代文学史中拟定、概括了200道题（前135题为中国现代文学，136—200道为中国当代文学），其中既涉及宏观层面上的历史分期、发展轮廓、文艺斗争等问题，又有对作家作品、艺术成就、创作特色、

---

① 《中国现代文学教程》在1984年4月出版以后，下半年便随即投入使用，并作为本校中文系1984级本科生的通用教材。

② 冯光廉、朱德发等编著：《中国现代文学史教程》，济南：山东教育出版社1984年版，说明，第1、2页。

人物形象等微观问题进行的细致解答，在问题的设计与阐释上，既注重广度，又考虑深度，"参考了教育部及自学考试指导委员会颁布的中国现代、当代文学史教材"，又"吸取了近年来研究中国现代、当代文学的新成果（或文学史专著或单篇论文）"。① 因此，这本文学史参考书在出版后得到了学生的广泛好评。

1984年版《中国现代文学史题解》则是以题解形式编写的又一部文学史参考书。作为文学史辅助教材，这部题解同样是为了适应在全国兴起的"学习文化科学知识的热潮"，为了"自修大学、业余大学、电视大学、函授大学、夜大学的汉语言文学专业"的基础课教学而编写的。在具体的编写体例及内容上，本书拟定了200个题目，分别由冯光廉、朱德发、刘新华、查国华、姚健、韩之友、蒋心焕分工编写，最后由冯光廉、朱德发对全书进行统稿。与《中国现代 / 当代文学二百题》不同的是，《中国现代文学史题解》将编写的时间范围框定在了中国现代文学这一时期。因此，同样是200个题目，《中国现代 / 当代文学二百题》更为全面地分析了中国现代与当代文学的发展状况，《中国现代文学史题解》则主要针对中国现代文学的发展进行了更加细致、深入的解答，"或者是《中国现代文学史》中的重点问题的阐述，或者是综合性问题的概括，都力求观点稳妥，纲目清晰，简明扼要，深入浅出"②。此外，为了帮助学员更好地掌握中国现代文学的基本知识，本书最后还附有"现代文学社团流派简表""现代作家及其主要作品一览表"。"现代文学社团流派简表"以表格的形式清晰地呈现了现代文学社团流派的名称、主要成员、成立时间、主要刊物及创刊时间；"现代作家及其主要作品一览表"更是以写作、发表时间为序，分门别类地介绍了作家不同体裁的文学创作。

1987年版《中国现代文学史新编》则是山东大学的孙昌熙和本学科的朱德发主编的一部文学史教材。这部教材是由24所高等院校的现代文学教师共同执笔完成的。在文学史观上，这部文学史注重从文学与人的角度出发重新

① 冯光廉、朱德发主编：《中国现代 / 当代文学二百题》，济南：山东文艺出版社，1984年版，前言。
② 冯光廉、朱德发等编著：《中国现代文学史题解》，济南：山东教育出版社1984年版，前言。

审视和探讨文学；在体例结构上，以小说、诗歌、戏剧、散文四大文体类型将内容分为四编，每编先从宏观角度审视每种文体的发展概貌，又按照风格流派、创作倾向、文学思潮等，将每种文体划分为若干类型，并进行了细致的考察与评述。

1989年版《新编中国现代文学史》则是由本学科主导的校际联合方式完成的一部文学史。新时期以来，文学史著作数量增加了许多，但其质量良莠不齐。正是针对既有文学史"讲授的内容和讲授的方式都已陈旧""内容与编写体例的矛盾也日益暴露出来"等问题，该文学史力图"努力摒弃体例上的认同意识"，对旧的文学史模式进行一定程度突破与革新[①]，这也是其在命名时凸显"新编"的内在根据之所在。正是基于这一学术目标，这部文学史具有一定的新意，"可以说是最早向这两种（即王瑶模式与丁易模式，编者著）传统模式进行突破尝试的史著。该著力图将王瑶模式与丁易模式糅合起来，尽量包容这两种模式的特点与优长，构建起一种综合性的文体与作家流派（群体倾向）相结合的体例。尽管这种新的体例思路仍然有些弊端，旧模式中存在的问题没有得到完全的克服，但突破旧模式创建新体例确实是那个时代共同的学术愿望，在这个意义上，朱先生的史著不啻是开风气之先的"[②]。此外，值得一提的是，这部文学史通过文学理论思潮、作家、文体将全书分为七编，而且"删去了每个时期例行的关于社会政治背景的系统介绍，去掉了文艺理论发展和文艺思潮碰撞中纯属思想斗争的内容，减少了作品分析和作家生平中与文学自身无关或关系不大的内容，克服了单纯以政治态度或阶级身份来划分作家队伍的作法（原文如此，引者注），而代之以艺术流派与美学风格来概括与区分作家群落。……至少可以说是向现代文学史内在模式革新迈出的很是可喜的一步"[③]。无疑，这部文学史体现了文学史观、结构框架、研究方法的学术性和创新性，对推动新时期的文学史编写有一定的作用。

[①] 冯光廉、谭桂林：《国内现代文学史著作出版历史述评》，《中国现代文学研究丛刊》1991年第4期。
[②] 谭桂林：《从文学史著到文学史学》，《朱德发教授与中国现当代文学研究（笔谈）》，《山东师范大学学报（社会科学版）》2003年第6期。
[③] 冯光廉、谭桂林：《国内现代文学史著作出版历史述评》，《中国现代文学研究丛刊》1991年第4期。

在这一时期，本学科除了以集体的形式参与、编写了文学史并取得一系列成果，还需要特别提及的是具有代表性的两位学者的文学史著作，这便是田仲济的《中国抗战文艺史》（蓝海著，朱德发代为增订，山东文艺出版社 1984 年版）和朱德发的《中国五四文学史》（山东文艺出版社 1986 年版）。

早在 20 世纪 40 年代，田仲济就以"蓝海"为笔名出版了《中国抗战文艺史》。这部断代文学史为抗战时期的文艺史保存了一定的史料，弥补了因"过去文艺中心城市的相继沦陷，中心文坛的移动，文艺中心由集中而分散，以及交通不便等等许多原因，这一阶段的抗战文艺史资料最容易失散，最难以保存"的遗憾与缺陷。但是，由于"这本书是于抗战烽火中写成的"，且时间仓促，未及进行仔细地修改、补充便出版发行，因此在内容上需要进一步完善。1982 年，山东文艺出版社决定再版此书，并在征得田仲济同意之后请朱德发代为修订《中国抗战文艺史》。"全部增订稿很快地出来了"，朱德发的增订工作也得到田仲济的赞赏："以本人的新的观点充实他人的旧的观点，这是极为奇妙的，极为得人心的，也是最适宜的办法，不能不说这是妙笔"，"无论怎样说，这是两人共同的东西了，这个劳动是该感谢的"。① 而这次参与修订《中国抗战文艺史》的经历不仅丰富了朱德发的知识储备，也使他在文学史编写方面有了更系统的掌握和进一步的思考，这都为其之后的文学史编写与研究奠定了基础。

20 世纪 70 年代末 80 年代初，朱德发开始专注于五四文学研究。在 1979 年出版的《中国现代文学史》中，朱德发执笔编写了第一章"五四新文学运动"。这次编写的初步尝试与成功实践，成为开启朱德发五四文学研究的先河。1982 年 7 月，山东人民出版社出版了他的《五四文学初探》。该书出版后，在学术界引起了较大的反响。正是凭借着在文学史编写实践上积累的经验，朱德发在 1986 年又完成了《中国五四文学史》。这部断代史由绪论和五个章节构成，绪论部分对五四文学的"现代型"特征进行了宏观的审视，并将其概括为"启蒙文学""平民文学""白话文学""文体解放的文学""面向世界的开放性文学"五个方面，并对这五个方面进行了逻辑严密的分析和

---

① 蓝海：《中国抗战文艺史》，济南：山东文艺出版社 1984 年版，第 474、475、477、478 页。

论证，提出自己独特的见解和思考。正文部分分为五章，分别介绍了"五四文学运动"与"新诗""小说""戏剧""散文"四种文体。具体内容上，既注重由晚清文学改良运动到文学革命与新文化运动的发展脉络，又对每一种文体的代表性作家作品进行分析。这些都显示了朱德发对五四新文学的精深研究。此外，在这部著作中，朱德发也很好地继承和发扬了本校中文系在文学史编写上的优良传统，极为注重原始资料在学术研究中的作用。"从原始史料出发，从纵向与横向、宏观与微观的结合上，探讨五四文学运动的来龙去脉及其演变规律，既不简单地套用现成的公式和某些流行的概念去评述复杂的文学现象，又不无视作家在文学史上的实际贡献而主观地去裁判其在文学史上的地位，尽力依据史实作出切合历史本来面目的结论。"① 冯光廉认为这部断代史"通过大量原始资料的搜集、发掘、整理，运用历时性与共时性双向考察的研究方式，探讨了五四文学运动的来龙去脉与演变范型，宏观视野开阔，微观考察精微，使得新时期第一部断代史的问世便起点较高，引人注目"②。

三、1990—1999 年：文学史编写趋向多元化发展

进入 20 世纪 90 年代，本学科在文学史编写方面开始向多元化方向发展，尤其是带有较强的个人色彩的文学史编写和文学史论逐渐占据了主导地位。这恰好可以看作此前集体文学史编写的一次有益补充，也可以更充分地展现出学者独有的研究特色。其中，值得关注的有《中国现代纪游文学史》（朱德发主编，山东友谊出版社 1990 年版）、《爱河溯舟——中国情爱文学史论》（朱德发、谭贻楚、张清华著，天津教育出版社 1991 年版）、《中国当代文学史论》（王万森、宋遂良、张清华、房福贤、姜静楠、袁忠岳等，青岛海洋大学出版社 1994 年版）、《中国现代文学史论》（魏建、杨洪承等，青岛海洋大学出版社 1995 年版）、《中国现代文学史实用教程》（朱德发主编，魏建、杨洪承副主编，齐鲁书社 1999 年版）等。

---

① 朱德发：《中国五四文学史》，济南：山东文艺出版社 1986 年版，第 671、672 页。
② 冯光廉、谭桂林：《国内现代文学史著作出版历史述评》，《中国现代文学研究丛刊》1991 年第 4 期。

《中国现代纪游文学史》是本学科在文体文学史编写上的一次积极尝试。它的出现不仅填补了文体类别文学史编写的空白，而且"标志着这一课题作为中国现代文学史的一门元学科的诞生，因为我们从书中读出了一门学科的容量、价值和逻辑体系。它结束了以往对这一课题的局部研究阶段而上升为整体研究阶段，结束了以往那种现象评论而上升为历史科学"①。《爱河溯舟——中国情爱文学史论》被认为"首次疏通了三千年爱河"②，这部"近40万字的著作从历史的、文化的、哲学的、伦理的、民俗的、心理的诸多视角，将中国文学从古到今的情爱现象进行了系统的考察和研究"③。该书"采用史论结合、以论驭史的方法，既历时性地探索并描述我国情爱文学从古到今的数千年的演变历程及其发展阶段的基本特征，又共时性地揭示并论证中国情爱文学的总体特征及其规律"。此外，这部书的编写体例也值得关注。"作者是在三个层面上来构造他的内容体系的，那就是整体的大层面，类型的中层面，具体的小层面。全书除导论外，共分三篇：古代篇、现代篇、当今篇。从总的方面讲，导论是总论，三篇是分论。从每一篇讲，又都按三个层面划分章节。这种编排决不仅仅是一种体例的问题，它实际也体现了作者新的文学史的观念，那就是'把宏观式的考察与微观式的解释结合起来'。"④

1994年版《中国当代文学史论》和1995年版《中国现代文学史论》作为"专升本"系列教材，主要是"为适应这种专科起点的本科教学的特殊需要，填补这一特定教学阶段本科教材的空缺"而编写的。该教材特别注意与本科、专科教材的联系和区别，力图"在原有专科教材的基础上，开拓理论视野、更新知识结构、另编成与'专起本'教学对口使用、精确规范的配套教材"。《中国当代文学史论》是由本学科部分教师合作编写的。在编写体例上，这部文学史共分七章，第一章先介绍了这一时期的"文学思潮和文学运动"，其余六章以文体分类进行了专章论述。例如，第二章是对当代诗歌进

---

① 魏建：《文学形态、文学主题与文学的历史——有感于〈中国现代纪游文学史〉》，《中国现代文学研究丛刊》1991年第4期。
② 房赋闲：《疏通三千年爱河的成功尝试——评〈爱河溯舟〉》，《东岳论丛》1992年第2期。
③ 李宗刚（高炜）：《永远的绿色——朱德发教授的生命之路》，《山东党史》1996年第3期。
④ 房赋闲：《疏通三千年爱河的成功尝试——评〈爱河溯舟〉》，《东岳论丛》1992年第2期。

行研究，第三、第四章分为上、下两部分对当代小说进行研究，第五、第六、第七章分别将散文、话剧、电影文学三种体裁作为对象进行专题研究。此外，为了增强教材的实用性，"增强宜教易学的弹力，促进独立自学的积极性"[①]，在每章最后的结尾部分还设置了思考题，以便于学生加深对教材内容的理解。

《中国现代文学史论》是由本学科的魏建、杨洪承等部分教师共同编写的。该书体例清晰，在整体结构框架上共分"文学思潮""代表作家""文学体式"三编。第一编按时间线索分别梳理了"'五四'和 20 年代""30 年代""40 年代"的文学思潮；第二编选择鲁迅、郭沫若、巴金、老舍、曹禺五位中国现代文学的代表作家，分别对他们的相关研究以及文学创作进行了阐述与评介；第三编则分别对诗歌、小说、散文、戏剧四种体裁进行了宏观上的展望与更加细致的再探讨与再认识。总的来看，这两部"专起本"教材注重教材的适用性，"并非应急而作的急就章，是我系教师经过思想的、理论的、实践的准备，发挥群体智慧，深入开展的教改试验，是一项严肃而有切实意义的教材建设系列工程"[②]。

1999 年版《中国现代文学史实用教程》是"山东省教育委员会'九五'立项教材"，它也是一部为了满足山东省师范院校本专科深化教育改革需要的教材，"因此，本教材从体例构建到具体撰写，尽力突出简明性、实用性、基础性、系统性、学术性、创新性的特点"。[③] 本书在结构上分为上、下、附三编：上编从文学思潮及运动的角度勾勒、描绘了中国现代文学发展的历史脉络；下编选取 11 位在中国现代文学史上比较有代表性的作家，分别分析了他们的文化人格、独特贡献以及代表作品；附编则从上编、下编中提取了 50 个问题，并予以简明扼要的回答。《中国现代文学史实用教程》吸取了之前中国现代文学史教材在编写上的经验和教训，它的重编重写适应了本专业教学改革的新趋向、新要求。在此后 10 余年的时间里，该教材成为本校本科生的

---

① 冯中一、朱本轩主编，王万森、宋遂良等编写：《中国当代文学史论》，青岛：青岛海洋大学出版社 1994 年版，序，第 2 页。

② 冯中一、朱本轩主编，王万森、宋遂良等编写：《中国当代文学史论》，青岛：青岛海洋大学出版社 1994 年版，序，第 3 页。

③ 朱德发主编：《中国现代文学史实用教程》，济南：齐鲁书社 1999 年版，第 449 页。

指定教材和研究生入学参考书，具有较大的社会影响，并在一定程度上推动了中国现代文学史的教材建设，也可以看作 20 世纪 90 年代具有代表性的文学史教材。

四、新世纪第一个十年：文学史编写开始向纵深挺进

新世纪第一个十年，本学科的文学史著作主要有《中国现当代作家作品研究》（魏建、房福贤主编，山东人民出版社 2001 年版）、《新时期文学》（王万森主编，高等教育出版社 2001 年版）、《中国当代文学 50 年》（王万森、吴义勤、房福贤主编，青岛海洋大学出版社 2001 年版）、《现代中国文学读本》（上下册，魏建主编，齐鲁书社 2003 年版）、《20 世纪中国文学理性精神》（朱德发等著，上海人民出版社 2003 年版）、《中国现代小说美学思想史论》（蒋心焕主编，郭济访、万直纯、魏建副主编，江苏文艺出版社 2006 年版）、《现代中国文学英雄叙事论稿》（朱德发等著，山东教育出版社出版 2006 年版）、《中国现当代文学 500 题解》（朱德发主编，李宗刚、李钧、张学军、周海波、贾振勇副主编，山东教育出版社 2007 年版）。

本学科在文学史编写方面，除了继承既有的传统，还继续向纵深挺进。其主要表现便是探索文学史编写的多种可能性，为下一步文学史的突破培养了学术新人，也探索了文学史编写的多种可能性。可以说，这为此后开启更为宏大的文学史编写做了充分的人才储备和学术准备。

2001 年版《中国现当代作家作品研究》是本学科进入新世纪以来侧重作家作品解读的准文学史著作。在编写对象上，该书选择了 20 世纪中国现当代文学史上最优秀的作家作品、社团流派；在编写原则上，本书力图超越前人，并在此基础上"释清前人的误读"，为了做到这一点，编写人员进行了多方面的探索和努力。正如本书前言中所说的："首先，我们注意更新审视经典的眼光。我们力争在新世纪的学术前沿，以新的学术视野和解读方式重新关照这些作家作品，并力求发现新问题、作出新回答。其次，我们注意对经典进行个性化解读。本书根据不同作家作品的内容和艺术个性，运用不同的理论

工具和解读方式，发掘各不相同的内涵。"① 这部著作在对一些经典作家作品进行阐释时，努力汲取学术前沿成果，可谓经典重读的一次有益尝试，为本学科此后的文学史编写打下了良好的基础。

2001 年版《新时期文学》是由教育部师范教育司组织，专门为中学教师进修高等师范本科（专科起点）而编写的一部教材。"虽然各部分都带有撰稿人各自的个性特点，但在总体上还是特别强调了完整的知识体系和整体性框架。"② 其中，本学科的王万森、张清华、房福贤、吴义勤、姜静楠参加了编写。本书在总体设计与编写体例上，一共分为六部分：绪论先是从整体上概述了新时期文学的发展轨迹、基本特征及反思；第一章系统阐释了新时期的几种文学思潮；其余四章分别介绍了诗歌、小说、散文与报告文学、戏剧文学等不同文体在这一时期的发展状况，每章在对这一种体裁进行介绍时，先是概述，然后又将这种文体划分为不同的类型并以专节的形式予以介绍。此外，在书的最后还附录了"中国新时期文学年表"，清晰直观地呈现了新时期文学发展的大事记。虽然这本文学史的定位是中学教师专升本的学习教材，但"采用纵横结合的结构方式，既注重了梳理新时期文学的发展脉络，又注重了把握新时期文学的本体特征"。因此，本书既适用于中学教师"专升本"学习，可用于高师本科教学及考研参考教材，也可供社会读者阅读。

2001 年版《中国当代文学 50 年》是本学科针对出现的新情况，尤其是针对"中国当代文学已然经历了 50 年"，"写一部反映从 1949 至 1999 中国文学发展概貌的教材十分必要"③ 而编写的。山东师范大学、聊城师范学院、德州学院、泰安师专等院校的部分教师联合编写了这本文学史。在编写体例上，全书共分为 19 章，以第 11 章为界，分为前后两个部分：第 1 至第 10 章介绍的是从新中国成立后到 20 世纪 80 年代的文学主潮及创作，第 11 至第 19 章介绍的是 20 世纪 80 年代以来的变革、转型之后的文学创作。对此，有学

---

① 魏建、房福贤主编：《中国现当代作家作品研究》，济南：山东人民出版社 2001 年版，前言，第 2 页。

② 王万森主编、熊忠武副主编：《新时期文学》，北京：高等教育出版社 2001 年版，第 329 页。

③ 王万森、吴义勤、房福贤主编：《中国当代文学 50 年》，青岛：青岛海洋大学出版社 2001 年版，第 436 页。

者指出："在不少文学史都以小说这种问题作为叙述重心，其他文学样式往往成为点缀或干脆不提时，《中国当代文学50年》却本着反映文学全貌的原则，将诗歌、散文、戏剧、报告文学等分数章介绍使其成为文学史区缺一不可的组成部分。"这本文学史还注重把港澳台文学纳入其中，并有效地整合了港澳台文学与祖国大陆文学的内在联系。以前的著作"已注意增加了台、港、澳地区的文学研究状况，但很多却难以用统一的文学史观将其整合进大陆文学中，多为专章专述像一块补丁似的拼贴上去"，本书却"注意在台港澳文学自身的纵向发展和同大陆文学的横向比较中确立其位置"。这部诞生于世纪之交、由本学科教师担任主编并参加撰写、几大兄弟院校通力合作完成的当代文学史，被誉为"一部直面'当下'的当代文学史"①。

2003年版《现代中国文学读本》是一部探索性的文学史教材。该书尝试一种新的文学史理念，"尽可能用文学本身还原文学的历史"，以此弥补以往中国现当代文学史著作主要依赖理性文字叙述中国文学历史发展的不足。《现代中国文学读本》着力于以文学作品、文学现象等感性形式还原中国文学的历史发展，以文学现象为叙述单元，把文学史叙事与经典作品选融为一体：通过文学史叙述理解经典作品，通过鲜活的文学作品感知文学历史的发展。

2003年版《20世纪中国文学理性精神》尽管不是严格意义上的文学史，但其具有文学史的某些特质。它对20世纪中国文学的理性精神做了历史性的梳理，并"从哲学理论与文学文本的结合上既把各种理性精神的内涵和外延弄清楚又将理性精神从不同形态的文学文本中发掘出来，且作出创新性的准确性的阐释"②。该书在整体框架结构上分成9章，导论部分总括"跨文化语境的理性精神"，其余9章分别讨论"人文理性与启蒙文学""政治理性与左翼文学""正义理性与抗战文学""红色理性与革命战争文学""民间理性与乡土文学""道德理性与婚恋文学""女权理性与女性文学""世俗理性与通俗文学""非理性的'哲理'文学"的关系等。该书通过理性哲学与感性文学交叉混合的研究方式，对20世纪中国文学理性精神进行了较为系统的梳理

---

① 孙桂荣：《一部直面"当下"的当代文学史——评〈中国当代文学50年〉》，《山东师范大学学报（人文社会科学版）》2002年第1期。

② 朱德发等著：《20世纪中国文学理性精神》，上海：上海人民出版社2003年版，第646页。

与阐释。

2006 年版《中国现代小说美学思想史论》是一部带有史论性质的准文学史。这部史论著作早在七八年前就已经完成。对此书的编写缘起，蒋心焕这样写道，"不研究中国现代小说美学思想，难以真正把握中国现代小说的历史"，当前学界却面临着"许多学者出版了一部又一部《中国现代小说史》，却没有一部研究中国现代小说美学思想的著作"，于是蒋心焕与他指导的研究生一起撰写了这本书。在编写体例上，《中国现代小说美学思想史论》共分为上下两编。上编分四章，分别阐述了不同历史时期，即 20 世纪初期、五四时期、20 年代后期至 30 年代中期、30 年代后期至 40 年代后期的小说美学思想，"是对中国现代小说美学思想发展的历时性勾勒"①；下编的 13 章（第 5—17 章）分别选择了鲁迅、茅盾、创造社、阿英、老舍、废名、丁玲、沈从文、新感觉派、李健吾、张爱玲、七月派、赵树理等具有不同美学特征的作家或流派进行论述，"是对中国现代小说美学思想产生了重要影响的个人和群体的个案研究"。虽然蒋心焕在这本书的后记里自谦地说，"我们都是研究中国现代文学史的，美学不是我们所长。因此，书中关于美学问题的思考，从编写体例到具体论述多露捉襟见肘之处"，但该书对从美学思想角度来理解、把握中国现代小说来说具有开创性的意义。在这本书出版之前，"还没有同类著作问世"②。因此，这部史论体现了本学科在文学史编写方面的新探索，为之后的中国现代小说研究提供了崭新的美学视角。

2006 年版《现代中国文学英雄叙事论稿》尽管带有论稿的特点，但由于其体例按照历史的更替进行编排，因而也具有文学史的某些特质。该书以现代中国英雄叙事为研究对象，除导论外，一共分为五部分，分别探讨了晚清至"五卅"、左翼至抗战、"十七年"至"文革"、20 世纪 80 年代、20 世纪 90 年代至今五个不同历史时期英雄叙事，在论述中梳理了现代中国英雄叙事的发展脉络。

2007 年版《中国现当代文学 500 题解》是本学科在新世纪将既有的"以

---

① 蒋心焕主编：《中国现代小说美学思想史论》，南京：江苏文艺出版社 2006 年版，第 306 页。
② 蒋心焕主编：《中国现代小说美学思想史论》，南京：江苏文艺出版社 2006 年版，第 306、307 页。

题解形式串联文学史"传统的继承和发展，也是以辅助教材的形式来汲取学术界最新研究成果的尝试。在总体设计与编写体例方面，该书在参考了中国现当代文学教学大纲和业已出版的文学史教材的基础上，经过分工拟定、统一审定修改和调整等一系列工作之后，最终确定书中 500 余道中国现当代文学史上的重点、难点问题，再由撰稿者撰写、编委和主编通稿、编委会定稿等过程，力图给予这些问题一个简明扼要、求实创新的解答。正是在如此严谨、科学、稳妥的态度下，该书"为回答中国现当代文学史中的重点或难点问题提供了基本思路、观点材料和表述方式，甚至可以给从事大专院校中国现当代文学教学的老师们在命题考试时提供参照"。在具体内容上，本书分为"文学通识""文学运动""文学思潮""文学流派""现代作家作品""当代作家作品" 6 个部分，其中"现代作家作品""当代作家作品"在 500 余道题中占比较大，各占 150 道，这也充分凸显了作家作品在中国现当代文学史中的重要性。"现代作家作品"的题解"既有现行中国现当代文学史教材所重点突显的作家作品，又有触及不深或没涉及的作家作品，尤其是那些经典作家或经典文本乃是解题的重点，对每个问题的回答不仅反映了现行教材的水平，也汲取了学术前沿成果"，"当代作家作品"的题解"几乎囊括了从 1949 年至世纪末所有的产生过影响的不同文体的作品，即使对那些敏感的文本也作出了令人诚服的解说，不论大陆文学作品的题解或者港台文学作品的题解都能坚持公正的价值立场，达到一种新的文学史评说的高度"。[1] 实际上，"文学史书写从来就不是在单一模式支配下进行的，而是在书写主体的中心意识的支配下的再书写"，因此这部《中国现当代文学 500 题解》被誉为"对文学史另一种书写路径的成功探索"。[2] 总的来看，该辅助教材的使用对象"既可以是高等院校文科的本专科生，又可以是函授大学、自考大学、职业大学乃至民办大学的中文专业的学员，既可以是大专院校中文系现当代文学专业的研究生，又可以是社会上喜爱中国现当代文学的广大知识青年"[3]，

---

① 朱德发主编：《中国现当代文学 500 题解》，济南：山东教育出版社 2007 年版，引言，第 2、3 页。
② 李宗刚：《对文学史另一种书写路径的成功探索——评〈中国现当代文学 500 题解〉》，《行走于文学边缘》，济南：山东人民出版社 2015 年版，第 67 页。
③ 朱德发主编：《中国现当代文学 500 题解》，济南：山东教育出版社 2007 年版，引言，第 1 页。

因此该书具有较强的实用性和广泛的适用性。

五、新世纪第二个十年：文学史编写实现了自我的跨越

新世纪第二个十年，本学科的文学史编写实现了自我的跨越。这主要表现在朱德发和魏建带领着团队编写出版了以下三部重要的文学史：《现代中国文学通鉴1900—2010》（上中下册，朱德发、魏建主编，人民出版社2012年版），《中国现代文学新编》（魏建、吕周聚主编，高等教育出版社2012年版），《中国当代文学新编》（王万森、吴义勤、房福贤主编，高等教育出版社2012年版）。除此之外，魏建还带领学科成员开始探索新的文学史编写路径，即"20世纪中国文学主流"丛书。

2012年版《现代中国文学通鉴1900—2010》是本学科编写的体量最大的一部文学史，全书共200万字。这部著作的参编者几乎涵盖了本学科的主要成员或曾经在本学科攻读博士学位的相关学者。根据历史发展的时间线索，该书将现代中国文学分为三个阶段：上卷主要介绍1900—1929年这一时期，即多元一体文学结构的形成；中卷主要介绍1930—1976年这一时期，即多元一体文学结构的演化；下卷主要介绍1977—2010年这一时期，即多元一体文学结构的拓展。这部鸿篇巨制主要探索了作为一本学术型的文学史，如何解决现代中国文学的叙述对象、叙述时空及其评价尺度等问题。正如该书的主编之一魏建所说："我们的做法是努力在理论和实践两方面解决现代中国文学史的尽量全景式呈现问题。"为了全景展现现代中国文学的发展，"在时间上，上接19世纪的古代中国文学，下延展到21世纪初的当下中国文学；在空间上，尽可能地呈现现代中国的整体文学风貌；在文学创作本身，将高雅与通俗、白话新体与文言旧体等文学样态整合为多元一体的历史结构；在评判尺度上，采用各方都能够接受的价值尺度进行评判和分析"[①]。从本学科文学史编写的历史来看，该书不仅因其体量大、涵盖内容多而创造了一个新的历史，还因其把"现代中国文学"这一文学史设想转化为具体的文学史编写实践，从而成为本学科具有标杆式的文学史编写的典范。

---

① 魏建、马文：《探寻文学史书写的多种可能性》，《新文学评论》2021年第4期。

其实，早在2010年，朱德发在其出版的《现代文学史书写的理论探索》一书中，便通过"回望60多年中国现代文学史研究与书写的丰富实践"，汲取前人研究成果，总结现代文学史书写的经验与教训，并进一步发现规律，开拓全新的领域，目的在于推动"突破已有的学科意识、文学史观、价值标准、思维定势，建构起创新型的文学史理论体系"①。因此可以说，朱德发的这部著作有力地推动了现代中国文学史的重构与全新文学史书写体系的建构，并为《现代中国文学通鉴1900—2010》的主体构架做了铺垫。

2012年版《中国现代文学新编》是由本学科牵头，联合中国海洋大学、烟台大学、临沂大学等高校的专家学者编写而成的一部文学史教材。不同于《现代中国文学通鉴1900—2010》的学术型文学史诉求，这部文学史新编主要定位于本专业全日制学生的教科书。该书注重本学科在文学史编写上的学术传统，即注重原始资料的搜集与整理，因此在编写时就提出"以求真为第一追求"，"致力于返回历史现场、返回文学现象的原生态"。在坚持文献史料的基础上，这部文学史还力图有所创新。在中国现代文学史编写将近70多年的历程中，出版了各种类型的文学史。虽然大部分文学史在编写的时候都想超越之前既定的文学史模式，但基本上是在原有的框架结构上进行改进。正如魏建所说："许多文学史书写所谓的'创新'，仅仅是在叙述线索中变换了表达方式，或是在借助新理论的加持时借来了新的'外壳'。"②这部文学史的创新之处在于，以需要讲授的内容作为章节，而且涉及之前诸多版本的文学史都未曾予以重视甚至忽略的内容，"弥补了此前部分中国现代文学史教材的缺失"③。例如在第二章以专章的形式介绍了早期言情小说，专章之下又分为三节，分别介绍了《海上花列传》、鸳鸯蝴蝶派以及徐枕亚的《玉梨魂》。尤其是第三节关于"徐枕亚与《玉梨魂》"的相关内容，之前的中国现代文学史教材要么没有收录，要么予以批评，而《中国现代文学新编》却以专节的形式，用5页的篇幅从学理的层面介绍了徐枕亚的《玉梨魂》，并从文学

---

① 朱德发：《现代文学史书写的理论探索》，济南：山东人民出版社2010年版，绪言，第1、3页。
② 魏建、马文：《探寻文学史书写的多种可能性》，《新文学评论》2021年第4期。
③ 魏建、吕周聚主编：《中国现代文学新编》，北京：高等教育出版社2012年版，前言。

和审美标准上做出相对客观、公允的评价①。这部文学史既传承、发扬了本学科在文学史编写上的优秀传统，又注重在具体的文学史编写实践上有所探索，从而在文学史编写方面有所推进。这部文学史出版后，被山东部分院校选为本科生的教科书，并得到了学生的好评。

2012 年版《中国当代文学新编》是为及时回应当代文学发展的现实需要而编写的一本文学史。对此，编写者写道："一方面，高校教育的发展不断提出新要求；另一方面，当代性是中国当代文学学科的鲜明特点，这就要求当代文学史的研究跟踪文学新进展，反映文学新面貌，探析文学理念的嬗变。"② 因此，虽然在编写体例与章节设置上基本与《中国当代文学50 年》保持了一致，但梳理与把握的是整个当代文学 60 年的发展脉络，将当代文学 50 年延伸到 60 年，在具体内容上也进行了调整与改写，体现了本学科在文学史编写上的与时俱进。

"20 世纪中国文学主流"是魏建带领着本学科部分成员试图在文学史编写上进行新探索的书系，这套丛书共分为"历史档案书系"与"学术新探书系"。这套丛书选择中国现代文学史上重要的文学现象作为每册书的课题。"历史档案书系"主要是对这些文学板块文献、史料的整理，且"丛书追求文献和史料的'原始'性，编选的材料以'原始史料'和'经典文献'为主，以'回忆与自述'和'历史图片'为辅，所选文献和史料均以初版本或能搜集到的最早板本为准"③。"学术新探书系"在这些原始文献、史料的基础上撰写了 10 多个文学板块的文学史著作。目前，"学术新探书系"已经出版的著作共有 6 部：《网络文学的发展与评判》（周志雄，人民出版社 2015 年版）、《二十世纪九十年代历史小说叙事思潮》（房伟，人民出版社 2016 年版）、《为大中华造新文学——胡适与现代文化暨白话文学》（朱德发，人民出版社 2016 年版）、《新世纪"80 后"青春文学研究》（孙桂荣，人民出版社 2016 年版）、《话剧行动与话语实践——20 世纪三十年代中国话剧史片论》

① 魏建、吕周聚主编：《中国现代文学新编》，北京：高等教育出版社 2012 年版，第 33 页。
② 王万森、吴义勤、房福贤主编：《中国当代文学新编》，北京：高等教育出版社 2012 年版，后记。
③ 李宗刚、高明玉：《山东师范大学中国现当代文学学科资料汇编的历史回溯》，《山东青年政治学院学报》2021 年第 5 期。

（刘子凌，人民出版社 2016 年版）、《价值重构与意义再生——中国现代文学红色经典新论》（王寰鹏，人民出版社 2020 年版）。《20 世纪中国文学主流》所传达出来的"文献史料是文学史本体的重要组成部分"理念彰显了对文献史料的重视，是对本学科"重视原始资料的搜集与整理，在此基础上进行学理阐释"的学术传统与治学路径的继承。此外，以 10 多个重要的文学现象作为"地标性建筑"和文学叙述单元，每一个板块又分为"历史档案书系"与"学术新探书系"两部分的体例又充分体现了这套丛书在框架结构上的创新，这也标志着新世纪本学科在文学史编写上又进行了一次有益的探索。

总的看来，不同时期的文学史编写都在不同的向度上体现了本学科学者重视从原始资料出发，以最大限度地还原历史的本真面貌为原则，努力探索中国现当代文学发展的历史规律，由此使本学科在中国现当代文学史编写领域占有一席之地。从这样的意义上说，我们对本学科的文学史编写历史的回眸，恰是对中国现当代文学史"重写"思潮的一次积极回应。

（原载《东吴学术》2023 年第 1 期）

新发现　新探索

——《二十世纪中国文学主流·学术新探书系》序言

魏　建

"二十世纪中国文学主流"是山东师范大学中国现当代文学学科申请并完成的特色国家重点学科重大科研项目。"二十世纪中国文学主流"的学术参照首先是来自丹麦文学批评家、文学史家格奥尔格·勃兰兑斯所著《十九世纪文学主流》。

一

一百多年来，勃兰兑斯的《十九世纪文学主流》一直是中国文学研究界公认的文学史经典之作。中国学人为什么推崇这部著作？为什么能推崇一个多世纪？究竟是书中的什么东西构成中国学人的集体性认同？

就中国现当代文学研究界来说，给大家留下深刻印象的是，1907年鲁迅先生写《摩罗诗力说》的时候就向中国人介绍这位"丹麦评骘家"[①]。此后鲁迅多次提及勃兰兑斯和他的《十九世纪文学主潮》[②]。鲁迅先生不仅是伟大的文学家、思想家，还是一位优秀的文学史家。他对文学史有很高的鉴赏水平，但很少向人推荐文学史著作。勃兰兑斯的这部书却是鲁迅向人推荐的为数极少的文学史著作之一。《十九世纪文学主流》的学术生命力主要来自它作为文学史叙述方式的独标一格。直至今日，第一次阅读这套书的中国学人依然大为惊叹：文学史原来也可以这样写！这种惊叹包括很多内容：文学史原来也

---

① 《鲁迅全集》第1卷，北京：人民文学出版社2005年版，第91页。
② 这是当时的译名，现在通译为"《十九世纪文学主流》"。

可以这样抒情！文学史原来也可以写那么多的故事！文学史的行文原来可以这样自由地表达！文学史的结构原来可以这样的随意组合……当然，惊叹之余，读者大都少不了对这种文学史写法将信将疑。"将信"是因为被书中的观点和引人入胜的文字打动，"将疑"是因为书中有太多名不副实的东西，如：该书名为"十九世纪文学主流"，实为十九世纪初至二三十年代的文学现象，最晚的才到 1848 年；书名没有地域范围（好似十九世纪世界文学主流），而实际上只是欧洲，又仅仅限于英、法、德三国；名为"主流"，有些分册论述的倒像是"支流"，如"流亡文学""青年德意志"等。

虽然中国学界不断有人对此书提出一些异议和保留，但《十九世纪文学主流》作为文学史著作的经典地位始终没有动摇。究其原因，在很大程度上是因为，但凡经典著作都有可供不断阐释的丰富内涵。起初中国学者首先看重此书的，大约是认同其革命主题（如"把文学运动看作一场进步与反动的斗争"[1]）和适合中国人的文学价值观（为人生、为社会、为时代），还有对欧洲文学浪漫主义和现实主义（当时多称之为"自然主义"）文学潮流的描述。20 世纪 80 年代是《十九世纪文学主流》在中国最走红的时期，"文学史，就其最深刻的意义来说，是一种心理学，研究人的灵魂，是灵魂的历史"[2] 成为中国大陆文学史研究界引用最多的名言之一。"处处把文学归结为生活"[3] 的"思想原则"成为当时中国文学研究者人所共知的文学理念。后来，书中标榜的精神追求（"无拘无束、淋漓尽致的表现""独立而卓越的人类灵魂"[4]）和比较文学的研究视角及方法更为中国的学术新生代所接受。近年来，中国学界对《十九世纪文学主流》的关注热情虽然有所减弱，但对它的解读更为多元，少了一些盲目的崇拜，多了一些客观的认知。正是在这种相对客观的解

---

[1]〔丹麦〕勃兰兑斯著：《十九世纪文学主流》第一分册，张道真译，北京：人民文学出版社1980年版，出版前言，第 1 页。

[2]〔丹麦〕勃兰兑斯著：《十九世纪文学主流》第一分册，张道真译，北京：人民文学出版社1980年版，引言，第 2 页。

[3]〔丹麦〕勃兰兑斯著：《十九世纪文学主流》第二分册，刘半九译，北京：人民文学出版社1981年版，第 1 页。

[4]〔丹麦〕勃兰兑斯著：《十九世纪文学主流》第五分册，李宗杰译，北京：人民文学出版社1982年版，第 36 页。

读和对话中，《十九世纪文学主流》给我们的启示逐渐增多。

综上，勃兰兑斯的《十九世纪文学主流》总是能够不断地进入不同时期中国学者的期待视野。也正是因此，这部著作内涵的丰富性完全是由阅读建构起来的，换句话说，这是一部读出来的文学史巨著。编写《二十世纪中国文学主流》的学术起点是以对勃兰兑斯《十九世纪文学主流》的高度认同为基础的。"二十世纪中国文学主流"的学术目标就是想撰写一部像《十九世纪文学主流》那样的文学史著作。

二

当然，《十九世纪文学主流》也不是尽善尽美的。中国人对这部巨著的认识还有很多误读，所得观点有很多属于望文生义的想当然，还有很多重要的东西被忽略。例如，对其中独具特色的文学史研究方法缺乏足够的重视，而我们"二十世纪中国文学主流"课题组在文学史研究方法上就从《十九世纪文学主流》中获得了诸多启示。

"二十世纪中国文学主流"课题组在文学史研究方法上获得的第一个启示是思辨与实证的结合。《十九世纪文学主流》是将抽象思辨与具体实证结合在一起的一部著作，并且结合得比较成功。可是，迄今为止中国学人谈论《十九世纪文学主流》，更多地重视其思辨的一面而忽视了其实证的一面，过于渲染《十九世纪文学主流》如何"哲学化"地"进行分馏"[①]，如何高屋建瓴般将文学"主流"提炼出来，却大都忽视了这是一部实证主义倾向非常鲜明的文学史著作。读过《十九世纪文学主流》的人一定不会忘记，在第二册的目录之前，整整一页只印着这样几个字：

敬献

伊波利特·泰纳先生

作者

除了对伊波利特·泰纳，没有第二个人在书中获此殊荣。而伊波利特·泰

---

① 〔丹麦〕勃兰兑斯著：《十九世纪文学主流》第二分册，刘半九译，北京：人民文学出版社 1981 年版，扉页。

纳是主张用纯客观的观点和实证的方法解说文学艺术问题的最有影响的美学家、文艺理论家之一。勃兰兑斯在相当长的时间里师法伊波利特·泰纳"科学的实证"的批评方法。在《十九世纪文学主流》中，他将思辨与实证相结合，所以才能把高远的学术目标落实到脚踏实地的具体研究工作中，才能做到既有理又有据。这是勃兰兑斯的做法，也是前人成功经验的总结，尤其在当下中国学术界依然充斥"假、大、空"学风的浮躁氛围里，思辨与实证的结合更应成为我们在研究方法上的首选。

在文学史的叙述方法上，"二十世纪中国文学主流"课题组获得的启示是将宏观概括渗透到微观描述中。作为文学史的叙述方法，《十九世纪文学主流》在宏观历史叙述与微观历史叙述结合方面做得相当成功。然而，多年来中国学者更多地重视其宏观历史叙述一面而忽视了其微观历史叙述的一面。对此，勃兰兑斯在书中讲得很清楚，"有许多作品需要评论，有许多人物需要描述……面面俱到是不可能的。只从一个方面来照明整体，使主要特征突现出来，引人注目，乃是我的原则"[1]。在《十九世纪文学主流》中，勃兰兑斯的宏观历史叙述就是概括"主要特征"，其微观历史叙述就是凸显历史细节，包括许许多多的逸闻趣事。这二者如何结合呢？勃兰兑斯的做法是"始终将原则体现在趣闻轶事之中"[2]。的确，《十九世纪文学主流》中的大多数章节都是从小处入手的，流露出对"趣闻轶事"的浓厚兴趣。然而，无论勃兰兑斯叙述的笔调怎样细致，他叙述的眼光都不是就事论事，而是从时代、民族、宗教、政治、地理等大处着眼。让读者从这些琐细的事件中看到人物的心灵，再从人物的心灵中折射出一个社会、一个时代、一个种族，乃至整个人类的某些东西。这就是《十九世纪文学主流》中一个个小事件中所蕴含的大气度。

在文学史的结构方法上，我们"二十世纪中国文学主流"课题组获得的启示是以个案透视整体。从著作结构上来看，《十九世纪文学主流》好像没有任何外在的叙述线索，全书呈现给读者的是把英、法、德三个国家的六个文

---

① 〔丹麦〕勃兰兑斯著：《十九世纪文学主流》第二分册，刘半九译，北京：人民文学出版社1981年版，第1页。

② 〔丹麦〕勃兰兑斯著：《十九世纪文学主流》第二分册，刘半九译，北京：人民文学出版社1981年版，第1页。

学思潮划分为六个分册。每一分册之间没有任何明显的逻辑关系。对此，勃兰兑斯做过两个形象的比喻，来解说他的各分册与全书之间的关系。第一个比喻是："我准备描绘的是一个带有戏剧的形式与特征的历史运动。我打算分作六个不同的文学集团来讲，可以把它们看作是构成一部大戏的六个场景。"①第二个比喻是："在本世纪诞生之初，我们发现一种美学运动的萌芽，这种美学运动后来从一个国家蔓延到另一个国家，在长达五十年之久的一段时期内……如果以植物学家的方式来解剖这种萌芽，我们就能了解这种植物复合自然规律的全部发育史。"②第一个比喻是强调这六个分册之间独立、平等、连续的并联关系，第二个比喻揭示了这六个分册之间发育、蔓延、生成的串联关系。这两个形象的比喻从不同的侧面说明，《十九世纪文学主流》的各分册与全书存在着深层的有机关联，看似孤立的每一个个案都具有透视整体文学运动的效用。

三

我们课题组编写的"二十世纪中国文学主流"显然受到了《十九世纪文学主流》的种种启发，但启发不能只是简单的模仿。如果《二十世纪中国文学主流》变成对《十九世纪文学主流》的照搬或套用，就只能陷入东施效颦式的尴尬。"二十世纪中国文学主流"之于《十九世纪文学主流》有继承，也有创造。

"创造"之一是通过"地标性建筑"展现二十世纪中国文学地图。

我们的"二十世纪中国文学主流"不仅追求像《十九世纪文学主流》那样在实证的基础上思辨，在微观叙述中显现宏观，通过个案透视发育的整体，我们还为以上所说的"实证基础""微观叙述"和"个案透视"找到了一些合适的"载体"。这些"载体"好比是二十世纪中国文学地图中一个个"地标性建筑"。将这些"地标性建筑"作为历史叙述的基本单元，我们对二十

---

① 〔丹麦〕勃兰兑斯著：《十九世纪文学主流》第一分册，张道真译，北京：人民文学出版社1980年版，引言，第3页。

② 〔丹麦〕勃兰兑斯著：《十九世纪文学主流》第四分册，徐世谷等译，北京：人民文学出版社1984年版，第71页。

世纪中国文学发展的重新阐释才能落实到操作层面。这些构成"二十世纪中国文学主流"基本叙述单元的"地标性建筑"，就是二十世纪中国文学发展史上那些重要的文学板块，如言情文学、白话文学、青春文学、乡土文学、左翼文学、京派文学、海派文学、武侠小说、话剧文学、延安文学、红色经典、散文小品、台港文学、新诗潮、女性文学、少数民族文学、历史叙事、文学史著述、影视文学、网络小说等。我们的"二十世纪中国文学主流"作为丛书，各分册由以上具体的文学板块组成。各分册与整个丛书的关系是分中有合、似断实连。所谓"分"与"断"，是要做好对每一个"地标性建筑"（文学板块）的研究。这样的个案透视既能使实证研究获得具体的依傍，又能把微观描述落到实处。所谓"合"与"连"，是要在对一个个"地标性建筑"（文学板块）的聚焦中观测整个二十世纪中国文学的历史嬗变。

"创造"之二是通过"历史档案"和"学术新探"两套书系深化对二十世纪中国文学史的研究。

勃兰兑斯的《十九世纪文学主流》的确给予我们许多有价值的东西，但这只能说明我们从中获得了西方学术的有效营养。然而，西方的学术资源无论具有多少普适性，对于解读中国的文学艺术、中国人的心灵，毕竟是有限度的。在超越株守传统的保守主义、走向全面开放的今天，在超越盲目崇洋的虚无主义、畅想民族复兴的今天，中国本土的学术资源更要得到应有的重视并加以现代转化。

"我注六经"与"六经注我"一直是中国人文学术的两大传统。我们的"二十世纪中国文学主流"力求"我注六经"与"六经注我"的结合。这既是本课题学术目标和学术规范的要求，也是本课题的特色所在，更是本课题学术质量的保证。由于目前学界相对忽视"我注六经"的研究，因此本课题提倡在做好"我注六经"的基础上，做好"六经注我"。为此，本课题成果分为两套书系："二十世纪中国文学主流·历史档案书系"和"二十世纪中国文学主流·学术新探书系"（以下分别简称《历史档案书系》和《学术新探书系》）。"历史档案书系"可称为"20世纪中国文学主流"的"一期工程"，"学术新探书系"可称为"二期工程"。出版这两套书系将有助于深化二十世纪中国文学史的研究。

首先，出版《历史档案书系》无疑体现了对文学史文献史料的高度重视。这种重视既强化了文献史料对文学史研究的基础作用，又传达出一种重要的文学史理念——文献史料是文学史"本体"的重要组成部分。通过对每一个文学板块的文献史料进行多方面、多形式的搜集和整理，展现这一文学"地标性建筑"的原始风貌，就可以直接、形象、立体地保存了这一文学板块的历史记忆。这岂能不是文学史的"本体"呢？如傅斯年宣扬过"史学便是史料学"①。再如，勃兰兑斯《十九世纪文学主流》中的文献史料大都不是以论据的形式出现，而常常构成叙述对象本身。当今天的读者同时看到《二十世纪中国文学主流》这两套书系平分秋色的时候，这种理念应是一望便知。

其次，"二十世纪中国文学主流"的每一个文学板块都有"历史档案"和"学术新探"两部著作。二者的学术生长关系将会推动这一板块的研究，甚至整个二十世纪中国文学史研究的深化。两套书系中的所有文学板块完全相同，即每一个文学板块是同一个子课题，如朱德发教授负责"五四白话文学"子课题。他既要为《历史档案书系》编著"五四白话文学"卷的文献史料辑，还要在"五四白话文学文献史料辑"的基础上撰写《学术新探书系》中刷新"五四白话文学"问题的学术专著。显然，这样的两部著作之间具有学术生长关系。前者既重建了这一文学板块活生生的历史现场，又为后者的学术创新做好了独立的文献史料准备；后者的"学术新探"由于是建立在"历史档案"的基础上，不仅能避免轻率使用二手材料所造成的史实错误和观点错误，而且以往不为所知的文献史料会帮助研究者不断走进未知世界，获得全新的学术发现。所以，"历史档案"会成为"学术新探"不竭的推动力。

四

"二十世纪中国文学主流"还有几个需要说明的具体问题：

1. 关于"主流"

本课题组将"二十世纪中国文学主流"中的"主流"界定为"以常态形式随着社会变化而变化的文学"。也就是说，所谓文学"主流"，不是先

---

① 《傅斯年全集》第二卷，长沙：湖南教育出版社 2003 年版，第 309 页。

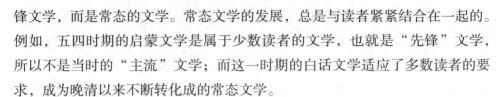

锋文学，而是常态的文学。常态文学的发展，总是与读者紧紧结合在一起的。例如，五四时期的启蒙文学是属于少数读者的文学，也就是"先锋"文学，所以不是当时的"主流"文学；而这一时期的白话文学适应了多数读者的要求，成为晚清以来不断转化成的常态文学。

2. 关于"历史档案书系"

如前所说，"历史档案书系"主要是对 20 世纪中国文学史上一些重要文学板块的原始文献和基本史料进行专业化的搜集和整理，重建各个重要文学板块的历史档案，利用来自历史现场的文献、史料或调研成果，尽可能直接、形象、立体地保存各文学板块的历史记忆，进而展现现代中国文学史的原生态风貌。因此，《历史档案书系》追求文献和史料的"原始"性。《历史档案书系》各卷的主要内容以"原始史料"和"经典文献"为主，以"回忆与自述"和"历史图片"为辅。所有文献和史料凡是能找到初版本的，我们尽量选用初版本；有些实在找不到初版本的，我们选尽可能早的版本。

3. 关于"学术新探书系"

"学术新探书系"是在《历史档案书系》所提供的来自历史现场的文献、史料及其直接、形象、立体地保存的原生态风貌的基础上，对这些二十世纪中国文学史上的"地标性建筑"，逐一进行全新的学术开掘。因此，《学术新探书系》追求学理性和创新性。《学术新探书系》各卷的主要内容，从各卷实际出发，不求体例的划一，只求比前人的研究提供新的学术发现。

4. 总课题与子课题

"二十世纪中国文学主流"是山东师范大学中国现当代文学学科承担的集体项目。总课题的选题及其初步编写方案由主编设计，在课题组成员认真讨论的基础上形成实施方案。子课题作者均为山东师范大学中国现当代文学学科的团队成员。各个子课题的承担者大都是这一文学板块的研究专家。主编和课题组成员充分尊重各子课题作者的学术个性，以保证各卷作者学术优长的发挥以及各子课题学术质量的提升。各卷作者拥有独立的著作权，文责自负。

"二十世纪中国文学主流"这两个书系是一种全新的文学史实践，难免存在作为尝试之作的稚嫩和偏差。我们渴望得到专家们的批评和帮助。我们最忐忑的是，不知学界的同行们能否认同文学史的这样一种做法。

（"二十世纪中国文学主流·历史档案书系"自 2013 年 9 月起已由人民出版社出版了其中的绝大多数分册，"二十世纪中国文学主流·学术新探书系"将由人民出版社陆续出版）

（原载《现代中国文化与文学》第 19 辑，巴蜀书社 2016 年版）

传播学术成果，推动学科发展

——山师学报文学编辑与山师现当代文学学科学人之间

翟德耀

作为山东师范大学文科学报的文学编辑，我自 1978 年年初即承担中国现当代文学研究栏目的编辑工作，直到 2008 年年底退休，前后连续工作达 31 年之久。其时，改革开放伊始，思想解放运动不断深化，学术研究逐步进入日益繁荣的新时期。在这段时间里，按照学报"主要反映本校的教学和科研成果"的办刊方针，始终关注中国现当代文学，特别是山师现当代文学学科的研究动态，及时传播相关的学术成果，特别是山师现当代文学学科的学术成果，成为我一以贯之的一项本职工作。这项工作，不仅恰好契合了本人的专业取向，使我从中汲取了用之不竭的文学滋养，有效地促进了治学的深化，实现了编辑工作和文学研究的良性互动，而且在与论文作者，特别是山师现当代文学学科几代作者的频繁交往中，学报和学科确确实实地实现了双赢。一方面，学报得到了源源不绝的优质稿源，打造出了"现当代文学研究"名牌栏目，显著提升了学报的学术水准；另一方面，学科借助学报这一重要的期刊平台，得以大量地发表包括青年学人在内的学科成员的学术成果，并由学报延展到像《新华文摘》《中国人民大学复印报刊资料》等更重要的二次传播平台，产生了更加深远的影响，从而在一定程度上推动了学科的建设和发展。

经编辑部检索，由我编辑发表的中国现当代文学领域论文作者有田仲济、孙昌熙、薛绥之、冯中一、丁景唐、倪墨炎、包子衍、翟同泰、徐文斗、刘献彪、谷辅林、书新、刘金镛、查国华、崔西璐、冯光廉、蒋心焕、朱德发、吴开晋、王荣纲、王建中、韩立群、吕家乡、宋遂良、袁忠岳、李继曾、王尔龄、吴海发、王锦泉、张铁荣、孙中田、丁尔纲、陈子善、韩日新、陈宝云、赵耀堂、陈漱渝、潘颂德、刘光宇、王万森、徐鹏绪、刘增人、李春林、王立鹏、杨政、张瑞云、宋益乔、李新宇、姚健、房福贤、姜振昌、魏建、杨洪承、李掖平、吕周聚、周海波、张学军、钟桂松、于青、谭桂林、曹万生、吴义勤、张清华、王景科、宗元、蔡世连、翟瑞青、李宗刚、贾振勇、王邵军、季桂起、李玉明、王卫平、杨剑龙、沈卫威、李怡、丛晓峰、赵林云、张芙鸣、子张、张光芒、王兆胜、李钧、刘开明、石万鹏、刘东方、郑家建等数百人。如此浩大的现当代文学研究作者队伍，包容了校内外第一、二、三、四代学者，其中既不乏当年即蜚声学界的知名专家，也多有后来卓有成就的后起之秀，既有相当数量的校外作者，也有占多半数量的校内作者，这彰显了现当代文学领域学术研究生生不息、代际传承的强大生命力。

经编辑部检索，由我编辑发表的山师现当代文学学科几代学人（含研究生）的论文数量可观，质量优良：田仲济5篇、薛绥之2篇、冯中一3篇、查国华6篇、书新2篇、崔西璐1篇、刘金镛3篇、冯光廉15篇、蒋心焕11篇、朱德发19篇、吕家乡12篇、宋遂良2篇、袁忠岳4篇、李继曾4篇、韩之友1篇、王万森4篇、钱荫榆1篇、税海模2篇、黄彩文3篇、姜静楠4篇、姚健1篇、房福贤6篇、姜振昌11篇、王景科7篇、魏建10篇、杨洪承5篇、鹿国治2篇、于青3篇、谭桂林4篇、李掖平4篇、吕周聚6篇、葛长伟1篇、张林杰2篇、季桂起3篇、张晓琴1篇、刘开明4篇、周细刚2篇、聂宏刚1篇、郭济访1篇、万直纯2篇、吴义勤2篇、贾振勇7篇、王邵军4篇、林凌2篇、张清华9篇、谭贻楚1篇、马立新4篇、李宗刚7篇、张光芒7篇、丛晓峰3篇、徐文谋1篇、冯济平2篇、王兆胜3篇、符杰祥4篇、刘传霞2篇、马丽蓉1篇、张芙鸣2篇、刘明银2篇、赵林云1篇、王素霞3篇、刘东方2篇、刘广涛2篇、温奉桥2篇、李钧2篇、孙桂荣3篇、房伟2篇、胡峰2篇、王寰鹏2篇、张丽军2篇、顾广梅2篇、王卫红1篇、韩元1篇、韩琛1篇、刘悦坦1篇、张伟忠2篇、王智慧2篇、赵启鹏1篇、周宁3篇、陈志华3篇、卜繁燕2篇……其中相当多作者的论文被《中国人民大学复印报刊资料》或《高等学校文科学术文摘》等转载或摘引过，不少人被转载或摘引了多篇，产生了广泛的社会影响。

第一代学人，成为学报的定海神针。田仲济先生作为山师现代文学学科的开创者和领导者，一直关注和支持学报的建设和发展。改革开放后，接连发表《学习鲁迅改造国民性的思想　建设社会主义精神文明——在山东鲁迅诞辰一百周年学术讨论会上的发言》《20世纪40年代王统照的创作活动——论一个作家在抗战中的爱国主义精神》《大时代的宠儿——〈中国抗战文艺史〉之一节》《力求反映文学发展的历史面貌——〈中国现代文学史〉修订再版后记》《中国新文艺大系1937—1949年散文·杂文集序》等文章。这些文章或者弘扬鲁迅精神，或者为文学大家王统照站台，或者展示自己编著的代表性著作的亮点，或者为修订再版的文学史作说明，或者为刚出版的大系写序言，一代名家的关注点可以从中一窥究竟。在编发这些文稿的过程中，编者与田先生联系甚多。先生待人的温良、平和，对文稿的一丝不苟，令我印象深刻。在先生家的客厅里，挂着一幅茅盾的条幅："高傲性格不求人　天壤飘零寄此身　谁与登茵谁落溷　愿归黄土破红尘题　红楼梦画页　葬花　仲济同志两正茅盾　一九八〇年二月于北京。"诗意鲜明，书法隽逸。这是茅盾在为田先生勤力编辑的《王统照文集》题写书名时，应邀一并书赠的。既是写花，更是喻人。对此墨宝，田先生十分喜爱。一次闲谈时，先生从条幅的书写说到重庆时期自己与茅盾的交往和友谊，说到和以群主办的自强出版社出版茅盾评析的郁茹《遥远的爱》等书的情形，心情十分愉悦。茅盾逝世后，先生深情地写过4篇纪念文章，主张评价实事求是，反对情绪"偏激"。1983年7月，在陪同先生参加首届全国茅盾研究学术研讨会期间，我见证了先生对茅盾的深刻认知，领略了先生与臧克家等名家们的真挚情谊，亲炙了先生对后辈的殷殷关爱。会议间隙，还陪伴先生徒步看望了在全国妇联工作的姐姐。阔别多年、劫后余生的相见十分平静，姐弟坐在一起，边喝茶边相互介绍个人和家人的情形。往返的路上，先生谈及胞姐参加革命的经历，谈及文学界名家的逸闻，对于某某的钻营十分不屑。一路听着，我不禁想起茅盾的条幅：在先生身上，不也有着那个葬花者性格的影子吗？1991年11月，我随同先生去湖南张家界参加首届中国解放区文学讨论会。在会后的游山中，当选为会长的先生在研究生丛晓峰的搀扶下吃力地攀登，眼看着同行者疲惫地坐上滑杆，他却依然坚持步行上山。抬滑杆的师傅跟在身后，不时地问询是否乘坐，但先生不为所动。尽管气喘吁吁，先生竟然硬是登上了山顶。"我就是要看看，我这个年纪到底能不能上得来！"刚刚坐定，先生就发表宣言，同时露出了得意的笑容。同行的人群受到感染，报以一阵欢呼声。先生时年84岁，大有"不到长城非好汉"的决然气势。这一幕，长久地定格在我的脑海里。先生的坚毅和执着，其实是植根于自己的血脉里，贯穿在其杂文创作和文学研究的生涯中。先生年轻时曾执教于山东省立第九中学，该校即我后来就读过的掖县一中（现莱州一中）。说起来，我和先生的缘分不浅。在掖县一中的校史里，先生被学校引以为荣。谈及这一段经历，先生记忆犹新：掖县离我老家潍坊不远，经济文化比较发达，掖县人耿直、义气，我在那里教书六七年，深受当地人影响，逐步形成了一种坚韧的性格。后来眼看着日寇侵略一步步逼近，我就只能毅然离开，辗转到大后方重庆了。学报在发表先生的文章之外，还先后编发过多篇研究先生人品和文品的文章，比如《青山不老　桃李成林——田仲济教授和现代文学研究》（蒋心焕、宋遂良），《遵循鲁迅杂文传统　不断开拓前进——论田仲济杂文》（朱德发），《田仲济：善于"聊天"的杂文家》（吕家乡）等，高度肯定了先生的人格精神和文学业绩。

薛绥之先生长期致力于现代文学资料的发掘和整理，成果卓著。即使在被打入另册的那些年里，他也一直坚持文献资料工作。先生不仅着眼于本校的既有资料，而且在现代文学教研室的大力支持下经常到全国各地搜求和归集，筚路蓝缕，集腋成裘。政治上获得新生后，先生益发全力投入。为应邀撰写学报"纪念鲁迅诞辰百周年"专栏文章，先生曾暂时停下手头编辑鲁迅研究资料丛书的重要工作，用心完成了《鲁迅在反文化"围剿"中的斗争策略》一稿，发表后深受好评。为了搜集鲁迅和现代文学名家的文献资料，先生更是长期奔走于各地的图书馆，通过爬梳剔抉，抄写复印，终于编印出了《中国现代作家研究资料丛书》《鲁迅生平史料汇编》，卷帙浩繁，工程庞大，为后来的相关研究打下了坚实的基础。先生做出的文献资料贡献，至今仍为学界所公认和称道。多少年来，先生像陀螺一样运转，不知停歇，并且一直乐此不疲，孜孜不倦。长期超负荷的工作，使先生出现了严重的疾病隐患，以致在调到山东大学不久，突然发生了心梗，抢救无效辞世。其时，先生正值盛年，正是踔厉奋发、准备大干一场的时候。噩耗传来，大家无不扼腕痛惜。为了表达对先生的敬意，也为了纪念，我随即组织并发表了一组相关文章，及时传播了一位文献学家的成果和业绩。

冯中一先生对诗歌研究造诣很深，在学报发表过《"吾将上下而求索"——屈原和他的长诗〈离骚〉》《试论当代诗歌创作的哲理倾向》《东方灵秀美的启示》等文章，深入探讨了古今诗歌的内在意蕴和审美价值。作为知名诗评家，先生对山水诗人孔孚较早地做出了中肯的评价，开启了一条被广泛认同的路径。作为学报聘任的审稿专家，先生以高度负责的精神和一贯严谨扎实的态度，坚持认真审阅每一篇文稿，从篇章结构到理论阐发，从字词语句到学术观点，都会一一把关，并提出切实可行的修改意见，从而为保证学报的学术质量做出了积极的贡献。特别令人感动的是，先生极其自律，除了编辑主动约稿，从不把个人的稿子交给学报发表。对此，先生解释说，学报的版面有限，稿件拥挤，还是把版面多留给年轻人吧。其实，学报固然有着扶持青年学者的责任，更有着发表名家优质文稿的需要，学报的学术质量，在很大程度上是由名家支撑和保证的。先生为人宽厚，治学严谨，凡事总是为他人着想，每天的工作总是安排得满满当当，尤其是担任山东省作协主席后，更是重任在肩，殚精竭虑。作为后学，我在工作中和先生联系颇多，有几年因为参与编辑《初中生作文》的关系，来往更是十分密切。在刊物负责人王荣纲社长的嘱托下，我曾多次劝说作为总编的先生注意工作节奏，而自己也尽力多分担一些编辑工作。一次谈及身体锻炼，先生笑言："我的活动方式就是天天早晨爬山，爬千佛山，每天两个多小时，风雨无阻，雷打不动。每次爬山回来，都感觉神清气爽，精力饱满，像是加满了油的车辆，动力十足，一天下来也不太疲劳。"正是出于这样的自信，先生对自己的高血压问题一直没有高度重视。然而，先生毕竟年事已高，加上高强度的工作量，过于紧张的弦终于在一个深夜崩断，突如其来的心肌梗死无情地夺去了先生的生命。先生的家人痛悔不已，后悔应该在发病的第一时间叫救护车来抢救，而不是听从先生先吃几片降压药再说的主张。按照以往的经验，药片确实有效，但这次发病来势汹汹，胸痛难忍，错过了最佳治疗时机，及至送到医院，医生已无力回天了。

第一代学人把学报作为传播文学观念的重要平台，对学报而言，既是信任，又是支持。有了老一辈名家的支持，编辑也就有了主心骨，有了坚强的后盾。

第二代学人，成为学报的中流砥柱。学界通常把20世纪30年代生辰的学人称为第二代，这是一个相当耀眼的群体，对学报而言，学科的第二代学人也是如此。学科密集地荟萃了冯光廉、查国华、崔西璐、蒋心焕、朱德发、刘金镛、李继曾、吕家乡、宋遂良、袁忠岳、韩之友等一大批"30后"人才，他们是学报的重要作者。其中冯老师的鲁迅研究、文学史研究、现代名家研究，查老师的茅盾研究，蒋老师的现代小说和散文研究，朱老师的五四文学研究、文学史研究，吕老师的诗歌研究，宋老师的当代小说研究，袁老师的当代诗歌研究，其成果总会经常性地出现在学报上，并由学报扩展到众所瞩目的论文选摘刊物进一步广为传播。经过多年的密切联系，这一群体已然成为学报作者队伍中的中坚力量。甚至他们中不少人的第一篇论文，比如冯老师的《对于〈自嘲〉若干问题的理解》（学报1975年第1期），朱老师的《论胡适早期的白话诗主张与创作》（学报1979年第5期，而非作者误记的《评胡适的〈尝试集〉及其诗论》）等，都是在学报发表的。由此一发而不可收，这一群体总会把教学实践中积累的学术感悟形成文字，通过学报公开出来。有了这一群体作为依靠，以及通过这一群体对校外学者的引荐，学报的学术水准也就有了基本的保障。

冯光廉老师十分信赖学报，尽管与编者有师生之谊，但对于发表文章十分严苛，没有新意的文稿从不示人。1986年冯老师调到青岛大学后，为了一篇文稿更加严密，曾致函编者代为修改。编者不敢马虎，经过用心处理，得以皆大欢喜。作者与编者之间的这种友好沟通、平等对话，无疑是建立在彼此了解、相互信任的基础之上的。尽管济南与青岛两地间隔，但我们之间一直保持着联系。文稿之外，时有深层次的交流。特别是在冯老师米寿之际，在回答我的采访时，在经常性的电话沟通中，更是敞开心扉、畅所欲言，道出了许多鲜为人知的往事，袒露了不少埋藏心底的衷曲。感人至深的，是冯老师坚持公平正义原则，曾在清理阶级队伍运动中仗义执言，力主被清查者田仲济先生是进步的知识分子，而非当时专案组徐某某所谓的复兴社成员，从而促成对田先生做出切合实际的政治结论。须知专案组是代表组织的，具有相当的权威性，敢于反驳专案组的意见，实在非常人所能为，必须有坚定的原则和过人的胆识。尤其可贵的是，冯老师的这一举动，又是在与田先生曾有过某种芥蒂的背景下发生的。冯老师说，在1958年的批判资产阶级学术权威运动中，自己受领导的安排，发表过批判田先生的文章。事后，冯老师深为自责，诚恳地向田先生做了道歉。田先生却并不介意，微笑道："事情过去了，没什么的，其实你的批判比起有的人的大会发言温和多了。"田先生的大度，让冯老师深受感动。虽然田先生表示谅解，冯老师却于心不安，是以在长期担任现代文学教研室主任的工作中，总是处处征取田先生的意见，一直对田先生尊重有加。此次站出来为田先生说话，就彰显了一代知识分子的担当和良知。而事后冯老师从未向田先生提及，田先生一直不知在事关个人政治生命的重大关头，不是别人，而是曾执笔批过自己的人仗义执言。对此，崔西璐老师作为亲身见证者，给予了明确的证实。事实上，新中国成立后经常开展各种政治运动，身处其中者几乎无人能够完全置身事外。田先生作为学术权威，更是如此，一场运动来临，或主动、或被动，必然参与其中。1983年11月14日，在《大众日报》发表批判精神污染的文章，就是如此。事后来看，其中涉及的人事或许未必确当，然而那主要是时代环境造成的，是形势使然，当事者都可以理解。

查国华老师与学报关系密切。在我编发的6篇文章里，《关于茅盾的笔名》发表于1978年，随后有《谈"学衡派"》（与蒋心焕合写）、《简评两种〈茅盾著译年表〉》、《批判·创造·"为人生"——茅盾早期思想探索之一》、《〈茅盾全集〉编余漫记》等，茅盾研究是重点所在。20世纪80年代，我曾几次跟随查老师参加全国茅盾研究学术会议，受益匪浅。

崔西璐老师70年代末、80年代初期致力于毛主席诗词的教学和研究，有多篇文章发表于学报。作为文学院当代文学教研室的创建者之一，崔老师经历了学科初创时期的开拓和建设，曾长期兼任山东省当代文学研究会副会长，并与刘金镛老师分别兼任南、北全国当代文学研究会理事。作为文学院资深教师和负责人，崔老师经历了文学院30年的历史变迁，经历了一次次重大的政治运动，堪称一部记录政治风云和人情世态的活字典。崔老师 1949 年 6 月参加革命，1956 年留校任教，一直走在时代潮流的前面。曾作为教育部遴选的专家先后两次援助越南、阿尔巴尼亚。崔老师一生教书育人，从普通教师到教授，从教研室主任到大学校长，实现了不平凡的人生。1965 年，从工作 10 年的语言学组调至现代文学组任副组长，做组长冯光廉的助手，与刘金镛老师一起主讲"现代文选"以及"毛主席诗词"，并参加"鲁迅作品选"教学。1976—1978 年，与冯光廉老师一起主持了《鲁迅〈集外集拾遗补编〉》的注释工作。1978—1986 年，任教于刘金镛老师为主任的当代文学教研室，先后任中文系副主任、主任，晋升讲师、副教授。其间，主讲"中国当代文学"和"毛主席诗词研究"，与刘金镛老师一起共同主导了当代文学教研室的工作，为山师中国当代文学学科的创建和发展做了扎实的奠基工作，同时当选为中国毛泽东诗词研究会理事。1986 年调青岛大学任副校长后，继续中国当代文学的教学和研究，晋升教授；并全力支持系主任冯光廉领军的团队，共同开创了青岛大学中国现当代文学学科近 20 年学术辉煌。崔老师多年来一直有写日记的习惯，凭借当年的日记，能够真实地再现历史的本来面目。其中对于和冯光廉老师一起主持《鲁迅〈集外集拾遗补编〉》的来龙去脉、编写过程乃至具体细节，都有详备的记叙。该书既是"拾遗"，又是"补编"，由于当年对相关作品已有的理解和注释非常有限，而这些极其有限的理解和注释也都散见于发现者和研究者的零散文章里，因此当时的注释工作基本是平地起家、从无到有的草创工程。更因为根据相关会议制定的《鲁迅著作注释出版规划》的要求，注释出版是"以中等文化水平的读者为对象"的，所以不仅要对文中的历史人物、历史事件进行注释，还要联系历史背景对每篇佚文做出题解，而且对一些不常见的较难的词语也要进行解释，这就大大地增加了注释词目数量。据崔老师的不甚精确的统计，这个征求意见本共收鲁迅佚文 87 篇，注释词目共 557 个，另加每篇的题解（1981 年版《全集》改为"题注"），全书共撰写了 644 个题条。如果平均每条行文 20 字，总共也要一万三四千字；乍听字数不算多，但要知道这是些经过反复加工锤炼了的简略又简略、精确又精确的注释性文字，是完全不同于文艺小说和一般的论述文章，可以随意铺叙张扬的。至于崔老师的"毛主席诗词"课是"文革"第二年复课闹革命开始的，"文革"前高校中文系没有这门课。1967 年 10 月，中共中央、国务院、中央军委、中央文革小组发出《关于大、中、小学校复课闹革命的通知》，要求一切大中小学立即开学，一边进行教学，一边进行改革。当时崔老师的日记还记着："复课闹革命。""集中备'毛主席诗词'。先讲《满江红·和郭沫若同志》《七律·冬云》《卜算子·咏梅》。"1971 年工农兵学员进校"上管改"，第一学期以阶级斗争为主课，参加"清查 5·16"；第二学期正式上课，崔老师开设并进行了"毛主席诗词"课的教学。值得一提的是，1976 年元旦毛主席词二首《水调歌头·重上井冈山》和《念奴娇·鸟儿问答》发表不久，崔老师即在大礼堂向全校教工进行宣讲，收获了热烈的掌声，产生了轰动效应。还有，1979 年 5 月，崔老师曾发起并参与成立了全国毛主席及其他老革命家诗词研究会，并当选为研究会理事。1981 年 6 月，崔老师作为副主编的《毛泽东诗词研究》由福建人民出版社正式出版。1983 年 4 月，崔老师作为主编之一的《毛泽东诗词研究资料索引》由福建人民出版社出版。1980 年 11 月，崔老师应山东大学的吴开晋之约一道参加了在昆明召开的以讨论新时期文学为议题的研究会——中国当代文学研究会第二次学术会议，并被补选为研究会理事。1981 年 12 月 7 日，中国当代文学研究会山东分会成立，崔老师代表筹备组报告筹备经过，并当选为副会长，一直连任到 2002 年。在这 21 年里，崔老师与吴开晋副会长一起成了山东高校当代文学领域里的领军人物。1990 年，崔老师的代表作《中国当代文学研究概论》出版。该书荣获中国当代文学研究会第七届年会研究专著奖，被学界认为"提倡文学观念更新"，"宏观把握和微观研究相结合"，"总结了当代文学的发展规律和历史教训"，"把当代文学研究推向新的高度"，受到广泛好评。

朱德发老师发表在学报的文章数量首屈一指，质量有口皆碑。比如，80 年代朱老师关于五四文学研究的系列论文连续推出，辅之以学界名家孙昌熙先生领衔的书评《现代文学研究的新收获——评朱德发同志的〈五四文学初探〉》推波助澜，几年里备受关注，蜚声学界，即便遭遇骤然而至的风暴冲击，朱老师也继续坚守学术立场，依然故我。作为亲历者和见证者，我对当年的情景记忆犹新：火热的夏日后面突然是冰冷的冬天，继而很快又是温煦的春天。冬天虽然为时不长，但却足够寒冷：一时间名为商榷实为批判的文章纷至沓来，像《关于五四文学革命指导思想问题的商榷》（林志浩）、《关于五四新文学的领导思想问题》（严家炎）、《应该如何认识五四文学革命》（杨义）等，学界权威们跟随来势汹汹的政治浪潮纷纷表态……后来的事实大家都知道，朱老师关于五四文学指导思想和性质以及对于包括胡适在内的五四名家的论断是正确的，是经得起历史检验的，已经普遍为学界接受。

蒋心焕老师发表在学报的 11 篇文章中，最早的是 1979 年与查国华老师合作的《谈"学衡派"》《试论沙汀的前期短篇小说》，两文旋即被《中国人民大学复印报刊资料》全文转载。随后的《中国现代历史小说的开拓者、成功者——谈〈故事新编〉》（1981 年第 6 期）、《试论左翼文学的工人题材小说及其得失》（1983 年第 3 期）、《五四新小说理论和近代小说理论关系琐谈》（1986 年第 1 期）、《论中国近代文学向现代文学的转换——纪念五四运动 70 周年》（1989 年第 2 期）、《试论郁达夫的小说观》（1990 年第 6 期）、《论梁实秋散文的独特品格》（1993 年第 2 期）、《茅盾文学思想结构探》（1996 年第 4 期）、《文化散文发展的轮廓》（1999 年第 2 期）等论文，都是聚焦现代小说和现代散文研究的成果。《青山不老　桃李成林——田仲济教授和现代文学研究》（1987 年第 4 期）一文，则是与宋遂良合写的一篇全面评述田仲济学术成果的力作，从而为后来的相关研究打下了基础。合作撰文，当年曾经是一种颇为普遍的研究现象。大致是合作者之间达成共识，然后一人执笔，一人改定，执笔者署名于前，改定者随其后。

至于第三、第四代及其之后的学人，则成为学报强大的生力军。他们中的不少人从当初籍籍无名的"小人物"逐渐地成长为大名鼎鼎的"大人物"，学术界对他们已经耳熟能详，我在此就不再赘述了。

"变"与"不变"的三对"关键词"

——山东师范大学中国现当代文学学科文学史研究一瞥

许丽宁　贾振勇

山东师范大学中国现当代文学学科（以下简称"学科"）成立于 1952 年，迄今已走过七十年风雨历程。学科奠基人田仲济先生，早在 1947 年就撰写了《中国抗战文艺史》[①]，这是中国现代文学史上第一部抗战文艺史。他将"亲历见闻"与"学术史料"有机统一，更将常被人有意无意忽略的"通俗文艺"纳入抗战文艺的视野，不但开风气之先，而且创作了抗战文学和文学史研究无法绕过的重要奠基之作。朱德发教授的《中国五四文学史》[②]不但是中国第一部有关五四文学的断代史，而且使"人的文学"的旗帜从此更加鲜明地镌刻在学科发展的历史上。

山东师范大学中国现当代文学学科大范围的文学史书写和研究其实到 20 世纪 70 年代末才得以全面展开和深入。虽然历经时代栉风沐雨的洗礼，学科研究人员也几经流转与更迭，但对中国现当代文学史的书写实践和理论探索日益繁盛，并在海内外产生了较为重要的影响，延续至今。自 20 世纪 70 年代至 2022 年，学科同仁积极开展现当代文学史的书写、研究。据不完全统计，共产出相关成果，包括独著、独编或与其他院校合编教材型文学史、研究专著共 30 部，学术论文计 62 篇。本文所涉及的文学史研究成果指学科同仁于就职山师期间所发表成果。

回顾学科的文学史研究演变历程，梳理既有成果的利弊得失，不难发现：

---

① 蓝海（田仲济）：《中国抗战文艺史》，上海：现代出版社 1947 年版。
② 朱德发：《中国五四文学史》，济南：山东文艺出版社 1986 年版。

经过几代学人的薪火相传，学科文学史研究已经形成了自身显著的研究特色，在某种意义上形成了独具特色、别具一格的学术传统。这个学术传统或研究特色，主要体现在方法论、主体性和方向性三个层面。在这个传统的背后，是几代学人矢志不渝坚守的"人的文学"观念。这既是对五四精神的坚守与传承，也是几代学人或显或隐秉持的价值坐标。

一、作为方法的"视角"与"范式"

文学史不仅是文学的历史，亦是社会和思想的历史，其作为文学思潮与作家作品之间的桥梁，是现当代文学研究的重要组成部分。随着历史的不断推进，读者和批评家对于文学作品、文学现象的解释、批评和鉴赏呈现出一个变化的过程[①]，而文学史便是要"描写"这个过程并试图揭示出其中的规律，这注定了文学史研究的历时性特征，需要经验积累，更要随着学术视野的扩大和思维范式的更新完成对自身的扬弃。这种历史自觉意识，始终是学科文学史研究的鲜明特征。

中国现当代文学学科大规模的文学史编写起于 20 世纪 70 年代末。党的十一届三中全会带来的思想解放运动提供了重写文学史的机会。80 年代新思潮、新方法的传入开辟了全新的理论视野，本学科的学者们得以破除既往固化的思维方式和研究模式，首先在研究视角与研究方法的层面进行突破，尝试了从诸如文学类型、小说美学、文体学等具体方向介入文学史研究。

1979 年田仲济与孙昌熙主编的《中国现代文学史》[②] 出版，1984 年田仲济与孙昌熙主编的《中国现代小说史》[③] 出版，都是载入学术史的大事件。前者是粉碎"四人帮"以后国内第一批中国现代文学史著作中影响较大的一部，后者是国内出版的第一部中国现代小说史著作，也是学科"文学类型"文学

[①] 韦勒克和沃伦在《文学理论》中谈到，文学作品在历史进程中不是一成不变的，因为读者、批评家和艺术家的看法是不断变化的，解释、批评和鉴赏的过程也未曾中断。而文学史的任务之一就是描述这个过程。参见 [美] 雷·韦勒克、奥·沃伦：《文学理论》，刘象愚等译，北京：生活·读书·新知三联书店 1984 年版，第 293 页。

[②] 田仲济、孙昌熙主编：《中国现代文学史》，济南：山东人民出版社 1979 年版。

[③] 田仲济、孙昌熙主编：《中国现代小说史》，济南：山东文艺出版社 1984 年版。

史的开端。《中国现代小说史》使用了"人物形象"这一特殊的章节架构方式，在当时的学术环境中不失为一个大胆的试验。1990 年朱德发主编的《中国现代纪游文学史》^① 出版，从题目便可看出，该书是对中国现代"纪游文学"这一类型进行"史"的梳理和分析。朱德发认为，五四文学革命开创了现代纪游文学系统，自文学革命到 20 世纪 30 年代，这种"社会相"纪游文学与山水游记并行发展，40 年代的纪游文学以各种变形的"社会旅行记"为主体，与古代纪游文学存在较大差异，给五四之后产生的现代纪游文学这一特殊的类型以文学史的一席之地。继之而出的《爱河溯舟：中国情爱文学史论》^② 由朱德发、张清华、谭贻楚合著，文学中的"爱情主题"因改革开放的环境得以重新回到学术研究的范围中。全书对中国古今情爱文学进行了综合性的纵横考察，逐步揭示出中国情爱文学的发展规律及审美特点，是一部重开视角的"尝试"之作。王万森的《新中国中篇小说史稿》^③ 则在现代"中篇小说"这一小说的特殊类型研究层面开风气之先，随后其与张达合著《中国中篇小说史》^④ 一书，将对中篇小说的研究范围由现代扩展到古今，对中篇小说在中国的发生、发展进行了总体研究，以中篇小说发展流程为经，以小说类型的文体生成特征为纬，将文学史的评价和文体特征的把握相结合。1995 年出版的《中国现代杂文史论》^⑤ 凝结了姜振昌近十年间对现代杂文发展史的系统思考，不仅如此，作者更以犀利的视角发现了"杂文意识"与"时代意识"之间的互相作用，以及杂文家的主体需求对杂文生产的影响，从而完成了时代、作家、杂文三者的内在统一。这部著作不仅从历史的角度梳理了中国现代杂文发展的脉络，更力图从哲学的层面探索杂文发展的内在规律，书后单独附录中国现代杂文史事件编年，为全书的论述提供了一个全面的社会背景，更为其后现代杂文领域的研究提供了可供参考的历史材料。房福贤的

---

① 朱德发主编：《中国现代纪游文学史》，济南：山东友谊书社 1990 年版。
② 朱德发、张清华、谭贻楚：《爱河溯舟：中国情爱文学史论》，天津：天津教育出版社 1991 年版。
③ 王万森：《新中国中篇小说史稿》，济南：山东文艺出版社 1992 年版。
④ 王万森、张达：《中国中篇小说史》，南昌：百花文艺出版社 1995 年版。
⑤ 姜振昌：《中国现代杂文史论》，北京：人民文学出版社 1995 年版。

《中国抗日战争小说史论》①则系统研究了"抗战小说"这一类型小说的发生、发展与变化轨迹，其最突出的贡献在于对抗战小说进行归类、划分，从而突出了"抗日战争小说"作为一个整体的深刻性和复杂性。进入21世纪后，学科产生了关于"现代散文史"的专门研究，其中《中国散文百年史论》②是王景科在其开设"中国现代散文理论研究"课程的过程中与学生共同编写的，从"史论"的角度梳理"散文"这一文体类型的创作及其理论发展，着重在几个散文发展和成长关键点上进行探讨。蒋心焕的论文《中国现代散文走向鸟瞰》③同样从散文这一文体出发，从历史的角度梳理了中国现代散文的产生与发展，指出现代散文是中外散文在特定的社会历史条件下相互融合的产物。

另外，学科一直尝试找寻传统"文学类型"分类法之外的视角，蒋心焕主编《中国现代小说美学思想史论》④缘于其在"中国现代小说史"课程教学过程中的体悟，因为现代小说美学思想对把握中国现代小说历史有着重大意义，便有了以"美学"为线索来重新认识中国现代小说的设想。吕周聚的论文《建构汉语维度新文学史的价值与意义》⑤则从"语言"出发，提出了一种建构新文学史的思路，即从汉语维度来书写、重构新文学史，这既是对胡适"白话文学"观念的历史回应，又是"重写文学史"的一种具体实践。朱德发在2016年发表了《文体自觉意识之于现代中国文学史建构》一文，指出在当下现代文学史的书写和研究中普遍存在缺乏"文体自觉"意识的短板，所以关于现代文学史的写作一直无法取得创造性突破。为补齐这个短板，他在文中指出了一条"运用文体学思路来治史并从而展示文学史本体特征"⑥的研究思路，同时提示研究主体在采用文体学这一视角时，需要更加注重对现代文学总体性、复杂性的考量。

---

① 房福贤：《中国抗日战争小说史论》，济南：黄河出版社1999年版。
② 王景科等：《中国散文百年史论》，济南：山东文艺出版社2011年版。
③ 蒋心焕：《中国现代散文走向鸟瞰》，《山东师范大学学报（人文社会科学版）》2015年第2期。
④ 蒋心焕主编：《中国现代小说美学思想史论》，江苏文艺出版社2006年版。
⑤ 吕周聚：《建构汉语维度新文学史的价值与意义》，《学术研究》2010年第8期。
⑥ 朱德发：《文体自觉意识之于现代中国文学史建构》，《社会科学辑刊》2016年第4期。

以上的研究成果多集中于文学历史的具体书写，这是重新打开研究局面的第一步，不管是以新方法、新视角梳理新文学的发展轨迹，还是挖掘以往忽略的特殊文学类型，都可视为学科文学史研究中开风气之尝试。21 世纪 90年代围绕文学史书写和研究的讨论开始扩展到理论层面，研究者们开始思考"文学史学"的问题，即文学史究竟是什么，现当代文学史书写应遵循哪些逻辑、反映哪些规律，不再局限于书写实践而是针对文学史研究之"研究"。有关"研究范式"的探索成为此时的一个前沿话题，尤其是自 20 世纪 90 年代"重写文学史"观念提出后，研究界围绕这一观念进行了多次突围性试验和探索，先后出现了"二十世纪中国文学""百年中国文学""中国新文学六十年""现代中国文学史""民国文学史""共和国文学"等研究范式，学科同仁以不同形式参与了这些范式的建构与言说。

1985 年《文学评论》上刊载了黄子平、陈平原、钱理群的文章《论"二十世纪中国文学"》，随后三人在对谈中正式提出"二十世纪中国文学"的概念。这对当时的中国现当代文学学科来说无疑如同一次"革命"，它解决了一直以来困扰研究界的近代、现代、当代的尴尬"划界"问题，将新文学的发展置于"世纪百年"的新规则、新视角之下。因此，"二十世纪中国文学"这个研究范式在提出之初便得到了强烈回应，甚至在一定时间内成为占据"统治"地位的研究话语。朱德发在《理论框架与文学史格局——20 年书写中国新文学史的沉思》（《中国文学研究》2000 年第 3 期）、《"中国现代文学史"学科的反思与突围》（《东岳论丛》2002 年第 1 期）、《论中国现代文学史学科范式的重建》（《中国现代文学研究丛刊》2016 年第 6 期）等文章中都曾论及这一研究范式，认为其虽然在包容性层面存在不足，但是依旧具备学科意识与文学史观的先进性和开拓性。2012 年，王万森重整研究视角，撰文讨论"二十世纪中国文学"这一研究范式，不过他将论述的重点放置在反思当代文学史叙事的角度，在《桥式结构及其叙事节点的"断裂"——以现代性为基点的中国当代文学史叙事考察》①一文中以"桥式结构"来定义

---

① 王万森：《桥式结构及其叙事节点的"断裂"——以现代性为基点的中国当代文学史叙事考察》，《理论学刊》2012 年第 7 期。

这种文学史叙事模式，指出各个叙事节点之间存在的"断裂"，即当代文学史初期顺承现代文学中的"革命性"叙事，新时期文学的"启蒙"叙事则是五四新文学传统的再现。这种以"现代性"为核心的内在关联打通了二十世纪中国文学的逻辑性和完整性，并且给文学史叙事提供更多可能。

新世纪以来，中国现代文学研究格局日趋碎片化与专门化。有关"民国文学"的讨论，可能是最近20多年来中国现代文学研究领域最后一次较大规模的公共话题论争。贾振勇的《追复历史与自然原生态的"民国机制"——"民国文学史观"的一种文学史哲学论证》（《文艺争鸣》2012年第3期）、《回答一个问题：为什么要提出"民国文学史"》（《华夏文化论坛》2013年第2期）、《民国文学史：新的研究范式在崛起》（《文艺争鸣》2013年第5期）、《关于"民国文学"与学术伦理意愿的思考》（《扬州大学学报》2015年第3期）、《在争鸣中推进和深化民国文学研究》（《东岳论丛》2014年第5期）、《文学史的限度、挑战与理想——兼论作为学术增长点的"民国文学史"》（《文史哲》2015年第1期）等文章，主要从理论层面阐释"民国文学"观念的合理性和可行性，比如从哲学方法论以及文学史实践的角度论证了"民国文学史观"的可行性及革命性，指出"民国机制"与"民国文学风范"是目前最能逼真地描述和解释民国时代的文学的历史属性和自然属性的述史概念，认为"民国文学史"观念是自"二十世纪中国文学""重写文学史"以来中国现代文学研究的"二次革命"。[1] 朱德发的《论中国现代文学史学科范式的重建》一文对"民国文学"的范式同样有所提及，他认为以"民国"这一现代民族国家观念作为学科构建核心有其独特性，但是从中华民国在大陆存在的37年的历史中，难以为"民国文学史"研究范式中的这种"主体意识"寻找到充分的史实根据和无懈可击的历史逻辑。[2]

朱德发教授作为海内外知名的中国现代文学研究领域的重量级学者，不仅仅是他的《中国五四文学史》所做出的历史性贡献，还在于几十年来关于中国现代文学史学的研究与建构。内在价值理念是"人的文学"，外在表现

---

① 贾振勇：《回答一个问题：为什么要提出"民国文学史"》，《华夏文化论坛》2013年第2期。
② 参见朱德发：《论中国现代文学史学科范式的重建》，《中国现代文学研究丛刊》2016年第6期。

形式则落脚于"现代中国文学"的理论观念与研究范式。2000 年朱德发撰文《走出"突围"后的困惑——20 年书写中国新文学史有感》[①]，将其 20 年来研究并书写新文学史过程中的"困惑"归纳为两个重点：其一是文学史研究中建构科学的理论框架的重要性；其二是如何冲破既有研究模式，构建一个更为宏观、合理的文学史研究格局。朱德发还在文中提出"上可封顶下不封口"的新文学史研究格局的构想，并且在两年后的专著《评判与建构：现代中国文学史学》[②] 中将这种研究格局正式命名为"现代中国文学史"。在其后的15 年间，他发表了一系列文章[③] 去阐释以"现代中国文学"作为一个新的研究范式的合理性与可行性。这个提法可以弥补现有研究范式的不足。一方面避免了以往在"时间划分"上的尴尬，将"现代中国文学"作为一个整体来考量，区分了其与"中国现代文学"的本质差异；另一方面，涵盖范围的整体提升和扩大给以往文学史书写中易于忽略的港澳台文学、少数民族文学、通俗文学等文学类型入史提供了可能性。2012 年，学科出版了《现代中国文学通鉴：1900—2010》（上中下三卷）[④]，这部具有反思意义和借鉴价值的现代中国文学通史可看作对朱德发"现代中国文学史"理论范式在书写实践层面的回应。除此之外，李宗刚的《文学史对历史转捩点书写的纠结与突围》[⑤] 同

---

① 朱德发：《走出"突围"后的困惑——20 年书写中国新文学史有感》，《泰安教育学院学报岱宗学刊》2000 年第 1 期。

② 朱德发、贾振勇：《评判与建构：现代中国文学史学》，济南：山东大学出版社 2002 年版。

③ 这些文章包括《"三大板块"：现代中国文学史的重构》，《淄博学院学报（社会科学版）》2002 年第 1 期；《"中国现代文学史"学科的反思与突围》，《东岳论丛》2002 年第 1 期；《"人的文学"：现代中国文学史核心理念重构》，《烟台大学学报（哲学社会科学版）》2002 年第 2 期；《重建"现代中国文学史"学科意识》，《福建论坛（人文社会科学版）》2002 年第 2 期；《现代中国文学史重构的价值评估体系》，《中国社会科学》2008 年第 6 期；《"现代中国文学史"学科的四个基本特征》，《河北学刊》2008 年第 6 期；《建构现代中国文学史学科的再探索》，《山东社会科学》2011 年第 11 期；《重构现代中国文学通史关键在于探索其联系性与互通性》，《东岳论丛》2012 年第 1 期；《现代中国文学史书写亟待解决的几个问题》，《山东师范大学学报（人文社会科学版）》2013 年第 1 期；《中国新文学史学科的反思与重建》，《烟台大学学报（哲学社会科学版）》2013 年第 2 期；《论中国现代文学史学科范式的重建》，《中国现代文学研究丛刊》2016 年第 6 期；《文体自觉意识之于现代中国文学史建构》，《社会科学辑刊》2016 年第 4 期。

④ 朱德发、魏建主编：《现代中国文学通鉴：1900—2010》，北京：人民出版社 2012 年版。

⑤ 李宗刚：《文学史对历史转捩点书写的纠结与突围》，《理论学刊》2011 年第 10 期。

样讨论了这一研究范式的具体操作性，认为"现代中国文学史"的提出在文学史对历史转捩点的书写时，为把大陆文学与台湾文学融为一体、凸显现代中国文学史发展演变的内在规律，提供了突围的路径，成为对这一研究范式在历史关键点书写中的补充。

以往流行的"中国现代文学""中国当代文学""二十世纪中国文学""共和国文学"等研究范式，往往都集中于一个重要的标准——时间，故而在包容性和合理性方面都存在着或多或少的缺陷。朱德发提出的这一范式以"现代中国"为限定，是一种"现代国家文学史观"[①]，从这个层面理解，"现代中国文学"与"民国文学"的概念有一定的相似性，但较之具备更大的现实适应性，也充分显示了"人的文学"这一价值核心，兼及新文学在产生和发展过程中特有的"民族国家想象"。可以说"现代中国文学"这一理论范式是在与整个现当代文学研究界的对话与反思的过程中逐渐诞生的，是学科对于文学史研究如何"突围"的一次重要实践。

二、"文学本体"与"研究主体"之困境

文学史首先是文学的历史，这是毋庸置疑的，围绕在文学史周围的一系列问题、言说、范式都应由文学自身引申而来。其次，作为一种专门史，文学史应该揭示文学在历史中的发展演变以及内在规律。韦勒克和沃伦的《文学理论》一书中谈及文学史的任务，其中居于首要位置的就是"确立每一部作品在文学传统中的确切地位"[②]。所以 20 世纪 80 年代后，研究界尝试重新构建新文学史，便自然而然地从"作家和文学作品"的再评价出发。新思维、新方法的介入给文学研究带来新的动力，学科内部也涌现出大量的成果。

1979 年田仲济和孙昌熙主编的《中国现代文学史》出版，这是十一届三中全会后我国出版的最早的教科书之一，针对的正是以往文学史书写缺陷，这是在解放思想、拨乱反正的历史背景下文学史研究破除意识形态铁律、重

---

① 朱德发：《现代文学史观的探索及其意义》，载《现代文学史书写的理论探索》，济南：山东人民出版社 2010 年版，第 183 页。

② ［美］雷·韦勒克、奥·沃伦著：《文学理论》，刘象愚等译，北京：生活·读书·新知三联书店 1984 年版，第 299 页。

新回到文学自身的最初尝试。在其后的十年间，学科相继出版了六部现代文学史专著，分别是田仲济、孙昌熙主编《中国现代小说史》（山东文艺出版社 1984 年版），冯光廉、朱德发、查国华等（姚健、韩之友、蒋心焕）合著《中国现代文学史教程》（山东教育出版社 1984 年版），朱德发著《中国五四文学史》（山东文艺出版社 1986 年版），孙昌熙、朱德发主编《中国现代文学史新编》（宁夏人民出版社 1987 年版），朱德发、蒋心焕、陈振国合编《新编中国现代文学史》（明天出版社 1989 年版），朱德发、蒋心焕编著《中国现代文学简史》（山东文艺出版社 1989 年版）。这些著作大多单独开辟章节重新评价现代文学史上重要的作家作品，并且着力找寻新的学术研究路径，探索了以"人物形象""文学类型"为线索的逻辑架构，采用了"史作结合""纵横相交"的文学史书写模式，引入了"人的文学""现代化"等文学史观。除了文学史书写实践，这期间杨洪承还发表了《主体·变动·多样·世界眼光——关于中国现代文学史研究和编写的思考》[①]《文学的历史与历史的文学——中西方文学史研究之比较》[②] 两篇文章，从理论的层面反思以往的现代文学史研究情况，指出"主体"和"变动"是文学史区别于其他历史学科的独特标志，首次对文学史的独特性做了理论层面的阐释，并且认为文学史研究是对文学研究的超越，在 80 年代形成了文学史书写与理论研究并举的局面。

"回归文学本体"确实为重整文学史研究格局提供了一个努力的方向，展示了一种寻找文学独立意识的自觉，但是随着这种集中于"文学性"的重新评价和书写成果的逐渐丰富，研究界也发出了质疑的声音。一方面，"回归文学本体"的提法最初针对的是改革开放以前文学史书写中过度强调阶级属性和社会作用，使文学完全成为政治依附的问题，故一些回归文学本体的尝试仅仅是对这种现象的彻底反拨，这种非此即彼的操作方式是否存在将研究引入简单化或"政治—审美"二元论的倾向，从一个极端走向了另一个极

---

① 杨洪承：《主体·变动·多样·世界眼光——关于中国现代文学史研究和编写的思考》，《中国现代文学研究丛刊》1987 年第 3 期。
② 杨洪承：《文学的历史与历史的文学——中西方文学史研究之比较》，《学习与探索》1988 年第 2 期。

端。1997 年朱德发曾经简短讨论过"回归文学本体"这一口号，提醒我们文学的复杂性使得"文学本体"不仅仅局限在文体形式、语言符号等范畴，更反映出"人"的属性，他认为中国新文学史"实质上就是中国近现代社会文化思潮（社会意识形态）与历史变革的双重叠影"①。只是这个思考在当时尚处于初成阶段，2003 年他继续完善了这个观点，认为若仅以"回归文学本体"这一思路其实无法系统建构新文学，必须在承认文学复杂性的前提下与"社会—历史批评"模式结合起来。② 时隔 13 年，朱德发又发表《文体自觉意识之于现代中国文学史建构》一文，从文学内部再次思考了建构现代中国文学史中"回归文学本体"的具体操作方法，强调应从增强"文体自觉"意识方面努力，解决既成文学史文本缺乏文体自觉意识的薄弱环节。③ 另一方面，以往"回归文学本体"的重评实践多集中于微观层面，以作品的文本分析为重点，而更为深入的讨论势必不能言止于此，需要进入宏观层面"文学史学"的建构。我们将在后文中对此进行详尽分析。

其次，学科文学史研究历程背后亦透露出对研究者不变的"主体性"的探寻，美国史学家海登·怀特认为"独特的历史的话语通常总产生出对其题材的叙述性阐释"④。这点明了历史在经过"讲述"这个环节后，不免受叙事者主观性和个人性的影响，现当代文学史书写和研究同样以研究者的主观选择为线索。20 世纪 50—70 年代本应是现代文学研究和当代文学书写的黄金时期，却囿于时代原因未能迎来百家争鸣的局面，研究者不得不顾虑言与不言的界限。十一届三中全会后的思想解放，不仅是对以往单一化、模式化思维模式的拨乱反正，更使学术研究中研究者的"思维解缚"成为可能，"重写文学史"正是在这种背景下得以提出并得到广泛回应的。

研究者主体性的复归，最为直接的内容便是思维模式的转型。朱德发针

---

① 朱德发：《主体思维与文学史观》，济南：山东教育出版社 1997 年版，第 351 页。
② 朱德发：《新文学史：社会文化思潮与历史变革的双重叠影》，《理论学刊》2003 年第 6 期。
③ 参见朱德发：《文体自觉意识之于现代中国文学史建构》，《社会科学辑刊》2016 年第 4 期。
④ 海登·怀特在《"描绘逝去时代的性质"：文学理论与历史写作》一文中提到了历史的"叙述方式"问题，为此他还引用了克罗齐的观点，"没有叙述就没有独特的历史话语"。见［美］拉尔夫·科恩主编：《文学理论的未来》，程锡麟等译，北京：中国社会科学出版社 1993 年版，第 44—45 页。

对文学史研究受到冷落、一些失去活力的文学史观和思维模式难以超越等问题，另辟研究路径，从思维学与文学史关系的考察入手，产出了一系列富有创见的成果。《新文学史研究：选择式收敛思维的优势》①就是一篇探索"收敛性"思维之于文学史研究影响的尝试之作，文章分析了收敛思维的集中性、合围性、维持性等特征在文学史研究过程中的独特优势和运作规律，并以文学研究中的具体现象为佐证，为文学史研究提供了新的思路。两年后出版的《主体思维与文学史观》一书将对主体思维与文学史研究关系的探索进行了全面性的拓展，分别对收敛型思维、发散型思维、顺向思维、逆向思维等进行了考辨。2005 年《文学史研究：收敛思维与史料索辨》②的发表代表着这种思维学研究的深入，同时对文学史的研究者提出了更高的要求，文章指出史料收集是文学史研究的基础性工作，唯有与收敛思维的功能进行有机结合，才能使研究具备"史"和"识"的科学品格。《文学史书写"认知模式"的调整或解构》一文总结了现代思维的总体特点："一是传统直觉整体性与科学系统性的辩证统一，二是传统和谐辩证性与动态创造性的有机结合；因此各种二元对立认识模式应该在现代思维总体功能特点的规范下进行调整或更新。"③

　　文学史研究思维模式转型牵引出的，是更深层次的文学史观的变革，文学史观其实就是前文提到的历史"叙述方式"，是"把文学纳入'史'的视野对其所作的梳理和评判"④。五四文学革命时期，胡适所写的《历史的文学观念》和《五十年来中国之文学》皆以"历史进化论"作为文学史观的指导；1952 年延安文艺座谈会后，新民主主义论的文学史观在新文学界产生了持久的影响；20 世纪 80 年代许多文学史采用"现代性"的文学史观，实际上这种"现代"的评价标准同样透露出"进化"的取向，可视为进化文学史观的一种延续。历史书写的"真实性"问题之所以历来广受讨论，就在于历史是一种主观的产物，随着材料收集、共享技术的进步，文学史研究的差异往往

---

① 朱德发：《新文学史研究：选择式收敛思维的优势》，《东岳论丛》1995 年第 5 期。
② 朱德发：《文学史研究：收敛思维与史料索辨》，《河南大学学报（社会科学版）》2005 年第 2 期。
③ 朱德发：《文学史书写"认知模式"的调整或解构》，《百家评论》2013 年第 1 期。
④ 朱德发：《进化文学史观与文学史研究实践》，《山东师范大学学报（人文社会科学版）》2008 年第 6 期。

不在于掌握"史料"的多少,而在于处理"史料"的能力和态度,这背后反映出研究主体的思维模式和价值取向。从这个层面上说,"重写文学史"其实就是文学史观的重构。

杨洪承围绕这一问题率先展开探索,1987 年他发表《文学史观念的革新势在必行——关于中国现代文学史研究的断想》① 一文,指出"文学史观"这一要素之于文学史书写起着决定性作用,而传统文学史观的封闭性、单一性、模式化极大地制约了文学史书写的广度和深度。1989 年他在评价国内三部《中国现代小说史》② 时再次强调突破以往扭曲片面的文学史观的重要性。这是一个值得探讨的角度,文学史不仅是文学的问题,更是书写主体和研究主体在历史进程中思维取向的调整,但是当时未能引发对这个问题的大范围讨论。1997 年朱德发在《主体思维与文学史观》一书中对"文学史观"的问题进行过理论层面的研究,并且在其后的时间内将其深入推进。2008 年,朱德发连续发表一系列文章③ 将这个问题从宏观的理论视域引入具体模式的探索,朱德发将以往文学史观的内涵划归为"政治型"与"人本型",通过对历史及作品的分析指出"政治型"文学史观的缺陷及其向"人本型"文学史观转化的必然性,为文学史书写的理论探索开辟了全新的思路。2012 年,李宗刚发表《〈孔乙己〉:在文学史书写中的变迁》④ 一文,通过考察《孔乙己》这一具体文本在不同版本的现代中国文学史中的解读情况,发现了不同时期文学史书写的倾向性变化,作者由浅入深,得出了鲁迅研究经历了从注重外部研究到注重内部研究的结论,并且进一步揭示文学史书写受制于时代语境整体规范的深层规律。

---

① 杨洪承:《文学史观念的革新势在必行——关于中国现代文学史研究的断想》,《学习与探索》1987 年第 1 期。

② 分别是田仲济、孙昌熙主编的《中国现代小说史》,赵遐秋、曾庆瑞撰写的《中国现代小说史》以及杨义所著《中国现代小说史》。参见杨洪承:《历史在艰难中前进——读国内三部〈中国现代小说史〉》,《文学评论》1989 年第 1 期。

③ 分别是:《进化文学史观与文学史研究实践》,《山东师范大学学报(人文社会科学版)》2008 年第 6 期;《中国现代文学史书写向人本型转换的探索过程》,《山东社会科学》2010 年第 3 期;《人本型中国现代文学史的重构特征》,《烟台大学学报(哲学社会科学版)》2010 年第 3 期;《政治型现代文学史书写的沉重反思》,《中国现代文学研究丛刊》2010 年第 6 期。

④ 李宗刚:《〈孔乙己〉:在文学史书写中的变迁》,《东岳论丛》2012 年第 4 期。

三、多重路径下的"反思"与"突围"

克罗齐讲"一切历史都是当代史",这似乎是现今研究者默认正确并且反复引用的一句话,但是朱德发先生的质疑给我们敲响了警钟,在文学史研究,以至整个文学研究中,是否真的存在经久不衰的"金科玉律"?[①] 文学史描绘了一个变化的过程,文学史研究在历史的进程中同样需要经历自身的反思甚至否定,朱德发先生的文学史研究历程正是这种怀疑和反思精神的反映。他在 20 世纪 80 年代撰写的《中国五四文学史》是对以往以简单化的线性思维,即直接从经济和政治的角度来阐释新文学体系构成原因的直接质疑,并尝试将五四新文学作为一个独立完整的形态进行更为宏观的评价,他在全书的绪论中首先定位了新文学的"黎明期"在于文学革命,而其所归纳的新文学的启蒙性、平民性、语体化、多样化、开放性则将以往的线性研究视野彻底打开,突出其复杂性、矛盾性的总体特点。这不仅仅是文学史书写方式或学术理念的反思与重构,更是对以往固化的"五四文学史观"的一次彻底重建,透露出他在文学史研究中秉持的辩证批判的研究态度,可作为其文学史研究的重要奠基,亦是其五四文学研究的重要组成部分。随着现代文学研究的整体推进,这部五四文学史产生了深远的影响,成为"重建"新文学历史的一次重要尝试。有的研究者在评价这部著作时指出其特点:"注重历史线索与时代精神的宏观统摄却力避过分倚重历史分析带来的空疏感,注重文学史细节的微观把握却力避过分倚重纯粹的文本阐释与材料引述带来的琐碎感。"[②] 史与论的有机结合,社会文化、文学文本、文学史观的多维统摄,文学史书写模式的突破共同造就了这部具有自身特色的五四文学史。

其后的 30 年间,朱德发未曾中断对新文学历史的书写和反思,发表于 1989 年的《反思与超越——中国新文学宏观考察》(上下两篇)[③] 从历史的角

[①] 2015 年朱德发撰文反思了"一切历史都是当代史"的史学观,继而以文学史举证,认为具有科学价值的史学观应该是"一切历史都是过去史"。见朱德发:《质疑"一切历史都是当代史"——以文学史举证》,《当代作家评论》2015 年第 5 期。

[②] 刘中树、张丛皞:《反思·重建·拓展——朱德发先生的"五四"文学研究》,《中国现代文学研究丛刊》2015 年第 4 期。

[③] 朱德发:《反思与超越——中国新文学宏观考察》,《山东社会科学》1989 年第 1 期、第 4 期。

度考察了中国新文学的发展路径及主要特征。在 21 世纪初提出"现代中国文学"的研究范式以前，朱德发曾经在 1997 年的《主体思维与文学史观》一书中提出过"中国新文学六十年（1917—1977）"的设想，质疑了以往文学史划分中以 1949 年为现代文学终结的做法，试图将现代文学史的演变作为一个整体来考察，其中透露出"人的文学"从诞生、发展到重受摧残的一个循环。这里需要特别强调《主体思维与文学史观》一书，从书名上看，这是朱德发对"主体思维"与"文学史观"问题的集中思考，但如果将书中的内容置于其文学史研究的整理路径之中，这部书更可被视为其文学史研究的"承上启下"之作。全书共分为三个部分，上编讨论文学史研究中的"主体思维"问题，中编涉及具体文学现象的研究，包括现代文学转型、新文学的整体反思以及情爱文学、纪游文学、婚恋文学的类型文学研究，下编聚焦于常见文学史观的分析以及如何建构一个更为科学的文学史观。之所以称其为"承上启下"之作，就在于它不仅涵盖了朱德发老师以往文学史研究中的重点成果，包括情爱文学、纪游文学等类型文学的梳理总结，更预示了其后文学史研究的整体方向，向更为宏观的思维与文学史观层面深化、拓展。在《主体思维与文学史观》一书中，朱德发即讨论了"重写文学史"的具体操作问题，他为此提出的"中国新文学六十年"的研究思路，可视为探索新文学研究范式的一次"理论尝试"。2000 年前后，他逐步完成了对这个构想的否定与扬弃，并优化为"现代中国文学史"这一新的研究范式，给现当代文学界提供了更为广阔的文学史研究思路。

除此之外，学科的许多研究者结合自己既往的研究经验，指出了现代文学史研究中存在的诸多问题及改进方向。1993 年出版的《文学史的沉思》①凝聚了杨洪承对现代文学史研究的思考，尽管书中内容侧重现代文学，但是作者写作的重心其实集中于探索文学史观念、方法论以及文学史书写的内在规律。他在 2000 年撰写的《新世纪的文学期待——20 世纪中国文学史写作的文化现象反省》一文将 20 世纪中国文学史写作视为一种"文化现象"来重新认识和反思，从中国现代文学史的文化传统、中国现代文学史的话语与问

---

① 杨洪承：《文学史的沉思》，海口：南海出版公司 1993 年版。

题、中国现代文学的功能与文学史的未来三个角度具体论述了 20 世纪"文学史写作"这一现象的复杂性和深刻性。[①] 吴义勤同样对此进行反思，认为目前"重写文学史"的实践存在两个误区：一是片面追求"大而全"；二是故作惊人之语，强作"翻案"文章。[②] 进入 21 世纪，学科对文学史研究的继承和反思依然延续，并且呈现出学术思路的多元性、灵活性。王万森在回顾了新时期文学 30 年的发展后提出解决困惑的三条途径：把新时期文学本体作为出发点和立足点，在整体性和现代性语境中整合文化资源，注重中国特色文学理论建构。[③]2015 年，顾广梅发表《形式的复调：文学史编写的内在精神》一文，着重检视现代中国文学史的"编写形式"，相对于以往文学史书写考虑"写什么"，作者更加关注更易被忽略的"怎样写"的问题，为此她从中国传统文学史的典型文本以及西方历史书写中寻求经验和反思，强调"形式的复调"是文学史编写的内在精神，即"每一种文学史编写形式都代表着一种新的文学史叙事艺术，都应该是编写者不同文学史观念的体现，是对文学史的不同总结和再现"[④]，这是一个前人未曾提及的学术理念，通过提倡文学史编写的形式创新，以揭示"文学史"背后的"历史性"逻辑。这些理论探索都是学科的学者们在治学修史的过程中面对亲历的问题所做出的回应，其中一些问题已在时代的发展中得到解决，而更为深层的"文学史写作理论"的重构则仍围绕在研究者身边。

除了以上提及的理论探索，学科一直致力于找寻文学史研究、课程教学及教材编写之间的平衡，因为在很多情况下，文学史的研究者往往身兼高校文学史的教学，这也促使了学科内对理论研究与教学实践关系的探寻。1989年出版的《中国现代文学简史》[⑤]是学科应山东老年大学的邀请而编写，考虑到教学的具体需要，教材呈现简明扼要、突出重点、准确稳妥、朴实流畅的

---

① 杨洪承：《新世纪的文学期待——20 世纪中国文学史写作的文化现象反省》，《学习与探索》2000年第 4 期。

② 吴义勤：《"重写文学史"的难度与希望》，《当代作家评论》1999 年第 6 期。

③ 王万森：《新时期文学 30 年的回顾》，《山东师范大学学报（人文社会科学版）》2008 年第 2 期。

④ 顾广梅：《形式的复调：文学史编写的内在精神》，《山东社会科学》2015 年第 8 期。

⑤ 朱德发、蒋心焕：《中国现代文学简史》，济南：山东文艺出版社 1989 年版。

特点。《中国当代文学 50 年》[①] 为学科与山东兄弟院校合作编写，在编写过程中反思了以往教材编写存在的问题，兼顾基础课程教学的适用性。吴义勤则在讲授"中国当代文学史"课程的过程中发现问题、深入思考，并且发表《开放性·互动性·双重主体性——"中国当代文学史"课程教学改革模式初探》一文，指出该门课程在经历了近 50 年的发展历程后面临着"困境"，而这背后凸显出教材滞后、教学模式固化、师生阅读量与鉴赏能力下降等问题，并试图在理论层面寻求方法论的指导，因此作者提出开放性模式、互动性模式和双重主体性模式的教学改革方向。[②]2012 年学科重新编写并出版了《中国现代文学新编》及《中国当代文学新编》[③] 两部教材，吸纳了学术界的最新研究成果，从"求真"和"求新"两个方面努力，做到教材型文学史"实用性"和"学术性"的结合。文学史教学作为一种实践操作，可在研究者与学生的互动中激发文学史研究的活力。王万森的《新中国中篇小说史稿》就是在其选修课程讲稿的基础上写成的，蒋心焕的《中国现代小说美学思想史论》和王景科等的《中国散文百年史论》，写作灵感同样来自教学实践。可以说，文学史研究为文学史教材的编写提供理论支撑，二者在某些程度上殊途同归；文学史教学是文学史研究和教材的实践归属，又以自身的操作属性反向激发了理论研究的灵感，三者的良性互动催生了文学史研究的反思与前进。

对于山师学科文学史研究历程的简要梳理和回溯，不仅是单纯的"成果展示"，它更似一种反思和补缺，无论是"研究范式"抑或"文学史观""文学史学"，这些关键概念提示我们，中国现当代文学史研究中仍存在诸多疑点和空白。从某种意义上说，文学史研究就是达成文学、历史与人的某种平衡，"文学是人学"是自新文学产生之初便强调的概念，其后文学史研究和书写也多次尝试把握"以人为本"的理念，而我们似乎一直都未能找到一个满

① 王万森、吴义勤、房福贤主编：《中国当代文学 50 年》，青岛：中国海洋大学出版社 2001 年版。
② 吴义勤：《开放性·互动性·双重主体性——"中国当代文学史"课程教学改革模式初探》，《山东师范大学学报（人文社会科学版）》2002 年第 4 期。
③ 魏建、吕周聚主编：《中国现代文学新编》，北京：高等教育出版社 2012 年版；王万森、吴义勤、房福贤主编：《中国当代文学新编》，北京：高等教育出版社 2012 年版。

意的答案。根本原因在于"人的文学"的未完成性，貌似它已经远离我们的时代，实际上"人的文学"所包含的价值诉求、审美理想和艺术企盼，还远远没有到来。在70年发展历程中，朱德发先生作为学科发展史上一位继往开来的灵魂人物，他不但继承和发展了自田仲济先生等前辈开创的优良学科传统，而且以文学史研究的累累硕果将文学史研究的内在血脉提升到一个历久弥新的"人的文学"这样的价值高地上。这种深厚的人文主义情怀，不但影响和激励了一代又一代学科同仁的学术研究，而且在今天更加凸显出历史的深邃感和现实的紧迫感。这不断提示我们："文学作为人学进入文学史研究主体思维不只是应发现其文学描写意义，更重要的应发现其哲学意义即文学对人的本质力量的自我肯定，对人的发现最主要的就是发现人的本质力量。"[1]

（原载《中国现代文学论丛》2023年第1期）

---

① 朱德发：《主体思维与文学史观》，济南：山东教育出版社1997年版，第24页。

回忆山东师范大学当代文学学科的初创时代

房福贤

1978年6月毕业前夕，中文系党总支副书记、我的辅导员老师高明功找我谈话，说经系领导开会研究，决定让我留校，到当年刚成立的当代文学教研组当老师，问我有什么意见。我当时有点吃惊，完全没有思想准备。彼时，我是年级中年龄最小的学生，没有当过学生干部，平时也无突出的表现，一直是个普普通通的学生，不知为何会让我留校。后来我想，可能是我当时学习还可以吧，喜欢写点诗，并且在校报、学报以及省内报刊上发表过几首。记得有一次年级召开文艺晚会，还邀请了系里一些老师参加。汉语教研室的谭德姿老师上台朗诵，竟然选择了我在校报上发表的一首短诗，可能是谭老师声情并茂的朗诵给老师们留下了一点印象吧，当需要一个当代文学的教师时，老师们选择了我。能够留在母校当老师，我很高兴，这是我一生之幸。

1976年"文革"结束以后，各个高校纷纷开始拨乱反正，恢复正常的教学与科研活动，其中有一项是将中国当代文学作为主修课程列入正式的教学科研活动中。但是，由于此前一般高校并没有当代文学教研室，有的高校便在现代文学教研室的基础上增加当代文学部分，改称中国现当代文学教研室；也有高校另起炉灶，新建当代文学教研室，独立于现代文学教研室。当时大多数高校采用前一种方式，但后来独立的当代文学教研室越来越多。山东师范大学的当代文学教研室成立于1978年上学期，是在原来的文选教研室基础上组建起来的，但当时并未独立，而是作为现代文学教研室的一个教研组而存在的，它在组织机构上属于现代文学教研室，组织活动是统一的，但具体的教学与科研工作则是独立的。初创时期的当代文学教研组只有四个人，刘金镛、崔西璐、陆思厚和我。刘老师与崔老师是原文选教研室老师，陆思厚是原系办公室主任，我则是刚刚留校的年轻助教，组长由刘金镛老师担任。

新成立的当代文学教研组为什么没有独立，而是附属于现代文学教研室？具体原因我不知道，可能与当时老师少有关系，也可能与当代文学作为学科还不成熟有关系。由于现代文学组与当代文学组的教学与科研活动是分开的，随着时间的推移，作为一个教研室的意义已经不是很大，于是在 1980 年前后，当代文学教研室与现代文学教研室便完全分开了，刘金镛老师成为山东师范大学中文系当代文学教研室的第一任主任，这也是当时中国各高校中最早成立的当代文学教研室之一。1982 年，山东师范学院毕业生王万森老师从外地被调来母校，从事当代文学教学，1984 年，北京师范大学中文系毕业的孙春丽分配到当代文学教研室，至此，当代文学教研室已有 6 人，作为一个基本的教学单位已经初具规模。

刘金镛老师当时刚四十出头，正是年富力强的时候，事业心强、思维活跃，且视野开阔。他当时在组里开会时，就对我们说，当代文学是一块未开垦的处女地，要与学界建立广泛的联系，多参加会议，开阔学术视野。当年 10 月，由中山大学、华南师大、华中师大、广西师大、广西民族学院等单位联合召开了一次当代文学学术研讨会，给我们发来了邀请函，刘金镛老师当即决定参加，并让我一起去，这是我没有想到的，毕竟我是一个刚参加工作的年轻人。我们不仅参加了会议，还坐飞机去了。因为当时临近会议召开时间，正常坐火车已经来不及了，刘老师便向学校打报告到北京坐飞机，想不到学校竟然批准了。当时我们坐火车到北京，先在刘老师的同学、诗人雷霆家里住了一夜，第二天到机场。记得我们坐的那架飞机的型号是三叉戟。在这次会议上，与会者一致决定成立中国新文学学会，由姚雪垠担任会长，我们山东师范大学也自然地成为建会的理事单位，刘金镛老师成为首届理事会理事。

刘金镛老师非常注重教材建设。他说，我们现在有了当代文学教研室，但没有教材，要加紧教材建设，有了教材，才有学科的发展。于是他提出要把教材建设纳入议事日程。要早出教材、快出教材，就要与省内外其他高校联合起来。当时很多高校已经主动联合起来，组成编写组进行教材编写。围绕着当代文学教材方面的编写，当时出现了两个比较有影响的集体编写组，一个是以北京师范大学、南京大学等 10 所院校组成的编写组，一是以复旦大学等 22 所院校组成的编写组，前者编写出版了《中国当代文学史初稿》（2 册），后者编写出版了《中国当代文学史》（3 册）。刘金镛老师抓住时机，迅即接受了 22 院校编写组的邀请，山东师范大学于是成为正式编写单位，冯光廉、刘金镛老师作为执笔人参与了全书的编写工作。这种全国性的教材建设活动，大大提高了山东师范大学当代文学学科在全国的影响力。为了更好地适应本校当代文学教学的实际，1983 年，在刘金镛老师的主持下，当代文学教研室老师集体编写了《中国当代文学简编》一书，由山东师范大学附设自修大学内部印刷。如该书的后记所言，"这本《中国当代文学简编》是应我校中文系（包括业余大学函授大学和自修大学的中文专业）的教学亟需，由教研室全体同志通力协作编成的"，也是 80 年代初期省内最早出现的自编教材之一。这本书不仅在校内作为本科生的教材使用，还作为省内函授生和自考生的通用教材使用多年，在当时产生了比较广泛的影响，至今还有许多曾经使用过本书的本科生、函授生、自考生对此记忆犹新。刘老师还是将电影艺术与电影文学纳入当代文学教学体系的先行者与实践者。他在 80 年代中期就开始为本科生开设电影文学课，并于 1990 年编著出版了《电影艺术与电影文学》一书，这在当时的高校中也是不多见的。

除教材建设外，刘金镛老师还带领学科同仁参与了"中国当代文学研究资料"丛书的编写工作。这套丛书的编写始于 1978 年 5 月，由山东大学、山东师院、江苏师院、杭州大学、复旦大学等 20 所高校共同发起，编写定位于"中文系教学、科研内部参考用书"。其后又有 10 余所高校积极响应，丛书的规模也越来越大，遂组成丛书编委会，讨论并制定了统一的编写原则、范围、体例与内容等。1981 年 10 月起，中国社会科学院文学研究所也参与到这套丛书的组织编写工作中，丛书被列为国家资助的重点科研项目。山东师范大学作为协作单位参与了这套研究丛书全部两批资料的编选工作。我们第一批编选的是《中国当代作家小传》和《孙犁专集》，第二批编选的是《徐怀中专集》《陆柱国专集》《从维熙专集》和《刘绍棠专集》，刘金镛、崔西璐、冯光廉、朱德发、蒋心焕、陆思厚、王万森和我先后参与了编写工作。

刘金镛老师是个很有性格的人，他对人真诚，但性格耿直、话说率真，论人论事，常有精辟之论，不乏幽默。这种性格，或许与他个人的生活经历有关。他出生于干部家庭，父亲早年参加革命，解放初期曾任中共济南市委领导，但在50年代初期受到错误处理，直至80年代才得以平反。受父亲的影响，他的人生之路也颇为曲折，政治上受压抑，心情自然不好，有时遇事就会着急。记得有一次，为了编写"中国当代文学研究资料"丛书，他带领我们几位老师在资料室查阅资料，不知为何原因，他与一位老师争执起来，突然就发了火，还把头上戴的帽子摔到了桌子上。这次摔帽，搞得大家都有些尴尬，好在都是为工作，过去也就过去了，并没有影响大家一起共事。但这次也让我见识到了刘老师性格极为刚烈正直的一面。我还见过刘老师的另一次发火，但这次与那次却大为不同。大约是1983年三四月份吧，李存葆的中篇小说《高山下的花环》才发表不久，就在社会上引起了广泛的关注。校学生会的同学便找到刘老师，希望他为学生做一个学术报告，刘老师认为自己是当代文学老师，责无旁贷，当即答应下来。报告会安排在一个周六的晚上，地点是学校大礼堂。那天去的学生非常多，礼堂差不多都坐满了。刘老师也很兴奋，讲着讲着就站了起来，形体动作也越来越多，当讲到发起进攻前夕，军队高干夫人吴爽把电话打到了雷军长的前沿指挥部，要求调走赵蒙生，雷军长大怒，摔掉帽子，发誓哪怕撤职也要让她儿子上前线时，刘老师也愤怒地摔掉了自己的帽子。这一举动，激起了全场掌声，也让我第一次感受到了文学的魅力。

刘老师1959年毕业于山东师范学院中文系，后留校任教，主要从事现代文选与当代文学教学工作。他特别擅长对文学作品的细读，80年代初期曾在学报上发表过多篇精彩的作品解读论文，还与他人合作编写过《中学现代散文分析》，1980年由山东人民出版社出版。90年代中期我到美国林肯大学做访问学者，曾有机会去普林斯顿大学参加由周质平先生主持的美国汉语教学研讨会，并参观普林斯顿大学东亚图书馆，在中文馆发现刘老师等人编著的《中学现代散文分析》一书赫然在列，很是吃惊。后来我把这一发现告诉刘老师，他也有些惊讶，同时也很高兴。我一毕业就与刘金镛老师共事，他不仅关心我的学业，还经常与我聊天，让我了解到了山东师大很多有趣的人与事，学到了很多知识与人生智慧，我很感激他。刘老师在山东师范大学学习工作生活多年，对学校有着深厚的感情，但因种种原因，80年代末期，刘金铺老师还是非常遗憾地离开了他学习工作了30多年的母校，调往山东经济管理干部学院去了，在那里，他曾经担任过文史系的主任。

崔西璐老师是我的授业老师。我上学时，他给我们讲授"毛泽东诗词"，或许是我比较爱写诗的原因，我还有幸成为这门课的课代表，在学生时代就与崔老师有过较多的接触。那时崔老师刚从阿尔巴尼亚地拉那大学讲学归来，对同学们有很大吸引力。我们听说，崔老师还到越南河内大学讲学两年。在当时的年代，这些履历都是十分耀眼的，因此他上课时，我们都是非常认真听讲的。崔老师的课给我印象最深的，是他总是以诗的方式讲解主席的诗词。在当时那个时代的课堂上，人们多注重讲授诗文的政治意识、思想内容，很少从纯粹的艺术上去进行赏析，而崔老师却敢于大胆地进行艺术分析，这给我留下了深刻的印象。1978年10月，全国毛泽东诗词教学座谈会在韶山举行，崔老师应邀参加，并被选举为毛泽东诗词研究会的理事和研究丛书的编委。80年代初，他先是参加了《毛泽东诗词研究》一书的会稿、改稿与定稿工作，后又主持了《毛泽东诗词研究资料索引》的编写，这两部书后来都由福建人民出版社出版。

由于有着成熟的政治意识与管理能力，早在70年代末期，崔老师就担任了中文系副主任，主要负责科研与青年教师的培养等工作。1985年年初，崔老师又被学校任命为系主任。行政工作多了，对当代文学学科的具体工作管得就少了，但他对当代文学学科的建设依然非常关注。一方面，他注重从大的方向上推动学科发展。早在1980年，他就参加了全国当代文学研究会的活动，成为当代文学研究会的理事，并与山东大学的吴开晋先生一起，与山东省文联领导几次协商，征得文联的同意后，组织成立了以高校为主的山东省当代文学研究会，并任学会的副会长。这个学会在推动山东高校当代文学的合作团结发展方面发挥了重要作用，特别是它的年会，为年轻老师的成长提供了很好的平台。另一方面，崔老师非常注重人才培养。崔老师对山东师大中文系的最大贡献，在我看来，就是对人才的培养与支持。80年代初期，百废俱兴，各高校都需要人才，但引进、培养人才都不容易。崔老师在尽力引进人才的同时，非常注重对现有人才的培养。特别是对留校不久的青年老师的培养，下了很大的功夫。一方面，他与其他高校联系，主动送年轻教师出去参加各种助教班、培训班，提高业务能力；另一方面，向青年老师开放进修、读研之路，只要有机会，就允许他们外出或在校内攻读硕士学位。这在当时还是一个非常大胆的举动，不少学校的领导怕青年教师出去学习后不回来了，鸡飞蛋打不合算，因而并不支持。但崔老师不这样认为，他相信大多数人是会回来效力的，即使不回来，也没有什么大损失，毕竟学业有成对个人对国家都是好事。这种开明的措施，为许多青年教师提供了发展的空间，我就是其中一个受益者。1985 年，系领导同意我在职攻读硕士学位。由此，我幸运地考上了本校的中国现当代文学专业硕士研究生，指导教师是冯光廉先生，我与谭桂林、陈玉申是冯先生招收的首届研究生。三年的学习，对我以后的学术道路产生了很重要的影响。

1986 年 7 月，崔西璐老师被任命为青岛大学副校长，参与青岛大学的创建工作，从此离开他学习工作了 30 多年的山东师范大学。后来冯光廉老师也调到了青岛大学中文系，崔西璐老师与冯光廉老师再次联手，一起开创了青岛大学的现当代文学学科。如今青岛大学的中国现当代文学学科已经是山东大地上又一学术重镇了。

陆思厚老师也是山东师范大学当代文学教研室的创始人之一。陆思厚老师毕业后主要从事行政工作，担任过中文系办公室主任，很有管理经验与领导能力，但他在事业上升时决然转岗，却是很多人都没有想到的，领导虽极力劝说，但他没有犹豫，而且很快就适应了教学与科研的角色，并做出了很大成绩。陆思厚老师性格平和，与人为善。当年我与他的家属都在外地，我们作为单身教工，只能挤住在五排房的一间集体宿舍里。后来我妻子从外地调来山师大第二附中，学校也没有分房子，陆思厚老师便主动把房子让给我们，他搬到了当代文学教研室临时凑合，让我非常感动，至今想起来，眼眶还会发热。1984 年，中国人民武装警察部队指挥学院（原中国人民武装警察部队专科学校）来济南的高校招聘教师，对陆老师的业务与行政能力极为肯定，遂三顾茅庐，陆老师终被招去，这也是当代文学教研室成立以来第一位离去的主要成员。陆老师到武警部队指挥学院后，很快就被学校重用，先是担任文化教研室主任，后又主持创办了该院军事教育学科，担任学科部主任，硕士研究生导师，成为学科带头人。他的科研成果曾获国家教育部教育理论研究优秀成果三等奖。2007年，他被中国人民解放军国防大学聘为军事教育训练学专业研究生教育同行专家，技术4级（相当于正军），大校军衔。

随着三位老师的先后离去，山东师范大学当代文学学科的初创时代基本结束。80年代后期，由于机构变动，田仲济先生主持成立的现代文学研究中心并入中文系，原研究中心的宋遂良、袁忠岳、姜静楠等老师转到了当代文学教研室。1991年，硕士毕业的青年才俊张清华留校；1995年，中文系引进的文学博士吴义勤加盟。新的队伍格局开始形成，山东师范大学当代文学学科也由此进入了发展壮大的新时期。

2010年，我这个当年参与当代文学学科初创的"四君子"之一，也离开了学习工作过多年的母校，南下海南——我以前从未去过的地方。"悄悄的我走了，正如我悄悄的来；我挥一挥衣袖，不带走一片云彩。"

往事并不如烟。几十年过去了，我非常怀念那个充满希望、纯真、友谊和快乐的初创年代。

中国当代文学学科史的一个侧影

——山东师范大学当代文学教学研究 40 年

孙桂荣

中国当代文学学科史研究与一般意义上的当代文学研究、当代文学研究的再研究不同，不是以当代文学作家作品、现象思潮为研究对象，也不是对已有当代文学研究成果在理论层面上的述评、争鸣、辨析，而是对以当代文学为教学研究对象的具体机构、组织、人员的学科建设活动的研究，像具体史料文献整理、教材编纂、研究著述发表出版、讲座会议等学科活动等。在这其中，当代文学教研室①的教学科研活动是一个重要的考察视角。目前的中国当代文学学科史研究在北京大学、河南大学等有些高校中业已展开，但相对于数量众多的当代文学研究或再研究的成果，学科史研究还是一个薄弱环节，亟须正本清源，发掘、梳理那些能够丰富、充实当代文学学科史的典型案例。山东师范大学当代文学教学研究40年来有一定社会影响力的教研活动，便是这样一个能够为中国当代文学学科史建设提供丰富研究资源的典型个案。

山东师范大学当代文学教研活动主要是在当代文学教研室中进行的，隶属于中国现当代文学学科。该学科自新中国成立之初的 1952 年就创立了，当代文学教研室是 1982 年从现代文学教研室中独立出来的一个新的分支，成立时最早的人员是刘金镛、崔西璐、陆思厚、房福贤（2010 年转至海南师范大

---

① 关于中国当代文学的时间起点，学界有 1949 年新中国成立或第一次文代会召开、1942 年延安文艺讲话的不同看法，也有将 20 世纪 30 年代左翼文学与"当代文学的生成"联系起来的论述（见罗长青：《"中国当代文学"时间起点争议问题考察》，载《海南大学学报》2015 年第 6 期），但为方便学科设置与教学安排，各高校一般以教学研究对象是在新中国成立之前还是之后进行现代文学教研室与当代文学教研室的划分，也有不再进行细分，直接以现当代文学教研室或现代文学教研室命名的。

学）。在其后的 1983 年，宋遂良、王万森转入山东师范大学，1986 年袁忠岳转入山东师范大学，姜静楠留校进入当代文学教研室。1991 年张清华在当代文学教研室留校任教（2005 年转至北京师范大学），1995 年吴义勤博士毕业后来到当代文学教研室工作（2009 年转入中国作协）。新世纪以来，孙桂荣、周志雄（2017 年转至安徽大学）、陈夫龙、房伟（2016 年转至苏州大学）等一批更年轻的学人陆续在当代文学教研室工作。历届教研室主任为刘金镛、袁忠岳、宋遂良、王万森、房福贤、孙桂荣。在历史深远、实力雄厚的山东师范大学中国现代当文学学科的发展史中，当代文学教研室建立的时间并不是太长、人员在数量上也不占优势，但在中国当代文学的教学研究上却取得了一系列令人瞩目的成就。

一、作为中国当代文学批评的重镇

当代文学具有古代文学、现代文学所不具备的直面正在发生的文学生态的"当下性"特质，研究对象的无限开放性和永远在场性使得研究者直接介入文学现场的参与性陡然增强。法国艺术哲学家和文学理论家德里达把文学的社会运作称为"文学行动"，认为这个"文学行动"包含的文学活动至少包括文学创作、文学批评和文学研究，它们分别构成了文学行动的创作本体、批评本体和学术本体。文学批评是对文学文本直接出示价值判断，以对批评对象近距离观照与迅速跟进为特征，也被有些人称作跟踪批评。文学批评是当代文学研究的特有现象，德里达是从肯定当代批评在影响文学生态方面的重要作用层面将其与文学研究相区分的。文学批评与重视文献史料、注释索引、术语理论的文学研究的差别在于对正在生长的文学生态、作家创作个性的重视，以及文采飞扬的批评形式感。个人性、灵动性、时效性是文学批评的优势，这是强调历史厚重感与客观性的文学研究所不具备的。20 世纪 80 年代、90 年代是文学批评的黄金时代，山东师范大学当代文学教研室贡献了一批有着全国影响力的批评成果。按照进入教研室的先后顺序，宋遂良、袁忠岳、张清华、吴义勤的文学批评是其中的优秀代表。

宋遂良教授 1958 年在上海复旦大学中文系读书时就开始发表文学评论文章，1983 年进入山东师范大学工作时已是语文特级教师、山东省优秀教师，发表论文、散文、随笔等逾百万字，出版《宋遂良文学评论选》《在文言文——宋遂良论当代文学》《一路走来》《足球啊，足球》等著作。宋遂良的文学批评既具有江南才子轻灵潇洒之长，也有浸润于齐鲁大地的凝重博大之气。他尤其注重个人性情在文学批评中的展现，用他自己的话说就是，"评论文学，就是通过审美这个中介来评论生活，评论人生，评论历史"①。清新、隽永、洗练、明快是他评论文字的特点，丝毫没有累言赘语之感，被誉为"散文式批评"。他切中文坛要害的长篇小说评论，像《坚持从生活的真实出发——长篇小说创作问题探讨》《对长篇小说创作现状的一点看法》《气度、文化意识和形式创新——长篇小说创作的现状和前景》《长夜长读长篇》《关于长篇小说创作现状答〈作家报〉编辑问》等，在当时引发了强烈的社会反响与文坛争鸣。而他批评对象涉猎之广更是世人罕见的。王润滋、李存葆、张炜、矫健、尤凤伟、左建明、李贯通、刘玉堂、苗长水、尤凤伟、毕四海、于艾香等当时优秀的山东青年作家几乎都是由他最先批评、推介的，同时他也关注苗得雨、王火、孔孚、李心田、冯德英、邱勋、许评、肖平、任远等老一代作家的创作。作家们每有新作他总是不遗余力地评论、推介，对提升山东作家的全国影响力做出了重要贡献。宋遂良不仅关心山东文坛，更是放眼全国，他为王蒙、贾平凹、黄秋耘、田中禾等撰写了大量评论文字，还在《周立波和湖南作家群的崛起》等文中，对谢璞、孙健忠、周健明、莫应丰、韩少功、谭谈等湖南籍作家进行了细致评述。难能可贵的是，宋遂良绝不作廉价的溢美之词，好处说好、坏处说坏是他的为文原则。像他在评论矫健《老人仓》时一方面肯定了小说政治上的敏锐与艺术上的深邃，另一方面也如实指出人物形象塑造稍显脸谱化的叙事局限；在讲到艺术节制原则时，以辩证的观点指出当时新潮小说作家马原、莫言等人艺术上的有失节制之处。90年代中期，他从工作岗位上退下来后继续笔耕不辍，针对中国社会、文化、教育、体育等诸问题写了大量的时评漫评，开专栏、做讲座，为济南创建文化名城献言献策。他先后参与了第一、第二、第三届茅盾文学奖初评工作，1979年被《文艺报》邀请去京参加长篇小说读书班，在文坛内外产生了很大

---

① 丛晓峰：《化心血为文章——评〈宋遂良文学评论选〉》，《小说评论》1992年第5期。

的影响。田仲济先生曾言："宋遂良同志是当前在全国文学评论界中较为受人注目的人物，他视野广阔，感觉灵敏，难能的是他具有一颗善良的心，又有一个能周祥、细致、深沉思维的脑海。"① 这是对宋遂良教授文化贡献的极好概括。

袁忠岳教授则是知名诗评家，1986 年转入山东师范大学工作。他 1956 年就发表了歌词和论文，其后与诗歌结下了不解之缘，在《诗刊》《中华诗词》《诗探索》等发表了 200 多篇诗歌评论，两次参加全国优秀诗歌奖评选，多次参加《诗刊》与《中华诗词》组织的诗歌理论研讨会，出版诗论集《缪斯之恋》《诗学心程》《诗的言说》等。他对臧克家、老舍、李瑛、孔孚、骆寒超、刘征等人的诗作都做了精到的品评研究，在理论上更是对现代诗意蕴、结构、音韵、节奏等特质及其发展现状与存在问题等进行了细致深入的专业分析，是 80 年代诗歌理论界中与传统派、崛起派并称的稳健中坚的"上园派"代表。他的诗歌评论鲜明体现了上园派"力求平稳，力戒片面，'求实、创新、多元'"的特征②，并与其他几位上园派诗歌评论家共同出版了诗歌理论集《上园谈诗》（重庆出版社 1987 年版）。他收入该书的论文《中国新诗的选择》旁征博引，从正面谈了四点新诗的审美标准，被誉为"一篇值得新诗理论界重视的诗学文献"③。袁忠岳的诗歌评论曾获山东省泰山文艺奖和省社科奖等，并申请到了教研室第一个国家社科基金项目（与张清华合作）。章亚昕将袁忠岳的诗歌评论以对"诗美"的执着来形容，"自 80 年代以来，他一发而不可收。一连 20 年之久，迷恋着对诗美天地的重建工作……以有情取代无情，以文明取代粗野，以学术取代无知，以审美取代蛮干，遂成为袁忠岳的自觉的艺术使命感"④。袁忠岳还参与了《诗歌美学词典》《中国当代抒情短诗赏析》《孔孚山水诗论集》《中国山水诗论稿》等大量诗歌文献辑的编写工作。

---

① 金文、丛路：《朴素真诚的作风　敏锐的艺术悟性——漫谈宋遂良及其文学评论》，《聊城师范学院学报》1994 年第 4 期。
② 黄子健、佘德银、周晓风主编：《中国当代新诗发展史》，重庆：重庆出版社 1993 年版，第 128 页。
③ 吕进：《山东师大在新时期的新诗研究》，《山东师范大学学报（人文社会科学版）》2015 年第 4 期。
④ 章亚昕：《对情感世界的不懈追求——读袁忠岳近著〈诗学心程〉》，《诗探索》2002 年第 Z2 期。

　　教育部长江学者张清华教授与山师当代文学教研室渊源更深。他1980年考入山东师范大学中文系读本科，1988年至1991年师从朱德发教授攻读硕士学位，毕业后留校在当代文学教研室任教，一直到2005年年初转至北京师范大学。在山师期间，他在《中国社会科学》《当代作家评论》《文艺争鸣》《南方文坛》《山东社会科学》等学界重要学术期刊上发表了数十篇论文，研究方向以先锋文学，尤其是先锋诗歌为主，写了大量朦胧诗、新生代诗歌综论，并对食指、格非、扎西达娃、王朔等当时的文坛新力量进行了视角独特、观点敏锐的评论。他在《中国社会科学》上发表的长文《从启蒙主义到存在主义——当代中国先锋文学思潮论》对先锋文学思潮进行了视域宏阔、观点前沿、气势磅礴的分析，《食指论》《海子论》等个案批评文字则对批评对象进行了入木三分的挖掘，都给学术界振聋发聩之感。在山师期间，张清华还出版了《中国当代先锋文学思潮论》《内心的迷津》《境外谈文——中国当代文学中的历史叙事》等多部重要学术著作及散文随笔集《海德堡笔记》。其中《中国当代先锋文学思潮论》《境外谈文——中国当代文学中的历史叙事》新世纪以来都被修订重版，被很多大学指定为博士、硕士研究生的必读书。张炜以"学术的缜密，辞章的灿烂，语势的雄辩滔滔，都给人留下长久的印象"来评价张清华的《中国当代文学思潮论》[①]，陈晓明、孟繁华、方长安等亦高度肯定其对中国现当代文学研究的深远影响。孟繁华2002年在《南方文坛》撰文称张清华是"当代中国的学院批评"的代表，"他理性和实证的批评与其他学院批评家一起改变了中国当代文学批评的面貌和格局"，"改变了感性批评和庸俗社会学批评的盛行"[②]。这是对山师期间张清华教授之于中国当代文学批评"开风气之先"的重要影响力的精辟概括。

　　中国作协副主席吴义勤教授1995—2009年在山东师范大学当代文学教研室的工作则将教研室的工作推向了另一个高潮。博士毕业后，年仅29岁的他来到山师后在短短十多年的时间里，在《文学评论》《文艺研究》《当代作家评论》等国内重要学术刊物发表论文300余篇，其中有数十篇被《新华文摘》

---

① 吕进：《山东师大在新时期的新诗研究》，《山东师范大学学报（人文社会科学版）》2015年第4期。
② 孟繁华：《当代中国的学院批评——以青年批评家张清华为例》，《南方文坛》2002年第4期。

《中国社会科学文摘》《人大复印资料·中国现代当代文学研究》等转载。吴义勤的文学批评是 20 世纪 90 年代以来新一代"文学鲁军"的重要助推力，他也长期关注长篇小说文体问题，在山师期间写作的《难度·长度·速度·限度——关于长篇小说文体问题的思考》《极端的代价》《在怀疑与诘难中前行》《90 年代新生代长篇小说论》《新时期小说研究的深化与突破》《20 世纪 90 年代的中国文学批评》《新潮小说与 21 世纪中国文学的未来》等论文，视野开阔、高屋建瓴、辩证新锐，是对当代文坛真知灼见的鲜明呈现。可贵的是，他的评论文字并非只是冷冰冰的说理论事，而是把他真挚的个人情感、鲜明的价值判断融入其中。批评家黄发有曾言："吴义勤的文学批评实践……用自己真切的生命体验去见证'文学的演进脉搏'，并在与文学共同成长的过程中，在宏阔的历史时空中反思历史展望未来。"[1]吴义勤在山师期间出版了《漂泊的都市之魂——徐訏论》《中国当代新潮小说论》《文学现场》《告别虚伪的形式》《对话的年代》《长篇小说与艺术问题》等专著。他的很多重要奖项都是在山师当代文学教研室工作时获得的，像获鲁迅文学奖、全国优秀理论评论奖、庄重文文学奖、中国文联文艺评论一等奖、山东省社会科学优秀成果一等奖等，入选教育部"新世纪优秀人才"、中宣部"四个一批人才"、山东省有突出贡献中青年专家、山东省十大杰出青年等。"在山东工作的 15 年，我付出了青春和汗水，也收获了很多，那种单纯而有激情的生活令人难忘。"[2]吴义勤本人的这句自述是对他这段人生历程的最好总结。

二、专题学术研究与资料编纂

除介入文学现场、对文坛动态产生直接影响的文学批评外，山师当代文学教研室人员还各有专长、术有专攻，各自有着相对稳定的研究领域，在专题学术研究中"深挖一口井"。像张清华教授在《从启蒙主义到存在主义——当代中国先锋文学思潮论》《十年新历史主义思潮回顾》《启蒙神话的坍塌和殖民文化的反讽——〈围城〉主题与文化策略新论》《抗拒的神话和转向的

---

① 黄发有：《见证与追问：吴义勤的文学批评》，《当代作家评论》2003 年第 4 期。
② 吴永强：《本刊专访——吴义勤："文化市长"的文学观》，《齐鲁周刊》2015 年第 21 期。

启蒙——对沈从文文化策略的一个再回顾》《黑夜深处的火光：六七十年代地下诗歌的启蒙主题》《关于 20 世纪启蒙主义的两个基本问题》等连续多篇论文中对"启蒙"问题的持续关注；吴义勤教授在《新时期短篇小说文体反思》《关于新时期以来"长篇小说热"的思考》《难度·长度·速度·限度——关于长篇小说文体问题的思考》《将文体实验进行到底》《跨文体写作：最后的乌托邦？》《长篇的轻与重》《文体：实验与操作》等多篇论文中，都对小说"文体"问题保持持续关注。正是这种针对一个学理命题锲而不舍、孜孜以求的挖深挖透的学术精神，才成就了他们对中国当代文学研究的重要贡献。

教研室其他人员也都基于自身兴趣爱好、个性气质、文化积淀等，找到了自身相对稳定的研究专长，并在其中做出了一定贡献。像房福贤教授对中国"抗战"书写的持续关注，在山师当代文学教研室工作期间他发表了《民族文学视野中的山东抗日文学》《世界反法西斯文学格局中的中国抗日文学》《抗日文学中的几个理论问题》《风雨 60 年：从文学抗日到抗日文学》《新时期国共战争小说简论》《中国抗日战争小说的历史回顾》《论新时期抗战小说的本体美学意识及其表现》等多篇论文，出版了《新时期中日战争小说论》《中国抗日战争小说史论》等相关专著，在抗战书写研究中寻找到了自身的学术生长点。其中《中国抗日战争小说史论》被誉为"新中国成立以后第一部系统研究抗战小说的理论专著。这是一项拓荒工作，提出了很多有学术价值的问题"[1]。姜静楠教授对大众文化、影视艺术的关注，发表了《国产电影的生存与文化立场》《文学与生活之论》《媒体边缘的社会效益》《后现代艺术中的人物》《剧场艺术的现实出路》等多篇论文，出版了《银幕叙事圈》《舞台风云起百年》《人类的别一种智慧》《知识的双刃剑》等相关专著，在文学与大众文化的结合点上有诸多学术积累。新世纪以来进入教研室工作的新一代学人也各有专长。像周志雄对网络文学的研究，孙桂荣对女性文学、青春文学的研究，房伟的新历史小说研究与创作，陈夫龙对武侠小说、侠义文化的研究，这些"70 后"教职人员在教研室工作期间获得了 6 项国家社科基金、7 项省社科奖、2 项中国文联文艺评论奖等优异成绩，并均在全国学术界崭露

---

[1] 林凌：《探索与突破——评〈《中国抗日战争小说史论》〉》，《东岳论丛》2000 年第 2 期。

头角，体现了当代文学教研室的新生力量。

在搞好学术研究的同时，教研室人员也做了很多资料编纂工作。研究资料与史料文献的整理、编校、辨伪、辑录是学术研究的基础，在电子文献还不是像当下这样方便、普及的年代，文献整理的工作显得尤其重要。山师当代文学教研室在文献整理方面也为中国当代文学研究作出了贡献，其大型集体编校工作主要有三次。一是20世纪80年代初教研室人员参与的具有历史意义的"中国当代文学研究资料"丛书的编撰工作。该丛书是改革开放之初当代文学研究资料十分匮乏的情形下编辑出版的，茅盾在序言中说："《中国当代文学研究资料》的出版，填补了解放以来文学研究工作中的一个空缺。"[①] 该丛书由中国社会科学院组织、全国30多家出版社承担。山师当代文学教研室人员承担了5本书的编纂，均在1983—1985年出版，具体为刘金镛、陆思厚、房福贤编选的《徐怀中研究专集》（撰写《徐怀中小传》，刘金镛、房福贤编选的《孙犁研究专集》（撰写《孙犁小传》），刘金镛、陆思厚编选的《陆柱国研究专集》（撰写《陆柱国小传》），刘金镛、房福贤编选的《从维熙研究专集》（撰写《从维熙小传》），崔西璐、王万森、陆思厚编选的《刘绍棠研究专集》（撰写《刘绍棠小传》）。山东师范大学作为协作单位，得到了丛书编委会的高度首肯。在百废待兴的新时期之初，这份研究资料的编纂意义重大。

二是新世纪第一个十年，吴义勤教授主持参与的大型研究资料丛书"中国新时期文学研究资料汇编"。该丛书分成文学现象思潮、流派文体的综合研究汇编与代表性经典作家个案研究汇编两种类型。总主编除吴义勤教授外，还有孔范今、雷达、施战军等著名学者。山师当代文学教研室参与编写的具体书目有吴义勤主编，房伟、胡健玲编选的《中国新时期小说研究资料（上）》；胡健玲主编，陈振华编选的《中国新时期小说研究资料（中）》；胡健玲主编，王永兵编选的《中国新时期小说研究资料（下）》；张清华主编，毕文君、王士强、杨林编选的《中国新时期女性文学研究资料》；胡健玲主编，孙谦编选的《中国新时期儿童文学研究资料》；吴义勤主编，王志

---

① 茅盾：《中国当代文学研究资料·序》，载刘金镛、房福贤编：《从维熙专集》，重庆：重庆出版社1985年版，第1页。

华、胡健玲编选的《王安忆研究资料》；吴义勤主编，李莉、胡健玲编选的《韩少功研究资料》；吴义勤主编，王金胜、胡健玲编选的《余华研究资料》。丛书均在山东文艺出版社 2006 年 4 月、5 月出版。在这套资料汇编问世之前，"国内尚没有一套权威性的能完整反映新时期文学发展全貌的文学大系，也没有能够全面反映中国新时期文学研究历程和整体成就的系统资料汇编"①。因此，这种扎扎实实的资料推进工作被张炯等人认为体现了"当代文学发展的重要史料"，"为当代文学的研究提供了方便"②。

三是新世纪第二个十年中，教研室人员参与了魏建教授主编的"20 世纪中国文学主流·历史档案书系"的编写工作。这套书共包括 12 本，当代文学教研室参与的有王万森、刘新锁编《文学历史的跟踪——1980 年以来的中国当代文学史著述史料辑》，周志雄编《网络文学的兴起——中国网络文学发展文献史料辑》，房伟编《颠覆与重建——20 世纪 90 年代中国小说历史叙事思潮研究史料辑》，陈夫龙编《侠坛巨擘——金庸与新武侠小说研究史料辑》，孙桂荣编《变动时代的性别表达——新时期女性文学与文化研究文献史料辑》。这套丛书均在人民出版社 2014—2016 年间陆续出版，其总体上践行了魏建教授在主编前言中所说的"追求文献和史料的'原始'性，其各卷的主要内容以'原始史料'和'经典文献'为主，以'回忆与自述'和'历史图片'为辅。所有文献和史料凡是能找到初版本的，我们尽量选用初版本"③。这种对史料"原始"性和"初版本"的追求，最大限度地还原了文学发生的历史现场，是近年来其他资料汇编之作难以企及的，出版后在学界产生了良好的反响。

三、文学史撰述与教学成果

以编教材的方式进行文学史撰述也是当代文学家教研室的一个优良传统。

---

① 吴义勤主编：《中国新时期小说研究资料》，济南：山东文艺出版社 2006 年版，出版说明，第 1 页。
② 张炯、杨匡汉、李建军、李洁非：《中国当代文学学科的形成、发展及其历史性成就》，《人文》2019 年第 2 期。
③ 魏建：《新发现新探索》，载孙桂荣：《新世纪"80 后"青春文学研究·前言》，北京：人民出版社 2016 年版，第 9 页。

早在 1980 年，教研室人员（刘金镛、冯光廉等）就参与了署名为"二十二院校编写组"集体编撰教材《中国当代文学史》（福建人民出版社 1980 年版）中。这一教材在中文系本科生中使用了 10 多年，函授、夜大等也用过教研室人员未出版的集体自编教材。1994 年，教研室人员集体编撰了《中国当代文学史论》（青岛海洋大学出版社 1994 年版），参与人员有王万森、宋遂良、张清华、房福贤、姜静楠、袁忠岳。该教材增加了新生代诗歌、先锋小说、当代电影文学等对最前沿文学生态的论述，在与当时全国同类教材中是独树一帜的。

新世纪以来，山师当代文学史教材编纂方面有了突飞猛进的进展。王万森、吴义勤、房福贤主编的《中国当代文学 50 年》（青岛海洋大学出版社 2001 年版）问世。作为本科生教材，该文学史加入了新散文、港台文学等新章节，"显出的'当代性'与全球化语境下的学理敏感"①，在新世纪初的文学史撰述中是开风气之先的。2006 年该教材出版了修订版（中国海洋大学出版社 2006 年），调整了部分章节结构，并在原有基础上增加了更具经典性的文本分析，同时出版了配套教材《中国当代文学作品选》（王万森等主编，中国海洋大学出版社 2006 年版）。2012 年该教材出版了第三版修订《中国当代文学新编》（高等教育出版社 2012 年版），并同时出版了配套作品选的修订版《中国当代文学新编作品选》（王万森等主编，高等教育出版社 2014 年版）。王万森教授长期致力于当代文学史的教材编纂。他在完成《新中国中篇小说史稿》《中国中篇小说史》《文体参悟与当代文学考察》《沂蒙文化与现代沂蒙文学》等个人学术专著之余，还主编了作为全国高等院校本科教材、全国高等院校专升本教材的《新时期文学》。该教材 2001 年初版于高等教育出版社，并分别于 2006 年、2014 年进行了两次修订。其中，《新时期文学》第二版荣获第八届全国高校出版社优秀畅销书一等奖（中国大学出版社协会，2008 年），同时荣获山东省高等学校优秀教材一等奖（山东省教育厅，2009 年）。

吴义勤教授作为总主编的研究生教材"中国现当代文学专业研究生课程教学丛书"也是教材建设的一大突破。这是国内首部研究生教材，丛书由 13

---

① 孙桂荣：《一部直面"当下"的当代文学史——评〈中国当代文学 50 年〉》，《山东师范大学学报（人文社会科学版）》2002 年第 1 期。

部构成，均按硕士研究生教学讲稿的"十六讲"方式命名。当代教研室人员参与撰写的有：吴义勤著《中国当代小说前沿问题研究十六讲》，魏建、吴义勤著《中国现当代文学经典解读十六讲》，王万森、房福贤、周志雄著《中国当代文学专题研究十六讲》，王万森著《台湾小说与大陆当代文学十六讲》，房福贤著《新时期中国现代文学家传记研究十六讲》，房福贤著《新时期中国文学生成语境研究十六讲》，孙桂荣著《中国当代文学思潮研究十六讲》。该丛书均由山东文艺出版社 2009 年出版，获得山东省研究生教育省级教学成果一等奖（山东省教育厅，2009 年）。

在课程建设、教学获奖、教学研究方面当代文学教研室也取得了系列成就。2008 年，山东师范大学"中国当代文学"获山东省省级精品课程荣誉称号；2012 年，"中国当代文学"获山东省成人高等教育特色课程称号；2016年，"中国当代文学专题"获山东省成人高等教育数字化课程称号；2021 年，"中国当代文学（2）"获山东省省级本科一流课程称号。教师获奖方面，宋遂良获山东省优秀教师称号，吴义勤获山东省高校十大优秀教师、山东省首届优秀研究生指导教师称号，张慧伦获山东省青教赛二等奖，孙桂荣、张慧伦获山东师范大学年度优秀教学奖。教研室人员不但科研成果卓著，还有不少教学研究论文，像吴义勤的《开放性·互动性·双重主体性——"中国现当代文学史"课程教学改革模式初探》、房福贤的《课程意识与中国现当代文学学科建设》、孙桂荣的《青春文学教学与中国当代文学课程改革》《妇女/性别学科建设的新拓展——以在新世纪文学教学中灌注性别视角为例》等，其中《青春文学教学与中国当代文学课程改革》获山东省教育科学优秀成果二等奖。

从 1982 年成立到 2022 年的今天，山东师范大学当代文学教研室整整有40 年的历史了。40 岁，对一个人来说正值年富力强的壮年，对教研室来说则是处于机遇与挑战并存的瓶颈期。成绩属于过去。由于人员调离、机构调整，以及中国当代文学研究整体学术语境的变化，教研室目前面临着前所未有的发展困境。当然，80 后、90 后学术新人的加盟也带来了新的希望。笔者对山东师范大学当代文学教研室 40 年来这段发展史的回顾，目的之一是希望它在理论上能够为中国当代文学学科史研究增添新的信息；其二，希望在实践上鞭策激励目前的教研室人员将前辈优良的教学科研传统发扬下去。

山东师大在新时期的新诗研究

吕　进

在国内学术界，提到中国现代文学学科，必定会提到山东师范大学。山东师大的现代文学学科是全国起步很早、人才济济、拥有影响力的学科，是中国现代文学学科的主力军和光荣。

1952 年在院系调整中来到山东师范学院（现山东师范大学）的田仲济，是山东师大这个学科的先行者和主要奠基人，也是我国现代文学学科的重要开拓者和领军人。饮誉国内外的他，曾经连续四届担任 1979 年成立的中国现代文学研究会的副会长。他在 1947 年以笔名"蓝海"出版的《中国抗战文艺史》是我国第一部现代文学的断代史。在田仲济等学者的带领下，20 世纪60 年代初由山东师范学院编印的"中国现代作家研究资料"丛书出版。这是新中国成立后第一套成系统的作家研究丛书，包括《中国现代作家研究资料索引》《中国现代作家小传》以及鲁迅、郭沫若、茅盾、巴金、老舍、赵树理、夏衍、李季、杜鹏程、周立波等作家的研究资料，内容丰富，具有重要学术价值。

田仲济之后的学科带头人朱德发，是一位勤奋有为的学者。1964 年进入山东师大后，在几十年的时间里，他长期带领这个学科努力开拓，冲锋陷阵。1974 年夏秋，年轻学者朱德发参加全国 12 所院校《中国现代文艺思想斗争史》的编写，这是他长达近半个世纪的中国现代文学研究生涯的起步。而1979 年在《山东师院学报》发表的《论胡适早期的白话诗主张与创作》[①]，则是朱德发学术之路的真正开始。这篇论文显示出他摆脱"左"的意识形态干

---

① 朱德发：《论胡适早期的白话诗主张与创作》，《山东师院学报（哲学社会科学版）》1979 年第 5 期。

扰、寻求学术的自主空间所做出的努力。1986 年出版的《中国五四文学史》是我国第一部五四文学断代史，这部 50 万言的著作以"人的文学"作为"史魂"，推动了新时期中国现代文学史观的变革与多元发展。在 20 世纪 80 年代，"中国现代文学史"的概念受到广泛的质疑和挑战。2002 年，朱德发发表《重构"现代中国文学史"学科意识》一文，提出了"现代中国文学史"的崭新概念，在时空维度上丰富和扩大了中国现代文学的学术视野。他写道，"现代中国文学史"和"中国现代文学史"这是两个不同的学科概念，虽然它们在内涵与外延上有相通之处，甚至有某些同质同构性，但是前者的观照视角、对象范围、史学意识、价值观念、研究格局等却发生了变异，使这个新学科具有了自身的特点。"现代中国"和"中国现代"不仅仅是语序上的颠倒，它们是从不同视野和不同价位来判定"文学史"。①

朱德发出版专著 30 余部，在《中国社会科学》等刊物发表论文 200 多篇。朱德发说："我在困惑中突围、在探索中求新，以自己有限的生命力、智力与魄力、识力撰写了 30 多年的学术史。我这所谓'学术史'，或许是'满纸荒唐言'，然而'谁解其中味'呢？"②

2007 年，在朱德发的带领下，山东师大中国现当代文学学科成为国家级重点学科。2014 年由山东人民出版社推出的十卷《朱德发文集》，既记录了一个勤奋有为的学者的探索足迹，也披露了一个成绩卓著的学术团队的成长历程。

吴义勤、魏建等后起的几代学人，继续带领这个学术团队突出重围，打通古今，纵横求索，在现代中国文学学科的建构上做出了重要贡献。学术团队既把握了学科的文艺学性质，也把握了学科的历史学特征，新论迭出，著述甚多。

2011 年 12 月出版的由朱德发和魏建主编的《现代中国文学通鉴（1900—2010）》，是重构现代中国文学史的重大成果。该著作有 200 万字之巨，分三卷：上卷（1900—1929）、中卷（1930—1976）、下卷（1977—2010）。这部著作，在时空跨度上，上虽封顶，下不封底，现代中国内的所有文学形态都

---

① 朱德发：《朱德发文集》（第 7 卷），济南：山东人民出版社 2014 年版，第 10—11 页。
② 冯济平：《第二代中国现代文学学者自述》，北京：文化艺术出版社 2011 年版，第 258 页。

是其书写对象。在"绪论"里，作者重申建构"现代中国文学史"的主张，其中写道："21 世纪初，结合学术研究实践和博士生授课需求，笔者开始从理论上思考并探索建构'现代中国文学史'学科。"① 这也正是山东师范大学在学科建设上的最大亮点。

一、新时期山师团队的新诗研究

文学史研究无疑是山东师范大学中国现代文学学科的主打方向，持久攻关，成绩颇丰。"现代中国文学"的提出，又给这个学科加了分，让人了解到这个团队的原创性精神。

而新时期文学研究也是山师团队用力的领域之一，几十年间，颇有成就，值得注意。以笔者所见，《目击与希望》《文学现场》《文化冲突与文学对话》《远龙之扪》《诗的言说》《二十世纪九十年代的中国文学批评》《中国当代先锋文学思潮论》《中国当代文学 50 年》《中国现代主义诗学》《中国新诗审美范式的历史转型》都是代表之作。

在新时期文学研究中，新时期诗歌研究是山师团队卓有成绩的领域，在 20 世纪 80 年代就对全国新诗的发展产生了一定影响。也许山师团队在文学史编写和研究上的光芒过于耀眼，使得新时期诗歌研究的成就有些被遮盖，应该给予这一领域更多关注和更高评价。

新时期诗歌的研究队伍，拥有冯中一、孔孚、袁忠岳、吕家乡以及年轻的后来者。这里仅就山东师范大学在 20 世纪 80 年代的新时期诗歌研究做一梳理。

冯中一是山东师大新时期诗歌研究的奠基人。他从 20 岁开始发表了《盲人》《蜗牛》等近百首新诗，是作为诗人步入文坛的。后来，由诗歌创作转往诗歌评论，有《诗歌漫谈》（1956）、《诗歌的欣赏与创作》（1959）、《学诗散记》（1962）等著作问世。进入新时期以后，冯中一培养了我国最早的几批新诗研究生，出版了《诗歌艺术论析》（1983）、《诗歌艺术教程》（1990）、

① 朱德发、魏建主编：《现代中国文学通鉴（1900—2010）》上卷（1900—1929），北京：人民出版社 2011 年版，第 34 页。

《新诗创作美学》（与鹿国治、王邵军合著，1991）。

1986年重庆出版社出版古远清撰写的《中国当代诗论50家》，列出胡适、郭沫若、艾青、朱光潜、公木、亦门、谢冕、吕进等50位当代诗论家。冯中一亦入选其中，被列为一家。古远清说："粉碎'四人帮'后，尤其是十一届三中全会以来，冯中一精神振奋，意气风发，以高度的热情探寻新诗前进的踪迹，注视着新老诗人的艺术成就。"[①]冯中一是忠厚的长者，治学严肃而严谨，他的现代诗学和写作学研究别具一格，他的诗论是新时期诗学的新收获。冯中一是由诗人而进入诗学殿堂的，这就决定了冯中一诗论的基本特点：比较偏于艺术赏析，注意具体地分析一诗一人，不作空泛之论；凭借自己的创作经验的积累所进行的诗歌基础理论和诗歌教学研究往往合理而实在。

如果说，冯中一是从创作出发最后到达诗学理论彼岸的与创作有千丝万缕联系的学者，那么孔孚（1925—1997）主要是一位诗人，而且是一位有理论主张的诗人。诗歌理论历来有两种：诗人的，诗歌理论家的。前者如艾青的《诗论》，后者如朱光潜的《诗论》。孔孚的诗论属于前者，是具体感性的诗人的理论。作为山东师范大学副教授，孔孚退休早，但他的诗论具有的学术意义和在新时期诗歌界的广泛影响是不可小觑的。他是山东师范大学值得骄傲的一位诗人型的学者。济南、青岛等地都立有他的诗碑。

孔孚一生多艰。年幼时在干农活时砸伤右手，只能靠左手生活。1949年进入大众日报社。在"批判胡风""反右""文革"等历次政治运动里都遭遇不公正对待。1979年平反后，应时任山东师范学院副院长的田仲济之邀，从大众日报社调往山师，在中文系现代文学教研室从事新诗研究。正是在山师，孔孚发现中国传统诗歌的重头戏——山水诗断了线，他立志要当"接线人"。

诗创作是孔孚诗论的体现，诗论是孔孚诗歌创作的经验结晶。孔孚出版了诗论《远龙之扪》（山东文艺出版社1992年版）、《孔孚论：透视本》（山东文艺出版社2001年版）。他的诗论深得道家精华和禅宗神妙，饱含诗人自己的创作经验，发前人之未发，妙语连珠，趣味盎然。美国纽约的《美洲华侨日报》曾开辟整版篇幅介绍孔孚，编者称孔孚是"当今中国新诗坛山水诗

派的祭酒"。编者写道:

> "五四"以来,写山水诗的诗人不多,专写山水诗的诗人更少。第一个专写山水诗,第一个出版山水诗集并有山水诗论的人,到今天只有一个,他就是著名的山东老人孔孚。[①]

山东师范大学团队在 20 世纪 80 年代研究新时期诗歌的另一位健将是袁忠岳。他虽然是以在大学就读时的一首歌词开始文学之旅的,却将此后的全部精力都用在了理论研究上,他是典型的学院派。袁忠岳也是受到耽搁的人,年轻时被打为"右派",新时期是他的诗学研究的真正起步时期。1989 年花城出版社出版了袁忠岳的诗论集《缪斯之恋》;1999 年,袁忠岳的诗论《诗学心程》问世;2014 年,《诗的言说》由山东人民出版社出版。同时,他还参加过一些颇具影响的诗学书籍的编写,是朱先树、阿红、吕进主编的《诗歌美学辞典》(四川文艺出版社)、朱先树主编的《中国当代抒情短诗赏析》(文化艺术出版社)的主要撰稿人之一。

1987 年,重庆出版社出版吕进主编的《上园谈诗》。这是 7 位有代表性的上园派理论家的合集,袁忠岳就是其中的一位。该书的"附录"收入宋遂良的文章《情通理达觅诗美——略谈袁忠岳的诗歌评论》。宋遂良写道:"袁忠岳的文章总是从诗歌创作的实际出发,明白而不浅露,丰富而不繁杂。"文如其人,袁忠岳为人风格就是诚挚、忠厚、朴素,因此在新时期诗坛上颇有人缘。

吕家乡也是山东师范大学在新时期诗歌研究方面卓有成就的学者。1991年,他的家乡江苏文艺出版社出版了他的论文集《诗潮·诗人·诗艺》;1995 年与人合著的《现代三家诗精品赏析》(安徽文艺出版社)问世;2014年,《从旧体诗到新诗》由山东人民出版社出版。吕家乡在考察新诗时着力于诗歌本体的"内在律"[②] 的研究,这在当时是非常有见地的。他认为,新诗并

---

① 《美洲华侨日报》1985 年 9 月 26 日。
② 吕家乡:《内在律——郭沫若对新诗的重要贡献》,《山东师大学报(哲学社会科学版)》1985 年第 6 期。

不像古诗那样需要意境，新诗需要的是意象，这就推出了一个新的诗学理论亮点，显示出论者独到的学术风范。

本文主要研究 20 世纪 80 年代出现的新时期诗歌研究者，但是我想说明，山东师范大学培养出不少活跃在当代诗歌论坛的青年学者，比如罗振亚、张清华、鹿国治、吕周聚、敬文东、子张、王邵军，都是人们熟悉的名字，其中有的成了青出于蓝而胜于蓝的接力者。在这一点上，其他高校很难望其项背。这些年轻学者富有才华，这里可以借用张炜在为张清华的《中国当代文学思潮论》所写序言的评价："学术的缜密，辞章的灿烂，语势的雄辩滔滔，都给人留下长久的印象。"

二、山东师大在新时期对新诗研究的贡献

翻开新时期新诗发展史，山东师范大学对 80 年代的现代诗学有两个方面的重要贡献。

第一，开辟了山水诗研究的新天地。对中国新诗来说，山东是一方沃土。可以排出一个山东诗人或者在山东生活多年的诗人名留史册的长长的名单：闻一多、臧克家、李广田、高兰、贺敬之、苗得雨等。20 世纪新时期以来的 30 多年，享誉全国的山东诗人更是梯次性涌现，仅以 2014 年出版的吕进主编的《中国新时期"新来者"诗选》为例，入选的 99 位诗人中，山东诗人就有 8 位，即曹宇翔、韩翰、纪宇、雷霆、马丽华、马启代、桑恒昌、徐鲁，还不包括祖籍、原籍是山东的诗人。

说到现代山水诗，就肯定更绕不过山东了，因为这是孔孚的故乡。有人说，孔孚是一位生不逢时的诗人。"他在一个文化贬值的时代投身于文化，他在一个没有诗意的时代选择了诗，他在一个金玉满眼的世界里固执地寻觅一种素朴而纯洁的境界。"的确，孔孚经历了太多的坎坷，近 60 岁始得出版第一本诗集《山水清音》，这本诗集由钱锺书先生取名并题签，是西南师范大学中国新诗研究所的邹绛教授向重庆出版社副总编、诗人杨本泉推荐，1986年由重庆出版社出版的。后来，他又陆续出版《山水灵音》《孔孚山水》《孔孚山水诗选》。山之空灵、水之纯净，构成孔孚诗的灵魂。更进一步，在孔孚的诗里，我们可以读到的是朱德发先生所说的"几乎每首诗都具有象征寓

意"①，诗人向我们披露的是"忧伤之魂与孤独之魂"②。

孔孚是中国山水诗的现代"接线人"，孔孚山水诗研究在全国遥遥领先。山东师大团队的山水诗研究，视野比较广阔，思考比较深入。由冯中一担任主编、袁忠岳和吴开晋担任副主编的《孔孚山水诗研究论集》（马怀忠、孔祥会、冯中一、孙国章、沈传义、吴开晋、桑恒昌和袁忠岳为编委，山东文艺出版社 1991 年版），由朱德发主编的《中国山水诗论稿》（由王琳、张光芒、姜振昌、张清华、鹿国治、袁忠岳、吕家乡撰稿，山东友谊出版社 1994 年版），都是重要文献。

现代山水诗理论一直是现代诗学的一个弱项，因为现代山水诗自身就很弱。这种情况到了新时期，随着孔孚的出现，就发生了巨变。趁势而上，推进山水诗研究，山东师范大学做出了许多努力。团队从研究孔孚的山水诗出发，扩展到总体地研究山水诗。山东的文化积淀特别丰厚，齐鲁文化是中华文化的源头，也是中华文化的内核。所以，山东学者一般比较了解传统文化，总是能够举重若轻地将诗学创新与文化守成联系起来。在这个连接点上推进现代诗学，是山师团队中特别耀眼的存在。

山东师范大学的山水诗研究最引人注意的、山水诗理论影响最大的，其实就是山水诗人孔孚本人。可以说，孔孚既是现代山水诗祭酒，又是现代山水诗理论的开山人。

孔孚颇得传统文化之精要，用之于山水诗研究，就能在丰厚的立足点上进入诗的内部，洞幽烛微，发为新论。孔孚关于"减字诗学""无象诗学"以及隐象、灵视等的言说，都前不见古人，十分精彩。

在《远龙之扪》中，孔孚写道，"三十年一悟，我得一'无'字"，"上帝的创造是从无到有，诗人之创造则是从有到无"。③应该说，这个对"无"的悟很有理论深度。诗人从有到无，读者从无悟有，不正是山水诗的创作与鉴赏的全过程吗？孔孚还写道："法国之'象征'，英美之'意象'，也还是'有象'的。有象则是有规定，那还是窄的。""无象则是无限大。至少是宽

---

① 朱德发：《朱德发文集》（第 6 卷），济南：山东人民出版社 2014 年版，第 281 页。
② 朱德发：《朱德发文集》（第 6 卷），济南：山东人民出版社 2014 年版，第 282 页。
③ 孔孚：《远龙之扪》，济南：山东文艺出版社 1992 年版，第 159 页。

泛得多。中国诗人将比他们走得更远。"他提出:"否定现实主义之'再现',否定现代主义之'表现';而取'隐现'。"① "不仅是情隐、理隐,连那个'象',也应该是有些隐的。"② 真是神来之思,经他一点拨,人们发现,山水诗的美学本质的确是隐藏的艺术啊。孔孚的山水诗论非常丰富而深刻,值得后之来者认真研究和"淘宝",这是新时期山水诗研究留下的宝库。

第二,丰富了上园派的诗学宝库。在20世纪80年代的新时期诗学版图上,有三个理论群落,依形成群落的时间为序,分别是传统派、崛起派和上园派。上园派是80年代中期在《诗刊》在京先后举办的两次读书班里形成的。对此,蒋登科有《〈诗刊〉与"上园派"的形成与发展》的专文。1986年,广州一家报纸在一次诗歌问题笔谈的编者按中,首次使用了"上园派"的冠名,这个名称后来就被袭用。在吕进、梁笑梅主编的《20世纪中国现代诗学手册》里,"上园派"词条是这样写的:"上园派,一个重要的诗歌理论派别。20世纪80年代中期,在传统派、崛起派之间出现了'上园派'。上园派的主要诗论家包括吕进、阿红、袁忠岳、叶橹、朱先树、杨光治、朱子庆等,同时还有一大批同路人和追随者,阵容非常庞大。"③ 诗评家古远清在《中国大陆40年诗歌理论批评景观》一文中说:"这三大诗歌群体两头小中间大,上园派人数多,且以中年为主。"④ 黄子健、佘德银、周晓风合著的由重庆出版社1993年出版的《中国当代新诗发展史》中写道:"新时期诗歌理论批评中所谓稳健派代表了企图超越崛起派和传统派各自偏颇的'第三条道路'的努力方向。在新时期围绕朦胧诗展开的论争中,这一派稍为后起,但人数更多,实力较强,是前两派所不及的。其中包括诸多诗人和诗评家,如沙鸥,公刘,牛汉,刘湛秋,杨匡汉,陈良运,吕进,阿红,袁忠岳,叶橹,朱先树,杨光治,朱子庆等。后七人还因合作出版了《上园谈诗》,明显呈现出'一个学派的整体印象',被称为'上园诗派',是稳健派的中坚。该派诗歌理论批评的突出特点是力求平稳,力戒片面。'求实,创新,多元'则大体反映了

---

① 孔孚:《远龙之扪》,济南:山东文艺出版社1993年版,第192页。
② 孔孚:《远龙之扪》,济南:山东文艺出版社1993年版,第53页。
③ 吕进、梁笑梅主编:《20世纪中国现代诗学手册》,成都:巴蜀书社2010年版,第143页。
④ 古远清:《中国大陆40年诗歌理论批评景观》,《诗探索》1995年第4期。

这一派诗论的基本风貌。"①

在朦胧诗争论中，上园派一直主张宽容看待朦胧诗的存在，同时表示了对恶性西化、全盘西化的坚决反对。冯中一在谈到新时期"多元、躁动"的新诗如何"升华"的时候就指出"并不是越洋越好"，应该摆正新诗现代化与民族传统的关系。孔孚也说"'五四'新诗是向西"，"所以先天不足"。他主张"大入，大出"，"从前人之悟"那里去悟。②袁忠岳则是直接介入朦胧诗争论的。20世纪80年代初期，朦胧诗受压的时候，袁忠岳写了一系列文章为朦胧诗维护生的权利。他主张，与其去争懂与不懂，不如去关注美与不美。他批评那些抢着大棍的人："这些人就喜欢在枝节上纠缠不休，又是洋货啦，又是难懂啦，而不首先看看它们是不是艺术，是不是美。"③如同上园派其他诗评家那样，袁忠岳同时也批评了那些一味求深、颠三倒四、空虚加繁杂的朦胧诗作。

"上园派"也像"崛起派"那样主张向国外诗歌借鉴，但同时主张要实现国外艺术经验的本土化转换；"上园派"也像"传统派"那样主张承传民族传统，但同时主张要实现传统经验的现代化转换。上园派理论家寻求在诗歌里生命意识和使命意识的和谐，寻求在诗体上的现代与丰富，寻求诗歌传播方式的现代与丰富。

在朦胧诗争论中，中国新诗究竟应该如何建设，这是上园派诗评家谈得很少的话题，在上园派理论家里，袁忠岳和杨光治提出了最明确的理论主张。收入《上园谈诗》的袁忠岳的《中国新诗的选择》是一篇值得新诗理论界重视的诗学文献。袁忠岳问道："什么是中国新诗的选择呢？"接着他给出了答案："第一，它必须是中国的。时至今日，争论的问题已不是要不要借鉴西方，可不可以横的移植。……问题是如何借鉴？一种是恶性的全盘西化，成为西方现代派诗的低劣的仿制品；一种是合理的有机吸收，无论怎么变化，仍是具有中国味道的中国诗。""第二，它必须是当代的。……不是盲目地反传统，而是主张对传统的东西必须具有清醒的批判意识，用当代的眼光进行

———————

① 黄子健、佘德银、周晓风主编：《中国当代新诗发展史》，重庆：重庆出版社1993年版，第128页。

② 孔孚：《孔孚论》，济南：山东文艺出版社2001年版，第335页。

③ 吕进主编：《上园谈诗》，重庆：重庆出版社1987年版，第445页。

审视，决定去留或进行改造。""第三，它必须是人民的。……我们不反对诗人应有自己的个性，诗的感染力也只能来自个性自我的真切表现。同时我们又主张诗人的个性应植根于人民性。""第四，它必须是诗的。……我们反对把诗的标准划得那么狭窄，纯以个人好恶定一尊。但也不同意什么'诗属于未知领域'，无一定之规，爱怎么写就怎么写，一切已知要求都是限制束缚诗发展的说法。"①袁忠岳的论述，从正面谈论了诗的审美标准，在新诗进入建设阶段的今天，袁忠岳的见解至今不乏指路的价值。迄今"爱怎么写就怎么写"的人还不少，诗的建设还需要我们付出努力。

［原载《山东师范大学学报（人文社会科学版）》2015 年第 4 期］

---

① 吕进主编：《上园谈诗》，重庆：重庆出版社 1987 年版，第 25—32 页。

大学的学术传承与学者群落的崛起

——山东师范大学中国现当代文学研究生学者群解读

李宗刚　赵佃强

"薪火相传"作为人们对学术传承方式的概括，强化的是老一辈学者的学术之"火"点燃年轻一代学者之"薪"这一过程。那么，在当今中国大学的教育体系下，大学的学术传承和学者的培养到底是怎样进行的？对此，我们以山东师范大学的中国现当代文学专业作为个案，来解读大学的学术传承与学者群落的崛起之间的内在关联。

选取山东师范大学的中国现当代文学专业作为个案，主要是考虑到该学科具有一定的代表性：一是该学科为国家重点学科，二是该学科所在的院校是普通省属高校。同时，基于教育是一个"百年树人"的漫长过程，只有拉开一定的时间距离，才能对其"树人"情形看得更为清晰。所以，本文采取了"切片"的方式，选取的山东师范大学中国现当代文学研究生学者群落（为了行文的方便，简称山师现当代研究生学者群），泛指在 20 世纪 80 年代（主要是 1978—1988 年，本文所选取的个案侧重 1985 级的研究生）在山东师范大学攻读中国现当代文学专业硕士学位并在中国现当代文学研究领域取得突出学术成就的学者。尽管这一研究生学者群落崛起的原因是多方面的，但有一些是共同的，那便是他们的成就与其在山东师范大学接受的研究生教育和师承传统紧密相关。正是在田仲济、薛绥之、朱德发等老一代学者的人格与学术的双重浸染下，他们开始了各自的学术跋涉。这一研究生学者群落的知识谱系和学术道路镌刻着明显的学术传承的烙印。因此，梳理他们的学术理路与历程，探究他们成功的缘由，对于今天的学术传承都有着极其重要的启示。

一

山师现当代文学研究生学者群落人数众多，影响较大。在 1978 年到 1988 年，山东师范大学的中国现当代文学硕士研究生专业共招收了 59 名研究生。由于这个时期高校所培养的硕士研究生还比较少，许多人毕业后到了大学或科研单位。他们是以钱荫瑜、杨洪承、李春林、税海模、鹿国治、姜振昌、黄彩文、姜静楠、张林杰、李掖平、王邵军、丁瑞根、于青、刘新华、郭济访、房福贤、季桂起、万直纯、魏建、谭桂林、吕周聚、耿传明、罗振亚、林凌、周德生、刘克敌、龚曙光、王兆胜、刘开明、张清华（按入学时间先后、同一年级按年龄排序）等为代表的具有全国影响的青年学者群。在当下的中国现当代文学研究与批评领域，他们不仅形成了各自的学术专长，取得了一定的学术成绩，还直接参与了中国现当代文学学科的建设，成为一支不可小觑的学术力量。这具体体现在以下几个方面：

其一，在全国的中国现当代文学专业具有影响的高校和科研单位中，大都能够看到这一群体的身影，像南开大学的耿传明、罗振亚，北京师范大学的张清华，南京师范大学的杨洪承，山东师范大学的姜静楠、李掖平、王邵军、房福贤、魏建、吕周聚，湖南师范大学的谭桂林（2011 年被引进到南京师范大学），中国社会科学院的王兆胜，辽宁社会科学院的李春林，青岛大学的姜振昌，天津师范大学的张林杰，河北师范大学的黄彩文，江西师范大学的周德生，乐山师范学院的税海模，解放军政治学院的林凌，贵州省文联的钱荫瑜，湖南省文联的龚曙光等。

其二，这一研究生学者群落目前还担任着全国性研究会的理事等重要学术职务。学会是群众性的民间团体，一个学者能否成为理事，主要依据其在学界的影响力。在中国现代文学研究会，理事有杨洪承、张林杰、魏建、谭桂林、吕周聚、耿传明、罗振亚等人；在中国当代文学研究会，理事有房福贤、张清华等人。除了在一些学会担任理事，他们还是一些体制内的文学奖的评委。如 2011 年的茅盾文学奖，评委便有李掖平、张清华、刘复生以及 20 世纪 90 年代加盟该学科的吴义勤，这占到茅盾文学奖评委总数的 1/15。

其三，这一研究生学者群落在一些高校的博士点还担任着博士生导师。

博士点作为国家体制内最高学历的教育形式，是培养高级专门人才的重要阵地，也是进行学术传承的重要方式，因此，博士生导师作为承担大学学术传承的专家，其重要性是显而易见的。在这一群体中，担任博士生导师的有杨洪承、姜振昌、房福贤、李掖平、魏建、谭桂林、吕周聚、罗振亚、耿传明、张清华等十几人。

其四，这一研究生学者群落不仅承担了诸多国家级社科基金课题，还在高层次期刊上发表了诸多专业学术论文。国家社科基金课题作为国家体制内推出的、旨在繁荣学术发展的专门性基金，对社会科学的发展起着极其重要的作用。这一研究生学者群所承担的国家社科基金项目主要有谭桂林的国家社科基金重大课题，杨洪承、魏建、吕周聚、罗振亚、耿传明等所承担的国家社科基金一般项目等。至于其刊发的论文，仅在《中国社会科学》这样的高层次社科类期刊上刊发的就有姜振昌、谭桂林、耿传明、罗振亚、王兆胜、刘克敌、张清华等发表的 7 篇次之多。这些论文刊发后，都在学界产生了积极的影响，为推进学术的繁荣起到了应有的作用。下面，我们不妨选几个具有代表性的学者做一透析。

以 1985 级为例，魏建现为山东师范大学教授、博士生导师，国家重点学科山东师范大学中国现当代文学学科学术带头人和负责人，中国郭沫若研究会副会长，国际郭沫若研究会首届执行会长，山东省首批齐鲁文化英才，教育部第二届高等学校教学指导委员会委员。魏建从事中国现代文学研究 20 余年，在郭沫若研究、创造社研究等方面用力较大，已成为这一领域的专家。出版学术专著 6 部，在《文学评论》等刊物发表学术论文 100 余篇。先后获得山东省社会科学优秀成果一等奖以及刘勰文艺评论奖等。近年来主要学术精力集中在对《郭沫若全集》之外散佚的大量作品进行收集、整理和研究。这一工作已得到国家社会科学基金的资助，学界极为重视。2009 年 8 月在美国约翰·霍普金斯大学举行的世界第一次郭沫若学术大会上，魏建研究郭沫若文学佚作的论文获得"杰出研究论文奖"。谭桂林原为湖南师范大学教授、博士生导师，现受聘于南京师范大学，2004 年被评为"百千万人才工程国家级人选"。谭桂林是国内学界较早地深入、综合研究 20 世纪中国文学与宗教文化关系的学者之一，其专著《20 世纪中国文学与佛学》被誉为现代文学研究中的填补空白之作，长篇论文《佛学与中国现代作家》在《中国社会科学》刊发后，又被英文版全文译载，并获得首届全国青年社会科学优秀成果论文奖。在现代中西诗学比较研究领域，主持国家社科基金项目"20世纪中国诗学与西方诗学的关系研究"等课题，已出版《本土语境与西方资源》（2008）等著作。曾连续两次获得《文学评论》优秀论文奖。他还十分关注当代文学创作的现状与发展，主持教育部人文社科青年基金项目"新时期长篇小说创作的文化母题研究"，出版了《转型与整合——现代中国小说精神现象史》（2003）等著作。耿传明、罗振亚现为南开大学文学院教授、博士生导师。耿传明教授2008年入选教育部"新世纪优秀人才支持计划"，主要研究领域为中国近、现当代文学和现代思想文化研究，在《中国社会科学》《文学评论》等刊物上发表论文近百篇，其中多篇被《新华文摘》等转载，出版专著6部。罗振亚教授2000年起享受国务院政府特殊津贴，2005年入选教育部"新世纪优秀人才"，其学术研究重点是中国新诗，是目前诗歌研究领域为数不多的专家之一。曾在《中国社会科学》《文学评论》《文艺研究》等刊物发表论文150余篇，有论著《中国现代主义诗歌史论》等7部。他们两人均主持有国家社科基金项目。至于1985级的房福贤、吕周聚等学者，也都在其各自的研究领域中取得了非凡的成绩。

在这一研究生学者群落中的其他诸多学者，也都在其所涉猎的相关学术领域基本上确立了优秀学者的地位，其影响早就为学术界所公认。由此说来，山师现当代研究生学者群落的确是中国现当代文学研究领域一个具有重要影响的学者群体，尽管这一群体在具体的专业领域上个性差异较大。

二

山东师范大学现当代文学研究生学者群落能够取得如此之大的学术成绩，原因固然是多方面的，但一个不可忽视的方面，便是他们最初在山东师范大学所接受的研究生教育。山东师范大学中国现当代文学学科有着悠久的学术传统，是国内最早设立中国现代文学学科少有的几所高校之一；1955年，山东师范学院成为最早招收中国现代文学专业研究生的四所高校之一；1978年恢复研究生招生；1981年被批准为中国现代文学硕士学位授权点。该学科主持、编著、出版了"文革"后第一部《中国现代文学史》《中国现代小说史》《中国五四文学史》《中国情爱文学史论》等，形成了以田仲济、薛绥之、冯中一、查国华、冯光廉、蒋心焕、书新、朱德发、韩之友、孔孚、吕家乡、宋遂良、袁忠岳（以到山师中国现代文学学科先后为序）等学者为代表的具有全国影响的学术团队。正是在这样深厚的学术传统和精良的师资团体的熏陶之下，他们以追慕其师的学术道路为肇始点，开启了自己的学术之旅。

（一）注重学术独立人格精神的张扬与培养

学术作为一门求真的学问，需要的是独立的人格，以及对真理的执着精神。然而，在学术的求真和现实产生抵牾的时候，作为一个学者在坚持真理的同时要付出生活乃至生命的代价时，一个人为了"主义真"而依然敢于张扬自我的主体性，既不是一般人所能够做到的，也不是一般学者所能够做到的。而在此方面，第一代学科奠基人田仲济便以自我的文化坚守，确立了非凡的人格魅力，成为研究生们学习的楷模。作为学科的第一代奠基者的田仲济，在抗日战争结束后，以"蓝海"为笔名写出了第一部断代史《抗战文艺史》，由此奠定了他在中国现代文学研究界的重要地位。新中国成立后，田仲济进入山东师范学院（山东师范大学前身），后任学院副院长。田仲济不管是身在顺达还是身处逆境，都以冰清玉洁的独立操守，矢志不渝地坚守了一个知识分子的独立人格，在历次政治运动中，既没有随波逐流，也没有趋炎附势。[1] 以至于面对荣辱能够淡然处之，恰如他的杂文创作一样，"遵循鲁迅杂文传统不断开拓前进"[2]。所有这些，不仅给第二代学人树立了一个可以追慕的对象，而且让刚刚进入学术殿堂的研究生们在形成独立人格过程中受到深刻影响。

（二）注重思想解放、开拓创新以及学术探索精神的培养

学术的生命力在于创新，创新不仅意味着对前人的思想认知高度的超越，

---

① 蒋心焕、宋遂良：《青山不老　桃李成林——田仲济教授和现代文学研究》，《山东师大学报（社会科学版）》1987年第4期。

② 朱德发：《遵循鲁迅杂文传统不断开拓前进——论田仲济杂文》，《山东师大学报（社会科学版）》1993年第4期。

而且意味着对自我思想认知高度的超越，需要在辩证否定的基础上完成思想解放和思想提升。像朱德发，在思想解放的洪流中，遵循着科学的治学态度，在其五四文学研究中，实事求是地评价了五四文学的指导思想，为此，在春暖乍寒的 20 世纪 80 年代，差点被当作"自由化"的典型予以批判。但正是因为高擎着思想解放的大纛，朱德发不畏思想探索中的禁区，在自我否定的基础上，实现了对极左路线的否定，进而和全国的思想解放大潮一起，汇聚为思想解放的时代洪流。显然，这种带有传奇般的经历，不仅使得研究生对思想解放有着更深的理解，而且对他们历史担当意识的形成有着积极的作用。从朱德发培养的研究生的情况来看，不管是杨洪承、王兆胜，还是张清华、刘开明，乃至后来的张光芒、周海波等，都具有一种历史担当意识，这使得他们的文学研究获得了来自思想层面的有力支撑。也正是基于对历史的担当意识，朱德发直到今天还依然保持着非凡的学术热情和学术创新能力，其学术论文仍不时地刊登在全国各大知名刊物上。近年来，朱德发把文学史思考当作自我新的思考点，从开始关注"进化文学史观与文学史研究史"[①] 到对于"中西非理性思维在现代文学中的交汇与对接"[②] 的深刻反思，再到高屋建瓴地透过"四大文化思潮"，来完成其"现代中国文学关系辨析"[③] 最后到"中国新文学之源"[④] 的深入探析，显示了朱德发依然具有勃勃生机的学术创新力，这对推动这一学者群落学术研究的深入提供了精神资源。

（三）注重史料的学术传统

学术研究要想获得突破，思想解放固然是一个重要的方面，史料的发掘和整理同样重要。一个经得起检验的学术观点，如果没有足够的史料作为支撑，往往是难以靠得住的。因此，强调史料的第一性，遵循史料先行的理念，

---

① 朱德发：《进化文学史观与文学史研究实践》，《山东师范大学学报（人文社会科学版）》2008 年第 6 期。
② 朱德发：《中西非理性思维在现代文学中的交汇与对接》，《山东师范大学学报（人文社会科学版）》2010 年第 3 期。
③ 朱德发：《四大文化思潮与现代中国文学关系辨析》，《山东师范大学学报（人文社会科学版）》2011 年第 4 期。
④ 朱德发：《中国新文学之源》，《山东师范大学学报（人文社会科学版）》2012 年第 4 期。

加强史料的考掘、整理与积累，是这一学科早在 20 世纪 50 年代便确立的优良学术传统。像薛绥之的鲁迅研究资料的整理、查国华的茅盾研究资料发掘、韩之友的鲁迅版本的校勘、张桂兴的老舍资料发掘，在全国学界早为学人所推崇。在 20 世纪 50 年代后期，该学科人员便完成了《中国现代文学史》及"中国现代作家研究资料"丛书 10 余册的编写任务，二者被称为"中国现当代文学研究资料的奠基工程"。20 世纪 70 年代末，又承担了中国社科院文学所主持的国家重大课题"中国现代文学史资料汇编"中的 5 个子课题，参与了《茅盾全集》等作家资料的编辑校勘工作。这样的一个治学传统，通过潜移默化的影响，已经在山师现当代文学研究生学者群落中获得了很好的传承。其中，最具有代表性的是魏建的郭沫若佚作的收集、整理和研究工作。魏建的《〈沫若诗词选〉与郭沫若后期诗歌文献》获得了"《中国现代文学研究丛刊》2011 年度优秀论文奖"，评奖委员会对其做出这样的评语："这是一篇扎实的史料考证文章，对郭沫若后期诗歌的不同版本、篇目的校勘考证很见功夫，且阐述清晰不繁琐，所论可信可靠，填补了郭沫若研究的空白之处，对完善郭沫若研究有重要作用。论文体现出的'熬苦求学'得'真学问'的精神，值得肯定与提倡，也有学风纠偏的意义。"[①] 正是基于史料的发掘和整理，魏建的郭沫若研究新论迭出，并不断地受到国内外学界的关注。

（四）强调文学研究和文学史书写实践的师承传统

文学研究和文学史书写既是人的一种个体性的精神思考过程，也是一种带有实践性的写作过程。在中国传统的师徒关系中，口口相传与手把手地指导是相辅相成的。这样一种师承传统，使得这一学者群落在研究生培养期间便获得了严格的学术训练。像冯光廉、朱德发、蒋心焕等学者，他们以自己的研究方向，凝聚引领学生在实践中提升学术修养，由此所侧重的是对学生"手上功夫"的培养。如冯光廉在给 1985 级开设"中国现代作家研究"专题课时，特别突出了学术训练的内容，让每个研究生选择一个著名的现代作家，写出一篇研究述评。这一工作，既需要占有大量资料，又需要学会概括提升，更需要良好的文字表达能力。1985 级现代文学专业的 13 个研究生通过艰难的

---

① 《〈中国现代文学研究丛刊〉2011 年度优秀论文揭晓》，《中国现代文学研究丛刊》2012 年第 2 期。

写作实践，终于完成了《现代作家研究述评》的书稿写作，并于 1987 年 4 月在《山东师范大学学报》以"增刊"的形式出版发行。冯光廉为此书的出版写了题为《一次有意义的尝试》的序言。其中，魏建、刘新华的文章还被收入了由王瑶主编的《中国现代文学研究：历史与现状》①一书中。这些都是注重研究生学术实践培养的结果。与此相类似，这样的一种治学传统，在朱德发的《中国情爱文学史论》②以及蒋心焕的《中国现代小说美学思想史论》③中，都有着进一步的实践。

（五）与时俱进的学术品格

与时代同行、与时代共进，既是文学的一种品格，也是文学研究应该具有的品格。山师现当代文学学者群落一方面把耕耘的犁深深地插入现当代文学研究这块沃土中，同时把思想的笔深情地倾注在当下正在发生的文学这片芳草地上，从而使得其文学研究既有历史的厚重，又有现实的鲜活。因此，中国现代文学研究与当代文学批评相得益彰、相辅相成。如冯中一、吕家乡、袁忠岳的当代诗歌批评，宋遂良的当代文学批评，紧紧追踪当下的文学创作，注重新人的批评，如对作家张炜的"创作个性的比较研究"④这种与时俱进的学术品格，在 20 世纪 90 年代又获得了进一步发扬光大，以至当代文学研究与批评在当下成为该学科中一个非常重要的专业方向。

总的来说，山师现当代文学学者群落恰逢 20 世纪 80 年代这样思想解放的特殊时代，在时代精神的召唤下，作为时代的佼佼者，在高校迫切需要人才的大氛围下，他们大多在毕业后走进了高校或科研单位，这在客观上使他们大都从事学术研究，这既有他们的职业需要因素的影响，也有高校科研体制和职称评定机制的双重作用。正是在此基点上，他们分居不同的城市、执教于不同的大学，但是，同一的学科背景，让他们依然可以在互为参照、相互激励中，拥有了你追我赶的公共空间，从而为这一学者群落的崛起奠定了坚实的基础。

① 王瑶主编：《中国现代文学研究：历史与现状》，北京：中国社会科学出版社 1989 年版。
② 朱德发等：《中国情爱文学史论》，天津：天津教育出版社 1991 年版。
③ 蒋心焕主编：《中国现代小说美学思想史论》，南京：江苏文艺出版社 2006 年版。
④ 房福贤：《阴阳之道：张炜与矫健创作个性比较》，《山东师大学报（社会科学版）》1986 年第 5 期。

三

　　学术期刊是学者表达学术研究成果的重要公共空间，而学者则是学术期刊赖以发展和提升的重要根基。山师现当代文学学者群由于地缘与学缘的关系，使得他们与《山东师范大学学报》（1982 年到 2001 年，学报名称为《山东师大学报》）结下了不解之缘，二者由此形成了良好的互动关系。对此，需要提及的是责任编辑翟德耀，他负责中国现当代文学栏目，再加上他对茅盾有着较为深入的研究，这使得他既有编辑的眼光，又有学者的严谨，从而使这批名不见经传的青年学者获得了学报的青睐，对他们作为一个群体的崛起起到了极其重要的作用。

　　《山东师范大学学报》对这一学者群最初的认同与推崇成为他们学术发展上的重要助力。早期的学报积极为这些攻读研究生的学子们搭建学术平台，从 1982 年开始，学报就开始专门设置一些栏目来发表他们的论文，不少论文是他们的处女作。像杨洪承的代表性学术著作《文学社群文化形态论——现代中国文学社团流派文化研究》，便与其早期对文学研究会的个案解读有着一定的内在关联。杨洪承 1982 年通过对王统照的个案解读，指出了"早在五四时期就以诗歌和小说闻名于文坛的王统照，自觉地投身于文艺界民族救亡运动，并以自己的创作实践，加入这个时代洪流中"[①]。至于谭桂林在 1987 年刊发的有关"田汉早期文艺思想"[②]的剖析，魏建在 1983 年刊发的有关书评[③] 也显示了他们对资料的整理和提升能力，这在其后期的一系列的研究综述性的论文中也有着清晰的体现，都可以说是他们最初踏上学术之路时最为重要的学术收获。总的来说，这一群体早期学术成果大都是在学报上发表的，仅 1986 年一年就发表 5 篇，1982 年至 1995 年这 14 年间发表的这批学者的论文共计 26 篇，这些数据足可以说明学报在他们早期的学术之路上所起的重要作用。

---

① 杨洪承：《试论王统照三十年代的小说创作》，《山东师大学报（哲学社会科学版）》1982 年第 6 期。

② 谭桂林：《田汉早期文艺思想初探》，《山东师大学报（社会科学版）》1987 年第 1 期。

③ 孙昌熙、魏建：《现代文学研究的新收获》，《山东师大学报（哲学社会科学版）》1983 年第 3 期。

当然，这些学者在取得成功后，并没有忘记学报曾经给予的支持，也反过来给予学报积极的支持，其有学术影响力的论文，还时常地见之于学报，由此实现了学人和学报良性互动和共赢发展：一方面，学报为学人的中国现当代文学研究提供了阵地，促进了中国现当代文学的学术研究繁荣；另一方面，学人也为学报的发展提供了重要的动力支撑。这个时期，"在 1998 年被《报刊复印资料》全文复印篇数排序中，《山东师大学报（社会科学版）》（被全文复印 46 篇）列全国省属师范大学社会科学第一位"①。显然，这也正是山师现当代文学学者群在全国崛起和发展的黄金时期。从 2005 年以来，这一学者群在学报发表的论文达 25 篇之多。

到了新世纪，这批学者尽管已经享有全国的声誉，但是《山东师范大学学报》依然是他们难以割舍的学术平台。他们当中不少学者的论文仍然刊发在学报上，为学报学术影响力的提升起到了积极的作用。如王兆胜关于林非散文的研究，这是其参与的教育部人文社会科学重大项目"大众文化的冲击与新世纪中国文学的嬗变"的阶段性成果。该文从精神向度这一视域出发，对林非的散文进行了深入、细致且富有现实意义的解读，文章从传统与现代、小我和大我、世俗与崇高三个层面和维度展开分析和论述，指出林非散文所具有的精神质素以及产生的原因和具有的意义，由此彰显出林非散文"不偏离、不怪异、不轻浮、不虚妄"的精神向度和高度，②由此为我们充分认识林非散文提供了一把钥匙。还有其他学者的一些学术研究成果，也都产生了较好的社会影响。如耿传明等人的文章，从乌托邦精神这一视角切入解放区文学的两个重要作家孙犁与赵树理的小说创作，指出了"乌托邦精神冲击了中国文学的固有格局，促使了文学从内容到形式的彻底改观，这种变化的背后是人的心理体验与情感意志的折射，是文学对现实世界的关怀与批判"③。吕

---

① 宋文：《〈山东师大学报（社会科学版）〉1998 年被转摘篇数列全国同类期刊第 2 位》，《山东师大学报（社会科学版）》1999 年第 3 期。

② 王兆胜：《融通·再造·升华——林非散文的精神向度》，《山东师范大学学报（人文社会科学版）》2011 年第 5 期。

③ 李国、耿传明：《"轻灵"与"救世"——孙犁与赵树理小说中的乌托邦精神》，《山东师范大学学报（人文社会科学版）》2011 年第 6 期。

周聚的左翼文学研究，则进一步厘清了左翼文学与现代主义文学之间复杂的关系，指出它们之间"并没有明显的界限，它们之间具有一种复杂的关系"①。季桂起通过对晚清与五四小说变革异同论的阐释，指出了"晚清小说变革并非必然走向'五四'小说，它的变革路径与'五四'有很大不同，即基本保留古典小说模式，只是在内容上和形式上容纳一些新的思想、艺术因素"②。此外，还有李掖平的电影学解读的论文等。③ 这些论文在学报刊发后，大都被"人大复印资料"《中国现代、当代文学研究》全文转载，这在很大程度上为学报增添了光彩，扩大了期刊的学术影响力。与此辉映成趣的是，作为这一学者群导师的一代学者，如朱德发、冯光廉等，依然老骥伏枥，志在学术，像冯光廉的关于鲁迅研究中"鲁迅创作自述研究中存在哪些薄弱点、空白点和偏误点"④ 等问题的反思，依然给人以学术上的启迪。

从这一群体与学报的互动关系中，我们可以看到，一个学者群的崛起，期刊的作用同样是不可取代的，尤其是对那些在学术上刚刚起步的青年学者来说，更是如此。实际上，学报对于他们初期的学术研究成果的认同与刊发，使他们对学术的痴情获得了最大的回报，促使他们为学术而执着地走下去。20多年后，他们以自己的优秀成果回馈学报，正是源于对学报在其学术成长中的积极作用的认同。

四

对这一群体而言，尽管硕士阶段是他们学术的起点与原点，但是，他们的学术之路又是一个不断超越并远离原我的过程。在随后的岁月里，他们之所以会以一个学者群落崛起，原因固然是多方面的，就其主要原因而言，则有以下几个方面。

① 吕周聚：《1930年代左翼文学与现代主义文学的纠葛》，《山东师范大学学报（人文社会科学版）》2011年第5期。
② 季桂起：《晚清与"五四"小说变革同异论》，《山东师范大学学报（人文社会科学版）》2012年第2期。
③ 李掖平：《2009年献礼片综论》，《山东师范大学学报（人文社会科学版）》2011年第2期。
④ 冯光廉：《鲁迅研究若干问题之我见》，《山东师范大学学报（人文社会科学版）》2010年第1期。

首先，他们接受了更为系统的博士教育，使得其学术潜力获得释放，在学术上完成了自我的升华。目前，这一群体中拥有博士学位的已达数十人。在经过了更为广泛的学术整合和建构后，他们完成了学术上的提升，成功跻身某一领域并成为领军人物。如谭桂林1993年考入北京师范大学，在王富仁的指导下完成了学术上的转向，将佛学纳入自己的研究视角和领域，其博士学位论文《佛学与人学的历史汇流》奠定了其学术地位；杨洪承在范伯群、朱德发的指导下，于1997年获得了苏州大学文学博士学位；王兆胜于1996年在中国社会科学院研究生院获文学博士学位，在林非的指导下，开始了其散文研究的艰难历程，由此成为这一研究领域的领军人物。其他的一些青年学者也相继获得博士学位，实现了学术上的自我超越与提升。如房福贤、吕周聚于1997年获得南京大学博士学位，罗振亚于2003年获得武汉大学文学博士学位，张清华于2003年获得了南京大学博士学位，刘克敌于1997年获得了华东师范大学博士学位等。

其次，居住空间的变动以及单位的调动，使得他们克服了既有的学术上的惰性和惯性，重新激发了内在的学术创新力。此后，这一学者群落中很多人的工作单位经过了一定的变动，他们有的从一个学校进入另一个学校，这些不同的大学语境，对其学术有着重要的整合和激活作用。如杨洪承从山东师范大学来到了南京师范大学；姜振昌从山东师范大学调到了青岛大学；谭桂林在2010年之前一直任教于湖南师范大学，而此后又进入了南京师范大学；罗振亚从1988年起在哈尔滨师范大学任教，后进入南开大学；王兆胜从山东省社科联到了中国社会科学院；张清华2005年之前一直任教于山东师范大学，之后则去了北京师范大学；刘克敌从山东科技大学调到了杭州师范大学等。这种工作变动与流转而形成的"大学教授出走"文化现象，就其本质意义而言，恰是人的潜能获得释放和提升的过程。因为出走后所面临的新场域，使得他们有了以彼审此、以此观彼的参照系，这既是他们不断超越自我的动能来源，也为那些依然坚守的同仁提供了更加广阔的发展空间。

实际上，令学界挥之不去的最大困扰，便是随着人员的滞留而带来的学术创新能力上的堵塞，而山师现当代文学研究生学者群落的崛起，则从另一个维度说明：人员的流动，固然会一时削弱学科的力量，但作为一个具有勃勃生机的学科来说，它作为一个有机体，本身还具有一定的造血功能，以及有机体本身的新陈代谢功能。随着这一群体的"博士教育"与"工作流转"，他们从某个方面克服了"近亲繁殖"以及"自我萎靡"等文化现象。事实上，这一群体中部分学者的出走，不但没有削弱学科的实力，反而在更大程度上激活了其内部机制的活力，这种活力主要体现在：其一是对于既有秩序的激活，使之具有楷模和表率作用，进而有了发展的内在动力；其二是出走打破了既有的学术格局，由此引发的则是体系内新秩序的重新建构；其三是因其同仁的出走和在外部世界获得了更好的空间，学科人员扩展了其交往的物理空间。至于那些出走的学者，他们进入了一个新的文化场域，则进一步地激活了其内在的创造力。这种创造力主要由三种元素组成。其一，自我既有的稳定惰性被消解了，迫使其业已建构起来的稳定空间秩序构建新的平衡。其二，在新的人文环境中，伴随着对其排斥与接纳的二维体系，这迫使其建构起自我被接纳被认同的新秩序。其三，他们在对比权衡中，找寻到了更适合自我主体发展的外部环境。由此说来，学人的不断出走最终促成其自我的学术提升，这对具体的学科来说，可能会有一定的损失，但是，从整个学科的学术发展来说，则促进了学术的发展和繁荣。

当然，山东师范大学中国现当代文学研究生学者群落尽管在学界取得了非凡的学术实绩，且早就完成了对既有稚嫩阶段的超越，但是，在他们的学术发展脉络中，我们依然可以清晰地看到山东师范大学中国现当代文学学科的烙印。显然，对这一学者群落的理性审视，便不仅是对一个学者群落的透析，而且是对隐含其中的文学研究内在规律的深入发掘，其学术史的意义是不可小觑的。

（原载《德州学院学报》2013 年第 5 期）

第二编

第一、第二代"山师学人"研究文选

田仲济：中国现代文学学科的奠基人之一

魏 建

2007 年 8 月 17 日，北京，中国现代文学馆会议室，正在举行田仲济百年诞辰纪念会。主持会议的是中国现代文学馆常务副馆长，发言人有：中国作家协会副主席、书记处书记，中国现代文学研究会会长、北京大学中文系主任，中国鲁迅研究会会长、中国社会科学院文学研究所所长……这次会议的报道在当晚央视新闻播出。被纪念的田仲济究竟是何许人也，能让 CCTV 和这些"国字号"大人物如此关注？

田仲济先生是久负盛名、驰誉中外的作家、文艺理论家、中国现代文学史家。他一生的文学活动、文学研究与五四以来中国新文学的发展，乃至与现代中国的历史紧密相关。

一

田仲济，1907 年 8 月 17 日生于山东潍县一个没落的封建家庭里。与大多数新文学家一样，田仲济也是"破落户"子弟。几百年前，他的祖上富甲一方，有"田半城"的传说。后来田家衰败了，田仲济曾祖开始变卖祖上留下的土地和房产。祖父去世时，不得不卖掉了大宅，全家搬到潍县西关一处小宅院，仅有少量土地维持生活。田仲济看到了家庭的败落，目睹了人压迫人社会的种种黑暗，眼睁睁看着小弟弟患大病缺钱救治，脸颊上的肉一块块烂掉，在极度痛苦中死去。

1914 年田仲济入私塾，但读的是《最新国文教科书》，第二年转入新式学堂读小学。1922 年，他入潍县的教会学校文华中学学习，在这里他首次结交了共产党员同学。中学毕业后，田仲济升入济南的山东公立商业专门学校，住在姨妈家。姨妈的女儿陈瑛,与他同岁,酷爱文学喜欢创作,后来成为小有名气的作家,笔名沉樱。应该是沉樱的原因,姨妈家有大量的文学作品。田仲济在阅读中,在与沉樱交流的过程中逐渐对文学产生兴趣。

1926 年,奉系军阀张宗昌督鲁,下令将原有的山东公立工业专门学校、山东公立农业专门学校、山东公立医学专门学校、山东公立法政专门学校、山东公立矿业专门学校合并,在济南组建省立山东大学,设文、法、工、农、医五个学院。田仲济被编到法学院商学系。1928 年发生了"五三"惨案,日军占领了济南,学校停课。田仲济回到故乡,与同学一起组织当地青年举办"五三"读书会。田仲济和他的同学们阅读了当时最新的文学期刊,如太阳社和创造社的杂志,特别"喜爱无产阶级革命文学",追求平等、民主和解放。当时田仲济几乎读遍了蒋光慈的小说和阿英的文艺评论,为新鲜还不免幼稚的无产阶级文学理论和创作倾倒。

1929 年初夏,田仲济到上海入中国公学社会科学院政治经济学系学习。当年秋天,办了他的第一个刊物——《青岛时报》副刊《野光》。晚年他回忆此事时说,《野光》的刊名是受到蒋光慈创办《太阳月刊》的启示。这也是田仲济文学创作生涯的正式开始。

1931 年,田仲济回到济南,在正谊中学任教,同时开始创办他的第二个文学刊物《处女地》文学周刊。1931 年 7 月,他与武仅民结婚,从此两人相濡以沫 63 年,"共扶持,共患难",最后真的是白头到老。

30 年代,田仲济以《青年文化》为依托,把文学活动与思想启蒙、抗日救亡紧密联系在一起,同时也扩大了他文学活动的影响力。经过近两年的筹备,青年文化社于 1934 年在济南正式成立,田仲济当选理事长。1934 年 11 月《青年文化》杂志创刊,田仲济担任主编。《青年文化》在宣传抗日救亡、反击封建复古逆流、讨论中国语言文字发展方向等方面,发挥了重要的作用。田仲济一直喜爱杂文,这时期在《青年文化》发表了他初露锋芒的一批"鲁迅风"式的杂文。1936 年年底,《青年文化》与一批进步文学期刊同时被国民党当局查封,结束了田仲济杂文创作的第一个高潮。

二

抗战时期的田仲济先后担任教育部中小学服务团编辑组干事（主编《建国教育》）、冯玉祥政治研究室任研究员、中国乡村建设学院副教授等。不过，以上都是他维持生存的"副业"，他的"主业"是文学，并且悄然成家。

杂文家

20世纪20年代末，田仲济在上海读书时就试笔散文和杂文创作。30年代前期在文坛崭露头角，40年代是田仲济杂文创作的极盛时期。据不完全统计，仅1940年以"田仲济"的名字发表的杂文就有53篇。为避迫害，他还以野邺、邺、青野、小淦、蓝海、兰海、柳闻、杨文等笔名发表杂文。抗战时期杂文中兴，田仲济是当时创作数量多、影响大的少数杂文家之一，先后出版了《情虚集》《发微集》和《夜间相》等多部杂文集，成为后来载入文学史册的一代杂文名家。田仲济杂文起步就自觉师承鲁迅杂文传统。从那时候起，直到晚年，田仲济坚持认为鲁迅杂文的思想和艺术曾经影响了一代甚至几代杂文家，"中国杂文主要的是鲁迅风格的延续"。唐弢、聂绀弩、冯雪峰等莫不如此。鲁迅杂文的思想艺术，对田仲济来说，不只研究，更有实践；不只继承，更有捍卫。其影响不是一时，而是终生：40年代田仲济的杂文，从各个角落各种事物直接地反映了抗战时期国统区的现实，画出了中国的社会相和某一类型形象，在当时产生过较大的影响。中国现代文学史家有这样一种看法：20世纪40年代杂文名家中，上海有唐弢，延安有徐懋庸，桂林有聂绀弩，重庆就是田仲济了。著名学者钱理群读田仲济杂文的感觉是："原来抗战中后期的大后方还有如此成熟的杂文！"

文学编辑

除杂文创作外，田仲济还以文学编辑等角色投身到抗日文化洪流中：1938年他在西安以青年文化社的名义创办了《报告》半月刊；40年代他在东方书社担任编辑主任时编辑出版了大量进步文学书籍，其中影响较大的是他与臧克家、叶以群等一起编辑出版的"东方文艺丛书"（其中有郭沫若的《今昔集》、臧克家《古树的花朵》等10册）；1942年他与沉樱、姚雪垠、曲润路共同创办了现代出版社,他主编并持续出版"现代文艺"丛书;他还参加了自强出版社的编辑工作;1944年他与姚雪垠、陈纪滢一起组织"微波"社,创办了《微波》文学月刊;另外,从抗战中期开始田仲济积极参加中华全国文艺界抗敌协会的活动,还帮助好友梅林参与了老舍领导下的《抗战文艺》杂志的编务工作。全面抗战八年的大后方文坛,经常能看到田仲济的身影。他的文学创作与他所编辑的这些在血与火中诞生的文学书刊,其影响虽有大小之别,但都同抗战文艺思潮相联系,与抗战文艺的深入发展相联系,表现了田仲济的情怀与担当、光荣与梦想。

文艺理论家

1941年田仲济撰写的《新型文艺教程》由华中图书公司出版。著名文艺理论家、新文学史家李何林先生在该书序言中说:"至今在我所见到的范围以内,田仲济先生的这一本《新型文艺教程》,实在还是用上述的体裁和文笔写成的第一部文艺理论和知识的书,给学术思想的通俗化工作开辟了一个新的途径。"这一时期,田仲济还出版了《小说的创作与欣赏》《作文修辞讲话》《杂文的艺术与修养》等文学理论著作,明确阐明他对文学艺术的基本看法。在那"风沙扑面,虎狼成群"(鲁迅语)的时代,在不是胜利就是死亡的战争中,田仲济很少考虑到写与现实无关的东西。那时,每一个富有强烈责任感和使命感的作家将文学作为参与现实改造生活的媒介是自然而然的事情。因此,他在强调文学作品必须具有高度艺术性的同时,自然更倾向于对文学作如是观:文学应尽量切近时代,改造现实、激扬人生,改善人们的精神面貌,培养崇高,正直、向上的心灵。这种强调文学的思想冲击力、强调文学负担"改造人类精神面貌"职责的文学观,至今仍然是有现实意义的。

新文学史家

田仲济是中国现代文学史学科的奠基人之一。著名学者樊骏说:"他与李何林、任访秋等人,早在40年代就开始系统研究中国现代文学,是这门学科最早的开拓者之一。"抗战胜利不久,田仲济很快就写出了我国第一部新文学的断代史——《中国抗战文艺史》,1947年由现代出版社出版。田仲济能在这么短的时间里完成这部学术著作,得力于他多方位地参与了抗战文艺的创造，积累了大量原始的文献史料和文学生活的实感，正如有学者说："如果后人研究抗战文艺面对的是史料，那么作者（田仲济）面对的是生活，是亲历的见闻。这些生活经他的手变成史料而保存下来，因而读这样的书，首先的收获往往是了解到许多史实，并且增加对那个时代的感性认识。"这部著作既有史料价值，更有学术价值：它梳理了中国抗战文艺的源头、全面抗战八年文艺的发展脉络和多元的内在线索，还取得了一些重要的学术突破，如此前对中国现代文学的研究，基本是对新文学的研究，而通俗文学除了受批判，难以进入研究者的视野。与之截然不同的是，田仲济的《中国抗战文艺史》专门有一章是"通俗文艺与新型文艺"，充分肯定了通俗文艺形式在抗战时期的巨大作用。该书出版不久，就被日本波多野太郎教授译为日文，1949 年由日本评论社出版。《中国抗战文艺史》在海外曾是销售较好的学术著作，以至于台湾和香港曾经出现过多种盗版本。这一时期，田仲济还发表了一些研究鲁迅杂文和新文学研究的论文。

三

1946 年夏，从重庆到上海，田仲济走了一个多月。8 月，受聘为上海音乐专科学校副教授，后任教授。1949 年 9 月，上海音乐专科学校更名为国立音乐学院上海分院，田仲济任秘书长。1950 年夏，受聘齐鲁大学文学院国文系教授、系主任。1951 年 2 月，被中央人民政府政务院任命为山东省人民政府文化教育委员会委员。1951 年下半年调山东师范学院任中文系教授，1953 年 4 月，任副教务长。1953 年 10 月，参加中国人民第三次赴朝鲜慰问团到朝鲜慰问，任山东分团副团长。1954 年 3 月，被中央人民政府任命为山东省人民政府人民监察委员会委员，10 月当选为山东省第一届人大代表。1955 年 1 月，当选为山东省政协常委。1958 年受到内部批判，1959 年年初批判他的文章《坚决保卫马克思主义文艺路线——批判田仲济教授的资产阶级文艺思想》在《山东师范学院学报》发表。1959 年 7 月，当选为中国作家协会山东分会副主席。1962 年 1 月起，担任山东师范学院副院长、校务委员会副主任。1966 年初夏，成为山东师范学院最早在全校范围内被批判的校级领导。6 月在山东省"文化大革命"万人动员大会上被省长白如冰点名批判，与余修、吴富恒等首批列入"反党反社会主义分子资产阶级代表人物",此后长期遭受完全没有尊严的精神摧残和肉体伤害。

从新中国成立至 70 年代,作为新文学史家,田仲济高度重视中国近现代文学文献史料的搜集、整理和收藏工作。刚到齐鲁大学,他就让有关方面购买了东方书社出版的新文学书籍。到山师不久,他又想把藏书家丁稼民在潍坊的藏书转移到山师图书馆,最后这些书根据山东省文化局局长王统照的意见收藏到山东省图书馆,得以在更大范围内发挥作用。田仲济先生还让山东师范学院图书馆不断购买晚清和民国时期的书籍和期刊,使得山师图书馆成为闻名遐迩的中国现代文学文献资料中心之一。1955 年高教部划拨给山东师范学院中国现代文学专业研究生培养经费 8000 元,田仲济把这些钱全部用来购买图书资料,并建成了专门的资料室。值得注意的是,田仲济先生反对资料垄断,山师的资料让学界共享,所以经常有一些外单位学者专程来山师查阅资料。国内一些学者写的著作,如陆耀东教授的新诗流派论,田本相教授的曹禺作品论,他们写的后记或刊信中都提到山师有关藏书所给予的帮助。"文革"后期,还没有完全摆脱"审查"的田仲济,冒着再次被打倒的危险,冲破了重重阻力,设法把著名藏书家瞿光熙收藏的大量名贵书刊运到了山师图书馆,其中一部分被工宣队领导视为涉嫌"毒草"的书籍被强令退回,田仲济便悄悄地让山师聊城分院把剩余的书运到聊城去了。

新中国成立后至"文革"前,田仲济先生在中国新文学史研究、五四文学研究、30 年代文艺研究、鲁迅研究、报告文学研究方面的研究成果为学界瞩目,尤其是他对报告文学的研究,无论是文献史料的搜集整理还是理论阐释都达到了领先水平。田仲济先生在对五四以来报告文学与社会历史的发展进行仔细考察、梳理以后说,报告文学应该是"同五四新文学的诞生同诞生的。虽然'报告'或'报告文学'这一名称的确定是 30 年代的事情",除新闻性、文学性外,报告文学"若另外还有什么特征的话,就是它的进步性了"。这些论述都是发前人之所未发的,因为以往人们多认为中国报告文学是诞生于 1931 年"九·一八"事变之后。田仲济先生在 1962 年就提出"中国现代文学的发生期的前后已有了萌芽期的报告或类似报告的作品"。他的这一观点,现已为文学史研究者所认同了。再有,田仲济经过原始资料的挖掘以及对茅盾等作家的访问、考证，得出文学研究会倡导无产阶级文学的时间至少不比创造社、太阳社晚这一看法，至今仍被现代文学史家所重视，并写入一些中国现代文学史著作之中。这些理论建树，体现了田仲济作为第一代现代文学史家扎实研究、坚持己见、独立探索的可贵学术创新勇气和精神。这一时期，田仲济还发表了一批研究五四文学和研究现代作家作品的研究成果，如《五四新文学运动精神》（山东人民出版社1959年版）等。

1953年11月高等教育部颁布了《高等学校培养研究生暂行办法（草案）》，以此为标志，新中国研究生制度正式建立。1954年高教部批准了第一批研究生招生学校，山东师范学院是最早招收中国现代文学专业的少数几个学校之一。田仲济先生成了新中国第一批研究生指导教师，从1955年开始正式招收中国现代文学专业的研究生。

"十七年"时期，田仲济依然撰写杂文，即使在反右以后，他明知有可能给自己招来麻烦还是继续用杂文针砭现实。例如他的杂文《雅量》发表后再次遭到内部批判，撤销了他全国人大代表候选人的资格。晚年田仲济说："现在有不少的人说鲁迅的杂文过时了，如今时代不同，是全新的，不同于他的杂文了。当然应当允许每个人有自己的看法，其他人不应干预，但过时不过时、超越不超越，历史会作结论的，一个或几个人的意见是无法改变历史的。"他一直认为，鲁迅杂文成就是极高的，是永远值得继承发扬的。杂文给田仲济带来了创作的喜悦，同时也不断给他惹祸。20世纪50年代后期、60年代初期他两度蒙受"左"倾思潮的批判，但并未因此消沉，他对新时代的杂文仍然满怀希望。而对不公平的批判，他问心无愧地说："不愉快自然是不愉快，但我的性格是只要我行我是，没做见不得人的事，一切我就不去管它。"这就是作为杂文家田仲济一生坚守的个性和品格。

四

粉碎"四人帮"以后的1977年，田仲济先生已经70岁了。他在承担着繁重行政工作的同时，在学术研究、学科建设、学术交流、人才培养诸方面都做出了显著的成绩。

学术研究

新时期以来，田仲济先生继续殚精竭虑于中国现代文学史的研究。1979年他与孙昌熙教授主编的《中国现代文学史》，是十一届三中全会以后我国出版最早的现代文学史著作之一。田仲济带领编写人员认真总结了新中国成立以来中国现代文学史编写中的"左"的和形而上学的深刻教训，对编写人员提出"解放思想，实事求是，恢复历史本来面目"的要求。这本书出版后，香港《文汇报》、《大公报》、日本《野草》杂志以及国内《文学评论》等报刊相继发表推荐和评介文章，肯定了这本书较早地恢复了中国现代文学史的本来面貌，是一本可信之书。田仲济先生在为这本书亲自起草的"编写提纲"中说，鲁迅的《汉文学史纲要》《中国小说史略》至今还是我们文学史研究的楷模，撰写文学史，既要勾勒文学历史发展的全貌、揭示其主潮，又要反映出每个历史时期的特点，揭示其丰富性和多样性；既要突出有代表性的作家作品，又要兼顾每一历史时期具有不同特点或影响的作家作品，在拓展研究领域的同时，还要反映出各个流派及形式风格的多样化，不能把文学史写成作家史或作品论。田仲济先生还指出，中国现代文学史研究特别要注意拨乱反正，扭转"左"倾思潮的影响，对一些几乎被人忘却或估计不足、颇有争议的作家作品，对其历史与审美、思想与艺术、成就与局限，做恰如其分、有理有据的分析，不粉饰、不掩盖，不夸大、不缩小，让历史自己来说话。同时，他提醒我们，要警惕在反对一种不良倾向的时候必须防止另一种倾向，不能走极端或"矫枉过正"。

田仲济先生多年坚持的"实事求是""知人论世""文质并重"，不因人废文、不为贤者讳的治史原则，也体现在他与孙昌熙教授主编的《中国现代小说史》中。田仲济先生在该书序言中说："在国内出版现代小说史，可能这是第一部。"经考证，这本小说史著作的确是中国人撰写并出版的第一部。此前出版的夏志清著《中国现代小说史》，作者是美国籍。同年同月出版的赵遐秋、曾庆瑞著《中国现代小说史》，只是该书的上册。田仲济、孙昌熙主编的《中国现代小说史》在小说史观、现代小说的历史分期、小说史的叙述方式等方面都有不同程度的创新和开拓。80年代，田仲济先生亲自编辑或主编的另外两套书影响较大，一是《王统照文集》六卷本，田仲济、杨洪承等编，山东人民出版社出版；二是《中国新文艺大系（1937—1949）散文杂文集》，田仲济、蒋心焕主编，中国文联出版公司出版。

学科建设

2007年，山东师范大学中国现当代文学学科被评为国家重点学科的时候，田仲济已经去世5年了，但是全体学科同仁首先感念的是学科奠基人田仲济先生，感念他缔造了深厚的基础和优良的传统，感念他几十年的辛勤培育和学术引领。

在学科建设方面，田仲济先生最突出的贡献表现为平台建设和团队建设。田仲济先生于1962年就在山师率先成立了中国现代文学研究室，70年代末扩建为国内少有的中国现代文学研究中心。借助这一平台，田仲济先生1979—1985年先后引进著名诗人、诗论家孔孚，诗歌评论家吕家乡，小说评论家宋遂良，诗歌评论家袁忠岳等优秀人才。特别要说明的是，这四人中有三个"右派"，另一个是"准右派"，因右倾而被开除团籍。引进这些人的时候，十一届三中全会掀起的思想解放运动刚开始不久，多数人还在观望，生怕再犯政治错误。在这种情势下，田仲济先生是以怎样的胆识和勇气，顶着怎样的压力，把这些"危险人物"调到自己身边的？这些人引进后，再加上山师现代文学团队的原有成员（以年龄为序）冯中一、查国华、书新、顾盈丰、蒋心焕、朱德发、冯光廉、崔西璐、刘金铺、韩之友等，组成了一个庞大的团队。到1985年，山师现当代文学团队在田仲济之下，"20后"3人，"30后"11人，"40后"4人，"50后"5人，如此阵容学界罕见。1986年，田仲济先生退休，他的行政领导工作虽然退了，但他在中国现当代文学学科建设方面丝毫没有放松。他经常告诫本学科的同事们：资料的搜集、结集和整理是我们的传统，要不断补充、添置新的资料。他认为，文献史料是研究的基础和前提：只有从第一手资料出发进行的研究，才能经受住实践和历史的考验，才能写出有学术生命的著作和论文。

人才培养

从1978年到1986年，田仲济先生又招收了29名硕士研究生，其中每一位研究生的成长和发展无不渗透着田先生的心血。他重视教书，更重视育人。他认为学生入门须正，立志须高，治学与为人，二者不可偏废。这是他数十年培养人才的经验结晶。在学术上，田仲济先生对研究生高标准、严要求。他要求研究生一定要大量阅读晚清和民国时期的报刊，通过原始文献的感知打好文学史研究的功底。他还要求研究生必须到外地访学，广泛查阅研究资料，遍访学术名家。但毕业答辩时，他对自己的弟子毫不留情，多次要求答辩委员会，他的学生中必须有不通过的。有一次山东师范大学中国现当代文学专业的一位研究生补行硕士学位论文答辩。答辩前，山师一位老师见到山东大学的一位答辩委员，顺便问了对这篇论文的看法。田仲济先生得知后，严厉批评山师这位老师："你根本就不该打听（写得好不好）。按规定论文的审阅人和答辩委员都是保密的，就是恐怕人情关系起作用。你这样做，从小处说，影响了咱们学位点的声誉；从大处说，损害了学术尊严。"严师出高徒。他指导的研究生，在高校工作的大都较早晋升为教授，几乎全都是博士生导师，都成了各自研究领域的知名专家，还有的成了国务院学位委员会、国家教委表彰的"作出突出贡献的中国博士、硕士学位获得者"。20世纪，山东师范大学中国现当代文学专业培养了180多名研究生，在数量和素质方面均有长足进步。每当总结成绩时，学科同仁无不想到田先生的开拓之功和开创的优良传统。20世纪80年代，田先生还经常接待外地研究生和高校教师来访，为他们答疑解惑，小到指导论文写作中的一个具体问题，大到传学术之道，有时甚至专门授课，使得一大批外校的老师和研究生成了田仲济先生的私淑弟子。

学术交流和学会工作

粉碎"四人帮"以后，随着政治上思想上的拨乱反正和学术事业的不断繁荣，70岁以后田老参加的学术活动越来越多了。如1977年到福建师范大学讲学，1978年出席在厦门召开的《中国现代文学史》教材编写会议，1979年出席在北京举行的《中国现代文学史参考资料》审稿会议。在北京的这次会议上，高校中国现代文学研究会成立，后来更名为"中国现代文学研究会"，田仲济当选为副会长。在研究会第一次理事会议上，决定出版《中国现代文学研究丛刊》，田仲济当选为副主编。1980年在包头举行的中国现代文学研究会第一次年会上，田仲济再次当选为副会长，1981 年 12 月在香港中文大学举办的"中国现代文学研讨会"。1983 年山东省中国现代文学学会成立大会暨第一次学术讨论会，田仲济先生当选山东省中国现代文学学会会长。1984 年 4 月，田仲济到美国、加拿大多所大学访问。1985 年在天津举行解放区文学讨论会，会上成立了中国解放区文学研究会，田仲济先生当选为会长。1992 年 11 月，以 85 周岁高龄到北京出席"郭沫若与中国现代文化的发展"国际学术研讨会并做大会发言。1993 年 4 月，由中国现代文学研究会、中国解放区文学研究会、山东省文联、山东省作协、山东师范大学联合主办了"田仲济杂文研讨会"，罗竹风、姚春树、刘锡诚、钱理群、吴福辉等 60 多位学者出席了这次会议。与会者高度评价了田仲济杂文的思想艺术成就和文学史地位。

田仲济先生对学会工作也是全身心投入的。他始终把加强学术研究放在学会工作的首位。他担任山东省中国现代文学学会会长期间，有一件事特别受到中国现代文学研究会有关领导人的赞赏。由田仲济先生倡议，1991 年 10 月山东省中国现代文学学会举办了"文学研究会成立七十周年暨山东省中国现代文学学会第六次学术研讨会"。当时全国高校和科研机构普遍经费困难，文学研究会成立 70 周年竟没有其他纪念性学术活动。因此，到济南出席会议的中国现代文学研究会领导认为山东省中国现代文学学会首开风气，办了一件很有意义的事情。文学研究会会员、91 岁的许杰先生专程赴会，濡墨挥毫留字："文学是为人生的；文学是人学，文学即人学；文学事业是人生事业，也是毕生事业。"20 世纪 20 年代中期参加文研会的蹇先艾专函祝贺，希望大会"认真进行学术讨论，肯定这个会社（指文学研究会，引者加）的成就，指出不足。看看是否某些优秀成果今天尚可借鉴，予以出色的历史评价"。这些语重心长、言短意深的话，是对这次学术会议最好的评价。

田仲济先生晚年做的一项重要工作就是请求辞去自己担任的学会领导职务。在他先后辞去中国现代文学研究会副会长、山东省中国当代文学研究会会长、中国解放区文学研究会会长等职务之后，又要求辞去山东省中国现代文学学会会长职务，但学会常务理事会和省社科联都不答应。尤其是看到中年学者朱德发迅速成长，多次催促山东省中国现代文学学会打报告给省社科联领导，建议由朱德发接他的班，担任山东省中国现代文学会会长。他不贪恋权位、主动让贤的高风亮节赢得了后辈的敬重。

1991 年田仲济被评为享受国务院政府特殊津贴专家。他的散文荣获 1993 年世界风筝都文学创作院文学创作荣誉奖。他的著作已被译成日、韩、英等多种文字，在国外出版。晚年的田老，虽然身患多种老年性疾病，但腰板很直，思维清晰，到 90 岁生活仍能基本自理。每日用放大镜读书、读报，偶尔写点小文章。晚年的精神生活是充盈的。

2001 年夏，田仲济先生因病住院。2002 年 1 月 14 日病逝，享年 95 岁。根据田仲济先生的遗嘱"死后，不开追悼会，骨灰撒入大海"，2002 年 1 月 20 日，在青岛海滨，田仲济先生的骨灰与老伴武仅民的骨灰一起撒入大海。

本文参考了杨洪承、田桦的《田仲济年谱简编（1907—2002）》，曹然的《田仲济年谱（1949—1966）》，杨洪承、曹然的《田仲济年谱（1970—2002）》，在此向各位年谱作者一并致谢！

（原载《中国现代文学论丛》2021 年第 1 辑）

田仲济：居于"云端"的精神导师

罗振亚

2002 年 1 月 14 日清晨，山东师范大学中文系教授、中国现代文学史家田仲济先生与世长辞。我因公出在外，只能代表所在的哈尔滨师范大学中文系，向田仲济先生治丧委员会发上一份唁电：得悉田仲济教授不幸逝世，深感震惊。巨星陨落，学林同悼。先生学术伟业将永垂后世。谨致深切悼念，并向田仲济先生家属致以诚挚的慰问。

我是 1985 年 9 月到济南的山东师范大学中国现代文学研究中心，跟随田仲济先生攻读硕士学位的。3 年期间，听过先生两个学期的专业课，从学校的中文楼搀扶着先生送他回过家，还数次课间休息时在先生家客厅吃花生和小点心，毕业后也和先生有过书信往来……但是，在我心里，先生是一位"精神巨人"，他辉煌的人生履历与研究业绩非但高不可攀，而且在对学生构成启示的同时，更构成了一种威压，对居于"云端"的他，我只能站在地面上仰视，虽然也能感受到他作为长辈的慈祥与关爱，但觉得和他的距离有些遥远。所以一直没法走近先生，反倒是在先生走后，我的灵魂和他越来越亲近了。

第一次见田仲济先生，是在 1985 年 4 月底的研究生复试考场。当时我抽到的题签是："你认为中国现代文学史上的第一部诗集是郭沫若的《女神》，还是胡适的《尝试集》？请说明理由。"拿到题签的一瞬间，我脑海中立刻浮现出田仲济、孙昌熙先生主编的那本教材《中国现代文学史》，其中谈到第一部诗集的问题时，断定应该是胡适的《尝试集》。我用一分钟的时间理好思路，开始回答，感觉还不错。应该是，说第一部诗集是《尝试集》如今早已成为无可争议的常识；可田仲济、孙昌熙先生主编的教材在恢复这一常识过程中，却迈出了非常艰难又极为关键的一步。进入考场前，听同学们说田先生也是面试的老师之一；只是当时我光顾着紧张，哪还有胆量去仔细端详面试老师啊，后来同学议论，坐在中间高大而严肃的那位就是田先生。原来备考复习期间，阅读先生的教材和用笔名蓝海出版的《中国抗战文艺史》，对一个毕业不久的本科生来说，就觉得十分高深，而没有认出先生的"见面"，更在心底增加了一层神秘和景仰。

入学后，第一学期没有田先生的课，因为内心胆怯，开学很久也没敢去拜望、叨扰先生。倒是那段时间看到的一些材料和听到的一些转述，使田先生在我心里愈发具有传奇色彩了，其中田先生和张春桥的微妙关系就很耐人寻味。说是在 1930 年，先生从上海中国公学社会科学院毕业后，到济南的一所中学教书，他任教的班上有一个叫张春桥的高高瘦瘦的学生，坐在教室的后面，听课很认真，给他留下了比较深刻的印象，但课堂之外彼此无任何交往，而且世事纷繁，这段记忆很快就被时间淹没了。直到"文化大革命"中，身为山东师范学院副院长的田先生被当作反动学术权威批判，下放到学校食堂进行劳动改造，这期间已晋升为中共中央政治局常委的张春桥到济南视察，他在和山东省革命委员会的领导交谈时，问及田先生的情况，并说了一句"田仲济是个好同志"，张春桥前脚刚走，田先生就"解放"了。事后有人就和田先生说，您有这么好的学生，应该和他联系一下，以表达谢意，先生听了，微微一笑了之。没有多久，"四人帮"倒台，又有人向田先生建议，最好写一篇文章发表，和张春桥划清界限，先生仍然一笑了之，没有任何举动。对此，很多人看不懂，我倒以为如果不这样，田先生就不是田先生了。他可以写信、打电话、著文，人们也能理解他；但他却不为"事件"所动，也证明他不会投机取巧、见风使舵，更不屑巴结逢迎、落井下石，无论是生活中，还是在杂文创作里，他从来都有自己的思想和主见，即便现实境遇再杂乱无常，也迷失不了他最初认准的方向。

田先生是一位典型的山东大汉，不光身材魁梧，而且胆气十足，敢作敢当，心口合一。他好像不善于客套，更讨厌道貌岸然和圆滑世故，这在别人看来或许是有点儿不近人情，但实则是先生实事求是的精神使然。比如说，先生和郭沫若算是"老相识"，也有过许多次的交往，但对他在《请看今日之蒋介石》和《蒋委员长会见记》中前后判若两人的人格分裂，始终是存有微词，甚至是唾弃的。对郭沫若的创作也不看好，据我的师兄李春林先生在《鲁迅研究月刊》2002年第5期上发表的《田仲济与郭沫若》一文回忆，先生说"《女神》不知直着脖子在喊什么，倒是在随着时代的变化而不断修改，结果把自己修改成20年代初就似乎是一个马列主义的信仰者了"，并讲"学术问题自然可以见仁见智（我后来的一位小师弟罗振亚专攻诗歌，成就颇著，我想，他就未必完全赞成恩师对《女神》的评价）"。其实在这个问题上，我和先生的观点完全是一致的，我以为相比于旧诗，《女神》自由的内在律和超凡的想象力确实有新的地方，但在艺术上绝对称不上高明，将来必然会被文学史淘汰；特别是他成名后总是"悔其少作"，不断修改、颠来倒去，恐怕就不仅仅是创作本身的问题了，所以这么多年我写过那么多有关现代诗人的论文，却一直没有触碰过郭沫若。

再有，在1986年4月济南召开的"臧克家学术研讨会"上，我体会到了田先生的凌厉和客观。臧克家是先生的老朋友，两人私交深厚，后者每到济南都必到先生府上拜望。按理说，对于这样一位中国新诗史上的大诗人，作为会议主持人的先生完全可以说些好话，顺水推舟，送个人情，但先生却说："今天在这里举行的是关于臧克家诗歌的学术研讨会，而不是来给他祝寿只说好话的，大家要以学术研究的态度，对他的诗歌进行实事求是的评价，优长说优长，缺陷说缺陷。"当时坐在会场上的我觉得先生怎么这样不给老朋友面子啊，这样会不会让臧克家心里不舒服啊。事实证明，参加那次会议的代表们真的做到了各抒己见，赞成的与反对的意见都有，臧克家也很佩服先生的纯粹。如今想来，先生主张把人与文剥离开来进行研究，既重作者，更重作品的态度和方法，科学又辩证，它对学生的影响是深远而且能渗入骨髓的。

田先生在课堂讲授和学术研究中，特别讲究史料意识，认为有几分材料说几分话，在他的倡导和影响下，山东师范大学中国现当代文学学科已经形成了自己的史料传统。对于这一点，当时好几个同学都不以为然，觉得80年代中期举国上下的方法论热潮已经铺天盖地地涌来，中国现当代文学学科和文艺学一样，只要有才气和思想，就肯定能成功，在一个方法全新的研究时代，还强调老掉牙的史料意识是不是有些太过守旧、不合潮流了。若干年过去了，当年还是学术"愣头青"的我们，如今大多已届老年，越来越能发觉史料意识的重要，就像中国人吃来吃去后发现最可口的是馒头和米饭一样，别人以为早该过气的"知人论世"可能是中国文学研究中最得力的传统方法；每一次文学研究的突破，固然和方法的更新、观点的新锐有关，但更主要的是缘于新的材料的发掘、整理和阐释，只有它才会使学术研究走向科学化。如田先生通过对茅盾等作家的逐一访问和详细考证，提出文学研究会对无产阶级文学的倡导并不比太阳社、创造社晚，这一扎实新颖的学术观点，无疑改变了中国现代文学史的固化认识，早已得到学术界的认可。至于烽火连天的抗战期间，田先生作为第五教师服务团的一员，在被称为"世外桃源"的四川三台，就没有为景色陶醉，而是做力所能及的，积存和整理抗战文艺史料，最终利用这些史料，写出中国新文学第一部断代史《中国抗战文艺史》，填补了学术研究的空白。

说到史料意识，我觉得田先生本身就是一座中国现代文学的"活的史料馆"，有关郭沫若、茅盾、老舍、巴金、臧克家、王统照、黄震遐、碧野、沉樱等大量的作家，和"民族主义文学"运动、"鲁迅风"论争、"两个口号"论争等许多文学史事件，先生都或者有过广泛接触与深入交往，或者是亲身经历过的，所以讲起来自然信手拈来，如数家珍，真切异常，丰富斑斓。其中有些细节和过程，是在文学史教材中无论如何都找不到的，它们如果能够进入文学史，必然会增加文学史的可信度和可读性，甚或引发文学史的局部重写。可惜，当时听课时还缺乏自觉的史料意识，没有系统、全面地跟随先生记录，剩下的多是一鳞片爪的印象了，对我个人来说，这是永远也无法弥补的遗憾。

记得我的另一位硕士生导师吕家乡先生，在怀念一位国内很有影响的诗评家时，写过一篇文章，题目叫"冯中一：一部读不完的书"；如果有人问我，怎样评价自己导师的话，我以为"田仲济：一部永远需要参悟的书"，是比较恰当的。

田仲济先生，居于"云端"的我的精神导师。

（原载山师现当代公众号，2023 年）

薛绥之教授对中国现代文学研究的贡献

冯光廉　朱德发

1985 年 1 月 15 日，薛绥之老师因心脏病猝发，不幸逝世。我们长时期和他在一起工作，对于他的突然离世感到极大的悲痛和惋惜。薛老师是中国现代文学和鲁迅研究界的知名学者。几十年来，他孜孜不倦地献身于中国新文学研究事业的精神，在这一领域所做的突出贡献，为许多研究者所熟知、所称道、所敬佩。

一

薛绥之（1922—1985）对中国现代文学研究的贡献，首先表现在资料的搜集、整理和研究上。从 20 世纪 60 年代到 80 年代，他主持编辑了几套大型的资料丛书，为中国现代文学史料学的建立起了铺石开路的作用。

1960 年，他带领山东师院中文系四年级部分学生编辑了"中国现代作家研究资料丛书"，这套丛书约 300 万字，包括《中国现代作家小传》《中国现代作家著作目录》《中国现代作家作品研究资料索引》，以及毛主席诗词、郭沫若、茅盾、巴金、老舍、曹禺、夏衍、赵树理、李季等十几位作家的研究资料汇编。对每个作家的生活、思想、创作道路、重要作品进行了分析和研究，并附有他们的著作年表。这套丛书限于当时的主客观条件，尽管还不成，还有不少不完善的地方，但已初步搭起了对中国现代作家作品、社团、期刊进行全面搜集、整理、研究的骨架。它的总体设计、编辑原则、编辑体例，都带有开创性意义。在中国现代文学资料编辑出版相当匮乏的情况下，这套丛书的出世，引起了国内现代文学界的广泛注意。许多单位和个人纷纷来函订购，有的还派专人前来购取。直到 80 年代初，还时而收到函购和建议再版的信件。美国、波兰、日本的研究专家和留学生也来信索取这套丛书。的确，在更完备的同类资料出现之前，这套丛书对广大中国现代文学教学者和研究者来说，实是"雪中送炭"，给他们的工作提供了很大方便。

1981 年，"鲁迅生平史料汇编"开始陆续出版。这套丛书是由薛老师担任主编，邀集全国近 20 位鲁迅研究者集体编辑的，约 300 多万字，分五辑七册出版。"编入本书的资料，尽量选录第二手材料，除具有直接见证意义的原件、照片外，对回忆、访问、调查，也以收录当事人的见闻为主。全书按地区编排，以时间为序，采取记事体，同时还编写鲁迅在各地的活动年表，与鲁迅有关的人物小传，以及鲁迅所到的地方介绍等。本书引证精确，资料翔实可靠，反映了目前国内鲁迅生平资料汇集和研究工作的水平。"（《光明日报》1981 年 8 月 7 日）该丛书目前虽未出齐，但从已出版的四册来看，已在国内外产生了相当广泛的影响，《人民日报》《光明日报》《鲁迅研究》《鲁迅研究资料》以及香港的《文汇报》《大公报》，都先后发表评介文章。著名出版家赵家璧称此书是"出版界的传世之作"。一些海外学人也来信称赞并索取。1984 年，"鲁迅著作研究资料丛书"开始出版。这是由薛老师主编的又一大型鲁迅研究资料丛书。全书共 15 卷，约 600 万字。这套丛书仍然采用大协作的方式集体编辑，由省内外几十名同志参加，整个丛书的组织工作及最后审稿定编，主要由薛老师担任。丛书之一的《〈故事新编〉研究资料》已于 1984 年 1 月由山东文艺出版社出版。其余各册均正在编辑中。

1985 年 1 月，《鲁迅杂文辞典》在薛老师的主持下完稿，山东教育出版社正抓紧编审，不久即可发排。全书共收近 2000 个词条，80 多万字。这是我国第一部鲁迅杂文辞典，在鲁迅辞书的编辑出版史上，具有先行者的意义。

此外，薛老师还指导研究生编辑了《林纾研究资料》（已由福建人民出版社出版）、《许地山研究资料》和《解放区话剧研究资料》。

从上边粗略的介绍中不难看出，薛老师在中国现代文学和鲁迅研究资料方面是硕果累累的。因而，他影响大，颇有声誉。从 1978 年起，他先后被邀请做中国社会科学院文学研究所"中国现代作家作品研究资料丛书"编委、全国《鲁迅大词典》编委、辽宁人民出版社"学习鲁迅通俗读物丛书"编委、山东鲁迅研究会"鲁迅著作研究资料丛书"主编等。

薛老师能在中国现代文学和鲁迅资料的搜集、整理和研究工作中做出如此突出的成绩、成为全国著名的史料学专家，绝不是偶然的，他具有许多同行所不具备的特点和素质。

他对资料工作的重要意义有着十分深刻的认识。他曾经不止一次地对学生和研究生说："做学问要从两方面入手，一是理论，二是材料。理论就是正确的立场、观点和方法，没有它就会迷失方向，资料就是文学运动的基本事实。掌握了这些事实的来龙去脉，并充分地占有材料，我们的研究工作才能建立在牢固的基础上，我们的结论才会成为有本之木、有源之水。否则，就只能空发议论，就会像毛主席所批评的那样，'闭着眼睛捉麻雀'，'瞎子摸鱼'，粗枝大叶，夸夸其谈。要切实提高我们现代文学研究的科学水平，就必须从这两个方面踏踏实实下大功夫。"几十年来，他就是在这种思想指导下，埋头于中国现代文学和鲁迅资料的搜集和整理的。有些好心的同志劝他，搞资料只是"为他人做嫁衣裳"，不如退下来写个人的专著。他自己也时常听到这样的议论：只有那些没有能力写学术论著的人，才去搞资料工作。好心同志的劝说，社会冷风的吹袭，都没能动摇他搞资料的信念和决心。有一次同熟人谈起这方面的问题时，他笑笑说："就我个人来讲，也许是这样。但若就全体而言，这种认识可就大错而特错了。整个人类学术研究的历史，会对这一问题做出正确的说明，用不着我来唠叨。作为一名严肃的科学工作者，不应斤斤计较个人名利，更不应在研究工作中挑肥拣瘦。看一个人，不能只看他做什么，还要看他怎么做和做得怎么样。科学研究离不开资料，资料工作需要人来做，这就行了，除此之外，不应再想别的东西。"他是这样说的，也是这样做的，他几十年如一日，心甘情愿搞许多人不愿搞的资料工作，不怕麻烦、不避琐碎，默默地多方搜寻，一件一件地汇集起来，加以整理，终于编成了一套套规模宏大、气势壮观的丛书。试问哪一个较大的图书馆里没有他编辑或主持编辑的丛书？哪一个从事现代文学和鲁迅研究时间较长的同志没有直接或间接享用过他劳动的成果？

"伟大的目的，产生伟大的动力"，对资料工作重大意义的深深认识，使他焕发出惊人的积极性和主动性。薛老师是一个坚韧不拔、勇于进取的人。不管环境条件多么恶劣，自身的境遇何等不幸，他从来没有动摇献身中国现代文学资料研究事业的信念。50年代末期，他在政治上受到沉重的打击，在一段时间内失去了讲课的权利。1960年，山东师院中文系师生合作编写《中国现代文学史》，他被分配去和十几个学生搜集资料，为各编写组提供资料。他这时还戴着政治帽子，实际上却尽着主编者的职能，在不长的时间内即编出了那套300万字的"中国现代作家研究资料丛书"。丛书的编成和出版，充分显示了他的能力和胆识。1975年以后，薛老师的工作单位在聊城，家属在济南。他料理生活的能力极差，生活相当艰苦，每日三餐大都是马虎凑合的。聊城、济南的资料不全，为了完成丛书的编选，他常外出查阅资料。南来北往，常常几个月不回家。出发在外，吃睡从不讲究，往往利用候车坐车时间小睡片刻，下车后便马上开展工作。他患有几种病，特别是牛皮癣，害得他坐卧不安，实在扛不过了，才不得不住院治疗。但即使在住院治疗期间，他也从不歇手，带着一包一包的图书资料，日夜工作。"鲁迅生平资料丛抄"第一辑《鲁迅在绍兴》，以及"鲁迅生平史料汇编"第五辑《鲁迅在上海》，都是在医院审阅定稿的。他这种干法曾多次受到医生和护士的"警告"，但人们都被他这种忘我的工作精神所感动。的确，为了编辑这几套丛书，他花费了极大的心血，这些资料成果是他用生命换来的。

资料固然是为教学和科研服务的，但资料学本身又是一门独立的学问，有独立存在的价值。要真正做好它，不仅需要功夫和耐性，而且需要眼光和水平。"中国现代作家研究资料丛书"的编辑是在几乎没有什么先例的情况下进行的。体例如何编排、资料如何择取，都需要他一人周密筹划。"鲁迅生平史料汇编"除了资料的选择外，史料的考核辨证是一个难度不小的工作。薛老师以惊人的毅力，会同有关同志做了大量的考证，把比较重要的不同说法，用"附记"的形式加以注明，以备读者进一步查考；对资料中原来不够确切的地方和存在的疑点，则加上说明性的按语；对不好理解的地方，也加了简明注释。这充分反映了薛老师治学态度的严谨，也反映了他知识的广博。《鲁迅杂文辞典》更是一项带有开拓性的工作。这部辞典专业性很强，不同于一般的工具书，怎样体现专业辞典的特点？每个词条应包括哪些内容？从

1973 年起，薛老师就对这些问题进行了长期的思考和探索，最后终于确定了较理想的解决方案：词条的前半部分讲词语本身的内容，后半部分联系鲁迅的生活、思想和著作……这种体例和写法已经得到许多鲁迅研究者的赞同。薛老师在资料工作中表现出杰出的组织才能。他所主编的几套资料丛书、工具书，规模都比较大，难度也很不小，均非三五个人所能胜任，需要动员较多的同志齐心协力来完成。薛老师心怀坦荡，平易近人，没有门户之见，善于团结同志，发挥每个合作者的长处。为了组织资料的大协作，他邀请全国许多中国现代文学方面的专家和鲁迅研究者参加工作。参加的人多了，除了书稿的编辑工作外，还要做许多调整编写人员之间关系的工作。这个工作很麻烦，也很不好做，自然要花费很多的精力和时间。除了面谈，多数靠信件交换意见。他的朋友多，信件也多。近几年来，他几乎每天都要写信，有时候一天竟要写十几封。这比个人搞论文、写专著要麻烦得多、琐碎得多。但为了搞好中国现代文学和鲁迅资料建设，再苦再累、再麻烦，他也乐于从事，耐心去做。这正表现了薛老师的高尚风格。

二

薛老师在中国现代文学领域里辛勤耕耘，不仅在史料学研究方面取得了卓越成就，而且在作家作品、社团流派、文学运动等研究方面，也发表或出版了一些有重要价值的著述，并积累了可贵的治学经验。

薛老师在学术领域起步较早，新中国成立之初，他已在报刊上发表了有影响的学术论文。"文革"前夕，山东人民出版社曾约他写一部鲁迅作品讲析的书稿，但由于"左"倾思潮的干扰，书稿没有得到出版。1974 年，陕西人民出版社出版的《鲁迅小说选讲》和山东人民出版社出版的《鲁迅杂文选讲》，尽管其中大部分书稿是以他的"鲁迅作品讲析"为基础修改而成的，同时他又参与主编，然而这两部著作却见不到他的名字，只能以集体署名。这两本书在"文革"后期问世，虽然不可避免地被打上那个动乱年代的印痕，但是与同时期出版的鲁迅研究的著述相比，它们所染的"左"的痕迹还是比较淡的，对鲁迅作品的注释或分析基本上体现出一种科学态度。如果把每篇作品分析后面加上的"政治尾巴"割掉，那么那些对作品本身的思想内容或艺术形式所做的讲解，是有一定的学术价值和实用价值的。

薛老师对中国现代文学，特别是鲁迅的研究，真正放开手脚并取得一些重要科研成果，那应该从党的十一届三中全会以来说起。从深受"左"倾路线迫害的切身感受中，他深刻地认识到党的三中全会制定的路线和政策是无比正确的，不仅挽救了党，挽救了中华民族，也挽救了自己。他由衷地拥护三中全会以来的方针政策，重新焕发了青春，无论对待工作或者进行学术研究，都表现出一种拼搏精神和锐意改革的劲头。仅从学术研究来看，这几年来，他连续出版专著，于省内外刊物上发表了不少学术论文，进而成为一位知名的中国现代文学研究和鲁迅研究的学者。如果将他出版的著作和发表的论文从内容上加以分类，可以概括为以下几个方面。

对鲁迅作品的研究，在原有的基础上向深处和细处两个方面发展。虽然薛老师对鲁迅研究也注意从宏观上去开拓，但相比之下他更重视从微观上求深入，特别对鲁迅作品的重点、难点、疑点的研究，既是他的研究优势，又是他的研究特点。这方面的研究成果，除了散见于报刊上的论文，最集中地反映在两本著作中：一是 1979 年 7 月山东人民出版社出版的《鲁迅作品注解异议》，二是 1981 年 8 月上海教育出版社出版的《鲁迅作品教学难点试析》（与人合著）。前者对鲁迅的《论"费厄泼赖"应该缓行》《记念刘和珍君》《为了忘却的记念》《孔乙己》《藤野先生》等 14 篇作品中有争议的问题进行了探讨，并提出了自己的见解，同时还收录了《鲁迅与〈自由谈〉》《漫谈鲁迅小说教学》等四篇综合性研究的文章；后者几乎把现行中学教材中所选取的鲁迅作品（19 篇），从重点到难点都做了比较深入的研究和详细的分析。这两本著作在内容、体例或写法上具有相似的风格，特别是在内容上可以相互印证、互相补充。但两者相比，后者比前者更深细一些。因此可以把它们看成"姊妹书"，它们的共同特色是：其一，抓住重点或难点加以突破，力避一般化的分析。鲁迅作品，内容深蕴含蓄，艺术高超精湛，不下深功夫研究，是难以正确理解和深切领悟的；现在常常看到一些分析鲁迅作品的著述或文章，有不少是平平淡淡的解释或笼笼统统的分析，对一些重点抓不住，难点讲不清。薛老师这两本书正是注意克服这种平淡化或空泛化的毛病，抓住重点或难点进行具体分析、详细论证，以此来引导读者对整个作品进行更深入的理解和更准确的把握。如《论"费厄泼赖"应该缓行》一文的分析，就抓住了"关于题目""今之论者""'打死老虎'者""林语堂和'叭儿狗'""咸与维新""章士钊的'遗泽'""结束的'方法'"等难点或重点，做了深入而细致的探讨，从史实和理论的结合上加以阐述，不仅为阅读这篇难度较大的杂文扫除了障碍，而且为读者深入地学习它开拓了思路。其二，抓住研究中的分歧点或矛盾点，对一些有争论的问题进行审慎而大胆的探索，并敢于提出不同见解，以引起争鸣。鲁迅作品问世以来，研究者最多，著述也最多，但是对某些作品的主题、人物，甚至字词语句、标点的理解，仍存在不少分歧或矛盾，特别是在极左思潮泛滥时留下的可议之题。在这两本书中，薛老师不仅把分歧点或矛盾点摆出来，并于认真研究的基础上提出自己的看法，有些见解有独到之处。书中有的文章最初发表在全国性刊物《教育革命通讯》上，曾引起学术界的争论。如《药》《故乡》《一件小事》《藤野先生》等的主题思想，在理解上存在不少分歧，薛老师从多方面作了考察，摆出自己对这些主题思想如何归纳的异议，显得他的看法更稳妥、更准确一些；关于《药》的主人公是谁，目前学术界有三种说法，各自都有理由依据，薛老师认为华老栓是主人公，他不仅从小说本身做了具体的分析说明，而且联系鲁迅当时抱着"启蒙主义"创作小说的总指导思想以及其他作品加以充分印证，这样就使他的看法建立在令人信服的基础上。其三，抓难句的解释，抓标点符号的研究，把对鲁迅作品探索的触角伸到最细微处。也许有的人对这种研究不屑一顾或视为烦琐哲学，其实，这正是薛老师对鲁迅作品研究所下的扎扎实实的功夫，正是他研究作风深与细的表现，常常在这些不为人们所注意的细小地方显出一些不凡的见解。这两本书对鲁迅作品的研讨，难句解释占了很大比重，这不是一般的以词解词或就句解句，而是联系背景材料或作者本人的心境或全篇的构思，针对研究中的分歧，加以具体而中肯的解析。如在《记念刘和珍君》中，则对"这是怎样的哀痛者和幸福者"、"一个惊心动魄的伟大"、四个"她"字等10多个难句做了详尽的分析，尤其对"一个惊心动魄的伟大"的解释颇有见地，有助于澄清某些混乱。另有一篇文章专门对鲁迅小说中的"！"和"——"号做了研究，提出了不同于一般语法书对这两个标点符号的解说。照一般语法书上所说，破折号有表转折和表补充两种用法，而薛老师认为鲁迅小说中的"——"还有"表示停顿"的第三种用法。这种深细的研究，不只是有助于读者更深入地学习鲁迅作品，而且对标点符号的解释提供了新的见解。其四，不论对难点、重点的讲解或对疑点、难句的分析，都能从多角度、多侧面、多层次进行探讨，特别重视大背景或小背景的史实考证，不作那种主观性的推测或根据不足的判断，力求避免那种单向思维的直线探索，尽量把自己对问题的看法建立在稳固的基础之上。如对《从百草园到三昧书屋》中的"老先生"、《一件小事》中人力车夫的分析，并没有把他们简单化，而是结合丰富的史料从多方面引导读者去认识和把握这两个形象。特别值得提及的是，《难点试析》一书中，补充了很多与作品内容紧密相关的史料，或是鲁迅自己的回忆资料，或是他人提供的比较可靠的资料。薛老师对鲁迅作品所做的深细研究，还有些成果编入山东人民出版社出版的《鲁迅作品讲解》和天津人民出版社出版的《鲁迅作品教学初择》等书中。

中国现代文学史的一个重要特点，就是充满了外部的或内部的错综复杂的文学思想斗争，把它们扩大化或者加以抹杀，都不能正确揭示新文学的本来面目；而"扩大化"的倾向则于相当长的时间内在文学斗争或论争的研究中占了主导地位。薛老师对文艺战线的斗争，特别是左翼时期反文化"围剿"的斗争，进行了多年研究，曾发表过两篇影响较大的论文：一是《第二次国内革命战争时期文化战线上的"围剿"与反"围剿"》（原载1954年三月号《历史教学》，后收入1955年出版的《中国现代出版史料》乙编），一是《鲁迅在反文化"围剿"中的斗争策略》（原载1981年《山东师大学报》，后收入同年山东人民出版社出版的《鲁迅研究论文集》）。前者在占有详细史料的基础上加以研究和概括，比较简明地论述了30年代文化战线"围剿"与反"围剿"斗争的历史真相，真实地揭露了国民党反动派在文化"围剿"过程中采取的"对于进步的文艺作品和刊物的出版自由，加以剥夺和限制""对于进步的图书杂志禁止发行""对于进步文化机关肆行破坏""对于文化工作者不断摧残和捕杀""组织御用文人，自办书店、自办刊物，企图以反动文艺代替进步文艺"等卑鄙手段。这篇论文的观点及史料，为后来的"中国现代文学史"编写或教学经常采用。后者对鲁迅在反对国民党反动派发动的文化

"围剿"中的历史作用及采取的斗争策略，做了有理有据的评述和论证，从总结历史经验的角度概括出鲁迅自觉运用的"充分发挥左联的战斗作用，也注意外围力量的培养""分清敌友，区别对待""寻求阵地，占领阵地""运用钻网战术，突破敌人封锁"四种策略手段。这两篇论文的共同特点是：史实详，概括准。这为我们研究文学史上的斗争或论争提供了有益的经验。

对社团、流派的研究，早已引起薛老师的重视。1963 年上海文艺出版社出版的《中国现代文艺资料丛刊》上曾发表过他撰写的《关于"新月派"》。文章以比较翔实的史料对新月派产生、发展的演变过程做了论述。作者没有给这个复杂的流派先冠上一顶反动帽子，然后寻章摘句地加以"大批判"，而是从史实出发揭示出它逐步走向反动的过程，将批判的锋芒完全隐藏在史实的叙述中，体现出一种科学的历史态度。党的十一届三中全会以后，他对现代文学社团、流派的研究曾有个较大的设想，不仅自己撰写这方面的专著或文章，而且计划招收研究社团流派的研究生，临终前他为上海教育出版社编著的《中国现代文学史话》的部分遗稿，就是按照社团、流派来探讨中国现代文学的发展及其本来面貌的。遗憾的是，薛老师把这些正在完成或准备动手的课题永远地放下了，这不能不是中国现代文学研究的一个不可弥补的损失。

薛老师一向重视对中学语文教学特别是鲁迅作品教学的研究，他曾结合自己几十年的教学经验，撰写了《语文教学漫谈》（载 1979 年第 1 期《语文教学研究》）、《漫谈鲁迅小说教学》（载 1978 年第 3 期《语文教学研究》）等论文。这两篇经验之谈的重要特点是，反对把语文课或鲁迅作品课当成政治课，进行漫无边际的"架空分析"；提倡"必须从词句篇章入手"讲透思想内容，既不能把语文课讲成政治课，也不能讲成单纯的文学课，一定要讲成"语文"课，这对于提高中学语文教学或鲁迅作品教学质量是有参考意义的。

薛老师在学术研究上取得的成果是多方面的，以上我们择其要者做了论述。当然，薛老师的科研也有不足之处，如宏观研究相对来看比较弱，理论分析没有史料考证下的功夫大，有的观点或史实有可待商榷之处等。但从总体上看，薛老师的研究成果是扎实的、有见地的，既有学术价值又有实用价值。尤为可贵的是，薛老师在科研中所积累的经验和所表现的精神。一是无论在什么情况下，保持老老实实的科研态度，厌恶那种"风派"作风。他不说空话，不说大话，不说假话，不说套话，坚持"论从史出"，由充实的史料中引出自己的观点或结论，一旦自己的看法形成，就不随意改变，这是一种科研美德。二是在科研道路上勇于探索、敢于开拓，选定鲁迅研究方向之后，他为之孜孜不倦地探讨了一生，其他的一些选题往往是从这总目标出发所开拓出的新领域；而且对一些有争议的问题，能够大胆地亮明自己的观点，提出异议。三是始终把自己的科研同大学教学和为中学语文教学服务结合起来。他撰写的书稿和文章有相当大的部分是为了提高中学语文中鲁迅作品教学质量的，所以实用价值高。这是他忠诚于党的教育事业的表现。四是十一届三中全会以来，在科研中他一直坚持反"左"，自觉地肃清"左"倾思潮对现代文学，特别是对鲁迅研究所带来的灾难性的危害，从而坚持了中国现代文学，特别是鲁迅研究的正确方向。他曾撰写论文《我对鲁迅研究现状的一点理解》（载1980年《语文教学研究》第3、4期合刊），深入揭露了"左"倾思想在鲁迅研究中所造成的流毒，并深有感触地说："有些野心家、阴谋家竟拿双百方针搞什么'引蛇出洞'，诱导对方投入预先设好的陷阱，这是对双百方针的最粗暴的践踏，是对学术研究最残酷的摧残。"五是提携后进，奖掖青年，积极鼓励后来者在学术上赶上并超过自己，而自己甘愿做铺路石子。在科研中，薛老师总是抱着这样的态度组织并带领中青年教师或自己的学生一起搞科研，甚至把自己的研究成果拿出来同他们联名发表，千方百计把后起者推上去，从不嫉贤妒能，自以为师或自封"权威"，默默地把自己的心血和汗水一滴一滴洒在教学和科研的道路上。

薛老师虽然与世长辞了，但是他对中国现代文学研究做出的贡献却是长存的，他在科研中所表现出的拼搏精神、扎实作风、科学态度和高尚风格是值得我们永远学习的！

[原载《山东师大学报（哲学社会科学版）》1985年第2期]

薛绥之：中国现代文学文献史料学拓荒者

李玉明

薛绥之（1922—1985），山东邹平人，中共党员，教授。中国现代文学史料研究知名学者，鲁迅研究著名专家。

薛绥之1946年毕业于北京大学。中华人民共和国成立前，曾任《世界日报》副刊编辑、记者；中华人民共和国成立后，曾在天津师范学院中文系任教，1955年调我校中文系任教。薛绥之专注于中国现代文学的教学与研究，主持编辑的"中国现代作家研究资料"丛书等三套大型史料丛书为中国现代史料学的建立发挥了铺石开路的作用。他曾兼任中国现代文学研究会理事，中国鲁迅研究会理事，山东省现代文学研究会和鲁迅研究会副会长，山东省第四、第五届政协委员等职。1984年，薛绥之被评为山东省优秀社会科学工作者。曾荣获全国图书金钥匙奖。

逆境弥坚　凝练学术方向

薛绥之，本名薛景福，1922年3月生于山东省邹平县大临池村。1933年以前，他在故乡读小学。1934至1942年，在济南读高小和中学，其间曾在济南日语专科学校学习两年。1942年考入北京大学经济系。1946年毕业后，在北平《世界日报》任副刊编辑兼记者。1947年，为谋生渡海至台湾彰化中学任教，并兼任《世界日报》驻台记者，写过多篇进步的新闻报道。1948年年初乘船返回青岛，旋任青岛《民言报》记者，与全国人民一道迎来了祖国的解放。薛绥之1949年之前的经历尽管没有大的波澜，但他后来在思想、治学和个性上的一些特点已初露端倪。

　　新中国成立前夕，薛绥之被友人邀至北平，进入新创办的华北大学国文系学习。在这里，他正式受业于中国现代文学研究界的前辈李何林先生。自此以后，他实现了自己的夙愿，把主要的精力专注于中国现代文学的教学和研究。1950 年年初，被分配到天津工作，先在中学教语文课兼任政治辅导员，不久即转入天津河北师院中文系任讲师。同年，根据工作需要，薛绥之主编了新中国第一家面向中学的刊物《语文教学》，并在该刊上发表《我是怎样教〈论"费厄泼赖"应该缓行〉的》《〈为了忘却的记念〉的五烈士》等教学研究文章。薛绥之在现代文学，尤其是鲁迅作品的教学与研究上起步较早，而且重视在中学语文教学中弄清史实、疏通课文，一开始就形成了自己的研究思想。之后，薛绥之又相继在天津业余学院、天津师范学院、天津教育学院的中文系任教，继续从事中国现代文学的教学和研究，并不断发表一些文章。其中影响较大的，是于 1954 年发表的《第二次国内革命战争时期文化战线上的"围剿"与"反围剿"》一文。这是新中国成立后较早出现的研究 20世纪 30 年代文化战线上敌我斗争的专题性论文。该论文由于史料翔实、立论正确、论证得体，受到学术界的关注。该论文发表后，学术界前辈张静庐先生以为必出自熟悉当年史实的老同志之手，及至得知薛绥之仅 30 余岁时，即致函表示赞赏，遂将此文收入他编选的《中国现代出版史料（乙编）》之中。1955 年，薛绥之经严薇青教授举荐调至山东师范学院中文系任教，并兼管资料室工作。此后，他在中国现代文学的教学、研究及资料辑存上用力更勤，先后在报刊上发表《鲁迅的笔名》《鲁迅的两句诗》《中国现代文学的奠基人——纪念鲁迅先生诞辰七十五周年》《鲁迅是怎样为克服公式化概念化而进行斗争的》《鲁迅新版本的特色》《清除鲁迅研究中的庸俗社会学观点》《鲁迅杂文的战斗性》《鲁迅与瞿秋白》《郭沫若的历史剧》等论文。至 1957 年，他编纂的《鲁迅研究资料索引》，由山东省图书馆内部印行，这不仅对鲁迅研究资料的钩沉有重要意义，而且为其以后大规模地展开鲁迅研究和资料整理工作打下了坚实的基础。此时，薛绥之根据自身的知识学养，初步确立了自己学术研究的主攻方向。

　　正当薛绥之在学术道路上阔步前行的时候，却陡遭厄运。1957 年，他被错划为"右派"，书不能教了，文章也不能发表了。自此以后，薛绥之长期身处逆境，精神受到极大压抑，加之一人独处（夫人赵智铨此时仍在天津，1963年方调至济南），其苦闷孤寂的心情可想而知。但是，薛绥之没有沉沦。1982年秋，他曾对其研究生们说："当时我被错划为'右派'，完全是反右斗争扩大化的'左'的政策造成的。在我蒙受不白之冤后，感触最深的，不是当时不可避免的冷眼、歧视和诬蔑，而是领导和同事们以特有的方式表现出来的同情、关怀和安慰。正因为这样，我当时总算没有沉沦。"薛绥之善于从艰难时世中汲取人生的暖意，相信困境只是暂时的。恰如他对冯中一先生所说："还能越革命敌人越多吗？这是反常的，不会长久的。"薛绥之以罕有的热情和干劲投入到力所能及的工作当中，并以自己的热情助燃他人。1960年，山师中文系拟编一部《中国现代文学史》，薛绥之被指派与中文系十几个学生一起为编书准备有关资料。他无私地提供了自己历年辑存的全部资料线索，具体设计和规定了每辑资料的编辑体例和原则，而且以坚韧不拔的毅力，在一年多的时间里，选编了一套长达300万字的"中国现代作家研究资料丛书"。这是我国现代文学研究中第一套大型系列化资料丛书，在中国现代文学史的资料建设中起了极大作用。1960年，这套丛书由山师中文系内部印行，受到诸多高等院校，特别是从事现代文学教学和研究的学者的重视。就这样，薛绥之在逆境中顽强地开拓了自己的事业，为现代文学的教学和研究工作做出了时至今日仍常常得到学术界赞扬的重要贡献。同年，"右派"帽子被摘掉，他又开始写文章了。他不仅发表了《〈论"费厄泼赖"应该缓行〉里的"今之论者"》《关于〈学衡〉的创刊号》《刘和珍与〈莽原〉》《关于"新月派"》等带有考证性、理论性或专门研究社团流派的文章，而且应山东人民出版社之约，写成了一部鲁迅作品的讲析手稿。不幸的是，1966年，"文革"开始，他又遭到揪斗、抄家、劳改，不仅书稿出版无望，又因主持编印所谓"流毒"全国的"中国现代作家研究资料"丛书加上了一条"鼓吹30年代文艺黑线，为牛鬼蛇神树碑立传"的"罪名"。历年辛苦购置的图书、资料，几乎损失殆尽。

从新中国成立前夕到"文革"，薛绥之初步形成了自己的治学方向和风格。从治学方向看，薛绥之在现代文学这个总体范围内涉猎甚广，从作家作品到社团流派，从史料考核到资料钩沉，他都做过不少工作。但是，他的主攻方向却集中在以下两点。一是对具体作品做深入细致的分析和研究。这一方向是与他的教师生涯联系在一起的，现实性、针对性、指导性是这一主攻方向的出发点。二是对现代文学研究资料的搜集、整理和编选。薛绥之一直重视史料，在被错划为"右派"后，更是有意识地选择了尚可发挥自己优势的主攻方向。

拨乱反正　迎接鲁迅研究的春天

1975 年，薛绥之被分配至山师聊城分院中文系工作。党的十一届三中全会后，薛绥之的人生之路展现一片坦途。当时，全国掀起了"读鲁迅"热，鲁迅作品的各种注释本、讲解本一下子出了不少。但是，许多注解主观随意性很大，不够准确。针对这种情况，薛绥之连续写出《鲁迅作品某些注解异议》，先后发表在《山东师范学院学报》等刊物上。他的"异议"力求准确、稳妥，符合原意，深受读者欢迎，各地转载、翻印者达 20 次之多。1979 年，他将这些文章修改、订正、增补，以《鲁迅作品注解异议》为题出版后，影响极大，颇受学术界好评。《鲁迅全集》新版时，这些"异议"成为重要参考，影响甚广。但薛绥之并不满足，为搞清鲁迅作品的某些背景、史实及针对性，他主动写信求教当时身陷囹圄的冯雪峰先生。两人书信往来多次，薛绥之自谓受益匪浅。这些信函，后来发表在《新文学史料》1979 年第 5 辑上。

鲁迅的作品博大精深，牵涉的事件、人物、典故和风俗十分广泛复杂，薛绥之深知研究、普及鲁迅作品的艰巨性。鉴于此，从 1975 年起，薛绥之拟定编写"鲁迅生平资料丛抄"，得到山师聊城分院领导的支持。至 1977 年，该丛书第 1 本《鲁迅在绍兴》出版。此后又陆续编辑出版《鲁迅在广州》《鲁迅在北京》《鲁迅在上海》《鲁迅在西安》等，共 11 本。除《鲁迅在厦门》因故未能编成外，其余鲁迅生活工作过的地方都有了专辑。这套丛书是对鲁迅生平史料的第一次大规模的搜集、整理和研究，前后历时约 4 年。

1978 年，薛绥之晋升为副教授。1979 年，学校党委做出《关于薛绥之右派问题的改正决定》，恢复政治名誉和原工资待遇，被任命为山师聊城分院中文系主任。至此，薛绥之背负了 22 年的精神包袱彻底卸了下来。此后，薛绥之工作劲头更足，著述更勤更丰。1979 年 3 月，《鲁迅作品讲解》（上下册）由山东人民出版社出版；此后，《鲁迅作品教学初探》《鲁迅作品注解异议》相继出版，颇受学术界瞩目。

1981 年，经教育部批准，山师聊城分院与山师分开，更名为聊城师范学院，薛绥之晋升为教授，被任命为副院长。从 1980 年起，薛绥之与天津人民出版社筹措出版"鲁迅生平史料汇编"，至 1981 年鲁迅诞辰 100 周年学术盛会时，他与韩立群主编的该丛书第 1 辑正式出版发行，受到参会学者们的一致欢迎和好评，被认为是近年来鲁迅研究的重要成果之一。《人民日报》《光明日报》《文汇报》《鲁迅研究》《鲁迅研究动态》以及香港《大公报》《文汇报》等，相继发表消息和评介文章。全书共分 5 辑，约 300 万字，仅原始图片资料即达 300 余帧。至其逝世时，第 4 辑已出版。同年，薛绥之的《鲁迅作品教学难点试析》（与柳尚彭合著）也由上海教育出版社出版。学术界有人发表评论，谓此书"分析重点""指明难点""阐释难句""提供资料"，因而对鲁迅作品教学"切实有用"。

1982 年，薛绥之正式组建班子，开始主编鲁迅研究史上第一部专业辞典——《鲁迅杂文辞典》。该辞典共收有关鲁迅杂文的辞目 1 500 余条，至薛绥之逝世前终于完成，交由山东教育出版社出版。同时，他还受山东鲁迅研究会的推荐，担任了规模更为宏大的"鲁迅著作研究资料丛书"主编。这套丛书凡 30 册，长达 600 万字，是对过去 60 年来鲁迅著作研究成果的第一次系统化的检阅和总结。

在短短七八年的时间内，薛绥之竟连续主编了 3 套规模巨大的资料丛书和两种大型专业辞典，出版了两本专著，主编和参与了 4 册鲁迅作品教学和讲解的专书，发表论文近 50 篇。这一项又一项重大的成果，为现代文学特别是鲁迅研究做出了突出贡献，也确立了他在学术界的地位。

1984 年 6 月，薛绥之由聊城师院调至山东大学，任该校文史哲研究所教授、学位委员会委员、《文史哲》编委，同时还兼任聊城师院教授和现代文学研究室主任。是年冬，他完成了艰巨的《鲁迅杂文辞典》定稿工作，又与天津人民出版社商定修正"鲁迅生平史料汇编"事宜，准备参加香港书展。他审订了《鲁迅大辞典·事件分册》《鲁迅著作研究资料汇编》书稿，并指导研究生们完成了《解放区话剧研究资料》3巨册。

史海钩沉　成就中国现代文学史料巨擘

薛绥之对中国现代文学和鲁迅研究的贡献，首先表现在资料的搜集、整理和研究上，他的一些颇有见地的重要学术思想及学术影响也主要地体现于此。从20世纪60年代到80年代，他主编了几套大型资料丛书，为中国现代文学的研究提供了第一手材料，对促进和推动这方面的学术研究的发展，为中国现代文学史料学的建立，起了铺石开路的作用。

1960年，薛绥之主持编写了"中国现代作家研究资料丛书"，包括《中国现代作家研究资料索引》《中国现代作家小传》《中国现代作家著作目录》以及毛泽东、郭沫若、茅盾、老舍、曹禺、赵树理、夏衍、李季、杜鹏程、周立波等作家的研究资料汇编。这些作家研究资料汇编内容包括作家作品、评注资料，作家关于自己的思想、生活、创作的文章等，并附有作家年表。《中国现代作家研究资料索引》编辑出版时，有人建议将所有"右派"的文章删掉。薛绥之认为，既是索引，自当求全。经其据理力争，不少文章幸免于难。这套丛书，限于当时的主客观条件，尽管尚不成熟和完善，但已初步搭起了对中国现代作家作品、社团、期刊进行全面搜集、整理、研究的框架。它的总体设计、编辑原则、编辑体例，都具有开创性意义。在中国现代文学资料编辑出版相当匮乏的情况下，这套丛书的问世，引起了国内外文学界的广泛关注。

1981年，薛绥之、韩立群主编的"鲁迅生平史料汇编"（5辑）开始陆续出版。这套"汇编"是在1977年开始印出的"鲁迅生平资料丛抄"的基础上重新编选而成的，但编辑思想、体例和方法有了明显的改进与提高。"辑入本书的资料，除具有直接见证意义的原件、图片外，尽量选录第一手资料，对回忆、访问、调查，亦以收录当事人的见闻为主，必要时，加以补正，以昭信实。""对于资料中的不同说法，编者如有取舍，用附记形式注出另外的说法，以备进一步考核。"这套"汇编"以资料翔实、考证细微受到海内外人士的普遍好评。蒋锡金先生在《人民日报》著文说，"这部《鲁迅生平史料汇编》为普及并提高鲁迅的研究都做了十分有益的和必要的工作"，是鲁迅研究著作中"特别使我感到喜爱"的一种。著名出版家赵家璧称此书是"出版界的传世之作"。日本一些鲁迅研究专家也来信表示赞赏。

从1982年开始，薛绥之在原《鲁迅杂文中的事件》《鲁迅杂文中的人物》的基础上，拟定编写《鲁迅杂文辞典》。他要求，除对以前印出的有关鲁迅杂文的400余条辞目进行重新修订外，再增加鲁迅杂文中涉及的人物、社团、事件、流派、报刊、书名、词语、学故等各类辞目1500余条，共80万字。这是我国第一部鲁迅研究专业辞典。"辞典"出版后，以体例周详、辞目完备、内容丰富、观点稳妥而引起学术界关注。

此外，自1982年起，薛绥之指导研究生编辑的《林纾研究资料》《许地山研究资料》《解放区话剧研究资料》陆续出版。全部编写工作都是在其指导下完成的。《林纾研究资料》出版后，一向很重视资料的著名作家唐弢认为，此书是当时出版的数十种现代作家研究资料中内容最厚实、文字最简洁的一种。

仅从上述粗略的介绍，薛绥之在中国现代文学资料研究方面的成就已显而易见。人们称他为"资料巨擘"，这绝非溢美之词。资料学本身是一门独立的学问，有独立存在的价值。要真正做好它，不仅需要功夫和耐性，而且需要眼光和水平。"中国现代作家研究资料丛书"的编辑几乎是在没有先例的情况下进行的，体例编排、资料选择，均是他一人筹划的。

"鲁迅生平史料汇编"除资料的选择外，史料的考核辨析是一个棘手的问题。薛绥之广采博征，把不同的说法以附记形式注明，以备读者查考；对资料中原来不够准确和存在的疑点，则加上说明性的按语，对不易理解之处，也附以简明的注释。《鲁迅杂文辞典》更是一项开拓性的工作，这部辞典专业性极强，有别于一般的工具书。如何体现专业辞书的特点，每个辞目应包括哪些内容，从1973年起，先生对这些问题进行了长时期的思考和探索，最后终于确定了较科学的解决方案：辞条的前半部分讲词语本身的内容，后半部分则联系鲁迅的生活、思想和著述及同代作家的评述。这种体例和方法已得到鲁迅研究者的广泛赞同。这充分反映了先生治学态度之严谨、学识之渊博。

薛绥之对资料研究的重视源于对资料意义的深刻认识。他曾多次联络北京等地学者，欲创建一门新学科——中国现代文学资料学。这表明，薛绥之在学术实践中，已将资料研究工作上升至理论的高度，视之为一门不可替代的学科。他说："做学问要从两方面入手：一是理论，二是材料。理论即是正确的立场、观点和方法，没有它就会迷失方向；资料即是文学运动的基本史实。掌握了这些史实的来龙去脉，充分地占有材料，我们的研究工作才能建立在牢固的基础上，我们的结论才会成为有本之木、有源之水。否则，就只能空发议论。要切实提高我们现代文学研究的科学水平，就必须从这两个方面踏踏实实地下大功夫。"

筚路蓝缕　开创史料学研究方法论

薛绥之在学术研究，尤其在中国现代文学和鲁迅研究上，所取得的成就是多方面的。他的理论触角伸向各个领域，其中涉及作家作品、社团流派、文学运动等诸多问题，这方面的研究最能体现他的学术见解。如果将他出版的著作和发表的论文从内容上加以分类，可概括为如下几个方面。

第一，关于鲁迅作品的研究。薛绥之对鲁迅研究虽然也注意从宏观上开拓，但相对而言更重视从微观上求深入，特别是对鲁迅作品的重点、难点和疑点的研究，既是他的研究优势，又是他的研究特点。这方面的研究仅散见于各种期刊上的论文就有近50篇，从关于鲁迅作品的总体认识、鲁迅研究现状的把握，到具体的问题，诸如鲁迅的生活琐事、思想矛盾、鲁迅的笔名、鲁迅作品中的标点符号等，他都有所论述，几乎涉及鲁迅生活、思想和作品的各个方面。在这方面最能体现其学术见解的是《鲁迅作品注解异议》《鲁迅作品教学难点试析》两部专著。鲁迅作品内涵丰富深广，历来歧义最多。薛绥之从具体的史实和鲁迅作品的具体内容出发，在认真研究的基础上提出自己的看法，见解独到深刻，论述有根有据，颇见功力。同时，抓难句的解释，抓标点符号的研究，把对鲁迅作品探索的触角伸向最细微处。而这些恰恰是不少人不屑一顾的研究内容。这两本著作对鲁迅作品的探讨，难句解释占了很大比重，这不是一般的以词解词或就句解句，而是联系背景材料或作者本人的心境或全篇的构思，针对研究中的分歧，加以具体的解析。不论对难点、重点的讲解或对疑点、难句的分析，都能从多角度、多侧面、多层次进行探讨，尤其重视大背景或小背景的史实考证，不作主观的、根据不足的推测和判断，力求避免单向思维的直线探索，尽量把自己的思考和分析建立在牢固的基础上。

第二，关于文艺运动和文艺斗争研究。中国现代文学史的一个重要特点，就是充满了外部的或内部的错综复杂的文艺思想斗争。把它们扩大化或者予以抹杀，都不能正确揭示新文学的本来面目，而在文学斗争的研究中，扩大化的倾向在相当长的时间内占据主导地位。薛绥之对文艺运动，特别是"左联"时期文化上反"围剿"的斗争进行了多年研究，发表了不少有关论文，其中影响较大者是《第二次国内革命战争时期文化战线上的"围剿"与反"围剿"》和《鲁迅在反文化"围剿"中的斗争策略》。

第三，关于社团、流派的研究。这方面的内容很早即引起薛绥之的重视。1963年即发表《关于"新月派"》《刘和珍与〈莽原〉》等专论。前者以翔实的史料，论述了新月派逐步演变、走向消极的过程。他没有给这个复杂的流派先扣上一顶"反动"的帽子，然后寻章摘句地加以"批判"，而是从史实出发揭示出它步步后退、终于与反动势力同流合污的复杂过程，对其批判的锋芒完全隐蔽在具体史实的叙述中，体现了薛绥之治学中一贯坚持的"重史料、重事实"、不"以意为之"的作风。"文革"后，他对社团、流派方面的研究较为着力，陆续推出《〈子夜〉与"中国社会史论战"》《关于语丝派》《五四时期的文学社团》《总结历史，破浪前进——纪念左联50周年》等文章。薛绥之对现代文学社团、流派的研究曾有一个大的设想，将其视为一个重点研究课题，不仅撰写这方面的文章和专著，而且计划招收此研究方向的研究生，临终前他为上海教育出版社撰写的《中国现代文学史话》的7万字遗稿，就是按照社团、流派来探讨中国现代文学的历史发展及其本来面貌的。

第四，关于中学语文教学和鲁迅作品教学的研究。薛绥之是一位教育工作者，又是一位教材方面的理论研究者。他在这方面下的功夫和投入的精力，在专门致力于文学研究的学者当中是少见的。这固然与他的学术研究方向相关，然而何尝不体现为一种追求厚重的脚踏实地的治学态度和一位科学研究者强烈的责任感呢！由于他从教学工作的需要出发，或因教学中遇到了难以解决的问题和因自己的考察发现了带有普遍性的教学现象，才引发了他的思考，转而为文，力图从理论的高度上做一些有益的探讨，因此他在这方面的研究带有极强的现实针对性和实用性，尤其对中学语文教学有重要指导意义，为很多教学工作者所重视。

1985 年 1 月 15 日晚，这位精力一向极为充沛的学者，却急匆匆地离开了人间。弥留之际，既无痛苦，也无遗言，平静而逝。讣告一发出，学界为之震惊，海内外唁电、唁函达 200 余份。人们称他是中国现代文学研究史上的"资料巨擘"，他的逝世"是中国现代文学和鲁迅研究的重大损失"。

薛绥之先生辞世不久，冯光廉、朱德发发表《薛绥之教授对中国现代文学研究的贡献》一文，总结其一生的学术业绩。由其学生徐鹏绪教授牵头，诸学生议定筹资编辑印行《薛绥之先生纪念集》，以资悼念，永存风范。李何林、唐弢、王瑶、许杰、王士菁、任访秋、姜德明、冯中一、严薇青、孙昌熙、刘再复、林非、孙玉石、袁良骏、倪墨炎、王得后、俞元桂、冯光廉、朱德发、韩立群、王富仁、陈子善等 40 余专家学者撰写了纪念文章，对其人品、学识做了全面评价。

袁良骏先生撰文呼吁创建中国现代文学史料学，其中诸多思想得益于与薛绥之的切磋、交流。直到今天，常有学者从中国现代文学文献史料学发轫和建设的角度，梳理薛绥之先生的筚路蓝缕之功。

（原载《山东师大报》2020 年 9 月 16 日）

冯中一：自强学人　厚德君子

李乾坤　王邵军

冯中一（1923—1994），河北沧州人，民进会员，教授。著名诗歌评论家、写作理论家。1939年山东日语专科学校毕业。主要从事诗歌、写作的教学和研究工作，主要著作有《诗歌漫谈》《诗歌的欣赏与创作》《学诗散记》《诗歌艺术论析》等。曾兼任山东省写作学会会长，山东省作家协会主席，山东省第七、第八届人大常委，民进山东省委副主委等职。享受国务院政府特殊津贴。获"山东省社会科学界联合会荣誉委员""山东省优秀社会科学工作者"等称号。

冯中一曾自我评价："（我）是比较平庸，尚能自重自强的语文教员、诗歌学徒、文化保姆。"他认真教书育人，勤奋著书立说，直到生命的最后一刻。这种强烈的事业心、谦和的人格精神和鞠躬尽瘁的使命感，正是中国优秀知识分子的人生支柱和价值归宿，也是冯中一留给我们的最重要的精神财富。

苦难浇灌萌诗心

冯中一出生在一个小商人家庭。7岁时，母亲去世。11岁时，随父亲来到济南，和继母、妹妹一起生活。

1936年，冯中一以小学毕业会考全市第二名的成绩，考入山东省立第一中学。次年，"七七"事变爆发，父亲失业，他不得不辍学，通过半工半读的方式继续自学和进修。此后，他一方面为家庭生计奔波，一方面为进德修业苦苦求索。在这样艰难的日子里，他接触到了泰戈尔、冰心的小诗和散文。作品中那清新的意境、奇妙的想象、富于人生哲理意味的妙语佳句，常令他沉浸其中，激动不已。文学作品给他艰难的人生打开了一扇新的窗口，并促使他拿起了笔，将自己人生的感悟写成短文小诗。

20岁左右，冯中一正式步入文坛，将文学视为自己的事业。这期间，他担任过刊物的诗歌、散文编辑，写作能力和鉴赏水平得到了锻炼和提升；同时，他也意识到自己的不足。为了胜任编辑工作，他开始系统地学习中国古典文学，阅读当代名家名作和一些文艺理论著作，并把自己的视野投向了外国文学。他涉猎的范围很广，读过的书也非常多。这不仅丰富了他的知识宝库，提高了文学修养，也为其以后从事诗歌评论工作打下了良好基础。

冯中一过早地接触社会，在接受学校教育方面是有所欠缺的，但在文学写作方面却又因此得益。苦难的生活、屈辱的命运，形成了他特有的人生感悟，谱写出苦涩而又坚贞的人生咏叹调，促使他在当时的报刊上陆续发表了近百首抒情小诗——《盲人》《蜗牛》《荒原小祭》《古城夜曲》《修道院的春》《赴耕之牛》等，单从诗作题目就可以感受到那个时代青年人的苦闷、忧郁和追求，以及对黑暗社会的不满。

在诗歌创作上略有小成之后，冯中一开始思考诗歌的理论问题，着手探讨诗歌创作的奥秘。他发表了《诗与音乐》《诗与寂寞》《诗与明天》《悼念泰戈尔》等10余篇诗歌研究文章，并集纳整理出10余万字的《新诗夜话》评论集。这标志着他开始从诗歌创作转向诗歌评论。

1944年后，冯中一转到了教育工作岗位，先后在济南女子中学、济南禹城中学任国文教员。当时，正值战乱时期，面对血与火的现实，他不甘寂寞与沉沦，积极辅导学生办壁报、开展文艺研究等活动。他在同青年学生的朝夕相处中，互相勉励，期盼着黎明的到来。

乘风破浪正当时

1948年秋，济南解放。翌年，新中国成立。

冯中一也如同获得了新生一般，全身心地投入到教书育人工作中，先后在济南三中、山东工农速成中学、山师附中担任中学语文教员。他积极热情地辅导学生的课外文艺创作、演剧活动，特别是学生的诗歌创作与欣赏。这期间，他除了研究作文教学的规律和方法，还撰写了许多诗歌理论和评论文章，陆续发表在《大公报》《文汇报》《语文学习》《大众日报》《山东文艺》等报刊上。

20世纪50年代中期至60年代初期，冯中一进入诗歌理论研究的第一个黄金时期。20世纪50年代，正是国家百废待兴的时期，也是群众诗歌运动高潮时期，直抒胸臆的政治抒情诗和气势昂扬的革命进行曲成为诗坛的主旋律，发挥着号角、旗帜的作用。在这种时代风气推动下，冯中一比较深入、系统地学习了毛泽东文艺理论思想和当时的诗歌理论，用来指导自己的诗歌研究。在这10年时间里，他先后创作并整理形成几本评论专集。1951年，他完成《诗歌学习》《马雅可夫斯基评传》。随后几年，他编撰出版的一些诗歌评论作品，都是针对青年学生诗歌阅读与创作中存在的问题进行阐述与分析，指出写诗应注意的构思、意境、感情、语言等方面的基本问题。

这些诗歌评论著作，贯穿着一个鲜明的特征，即用新时代的政治标准，具体地衡量评价诗歌作品，强调诗的现实意义，强调要将健康的时代精神与中国古典诗歌以及民歌的优良艺术传统结合起来。众所周知，20世纪50年代中后期正是中国的"大跃进"时期，当时人们精神亢奋，对诗的时代精神的领会与理解，也就各不相同。在这一点上，冯中一保持了较清醒的头脑。他认为"抒情诗要有时代的特征，首先要求诗人在思想感情上与人民、与革命结成血肉相连的关系"，而不能简单地认为加上拖拉机、水电站和一些政治口号就是抒情诗的时代特征，"必须通过诗人的感受，诗人的独特发现，去打动读者的心，引起读者更丰富的想象"，正是从这一点出发，他反对诗的概念化、标语化、口号化，要求诗歌应有具体形象，能够"通过个人的体验，运用自己的方式，把来自现实的真挚强烈的感受加以创造性复制"；他反对简单化、庸俗化地运用夸张手段，主张夸张必须以现实生活为基础，并须具有一定的目的性，"夸而有节，饰而不诬"才更具艺术感染力。此外，关于古典诗歌与新诗关系的评述，关于诗人应当追求形式、风格多样化的论述，冯中一都是针对当时诗歌习作中存在的不良倾向有的放矢地展开，起到了补偏救弊的作用。

当时，我国的新诗理论还相当薄弱，不少有成就的诗人和评论家多进行高瞻远瞩的理论研讨。冯中一则从诗歌普及、传播的角度，选择了引路铺石的位置，尽可能通过诗人诗作的具体分析，悟出一些关于读诗和写诗的道理。古远清所著《中国当代诗论五十家》中，曾称冯中一为"埋头作具体的分析讲解诗歌的工作"而"没有得到广泛关注的诗评家"，这是比较恰当公允的评价。

1958 年 8 月，冯中一调入山师中文系，从事写作课的教学工作。这对他是一个新的挑战、新的起点——教学对象变了，教学任务变了。尽管冯中一没有正式上过大学，没有受过系统的正规教育，但他从青年时期就非常注意知识的积累，常采用剪辑、记卡片或记笔记等方式，广泛吸取各门学科的营养，具备了较深厚的古典文学和文艺理论修养。加之多年从事中学语文教学的丰富经验，使之能出色地教授高校中文系写作课这一实践性强、操作难度高的课程。这样，他在坚持诗歌研究的同时，又开辟了新的研究领域——现代写作学研究。

1971 年，他患了一场大病，几次休克，但他硬是凭借顽强的毅力战胜了死神，并在病床上写出了 12 万字的诗歌研究文章。其中近 5 万字的《谈谈诗歌创作》于次年在山师文科学报上分 3 次刊载。在当时复杂的社会环境中，他思考着、探索着，将对学术事业的眷恋深埋于心底，等待着祖国春天的到来。

再挂云帆济沧海

1976 年，"文革"结束，中国历史翻开了新的一页。冯中一的写作教学研究与现代诗歌研究，也在饱经忧患和磨砺之后，焕发出更为强大的生机与活力，进入其诗歌理论研究的第二个黄金时期。

在大学里，冯中一的本职工作是写作课教学。他认为，写作课是一门实践性学科，不能盲目理论化，应以写作训练为中心建构写作理论，编写写作课教材。早在 1960 年，他就率领教研组集体编著了《习作指导》，分上下两册，铅印使用，填补了大学写作课教材的空白。在教学实践中，他根据写作课教学任务重、见效慢的特点，注意教材教法的务实研究，又在 1962 年与教研组成员草创了以基本文体为中心的教学纲要，设计了比较系统的讲练单元。后来，他又在此基础上领导教研组集体编写了《常用文体写作知识》，并于1972年正式出版，成为国内写作课教学中按文体撰写的较早的一本教材；此书曾印行3次，总量超过百万册。

1982年，冯中一唯一的儿子不幸去世。他将悲痛埋在心底，在儿子去世的第二天就走上讲台，以沉着有力的语调坚持把课上好。这种高度的责任心和超常的毅力，令一些知情者感动不已。

1986年，冯中一在充分吸收相关优秀理论的基础上，结合写作教材中出现的新问题，主编出版了《常用文体写作教程》。在这本书中，他将文体分为记叙性、议论性、说明与实用性、文艺性四大类、21种，介绍了各种文体的渊源及发展，既从整体上理出一个轮廓式的写作理论知识网络，又具备了教学和使用上的灵活性。该书获1987年山东省社会科学优秀成果二等奖，1992年修订再版。

1986年，冯中一成为我国20世纪80年代恢复职称评定以来的第一位写作学教授。贵州人民出版社出版的《中国当代写作理论家》一书，高度肯定了冯中一写作学研究的成就，称他为"当代著名写作理论家"。

自1979年以来，冯中一在学校开设了新诗研究的选修课，并开始招收现代诗歌专业的硕士研究生。他开的选修课，注意从当前纷纭多变的新诗潮中选择具有代表性的问题与作品，加以分析讲解，引导学生独立思考，切实提高学生的辨识能力与鉴赏水平。他指导研究生，也尽力克服学院式的静态研究学风，强化作为诗歌评论新兵的参与意识，把系统理论的掌握与诗歌评论写作结合起来，培养真才实学，提高实战能力。师生共同编写言论摘编式的大型资料参考书《中外诗歌创作谈》，合写评论文章公开发表，合编诗歌原理教材，并正式出版。就这样，教学相长、学用一致，冯中一在完成教学任务的过程中，为自己知识结构优化、美学观念更新、实现新诗研究的自我超越，创造了必要的条件。

冯中一和研究生们编写出版的3本诗歌评论集，谱写了连续迈进而最终蜕变的人生三部曲。1983年，体现其理论视野初步开拓的《诗歌艺术论析》出版。该书所收诗评30余篇，除一部分是对我国传统诗歌艺术的总结与弘扬外，更多的篇幅则注重诗歌审美取向的现代化研究。如《关于繁荣新诗创作的两个问题》《新诗，应在更广阔的大道上奔驰》《探索新诗现代化的踪迹》等篇，都涉及如何处理新诗现代化与民族传统的关系问题。他指出，新诗的现代化并不是越洋越好，必须符合民族传统的审美习惯。要沿着民族化、群众化、现代化的顺序，摆正三者的主从制约关系。同时，强调继承发扬民族诗歌传统，又必须向世界打开窗口，吸取所有外国诗歌的优势长处，形成中西交融、异彩纷呈而又独具中国诗歌神韵的现代风格。对于这一课题的思考，既体现了年长者的深沉稳重，又重视了年轻人的激越敏锐，得到了大多数人的认可。

1990 年，《诗歌艺术教程》出版。该书主张诗歌创作要推陈出新，从而建构了较为系统的理论框架。书中谈到一般的诗歌性质、特点、灵感、意境、想象、结构、语言等问题，都注意联系当前诗歌创新的理论与实践，作出符合当代意识的科学阐释。从当代诗歌创作的哲理倾向，剖析当代诗歌中的深刻思想性；从形而上视角、反讽与陌生化效果，来分析现代诗的思维结构、叙述方式和复杂内涵。这些研究颇富新意，为初学者正确认识和掌握新诗的艺术特点提供了一把钥匙。

1991 年，《新诗创作美学》出版。在此书中，冯中一把长期思考、积累的诗歌审美经验予以融会贯通，概括成为新诗美学的理论体系。全书改变知识罗列与经验表述的写法，努力融会人类学、社会学、心理学、美学等方面的理论批评观点，通过本质论、主体论、创作论、审美论、发展论 5 个部分，探寻同诗歌缪斯取得心灵感应的线索和途径。表面看来，这 5 个部分仍属"各自为政"的板块结构，实际上却把诗人主体生命意识的生成和审美心理结构的培养作为贯彻始终的神经中枢，通过不同侧面的阐发，以显示诗歌这一心灵化艺术的整体生命力。由此观之，全书内容不再是平列着的一堆知识条文，而是能够步步深入地显示鲜活的诗歌机制；期待于读者的，也不单纯是理解，而是诱发出更多的感悟和想象。

经过几十年的孜孜以求，冯中一取众家之长，又发挥自己的优势，渐渐地在诗歌评论园地里形成了鲜明独到的评论风格，即以恳挚、具体的艺术赏析为主，兼容严谨的论辩、疏淡的漫话、简洁的评点等方式，做到生动形象，亦庄亦谐，切中时弊。

冯中一的最后一部著作，是其逝世后同仁们为追怀他在学术上的贡献编辑而成的《新诗品》，由山东教育出版社出版。这本书主要收录了他晚期所写的学术论文及为诗朋学友撰写的诗集序言，其中不乏新见解、新探索，从中可以看到他那颗生生不息的诗心和在学术上孜孜以求的风范。

总体而言，冯中一的学术研究实事求是，扬长避短，深深地植根于写作教学与诗歌评论的现实土壤中。尽管冯中一的学术研究缺少引起轰动效应的鸿篇巨制，但他以自己力所能及的方式为青年学子和文坛新秀的进步铺路搭桥，如同勤恳的"园丁""保姆"，担当了教育事业和文学事业中不可或缺的角色，为他日益高涨的社会声誉奠定了广泛而深厚的群众基础，使其能够在山东文化界占有一席之地。

老骥伏枥知且行

纵观冯中一的学思人生，可概括为：博、实、韧、谦。

博：冯中一喜欢引用沈德潜《说诗晬语》中的话："第一等襟抱，第一等学识，斯有第一等真诗。"在冯中一看来，做学问、写文章，也须有高度宏阔的胸襟与视野，有广博的学识，才能在研究、考察问题时，从整体中把握个别，获得微观深度的创见卓识。

实：冯中一常强调，不能好高骛远。一些人在做学问时，喜欢搞大框架、大体系。冯中一不以为然，认为落脚点不实，所言终究虚无缥缈，离本质相去也远。他认为，在确定研究方向、选择课题重点上，尽可能要符合社会环境之实，酌量个人能力之实，力争大处着眼，小处着笔，这样才能有的放矢，解决实际问题。

韧：任何事物都充满矛盾和运动，求学的路途也充满艰难，必须具备百折不挠、坚韧不拔的毅力。冯中一曾说，做学问要能耐住寂寞才行。许多有才华的人不能事业有成，往往因为心浮气躁。要将才华与韧劲耐力结合起来，才有作为。

谦：满招损，谦受益。冯中一是公认的谦谦君子，为人做事，为学为政，从不猖狂，始终谦虚谨慎，经常反省、检讨和调整自己。

新中国成立以前，是冯中一在生活中挣扎、在苦闷中探求人生道路的时期；新中国成立以后至"文革"开始以前，是冯中一找到自我的位置，在学术园地中勤奋耕耘、初获丰收的时期；"文革"结束以后至20世纪90年代辞世，是他学术成就的鼎盛期，其诗歌研究和写作学研究均已在相关的学科领域产生了一定的影响。而伴随冯中一的学者生涯步步走向高峰的另一方面，则是他身上日渐加重的社会责任、日渐繁多的社会活动和日益提高的社会声望。

早在1956年，冯中一就加入了以教育文化出版界知识分子为主体的民主党派——中国民主促进会。作为一名从旧社会过来的、连初中都没能读完的小知识分子，他对党和政府安排自己在高中从教，深怀感激之情。因而他发奋苦干，成了当时闻名遐迩的全省语文教师"八大金刚"之一。1958年，被调入山师中文系从事写作课教学，冯中一深感责任和压力的沉重，一丝不苟、兢兢业业地为党工作，成为他这一时期的人生主旋律。"文革"结束以后，冯中一更是以重获新生般的激情和返老还童式的干劲，全身心地投入到新时期的高教事业中。1984年年初，他作为教育界工作成绩突出的代表，参加了济南市政协举行的各界人士为"四化"服务经验交流及表彰大会。他在会上这样概括自己："用坚强的毅力治病保健，用勤恳的态度教书育人，用求实的精神著书立说，用紧迫的心情尽责出力。"这既是一个优秀教育工作者的成绩汇报，也是他对自己的严格要求。

1984年，冯中一当选为民进济南市第一届委员会副主委。1987年他又被选为民进山东省工委委员，开始积极地参与民进的组织建设和社会服务等工作，甚至为解决民进会员的个人困难进行了大量的家访、谈心，全心全意地为会员提供个人力所能及的帮助。1989年，民进山东省第一次代表大会召开，冯中一当选为民进山东省第一届委员会副主委，1992年又当选为民进山东省第二届委员会副主委。在副主委任期内，冯中一还先后兼任民进山东师大支部主任、民进淄博市委会主委、省民进夜校校长、山东省民进美术研究会会长等职。对每一个职务的每一项工作，冯中一都是真抓实干、认真负责。特别在政治协商、参政议政、民主监督方面倾注了大量的时间和精力，为山东省民进发挥参政党的作用和统一战线事业的发展作出了自己的贡献。

冯中一另一个重要的社会兼职是山东省写作学会会长，这是他责任最重、任期最长、投入最多的一项事业。山东省写作学会是山东省高校写作学科的最高学术团体，1981 年成立，冯中一作为发起人之一担任第一届会长，后经选举连任直至逝世。在其任职 13 年间，冯中一要考虑学会每年的工作计划、工作总结，召集历次常务理事会、理事会、年会，安排各届年会各项活动的具体事宜；还要为会员的书稿审订选题、撰评写序、推荐评奖，为学会所出的书刊筹措出版、审校文稿、联系发行等；在无专职办公人员、缺少活动经费的状况下，为了减少学会同仁的麻烦，冯中一甚至亲自拟定、寄发会议文件，为会员寄发证件、资料等。冯中一为学会的事业殚精竭虑，富有成效。仅从他主持的历届学会年会中心议题的排列顺序上，即可看出山东高校写作学科由浅入深、由窄及阔、由完善到改革的发展轨迹。1990 年，山东省写作学会被省社联评为先进学会。

鉴于冯中一在山东文化界的成就和影响，党和政府给予他更高的信任和荣誉。1988 年，冯中一作为文化界的代表，当选为第七届省人大常委。此时他已是 65 岁高龄，本该退休，但社会发展需要他留在工作岗位上。他晚年的工作重心也因此发生了转移，由以前的教学科研为主转移到社会活动方面。作为省人大常委，冯中一每两个月要参加一次常委例会，不定期地参加常委视察工作、联系代表工作及临时性活动。这些活动使冯中一有了更多的机会走出书斋，接触社会，大大地提升了他参政议政的信心和能力，提高了他理解政策的水平及行政工作水平。1993 年，在他 70 岁高龄时又当选为第八届省人大常委。任期内的冯中一，曾就教育界、文艺界、出版界的若干实际问题提过多项议案，为发展山东的文化事业尽到了他应尽的职责。

诗人与学者的气质、独特的性格与智慧，在冯中一身上有机地融为一体，形成了一种独具魅力的人格风范。在冯中一任职的几个社会团体中，他总是以与人为善、克己奉公、富于实干、恪尽职守而出名。善于团结同志协调关系凝聚人心，常常使他在所属群体中成为别人难以取代的角色。晚年的冯中一感到自己肩上的担子过重，曾屡次申请退休离职，而每每未获允准的一个重要原因也在这里。以至于认识冯中一的人几乎众口一词地用四个字评价他：

德高望重。

省委鉴于冯中一在山东文学界的威望、多年从事社会工作的经验和老当益壮的精神状态，特别是考虑到冯中一不争名夺利又善于团结共事的特点，从有利于山东文坛的安定团结出发，推荐他为省作协主席的人选。1994 年 5 月，山东省作家协会换届选举，71 岁高龄的冯中一当选为第四届山东省作家协会主席。其实，早在 1982 年，冯中一就被选为省作家协会常务理事；1988 年，当选为省作家协会副主席。在此期间，虽然在省作协没有担负繁重具体的任务，但多年来冯中一不厌其烦地为众多文学青年复信答疑改稿，为文坛新秀荐稿撰评写序，在山东文学界建立了较高的威信；他有关文学问题的讲演评论，往往表现出或高瞻远瞩或切中时弊的见地，也在文学界享有较高的知名度。当选上任后，冯中一不满足于虚名，不辞辛劳、躬身而行。在短短的 6 个月时间里，冯中一在省作协党组的支持下，完成了《山东省作家协会第四届主席团任期工作目标及实施计划》的框架初稿，召集主持了以敦促中青年作家创造力作精品为宗旨的山东省文学创作规划会议，召集主持了以老作家联谊为宗旨的首次山东省作协文学沙龙活动，还为解决省作协的活动经费联系企业，考虑起草了文企联姻方案等。为了振兴山东的文学事业，冯中一呕心沥血，不遗余力地做了大量工作，使省作协的工作初见起色，得到了省委有关领导同志的充分肯定。

1994 年 11 月 13 日，冯中一在工作岗位上战斗到生命的最后一息，因心脏病猝发而不幸逝世，终年 71 岁。

［原载《山东师范大学名家传略》（第 1 辑），山东友谊出版社 2020 年版］

冯中一：在新诗研究上"自重自强"的跋涉者

李宗刚

山东师范大学著名学者、诗歌评论家、山东省作协原主席冯中一（1923—1994）曾有过这样的自我评价："（我）是比较平庸，尚能自重自强的语文教员、诗歌学徒、文化保姆。"① 这一评价显示了他一以贯之的自谦特点，他把自己视为"比较平庸"的语文教员、诗歌学徒和文化保姆。但他并不是一般意义上的教员、学徒和保姆，他有着"自重自强"的内在文化作为人生底蕴、深潜了中国传统文化所倡导的"天行健君子以自强不息"的内在精神，由此成为新诗研究方面卓有成就的著名学者，在中国 20 世纪新诗研究史上占有一席之地。

一、学术界对冯中一及其新诗研究的评价

冯中一在 1940 年代便开始新诗创作，并在当时的报刊上陆续发表了近百首抒情小诗，如《盲人》《蜗牛》《荒原小祭》《古城夜曲》《修道院的春》《赴耕之牛》等。在担任教师期间，他从教学需要出发，致力于诗歌鉴赏，并出版了一系列有关诗歌赏析的著作，他发表了《诗与音乐》《诗与寂寞》《诗与明天》《悼念泰戈尔》等十余篇研究性质的文章，并整理出了 10 余万字的《新诗夜话》评论集。新中国成立后，冯中一于 1951 年撰成了 8 万字的《诗歌学习》、5 万字的《马雅可夫斯基评传》（两书未能出版，前者于 1951 年

---

① 李乾坤、王邵军：《冯中一：自强学人 厚德君子》，《山东师范大学名家传略》编写组：《山东师范大学名家传略（第一辑）》，济南：山东友谊出版社 2020 年版，第 130 页。

8月的山东省文联文艺评奖中获文艺理论乙等奖）。随后几年，他在山东人民出版社出版了一些诗歌评论著作，如1956年出版了《诗歌漫谈》，1959年出版了《诗歌的欣赏与创作》，1962年出版了《学诗散记》等。1983年，冯中一出版了《诗歌艺术论析》（山东人民出版1983年出版）；1990年，冯中一主编了《诗歌艺术教程》（山东教育出版社出版1990年版，撰稿者为冯中一、鹿国治、王邵军）；1991年，冯中一与他指导过的研究生鹿国治、王邵军又合作出版了《新诗创作美学》（吉林文史出版社1991年版）；1991年，冯中一的论文合集《新诗品》由山东教育出版社出版。冯中一在其有限的生命区间里，建起了一座属于自己的诗歌赏析的"小庙"，由此让自我的生命与诗思的烛光在其中依然摇曳着，进而获得了超越时空的社会价值。

冯中一的诗歌评论较早地得到了学术界的关注。1986年，古远清在重庆出版社出版的《中国当代诗论50家》中列出了胡适、郭沫若、艾青、朱光潜、公木、亦门、谢冕等50位当代诗论家，冯中一亦入选其中。在古远清看来，"粉碎'四人帮'后，尤其是十一届三中全会以来，冯中一精神振奋，意气风发，以高度的热情探寻新诗前进的踪迹，注视着新老诗人的艺术成就"，并称冯中一为"埋头作具体的分析讲解诗歌的工作"却"没有得到广泛关注的诗评家"。[①]

1995年，北京大学的孙玉石在《中国现代文学研究丛刊》第1期发表了题为《十五年来新诗研究的回顾与瞻望》的长篇研究述评，对1978年到1993年的新诗研究状况进行了一次全景式的透视。孙玉石认为，关于新诗本体美学和艺术在个体研究的基础上出现了一些突破性的成果，并枚举了一系列的代表性成果，随后他又指出："其他一些专书和论文，也在新诗本体的艺术和美学的方面作了许多有意义的拓进。这里应该提到的是冯中一等人的《新诗创作美学》（吉林文史出版社，1991）、蓝棣之的《正统的和异端的》、孙琴安的《现代诗四十家风格论》（上海社科出版社，1987）、孙玉石的《中国现代诗歌艺术》等。"[②]孙玉石作为新诗研究方面的代表学者，一直关注着

---

① 古远清：《中国当代诗论50家》，重庆：重庆出版社1986年版。
② 孙玉石：《十五年来新诗研究的回顾与瞻望》，《中国现代文学研究丛刊》1995年第1期。

新诗研究，对新时期诗歌研究的历史进行了较为详尽的梳理，他也关注到了冯中一先生在新诗本体的艺术和美学方面做出的贡献。

2015年，吕进评价冯中一在新诗研究方面的贡献时特别指出："冯中一是山东师大新时期诗歌研究的奠基人。"由此出发，专门梳理了冯中一先生走过的诗歌创作和诗歌评论的道路："他从20岁开始就发表了《盲人》《蜗牛》等近百首新诗，是作为诗人步入文坛的。后来，由诗歌创作转往诗歌评论，有《诗歌漫谈》（1956）、《诗歌的欣赏与创作》（1959）、《学诗散记》（1962）等著作问世。进入新时期以后，冯中一培养了我国最早的几批新诗研究生，出版了《诗歌艺术论析》（1983）、《诗歌艺术教程》（1990）、《新诗创作美学》（与鹿国治、王邵军合著，1991）。""冯中一是忠厚的长者，治学严肃而严谨，他的现代诗学和写作学研究别具一格，他的诗论是新时期诗学的新收获。冯中一是由诗人而进入诗学殿堂的，这就决定了冯中一诗论的基本特点：比较偏于艺术赏析，注意具体地分析一诗一人，不作空泛之论；凭借自己的创作经验的积累所进行的诗歌基础理论和诗歌教学研究往往合理而实在。"[①]

冯中一先生不仅在诗歌研究方面取得了非凡的成就，他的写作课教师身份使他在写作学教学和教材的编写方面也取得了很大的成绩，并在1986年成为我国20世纪80年代恢复职称评定以来的第一位写作学教授。对此，贵州人民出版社出版的《中国当代写作理论家》一书高度肯定了冯中一写作学研究的成就，称他为"当代著名写作理论家"，这一评价影响甚大。但是，从其学术成就来看，冯中一不是一般意义上的写作理论家，而是一个从诗歌欣赏与新诗研究方面切入诗歌创作内在规律的诗评家，是一个在新诗研究方面建构了自我言说体系的著名学者，因此，冯中一的写作课教材编写及写作课教学应该被纳入其诗歌创作和评论的维度加以观照，如此才能真正发掘出其独特的学术贡献以及他取得这一成绩的内在缘由。

---

① 吕进：《山东师大在新时期的新诗研究》，《山东师范大学学报（人文社会科学版）》2015年第4期。

二、冯中一新诗研究的历史背景与内在理路

冯中一的新诗研究已经从"埋头作具体的分析讲解诗歌的工作"开始转向"昂首作宏观的新诗本体的阐释"。这一转向既具有其内在的逻辑性，也具有历史的必然性。

其一，改革开放后思想解放大潮使冯中一先生的思想开始出现巨大的变化，由此使得其思想完成了第三次转变，并奠定了他在新诗研究方面的学术地位。冯中一早在二十世纪三四十年代便作为进步的文学青年活跃在语文教育和新诗创作的第一线；从五十年代到七十年代末，他依然在复杂的政治运动中找寻着自我的诗歌研究的空间，注重回归诗歌欣赏的本体，已经显示了自我相对独立的思想，在这一时期，他出版了《语文教学札记》①《诗歌漫谈》②《诗歌的欣赏与创作》③《学诗散记》④ 等著作，这些著作"力求以政治性和艺术性统一的原则，对诗作以全面评价"⑤，在对诗歌进行评述时着重分析其艺术特色；还发表了一系列诗歌研究的论文，在政治设定的疆域下探索诗歌创作的内在规律，阐释诗歌的内在意蕴。如他发表于 1954 年的《怎样欣赏诗歌》一文，便这样指出："有的青年学术，尽管对于诗歌怀有极大的热情与兴趣，尽管阅读了很多诗歌，而得到的思想的启发和艺术的感染并不大；对于大家都称赞的好诗，也体会不到它怎样好和为什么好。"这在注重诗歌政治性的特定时期，把诗歌欣赏拉回到诗歌艺术的本体世界中，的确是不同凡响的举措。为此，冯中一提出了自我关于欣赏诗歌的几点见解："第一，要分析诗的构思、诗的思想性"，"第二，应注意体验诗歌情感的深度与跃进性"，"第三，应注意领会诗的意境"，"第四，应注意咀嚼诗的语言、吟味诗的韵律"。⑥ 在这篇文章中，除了作者引用的一些诗歌例证具有某些时代印记外，这样的理论阐释几乎没有多少政治的痕迹。冯中一注重回归诗歌本体的研究

① 冯中一：《语文教学札记》，济南：山东人民出版社 1957 年版。
② 冯中一：《诗歌漫谈》，济南：山东人民出版社 1959 年版。
③ 冯中一：《诗歌的欣赏与创作》，济南：山东人民出版社 1960 年版。
④ 冯中一：《学诗散记》，济南：山东人民出版社 1962 年版。
⑤ 冯中一：《学诗散记》，济南：山东人民出版社 1962 年版，内容提要页。
⑥ 冯中一：《怎样欣赏诗歌》，《语文学习》1954 年 3 月号。

特点，即便在二十世纪六七十年代也表现得较为明显。如他发表于《山东师院学报》的论文《献给火红年代的激越战歌》，其评论的对象是青岛市青年工人纪宇同志的第一本诗歌选集，也是山东省近年来出版的工农兵优秀诗集之一。集子中 30 余首热情澎湃的政治抒情诗，给予我们一个总的鲜明印象：这不是个人的一般言志咏怀之作，而是代表朝气蓬勃的工人阶级献给火红年代的激越战歌。从标题和内容来看，作者所选取的评论对象尽管具有鲜明的政治色彩，也突出了"政治抒情诗必须具有鲜明的、十分充实的时代特点，才能完成有别于其他诗歌的'打先锋'的战斗任务"。但他并没有因此把诗歌评论写成政治评论，依然注重在评论的过程中回到诗歌本体："为了给饱含时代特点的内容以绘形绘声的表现，注意贯彻新诗民族化、群众化的原则要求，既保持政治抒情诗铺张排比、疏放多变的形式、韵律特征，又尽可能达到精练整齐、通俗易懂、琅琅上口。"①

从 70 年代末到 1994 年，他的自我思想实现了真正意义上的确立。在其专著《诗歌艺术论析》的前言中，冯中一称自己在艺术民主的健康风气中"不仅增强了读诗、学诗的志趣，而且也消除了各种顾虑"②，尝试进一步探索新诗的创作规律与发展前途。该书以宏观的视野贯通古今，思考了古典诗词与新诗之间继承嬗递的关系，通过赏析把握了新诗作品的艺术规律，并进一步对新诗的发展道路、艺术革新和青年诗歌创作中出现的具体问题进行评述，真正把握了时代的脉搏，发出了自己的声音。1981 年，冯中一在探析屈原的《离骚》时有过这样的赏析："好象是插上了想象的奇特翅膀，在思想艺术的一切领域恣纵飞翔。诗人调动了宇宙万物，神话传说、历史人物，展示出天上人间浑然一体的五彩缤纷的长轴画卷——在这里，天帝女神、山川风物、龙凤云霓、玉树琼花等奇异的形象，都以斑烂的光彩，闪耀出诗人无比宏伟的理想，也都以比喻和象征的意义，激荡起诗人忧国忧民的感情巨浪。"③通过

---

① 冯中一（署名众一）：《献给火红年代的激越战歌》，《山东师院学报（社会科学版）》1976 年第 3 期。

② 冯中一：《诗歌艺术论析》，济南：山东人民出版社 1983 年版，前言，第 1 页。

③ 冯中一（署名众一）：《"吾将上下而求索"——屈原和他的长诗〈离骚〉》，《山东师院学报（社会科学版）》1981 年第 2 期。

这样的赏析，冯中一先生把我们引入到了一个诗人营构的艺术境地，感受其天马行空的想象力和精神上的自由，这恰恰也是他实现自我思想解放的表现。

其二，在思想解放的时代中，冯中一先生在新诗研究方面实现了从诗歌赏析到诗歌研究的飞跃，开始把眼光聚焦于大变革的时代风云，使自己的诗歌研究与时代共振。这恰如他在有关文章所指出的那样："诗文随世运，无日不争新。"[①] 思想解放让冯中一先生脱下了自己的盔甲，开始焕发战士的青春，由此获得了自我的一次蜕变。《东方灵秀美的启示》《真理的剑民族的琴——读〈陈毅诗词选集〉所得的启示》《试论当代诗歌创作的哲理倾向》等新诗评论文章，已不再局限于对诗歌的思想艺术特征进行评析，而是以更加广阔的视野和胸襟，将中国的当代诗歌与新的时代相对接、与世界文学的洪流相接轨。在《东方灵秀美的启示》一文中，冯中一在高度评价孔孚山水诗中东方韵味的同时，又对中国新诗未来的发展道路提出了自己崇高的希冀："我们改革开放的新时代，也并不仅仅限于艺术的引进、追踪，在诗歌上为什么不能象惠特曼的豪放昂奋、泰戈尔的柔静渊默，向世界、向人类精神文化贡献一种东方灵秀美的诗魂诗艺？"[②] 显然，冯中一先生已经自觉地将中国的诗歌创作与时代、历史和世界乃至人类的命运联系在了一起，呼吁着记录着时代但又能超越时代的优秀作品。在《试论当代诗歌创作的哲理倾向》这篇文章中，冯中一认为哲理倾向的诗在 80 年代的我国诗坛上大量集中地涌现，影响了一代诗风，而产生这一现象的原因正是时代潮流的冲击，并进一步指出："哲学是时代精神的升华，它实践着人的反省，是民族、时代、社会的自我意识，将永远随时代而不断更新。""这种哲学与诗的内在联系，在富有革新创造精神的今天，则为诗歌表现哲理提供了更大的可能性。""不论当前这些哲理倾向的诗存在着怎样的不足，但它毕竟是应运而生，以强大的气势冲进了新时期的诗坛。对这一现状，不仅要给予重视，而且要预见其兴旺发展的前途。"[③] 通过将哲学、诗学与时代联系在一起，冯中一在三者相互交融的基点

---

① 冯中一：《新诗品》，济南：山东教育出版社 1995 年版。
② 冯中一：《东方灵秀美的启示》，《山东师大学报（社会科学版）》1990 年第 4 期。
③ 冯中一、王邵军：《试论当代诗歌创作的哲理倾向》，《山东师大学报（哲学社会科学版）》1984 年第 5 期。

上对中国诗歌未来发展的道路提出了自己的构想。恰如冯中一先生对新诗希冀的那样，新诗研究在探索新诗现代化的过程中开始在更广阔的大道上奔驰，这表明他已经走出了既有诗歌评论的疆域，显示出新的时代风貌。

其三，冯中一先生把新诗研究视为一种教书育人的实现手段，尤其是通过对研究生教育的方式，把自我建构起来的现代思想再传递给学生，由此把人生的社会价值实现与具体的工作结合起来，实现了师生的共同发展。冯中一较早地招收了硕士研究生，这也促成了冯中一先生从既有本科教学的诗歌写作训练转向了研究生教学的诗歌研究，由此促成了他的诗歌评论从以赏析为重点转向了以理论思考为重点。他在学校开设了新诗研究的选修课，招收现代诗歌研究生，把系统理论的掌握与诗歌评论写作结合起来，编写了《新诗，呼呼着新的理论批评》（1985，冯中一、王邵军）、《新诗创作美学》（冯中一、鹿国治、王邵军著，吉林文史出版社 1991 年版）、《诗歌艺术教程》（冯中一主编，冯中一、鹿国治、王邵军撰稿，山东教育出版社 1990 年版）等著作或教程。正是通过对诗歌理论和教程的编写，冯中一对于诗歌的见解和独立的思考才得以以系统化、理论化的方式呈现出来，才实现了从教学实践落实到纸面文字的转变，也让冯中一对诗歌的独特见解得到了传承。对此，有相关评论认为《诗歌艺术论析》《诗歌艺术教程》和《新诗创作美学》的出版"标志着冯中一和他的研究生们在新诗艺术研究上的三步跳跃，这是他学者生涯的第二个黄金时期。考虑到当时中西文化碰撞的社会背景，要于喧哗躁动中求冷静思辨、于乱花迷眼中求审慎抉择，而且要不偏不倚、切合实际，这对冯中一而言，的确是不易的"[1]。

三、冯中一的新诗研究取得成功的内在缘由

冯中一之所以在新时期能够完成自我的飞跃，既与他重视借鉴中国传统文化，尤其是中国优秀诗歌传统相关，也与他对西方文化和西方诗歌创作经验的吸收有关。正是在这一基点上，冯中一在新时期的新诗评论进入了一个

---

[1] 李乾坤、王邵军：《冯中一：自强学人 厚德君子》，载《山东师范大学名家传略》编写组：《山东师范大学名家传略（第一辑）》，济南：山东友谊出版社 2020 年版，第 124 页。

自我解放和自我成长的黄金时期。

其一，冯中一注重对中国优秀传统文化和文学的资料整理与解读，厚植新诗发展的传统文化土壤。在"文革"时期，冯中一的学术研究受到严重冲击，但他并没有放弃，而是在时代所预留的缝隙中继续着诗歌研究。除上文提及的作品，冯中一与他人合编的《中国历代法家诗选》一书同样值得关注。经过初步考证，这一选本并没有出版。尽管如此，该书仍旧值得引起重视，因为这一时期不同的高校中文系都对法家诗歌多有关注，如南开大学中文系便成立了编注组，在 1975 年出版社了《法家诗选》（人民教育出版社 1975年版，作者为南开大学中文系《法家诗选》编注组）。这也说明，类似冯中一先生这样的一大批学者，在无法更好地关注当下诗歌创作和从事诗歌评论时，不约而同地转向了对中国传统诗歌资料的整理与注释。当然，这一时期法家代表性人物获得了政治上的认同，而其他诸子百家则受到了抑制，在此情况下，从事诗歌研究者关注法家诗歌创作，既是时代预留给人们的缝隙使然，也是人们借助这一历史缝隙凸显自我存在感的一种可贵努力。

冯中一先生既重视传统诗歌资料的整理与研究，还重视诗歌之外其他文体的资料整理与研究，由此把自己学术研究的视野拓展到中国传统散文上，在 1983 年主编的《唐宋八大家散文选》（冯中一主编，徐惠元等人注析）由山东人民出版社出版。对此，冯中一以注析者的身份在前言中这样写道："唐宋八大家散文，象唐诗、宋词一样，以脍炙人口、历久常新的巨大魅力，吸引着我们。"[①] 这说明，冯中一虽然把诗歌视为自我人生的核心场域，但他并没有拒绝其他文体，尤其是没有拒绝与诗歌文体离得较近的散文文体。这样带有文体跨界性质的资料整理与研读，对冯中一的诗歌创作和诗歌研究具有积极的作用。

其二，冯中一重视对西方现代诗歌资料的整理与研读，由此为他在新时期的新诗评论转向新诗的现代化思考提供了必要的理论资源。在新时期到来之际，冯中一与学生共同编写了大型资料参考书《中外诗歌创作谈》。《中外诗歌创作谈》是 1980 年由中国作家协会山东分会诗歌创作委员会会出版的图

[①] 冯中一主编：《唐宋八大家散文选》，济南：山东人民出版社 1983 年版，前言。

书，作者是中国作家协会山东分会诗歌创作委员会、山东师范学院中文系现代诗歌研究生小组。《中外诗歌创作谈》在汲取外国诗歌创作经验的基础上，主要把目光聚焦于外国诗歌理论及其评介，不仅收录了别林斯基、雪莱、歌德和高尔基等外国诗人的诗论，还将袁可嘉、赵毅衡、杨熙龄和王守仁等中国诗歌研究者对意象派诗歌、象征派诗歌以及西方现代文学的译介收录其中，将该书打造成一个能够使中外诗歌研究们实现精神交流的平台，用这种方式让读者更加直观地感受中外诗论在交汇时碰撞出的思想火花，更在新时期为国内的研究者打开了一扇透视外国诗歌的窗户。

其三，冯中一注重教学相长，尤其是注重研究生培养，并在此过程中与学生打成一片，建构起了独特的师生学术共同体，由此再次实现了自我超越。冯中一先生曾经这样说过："借教学工作之便，平时常与几位青年诗友共同学习讨论新诗发展状况与创作成绩，遇有体会较为集中突出者，则作为教学练笔小品，一起商定写作提纲，反复修改加工，合写成随笔式诗歌短评。……借以对青年诗歌评论者的青出于蓝、迅速成长，寄予殷切期望。"[1]在实际教学和研究的过程中，冯中一先生更是身体力行，不断坚持着对青年学者的培养。如冯中一与杨守森合作完成的《捕捉心灵的闪光点》一文，对丁庆友反映农村新生活的诗歌进行了评论，既有冯中一先生温柔敦厚的行文风格，指出丁庆友的"这些作品，将历史和现实联系起来，概括了比较丰富的生活内容，的确不失为有益的探索。但这种方式，在他的笔下似乎只适宜于郑重地政治抒情，一接触活生生的现实生活，便略有迂阔生涩之感"[2]；也有向往做一个青年思想家的杨守森的批评锋芒，批评了"个别艺术观点偏激的同志曾指责丁庆友的创作道路难以走通"[3]。这样的合作之作，恰好可以看作冯中一先生注重提携学术新人、注重包容和整合青年人的思想，并由此纳入自我的诗歌研究的体系中，成为已经进入花甲之年的冯中一再次融入思想解放大潮、再

---

[1] 冯中一：《诗歌艺术论析》，济南：山东人民出版社 1983 年版，前言。

[2] 冯中一、杨守森：《捕捉心灵的闪光点——读丁庆友反映农村新生活的诗歌》，载冯中一：《诗歌艺术论析》，济南：山东人民出版社 1983 年版，第 105 页。

[3] 冯中一、杨守森：《捕捉心灵的闪光点——读丁庆友反映农村新生活的诗歌》，载冯中一：《诗歌艺术论析》，济南：山东人民出版社 1983 年版，第 112 页。

次焕发学术青春的重要契机。这样的一种新老共同建构的老中青学术共同体，恰是新时期中国思想解放和文化繁荣的一种真实写照。

如果说冯中一在 1982 年之前，仅仅是尝试建构"老中青学术共同体"并进行实践，那么，在 1983 年之后，这种"老中青学术共同体"的建构则进入了成熟时期，并且结出了丰硕的新诗研究成果，他与研究生鹿国治和王邵军合作的成果较具代表性，出版了《新诗创作美学》和《诗歌艺术教程》两本代表性著作。鹿国治，1946 年出生，1969 年山东大学外文系毕业，1979 年考入山东师范大学中国现当代文学专业师从冯中一攻读硕士学位，1982 年毕业后留校任教，1989 年调入新华社山东分社；王邵军，1963 年出生，1979 年考入山东师范大学中文系，1983 年考取本校研究生，师从冯中一。在冯中一的主导下，他们三人建构起来的"老中青学术共同体"既具有较为丰厚的学术积淀，又具有较为新锐的学术创新，由此使得历史经验教训与思想解放获得了最大限度的统一，这使得他们的诗歌研究之树既扎根于中国古典和现代诗歌的沃土，又汲取了西方现代诗歌的营养，为新时期的诗歌解放起到了助力作用。不过，让人稍感美中不足的是，这一"老中青学术共同体"随着鹿国治和王邵军先后离开山师、就职于新的岗位而消解，他们的新诗研究共同体也未能再结出更加丰硕的果实。冯中一尽管继续耕耘在新诗研究艺苑，并有一系列具有创见性的新诗研究成果，但 1994 年，他过早地离开了诗歌研究，再也没有机会书写出更为辉煌的学术篇章。但值得赞许的是，冯中一这些研究成果集中反映在《新诗品》和《冯中一文选》；同时，他还培养了吕周聚等接续新诗研究的"60 后"学者，最近出版的《冯中一文选》便是由这一代学者负责编选并出版，这同样是冯中一先生在对青年学者的培养上获得成功的体现。由此说来，冯中一先生的新诗研究能够沿着这一学术脉络不断地传承，并且在代际传承中获得新的发展。

（原载《百家评论》2023 年第 6 期）

孔孚：中国诗坛新山水诗派的"祭酒"

杨守森

孔孚（1925—1997），著名山水诗人，被誉为"现代东方神秘主义诗歌"的开拓者。1925 年 4 月 1 日生于曲阜。1947 年毕业于山东省立师范专科学校史地系，后执教于曲阜师范，开始从事诗歌创作。1949 年到大众日报社工作，任文艺编辑，1979 年调至山师现代文学研究室，任中文系副教授。1950年开始发表作品。1986 年离休并加入中国作家协会。60 岁时，出版第一本诗集《山水清音》，后又陆续出版诗集《山水灵音》《孔孚山水》《孔孚山水选》，还出版有诗论集《远龙之扪》、诗文集《孔孚集》，以及《孔孚山水诗研究论集》。诗集《山水清音》获山东省首届泰山文艺创作一等奖，《孔孚山水·峨嵋卷》获 1991 年山东省优秀图书奖一等奖、1991 年全国计划单列市出版社优秀图书一等奖。

诗坛"奇人"

孔孚，原名孔令桓，字笑白。1925 年 4 月 1 日生于山东曲阜一个耕读之家。从记事起，身为私塾教员的父亲就教他背诵唐诗，这样就在他幼小的心田里播下了诗的种子。孔孚 1 岁多学步时，因被铡刀误伤不幸失去了右手，后来便发奋用左手生活和学习。1944 年至 1947 年，孔孚就读于山东省立师范专科学校史地系。1949 年，进大众日报社工作，担任文艺编辑。自 1950 年开始以"孔孚"为笔名发表诗歌作品。

自 1955 年起，孔孚屡遭政治风波影响。1979 年，随着改革开放的到来，才得以复归平静。同年秋，应田仲济先生之邀，被调入山东师范学院中文系中国现代文学研究中心，从事现代文学研究与《新诗发展史》的写作工作。

1986 年离休后，孔孚全身心投入诗歌创作中，出版有诗集《山水清音》《山水灵音》《孔孚山水诗选》《孔孚山水》、日文版诗选《山水谣》、诗论集《远龙之扪》、诗文合集《孔孚集》等。

在中国当代诗坛上，孔孚堪称"奇人"。这位饱经苦难的诗人，虽早年就已钟情于诗，但用他自己的话说，是"54 岁以后才真正写出一点诗来"。他也许未曾料到，自己的诗作，不仅吸引了许多读者，而且得到了诸多著名诗人、学者的高度评价。公刘认为，"孔孚独树一帜的新山水诗，确实填补了我国自有白话诗以来 70 余年的一大空白"，呼吁"我们的文艺单位、学术单位和出版单位，都应该理直气壮地为孔孚发布战报，介绍他的辉煌成果，说明他的重大意义"；李瑛称赞其诗歌"精练隽永、雅致清灵"；钱锺书则将孔孚视作"开门户"者；1985 年 9 月 26 日，美国《美洲华侨日报》发表长篇评述文章，盛赞他是"当今中国诗坛新山水诗派的'祭酒'"。

孔孚不仅在诗歌方面卓有成就，在书法方面也造诣非凡。他用左手创作的书法作品，在结体、布局、线质等方面都达到了高超的艺术境界，形成了不同于中国书法史上任何一家一派的独特个性。1996 年 5 月，由《大众日报》和山东师范大学在山东美术馆联合举办的首次孔孚书展，引起了很大的轰动，其作品赢得了社会各界人士的钟爱。实际上，孔孚平常很少写字，往往只是在年终抽出一两天时间，写几幅字送给朋友。他留下的上百幅书作，主要是在晚年养病期间，激情突然迸发，在短短 1 个多月的时间内完成的。除了少年时代的童子功外，他后来并未着力于书法，却在书法上收获了不虞之誉，这不能不说是发生在孔孚身上的又一奇迹。

"狂狷""孤傲"的诗性人格

大凡了解孔孚或读过其诗文者，应该都会感觉到：孔孚是真正富有诗性人格者。他孤傲清旷，狂狷不羁，用宋遂良先生的话说，"长一身傲岸之骨，披一肩狂狷之气"。

他的狂狷与孤傲表现在诗艺上，就是敢于傲睨前贤。

在诗论方面，他虽然很欣赏宋人严羽的《沧浪诗话》，但也不客气地指出：严羽过分迷恋书本，视野不宽，美学上喜欢远距离，眼却有些近视；虽强调写诗要"直截根源"，却并没有真正探到大千世界那个"源头"，甚至对从那个"源头"分出来的流"也不甚了了"。对于历史上许多著名诗人，他都有过尖锐的评点。在他眼中，陶渊明为人称道的"采菊东篱下，悠然见南山"，不过是平平淡淡，初级"自然"而已。即如李白、杜甫，他亦认为不必"高山仰止"。他曾发誓要与李、杜一较高下，他要用"隐现"的手法，"抟"出一个"虚宇宙"。

他在《题己》一诗中写道：

> 出佛出道
> 亦牛亦马
> 何须千手千眼
> 抟虚宇宙

我们仅从这一篇诗的"宣言"中，从"抟虚宇宙"的气魄中，便足可看出孔孚在诗艺追求方面令人崇敬的"狂气"与雄心。

与"狂"相关，孔孚是一位孤独者。

他常常一个人寂寂独行于山水之间，曾独自游荡于崂山半个多月；他曾为自己写过一幅斗方，上书两个字："寂人"。他曾写过一篇含有自况意味的散文，题目是《"寂人"，"默默地"》。1996年，在济南举办的孔孚书展上，他写下这样两句题词：

> 荒荒宇宙一人行，且听历史之回声。

他在《崂顶速写》中写道：

> 漫步在天上
> 只有我和太阳

在《大雨中过雷神峡》中写道：

> 我与雷神同行
> 拄一根断枝

在茫茫宇宙中，已经难觅同道与知音，只有天上的太阳与雷神之类可以结伴远游、可以相互安慰了。这就是孔孚的"大孤独"。孔孚，就是这样一位有着一颗深刻的孤独之心的诗人。

孔孚的孤独，不是生活的孤独，而是生命的孤独。他的孤独，绝不是来自对生活及命运的怨怼，而是一种哲学意义上的生命的孤独，是诗人独具的姿态及其精神视角下生命的呈现形式，是一种真正属于诗和诗人的深刻的孤独。

生活的孤独，往往缘于人生的被动与无奈，可以使人迷茫失意，可以销蚀人生的热情、勇气和信心；而生命的孤独，则往往缘于个体超尘拔俗的睿智和关怀万物的胸襟，是庄子"独与天地精神往来"之"孤独"。这"孤独"可以使人昂扬振奋，可以激起人强劲的生命活力，可以唤起人博大的爱欲和情感。在孔孚的诗中，闪耀着的正是这样一种伟大的生命之光。如他在《飞雪中远眺华不注》中写道：

> 它是孤独的
> 在铅色的穹庐之下
> 几十亿年
> 仍是一个骨朵
> 雪落着
> 看！它在使劲儿开

看这孤独的山，没有寂寞和悲哀，没有困惑和失意，而是有着怎样不羁的、顽强的生命活力啊！那花"骨朵""几十亿年"了，仍欲顶破那"铅色的穹庐"，一直在"使劲儿"开。我们从中看到的，正是诗人自己昂然不屈的生命形象。

宇宙洪荒的诗歌境界

好的诗作，不仅要体现为"诗"，还要臻于高超的境界。

按宗白华的看法，艺术的境界是"天地境界"，或谓"宇宙境界"。从诗境来看，孔孚诗歌的高妙之处，还在于对高层次宇宙境界的追求。他曾明确讲过："艺术的最高境界就是宇宙层面，当站在这个高度看问题的时候就全通了，什么物我、主客、过去、现在、未来，在我这里全是通的。物我全息，时空全息。我只需寻找触动读者心灵那根弦的那个点，以最简单的符号引发读者产生共振。只要人的灵气动了，什么创造力都会生发出来。"

在具体作品中，这样一种宇宙境界主要表现在：

博大壮阔之境。孔孚的诗，虽多是寥寥数语，但其中呈现出来的，常是一个博大壮阔的想象空间。在《轩辕柏》一诗中，你会看到这样震撼人心的场景：黄陵轩辕庙内的那株轩辕柏，正在青天为之铺好的"云锦笺"上，"以长春绿／写五千年历史"。品读《青州古城晚眺驼山》，你会随那只"驮一轮落日"、昂起的头颅"高出群星"的骆驼，走进一个辽阔无垠的世界。

孔孚诗歌创作中的"取景"，常有意识地取"飞起来，抟羊角而上，在九万里的高空，然后向下俯视"的高距离、远距离视角。正是由此视角，诗人才看见：那月亮，"蘸着冷雾／为大峨写生"(《峨眉月》)；"黄河"成为渤海中一个"颤动"的"音符"(《渤海印象》)；崂山，"濯足于万里长波／肩搭一条白云"(《崂山》)。在这类诗中，才形成了浩阔的宇宙气势。

远古洪荒之境。孔孚的许多诗，会将读者引入一个超越世俗烟火、人间纷争、生死悲欢，而"与宇宙为友，与天地闲聊"，类乎德国现象学哲学家胡塞尔所主张的悬搁一切、追求现象学还原的远古洪荒之境。如在《崂山》中，他写出的是：

> 崂山在海边沉思
> 回忆他的童年
> 那时他把大海当竹马骑呢
> 敲打着太阳这个铜盘

在《千佛山巅我捡到一个贝壳》中，他想到的是：

> 跨上鲸背
> 游向荒古水天

他在《高原夜》中写道：

> 寂灭之深渊
> 宇宙孵卵

在这类诗境中，我们会感受到一己生命消融于永恒、个体自我融汇于宇宙的心神快慰，会向往于"洗尽尘滓，独存孤迥"的高洁人格，而这就是宇宙境界的艺术魅力与价值。

幽深玄秘之境。孔孚的诗中，还有一种玄妙莫测、令人遐思不尽的神秘美。在黄山天都峰上，于狂风暴雨占领了大宇宙的暴戾氛围中，诗人俯视雷电，居然听见"有婴儿啼哭"；在峨嵋息心所，居然"来一山灵／摩我的心"。在无人读懂的泰山无字碑前，诗人写一条青虫"在读"。另外，诗中不时出现玄狐——二仙山上，它把"长长的尾巴拖进黄昏"；钻天坡上，它在"合十"祈祷；峨嵋金顶，它立于一片危岩，竖耳倾听着人间的秘密；在泰山曲径，它竟"手拈莲翅"，引诗人"入黄花洞中"……悟透天地玄机、洞彻人间幽秘的"玄狐"及其扑朔迷离的怪异之象，无疑为孔孚的山水诗平添了一种兴会通灵的奇趣、一种玄妙莫测的神秘美。透过这神秘和诗境，我们会感到，诗人的目光，穿透了有与无、生与死、灵与肉、物质与精神、古往与今来、时间与空间的壁垒，窥探到了宇宙本原的生机，触摸到了天地万象的律动，参透了大千世界的永恒，最终拥有宇宙情怀、臻于宇宙境界。

我们常说，好的文艺作品是具有超越性的。而宇宙境界，正是超越性的至高表现。孔孚的不少诗作，呈现出的正是这样一种至高境界。就其审美功能而言，这境界无疑具有刘勰所说的"疏瀹五脏，澡雪精神"之效，能够给人以更为高旷超逸的情感陶冶。

"孔孚味"的诗艺追求

在中国当代诗坛上，孔孚是一位对诗之本体特征有着深刻理解，且真正痴迷于诗、潜心于诗艺探索的诗人，其追求主要表现在：

"隐现"与"远龙"之境。孔孚曾明确表示，他的诗歌创作，追求的是"隐现"，即在写作过程中，既不拘泥于"实象"之摹写，亦不步趋于"意象"之创造，而是遵从"无"即"大有"的中国道家哲学智慧。不拘于象，从有到无，设法以"无象"隐"有象"、以"大虚"隐"大有"，从而创造出他所倾心的"无鳞无爪"之"远龙"境界。如在《渤海印象》中，面对黄河入海口的景观，诗人既未写渤海，也没写黄河，其视野焦点，只集中于那黄河在大海中缩成的一个"颤动着"的"音符"。这就是孔孚所追求的"隐现"，所创造出的"远龙"诗境，诗人正是借"隐现"构成的"大虚"之象，将渤海湾之壮阔交予读者，让其自由想象了。

"灵视"与"灵美"意趣。与重"隐显""出虚"相关，孔孚认为，真正属于诗的意象，绝不能来自目之所见，而是得之于"灵视"。他讲过，他的诗要创造出既不同于"第一自然"也不同于"第二自然"的"第三自然"。他所说的"第一自然"指的是直陈其事；"第二自然"乃王维式的"以物观物"；"第三自然"则是"以虚观虚——以灵觉观灵物"，也就是"大虚"。对孔孚诗歌有深入研究的评论家刘强的看法是有道理的：诗论史上有"实象""意象"之说，但在孔孚这儿，追求的是"灵象"，这是具有里程碑意义的创见。在孔孚看来，"实象"是可画的，欠虚，固乏诗意；许多"意象"也还是可画的，因而还是"小虚"；而"灵象"是绝对画不出的"大虚"。孔孚的诗歌中之所以真正有"诗"，即因其中随处可见出之"大虚"。

因囿于"文以载道"之类的传统文学观，对于孔孚的某些诗，亦有人称"看不出"要表达什么意蕴。对此，孔孚的回答是："有的诗不一定蕴含什么，不过作为一件'艺术品'而存在。""有的诗，就是'只可意会，难以言传'。""诗不是为了'验证'哲学、美学。严格说，亦不可'阐释'。""'两头白牯手拿烟'，没有什么道理可言。'灵美'而已！"

"减法"与精品意识。孔孚反复强调过自己的创作原则："简"（或谓

"减法")。这"简"不是指简化诗的表面形式,而是要尽力将太实的、非诗意的东西减掉,只留下有诗意的东西,从而写出诗之精品。按其"减法"之则,孔孚每一首诗的创作,都经过字斟句酌、反复推敲。如《古德林漫步》一诗,结尾原为两句:"字间杂有鸟语/鸠摩罗什吃惊",后只留一句,径以"字间杂有鸟语"作结。诗人自己这样分析修改缘由:"出鸠摩罗什一象,就是有了规定。'吃惊'似乎有味,但也是规定。不如落到'字间杂有鸟语'这活处好。"仅此一例,即可看出诗人在创作过程中投入了怎样严谨细致、精益求精的匠心。

孔孚诗中之所以有"诗",之所以有许多精品,之所以形成了无法为人所效仿的"孔孚味",就是因为他潜心以求、精益求精。

富有创见的诗学贡献

孔孚的诗,自可谓山水诗,或谓新山水诗,但实际上孔孚对于中国当代诗坛的贡献,不仅在于写出了独具一格的山水诗,还在于其富有创见性的诗学思考。仅从他提出并反复论述的"远龙之境""出虚""大虚""灵视""隐象"这些新颖独到的诗学术语中,就会感受到孔孚在诗歌理论方面的创见性。

孔孚所说的"远龙",既非指具象的可见之龙,亦非指龙身上的一鳞半爪,而是"无鳞无爪"之龙。在他看来,"一鳞半爪"尚是"小虚",由"灵视"而得的"无鳞无爪"之龙才是"大虚"。他在诗中力求的就是这种"大虚"之境。

孔孚所醉心捕捉的"远龙",是一个有着深厚哲学意蕴的指称,它近于老子的"道",亦类乎海德格尔的"本真存在"。那"远龙"、那"道"、那"存在",都是不可言说的,尤其不能用文字描摹的,只与人的主体心性相关,且因人而异、因境而变,恍惚莫测。正是这恍惚莫测,使得诗歌的"世界之门"得以洞开,清澈澄明之境得以呈现。正是由"远龙"视角出发,孔孚力叛基于"载道论"的传统诗歌价值观。在他看来,诗不是社论,"不能指望它扭转乾坤。它只不过是想:能于人之生命中注一点儿'灵性'而已!""我们的'使命',就是使生理的官能感觉全部升入'灵'的层次;

并疏之使其'通';抟虚宇宙,以唤起我中华民族之'灵性'"。与传统的"载道论"相比,这似乎是"无用",实则包含着"大用"。

孔孚的这一看法,是贴近诗之本质特征的——培育人的灵性要比通常所说的"教育意义"更为重要。一个人,只有具有了灵性,才不会迷信盲从、唯唯诺诺、奴颜婢膝,才会人格超迈、思维活跃、敢想敢干、勇于创造。孔孚那些富于想象智慧、抵达宇宙境界的诗作,正是具有这样一种能够培育民族灵性、人之灵性的"大用"。

需要进一步反思的是,长期以来,在我们的文艺理论中,一直特别强调诗之教育功能。实际上,有主题思想、有教育意义的诗是好诗,而文学史上许多难说有什么主题思想、什么教育意义的诗,也可以是好诗甚或是更好的诗。相反,有的诗,因主题思想及教育意义太过显露,反而失去诗味了。文学史家大多认为宋诗不如唐诗,原因即在于唐诗主情、宋诗主理。"理"自然能体现具有教育意义的思想,却致使诗之品位下降了。

关于中国诗歌的发展历程,孔孚发现了这样一种怪异现象:某些精于诗道的先贤,虽然从理论上明白"从有到无"的诗道,但在实践中往往又推崇那些立足于现实教化、具有儒教风范的作品。令他深感遗憾的是,蕴含着东方哲学智慧的"远龙",本应呼风唤雨、逐浪击水于中华民族的诗之长河,但由于种种原因,这条诗河于千百年前便已淤塞了,与诗之本质相悖的"写实论""载道论"竟成为诗界主潮。孔孚疾呼,这一淤塞之艺术河道,必须重新开掘,以使"地下之潜流得以涌出,洋洋乎流于东方"。同时,他还乐观地预言:"迟早有一天,会有第二个庞德,向东方作第二次朝圣。那时他们所惊异的,将不是神龙之一鳞半爪,而是'无鳞无爪'的神秘主义现代东方'远龙'。"

就中国当代诗歌的兴盛与发展而言,孔孚上述关于"诗"之本质、"诗"之功能,以及中国新诗的未来走向等重要问题的思考与见解,无疑是有重要启示意义的,是有待于我们做进一步深入研究的。

［原载《山东师范大学名家传略》(第1辑),山东友谊出版社2020年版］

朱德发：现代中国文学研究的常青树

李宗刚

朱德发（1934—2018），山东蓬莱（今属烟台市）人。1951 至 1960 年，在蓬莱从事教育工作；1960 年，入曲阜师范学院（今曲阜师范大学）中文系学习；1964 年大学毕业后，被分配至山东师范学院（今山东师范大学）中文系，从事中国现代文学专业的教学与研究工作。1985 年晋升为副教授，同时开始指导硕士研究生；1987 年破格晋升为教授；1992 年，被苏州大学聘为兼职教授；1994 年，被南京大学聘为教授；1995 年，被苏州大学聘为中国现当代文学专业博士研究生导师；1998 年，被山东师范大学聘为博士研究生导师。

朱德发先生曾任山东师范大学语言文学研究所所长兼中文系副主任、山东师范大学学位评定委员会副主任、《山东师范大学学报（社会科学版）》编委会副主任、山东省重点学科学术带头人、中国现代文学研究会副会长、山东省中国现代文学学会会长、山东省茅盾研究会会长、山东省比较文学研究会副会长、山东省华夏文化促进会副会长、山东省作家协会主席团成员等。他于 1988 年、1995 年两度被评为山东省专业技术拔尖人才，1992 年被批准享受国务院政府特殊津贴，1993 年获得由曾宪梓教育基金会颁发的高等师范院校教师奖二等奖，2003 年获得由教育部评选的"国家级教学名师奖"，这是山东省省属高校第一个获此殊荣的教师，2008 年荣获山东省社会科学突出贡献奖，2009 年被聘为山东师范大学国家重点学科资深教授。

朱德发先生著述甚丰，亦富有创新性，其著述堪为中国改革开放 40 多年来学术发展的真实写照。他发表在《中国社会科学》《文学评论》等重要学术期刊上的论文达 200 余篇，不仅数量多，而且影响大。从 1979 年参与编写《中国现代文学史》（山东人民出版社 1979 年版）起，他以不同形式出版的著作共计 40 余部。

朱德发先生的学术成果先后获得省部级优秀科研成果奖和文艺评论奖近 30 项。其中，教育部优秀科研成果（人文社科类）二等奖 3 项，山东省社会科学优秀成果一等奖 4 项、二等奖 9 项、三等奖 4 项。此外，获有山东省文艺评论奖、山东省刘勰文艺评论奖、山东省泰山文艺奖等多种省级奖项。

一、从小学讲台到大学讲坛

1934 年，朱德发出生在山东蓬莱一个依山傍水的小村庄里。这里的地域文化独特且深厚，那些自古流传的神话故事、民间传说，滋润着他那颗套缚着人生重轭的心，使其在土地之外幻想着那个"八仙过海"的美妙境界，渴求在"各显神通"中实现自我价值。

朱德发在动荡的年代、艰苦的岁月中读完小学，并在 1951 年有幸成为一名小学教师。在任教期间，他凭着一股不甘人后的犟劲，硬是在较短的时间里修完了中师的课程，成了业务上的骨干。他先是任"完小"的教导主任，继而任"完小"的校长，后到县教育局教研室任教研员。得益于丰富文化的滋养与现实生活的历练，朱德发先生在此期间完成了自己原初性格的铸造：开阔的胸怀、浪漫的气质、豪放的性格和激荡的生命热情。

1960 年，朱德发以调干生的身份考入曲阜师范学院。在曲阜师范学院就读的四年里，他在知识的海洋里如饥似渴地汲取营养，并逐步将研究兴趣定位于中国现代文学。毕业后，他因成绩优异而被选派到当时的山东师范学院中文系任教。

"文革"结束后，朱德发以炽烈的激情、蓬勃的生命力拥抱着风和日丽的春天。此时，朱德发一直与家人分居两地。在完全属于自己的那间斗室里，他为了探寻现代文学发展历史的本来面目，闭门谢客，逐浪于文学的历史长河中：白天，除完成教学任务外，整日泡在图书馆、阅览室里，查阅泛黄的历史资料；晚上，便将自己反锁在房内，认真研读，直到深夜。在不到两年的时间里，他不仅改写了自己过去的全部讲稿，而且积累了大量的原始资料，为迎接学术的春天而做了充分的精神和知识上的准备。

在充分积累和潜心研读的基础上，朱德发于 20 世纪 70 年代末 80 年代初开始潜心于五四文学的研究。他以《五四文学初探》（山东人民出版社 1982 年版）引起学界的极大关注，一时成为五四文学研究领域执时学界之牛耳的风云人物。此后，朱德发出版的具有影响力的著作还有：《茅盾前期文学思想散论》（朱德发、阿岩、翟德耀著，山东人民出版社 1983 年版。该成果于 1986 年 1 月获 1983—1985 年山东社会科学优秀成果二等奖）、《中国现代文学史教程》（冯光廉、朱德发、查国华、姚健、韩之友、蒋心焕编著，山东教育出版社 1984 年版。该成果于 1986 年 1 月获 1983—1985 年山东社会科学优秀成果二等奖）、《中国五四文学史》（山东文艺出版社 1986 年版）、《新编中国现代文学史》（朱德发、蒋心焕、陈振国主编，明天出版社 1989 年版。该成果于 1991 年 2 月获山东省社会科学优秀成果三等奖）。

作为具有独立追求的思想者，朱德发在继承优秀传统文化的基础上又吸纳了现代文化，逐渐涵养了学术研究上的启蒙情怀。朱德发从事学术研究，并不是一味地读死书、死读书，而是将其作为个人思想的外化形式，这使他成为一个具有独立思想追求的学者。从这个意义上说，我们把他称为思想家也不过分。朱德发先生的思想，得益于五四新文化运动的启蒙并逐步形成了独特的思想体系，那就是以人道主义为本位、以辩证唯物主义为核心、以实事求是为旨归、以现实问题为鹄的的思想体系。在 20 世纪 80 年代前后，朱德发之所以能够顺应时代思想解放之大潮，并在五四文学研究上有所突破，就是因其受到了这种思想的驱动并凭借着这种思想的支撑不断前行。其早期撰写的在国内外有重要影响的学术著作，如《五四文学初探》《茅盾前期文学思想散论》，对五四文学和文化研究中的一系列重大理论原则、重要学术命题和著名历史人物，率先做出了客观、公正和科学的评价与研究，得学界创新风气之先，产生了巨大反响，开辟了中国五四文学和文化研究的崭新局面。对此，学者孙昌熙、魏建联袂撰文，对之做出高度评价，认为这是"现代文学研究的新收获"，"其要旨在于解决五四文学研究中的一些重点和疑点问题"，而"该书的主要价值，正在于它对这些重点和疑点的突破"。这一系列富有创新性的思想，曾引起巨大的社会反响，甚至一度受到一些质疑，而历史的实践证明，朱德发正是据此参与改革开放初期的思想解放运动，成为历史发展链条中无法被忽视的重要人物。

朱德发先生的学术研究最早是从五四文学研究实现自我突破，后逐渐拓展到20世纪40年代中国文学。他在20世纪80年代初完成的《五四文学初探》《茅盾前期文学思想散论》，为他80年代中期撰写五四文学史奠定了基础。1982年，朱德发先生接受出版社邀请并被田仲济先生认可，开始修改《中国抗战文艺史》。领受这一重要任务后，朱德发先生夜以继日地工作着，全部增订稿很快出来了。他将8万多字的原著修订、扩写到33万字。对此，田仲济先生认为，1984年出版的《中国抗战文艺史》"是两人共同的东西了，这个劳动是应该感谢的"。至于朱德发先生"代改"后的书稿，更是深得田仲济先生赞赏："以本人的新观点充实他人的旧观点，这是极为奇妙的、极为得人心的，也是最适宜的办法，不能不说这是妙笔。"而这次"代改"，也为朱德发先生撰写《中国五四文学史》做了很好的预演。

朱德发先生于1986年出版的《中国五四文学史》是关于五四文学的第一部断代史。该书出版后，被学术界认为是"五四文学研究的新成果，是现代文学研究领域里新的突破"。即便时过境迁，该书也依然被同行认为是"通过大量原始史料的搜集、发掘、整理，运用历时性与共时性双向考察的研究方式，探讨了五四文学运动的来龙去脉与演变轨迹，宏观视野开阔，微观考察精微，使得新时期第一部断代史一问世便起点较高，引人注目"。该书的出版，为朱德发先生赢得了广泛的学术声誉，也奠定了他在中国现代文学研究界作为一个"真学者"和文学史家的显赫地位。这一具有开拓性的研究成果先于1988年2月获1985—1987年山东社会科学优秀成果一等奖，后于1995年12月获全国高等学校人文社会科学研究优秀成果二等奖。此外，朱德发等人编写的《中国现代文学史新编》还于1989年12月获1987—1988年山东社会科学优秀成果二等奖，其独撰的《论茅盾"五卅"前后的无产阶级文学观》于1984年9月获1981—1983年山东社会科学优秀成果三等奖，由此受到了学术界的特别关注，并收获了一致好评。

这一阶段，朱德发先生的学术研究成果相继发表在国内文学研究的重要期刊上，其中就有刊发在中国文学研究领域的著名刊物《文学评论》上的《文学研究会"为人生"文学观的基本特征》（1984年第6期）。此外，他还在《文学评论丛刊》《中国现代文学研究丛刊》等重要期刊上发表了一系列具有学术影响力的论文。

乘着学术之舟开始扬帆远航的朱德发先生，一方面，他继续着自己的学术研究，不断实现着自我超越，并成为本学科同龄人中最早担任教授的学者；另一方面，他还为整个学科的提升和发展殚精竭虑，并于 1987 年成为山东师范大学中国现当代文学的学科带头人。

二、寻灯"五四"，著作等身

20 世纪 90 年代后朱德发先生的学术研究从 20 世纪 80 年代的关注思想研究向兼顾文学本体研究和文学主体研究转型，代表性成果是在《文学评论》上发表的《评判与建构——新文学史研究主体思维的沉思》（1993 年第 1 期）、《新文学流派研究的社会学方法》（1996 年第 4 期）、《中国文学：由古典走向现代》（1997 年第 5 期。该成果于 1998 年获山东省刘勰文艺评论奖），以及在《中国社会科学》上发表的《五四文学文体新论》（与张光芒合撰，1999 年第 5 期。该成果于 2000 年 12 月获山东省社会科学优秀成果一等奖）和《论四十年代中国文学的世界化与民族化》（2002 年第 6 期。该成果于 2004 年 3 月获山东省社会科学优秀成果一等奖）等文章。

在 20 世纪 90 年代，朱德发先生先后出版的代表性著作有：《中国现代纪游文学史》（朱德发主编，山东友谊出版社 1990 年版。该成果于 1992 年 12 月获山东省社会科学优秀成果二等奖）、《爱河溯舟——中国情爱文学史论》（朱德发、谭赐楚、张清华著，天津教育出版社 1991 年版。该成果于 1992 年获山东省文艺评论奖）、《20 世纪中国文学流派论纲》（山东教育出版社 1992 年版。该成果于 1994 年 12 月获山东省社会科学优秀成果二等奖，于 1998 年 12 月获全国普通高等学校第二届人文社会科学研究成果二等奖）、《中国山水诗论稿》（朱德发主编，山东友谊出版社 1994 年版。该成果于 1996 年 12 月获山东省社会科学优秀成果二等奖）、《五四文学新论》（山东文艺出版社 1995 年版）、《主体思维与文学史观》（山东教育出版社 1997 年版。该成果于 1998 年 12 月获山东省社会科学优秀成果三等奖）。

20 世纪 90 年代前期，朱德发先生著述颇丰，其中的代表性著作有其主编的《中国现代纪游文学史》和与人合撰的《爱河溯舟——中国情爱文学史论》。在专家看来，《中国现代纪游文学史》的出现"标志着这一课题作为中国现代文学史的一门元学科的诞生，因为我们从书中读出了一门学科的容量、价值和逻辑体系。它结束了以往对这一课题的局部研究阶段而上升到整体研究阶段，结束了以往那种现象评论而上升为历史科学"。而《爱河溯舟——中国情爱文学史论》这部近40万字的著作，则以历史的、文化的、哲学的、伦理的、民俗的、心理的诸多视角，对中国文学从远古到当代的几千年发展历史中的情爱现象进行了系统的考察和评述。该专著被认为"首次疏通了三千年爱河"，并"突破了传统文学史观念，开拓了文学史写作的新路子"，它"既历时性地探索并描述我国情爱文学从古到今的数千年的演变历程及其发展阶段的基本特征，又共时性地揭示并论证中国情爱文学的总体特征及其规律，在史论两方面，见出历史纵深感，见出理论深刻性。这确实是一个新颖的构想"。朱德发先生的这些著作不仅填补了中国文学史研究的空白，而且标志着他已经完成了新的自我突破，实现了由现代中国文学学者向中国文学学者的转变，为其后来以历史视角来审视20世纪中国文学的发展提供了参照。《20世纪中国文学流派论纲》便是这种思维发展的一个标志。该书对20世纪中国文学流派的发展做了精到的叙述与辨析，舍弃了割裂、孤立的静态考察，代之以整体化的动态观照，对近百年来各文学流派的特质、形态和运行机制都做了相当细致、客观的梳理和评判。其吞吐世纪文学风云时所展现出来的举重若轻的从容性，给人以恢宏的历史纵深感。这标志着朱德发先生的文学史研究已经从断代史研究向20世纪中国文学史研究挺进。

在20世纪90年代后期，朱德发先生亲身经历了现代文学史研究变化发展的几个重要阶段，其间的风风雨雨、喜忧得失，于他无不有切肤之感。在此基础上，他又把思维拓展到了对文学史研究者和书写者的主体思维及文学史理论的探讨上，并从哲学的高度来建构中国现代文学史学，由此完成了学术上的自我超越。这方面的代表作是《主体思维与文学史观》，学界认为，该著作"从研究者主体思维的调整入手来探索未来文学史的编写，无疑是抓住了新文学史学的一个中心问题，它不仅对新文学史学的学科创设与完善具有一定的理论贡献，而且对文学史研究者站在世纪之交的时代高度对中国现代文学史进行反思与总结，也会提供较为切实的指导意义"。

朱德发先生的全部学术成果及其奖项，都渗透了他作为人文学科学者所具有的理性精神和人文意识，流溢着由自我独立思考而产生的中国现代文化建设的光彩，成为衔接五四精神的又一文化链条。

朱德发先生极其重视学科建设。从 1987 年到 2003 年，他作为山东师范大学中国现当代文学的学科带头人，始终将学科建设作为头等大事来抓，注重为青年学者搭建学术发展的平台，助力青年学者的学术研究不断跃上一个个新台阶。1991，山东师范大学中国现当代文学学科被山东省批准为省级重点建设学科；1998 年，该校的中国现当代文学专业被国家学位委员会批准为中国现当代文学博士学位授权点；2001 年，该校的这一学科又被山东省批准为"十五"省级强化建设重点学科；2003 年，朱德发先生作为山东师范大学文学院的学术带头人，又实现了博士后流动站零的突破。这一切都表明，山东师范大学中国现当代文学学科的整体学术水平在以朱德发先生为代表的第二代学者的带领下，已步入了国内同学科中的先进行列；2007 年，该学科被评为国家重点学科，这也是山东省省属高校文科至今唯一的国家重点学科。

朱德发先生在注重学科建设的同时，还非常重视教材建设和教学改革。就教材建设而言，朱德发先生先后参编和主编的中国现代文学史教材达 10 多部。就其教学成果所获奖项而言，1990 年，"更新观念是教学质量的关键"教学研究项目（朱德发、蒋心焕、韩之友等）获得山东省普通高等学校优秀教学成果一等奖；1991 年，"把社会主义政治方向作为培养合格研究生的灵魂"教学研究项目获山东省普通高等学校优秀教学成果二等奖；2001 年，"以教材建设为龙头，全面带动中国现代文学史教学改革的深入"教学研究项目（朱德发、魏建、李掖平、张光芒）分别获山东省省级教学成果一等奖和国家级教学成果二等奖。

2003 年，在朱德发先生获得"国家级教学名师奖"之后，山东师范大学专门举办了"庆祝朱德发教授从教 50 周年暨荣获'国家级教学名师奖'座谈会"，著名学者曾繁仁、范伯群、魏绍馨等参加了会议。时任山东省委副书记王修智出席会议，专门向朱德发先生赠送了鲜花，并发表了热情洋溢的讲话，感谢朱德发先生为山东省的教育事业做出的卓越贡献。朱德发先生在座谈会上也做了富有激情的演说，他说："'大学者，非谓有大楼之谓也，有大师之谓也.'我个人能有今天的荣誉,要感谢各级领导和各界朋友的支持和关心,感谢时代为我提供的机遇和条件.'解放思想,实事求是'的思想路线和改革开放的大好时代,为学术研究上的'百家争鸣'创造了难得的机遇,而新时期的政策更是确保了我在学术追求与创新中源源不断地获得动能。在我的不少获奖证书上,乃至'国家级教学名师'的荣誉称号中,都镌刻着或蕴含着这些'无名英雄'的业绩。对我个人来说,评上'国家级教学名师'并不意味着给我的文学研究事业画上了句号,恰恰相反,它进一步激活了我的政治生命、教育生命和学术生命,进一步坚定了我'生命不息追求不止'的信念和意志。"本次座谈会之后,《山东师范大学学报(人文社会科学版)》(2003 年第 6 期)以《朱德发教授与中国现当代文学研究》为题刊发了四篇笔谈,高度评价了朱德发先生在中国现当代文学研究领域中做出的杰出贡献。

三、名师,名家,名垂青史

2003 年以后,朱德发先生从学科带头人岗位上退了下来,可其学术研究不但未随其年龄的增长而衰退,反而随其阅历的增加和思考的深入而进入了"逆生长"时期。在这段金色的岁月里,他在《中国社会科学》上又发表了学术论文《现代中国文学史重构的价值评估体系》(2008 年第 6 期。该成果于 2011 年获山东省泰山文艺奖,于 2016 年 10 月获中国现代文学研究会颁发的第四届王瑶学术奖优秀论文奖)。除此之外,他在《文学评论》上也先后发表了 4 篇文章:《现代理性话语:茅盾"人的文学"观念建构》(2001 年第 5 期。该成果于 2002 年 12 月获山东省社会科学优秀成果二等奖)、《齐鲁文化与现代中国文学关系的沉思》(2005 年第 1 期。该成果于 2007 年 7 月获山东省社会科学优秀成果二等奖)、《评倪婷婷〈"五四"作家的文化心理〉》(2007 年第 2 期)、《现代中国文学研究三十年》(2008 年第 4 期)、《评黄修己〈中国现代文学发展史〉(第三版)》(2010 年第 1 期)。从 1995 年到 2018 年,朱德发先生发表的、仅为中国人民大学复印报刊资料转载的论文,便有 29 篇之多。

朱德发先生在这一时期出版的代表性著作有:《跨进新世纪的历程——中国文学由古典向现代转换》(朱德发主编,明天出版社 2000 年版。该成果于 2001 年 12 月获山东省社会科学优秀成果三等奖)、《评判与建构：现代中国文学史学》(朱德发、贾振勇著，山东大学出版社 2002 年版)、《世界化视野中的现代中国文学》(山东教育出版社 2003 年版。该成果于 2004 年获山东省刘勰文艺评论奖)、《20 世纪中国文学理性精神》(朱德发等著，上海人民出版社 2003 年版。该成果于 2005 年 4 月获山东省社会科学优秀成果二等奖)、《穿越现代文学多维时空》[山东文艺出版社 2004 年版。该成果于 2005 年获齐鲁文学奖中的全优秀文学评论（理论）奖]、《现代中国文学英雄叙事论稿》(朱德发等著，山东教育出版社 2006 年版。该成果于 2008 年获山东省刘勰文艺评论奖)、《朱德发序评集》(山东电子音像出版社 2006 年版)、《思维的飞翔》(山东友谊出版社 2009 年版)、《现代文学史书写的理论探索》(山东人民出版社 2010 年版)、《现代中国文学通鉴（1900—2010）》[朱德发、魏建主编，人民出版社 2012 年版。该成果于 2015 年 8 月获山东省社会科学优秀成果一等奖，于 2015 年 12 月获第七届高等学校科学研究优秀成果奖（人文社会科学）二等奖]、《朱德发文集》(十卷)(山东人民出版社 2014 年版)、《为大中华造新文学——胡适与现代文化暨白话文学》(人民出版社 2016 年版)、《现代中国文学新探》(山东人民出版社 2016 年版) 等。

这一时期的《跨进新世纪的历程——中国文学由古典向现代转换》《世界化视野中的现代中国文学》《二十世纪中国文学理性精神》《现代中国文学英雄叙事论稿》等著作，则可以被视为朱德发先生在反思的基础上建构新的文学研究格局的结果。作为具有人文情怀的文学史家，朱德发先生矢志于真理的探索，以"同情之理解"的方式，把作家作品及其文学流派投入历史发展的长河中加以透视。这些著作或从历史发展的轨迹中勘探中国文学演变的规律性；或在世界化的视野中重新阐释现代中国文学所包孕的深厚文化底蕴；或以理性的眼光来审视 20 世纪中国文学所具有的理性精神；或从仰慕英雄的情结出发，对现代中国文学的英雄叙事进行爬梳……都发现了现代中国文学发展的内在规律，承载了他作为文学史家的人文情怀。

朱德发先生历时 40 余年，矢志于中国现代文学研究和文学史的建构，为该学科的建设做出了独特贡献。20 世纪 80 年代以来，朱德发先生作为文学史家，其突出贡献还表现在对文学史的不断重写上，从而不仅呼应了"重写文学史"这一潮流，还以具体实践使这一理论得以深化。他主编了《新编中国现代文学史》《中国现代文学史新编》《中国现代文学史实用教程》等多部文学史，不但实现了对前人撰写的文学史的超越，也实现了对其本人先前编著的文学史的升华。其文学史书写所呈现出来的"守成与出新的统一，繁富与精简的统一，厚重与实用的统一"等学术品格，被认为是中国现代文学史教材编写的新趋向。

朱德发先生提出"现代中国文学"命题后，他又与魏建先生一起组织了大型学术著作《现代中国文学通鉴（1900—2010）》的撰写工作。该书以200万字的篇幅，对现代中国文学进行了细致的梳理与翔实的呈现，在学术界产生了较大反响，并获得高校科研成果奖二等奖。由于把学术研究作为自我人生价值实现的一种方式，并将现代中国文学研究措置于现代中国文化建构的基点上，故而朱德发先生在做研究时既能入乎其中又出乎其外，在建构与解读现代中国文学的过程中，将自己对中国文化建设的深入思考倾注其中。朱德发先生的这种学术品格，即便在其主编的文学史中，也时时得到了贯彻与落实。

朱德发先生敢于在历史的关键节点上立于时代之潮头，这既是其"真学者"风骨的鲜明体现，也是其"文化英雄"情结的自然外化。朱德发先生与鲁迅先生一样，都有"启蒙"的文化情结，也都有"振臂一呼，应者云集"的美好憧憬，因此，在21世纪之初，他专门梳理了现代中国文学中"英雄叙事"的发展脉络，并把这种情怀传递给自己所指导的研究生，使《现代中国文学英雄叙事论稿》一书得以诞生。

人到暮年，朱德发先生依然没有一丝"人生秋意"，而是继续高扬其自我独立的学术追求，对学术界的诸多热点问题大胆地质疑、小心地论证。如他的《质疑"一切历史都是当代史"——以文学史举证》，便是站在独立的文化立场上，对人们彼时崇信的西方话语做了大胆的质疑，后荣获《当代作家评论》2015年度优秀论文奖。

朱德发先生的现代中国文学研究从五四文学研究出发，又落足于五四文学研究，完成了学术人生自我辩证的否定之否定，这恰是其作为一个思想者，在治学之路上不断精进的真实写照。他在晚年对胡适产生了浓厚的学术兴趣，相继撰写了一系列富有创见的论文，并于 2016 年结集为《为大中华造新文学——胡适与现代文化暨白话文学》出版。该书既是他对研究对象的学术观照与学术阐释，也是他借助研究对象来建构自我学术理想的实践活动，寄托了朱德发先生"为大中华造新文学"的人文理想。至于他在生命即将走向尽头的前数月所撰写的《重探郭沫若诗集〈女神〉的人类性审美特征》，更是蕴含了他本人对学术和生命的深邃思考：通过回归自由创造的人生境界，发掘出个体性生命体验与人类性审美特征之间的内在精神联系，进而彰显了他作为具有独立精神的思想者的特有风采。

朱德发先生不仅是一个真学者，还是一个"知行合一"的教育家。他于 1951 年从事基础教育工作，后来在大学执教 50 余年，先后为本科生、硕士研究生、博士研究生授课，并指导博士后。其间，他亲自指导的博士生有 34 名，聆听过其"文学史理论"这门课程的博士生则有百余人。从 1999 年到 2017 年，他给博士研究生完整讲授学位课程，其授课的课时难以统计。他不仅注重强化学科建设，培养了众多优秀的学者、批评家和多诸多行业中的栋梁之材，还形成了先进的教育思想和教育理念，在学科建设、学生培养、教学改革深化、教学内容创新、教学质量提高等方面取得了一系列优异的成绩。

长期以来，朱德发先生始终坚持为博士研究生开设专业课程，用自己的生命激情点燃了无数青年学子追求真理的生命火把，使得学术的薪火在代际传承中愈燃愈旺。朱德发先生高度重视学生培养，他指导的研究生的基础并不都是最好的，但他不看重学生的出身与背景，更没有什么门户之见。在他眼里，每个学生都是有"两把刷子"的，每个学生都有着不可估量的发展潜质。正是基于这一认识，他注重培养学生高远的学术志向和坚定的学术自信，从而使学生自觉地确立起自我主体性，为研究工作奠定坚实的基础。在朱德发先生的精心培育下，他指导的研究生已经成为中国现当代文学研究界不可忽视的一支队伍，对此，学界有"朱家军"一说。据不完全统计，朱德发先生指导的研究生中，已经成为博士生导师的便多达 10 人，还有 1 人成为教育部"长江学者"特聘教授。

2014 年 9 月，中国现代文学研究会、中国现代文学馆、山东师范大学、山东省中国现代文学学会联合举办了"朱德发及山师学术团队与现代中国文学研究"学术研讨会;《中国现代文学研究丛刊》也于 2015 年第 3 期推出了一组文章,对朱德发先生的治学精神、师者风范以及其取得的卓越成就给予高度评价。

朱德发先生一生潜心于现代中国文学研究和教学,取得了骄人的学术成就和教学成绩,被誉为中国现代文学研究界的"常青树"、全国学术"劳模",创造了"逆成长"的人生奇迹:改革开放几十年来,他始终是站在中国现代文学学术前沿的领军人物。他 80 多岁依然笔耕不辍,住院前 40 天还完成了富有睿识与激情的长篇学术论文,住院前 10 天,还抱病参加了鲁迅研究的国际学术研讨会并做了大会主旨发言!这恰好印证了笔者在 1996 年撰写的《永远的绿色》一文中对朱德发先生学术人生的素描:"生命历程中展示着郁郁葱葱的绿色,又盛开出丛丛的鲜花,结出累累硕果,已经步入花甲之年的朱德发教授,仍然没有一丝的人生秋意。在他的身上,我们看到的是那大海般的永不停歇的生命涌动,是那永远都勃发着的生命绿色,是那永不满足于一种绽放姿势的生命之花,是那永远力图超越自我的生命之魂。"

2018 年 7 月 12 日,依然富有创造激情和人文情怀的朱德发先生的"逆生长"之路戛然而止,他的那颗坚强的心脏停止了跳动。2019 年 5 月 4 日前夕,"朱德发五四青年学术奖"设立;2020 年 5 月 4 日,首届"朱德发五四青年学术奖"评奖结束并向社会公布。

[原载《山东师范大学名家传略》(第 1 辑),山东友谊出版社 2020 年版;

《山东师大报》2020 年 11 月 4 日。]

朱德发先生文学史撰述的学科建设意义

周海波

在中国现代文学研究及其文学史的撰述中，朱德发先生居于重要位置，他在学术研究上的丰硕成果及其在国内学术界的崇高威望，无愧于 20 世纪 90 年代以来学术界的领军人物。可以这样说，先生的学术生活是随着改革开放春天的到来而开始的，具有与时俱进、开风气之先的学术风范。

先生的文学史撰述，大体有教学型文学史，如《中国现代文学史实用教程》（齐鲁书社 1999 年版）等；有学术研究型的专题文学史，如《中国五四文学史》（山东文艺出版社 1986 年版）、《爱河溯舟——中国情爱文学史论》（天津教育出版社 1991 年版）、《二十世纪中国文学流派论纲》（山东教育出版社 1992 年版）、《中国现代纪游文学史》（山东友谊出版社 1990 年版）、《跨进新世纪的历程：中国文学由古典向现代转换》（明天出版社 2000 年版）、《世界化视野中的现代中国文学》（山东教育出版社 2002 年版）、《现代中国文学通鉴》（人民出版社 2012 年版）等。这说明他在中国现代文学史的整体布局与战略运筹方面具有独特的眼光和胸怀，既有带领青年学者进行的集体撰述，也有个人化的学术深思。在这方面，他继承了山东学人注重学术传承的学风，但与第一代学者田仲济、孙昌熙等人相比，他所处的是一个更加开放和活跃的时代，老一代学者与青年学者之间具有更密切的师承关系，他能将自己多年的学术心得和研究成果传授于下一代，因此，在文学史的撰述方面，青年学者得益于参与了这些重大的文学史课题，在研究与撰述过程中获得丰富的收益。

一、从五四文学出发

就朱德发先生的文学史撰述来看，他的第一部《中国五四文学史》，也是国内第一部五四文学史，这部著作是建立在他多年来对五四新文学的深刻研究之上的。先生在参加写作"田、孙本"《中国现代文学史》时，就承担了第一章《五四新文学运动》和第六章《第二次国内革命战争时期的文学（下）》的任务，协助田仲济修订《中国抗战文艺史》时，也对五四新文艺的发展趋向进行了系统考察，因而奠定了研究五四新文学的基础。1982年，他出版的《五四文学初探》是这方面研究成果的初步结晶。收录其中的第一篇论文《试探五四文学革命的指导思想》是一篇纲领性的文章，也确立了先生从事中国文学研究的文学史思想。他在这篇文章中清醒地认识到："五四文学革命的指导思想呈现出一种比较复杂的形态，它是各种'新思潮'的混合体，但在构成这一复杂形态的带着各自不同色彩的新思潮的诸方面中，民主主义与之相联系的人道主义思想是主要方面，因之也占有主导地位。"① 在此基础上，先生对鲁迅、茅盾、胡适、周作人、冰心等五四作家展开论述，多方面讨论了五四文学的主导思想，探讨了人道主义思想在五四文学及其作家身上的体现。

随后出版的《中国五四文学史》是在这一成果和"五四文学选修课"的基础上完成的。《中国五四文学史》是一部史论结合的著作，以探索中国文学的"现代型"特征为己任，构筑了一部立体式、全方位的文学史。贯穿于这部文学史的"史识"是，"从宏观上加以俯视，它既是新的启蒙文学，又是'为人生'的平民文学；既是白话化的文学，又是文体大解放的文学，也是面向世界的开放性文学"②。这种文学史的定位，就不仅仅叙述文学史现象和作品评述，而是在史的叙述中讨论"五四文学"独立于世的突出特征，在对"五四文学"的现代性特征进行阐述的过程中，寻求中国现代文学丰富的文学资源，建立现代中国文学与文化的思想体系，确立现代知识分子的精神立足点。《中国五四文学史》的成就在于，它是"中国"的五四文学史，强

---

① 朱德发：《朱德发文集》（第一卷），济南：山东人民出版社2014年版，第5页。
② 朱德发：《中国五四文学史》，济南：山东文艺出版社1986年版，第1页。

调了"五四文学"在世界文学史的独特地位，确立了"五四文学"的基本特征和构成元素，与西方文学存在着密切的关系，"在中西文化的大接触大交流大撞击中使中国文学得到了新生，逼近或赶上世界文学发展的总潮流，这样便使新文学具有面向世界的开放性形态"①，于是，他将五四与世界性、现代性联系在一起，比较早地揭示了中国文学的现代形态，揭示了作为世界文学史格局中的"五四文学"的思想价值与文学价值。这一思想一直贯穿于先生的文学史撰述中，在《跨进新世纪的历程：中国文学由古典向现代转换》《世界化视野中的现代中国文学》等文学史著作中，基本都沿用了这一观点，将中国现代文学置于中国文学的现代转型和世界文学的大格局中，而这种开放性与中国文学的启蒙主义、平民化等特征联系在一起，绘制出了现代中国文学的立体史志。

1995 年，先生又出版了《五四文学新论》，从"初探"到"新论"是先生学术思想的一次大飞跃，是其精神世界的一次学术升华。如果说在"初探"中先生还立足于对五四文学思想的探讨，着力阐释其"人的文学"的思想主张的话，那么，在"新探"中他则将探求的路径延伸到了生命哲学，在思索民族与人类的诸多哲学问题的过程中，回答人生的价值和生命意识。《生命哲学：五四文学观念的深层文化意识》《图式结构：五四文学精神新探》《鲁迅小说的忧患意识及其中西文化渊源》等论文中，闪耀着先生的思想光芒，在力透纸背的学术论述中，多方面、多层次地讨论了人类的生命、生存及其精神世界的诸多问题。这些论文虽然各有自己的学术支点，各有其不同的学术指向，但大体聚向了五四与现代中国文化的理论命题。这时，人们才发现，先生不仅以其极大的理论勇气关注着社会现实，在思考五四文学的过程中，关注当代中国文化的建设，而且他以深邃的理论思想和学术素养，将学术研究指向生命的终极关怀，对"人的文学"的思考有了新的答案。先生认为："所谓生命文学观，则要求以个体生命的本来模样去表现生命的本质，重在表现人性的全部复杂性和深刻性，以争取人性的全面而彻底的解放。"②这

① 朱德发：《中国五四文学史》，济南：山东文艺出版社 1986 年版，第 18 页。
② 朱德发：《朱德发文集》（第四卷），济南：山东人民出版社 2014 年版，第 35 页。

一结论无疑是令人警醒的。

二、以社团流派为主线

如果说五四文学的研究是先生学术思想的一个起点，那么，对于文学社团流派的研究，则是他学术发展过程中的一个重要坐标。

实际上，在先生早期的学术研究中，社团流派已经是其研究的重要内容，或者说他建立了以社团流派为视角和研究对象的学术基点。从他对于"新青年派"、文学研究会、新月派等社团流派的研究中，已经看到20世纪中国文学流派研究的大体轮廓。也可以说，对社团流派的研究是其五四文学研究的深入发展，是对人的文学探求的另一种方式。

1992年由山东教育出版社出版的《二十世纪中国文学流派论纲》，对20世纪中国文学流派的发展规律、内部机制、基本特征以及复杂结构等问题给予了深入探讨，通过对中国现代文学流派的纵与横的研究，"力求能作出一些新的理论透视或理论概括，把历史的评判与美学的评判结合起来，把纵向的掘进与横向的联系结合起来，把'点'的深入和与'面'的扫描结合起来，使那些纳入研究视野的文学流派或作家作品都能在纵横交叉的坐标点获得综合的分析和整体的把握"。这部著作在先生的学术史上具有承前启后的意味。"承前"是在研究五四新文学基础上新的学术开拓，当他从学术思想上解决了中国现代文学的开端及其指导思想后，学术研究开始深耕，试图从更社团流派的角度对"人的文学"及其人道主义文学思想进行更系统的阐释。"启后"也是他对现代中国文学史学术建构的开端，正是从社团流派的研究出发，先生建构起了现代中国文学的基本框架，或者说，社团流派成为其现代中国文学史构想的主要出发点和重要内容。

《二十世纪中国文学流派论纲》的价值在于，它不是平面化地对不同社团流派进行论述，不是把文学社团流派看作静止的、孤立的现象，而是将20世纪中国文学流派进行宏观上的研究，将社团流派视为文学史发展中的重要存在，将不同社团流派纳入"形态论""思潮论""规律论"三个相互联系的理论框架中，进行全方位的考察与评述，从而对中国现代文学史上社团流派的形成、特征以及与文学史的内在关系进行理论思考，在丰富多彩的社团流派的文学史现象中归纳总结并深入讨论社团流派与现代文学形成与发展的联结，在对社团流派进行的多点透视中寻找现代文学的审美特征和文化内涵。

三、以现代中国文学史学科建设为目的

文学史研究与著述是闪耀着先生学术思想和智慧的集中表现，也体现着先生的学术思想向学科建设的前沿迈进，体现着先生博大的思想穿透力和大格局的学科意识。文学史观的理论建构是先生学术成就的又一座高峰，既是他学术思想的文学史总结，也是他的文学史撰述的理论升华，具有理论性与实践性的统一、探索性与先锋性的统一。这类著作恰恰是在他拥有了从事文学史写作经验之后，作为文学史撰述的理论思考，也是开拓的一片新的文学研究的疆域。

1997 年由山东教育出版社出版的《主体思维与文学史观》，是先生学术转向的重要一步。在这部著作的"引言"中，先生透露了自己的学术设想，"这些年我选择了交叉学科的研究视角，着眼于思维学与文学史关系的考察"，"一方面总结自己和学习他人的那些在文学史研究中行之有效的思维方式和思维规律，以调整自己的思维模式；一方面遵循各种思维规律和不同思路尝试性地开拓文学史研究的新天地，依仗思维的特殊功能和威力试图打通'中国新文学史'与中国古代文学关系、与世界其他民族文学的联系；另一方面强化自身文学史观的调整和更新"。由此可以看到，先生在建构文学史观的过程中，已经形成开阔的思维，大格局的文学史观，他不是拘囿于新文学狭隘的一角，而是将现代文学置于中华民族文学历史的长河中，置于世界各民族文学的整体性框架中，全面考察现代中国文学的构成及发展。从这个意义上说，《主体思维与文学史观》既是讨论文学史研究方法的学术著作，也是建构新型文学史的理论思考著作。此后，先生在与贾振勇共同完成的《评判与建构：现代中国文学史学》（山东大学出版社 2002 年版）中，初步完成了他心目中现代中国文学的历史形态与美学图景的建构。

《现代中国文学通鉴》是先生学术思想和文学史著述带有总结性里程碑意义的著作，又是他与魏建共同主编的集体性文学史著述，是齐鲁学派的第二代、第三代和第四代学者共同参与完成的著作。尽管这部著作还有不可避

免的遗憾，还有进一步书写的空间，但是，毫无疑问，这是一部重量级的、改变文学史观念和书写方式的著作。

《现代中国文学通鉴》有两个重要的学术背景：一是学术界重写文学史的背景，二是先生对现代文学史研究、思考的结晶。新世纪以来，新一轮文学史著述成为学术热点，比如《插图本中国现代文学发展史》（吴福辉著，北京大学出版社2010年版）、《二十世纪中国文学史》（严家炎主编，高等教育出版社2010年版）、《中国现代文学编年史》（钱理群等主编，北京大学出版社2013年版）、《中国现代文学史1917—2012》（朱栋霖等主编，北京大学出版社2014年版）、《中国现代文学史》（孔范今主编，人民教育出版社2012年版），这些文学史中有部分是适应高等教育中文学科的教学需要而编撰的，也有部分是具有学术研究性质的不同体例、不同性质的文学史著作的撰述。

从某种意义上说，先生并不是执意于一部文学史的书写，而是在文学史的撰述中重构中国文学史，从而建构新的文学史观，从一个更为宏阔的背景上打开现代中国文学学科的学术空间。

《现代中国文学通鉴》的意义还在于学术薪火相传，一部文学史的撰述带动了代际的学术传承及其学派的健康发展。参与本书写作的学者有20余人，包括了"齐鲁学派"中的四代学者，主编朱德发、魏建，作为学派中的两代有影响的学术带头人，对于全书的策划、撰写都发挥了巨大的作用。其他，如第三代学者中的季桂起、贾振勇、李宗刚、温奉桥、周海波，第四代学者中的韩琛、刘聪、杜传坤、张梅、赵佃强，第五代学者中的闫晓昀等。

新世纪以来，先生对文学史的研究与撰述进行了多方面的思考，对于如何突破传统文学史的叙史模式，如何理解现代中国文学史的多元构成，他都提出了自己的诸多设想，也进行了多方面的研究。中国现代文学文体学研究是先生的一个重要课题，这一课题的提出源于他对现代中国文学史的思考。当他建构了现代中国文学史的基本框架之后，需要为这部文学史建立一种独特的美学价值体系，显然，"人的文学"及其相关命题主要着眼于文学史的思想构成，是文学史发展的指导思想，而文体才是文学史构成的本质。他在《文体自觉意识之于现代中国文学史建构》中说："参与或主持现代中国文史书写数十载，始终想建构一部恢复文学原生态本来面目的文学史。"这种学术追求的精神显示了先生学术建设的努力，呈现出宏大体系的学术构想。"究竟以何标准来衡量评估文学史是否恢复了它的本来面目，由谁来制定"，这一问题的提出显示了先生对文学史思考的深入，更接近了文学史的本质。现代中国文学史不是现代中国的"文学的政治史或思想史或文化史"，他提出，文学史关注的是文学性，是文学自身的发展史，应当"以自觉的文体意识从现代文体学的角度来书写中国文学史"。[①] 从文学文体学的角度思考文学史的构成，把握了文学发展的一个本质问题，是使文学史真正回归文学本体不可绕过的一个问题。遗憾的是，他还没有对这一问题展开更多的研究，他所提出的诸多题目和设想，只能留待后来学者的承继和努力。

---

① 朱德发：《现代中国文学史新探》，济南：山东人民出版社 2016 年版，第 85—89 页。

中国现代文学研究的代际传承

——以蒋心焕教授为例

李宗刚

温儒敏在《第二代中国现代文学学者自述》一书的序言中，对从事中国现当代文学研究的 20 世纪 30 年代出生的学者有过这样的代际界定：

这一代学人有些共同的特点，是其他世代所没有的。他们求学的青春年代，经历了频繁的政治运动，生活艰难而动荡，命运把他们抛到严酷的时代大潮中，他们身上的"学院气"和"贵族气"少一些，使命感却很强，是比较富于理想的一代，又是贴近现实关注社会的一代。马克思主义的世界观与方法论从一开始就支撑着他们的治学，他们的文章一般不拘泥，较大气，善于从复杂的社会历史现象提炼问题，把握文学的精神现象与时代内涵，给予明快的论说。90 年代之后他们纷纷反思自己的理路，方法上不无变通，每个人形成不同的风格，但过去积淀下来的那种明快、大气与贴近现实的特点，还是保留与贯通在许多人的文章中。①

根据温儒敏的代际划分，山东师范大学（1981 年年初改为现名，为了行文方便，下文均简称"山师"）的蒋心焕（1933—2021）教授无疑属于第二代学者。实际上，第二代学者恰好处于第一代学者与第三代学者中间，是中国学术史发展不可或缺的重要链条。如果说一个时代有一个时代的学术，那么，

---

① 温儒敏：《〈第二代中国现代文学学者自述〉序言》，载冯济平编：《第二代中国现代文学学者自述》，北京：文化艺术出版社 2011 年版，序言，第 2 页。

一个时代也有一个时代的代表性学者。我们只有把每一代学者放在历史进化的链条中还原其社会角色，才会真正地对他们做到"理解之同情"，也才能勘探出中国学术是如何艰难嬗变的。本文拟以蒋心焕为例，就中国现当代文学研究的第二代学者是如何接续了中国现当代文学研究的第一代学者的风骨和精神，又对第三代学者的成长起到了怎样的积极促进作用，从学术的代际传承的维度进行阐释。从这样的意义上说，通过对蒋心焕学术人生的回顾梳理，我们可以探寻到中国现代文学研究的学术代际传承是如何进行的，其学术史价值和意义不可小觑。

一、重视做人与作文的统一

按照学术界对从事中国现代文学研究的学者进行的代际划分，我们可以发现，蒋心焕不仅属于第二代学者，而且是较为典型的第二代学者。温儒敏在纪念张恩和的文章中曾说，"张恩和老师属于'第二代学者'"，"'第二代学者'中的很多人毕业后就分配做现代文学研究，专业意识很强，目标明确，毕生精力基本上就围绕这一学科"。[1] 蒋心焕与张恩和一样，都是1958年大学毕业后便开始从事现代文学教学和研究工作，也都在第一代学者的引领下参与了中国文学史的书写工作，都把毕生的精力都献给了现代文学教学和研究事业。他们在第二代学者中是"老资格的"[2]。类似的第二代学者还有不少，如南京大学的董健便是大学毕业后留校，然后得到了陈白尘的具体指导。[3] 因此，我们对作为第二代学者的蒋心焕进行考察，便具有学术史的价值和意义。

---

① 温儒敏：《作为"第二代学者"的张恩和教授》，载张洁宇、杨联芬编：《回响——张恩和纪念文集》，北京：中国大百科全书出版社2020年版，第115页。

② 魏建把第二代学者划分为四类，"甲类学术起步早、成名早，大学毕业后一直从事中国现代文学教学和研究，学术成果在'文革'以前就产生了影响"。见魏建：《千夫诺诺，不如一士谔谔——有关张恩和先生的记忆》，张洁宇、杨联芬编：《回响——张恩和纪念文集》，北京：中国大百科全书出版社2020年版，第264页。

③ 董健曾经这样回忆道："我便听从了白尘老的劝告，协助他做起了现代戏剧与戏剧理论的研究。"见董健：《一碗"夹生饭"及其回炉的尴尬与苦恼——略谈我的学术道路》，冯济平编：《第二代中国现代文学学者自述》，北京：文化艺术出版社2011年版，第447页。

蒋心焕深受田仲济、刘绶松等中国现代文学研究第一代学者的影响，在他们的具体指导下，特别重视做人与作文的统一，并把做人作为做好学术研究的前提。

蒋心焕于1954年考取山师中文系，1958年毕业留校任教。1960年1月至1962年7月在武汉大学进修研究生课程，师从著名中国现代文学研究专家刘绶松教授。1962年7月起先后担任中文系助教、讲师，1980年晋升副教授，1985年开始招收中国现代文学专业硕士研究生，1988年晋升教授，1999年退休。

20世纪80年代，蒋心焕先后担任山师中文系中国现代文学教研室副主任、主任，配合田仲济教授、冯光廉教授做了大量学科建设工作。1987年以后，他配合学科带头人朱德发教授不断推进学科建设，为山师中国现当代文学学科获得山东省首批省重点学科和博士学位授予权做出了独特的贡献。1983年，山东省中国现代文学学会成立，他是创会副会长之一。

蒋心焕讲授过现代文选、中国现代文学史、中国现代文学研究专题、鲁迅作品选讲、中国现代小说史①等课程。他培养的学生多达数万名，遍布海内外。其中，有的后来成长为享誉学界的知名学者，有的成为文艺、新闻、出版、商务、法律等领域的杰出人物，还有从基层到中央的领导干部，更多的是不同层次的优秀教师。

蒋心焕对如何搞好学术有着自己独到的理性认知和实践路径。他常说，做好学问，关键要做好人。做好人是做好学问的根本，做不好人，学问再大也不会受到人们的推崇。为此，蒋心焕为研究生新生上"第一课"时，总是讲如何做好人。蒋心焕以平常之心，安于寂寞生活，乐于自我学术研究；他强调为人要真诚、实在，不要像墙头草一样，没有自我的定力，在摇摆中失却自我安身立命的根本。

在中国传统文化中，知识分子一直强调人品与文品的统一。实际上，做人与做学问之所以能够统一起来，恰好在于做人的境界决定了做学问的境界。

---

① 张清华曾经对蒋心焕开设的课程有过这样的回忆："他所讲授的中国现代小说史的课程，更是让我受益许多。"参见张清华：《蒋心焕先生琐忆》，《南方周末》2021年3月4日。

一个人，如果没有超越个人观念的天下情怀，没有超越个人私欲的高远追求，没有超越功利的真理诉求，就会把做学问视为获得功名利禄的"敲门砖"，把私利置于学术的根基之上。由此，在做学问与做人上，这种人只会是摇摆于墙头的小草——这样的小草尽管不会折腰，但也绝不会有劲风吹过之后屹立不倒的气节。蒋心焕把做好人作为自己的人生追求，视为自己人生的第一要义，并传授给学生。在某种程度上，这成为蒋心焕的座右铭，既是他自我所信奉的文化理念，也是他所恪守的人生实践原则。从这样的意义上讲，蒋心焕把做人与做学问置于一个有机的统一体内，并特别强化了做人之于做学问的支撑作用。这恰是中国知识分子能够成为独立的"分子"而不是"分母"的要义之所在。

从蒋心焕的成长背景来看，他出生于江苏南通的一个小职员家庭，并在南通较早接受了较为系统的小学教育。南通作为较早接受了现代教育影响的地区，小学教育相对于中国的大多数小学，尤其是相对于山东的许多农村小学来说，现代特质是极为显著的。小学毕业后，他考入南通师范学校。在他看来，在南通师范学校就读的六年是永生难忘的：

我从一九四八年九月到一九五四年七月就学于南通师范学校（前三年，读的是南通师范附设的初中班）。这六年是翻天覆地的六年，这六年是我永生难忘的六年。

……在我所怀念的张梅庵校长、我所崇敬的陆文蔚、唐雪蕉、王育李、王炯等严师的培育下，我初步明确了为革命、为人民而学习的目的。

……一九五四年党组织选派我报考高等师范院校继续学习，是陆文蔚老师指导我选择了攻读文科专业的方向，促使了我从事自己所热爱的现代文学教学工作。此后在山东师范学院四年学习生活和二十余年的教学工作中，陆老师仍通过书信把他严谨治学、严于律己的好品质传授给我，把他珍藏多年的梅庵校长赠送给他的题词复制印洗转赠于我："知困更兼不知足，自强自反出心裁，新型教学能相长，不倦原从不愿来。"这不仅使我们共同分享了师长对学生的爱，而且为自己指明了做人和治学的奋斗方向。①

　　蒋心焕于1954年从南通师范学校考入山师，因品学兼优获得了执掌学术牛耳的田仲济的赏识，并于1958年留校任教。对此，他曾这样回忆：

　　1954年，我从南方来到山师读书，有幸聆听先生主讲的文学概论课。他系统传授的理论知识始终体现着一种执著现实、关注人生的精神，这种精神对我潜移默化的影响直至如今。1958年我毕业留校任教，有幸成为先生主持的研究室的成员，先生上的第一课便是如何做人，他让我们学习高尔基、鲁迅等伟人，在任何情况下，都要做一个诚实的人，做一个表里一致的好人。先生就是我心目中这样的人：真诚、坦荡、严谨，刚正不阿、疾恶如仇。数十年来，时代风云几经变幻，可先生"竖起脊梁做人"的态度一直没变，堪称完美人格的典范。②

　　我们在对以蒋心焕为代表的第二代学者进行精神和情感世界解读的过程中，不应该忽略对其内在精神的发掘和阐释。实际上，如果把蒋心焕放在历史纬度上重新阐释和理解其留给我们的精神遗产，尤其是将其放在历次政治运动和文化大潮中加以透视，便会发现，一位平凡的知识分子的伟大之处，不仅在于他为自己的时代提供了什么，还在于他面对诱惑和功利又拒绝了什么。只有这样，我们才能真正地继承和发扬第二代学者的内在精神，并在传承中规避历史的误区，保持着自我相对自觉的文化认知，不偏离历史的正确航线。在40余年的交往中，蒋心焕深得田仲济的信任。对此，田仲济在为蒋心焕的《中国现代小说的历史沉思》一书作的序中这样写道：

　　在这近40年中，他的青春年华完全奉献给中国现代文学的学习、研究和

---

① 蒋心焕：《殷殷之情　终身难忘》，《南通师范学校建校80周年纪念专刊》，1982年。
② 蒋心焕：《完美人格的典范——痛悼恩师田仲济教授》，载《蒋心焕自选集》，济南：山东人民出版社2015年版，第415页。

教学中。这 40 年不是平静的 40 年，在前 17 年中，可说一个运动接着一个运动，特别是史无前例的"文革"10 年中，出现了许许多多身上生鳞、头上长角的"革命英雄"，在每次运动中，就好像出英雄的乱世似的，也总是跳出几条英雄好汉。可惜这些英雄一般都英名不长，是昙花一现的人物。批武训传，批胡风反革命集团、批丁陈反党反社会主义……不仅在历次出现的，昙花一现的英雄中，从来不论是学习时期的学生还是毕业后成为教师的蒋心焕，都难以看到他的影子，也没看到他的文章。[①]

如果把田老的这寥寥数语还原到具体的历史场景中，尤其是还原出那些曾经给他带来精神和情感伤害的具体历史人物和历史事件，我们便可以看到，蒋心焕对田仲济不仅有一种知遇之恩的情感认同，而且有一种捍卫自我文化认同的理性自觉。也许，这恰是田老如此动情地褒奖他的内在缘由吧。毕竟，在那个特别的时期，一系列特别的事情都以特别的方式横空出世了，能够守得住自己的良知，坚守住自我的文化立场，并不是轻而易举就可以做到的事情——别人通过落井下石的方式证明自己是经得起考验的"英雄"，那些拒绝落井下石的人便自然缺少了一条证明自己也是"英雄"的路径。从这样的意义上看，那些曾经与被批判的人物同处一个战壕的人，为了能够证明自己已经与被批判者划清界限，不少都采取了"反戈一击"的战略战术，借此把自我塑造为"英雄"。正是基于这一历史逻辑，蒋心焕要秉承自己所恪守的人生第一要义，便面临着"非此即彼""非黑即白"的两难选择。正是有了这样的一个内在逻辑，在历史已经过去 20 多年之后，田仲济的脑海里还萦绕着"英雄"的影像，还清晰地记得哪些人曾经在运动中现过身，哪些人曾经在运动中写了文章。这显然不是田老一味地纠缠于细枝末节的历史，而是这些细枝末节的历史曾经对他造成了无法痊愈的情感创伤，也表明田老对这些细枝末节的历史保持着足够的警惕。从这样的历史逻辑中，蒋心焕用行动践行了自己的座右铭，使"做好人"不再是一句口号，而是一种超然于趋利避害等

---

① 田仲济：《序》，载蒋心焕：《中国现代小说的历史沉思》，海口：南海出版公司 1993 年版，序，第 1—2 页。

人之常情的人生大境界。

我们如果对蒋心焕的这种"做好人情结"进行历史溯源的话，可以发现他的这一情结还得到过著名文学史家刘绶松的影响。蒋心焕曾经在散文中记叙了 1962 年在武汉求学时深受刘绶松的影响："为人要坦诚、自信、坚忍，内外一致，在生活中保持一种明朗、健康的情绪和格调，不断追求高品质，愉悦身心。"对刘绶松的教导，蒋心焕在时隔 38 年之后，依然记忆清晰，并动情地议论道："绶松师对学生的亲情之爱和关于'圆'的议论却成为我终身受益的精神财富，永久定格在我心中。"[①] 由此说来，蒋心焕关于做好人的说法并不是一时突发奇想，而是一种绵延不断的文脉的自然延伸。蒋心焕关于做好人的议论，距今快要 35 年了。今天，蒋心焕一如他的绶松师一样，也一并到那个人人都会去的世界了，我则坐在办公室的桌前，像 20 多年前的蒋心焕一样，写下我对于业师理解的一些文字。岁月不居，逝者如斯，这是当年孔夫子站在小河边发出的无限感喟。在过去，我对孔夫子的这种感喟体会并不是很深。而今，透过蒋心焕纪念刘绶松的文字，我深切地体会到，人生就像一个大舞台，你方唱罢我登场，所谓新人换旧人，也许就是这个道理吧。然而，不管新人还是旧人，永远不变的是"做人要做一个好人"这样一个浅显的道理。从这样的意义上说，蒋心焕从田仲济和刘绶松那里自觉地接过了"做人要做一个好人"的接力棒，并身体力行，用自己的一生践行了自己的誓言。那么，我作为蒋心焕的学生，自然也应该从老师那里接过这一接力棒，并跑好这一棒，然后再把这一接力棒传给我的学生们，如此才会使学术在代际传承中发扬光大。由此说来，蒋心焕在研究生的第一堂课上便郑重其事地把做好人的基本原则当作人生的第一要义讲给我们听，其隐含的历史意蕴的确是宏远的。在现实生活中，蒋心焕不仅是这样说的，也是这样做的。诚如他的老朋友所言：蒋老师 40 多年来对所有人都是和颜悦色。张杰老师 1962 年来山师跟田仲济先生进修，他说：对蒋心焕最深刻的印象，是他对薛绥之、林乐腾等"右派"老师的态度，没有避之唯恐不及，而是平等相待。[②] 这恰好

---

① 蒋心焕：《没有元宵的元宵夜》，《济南日报》2000 年 2 月 15 日。
② 魏建：《"绿叶"的成色》，《中国社会科学报》2021 年 3 月 19 日。

从一个侧面映现出了蒋心焕待人处事的基本原则。

蒋心焕所秉承的做人原则是在温和谦逊中既有鲜明的接纳，也有毫不含糊的拒斥，这在某种意义上展现了一个有节操的知识分子的风骨。田仲济对蒋心焕的特别认可，大概就缘于这一点。实际上，蒋心焕的节操与风骨传承了田老的内里精神，他一生低调，待人真诚，富有爱心，但并不是无原则、无坚守的学者，他绝不说违心话、做违心事，毫不掩饰对世俗的拒绝，蒋心焕正是因为有了这样一种人生态度，才使得"绿叶"的成色达到了难以超越的程度。① 这种甘愿做"绿叶"的平和心态恰是很多人所缺乏的——我们或满足于自我的"鲜花"镜像，或依附于"鲜花"镜像的附丽，绝少真正地去做一个"圆满"的自己。而蒋心焕能够超然于外物的纷扰，能够平心静气地做好自己，至于自己在别人看来是"鲜花"还是"绿叶"，则是他绝少考虑的。也许，在他的人生哲学词典里，做一个"成色"最高的自己，才是他所孜孜以求的人生境界。从某种意义上说，成色犹如黄金的含金量一样，绿叶与红花只有达到了极致才会显现出"纯"的成色。对此，郭济访曾不无感慨地评论道："君子宜自强，这是一般人都可以做到的，而能够助人为乐、成人之美、谦让容忍，是君子更高的境界，大儒风范，这就是我们蒋老师为人的本质。争与不争，让与不让，有时候是非常考验人的。人生在世名利奔波，熙熙攘攘，真正做到舍得放弃谦让，能有几人？"② 正是基于此，魏建通过对"成色"的阐释便在客观上消解了绿叶与红花的边缘与中心的界限，把蒋心焕自己谦称的绿叶提升到"成色"的维度加以阐释，使其人生的价值和意义得到了升华。尤其值得赞许的是，魏建通过把蒋心焕与朱德发融会在一起进行书写，既凸显了绿叶的"成色"，又还原了山师中国现当代文学学科之所以能够创造佳绩的内在奥秘——这是一代人同心协力，即便是不同心也能协力的结果，正是这样一批第二代学者，创造了学科建设历史上一个又一个骄人的业绩！

在过去的岁月中，蒋心焕恪守和践行的做好人原则，便是身处逆境而不

① 魏建：《"绿叶"的成色》，《中国社会科学报》2021 年 3 月 19 日。
② 摘自郭济访给笔者的微信。

坠青云之志，身处顺境而不忘乎所以，总是怀揣着一颗敬畏之心，小心翼翼，脚踏实地干实事、干正事，忍辱负重，砥砺前行，努力让生命焕发出不该被压抑，更不该被遮蔽的光芒。这种精神恰是其作为第二代学者对第一代学者内在精神的继承，自然，他所接受的精神则对下一代学者内在精神的培养起到了涵养作用。

二、建构独具特色的文学史书写学术体系

蒋心焕不仅秉承了田仲济和刘绥松的"做好人"精神，而且在治学上有所拓展，进而逐渐寻求到自己的文学研究路径，形成了自己的研究特色。蒋心焕的治学深受田仲济的影响，他不仅是田仲济等主编的《中国现代文学史》和《中国现代小说史》的主要执笔者，而且逐渐形成了自己的治学风格，注重在资料的爬梳中获得具有文学史价值的结论。蒋心焕正是在田仲济等学者重视原始文献资料的影响下，逐渐形成了在充分占有资料的基础上阐释观点的研究方法，由此开启了自己独立的学术研究历程。蒋心焕曾经结合自己的治学体验有过这样的阐释：

我写作论述中国现代历史小说的几篇论文，用了半年左右的时间，有空就泡在图书馆和资料室——翻阅原始报刊资料，在尽可能多的（地）占有资料的基础上形成自己的看法，并写成文章。[1]

正是有了这种研究方法的自觉，蒋心焕才能发现一些别人没有发现的问题，提出前瞻性的研究结论。

在以田仲济、刘绥松等为代表的中国现代文学第一代学者的具体指导下，作为第二代学者的蒋心焕的中国现代文学研究汲取了第一代学者的文学研究的内在精髓，并逐渐地形成了自己的学术研究特色。这主要体现在蒋心焕对第一代学者文学史书写的继承等诸多方面。二十世纪五六十年代，他开始参与文学史写作；70年代末，积极承担文学史写作任务，是拨乱反正的文学史

---

[1] 蒋心焕：《中国现代小说的历史沉思·后记》，海口：南海出版公司1993年版，第193页。

书写方面的主力作者；80年代后期，成为独当一面的学者，成为文学史书写的领军人物之一；90年代，他在中国现代小说美学思想史方面体现出了独立的学术思考，在文学史书写上尝试建构具有自我独立思考的学术体系。

从蒋心焕的早期学术研究历史来看，他在二十世纪五六十年代的学术研究处于探索期。这一时期，他参与了山师中文系编著的《中国现代文学史》（五卷本，1962年3月印刷）的编写工作。50年代末，北京大学、复旦大学、北京师范大学等全国诸多高校均有学生编写的《中国现代文学史》，山师则以教师为主编写了《中国现代文学史》。蒋心焕作为青年教师参与了这项工作。尽管这套中国现代文学史存在着一定的历史局限，但从培养中国现代文学史编写队伍来讲，其历史作用还是不可漠视的。也许，那种初生牛犊不怕虎的豪迈以及历史责任感，让这批青年学者较早地接受了文学史编写所需要的历史眼光和专业训练，为他们在新时期的中国现代文学史书写奠定了坚实的基础。实际情况也的确如此。像北京大学的洪子诚、北京师范大学的郭志刚，都在新时期的中国现代文学史编写方面做出了突出的贡献，这恐怕与他们当初迈出了尽管略显稚嫩但依然向前的中国现代文学史编写的脚步有着密切的关系。同样，蒋心焕是新时期中国现代文学史编写的参与者和推动者。

在中国现代文学史编写方面得到历练的蒋心焕，于1960年负笈南下，到武汉大学进修中国现代文学，这使得他在从事中国现代文学研究之初，除了得到田仲济的精心指导，还得到了刘绶松的悉心指导。20世纪50年代中期，当时的高等教育部批准北京大学、南开大学、武汉大学和山东师范学院等校招收中国现代文学专业的研究生。批准的理由没公布，学界的理解是这些学校有杰出的中国现代文学研究专家，如北京大学的王瑶、南开大学的李何林、武汉大学的刘绶松和山东师范学院的田仲济。由此说来，蒋心焕既得到了田仲济的认可与赏识，又拜师于刘绶松的门下，受益于中国现代文学研究中两位著名学者的青睐与指导。实际情况也的确如此。蒋心焕进入武汉大学之后，获得了刘绶松的特别赏识。对此，蒋心焕在后来的回忆中曾说，"60年代初，正值三年困难时期，我们几个20多岁的青年带着渴望和崇敬的心情，从全国各地先后投奔武汉大学著名学者刘绶松门下攻读现代文学"，"先生在（引者注：北京）出色完成编著工作的同时，还经常在深夜或凌晨，以书信形式对我们进行答疑解惑，做切实具体的指导"。刘绶松先生把自己治学的经验感悟同样借助"圆"进行了深入阐释："一个人能力、智力不一样，但只要把自己的潜质充分展现出来就符合'圆'了。"那么，这种潜质如何展现呢？刘绶松先生认为："（一）不急不躁，循序渐进；（二）博览与精读相结合；（三）手脑并用（即读和写同时并用）。我想只要照这样做下去，涉猎愈广，积累愈富，钻研愈深，是没有什么攻不下的科学堡垒的。"这番点拨，使得蒋心焕由此感悟到："人生的最佳境界是对圆满的不懈追求，这是我们一生为之奋斗的目标，只要一步一个脚印向此目标前进，我们的人生就是充盈的，就是问心无愧的！"① 显然，刘绶松的一番宏论，的确给人以醍醐灌顶般的感觉。蒋心焕正是循着刘绶松的这一指导，在未来的学术研究上做到了不以物喜，不以己悲，总是用坦然的态度来对待治学与做人，不疾不徐，不左不右，努力在学术研究中寻找适合自身的中正研究之路，最终博采众长，在融会贯通中自我学术研究日臻成熟与完善。在武汉大学跟随刘绶松学习的日子里，蒋心焕涵养了自己的学术心智，窥见了治学的门径，提升了人生的境界，为他在未来的学术人生中从容地绽放出属于自己的"花姿"奠定了坚实的基础。蒋心焕从田仲济和刘绶松那里继承下来的学术精神，穿越时空的阻隔，成为下一代学者的精神谱系的组成部分。

　　20世纪70年代，蒋心焕在学术研究上尽管深受时代的影响，但其可贵之处在于他依然保持着相对独立的学术思考，这主要表现在他的关于鲁迅与同时代其他历史人物关系的阐释上，如他和查国华合作撰写的《我们的斗争需要马克思主义——学习〈关于太炎先生二三事〉札记》②《鲁迅和史沫特莱——学习鲁迅札记》③《鲁迅和内山完造——学习鲁迅札记》④《鲁迅与钱玄

---

① 蒋心焕：《没有元宵的元宵夜》，《济南日报》2000年2月15日。

② 蒋心焕、查国华：《我们的斗争需要马克思主义——学习〈关于太炎先生二三事〉札记》，《山东师院学报（社会科学版）》1975年第1期。

③ 蒋心焕、查国华：《鲁迅和史沫特莱——学习鲁迅札记》，《山东师院学报（社会科学版）》1975年第4期。

④ 查国华、蒋心焕：《鲁迅和内山完造——学习鲁迅札记》，《山东师院学报（纪念鲁迅逝世四十周年专刊）》1976年第4—5期。

同的交往和斗争——学习鲁迅札记》①《鲁迅保卫"五四"文化革命胜利成果的斗争》②《鲁迅和肖红——学习鲁迅札记》③等。这一系列的鲁迅研究论文相对于特殊历史时期的鲁迅研究而言，具有其自我的学术特色，那就是在把鲁迅研究纳入政治发展的特殊背景下，研究者依然注重鲁迅本体的研究，尤其是对鲁迅的社会关系的研究，具有以鲁迅为本体研究的基本特色。对此，笔者曾经在有关文章中有过这样的阐释：

在探究鲁迅生平时，努力将其与平庸的政治化解释区别开来，最大限度地还原鲁迅思想和情感的本真世界。当然，作为国内的学者，他们的研究不能不打上深深的时代烙印，其中的某些话语还可能具有那个时代的鲜明痕迹。但是，值得肯定的是，其中的有些作者和论文，并不是把鲁迅研究当作现实政治的注脚，而是努力还原鲁迅的真实思想和情感。如查国华与蒋心焕合作撰写的《鲁迅与内山完造》一文，则对鲁迅与日本友人内山完造之间的交往进行了历史的梳理与阐述……这样的结论，没有宏大的话语，也没有多少时代的标语口号，显得较为平实，这可以看作他们在鲁迅研究过程中回归鲁迅本体的可贵努力。④

除了鲁迅研究的系列论文，蒋心焕还与查国华合作撰写了《谈"学衡派"》⑤和《试论沙汀的前期短篇小说》⑥等论文，这两篇论文作为历史转型时期的研究论文，体现了新旧研究范式转换的某些特点，可以视为特定时期第二代学者化蛹为蝶的历史蜕变之作。

---

① 蒋心焕、查国华：《鲁迅与钱玄同的交往和斗争——学习鲁迅札记》，《山东师院学报（社会科学版）》1976年第1期。
② 查国华、蒋心焕：《鲁迅保卫"五四"文化革命胜利成果的斗争》，《山东师院学报（社会科学版）》1976年第3期。
③ 查国华、蒋心焕：《鲁迅和肖红——学习鲁迅札记》，《山东师院学报（社会科学版）》1977年第5期。
④ 李宗刚：《"文革"后期鲁迅研究的一个缩影——以〈山东师院学报〉"纪念鲁迅逝世四十周年专刊"为例》，《鲁迅研究月刊》2014年第10期。
⑤ 查国华、蒋心焕：《谈"学衡派"》，《山东师院学报（社会科学版）》1979年第2期。
⑥ 查国华、蒋心焕：《试论沙汀的前期短篇小说》，《山东师院学报（社会科学版）》1979年第6期。

1979 年，蒋心焕作为新时期第一批出版的《中国现代文学史》（田仲济、孙昌熙主编，山东人民出版社 1979 年 8 月版）的 11 名执笔者之一，撰写了其中的几个部分。这本中国现代文学史尽管在 1979 年才正式出版，但早在1965 年，由于教学的需要，便由"山东大学、山东师范学院、曲阜师范学院的刘泮溪、韩长经、张伯海、薛绥之、冯光廉、蒋心焕、谷辅林诸同志执笔写成教材。此后，在一九七七年粉碎'四人帮'的第二年，由山大、山师、曲师和山师聊城分院的韩长经、王长水；蒋心焕、朱德发；魏绍馨；孙慎之诸同志参与上述教材的部分章节，执笔编写成约二十万字的铅印教本"①。1978 年，又确定扩大篇幅，正式印行。其中，蒋心焕执笔的章节为第五章和第六章，即第二次国内革命战争时期的文学（上、下；第 184—288 页，全书共 544 页）。作为一本旨在"恢复实事求是的党的优良传统"的中国现代文学史，编写者们力争践行解放思想的编写原则，在史学上恢复历史的原来面目。从历史的维度来看，这本中国现代文学史还是基本达到了预期目的，出版后得到了海内外学术界的好评，可谓新时期中国现代文学史领域的一枝报春花。对此，蒋心焕曾经有过这样的回忆：

> 1979 年他与孙昌熙教授主编的《中国现代文学史》，是十一届三中全会以后我国出版的最早的教科书之一。田老带领编写人员认真总结了建国以来文学史编写中的"左"的和形而上学的倾向，提出解放思想、实事求是、恢复历史本来面目的要求。这本书出版后，香港《文汇报》、《大公报》、日本《野草》杂志以及国内《文学评论》等报刊相继发表推荐、评介文章，肯定了这本书较早地恢复了文学史本来的面貌，是一本可信之书。②

> 该书出版后，好评如潮，香港《大公报》以"实事求是！实事求是！实事求是！"的大字广告推荐此书。③

---

① 田仲济、孙昌熙主编：《中国现代文学史·写在后面》，济南：山东人民出版社 1979 年版，第 543 页。
② 蒋心焕：《回忆恩师田仲济》，《春秋》2009 年第 1 期。
③ 蒋心焕：《文学史研究的春天——二十年瞬间与记忆》，《蒋心焕自选集》，济南：山东人民出版社 2015 年版，第 455 页。

《中国现代文学史》作为"中国现代文学史丛书"之一种，1985 年由山东文艺出版社出版了修订本。

20 世纪 80 年代初期，不仅中国现代文学史的重新书写得到了有效推进，而且中国现代小说史的重新书写也提上了日程。1984 年，由田仲济、孙昌熙主编，韩立群、蒋心焕、王长水、韩之友执笔的《中国现代小说史》由山东文艺出版社作为"中国现代文学史丛书"之一种公开出版。蒋心焕执笔第三章和第七章及附录部分（第三章为"在斗争中成长的工人形象"，第 205—259 页；第七章为"嵌着时代记印的历史小说中的人物形象"，第 455—508页；附录为"中国现代小说发展概貌"，第 547—579 页）。[1] 该书堪称 80 年代初期中国现代小说史书写方面的代表性著作，得到了学术界的好评。

在 80 年代前后，蒋心焕的主要精力集中于文学史和小说史的书写，此外，他还把许多精力放在中国现代历史小说研究上。这方面的代表性成果有《中国现代历史小说的开拓者、成功者——谈〈故事新编〉》[2]《略谈抗日战争和解放战争时期的历史小说》[3]《三十年代历史小说创作琐议》[4]《试论 1927—1937 年的历史小说创作》[5]《中国现代文学第一个十年的历史小说创作》[6] 等。这一时期他集中于对中国现代历史小说发展脉络的梳理和内在发展规律的阐释，对推动历史小说研究具有积极的作用。当然，从蒋心焕的历史小说的研究范式来看，他的这一系列研究主要使用人物形象分析的范式，这种范式对历史小说历史发展的呈现自然有其不可替代的作用，但也显示出新时期伊始文学研究新旧更替的某些特点。这恰如魏建用辩证的观点来审视人生和学术的得失所总结出来的规律一样："人生的路上充满变数，每一步都有 N 种可能。谁也不知道……迈出这一步的每一种可能与后面第 N 步的 N 种可能之间

---

① 田仲济、孙昌熙主编：《中国现代小说史》，济南：山东文艺出版社 1984 年版。

② 蒋心焕：《中国现代历史小说的开拓者、成功者——谈〈故事新编〉》，《山东师大学报（哲学社会科学版）》1981 年第 5 期。

③ 蒋心焕：《略谈抗日战争和解放战争时期的历史小说》，《聊城师范学院学报》1982 年第 3 期。

④ 蒋心焕：《三十年代历史小说创作琐议》，《教学与进修》1983 年第 1 期。

⑤ 蒋心焕：《试论 1927—1937 年的历史小说创作》，《文苑纵横谈》（7），济南：山东人民出版社1983 年版。

⑥ 蒋心焕：《中国现代文学第一个十年的历史小说创作》，《文艺评论通讯》1984 年第 2 期。

具有怎样的联系。"① 万事万物都自有其发展的内在轨道，人生路上充满的变数也就意味着任何一种可能都会发生，人们常说的"失之东隅，收之桑榆"，便是对这一哲理的形象概括。我们以此来勘探蒋心焕的学术研究变迁之路时，就会对此有深刻的体会。蒋心焕将中国现代历史小说研究作为出发点，在不经意间把历史勘探的钻头深入中国近代文学这块富矿，并搭建起一座联结中国近代文学和现代文学的桥梁，并由此开启了"转换"研究的新视域。

80 年代中后期，蒋心焕作为主编之一的《新编中国现代文学史》②，在国内，尤其是在华东地区产生了很大影响。这一时期他的主要精力集中在中国近代文学与现代文学关系的研究上，其主要研究成果是《"五四"新小说理论和近代小说理论关系琐议》③《论中国近代文学向现代文学的转换——纪念五四运动七十周年》④《中国近代文学向现代文学转换》⑤ 等几篇重要论文，这些研究成果在《新编中国现代文学史》有所体现。诚如笔者早在 2000 年指出的那样：

> 有关近代文学向现代文学的转换研究（见《论中国近代文学向现代文学的转换》《论梁启超的小说观》等文），更是较早地摆脱了静态的文学研究方式，代之以动态的文学发展规律的探讨，使近代文学的研究向前推进了一大步。即便是在今天，其理论的描述亦显示出学术的光芒。这显然与其深厚的文学理论功底分不开。与近代文学向现代文学的转型研究紧密相连的是蒋先生的小说史研究。《"五四"新小说理论和近代小说理论关系琐议》一文便是这方面的佐证。该文从小说理论的视角，疏浚了中国现代小说的源头。⑥

---

① 魏建：《"绿叶"的成色》，《中国社会科学报》2021 年 3 月 19 日。
② 朱德发、蒋心焕、陈振国主编：《新编中国现代文学史》，济南：明天出版社 1989 年版。
③ 蒋心焕：《"五四"新小说理论和近代小说理论关系琐议》，《山东师大学报（社会科学版）》1986 年第 1 期。
④ 蒋心焕：《论中国近代文学向现代文学的转换——纪念五四运动七十周年》，《山东师大学报（社会科学版）》1989 年第 2 期。
⑤ 本文系蒋心焕先生为《新编中国现代文学史》一书所撰写的绪论部分，详见：朱德发、蒋心焕、陈振国主编：《新编中国现代文学史》，济南：明天出版社 1989 年版，第 1—41 页。
⑥ 李宗刚：《淡泊有为　宁静致远——记蒋心焕先生的文化求索之路》，《联合日报》2000 年 1 月 4 日。

实际上，我们如果远距离地观照蒋心焕关于中国近现代文学的转换思考，便会发现这一问题的提出的确具有学术史的价值和意义。这恰如蒋心焕所指出的那样："这是一个有待深入研究的课题。"然后，他追溯了现代以来的诸多学者对这一问题的阐释历史，认为：

解放以前出版的学术著作，诸如胡适的《五十年来中国之文学》、陈炳堃的《最近三十年中国文学史》、周作人的《中国新文学的源流》、朱自清的《中国新文学研究纲要》(《文艺论丛》第十四辑)等，都注意到五四文学和近代文学的关系及时代思潮同文学变革的关系，但这些史著，由于所论的角度或侧重点不同的缘故，大都只提出了问题，未能展开论证；有的论著，或立论失之偏颇，或资料明显荒缺。[①]

他又对接了新中国成立之后的研究历史，认为：

解放以后，特别是近几年来，研究工作者以新的观点和较为丰富、翔实的资料，对这个专题进行了系统的研究，如严家炎的《中国现代文学发展中的几个基本问题》、沙似鹏的《五四小说理论与近代小说理论的关系》等专论，对进一步研讨这个专题，提供了很好的基础。[②]

蒋心焕把自己的学术研究置于前人的研究基础之上，并围绕着这一专题，从"如何评价梁启超等人的小说理论和现代小说理论对近代小说理论的革新"角度进行了阐释。这一阐释的独到之处在于把梁启超等人的小说理论与现代小说理论内在关系进行了疏浚，把整个中国小说纳入有机的统一体之内进行辨析，并由此缝合了近代小说理论与现代小说理论之间的缝隙。这对忽视二者之间的关系研究具有纠偏作用。

---

① 蒋心焕：《"五四"新小说理论和近代小说理论关系琐议》，《山东师大学报（社会科学版）》1986年第1期。

② 蒋心焕：《"五四"新小说理论和近代小说理论关系琐议》，《山东师大学报（社会科学版）》1986年第1期。

如果说蒋心焕的《"五四"新小说理论和近代小说理论关系琐议》一文还停留在"琐议"层面上的话，那么，他的《论中国近代文学向现代文学的转换——纪念五四运动七十周年》和《中国近代文学向现代文学转换论》便是较为系统化和理论化的思考结晶。蒋心焕在《论中国近代文学向现代文学的转换——纪念五四运动七十周年》[①]的开首便鲜明地提出了自己的观点：

以"五四"为标志的中国现代文学是具有现代特征的一种新质的文学，但它的新质不是突然冒出来的。历史证明，中国现代文学是中国知识分子中的先驱者经过对中国近代政治、文化的沉痛反思后而实现转换的。

为此，他从"从政治意识的觉醒到伦理意识的觉醒""从晚清文学改良到五四文学革命"等方面进行了较为系统深入的阐释，并由此把近代文学视为"五四文学革命的先声"：

从鸦片战争到五四前夕的文学构成了具有独立特质的近代文学。但从历史联系上看，资产阶级文学改良运动适应了时代的潮流，对泛滥于文学领域的复古主义、形式主义的理论观念和文学创作是一个猛烈的冲击，特别是梁启超所发动的一连串的文体革命，标志着同中国古代文学断裂的开始，它成了五四文学革命的先声。

正是基于如此深入的分析，蒋心焕强调：

从总体上说，不论是改良派还是革命派对文学进行革新的经验教训，为五四文学革命的崛起，提供了内在的历史根据；而转换的直接原因则是五四的社会历史条件和文化氛围；以西方文学为楷模，对其大规模的自觉的翻译介绍，催生着中国文学发生根本的转换。

---

① 蒋心焕：《论中国近代文学向现代文学的转换——纪念五四运动七十周年》，《山东师大学报（社会科学版）》1989年第2期。

在论文的结尾部分,作者豪迈地指出:

　　五四时期"人的文学"的倡导和实践,不仅在中国文学史上是一次根本性的变革,开启了中国新文学走向现代化的新时代,成为世界进步文学中的一个重要组成部分,而且由此引发了文艺内部一系列的变革:它以新的理论观念和审美意识彻底改造了旧文学,奠定了中国现代文学的基础;它使文学从以"教化"为中心的思想观念向以真、善、美为中心的审美观念迅速转化;它使文学(小说表现得最明显)从主要以写故事为主转化为主要以刻画人物的性格、心态为主;它实现了白话文取代文言文的真正变革,完成了对旧格律诗、章回小说、笔记小说等体式的蜕变。这种变革和创新,形成了五四文学在思想内容和语言体式上琳琅多采(彩)的姿态,促进了中国现代文学的繁荣,实现了文学向现代化、民族化的转换。

　　我们如果循着这样的一个文学史研究范式往前推演,不难看出,这种大文学史观与 20 世纪 90 年代后期兴起的"20 世纪中国文学史"书写理念具有内在旨趣上的统一性。由此,"20 世纪中国文学史"① 便从根本上纠正了既有的中国现代文学史割裂现代文学与近代文学的关系的认知偏颇。
　　蒋心焕在这一时期之所以能够从现代文学研究的领域中突围出来,并从中国近现代文学转换的视角对其进行阐释,与他研究中国现代历史小说有着密切的关系。在研究中国现代历史小说的过程中,他逐渐走出了中国现代文学的疆域,把现代历史小说与明清特别是晚清时期的历史小说进行对比:

　　中国的历史小说并非始于五四文学革命以后,早在明清特别晚清时期就比较发达了,并且涌现出一些颇有影响的广为流传的长篇历史小说,如《三

---

① 在 20 世纪 90 年代前后,中国现当代文学史的书写出现了新局面,其中的标志之一便是"20 世纪中国文学史"从理念的提出转向编撰的实践,代表性著作有:陈平原著:《二十世纪中国小说史》(第 1 卷),北京:北京大学出版社 1989 年版;乔福生、谢洪杰主编:《二十世纪中国文学》,杭州:杭州大学出版社 1992 年版;孔范今主编:《二十世纪中国文学史》(上下册),济南:山东文艺出版社 1997 年版;黄修己主编:《20 世纪中国文学史》,广州:中山大学出版社 1998 年版;等等。

国演义》《水浒传》《说岳传》《东周列国志》《东汉演义》《西汉演义》《隋唐演义》等。五四文学革命兴起的新的历史小说虽然同古代历史小说有一定的联系，但从本质上看却具有了崭新的特点，不论是思想内容或艺术形式都发生了根本变革。①

由此看来，蒋心焕在对中国历史小说进行梳理的过程中，既看到了它们之间的差异，又看到了它们之间的内在联系，尤其是看到了现代历史小说在近代小说的继承和扬弃中进一步发展与完善。这种注重勾连二者关系的研究视角，便为他后来提出中国近代文学向现代文学的转换奠定了坚实的基础。

在研究中国现代历史小说的过程中，蒋心焕把思想的触角伸展到了近代历史小说的疆域之中，这又与他注重事物之间的普遍联系性、注重在对比中确立研究对象等研究范式有关。这种研究方法在其对田仲济的研究方法的体悟中有所表现：

他（田仲济，笔者注）不仅把研究的眼光紧紧盯在现代文学这块园地上，而且，还主张把现代文学放在整个中外文学史的链条上加以透视，既发现现代文学与古代文学、外国文学的千丝万缕的联系，又发掘现代文学与当代文学及社会现实之间的内在的历史因果关系，他常常以作家的眼光审视研究对象，力图把文学放在一个当时历史、时代、生活、文化等多种因子组合的立体世界中加以研究。②

显然，蒋心焕能够把田仲济的研究方法予以如此清晰的概括和提炼，也恰好说明了这种研究方法已经深入他的学术研究之中，并成为他把中国现代文学纳入近代文学的发展链条中加以阐释的内在缘由。

在90年代前后，蒋心焕未能循着"转换"的视角对中国近代文学与现代文学的关系进一步向纵深处挺进，这主要缘于他的学术研究开始转向。其一

---

① 蒋心焕：《中国现代文学第一个十年的历史小说创作》，《文艺评论通讯》1984年第2期。
② 蒋心焕：《从一个窗口看田仲济先生》，《中国现代文学研究丛刊》1993年第4期。

是他在中国现代小说史研究方面深化了自己的思考，并从美学思想的维度尝试着建构自己的学术体系；其二是他受田仲济之邀，参与了《中国新文艺大系（1937—1949）散文杂文集》^①的编选工作。在培育研究生的过程中，他注重从现代小说本体，尤其是现代小说美学思想的维度引领学生进行思考，并主编了《中国现代小说美学思想史论》^②这部著作。该著作尽管延宕了十多年才得以问世，但其关于中国现代小说美学的思考依然具有其不可取代的价值和意义。至于蒋心焕参与《中国新文艺大系（1937—1949）散文杂文集》的编选工作，魏建有过这样的回忆："田仲济老师偏爱杂文和散文，动员蒋老师研究散文，他就转向了。田老师接手《中国新文艺大系（1937—1949）散文杂文集》的主编任务，就是蒋老师帮他编成的。""这项工程卷帙浩繁，当时蒋老师已是满头白发，那些日子他与民国年间的书籍、报纸、杂志相伴，在尘封土掩的历史文献中钩沉、校勘，花了很多年才做完。样书出来，是16开本、1000页。"^③如此浩大的工程，使得蒋心焕的学术再次开启了系统性的"转换"，那就是从中国近代文学向现代文学的转换研究，"转换"到了以资料搜集整理为主的中国新文艺大系散文杂文的历史文献钩沉和校勘等具体工作中。

在这一时期，蒋心焕的学术研究主要集中于散文方面，其中的代表性成果有《论梁实秋散文的独特品格》^④《试论闲适派散文——兼及周作人、林语堂、梁实秋散文之比较》^⑤《"海派"散文与文化市场》^⑥《文化散文发展的轮廓》^⑦《漫谈周作人的文化人格及其散文的文学史意义》^⑧《中国现代散文走

① 田仲济、蒋心焕主编：《中国新文艺大系（1937—1949）：散文杂文集》，北京：中国文联出版公司1996年版。

② 蒋心焕主编：《中国现代小说美学思想史论》，南京：江苏文艺出版社2006年版。

③ 魏建：《"绿叶"的成色》，《中国社会科学报》2021年3月19日。

④ 蒋心焕、吴秀亮：《论梁实秋散文的独特品格》，《山东师大学报（社会科学版）》1993年第2期。

⑤ 蒋心焕、吴秀亮：《试论闲适派散文——兼及周作人、林语堂、梁实秋散文之比较》，《聊城师范学院学报（哲学社会科学版）》1993年第2期。

⑥ 蒋心焕：《"海派"散文与文化市场》，《东岳论丛》1998年第1期。

⑦ 蒋心焕：《文化散文发展的轮廓》，《山东师大学报（社会科学版）》1999年第2期。

⑧ 蒋心焕：《漫谈周作人的文化人格及其散文的文学史意义》，《胜利油田师范专科学校学报》1999年第3期。

向鸟瞰》①等。蒋心焕的散文研究奠基于坚实的资料基础之上，所以，他的散文研究论文得到了学术界的关注，除了散文研究之外，蒋心焕还继续关注中国现代作家作品的个案解读，其中的代表性的论文是《茅盾文学思想结构探》②。

21世纪以来，作为第二代学者的蒋心焕已经退出了学术舞台，由此开始转向散文创作。他的散文创作始于20世纪90年代，作品数量虽然不是很多，但别具一格，具有清新淡泊的风格。他在周作人的散文研究方面用功甚多，这便使得其散文创作既融会了其文学研究的某些个人体验，又自觉地承继了周作人散文的风格，同时接续了田仲济散文杂文创作的某种风范，结合自我的独特人生体验，逐渐形成了平和淡泊的散文风格。如《枣树的思念》一文，他在开头和结尾是这样写的："老家庭院里有棵枣树，是母亲栽植的。""我每次回乡留恋于枣树之下，总能深深感受到母子亲情的激荡，尽管已是天上人间！"③然而，正是这棵枣树，不仅激荡着母子的亲情，还渗透着自我的文化反思、贯穿着时代的风雨！也许，在20世纪90年代以及此后的市场经济大潮涌动的特定历史背景下，蒋心焕的散文的清新淡泊的风格恰是作者坚守自我人文文化立场以及由此对抗经济大潮的外化。

尽管作为第二代学者的代表，蒋心焕始终坚守自己作为一个独立的知识分子的操守，并把学术视为安身立命的根本，但从总体上看，这一代学者中的大多数或由于身体的限制，或由于体制的疏离，已经逐渐淡出学术界，只有少数第二代学者还身在体制之内，由此开启了人生的"逆生长"之路。例如朱德发便在山师中国现当代文学学科获得博士点之后，受聘为博士生导师，其学术人生由此进入了一个新时代。④

---

① 蒋心焕：《中国现代散文走向鸟瞰》，《山东师范大学学报（人文社会科学版）》2015年第2期。
② 蒋心焕：《茅盾文学思想结构探》，《山东师大学报（社会科学版）》1996年第4期。
③ 蒋心焕：《枣树的思念》，《贵州日报》1994年10月9日。
④ 魏建：《试析"朱德发现象"》，《中国现代文学研究丛刊》2015年第4期。

三、重视原始资料的搜集与研究

蒋心焕从事学术研究，继承和发扬了"山师学派"①的学术研究传统，注重资料在学术研究中的重要作用。

山师的中国现代文学教研室在 1952 年设立，第一代学者田仲济和薛绥之极为重视原始资料的搜集整理与研究，并由此形成了在原始资料基础上进行学理阐释的治学风格。早在 1947 年，田仲济先生撰写其成名作《中国抗战文艺史》时便显示了他的这一治学路径。作为深受田仲济影响的第二代学者，蒋心焕继承和发扬了山师学派的这一传统。他在回忆田仲济的文章中曾就此专门进行了详细说明：

先生（田仲济）正是以此指导我们编写"文革"以后国内出版的第一部并取得史学界好评的《中国现代文学史》和《中国现代小说史》等学术著作的。令我特别感动的是先生将珍藏数十年的《抗战文艺》（计七十八期）借我阅读，让我接触原始资料，感受历史氛围，从而理清抗战文艺的发展线索。我翻阅着抗战时期艰难出版现已发黄变脆甚至发霉的杂志的每一页，真是感慨万千，受益终生。②

他（田仲济，笔者注）多次对教研室的同志说，资料的搜集、积累和整理是我们的传统，要不断补充、添置新的资料。他认为，资料是研究的基础和前提，只有从第一手资料出发进行的研究，才能经受住实践和历史的考验，成为有学术生命的著作。由此，我不由得联想到从上世纪 50 年代到 80 年代，他利用各种机会充实、丰富新文学藏书的感人情景。③

建国初期，田先生担任齐鲁大学中文系教授兼系主任时，就注意有关现代文学资料的搜集，购买了当时东方书社出版的新文学书籍。一九五二年院

---

① 魏建认为，"无论依据'学派'的工具书定义，还是依据人们对'学派'的理解，中国现当代文学研究界的'山师学派'早就存在了。这一学派正式出现的时间应该追溯到 60 多年之前。"魏建：《中国现代文学期刊研究与学派传承——以"山师学派"为例》，《山东师范大学学报（人文社会科学版）》2017 年第 3 期。

② 蒋心焕：《完美人格的典范——痛悼恩师田仲济教授》，《齐鲁晚报》2002 年 1 月 18 日。

③ 蒋心焕：《回忆恩师田仲济》，《春秋》2009 年第 1 期。

系调整，齐鲁大学合并到山东师院后，他更是有意识地购买五四以来出版的新文学书籍和期刊。一九五五年上级给田先生主持的研究生班拨了八千元经费，田先生全用来购买书报杂志，并建立了资料室。七十年代初期，田先生获悉已故现代文学著名藏书家瞿光熙的家属拟出售私人藏书的消息，他一则以喜，一则以忧，惟恐这批资料零落散失，他不顾个人还在受"审查"的艰难处境，冲破了种种阻力，想方设法使这一大批名贵书籍从南方私人书库安抵师大图书馆。田老常说，资料是研究的基础和前提；只有从第一手资料出发所进行的科学研究，才能经受住历史的考验，才是真正有价值的研究论著。①

田先生一贯的最明显的倾向是：尊重历史、力求真实。应该说，这是文学史研究的根本的原则，但也是最高原则，说说容易，做起来是颇为艰难的。

田先生曾于40年代初写的《〈夜间相〉后记》一文中说："尊重历史的现实，这就是尊重历史的真实。是不能以现在的面貌来窜改过去的。"时过四五十年，近半个世纪，田先生仍然反复强调这一点："文学史要有公允地恰如其分地对于文学运动、重大事件、风格流派等等的记述、分析……""至于我，我是不主张以今天的思想改过去的思想的，那实际是对历史的窜改……"多年来，田先生始终以此为准绳，来指导他的文学史研究工作，力求科学、准确，常在清醒、冷静、理智的分析中，显示自己个人的独到见解，不为流行观点所左右。②

正是在田仲济等第一代学者的影响下，蒋心焕极为重视原始资料的搜集与研究，并保存了一大批有价值的原始文献，其中，在鲁迅研究资料方面的成果较具代表性。山师作为鲁迅研究和文献资料搜集与整理的重镇，向来具有重视鲁迅相关文献资料的传统，蒋心焕受此影响，保存了一大批与鲁迅相关的文献资料，保存有相对完整的鲁迅著作注释"征求意见本"。早在21世

① 蒋心焕、宋遂良：《青山不老 桃李成林——田仲济教授和现代文学研究》，《山东师大学报（社会科学版）》1987年第4期。
② 蒋心焕：《从一个窗口看田仲济先生》，《中国现代文学研究丛刊》1993年第4期。

纪之初,笔者曾经在向蒋心焕请教未来的学术研究计划时说过,鲁迅著作注释"征求意见本"作为特定历史的一种特殊学术活动,在学术史中具有其无法替代的价值和意义。我们如果循着"征求意见本"的编纂轨迹,可以穿越历史时空的阻隔,抵达历史的深处,进而帮助读者理解特定时代的学术研究如何平衡功利性诉求与学理性诉求的关系,也可以为未来的学术研究规避历史误区提供镜鉴。蒋心焕对此想法特别赞赏,并相继把他保存了30多年的鲁迅著作注释"征求意见本"赠送给我。后来,缘于我将学术兴趣逐渐定位于中国文学的文学教育领域,这一话题便暂时搁浅了。但是,我每每想到他赠送的"征求意见本"未能释放出其应有的学术能量时,便深感愧疚,所以建议我指导的博士研究生把这一课题纳入博士论文的备选课题中。令人欣慰的是,这一时机在2018年终于来到,我指导的2017级博士研究生谢慧聪对此课题很感兴趣,把鲁迅著作注释"征求意见本"作为自己的博士论文研究对象,我便把蒋心焕的这套相对完整的"征求意见本"转赠给了谢慧聪。谢慧聪不仅在此基础上完成了博士论文,还获得山东省优秀博士学位论文,其系列论文也相继刊出。谢慧聪在文中写道:"本文所使用的'红皮本'系山师文学院蒋心焕教授提供,在此一并表示感谢。"[①] 学术研究正是在这样的代际承续的转换中不断推进的。这也说明,我们在评估第二代学者的学术贡献时,除了要关注他们曾经发表了哪些值得历史记忆的学术论文或学术著作,还要关注他们在提携后学、在代际传承中如何很好地承担了其作为"历史中间物"所应该承担的"传"之重任!

在20世纪70年代末和80年代初,蒋心焕除了参与中国现代文学史和中国现代小说史的编写工作外,还与朱德发合作完成了《第三次国内革命战争时期解放区文艺运动资料汇编》。这本资料汇编系"中国现代文学史资料汇编(甲种)"之一。为了能够较好地完成这一资料汇编任务,朱德发与蒋心焕跑了诸多图书馆,从浩瀚的资料中遴选出篇目,再抄录到一页300字的方格纸上,如此下来,厚厚的一大摞手抄资料才算是顺利完成了。然而,令人

---

① 谢慧聪:《〈鲁迅全集〉编注史上的"征求意见本"》,《山东师范大学学报(人文社会科学版)》2021年第4期。

遗憾的是，这本资料汇编因为北岳文艺出版社出版经费的限制，未能付梓出版。对此，朱德发老师有过这样的回忆：

> 本资料汇编顺利通过审稿，于20世纪80年代初由中国社会科学院文研所徐迺翔同志直接交给山西人民出版社付梓出版，但该社不知何故久久不出版。中间我们询问过徐迺翔同志，徐迺翔同志也催促出版社；后来这部书稿又转给北岳出版社，该社已做好发稿的具体编排，但迟迟不出版，这就拖至20世纪末了。这时我们又催问徐迺翔同志，北岳出版社终于将要发排的文稿原样不动地退给我们，这已是21世纪初了。我们只能将这部资料汇编保存起来，等待问世的时机。①

然而，从两位老师的年龄来看，这部保存起来的资料汇编，如果没有人再去过问，随着岁月的流逝，知晓这部资料汇编的人也许会越来越少。甚至，随着两位老师的离去，这部资料汇编也许再也等不来问世的机会。在经过了近38年的沉寂之后，当听到蒋心焕不无遗憾地谈及此事，并说这本资料汇编的手稿由朱德发老师收藏时，我便默默下定决心替两位老师完成心愿。朱德发是深受诸多同学崇敬的老师，他的五四文学研究课是我们这一届学生的选修课，他在思想上大胆地冲破"左"的思想桎梏，深得同学们的推崇。2002年，我考取了朱德发老师的博士研究生。如此一来，我既是蒋心焕的硕士研究生，又是朱德发的博士研究生。这样一种特殊的机缘使我感到，如果能够把两位老师当年合作完成的资料汇编毫无缺损地出版，帮助两位老师还上这段已经搁浅了38年的未了情，这该是一件多么令老师高兴的事啊！这既可以完成蒋心焕的资料汇编出版的未了情，又可以勘探朱德发20世纪80年代初期在学术研究上能够有所突围的内在奥秘。

当我向两位老师表达了自己愿意帮助他们完成出版这本资料汇编的心愿时，他们都很高兴。于是，我从朱德发家里拿到了已经被老鼠啃噬过的书稿，

---

① 朱德发、蒋心焕、李宗刚编：《第三次国内革命战争时期解放区文艺运动资料汇编（上卷）》，沈阳：辽宁人民出版社2018年版，第2页。

并拉开了出版的大幕，重新呈现出已经被延宕了 38 年的第二代学者艰苦卓绝地躬耕于图书馆的奋斗大剧。对此，朱老师在前言中又专门加上了几句话：

> 救活这部书稿的时机终究来到：一是我们所在的山东师范大学中国现当代文学学科于 2007 年被批准为国家级重点建设学科，不仅承传并光大了本学科在历史上重视文学史料汇编的优良传统，而且对有价值的文学资料出版给予大力资助；二是李宗刚教授是我们两个人培养指导的硕士和博士研究生，他既热爱文学资料工作，又潜心学术研究，既是硕士生指导教师，又是博士生指导教师，并心甘情愿地承续这部资料的重新校勘、重新打印、重新联系出版等诸多烦琐工作，争取完好无损地将这部积压了三十多年的"资料汇编"救活！①

其实，我的名字被两位老师加在他们的名字之后，是我从未想到过的事情。我本来就是要替老师实现一个被搁置了 38 年的心愿——希望他们能够在有生之年目睹当年这本渗透了他们汗水的资料汇编顺利面世，至于我自己则从来没有想到由此获取什么个人的名声。但虑及两位老师意在提携学生的美意，再加上我作为两位老师的学生，能够忝列老师之后，也实在是一件令我感到荣幸的事情，于是，我的名字便在朱德发和蒋心焕之后，也出现在这本资料汇编的编者行列。当然，我之所以接受了两位老师的美意，还有一层意思，那就是要表明这样的一个真谛：学术研究是一代代人不懈地接续奋斗的事业，这既有前辈学者对后学的栽培与提携，又有后学对前辈学者的推崇与热爱，如此一来，学术才会真正地在代际传承中发扬光大。

值得欣慰的是，这本资料汇编终于赶在 2018 年 7 月正式出版了——6 月底，在我的再三督促下，这本书的样书赶印出来，我便迫不及待地送给了两位老师。此时，朱德发已经到了生命的最后时刻。据他的女儿朱筱芳讲，朱德发看到这本书后，很欣慰。令人痛惜的是，朱德发在 7 月 12 日便离开了他

---

① 朱德发、蒋心焕、李宗刚编：《第三次国内革命战争时期解放区文艺运动资料汇编（上）》，沈阳：辽宁人民出版社 2018 年版，第 2 页。

魂系梦绕的学术研究事业，终止了他一直视为一种生活方式的学术研究生涯。蒋心焕拿到这本资料汇编之后，非常满意，他兴奋地在该书的扉页上题写了如下的文字："此书堪称红色经典，其价值永存！它的出版归功于'重点学科'的支持及宗刚的辛勤付出。蒋心焕 2018 年 11 月 11 日。"①

令人深感痛惜的是，匆匆几年的时光，朱德发和蒋心焕竟先后离开了我们。每当这种伤感的情绪袭来之时，我看到老师们留下的文字，便又切实地感到，他们依然活在由文字砌成的学术大厦里，他们的思想和情感的脉搏依然铿锵有力地跳动着，他们的文化生命超越了生理生命，依然是我们在学术研究的道路上继续前行的动力源泉。实际情况也的确如此。每当我们在山师教学三楼的 3141 会议室慷慨激昂地驰骋于学术的疆域时，便会看到两位老师在 1987 年和 2018 年的两张学科教师合影中那或神采飞扬、或温情谦和的笑容，仿佛感到两位老师并没有远去，他们将与山师的中国现当代文学学科同在！我与研究生合作完成的《山东师范大学中国现当代文学学科资料汇编的历史回溯》一文，便像溯历史长河而上一般，对学科在中国现当代文学资料整理与研究方面的工作进行了溯源性的考辨，其中便包括对朱德发和蒋心焕在资料整理和研究方面所做贡献的梳理。②

从 20 世纪 80 年代末到 90 年代初，蒋心焕协助田仲济完成了《中国新文艺大系（1937—1949）散文杂文集》③的编选工作，这是蒋心焕与田仲济近半个世纪的学术代际传承的最后一次清晰呈现。《中国新文艺大系》作为一部反映五四以来中国新文艺优秀成果及其发展历程的重要文献史料集，对五四运动前后到 1982 年年底新文艺作品和史料进行总结，以文学艺术门类分集编纂整理，为相关研究者提供了比较系统、完整的史料文献。在参与这部重要文献史料集编纂的过程中，蒋心焕对学术的代际传承有着这样深刻的感悟：

---

① 蒋心焕的题字见该书的扉页。该书由笔者保存。

② 李宗刚、高明玉：《山东师范大学中国现当代文学学科资料汇编的历史回溯》，《山东青年政治学院学报》2021 年第 5 期。

③ 田仲济、蒋心焕主编：《中国新文艺大系（1937—1949）散文杂文集》，北京：中国文联出版公司1996 年版。

令我终生难忘的是田老作为老一代学者严之又严的工作态度和一丝不苟的工作作风。该书最后审定的作品为 506 篇，但这 506 篇是我们费时几年从近万篇作品中筛选出来的。经过初选、二选和最后审定，田老勤奋、严谨的工作作风贯穿始终，万分感人。1937—1949 年这 10 多年，正是伟大而艰巨的战争年代，当时出版的不少书籍和报刊一般都是土纸印刷，字迹模糊难辨，田老拿着放大镜，多次校对，改正错字、漏字。初选、初校工作，我做得比较多，自以为是够认真的，但经他审定还是发现一些差错。这时，他就语重心长地说："事在人为。"我们不敢保证一个错字也没有，但应以"尽善尽美"的高标准来完成它。田老还把有些作品寄给他熟识的作家，询问用哪个版本为好。总之，大到作品入选标准，小到对错漏的订正，都在他殚精竭虑的关注中。[①]

这部研究资料的编选，不仅对中国现代文学第一代学者与第二代学者的学术传承有了清晰的呈现，而且使第二代学者对如何发扬光大第一代学者的学术精神有了更加明确的目标——蒋心焕在既有的资料编选的过程中，开启了自我学术的转型——从早期的中国现代文学史书写到 20 世纪 90 年代的散文研究的学术之路。

四、教书育人，薪火相传

1949 年之后，大学教育遵循着现代教育的基本法则，在不同的院系开设了不同的课程。在中文系则开设了中国古代文学、古代汉语、现代汉语、文学理论、外国文学以及嗣后开设的中国现代文学等课程。但是，限于大学的课程多由数个老师合作完成，师生之间的互动多限于课堂上的教师讲解知识、学生听讲这种单向度的活动。由此带来的问题便是，教师与学生之间除知识的传递外，那种真正的内化于精神和情感深处的交流则处于缺失的状态。我之所以能够走进蒋心焕的学术人生的世界中去，恰好是因为我有了一次能

---

① 蒋心焕：《田仲济先生的散文观》，载《蒋心焕自选集》，济南：山东人民出版社 2015 年版，第413 页。

够超越大学本科的师生交往的研究生学习经历。在研究生学习生活的三年时间里，我不仅对蒋心焕的做人原则有了深切的感知，而且对他的学术研究有了更多的理解。

在科研上能够披荆斩棘并终成一家之言的老师，固然是少数，更多的老师是舌耕于三尺讲台，通过教书达到育人的目的，进而把现代文化理念植根于学生的心灵深处，由此实现薪火相传。蒋心焕不仅在学术上有自己的独立建树，而且还深谙教育规律，培养了众多优秀的学生，这些学生既有本科生，也有研究生。虽然说本科生、研究生的教育是诸多老师通过"合力"完成的，但是从整体上说，研究生的指导教师无疑是诸多"合力"中最为重要的那股历史力量，或者说是培养学生的主导性力量。

在研究生培养方面，蒋心焕继承了第一代学者的优良传统，根据研究生的个性特征及其特长有针对性地引导研究生找寻到自我的学术研究方向。李春林作为1979级的硕士生，尽管不是蒋心焕亲自指导的硕士研究生，但蒋心焕依然积极参与他的学术人生的设计，并在关键节点上给予了有针对性的指导。据李春林回忆：

在最后一年撰写毕业论文的日子里，我更成为那洒满阳光的房间的常客，蒋老师每每给予口头或书面（在论文草稿上）的种种指教。尤其是题目的选定，完全是蒋老师的意见：当他得知我想写《鲁迅与契诃夫》时，告诉我王富仁正在写此题，你写不过他，不如写《鲁迅与陀思妥耶夫斯基》；我说陀思妥耶夫斯基太复杂，不好写，蒋老师说正因为复杂，写出来就是成功。征得了书新老师和田老师的同意后，就这样定了下来。[①]

自此以后，李春林一直将鲁迅与外国文学比较研究作为自己的主攻方向，并在此基础上建构起了自我的学术大厦。

蒋心焕从1985年开始指导硕士研究生，1995年停止招生，前后带了8届，共有20多人。他培养的学生大都已经成为工作岗位上的业务骨干。以

---

① 李春林：《洒满阳光的房间——忆念恩师蒋心焕先生》，《济南时报》2021年2月8日。

1985 级硕士研究生为例，蒋心焕共招了郭济访、万直纯、魏建（按照年龄排序）等 3 名研究生。郭济访 1988 年毕业之后便到了江苏文艺出版社，曾经主导过在 20 世纪 90 年代具有较大学术影响的丛书编辑工作，并相继推出了山师青年学者吴义勤、张清华（按其著作出版时间先后排序）的著作，这成为他们在学术界的成名作和代表作。直到今天，这些著作仍是本科生和研究生学习中国当代文学的重要参考书目。对此，张清华曾经这样回忆过他的《中国当代先锋文学思潮论》：

> 1997 年夏，我写成了书稿《中国当代先锋文学思潮论》，当时很希望这本书能够纳入江苏文艺出版社的"跨世纪文丛"中，因为那套书里都是非常优秀的同行或师友的著述。刚好一位学兄郭济访就在该社任职，济访是蒋老师的研究生。蒋老师得知我的愿望，非常支持，亲自给济访兄打电话，向他介绍了我的情况，多有鼓励之辞，遂使此书顺利出版……我自然心怀感激，但每当我当面向他表示谢意的时候，他都会淡然一笑，说小张不要客气，你好好做学问，好东西还应该在后头。①

这说明，蒋心焕恰是秉承着学术为公器的理念，积极地为每一位具有学术追求的后学提供力所能及的帮助和提携。郭济访也传承了蒋心焕的学术理念，不仅积极扶持青年学者，还注重发掘资深学者的资料，其中具有代表性的成果便是在他的主导下出版了《田仲济文集》（四卷本）②。郭济访因业绩突出，获得了国务院特殊津贴，并被提拔为出版社的副社长，为中国学术的发展做出了突出贡献。万直纯作为安徽教育出版社编辑、编辑部主任、副总编辑，2001 年被选拔为安徽省省直宣传部门"四个一批"拔尖人才，2002 年享受国务院政府特殊津贴，2008 年被选拔为全国新闻出版行业领军人才，2013 年担任时代出版传媒公司专家委员会主任委员、出版策划中心副主任，公司编辑委员会委员、副主任。他责编的《卞之琳译文集》获国家图书奖提名奖、全

① 张清华：《蒋心焕先生琐忆》，《南方周末》2021 年 3 月 4 日。
② 田仲济：《田仲济文集》（四卷本），杨洪承主编，南京：江苏文艺出版社 2007 年版。

国外国文学优秀图书奖一等奖。他曾是 44 卷本《胡适全集》这一浩繁出版工程的项目负责人，也是其中的责任编辑之一。这项工程无疑是 1949 年以来首次对胡适一生学术研究撰述的系统性梳理，对胡适研究的普及与深化起到了无法替代的历史作用。此外，他还出版过《丁玲和她的文本世界》《万直纯文学论集》等学术专著。郭济访和万直纯在出版行业依然较好地传承了其在研究生学习期间所接纳的第一代学者和第二代学者的精神，并以自己不懈的努力，最终参与并推动了新时期中国现当代文学研究事业的发展。

魏建作为蒋心焕指导的第一届硕士研究生，1988 年毕业留校任教。他既是蒋心焕指导的硕士研究生，又与田仲济和朱德发两代学者有着较为深入的交往，并深受他们的赏识。魏建在攻读硕士学位期间便开始把创造社及郭沫若作为自己学术研究的方向，历经 30 多年的辛勤耕耘，其相关研究已经得到了国内外学术界的好评，并成为山师中国现当代文学学科的学科带头人。他在 2020 年撰写的回忆蒋心焕的文章中这样写道："1988 年春，我打网球严重受伤，蒋老师一次次去宿舍看望我，同时指导我的硕士学位论文写作。毕业后我幸运地与蒋老师在一个教研室工作。""一年后，我和一帮单身'青椒'沉迷于桥牌、麻将、拱猪……常常玩到天明。蒋老师委婉的批评，才结束了我玩物丧志的日子。"① 魏建这段不无谦虚的回忆，让我们看到了蒋心焕指导研究生那种相对温润的方式，这恰如南方的毛毛细雨，润物细无声。这种教育方式在郭济访的回忆中也有所印证："在学业上老师总是鼓励有加，甚至经常到我们宿舍'登门'指导作业论文。""有一次小师妹佘小杰告诉我：'蒋老师对我们说，郭济访和你们不一样，他是用他的人生和生活来写论文的。'我至今觉得，这是老师对我的理解，也是对我最高的评价。蒋老师平时话虽然不多，其实他对我们每个人都有深刻的了解，点到为止，却切中肯綮。"②

山师作为中国现当代文学研究的重镇，从田仲济、薛绥之、冯中一等第一代学者，到冯光廉、蒋心焕、朱德发等组成的第二代学者，再到此后的第

① 魏建：《追随恩师 40 年》，《山东师大报》2020 年 9 月 2 日。
② 郭济访：《仁者如山：亦师亦父蒋老师》，《山东师大报》2020 年 9 月 2 日。

三代、第四代学者，在学术研究上尽管呈现出较大的差异性，但在重视原始文献史料方面却是一脉相承的。在前人的基础上，魏建在学术研究上特别重视文献史料。21世纪以来，魏建主持和完成的国家社会科学基金项目都是文献史料项目，"郭沫若文学佚作的收集、整理和研究"是一般项目，"郭沫若作品修改及因由研究"为重点项目。魏建还组织申报了国家社会科学基金重大招标项目"中国近现代文学期刊全文数据库建设与研究"，系以山师中国现当代文学学科为申报单位获得的首个重大招标项目。除此之外，魏建还积极探索文学史书写的新方法。为此，他从文献史料和学术研究两个维度来拓展20世纪中国文学研究的空间。从2013年开始，魏建带领学科成员陆续编辑出版了一套"20世纪中国文学主流·历史档案书系"，该丛书业已出版12册。

正是在文献史料搜集、整理的基础上，魏建的学术研究获得了自我鲜明的个性特征，那就是注重从史料出发，尊重历史事实，以史为据、正本清源。这方面具有代表性的成果是其1989年发表于《中国现代文学研究丛刊》第4期的《"倡优士子"模式的创造性转化》和2014年发表于《文学评论》第4期的《〈创造〉季刊的正本清源》。有学者认为，《"倡优士子"模式的创造性转化》"视角独特，见解新颖，立论有据，分析入理，堪称是近年创造社研究中的优秀成果"[①]。在后文中，魏建对《创造》季刊的"名称、性质、创刊时间以及刊物作者情况等问题逐一考辨与澄清，纠正了目前学界以讹传讹的错误史料和错误结论。文章还对《创造》季刊各期目录进行了汇校，不仅提供了更为准确的全部目录，而且对有关资料书、工具书等'二手资料'上的错误和疏漏逐一补正"[②]。魏建对《创造》季刊全部六期目录进行汇校，更正其中的错误、异文及不准确之处，为后来的研究者提供了一份完善准确的《创造》季刊研究资料。正是基于翔实的资料论证，该文的注释有158处，这在《文学评论》的历史上是极少见的。由此来看，正是站在第一代学者和第二代学者的肩膀上，加之自身天赋与努力，魏建的文献史料的整理与

---

① 王家平：《中国现代文学思潮流派研究述评》，载《1989—1990中国文学研究年鉴》，北京：社会科学文献出版社1997年版，第236页。

② 魏建：《〈创造〉季刊的正本清源》，《文学评论》2014年第4期。

研究工作才会取得如此成就，这不能不说是中国现当代文学学术代际传承的鲜活例证。

在学术研究上，我从漫无边际探索的学生到逐渐地成长为术有专攻的学者，蒋心焕的影响无疑是深刻的。从某种意义上说，蒋心焕的中国文学由近代向现代的转换研究，对我的学术研究方向产生了较大的影响。作为蒋心焕指导的第二届硕士研究生之一，我毕业论文关注的对象是中国小说由传统向现代的转换这一话题，这是在蒋心焕 20 世纪 80 年代中期开启的中国近代文学与现代文学的关系研究的基础上开启的再研究。这篇论文得到了蒋心焕的认可：

宗刚以文化视角来研究中国近代文学，特别是小说从近代到现代的诸多转换实是有一定的难度的。"转换说"在当时学术界还是一个全新的有待开掘的宏观研究课题。宗刚迎难而上，从搜集资料入手，做了上千张卡片，在不断进行辨别和梳理的基础上，提炼了自己"有所发现"的观点，论点和论据有机的（地）结合，论文在学术的广度和深度方面均有所突破。论文受到答辩组专家的好评。

以后，论文在《中国现代文学研究丛刊》发表，在学界产生了一定的影响。① 其实，这里还需要补充一点，这篇论文能够在《丛刊》发表，还得力于蒋心焕向王富仁的举荐。② 我在中国小说由传统向现代的转换以及五四文学发生学研究方面用功较多，最初的精神动力便来自蒋心焕的指导。我后来的学术研究由此出发，并在现代教育视域下考察中国文学的转换问题，相继出版了《新式教育与五四文学的发生》（齐鲁书社 2006 年版）、《父权缺失与五四文学的发生》（人民出版社 2015 年版）、《现代教育与鲁迅的文学世界》

---

① 蒋心焕：《〈写作理论与实践〉序》，载《蒋心焕自选集》，济南：山东人民出版社 2015 年版，第 432—433 页。
② 2017 年 5 月 2 日，王富仁先生逝世。5 月 6 日，笔者与魏建教授一同前往北京，送别王富仁先生。从某种意义上说，学术的代际传承犹如一场接力赛，后学正是在一代学者的提携下步入了学术的殿堂。前辈提携后学，后学感恩前辈，这应该是维系良好的学术传承生态所必需的条件。

（人民文学出版社 2020 年版）和《民国教育体制与中国现代文学》（中国社会科学出版社 2021 年版）等著作，也可以视为是对以蒋心焕为代表的第二代学者研究的致敬与回应。这种师承关系恰是中国当代学术在研究生阶段得以展开的重要平台。

在资料的搜集与整理方面，尤其是文献史料的搜集与整理，山师现当代文学学科传承并发展了前辈学者的精神，成果颇丰。就我个人而言，具有代表性的文献史料是《炮声与弦歌——国统区校园文学文献史料辑》①。除此之外，我还独立或合作完成了诸如《杨振声研究资料选编》②《杨振声文献史料汇编》③《多维视阈下的中国现当代文学》④《穿越时空的鲁迅研究——"山师学报"（1957—1999）鲁迅研究论文选》⑤《山师学人视阈下的中国现代当代文学："山师学报"论文选：1959—2009》⑥ 等 10 多本研究资料汇编。其中，有些研究资料在编选过程中还得到过蒋心焕的具体指导。显然，这种注重资料的整理与研究的学术研究方法对我的影响是极为深刻的，也使我在 21 世纪初期的学术研究上能够有再次的自我超越，正是这种学术研究的方法让我与我的学术研究对象结合起来，并乐此不疲。

真正的教育并不仅仅局限于学校，而应该扩展到终身教育。蒋心焕对学生的教育就是循着这样的轨道展开的。2019 年，笔者发表了一篇题为《文学应当有力地参与和推动时代进程——作家路遥和蒋子龙当选改革先锋的启示》⑦，蒋心焕审读后专门把自己的阅读感受写下来。他这样写道，"集中精力看了一遍"，"该文写得有理论深度，有气魄，有激情。行文明白晓畅，逻辑性很强，尤其反思部分有很强的针对性，作者不是站在理论家的立场进行说

① 李宗刚编：《炮声与弦歌——国统区校园文学文献史料辑》，北京：人民出版社 2014 年版。
② 李宗刚、谢慧聪选编：《杨振声研究资料选编》，济南：山东人民出版社 2016 年版。
③ 李宗刚、谢慧聪辑校：《杨振声文献史料汇编》，济南：山东人民出版社 2016 年版。
④ 李宗刚编：《多维视阈下的中国现当代文学》，济南：山东人民出版社 2019 年版。
⑤ 李宗刚、王沛良编：《穿越时空的鲁迅研究——"山师学报"（1957—1999）鲁迅研究论文选》，济南：山东人民出版社 2021 年版。
⑥ 李宗刚编：《山师学人视阈下的中国现代当代文学："山师学报"论文选：1959—2009》，济南：山东大学出版社 2021 年版。
⑦ 李宗刚：《文学应当有力地参与和推动时代进程——作家路遥和蒋子龙当选改革先锋的启示》，《光明日报》2019 年 1 月 30 日。

教，而是亲切的（地）期望，站在作家中间立言发声，这样的文章自然会产生影响"。"从写学者性的论文到写具有新闻性精粹的短评短论，这是一个跳跃性的进步！""紧扣改革四十年背景，紧扣当代文学史书写，紧扣路遥和蒋子龙作家作品，作了（集）中反思。"① 从这些有点难以辨认的字迹中，我们既真切地感知到了岁月的更替带来的无可挽回的生命有机体的衰老，也真切地体认到了学术的代际传承又是怎样冲破生命有机体的衰老而发出铿锵有力的脉动！

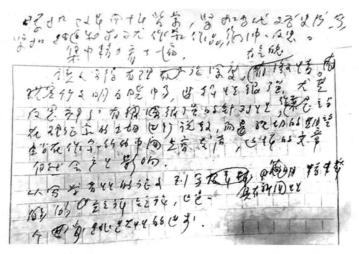

2019年，蒋心焕点评学生李宗刚论文《文学应当有力地参与和推动时代进程——作家路遥和蒋子龙当选改革先锋的启示》的手迹

　　蒋心焕在文学教育的过程中得到了学生的推崇和尊重。2020年，《光明日报》专门报道了他所教过的研究生送给他的教师节礼物："教师节前，山东师大文学院87岁的蒋心焕教授收到一本精美的水晶画册——《老师，您好！》②，这是他指导过的20多位研究生献给他的教师节礼物。""翻开画册，深情的文字、老旧的照片、精彩的故事，几十年来难忘的师生情谊、追求学

---

① 该纸条现由笔者保存。
② 该画册荟萃了蒋心焕先生指导过的研究生最具有纪念意义的历史照片以及精短文字，承载着浓浓的师生情，表达了学生的"寸草心"对导师的"三春晖"的感恩之情。

术的精神跃然纸上。"① 蒋心焕之所以能够获得学生的推崇和尊重，与其善于关注和发现每个学生的优点和潜力有着密切的关系。他总是把自我感悟到的教育规律，外化为自己指导学生的行动，总是对学生满怀着赏识的眼光，引领着学生不断地走向学术的前沿地带。有感于此，受恩于此，我在一篇文章中这样写道："恩师的赏识，犹如一盏悬挂在遥远天际线上的明灯，始终导引、鼓舞着我奋力前行！"②

正所谓"江山代有才人出，各领风骚数百年"，随着第二代学者功成身退，从历史舞台的中心走向边缘，尤其是随着他们的逝去，他们作为历史传承中重要链条的使命已经基本完成，历史的重任落到了下一代学者的肩上。从这样的意义上说，学术研究正是在代际的传承中得以绵延向前的！

（原载《长江学术》2022 年第 2 期，中国人民大学复印报刊资料《中国现代、当代文学研究》2022 年第 8 期全文转载）

---

① 赵秋丽、姚昌、崔勇：《厚植尊师"软实力" 党建引领"强内功"》，《光明日报》2020 年 9 月 25 日。
② 李宗刚：《在恩师赏识的目光中走出学术的沼泽地》，《山东师大报》2020 年 9 月 2 日。

"名"与"实"的悖论

——写在查国华教授逝世一周年

魏　建

查国华先生逝世整整一年了。一年来各方反应相当沉默，如同本单位工作短暂的普通员工过世那样了无声息。究竟是他没什么好说的，还是人们不愿意说，抑或像我一样不知怎么说？

去年 2 月 17 日，我得到噩耗的同时，接到山师文学院杨院长交给的任务：为学校写一份查国华教授生平，遗体告别仪式上用。几小时后，查先生长子查汪洋在电话里说："我爸头脑清醒时告诉我妈，我死了以后让魏建给我写生平。魏建最了解我。"我最了解查先生吗？肯定不是。我不是他的授业弟子，没听过他一堂课。他最后住院的 5 年多里，每当想起查先生，我惭愧不已：又有很久没去探视他了！作为学科负责人，应该经常看望这位本学科资格最老的前辈，而我平均半年才看他一次。然而，就在我疏于探望的日子里，查先生嘱咐家人让我为他的一生做最后的小结。

为写这生平，我查阅了他的档案。查先生原籍安徽怀宁，与海子（原名查海生）同乡。1930 年 1 月生于文人荟萃的苏州，据说清朝状元四分之一是苏州人。他 7 岁读新式小学。12 岁因战争失学，在乡间读了 4 年私塾。16 岁后在普通中学和教会学校里各学了两年。当了近一年的英文教师后，他考入新成立的山东师范学院。

从档案里可以看出，在中文系第一届学生中，无论古诗文还是外文，他都明显高于一般同学。新社会倡导"又红又专"，但在生活中多是重视"红"而轻视"专"。在众多不"专"的同学中，年轻的查国华是孤独的；在那些出身和思想"红"的同学面前，他是自卑的；胞兄和舅父在台湾，更成了他心灵深处的创痛。

大学毕业前夕他终于入团了，毕业后到《山东师院院刊》当编辑，不久又被借调到省高校招生办担任秘书。这都是利好讯息，说明组织上没有轻视他。但好景不长，因没有讲清胞兄在台湾的事，他受到团内严重警告处分。他回到山师中文系任教，成为山师中国现当代文学学科第一代团队成员。

中国现代文学文献史料研究的奠基之作，是山师中文系20世纪50年代后期编纂的"中国现代作家研究资料丛书"。查国华先生参与了这套丛书的编写，还编成了其中的《茅盾研究资料汇编》。在此基础上，确定了他的第一个研究课题《茅盾年谱》，始于大饥荒的1960年。他回忆说：当时他一边为两个儿子寻找果腹之物，一边为《茅盾年谱》搜集资料。平时讲课、劳动、政治学习，偶尔有时间写作时，又常常饿得写不下去。饥荒过去后，接着就是越发频繁、持久的政治运动，再加上他治学谨严，使得这部书稿断断续续地写了20多年。《茅盾年谱》出版以后，同行专家交口称赞。对比众多中国现代作家年谱的错误百出，这部书稿历经30多年，深受学界信赖。仅举一例，该书逐一注明茅盾每篇作品的实际署名——茅盾笔名之多连他自己都弄不清——若不是"家底"摸得明明白白，若不是在浩繁卷帙故纸堆里逐篇核对，这是不可能做到的。再加上此前孙中田教授与他合著《茅盾研究资料》的编写为人称道，更确立了查国华先生在茅盾文献史料研究方面的权威地位。那一代学界同行中曾流传一段轶事，是说查国华如何因史料资料扎实而"打擂"成功。

查先生更大的贡献在第一版《茅盾全集》。第一版《茅盾全集》总计41卷，1984年至2006年由人民文学出版社陆续出版，是我所见到的体量最大的作家全集。中国作家协会成立了《茅盾全集》编委会编辑室，主要倚重的学者是叶子铭、丁尔纲、查国华等人。编辑室副主任丁尔纲先生告诉我，查国华贡献更大。他自己校注了4卷，校注定稿和参与定稿19卷，参加了编选、注释、校勘、定稿等各个环节的工作，历时近20年。最后一卷（资料附集）不是茅盾的作品，主要是查国华先生撰写的。

最近我看到黄山书社2014年版《茅盾全集》，与原版的差别很小，新版"出版后记"承认："本版《茅盾全集》的很多工作都是在人民文学版《茅盾全集》的基础上进行的。""（并）向人民文学版《茅盾全集》编辑委员会和《茅盾全集》编辑室成员过去所做的努力和付出的汗水致以深深的敬意！"但新版忽略了一个重要问题，应像老版那样在每一卷版权页标上该卷校注者和审稿人的名字。这既是对人家应有的尊重，也是人家应有的权利，还是追究责任的依据。我见到的其他作家全集也都是这样做的。否则，如何让后人知道为了老版《茅盾全集》，有多少人，做了多少事，做了多少年？查先生临终前，已患小脑萎缩多年，连儿孙都不认识了，唯有谈到茅盾，语言和思维清清楚楚。多年照顾他的保姆说，他经常出现这些幻觉词语：去北京，作协，茅盾全集。

查先生从来不是只走"白专道路"的。从年轻到老年，他一直追求着"红"，屡屡受挫却痴心不改，不断与自己的"黑"划清界限，努力让组织和群众看到自己积极、进步的政治表现。后来成了"专"家以后，他还是一如既往，经常以口头和书面的形式向党组织汇报思想，不断表达入党的渴望。组织上让他加入了中国民主促进会，历任民进山师支部委员、济南市副主任委员和名誉主任委员、济南市政协副主席。这期间他坚持每年给中共山师现当代文学支部写思想汇报。每次内容都是新的，工工整整誊写，五六千字以上，直到退休前。

查国华先生退休后，上级批准他加入共产党。在纳新会上，他突然哭了。我在场，安慰他也止不住。他哭了很久，哭声很不好听，也不解释为什么哭。

我和查先生第一次深入交往是在 1986 年 11 月，我读研究生二年级的时候。他在北京编《茅盾全集》，来信让我带着一年级研究生同学进京访学。他亲自安排我们拜访了曹禺、冰心、臧克家、秦兆阳、牛汉、陈企霞、陈明（丁玲丈夫）、王瑶等。我原以为是编《茅盾全集》的缘故他才能结识这么多大家。后来从刘增人教授多年前写的一篇文章中得知，早在 1978 年，查先生就带他拜访过曹禺、冰心、臧克家等人。看来这些大家对查先生都很重视，反倒是我们这些普通人对他重视不足。

查先生逝世一年了，他已经被人遗忘了吗？虽说谁都不免如此，但查国华先生是不是被遗忘得太快了？

在网上搜《茅盾研究资料》，百度百科、360 百科、搜狗百科、互动百科都这样呈现作者："孙中田合者"。这应是"孙中田、查国华合著"之误。看来，查国华的名字早就开始被遗忘掉了。今后，越来越多的人依靠网络阅读，有谁能知道《茅盾研究资料》的真正作者？又有谁知道有关茅盾资料权威的那个传说？就像后人阅读新版《茅盾全集》时，有谁还知道其中有查国华先生接近20年的心血？

这一年的沉默，特别是有关查先生的许多名不副实之事，让我联想到查先生似乎一直没有摆脱"名"与"实"的悖论，求"实"越多，得"名"越少；求"名"越多，得"实"越少。青年和中年时代，他无论政治上还是业务上，都是"实"多"名"少。单说那时人们最重视的共产党员称号，他苦苦追求了大半辈子。很多人都觉得他早就是"党外的布尔什维克"了，却一直难遂其愿。晚年的查先生越来越"红"，受到中共山东省委统战部表彰，升为济南市政协副主席，经常坐在主席台上……并最终实现了他40多年追求的愿望。可惜，人们又觉得他"名"多"实"少了。

也许"实"与"名"本就是一对捉弄人的东西，所谓实至名归、名副其实，只是寄托人们的某种愿望，很难成为现实。

谨以此文纪念查国华教授逝世一周年。

（本文原载山东师大文苑青年公众号，2017年；后曾以"不求名利　只问耕耘"
为题发表于2017年4月10日《中国社会科学报》）

冯光廉先生学术人生掠影

翟德耀

　　壬寅年孟夏，受国家重点学科山师中国现当代文学学科委托，我开始草拟对青岛大学文学院冯光廉教授的采访提纲。冯先生曾在山师工作30年之久，长期担任现代文学教研组主任；1986年年底调往青岛大学筹建中文系和中国近现代文学教研室，被誉为"青岛大学现代文学学科的创始人和奠基人"。为了把采访提纲写得较为详备一些，我把以往先生题赠的全部书籍，包括像砖头一样厚重的《多维视野中的鲁迅》《冯光廉学术自选集》在内，从书橱里一一找了出来，做起了较为认真的准备功课。正所谓"一边下马赏花，一边走马观花"，经过一番对重点论著的品读和一般著述的浏览，加之既往的读书印象，关于先生的学术成就和治学品格，算是形成了大致的认知和粗略的把握。

学术研究硕果多

　　在《冯光廉学术自选集》自序中，先生把自己在山师工作的前18年称为"教学人生"时期。这当然很有道理，"集中力量上课"确实是先生这一时期的主要工作。经过一年又一年的实践和提升，先生的授课越来越精彩——干净、利落，多干货、少水分，重启发、轻灌输，深入浅出、引人入胜……不过在我看来，"教学人生"时期其实也是"学术人生"的蓄积时期。作为中文系现代文学教研组主任，先生在认真教学的同时，一方面主持并参与了教材编写，比如1964年的内部教材《中国现代文学史》和1973年、1974年先后出版的《鲁迅杂文选讲》《鲁迅小说选讲》，另一方面还十分重视整理和汇编文学研究资料，比如内部资料《鲁迅主编及参与或指导编辑的杂志》，从而为后来的学术研究打下了坚实的基础。该时期发表的《对于鲁迅〈自嘲〉若干问题的理解》一文，被先生认定为"学术意识觉醒"的主要标志，就是一个显著的证明。

进入"学术人生"时期后，随着学术意识的益发强烈，先生的学术研究驶上了"快车道"。

1976 年，先生应《鲁迅全集》编委会之邀，主持并参与了编写和注释《鲁迅集外集拾遗补编》的工作。这项工作，使先生得以集中时间和精力研读鲁迅作品和相关资料，从而发现了若干需要探讨的学术问题，并为以后深入鲁迅研究，建构个人的学术园地确立了方向。

1979 年，作为"文革"后的第一部现代文学史，田仲济、孙昌熙主编的《中国现代文学史》出版后广受好评。作为参编者之一，先生撰写的绪论也受到赞扬。我们知道，一本编著的绪论或导论至关重要。该绪论着重阐述了中国现代文学的性质和特点，是较早出现的具有前沿性和创新性的学术论断。

在鲁迅研究领域，先生的学术成果相当丰硕，其中代表性的编著有《鲁迅小说研究》《鲁迅作品教学新探》《多维视野中的鲁迅》。这些编著，都是先生站在前人和时人既有研究的肩膀上，一个台阶又一个台阶向上攀登的成果，实现了重大的创新和突破。比如先生主编的被誉为"将鲁迅研究推向了一个深化、综合的新阶段"的《多维视野中的鲁迅》，将一代文化巨人置于人文学科理论、方法和历史三个维度的 24 个视角进行观照和探析，于世纪之交全面展现了鲁迅的立体形象和贡献。独自创设的学术框架，融会贯通的论说，百万字的鸿篇巨制，包括彭定安、朱德发、王富仁、李春林、陈平原、张富贵、李继凯等在内的强大作者阵容，为全方位观照鲁迅树立了一座丰碑。仅就作者阵容而言，主编若没有卓著的凝聚力、感召力和组织能力，是很难把如此众多的名家汇聚到一起的。作为该丰碑的设计者、主持者和实施者，先生付出了巨大的劳动，发挥了无可替代的主导作用。

在文学史编著领域，先生的贡献引人瞩目。从作家论为主体到以创作现象为中心再到文学史学史，编著模式不断更新和升华，《中国现代文学史教程》《中国新文学发展史》《中国现代文学史研究概论》可说是先生所主编或参编的六种编著中的代表性成果。比如先生主编的，被称作"创建了一种前所未有的新的文学史体例"的《中国新文学发展史》，构建了以创作现象为中心的框架体系，分别从新文学的发展轮廓、创作现象和历史整合三个方面进行深入发掘和系统考察，不仅展现了新文学的历史风貌和时代特征，而且梳理出其发展轨迹和经验规律。这一体例最初是由谭桂林提出的，贡献巨大。编著中国现代文学史是一项不小的工程，学者能够以一己之力完成固然好，但若设计的框架体系非常庞大，往往就需要发挥集体力量的优势，实施主编统领下的群体编著。先生主编的多种文学史，着意创设新的框架体系，力求另辟蹊径，往往能够令人耳目一新，是群体编著的成功范例。

在现代著名作家研究领域，先生和刘增人教授一起，重点瞄准了几位名家，叶圣陶之外，就是山东的王统照和臧克家。研究的成果，是搜集并出版了各位名家的研究资料和《臧克家集外诗集》，执笔撰写并出版了《王统照评传》，发表了《臧克家简论》等论文。虽然后来的研究方向发生了转变，但名家研究资料的整理和名家评传的著述，却为先生更加深入的鲁迅研究和文学史研究提供了重要的经验和启迪。

治学模式效益高

经过几十年的发掘，先生在自己开垦的学术园地里，切切实实地"掘出了一口深井"。丰硕的学术成果，为学界所公认。而能够取得如此显著的学术成就，与先生以学术创新为使命，把治学品格视作实现生命价值的基本形式，坚持文品和人品的统一，重视教学和研究的互补性，理性、沉稳、平和、勤奋的治学个性，都是密切相关的。单就研究方式而言，在我看来，学术史研究之研究的治学模式，三维融合支撑的治学原则，无疑是其中的决定性因素。

树立求异——怀疑——逆向思维。治学始于发现问题，发现问题必须具有求异思维，求异思维必须站立于高起点，而高起点只有通过学术史研究之研究，把握既有的最高最新成果后，才能获取。获取高起点并非目的，目的在于发现新的突破口，而突破口只能通过搜寻其中的薄弱点、分歧点、偏误点或空白点，在反复的考量和深入的体悟中才能发掘出来。治学有了突破口，学术创新如影随形，学术建树天高地阔。这种思维的关键，如先生所说，是解放思想，破除迷信，"从相异甚至相反的方向、角度和层面去重新思考和分析问题"。这种治学模式，是先生的经验之谈，也是规避重复研究的必修课和基本功。

坚持史料、理论、方法的三维融合支撑原则。治学离不开史料、理论和方法，史料是基础，理论是指导，方法是工具，三者缺一不可。只有充分地占有史料，熟练地把握理论，适当地使用方法，并且把它们统一于一体，治学才会有重要收获的可能。先生治学，"让史料支撑理论方法，为其提供翔实的事实根据，让理论方法同研究对象的真实相适应"，从而取得了突出的学术成就。治学的这种三维融合共同支撑原则，无疑有着切实的指导意义。

自 1975 年发表《对于鲁迅〈自嘲〉若干问题的理解》开始，先生的治学模式和治学原则逐渐完善和深化。这种整体的而非个别的、系统的而非零散的研究方式，在先生的治学中一以贯之。由于先生立足于他人的研究成果之上，贯穿着强烈的求异思维和三维融合支撑原则，所以能够获得开阔的学术视野和深邃的学术识见。

潜心治学决心大

在回顾个人的学术道路时，先生说："我一直把学术创新当作自己生命价值的一种重要实现形式。""一辈子集中做自己喜欢做的事情，也许是个不错的人生选择。"言辞恳切，发自肺腑。事实也确实如此。在近半个世纪的治学历程中，先生一直视学术创新为生命价值，无论研究方向的确定还是学术问题的发现，无论学术领域的建构还是治学品格的追求，都是紧紧围绕学术创新展开的。一心治学，心无旁骛。决心之大，令人敬佩。

"教学为先，育人为本，学术为根，人格为魂"，是先生教学人生和学术人生的自我定位，也是毕生的经验总结。把做好教师的工作放在第一位，视教书育人为本职，足见先生对教学人生的高度重视。先生高度自觉地将对国家的责任意识与对学生家长的人道情怀紧密结合在一起，从而焕发出对教学的高度重视和由衷热爱，认为教学搞好了是一种巨大快乐的享受，韵味无穷。正是在长期的教学实践中，特别是在探索性教学的实践中，先生常常会获取学术创新的蛛丝马迹和乍现灵光，为深化研究提供源源不断的资源。而研究的成果，又返回来提升了教学质量。教学和治学相辅相成、相得益彰，在先生这里得到了切实的体现，从而形成了两者互动共进的机制。也正是在长期的教学和治学中，成就了先生端正、进取、求实、谦和的人格精神和家国天下的人文情怀。

还在山师工作期间，先生就有过去省委宣传部任职的机会。调往青岛大学后，作为中文系主任，先生带领着一个志同道合的学术团队，筚路蓝缕、踔厉风发，主持完成了一大批具有系列性、创新性和群体性特征的成果，从而实现了大跨步的前进。在一切走上正轨后，先生决意不再"双肩挑"，主动辞去行政工作，专心于教学和研究。随后，又执意婉辞了调往外校担任副厅级职务的安排。在从政还是从事教学研究的选择上，先生的立场是坚定不移的。我们知道，在高校官本位严重的背景下，从政其实是许多学者的一种追求。毋庸讳言，学者有了行政职务，在申报项目、评优评奖、职称晋升等许多方面，往往会有若干便利。然而，先生却不为所动。在先生看来，最重要的是学术研究和学术发现，这才是学者的生命价值之所在。

新世纪伊始，出于培养人才的考虑，先生专心编著并出版了《挑战自我——与大学生谈怎样学习》和《文科研究生治学导论》。这两本书，对于大学生和研究生具有重要的指导意义和实用价值，深受他们的欢迎。应该说，两本书也是先生毕生从事教学和治学的经验总结。

值此先生 88 岁之年，诚祝先生米寿快乐，幸福安康！

（2022 年 5 月 23 日于泉城师大新村怡然居）

胆色·见识·才情

——论宋遂良的文学批评品格

刘新锁

时常听山东师大文学院的师长和朋友们不无自豪地说,他们学院可谓"家有数老,胜似数宝"。的确,师大文学院有不少可视为"宝"的前辈学人,尤其在早已跻身于全国重点之列的现当代文学学科,更有几位堪称定海神针的宝藏级老先生,他们依然活跃在济南的文学、文化界。其中,已届鲐背之年但依然活力十足洒脱自在的宋遂良教授便是代表人物之一。

余生也晚,进入师大求学时宋遂良先生业已退休,因而未有机会当面聆听教诲;毛头小子全然不知学问为何物,对这些老先生的学术地位和影响自是漠不关心,只不过在地方报纸杂志上不时读到他老人家评论足球的一些文章,从字里行间能感觉到先生对足球的热爱是发自内心的,球评有激情、有立场、有棱角,褒贬分明笔意纵横酣畅淋漓,读来让人极为过瘾。另外,从学院(那时还叫中文系)一些"掌故颇为熟悉"的师长、学长那里偶或能听到关于先生的一些传闻轶事,不过也都是一鳞半爪、吉光片羽。后来在现当代文学专业继续攻读学位,查阅资料时,尤其是在翻找关于20世纪80年代文学思潮、运动以及张炜、尤凤伟、王润滋等山东作家的相关研究成果之际,时常会检索到宋遂良先生写于十几甚或二三十年前的批评文章,虽然相关研究领域的理论框架不断更迭,学术范式也日新月异,但先生文章中的一些观点,尤其是对作家作品的精准感觉和精妙体会,依然让人常读常新,不由得为之击节赞叹。近日机缘巧合,适逢整体了解山东师大现当代文学学科发展史的契机,得以系统重读宋遂良先生历年来发表的不同类型、不同风格的学术论文,也由此对先生的为人为文有了进一步的了解。

清初学者叶燮曾提出，一位诗人须同时具备"才、胆、识、力"方可谓能，才有可能创作出优秀的诗歌作品成为杰出的作者；尤其在其代表性著作《原诗》中，叶燮曾多次强调"才、胆、识、力"的极端重要性，并将这一点作为诗歌，乃至文学创作主体的必备基础。在我看来，从事文学批评者亦是如此，必须"胆色、见识、文采"兼具，并能够在批评实践中将其充分融会贯通，才有可能成为一位优秀的批评家，成为作家们合格的"灵魂探险者"与真正的精神知音——宋遂良先生可谓其中的典范。

一、胆色

宋遂良先生1934年生于湖南浏阳，1952年自湖南人民革命大学毕业后加入空军部队，从部队转业又进入复旦大学继续深造，于1961年毕业分配至山东泰山脚下的泰安一中担任语文教师。在一篇回忆文章中，先生曾提到自己当年在中学任教时遭遇的一场"发请帖请来的大批判"。

当时正值1965年，"文化大革命"风暴山雨欲来之际。《中国青年报》适时发表了一篇"重要"文章，要求中学生作文要突出政治，突出阶级斗争主题。此文一出，全国的中学生作文教学指导思想发生大转变，作文题纷纷着力突出其强烈的政治属性和革命内容。在这种风气的裹挟下，"作文中的空话、大话、套话、假话便疯涨起来，教条主义和党八股成了好东西，语文课变成了政治课"。面对这种情况，语文老师们也大多感觉困惑和无所适从：

学生文章政治内容好，革命激情高，即使句子不通错别字很多，也不能给低分。因为"政治标准第一"。我当时年轻，不知天高地厚，还想对这种风气来一番抵制，自以为是坚持马克思主义的，便有了勇气。有一回，我在教研室贴了一张邀请书，说我某日某节课在某班进行一次作文讲评，欢迎无课的老师前去指导。这是个新鲜事，教导主任和一些老师都去了。[①]

在这堂公开课上，年轻的宋遂良先生结合对自己班上学生作文的讲评，

---

① 宋遂良：《"文革"杂忆》，《春秋》2007年第3期。

提出了"用自己的语言抒发真情实感"的写作要诀，要求学生们"我手写我口"，反对他们在作文中学"作家腔"与"社论腔"。——结果自然可想而知，这堂作文讲评课被所在单位定性为"修正主义教育思想向无产阶级进行的一次猖狂反扑"，并将宋先生与他复旦大学的授业老师周谷城先生挂起钩来，由此落得一个"反对突出政治""反对（党报）社论"的罪名而遭受到激烈批判。

时过境迁，回顾当年这段令人啼笑皆非又满怀酸涩的旧事，或许只是宋遂良先生此后曲折精彩的人生历程中的一段插曲，但这背后所显现的，是一种敢于对流俗说"不"、敢于挑战所谓权威的勇气，是服从心中真理独立不依进行价值判断的锐气，也显现出他那头角峥嵘又有几分随性而为的率真性情。通览宋遂良先生此后数十年的学术生涯，这种过人的胆色正是其文学批评始终保有且一以贯之的主导性精神品格之一。

比如，1988 年在回答故乡湖南省的文学期刊《理论与创作》编辑部关于当时我国文学批评界存在问题的提问时，就编辑所提出的"您认为我国是否应该继续坚持'社会主义文学'的口号？为什么？"这一颇具挑战性的问题，宋遂良先生直截了当地这样回答：

> 这是个内涵和外延都很模糊的口号。例如历史小说、抒情诗、山水诗、童话、寓言、海外华人文学等等，你怎么去判断它是不是社会主义文学。因而我觉得"社会主义文学"这个口号有点大而无当，就像在礼堂听一位领导人读报，大家既不会反对，也不会认真听。"社会主义"是个政治概念，很难同"文学"的特性融洽在一起，它可以规定文学的政治方向而无助于文学自身的发展与繁荣。[①]

应该说，先生对这一问题的答复及对自己答案的阐发所显现出的，是当时文学创作和研究领域渴望将文学与政治相互剥离、促使文学回归其本质属性的集体共识，这背后则是对 20 世纪 50 至 70 年代文学受到政治意识形态一

---

① 宋遂良：《答〈理论与创作〉编辑问》，《理论与创作》1988 年第 3 期。

体化规约、宰制状态的强烈逆反心理与拨乱反正意愿；或许，政治与文学之间纠结缠绕的复杂关系及其深层的关联互动空间存在着多种历史与现实因素的复杂合力，因而恐怕也难以真正泾渭分明地进行断然切割。但毋庸讳言，"社会主义文学"在文学领域的重大影响已绵延数十年之久，并约定俗成为当代中国文学最具统摄力的"超级概念"之一，在某种意义上，我们甚至可以将其视为当代文学界一个具有"奇理斯玛"内涵与重要意识形态功能的术语或理念。曾亲身经历过政治风浪冲击并为此付出过惨痛代价，同时对当代文学界各种潮流和运动时时"在场"的宋遂良先生，应该很清楚自己对"社会主义文学"这种裹挟着强大政治能量的概念进行指摘可能会意味着什么，但他依然用一贯犀利明快的态度对其做出了斩钉截铁的价值判断，并用形象生动的方式点明了其"大而无当"的空洞本质及其对文学健康良性发展或许会造成的负面影响。虽然只有短短几句话，但宋遂良先生就像那个说出了"皇帝的新装"真相的孩子，对这个中国当代文学界的"超级概念"及其背后所负载的一整套渗透到文学、政治及社会各层面的"宏大叙事"传统提出了心中的质疑，甚至进行了较为彻底的颠覆。不得不说，这种"偏激的深刻"及由此展现出的那种敢于对强势话语及其潜在力量说"不"的过人胆色，即便在时至今日的文学批评界，恐怕依然是一种相对稀缺的精神资源。

在面对一些感觉存在偏颇及错误的观点、看法或不正当的文学批评理念与方式之时，宋遂良先生更是几乎从不理会对方究竟是何方神圣或者有怎样的来头背景，往往会秉持心中恪守的公理和道义，旗帜鲜明地亮明自己的态度立场，绝不模棱两可首鼠两端或明哲保身虚与委蛇，即便会因此卷入不必要的是非纷扰或引来一些莫名的毁谤攻讦，他也毫不退缩、依然故我。比如于1986年在上海《文汇报》发表的《对长篇小说创作现状的一点看法》一文，针对中国作协一位知名批评家做出的"新时期长篇小说在题材、思想和艺术方面已超越了解放后十七年的作品"这一判断，先生针锋相对地指出：新时期十年以来，我国的长篇小说从数量上看的确是空前繁荣的，但"水涨未必船高。数量多并没有形成质量也好。一千部作品中，好的和比较好的只占百分之十左右（以两届茅盾文学奖初选篇目为参照依据），水平线以下的作品大量存在（这在'十七年'是没有的），遗忘率、淘汰率大而且快"①；继而，文章分别从长篇小说作家认识和把握当代生活依然存在困难、创作队伍还有待提高和成熟、长篇小说尚未从各种文艺思潮冲击下找到自己适应现实变革的新形式、创作出版及批评接受各个环节都存在粗制滥造和急功近利状况等诸多方面，简明扼要又鞭辟入里地分析了新时期以来我国长篇小说创作以及研究领域存在的各种实际问题，以颇具历史感的宏阔视野和富有前瞻性的敏锐洞察力，揭示了其表面繁荣背后潜在的种种危机。对形势跟踪类型文学批评的"惯例"有所了解的人应该非常清楚，被宋遂良先生批驳的那位批评家的文章所操持或遵循的是怎样的话语逻辑，这种"时代在进步、文学在超越"式的全面肯定性评判，想必也会因其"入耳又入心"而获得主流的认可或青睐，但先生却偏要基于自己大量阅读作品的鲜活感受与真切体会，发出与此判断截然不同的别一种声音，表达了个人对当时长篇小说领域"形势一片大好"热闹表象的冷静思考与深沉隐忧。这种不和谐之音或许不会讨喜，却显现出一个深爱文学事业的现代知识分子的勇气、责任与担当。

　　1994年，宋遂良先生发表了在中国文学批评界曾引发过可谓"轰动效应"的一篇短文。这篇题为《北京的批评家与上海的批评家》的"奇文"曾经招致几位北京批评家连篇累牍的批判与"商榷"，却赢得了更多人的击节赞赏。文章开篇，先生便以形象化的白描手法为北京和上海两地的文学批评家们"立此存照"："北京的批评家好'点头'，上海的批评家好'摇头'；北京的批评家'在朝'，上海的批评家'在野'。"② 接下来，先生惟妙惟肖地罗列了北京批评界存在的诸多乱象：由出版社和作协主持召开的作品讨论会如同"新闻发布会"，甚至"产品展销会"，参与的批评家礼貌性地说一些"过年的话"，隔靴搔痒地提点"不足"，然后便拿了准备好的"土特产""纪念品"或装有"审读费"的"信封"离开；在有领导或"老同志"参加的场合，批评家们往往更为"懂事"，在庄重严肃、座次森然的氛围中会自觉弱化，甚至主动放弃自己作为批评者的"岗位意识"；不管实际成色如何，被

① 宋遂良：《对长篇小说创作现状的一点看法》，《文汇报》1986年9月1日。
② 宋遂良：《北京的批评家和上海的批评家》，载《在文言文——宋遂良论当代文学》，济南：山东人民出版社2015年版，第56页。

讨论的作家作品大多会被与会批评家集体炮制为"实现……突破""填补……空白""开辟……新天地"之类的优秀作品，甚至具有"史诗品格"的"杰作"……事实上，写作这篇文章时的宋遂良先生早已功成名就，作为有着相当知名度和重要影响力的知名文学批评家，他完全可以置身其中不声不响地与别人趋同就下和光同尘，一派祥和地说"过年话"拿"审读费"；可先生并没有这样做，他无疑明知自己的文章会惹来诸多不必要的麻烦，但还是毅然决然说出了这些如同骨鲠在喉让他不吐不快的真话，这种揭破真相因而有可能会得罪大半个文学批评圈的"正面硬刚"，折射出的正是先生的傲人胆色与傲岸风骨。事实上，拿先生文中罗列展示的批评界乱象和批评家群像与当下文学批评的现状进行参照，或许依然会让人生发诸多浮想与感慨。

关于文学批评，宋遂良先生曾说过这样一番话："一个搞评论的人先从格物致知、意诚心正做起，却是不错的。我国历史上常常歌颂'良史''史笔'，就是推崇一种坚持真理、实事求是的品德。我记得50年代末期全国铺天盖地、雷霆万钧地批判马寅初同志的经济理论和人口理论时，马老在《新建设》杂志上发表了一篇几万字的长文据理答辩，其中有这样的话'我虽年近八十，明知寡不敌众，自当单枪匹马，出来应战，直至战死为止，绝不向以力压服而不是以理说服的那种批判者们投降'。我深为这种理论气节所激动，我们的前辈批评家何其芳、吕荧、黄秋耘同志，也有这种坚持真理、一以贯之的勇气，深受大家钦敬。"[①] 事实上，我们同样可以将这段话中对马寅初、何其芳、吕荧、黄秋耘等前辈学者的推重与钦敬视为宋遂良先生对自己文学批评品格的夫子自道——支撑他那种"虽千万人吾往矣"豪壮胆色的，正是这种"坚持真理、实事求是"的品格与底气，这既值得我们崇敬与钦仰，更应该为后来的文学批评从业者所继承和弘扬。

二、见识

"有胆有识"包括"胆色"与"见识"两个方面，对一位优秀的文学批

[①] 宋遂良：《我与文学评论》，《在文言文——宋遂良论当代文学》，济南：山东人民出版社2015版，代序。

评家而言，二者应该是一体两面又相辅相成的关系。有见识而缺乏胆色，可能会导致在批评作家作品时投鼠忌器畏首畏尾，明知不当如此却不敢坚持真理说出真话而沦为无棱角少锋芒的"乡愿"；有胆色却缺乏建立在深厚学养基础上的高明见识，则有可能无法形成切中肯綮的独到见解并对作家作品做出合乎实际的评判，甚至等而下之成为犀利有余深刻不足、姿态夸张而学理性欠缺的"酷评"或"辣评"，难以让批评对象认同和心服。宋遂良先生早就对此问题有清醒的认识，在早期的一篇文章中，他曾谈到"素养"对作家的重要性。文章写道：

> 过去我们讲一个作家需要过思想、生活、技巧三关。"四人帮"曾经荒谬地把它归纳为"领导出思想，群众出生活，作家出技巧"。现在我们感到，在上述三个条件以外，是不是还要加上知识、审美能力和才气。当然这几个方面都是互相关联和互相促进的。王蒙同志去年提出过作家的"学者化"的问题，引起了大家的重视。我们当然很难达到"学者"的水平，但多读书、认真读书和深入生活一样，都是极为重要的。①

相较于作家，"多读书""认真读书"更应该是一名文学批评家的自觉意识与内在要求，对此，先生在文中也以自己为例现身说法："必须下决心挤时间认真系统地读点书，我自己也痛感到这一点。我们的起点虽然低，但是必须为自己定一个比较高的目标。取法乎上，仅得其中，我们取法乎中，就只能得其下了。"或许，正是得益于力求"取法乎上"，对"多读书""认真读书"的良好习惯有着数十年如一日的自觉坚持，宋遂良先生方能够在批评中始终坚持允执厥中而守正创新，将高迈的视野、深邃的思考、清明的理性与精准的判断相互结合，因而时常能够见之所未见、发人之所未闻，显现出卓尔不凡又令人信服的独到见识与眼光。

80 年代后期，文学逐渐失去其在"新时期"之初动辄便引发万众瞩目的

---

① 宋遂良：《努力繁荣中、长篇小说创作——在山东省中、长篇小说创作研讨会上的发言》，《山东作家通讯》1983 年第 1 期。

焦点效应，曾经凭一篇引发社会关注的作品便足以令"天下谁人不识君"的时代一去不复返，曾经头戴荣耀光环的作家们也因此倍感失落和焦虑，文学日益"边缘化"的颓势似乎已成为不可挽回的必然现实。面对这种状况，即便是曾历经风云过眼和命运大起大落的王蒙也难以保持心态的镇定从容，于是他以"阳雨"的笔名在短时间内接连发表三篇文章，发出文学亟须尽快"找到新的支点"以"重建理想"的激切吁求。读完王蒙的文章后，宋遂良先生结合对当时文学界状况的深切体察与冷静思考，发表文章提出了自己的不同观点。在文中，先生首先认为"阳雨"的三篇文章提出的都是"关系怎样看待我国文学现状和文学发展的重大问题，是文艺界普遍关心的问题"，但让人始料未及的是，文坛对此的反应却较为漠然，"阳雨"所期待的"讨论"和"回答"也寥寥无几；继而，先生分析其原因在于"阳雨同志还是把历史与现实的'合力'、物质和精神的因果看得简单化了，习惯性的大一统思想、'少年布尔什维克'的热情，仍在隐约地作用于他的'思维模式'"，因此，他在文章中提出的那些似乎"谁都不能反对"的"正确观点"以及那种"用心良苦、态度谦和，忧虑至诚，问题提得及时，有分寸不失原则，照顾到上下左右、老中青少方方面面的可接受性"的写作姿态与立论方式，究其实无非是一些尽管无比"正确"然而对解决文学界所面临的实际问题却几乎并无作用的"常识"和"一般原理"而已，"常识和一般原理在日常生活中是无人怀疑的，然而一旦跨入广阔的历史范畴和研究领域，就会遇上大大小小的'相对论'的严格检验"，这种万金油式的"常识性话语操练"会遭受冷遇也就是自然而然的了。最后，宋遂良先生就文学面临的"边缘化"处境以及作家的"失重"状况做出了自己的判断："当前出现的文学的贬值和混乱"，其实是一种历史的必然，"一切都是过程"而"过程难以超越"，而这恰恰预示着社会、思想和文学真正多元化局面的到来；面对这种不可逆转的客观现实，文学界人士"应该有勇气正视和承受这种精神的痛苦"，而不是"皱起眉头"或惊呼"狼来了"，固执地拿"过去的一维作标准""拿'已有的''应有的'作标准"来评估和应对复杂多元的现实状况；文学界不宜对文学功能做出过高估价，"文学既不能借助政治来保持自己的'轰动效应'，也不能依赖商业来实现自己的'泡沫式繁荣'"，文学必将日益"独立"和"回归自身","它在失去了过去那种特殊的荣宠和优待的同时，也解除了许多不该由它来承担的任务和责任"，因而其"失重"反而可能会借以实现真正的"自由"，这既有助于广大读者对作家作品选择意向的自由与多元，也有可能会为推动我国文艺体制改革和文学事业合理布局提供契机。①隔着几十年的时空跨度，当我们去回顾梳理当时这番讨论时，可能会觉得他们当时所触及的问题在今天已然不再会成为问题，所提出的观点也已经成为今天文学教科书中的常识性结论；但历史发展中往往是"旁观者清，当局者迷"，如果回到当时的历史语境和问题的发生场域，我们依然能够感知到，宋遂良先生作为中国当代文学的一名深度在场者，却能够有效摆脱各种现实纠葛，透过重重精神迷障，以超迈宏阔的历史性视野、通透清明的理性意识和深邃睿智的深度思考，对当时文坛动荡混乱的复杂状况和纷繁扰攘的众声喧哗予以正本清源，对当代中国文学的未来趋势与可能做出精准的洞察与预判——事实上，90年代以来中国文学的历史进程已经验证了这种判断的真理属性。或许，宋遂良先生之所以能够置身其中又能够"不畏浮云遮望眼"，原因之一正是以深厚学养为根基的"只缘身在最高层"。

此外，在面对文坛涌现出的新人新作之时，即便其尚未真正显露出独特风格特色或引起足够关注，宋遂良先生往往也能够在风起于青萍之末时便慧眼识珠，根据其几篇作品或部分作品中的某些场景、细节，甚至仅仅是闪现出个人化光彩的几段文字，便敏锐地发现其与众不同之处和未来的发展潜力。比如先生在张炜刚刚崭露头角时不遗余力地推介扶植，对矫健、尤凤伟、柯云路等深入腠理的细致剖析，对刘玉堂、苗长水、李贯通等创作特色别具慧心的提炼总结，对某些历史时段中国文坛整体状况高屋建瓴的透视玄览等，早已成为山东，乃至全国文学批评界的佳话。我感觉，先生之所以能够具有这样的眼光与识见，与其对各种风格、类型文学艺术作品的海量阅读有着密不可分的关系。对古今中外作品的广泛涉猎兼览博照，使先生能够将具体的作家作品置放在广阔纵深的文学史谱系、脉络中千灯互照，由此纵横捭阖博观约取对其进行准确的定位和评价；对文学艺术创作根本规律与内在奥秘的

---

① 宋遂良：《"应尽便须尽，无复独多虑"——评阳雨的三篇文章》，《文学批评家》1989年第1期。

谙熟于心，又使得先生在解读作家作品时能够洞幽烛微，因此别具会心之妙的新见卓识如杂花生树迭出纷呈。读先生的批评文字，尤其是一些作家作品的专论，真让人有"从山阴道上行，山川自相映发，使人应接不暇"的感觉，从中足以体会到好的文学批评应有的精彩美妙。刘勰在《文心雕龙》中说，"观千剑而后识器，操千曲而后晓声"，宋遂良先生正是一位因具有"观千剑""操千曲"的历练而真正具有"识器""晓声"之能的优秀批评家，因此他成为诸多作家的"知音"和"伯乐"，并赢得了他们发自心底的感激与尊重。

90年代之初，"新写实主义"小说潮流在文坛涌动，方芳、余华、刘震云、苏童、洪峰、刘恒等一批当时的青年作家，以他们从观念、认识、价值到写法都与既往小说传统明显不同的批量作品掀起了一场似乎不宣而战的"文学革命"。宋遂良先生应时而动，迅速对此做出反应，对这些作家长篇小说代表作品进行全面深入的研读后，撰文加以评述总结，在"有的评论家对其不屑一顾地轻蔑而另一些评论家对其不切实际的鼓吹"之际，努力"排除偏见，面向文本，实事求是地分析这些作品的思想艺术、成败得失，'还原其本相'"。[①] 文章首先指出"新写实"所谓的"实"与以往文学理论、作品共同构建的"真实"有着各自不同的价值指向与精神内涵，在对概念厘定辨析之后继而迅速切入作品文本，对刘震云的《故乡天下黄花》和《故乡相处流传》、洪峰的《东八时区》、苏童的《米》、方芳的《落日》以及余华的《呼喊与细雨》等逐一解析，将对文学潮流及其理念的整体观照与具体作品的微观解剖相互结合。一方面确认了"新写实主义"小说对"当代文学发展的贡献主要在于艺术形式和语言操作两个方面"，"当作家的视点从寻找意义的殿堂下沉到描写生存的市井后，他们的优势便在扩展情感领域和经营话语世界这两个方面充分显示出来"；另一方面又客观中肯地指出其不足在于作家的生活和情感积累不够，导致作品思想和文化含量不足，因而尽管这批作家不乏探索、进取、创新的勇气，也有很高的艺术悟性、敏感和丰富的想象力，但是，"比比《古船》《泥日》的厚重，看看路遥和陈忠实的执着，他们是否

---

① 宋遂良：《消解意义的代价——评几部"新写实"长篇小说》，《文学评论》1993年第5期。

显得过于轻快和聪明了呢？"①——当前，对"新写实主义"文学潮流之成败得失已有较为客观的评判和文学史定位，以此为参照便会发现，宋遂良先生当年的确是慧眼如炬，他在数十年前对"新写实主义"小说做出的论断无疑是能够经得起文学史检验的不刊之论——或许，历尽千帆过眼的大量作家作品阅读经验，或许正是先生超卓识见的源头活水。

三、才情

宋遂良先生为人低调谦和，他曾这样反思和总结自己的文学批评："我从小不喜欢就比较抽象的问题作深入的思考，我的数学、逻辑、语法都学得不好，我没有在文学理论上下过苦功。……这种肤浅的理论结构导致我批评文章的力度不够，深度不够，我深以此为憾、为愧。这种残缺便迫使我比较重视自己的艺术直觉，我习惯于像一个普通读者一样来阅读作品。沉浸于其间（我说的是好作品），而不习惯于进行那种完全冷静的、甚至是干燥的分析、概括、提炼和条理化。"②英国思想家以赛亚·柏林曾经借用古希腊寓言，将学者分为"刺猬"与"狐狸"两种类型：前者习惯就某个领域的问题进行彻底研究，善于发掘深刻的理论构建具有清晰条理的学术框架体系；后者则并不专注于一个领域，而是以离心的、扩散的思维方式对不同领域和类型的问题加以广泛关注，并在此基础上形成多样化的学术观点——当然，二者只是各自秉性特质不同，并无优劣高下之分。如果借用这样的类型划分方式，应该说宋遂良先生当属于"狐狸型"的学者。他学术视野开阔，兴趣广泛，学术触角灵敏，批评文字对当代、现代、古代文学，乃至影视艺术领域均有所涉猎，学术文章既有对文学思潮现象做出的深刻透辟的文学史定位与分析，也有对作家作品灵光迸发式的颖悟与解读。当然，恰如先生自己所言，他更擅长的还是基于自己独到艺术感知力之上的、不依傍于东西方文学理论框架范式而对作家作品做出的自出机杼的评断与剖析。这种个人化的批评风格与他

---

① 宋遂良：《消解意义的代价——评几部"新写实"长篇小说》，《文学评论》1993年第5期。

② 宋遂良：《我与文学评论》，《在文言文——宋遂良论当代文学》，济南：山东人民出版社2015年版，代序。

与生俱来的充沛激荡的才情自然有着密不可分的关系。

宋遂良先生说："我非常珍惜自己读作品时的原始感觉，那些虽然零星却是强烈的直觉，常常是我后来写成文章中的主要观点，这种直觉有时稍纵即逝，有时模糊不清，我必须及时地抓住它，趁热打铁地笔记下来，没有这种强烈感受，我难以写出文章。"其实，这种"稍纵即逝"又"模糊不清"的"直觉"，正属于在文学艺术领域广为人知的"灵感"范畴。众所周知，"灵感"一词虽然翻译自西方，但中国自古以来同样有着源远流长而又内涵丰富的"灵感"文学理论建构和文学批评实践，可以说，与西方的发展齐头并进又异曲同工，"灵感论"在中国同样是历史悠久的文学理论与批评传统之一。以此为参照来纵览宋遂良先生的文学批评实践及其个人化风格特征，较为明显是上承了中国文学批评传统的这一源流脉络。先生的批评文章往往由对作家作品心摹神追的感性体验认知和心有灵犀式的独到体悟出发，从对原初阅读感觉的吟咏体味逐渐上升到理性思考层面，继而形成自己文章的整体思路、结构框架和评判理念，在写作过程中不断将批评主体的主观感受与作为批评客体的作家作品交汇聚合并反复印证参照，最终瓜熟蒂落自然而然结出散发着自己个人化特质气息的批评硕果。按照李宗刚教授的梳理阐发，在中国古代文学批评领域中灵感的特征主要体现在具有偶发性、独创性和情感性这三个方面，而且中国古代学者认为促使灵感产生的诸多影响因素中，作者自身的思想品德及情操修养、读书和人生阅历三个方面尤为重要。① 将其与这宋遂良先生的文学批评实践和批评品格相互关联后便会发现，二者恰恰形成了极为恰切而又微妙的呼应。宋遂良先生的批评文章，既是其个人性格气质和文学才华的展现，也透露出对中国文学理论及文学批评本土化传统的渊源有自。

宋遂良先生的批评文章大多是较为典型的"才子之文"，除对绵延已久的"灵感"文学理论和批评传统的自觉承续发展而外，同样得益于先生对浩如烟海的中国古代文学典籍，特别是古典诗词名作的广博阅读和充分内化，以及对莎士比亚、梅里美、屠格涅夫、托尔斯泰等文学巨匠所留下的大

---

① 李宗刚：《中国古代灵感理论论纲》，载张廉新等著：《古代写作学概论》，青岛：青岛海洋大学出版社 1995 年版。

量"西方正典"年深日久的深度浸淫，并由此逐渐熏染养成的对东西方优秀作品思想内涵、艺术特色，乃至语言文字细微精妙之处的含英咀华与心领神会。正因为先生心中有大才，才能够探幽发微地感知、触及那些才情充盈的作家们通过作品展现的精神和灵魂，并在自己的批评文章中与之形成相互映发——心心相印方能独得会心之妙，并且以时时处处发散着灵感光芒的文字将心中的感觉精准、妥帖而又优美地传达出来。先生的文章不晦涩、不板滞、不做作，无丝毫的高头讲章气，更见不到拉虎皮做大旗，以煞有介事的"理论深度"和"学术架构"唬人，因讲求内容与形式的相互均衡所以文质彬彬相得益彰，往往既是见解深刻独到的学理性论文，又是文采斐然的可读性美文。他将被阅读优秀作家作品所激发、唤起的深切真挚的情感体验与心灵悸动作为自己文学批评的发生基点，写作中始终忠实于自己的内心感觉，跟随心底不断涌动激荡的情感潜流记录下脑海中不断闪现迸发而纷至沓来的真切体会与感受，继而组织铺排成文。因其过人的风骨与胆识，他的批评文章不时挟带隐隐风雷之声；又因其正心诚意才华横溢，笔下往往又能显现出写作者的灵魂歌哭和语言文字活色生香的璀璨芳华。先生说："由于我缺乏深厚的理论素养，所以我表达的都是我自己明白的、消化了的看法，我极少引经据典来增强我文章的学术性，除了我不能以外，也由于我不愿。我不无阿Q精神地把自己这种弱点也视作某种优点，这就是我写的评论明白好懂，感情真挚，少有花架子，缺少隔、涩的拖累，我比较重视语言的明白晓畅，注意文字的音律骈散，'惟陈言之务去'，和读者交心。"[①]正因为文章表达的都是业已经过批评主体"明白""消化"之后产生的个人化看法，所以都是将发自心灵深处的真声音、真见解，将自己的情感、心血倾注进去，与作家、读者"交心"，写出来的文章自然会带着灼热炙人的温度与力量；又因为特别注意和重视语言文字的畅达、清新和张弛有度的节奏感，不断用"纸的砧"和"心的锤"反复锤炼锻造，所以让读者感觉不做作、不卖弄、不晦涩，充分体会到"才子之文"奔涌不息的内在激情与散发着灵性光泽的语言魅力。我们来看这段文字：

---

① 宋遂良：《我与文学评论》，《在文言文·代序》，济南：山东人民出版社2015年版。

《秋天的思索》就是男人的歌。它从头到尾沉浸在李芒思索和不能排解的痛苦之中。愤怒像一条船穿行在情绪的河流中，情节只是两岸的景物；秋风掠过沉思的原野，吹起对旷渺的人生的无尽的浮想。李芒不能理解，为什么他要被那些假革命的口号逼得背井离乡，隐姓埋名，过着流浪汉的生活？为什么他从童年起就要无辜地经受那么多的歧视和凌辱，长大了还得时时提防着被推下那条即将坍塌的"冻土沟"？为什么老獾头父子、老寡妇母女、袁头姐弟被肖万昌们剥削、欺凌乃至逼死而无处倾诉冤情？为什么肖万昌们"虽早已蜕化变质却又总有道理"？……昨天的一切能够轻易地忘却吗？今天的一切能够盲目地乐观吗？[①]

毫无疑问，这既是对张炜个人文学气质的精准把握和对《秋天的思索》这篇优秀作品丰富思想内涵的深度阐发，更是一篇散文诗、一首咏叹调，是宋遂良先生以文学作品为中介发出的对现实中存在的诸多不公不义的孤愤质问，是对世间黑暗邪恶力量予以严厉声讨的战斗檄文，处处散发着无比强大的精神之力与动人心魄的诗性之美。

除此之外，在宋遂良先生的批评文章中，我们还时常见到他对中国古典文论和诗词名句信手拈来而又无比妥帖的借用和化用，对古今中外文学、艺术、历史等各领域术语、典故的熟捻于心与触类旁通，以生动贴切的比喻对作家作品风格、特色恰如其分的归纳揭示……这一切既是先生个性、禀赋和才情的展现，同时又启示着我们：文学批评未必要有"理论腔调"，更大可不必装腔作势，有真性情和真才华，文学研究和批评文章同样可以写得摇曳生姿、妙笔生花。

四、结语

宋遂良先生早已过了"从心所欲不逾矩"的年纪，据说除了终生挚爱并

---

① 宋遂良：《一个男人心灵的长歌——谈〈秋天的愤怒〉与张炜的近作》，《文学报》1986 年 6 月 26 日。

为之奉献了大量热情、精力和心血的文学事业以及多年来始终爱好的足球、影视，先生在书法上也有非常精深的造诣。他有时冷峻深刻如同哲人，有时又天真烂漫像个孩子，先生年轻时曾经政治风雨侵袭受过诸多屈辱磨难，但他那刚直、率真、洒脱的天性却始终没有褪色，现在更是得人生大自在境界，潇洒逍遥如神仙。相较于如今生活状态的"轻"，他数十年来写下的大量文学批评文章又是一座具有厚重、丰富内涵的宝藏——我们也恳切祈愿，宋遂良先生以及他那一代优秀学人和真正意义上的知识分子身上所葆有的凛凛风骨、所坚守的人格尊严以及戛戛独造的文学批评品格，能够为后来的文学从业者所继承并发扬光大，而不会随时代变迁而成为空谷足音的历史绝响。

我敬佩的好友宋遂良 ①

吕家乡

我已经九十周岁，宋遂良老师比我小八九个月，都属鸡，是同龄人。1981年，我和他结识于泰山脚下，那时他在泰安一中教书，是特级教师。1983年，他调入山东师大，我们俩成了同事，又是邻居，亲密相处已经40多年了。他是我敬佩的好友。

我敬佩他，首先因为他坦荡诚恳、豁达宽容、富有爱心，达到了一种非同寻常的人品境界。这表现在各个方面。

我国从古就有"修身齐家治国平天下"的说法，"齐家"以"修身"为前提，又是搞好公务的基础，可见"齐家"是关键的一环。宋遂良堪称治家有方的典范。他和夫人傅老师营造的家风兼有古典和现代之长。夫妻之间，长幼之间，三个女儿之间，既洋溢着融融亲情，又彼此尊重独立人格。我和老伴经常由衷赞叹，望尘莫及。

不论在泰安一中还是在山东师大教书期间，宋老师和傅老师一直默默地资助着家庭困难的学生，数十年如一日，得到他们资助的学生不下数十名。受资助者铭记在心，师生中也传为美谈。但他们施恩不图报，从不把这事放在心上。

宋遂良关心别人、热心公务成了习惯。在街上看到对面走来的女士穿衣不当或举止不当，他不由得心平气和地给她提醒。看到街道旁的标语牌有错别字，他绝不放过，一定会不厌其烦地向有关方面提出纠正的建议。游览名

---

① 在文章中，吕家乡教授回忆了他与宋遂良教授的交往过程与深厚友谊，赞赏了宋遂良教授坦荡诚恳、光明磊落的人品境界，以及在治学、写作上获得的成就。两位先生可称得上是金兰之交，他们既能在人生与学术的道路上相互支持，又能互为诤友，浓厚的情谊感人至深（见山师现当代公众号编者按）。

胜古迹时，他总会留下感言和建议。听说某某和某某不和，他绝不袖手旁观，总要热心调解，促使双方和好。

对于上级的决定，宋遂良认真对待，但并不盲目执行，而是毫无顾忌地提出建设性意见。有几个例子对我触动很大。一个是，新世纪之初，教育部要对山东师范学院的教学进行评估。那时他已经离休，被聘请为文学院的初审员。他兢兢业业地忙活了两天，发觉有一些弄虚作假、劳民伤财的成分，极力建议刹车，但意见不被采纳，于是毅然辞职。后来高层也发觉这种兴师动众的评估措施弊大于利，宣布停止，可见宋遂良的意见是正确的。再一个例子是，学校的某位负责干部刚刚上任就参加申报高级职称，宋遂良觉得这样会影响不好，得不偿失，于是又打电话又写信，建议他不要申报，未收到回应后便直接求见，试图当面讲个明白。

这些大大小小的事例不是可以映照出宋遂良善良高洁、光明磊落的人品吗？

我敬佩宋遂良，还因为他在治学和写作上成就卓著，尤其在老年，达到了化繁为简、返璞归真、雅俗共赏的境界。他在改革开放初期，最早论述了作品风格问题，辨析两个作家的风格异同。这是一个难度很大又多年不受重视的问题。他白手起家，却做到了举重若轻、深入浅出，因此发表后立即赢得一片好评。他又是张炜作品的第一个阐释者和推荐者。后来他写了不少有影响的文学评论文章，有的还引起了争论。他的兴趣广泛，有几年致力于侃足球，因此我曾经以为他在治学上用心不专，以致未尽其才。但看到他晚年的文化活动，我的偏颇看法得到了纠正。他晚年的文化活动，包括给小学生、中学生讲《红楼梦》《三国演义》，为济南市、山东省的文化建设出谋献策，应邀撰写古文体的《超然楼赋》，给许多人的各种著作写序言，在大大小小的各种会议场合（例如学生聚会、老同学聚会）发言，等等。其中都能够提出一些不同一般的见解，他做到了古今中外融会贯通，而且能够把人生感悟和治学收获融为一体。如果不是在日常生活中做有心人，长年积累，是达不到这种水平的；如果没有以前的旁鹜和博学，也是达不到这种水平的。他所参加的活动，不论规模大小，都像讲课一样肃谨对待，充分备课。不久前，他在旅居威海期间，突发前列腺炎，到医院插上了导尿管，让他住院治疗。这时他已答应跟一些文学爱好者座谈，不愿失信，竟然带着导尿管如约按时出席，谈笑自若。散会后，立即住院，动了手术。这些活动都是无关名利的，有时还要冒着失言的风险。这不是一种难得的文品境界吗？

再说我们是怎样的好朋友。我们真正做到了坦诚相见、互为净友，彼此说话可以真正地畅所欲言、毫无顾忌。在和研究生一同参加的学术研讨会上，我和宋遂良、袁忠岳三个导师之间经常争论，甚至争吵得面红耳赤。我正是在这样友好的争论、争吵中逐渐摆脱了僵化的思维模式。我们各自的文稿往往也相互征求意见，切磋推敲，绝不敷衍。有时彼此写文章也有辩论。宋遂良曾发文建议在济南的广场或街头为巩俐塑像，我则发文主张缓行。这丝毫不影响我们的友谊。

好朋友之间有时也有误解。举个最近的例子吧。2022 年我看到他多次参加电视台的活动，他自己有时也向我叹息精力不济，但别人邀请，情不可却。我以为他参加的是综艺性、娱乐性的节目，就在朋友圈里批评他这样可能流于媚俗，不该这样，要不珍惜老年岁月。事后知道他参加的是有助于受众素质提高的文化节目，误解了他，我向他道歉。他说：我知道你是出于老朋友的好心，你的提醒对我有好处。

我在 82 岁，正需要儿女照顾时，大女儿突患脑溢血，落下严重后遗症，半身不遂，且失忆、失语，住院两年多后回家疗养，虽然思维有所恢复，又陷入悲观沮丧。这使我和老伴身心交瘁。宋老师说："你女儿的悲剧我感同身受。"他和袁忠岳等其他老友一同给我持久的帮助和支撑。他不仅经常给我患病的女儿物质上的关心，还多次给她赠送诗文并郑重地写成书法作品，让女儿深切感受到温暖和鼓舞，增长了康复信心。女儿康复的点滴进展，宋老师都看在眼里。两年前，他了解到我教女儿认字、写字和锻炼说话的具体情况，立即写了《父爱如山》，在《齐鲁晚报》发表（2021 年 1 月 5 日），引起广泛关注。

如今我和宋遂良、袁忠岳都已是耄耋老人，多年的同事、好友比邻而居，我们经常聚谈，相互勉励，识风云、辨是非，保健身心，增长朝气，力争为社会增添正能量。

（原载《齐鲁晚报》2023 年 4 月 25 日）

真的人与真的文

——我的导师吕家乡教授

罗振亚

1985 年 4 月底，硕士研究生面试刚刚结束。在山东师范大学文史楼三楼狭长而温馨的走廊里，一位中等身材、面容清瘦的中年教师喊住我，微笑着问道："哈尔滨师范大学有一个委托培养的研究生名额，你愿不愿意读？"考虑到女朋友在黑龙江的一个小城市工作，以后省内调转会容易一些，所以我略加思索，便爽快地回答"我同意"。那位戴眼镜的教师，就是我后来的导师吕家乡先生，如果说田仲济先生是我在"云端"的精神导师，吕家乡先生则是具体指导我的授业恩师。

2002 年，在回答《文艺争鸣》的编者问时，吕先生说他最敬佩的三个人，是人格独立善于思考的鲁迅、敢于坚持真理胆识过人的胡风和时刻拷问自己灵魂始终"说真话"的巴金。其实，他身上和学术研究中又何尝没有这三位作家的影子呢？作为人之子、人之夫、人之父、人之友，他都做得十分出色、无可挑剔，作为人之师，传道、授业、解惑，更是样样可圈可点，难怪吕先生的人品与文品，知晓他的人无一不翘大拇指。尤其他为人为学之真，在如今商品化经济时代的日常生活中，已不多见。

入学不久的中秋节前夕，我和同届的王建师兄去家中拜见导师。记得我们进门时，师母细心备好的水果已摆在桌上。落座不久，吕先生温和地说："做学问急不得，慢慢来，我自己也是 1980 年才调入师大，学术研究没多长时间，我们共同学习，一起进步吧。"我们赶紧说"老师，可不敢，我们会努力用功的"，但心里那份紧张与局促渐渐消除了。作为一个大学教授，吕老师年长我们 30 岁，那时已经发表许多重要的文章，在学术界产生了很好的影响，却不像一些学者那样摆老师的架子，居高临下，刻意藏拙，生怕被学生小视，瞧不起，而是一点不"装"，能够主动放下身段，和弟子做完全平等的交流，怎么想的就怎么说，这是需要一种勇气和精神的，它一下子就拉近了我们和他心理上的距离。随着对先生了解的深入，我发现他对任何人都是良善谦逊的，即便和自己指导的研究生通信，从来都称对方为"您"，学生诚惶诚恐，他依旧故我，这是习惯，更是修养，它非但不会减损自己形象的高大，反倒会让人越来越尊敬他。

如今，自己在大学教书也有三十几年了。按惯常的理解，教师是人样子，在学生面前时时要维护好自身的"形象"，孔圣人以降大都是这么做的，而发生在我身上的"两报大展投稿事件"，却彻底拆解了这一信条。1986 年 10月，安徽的《诗歌报》和《深圳青年报》联合发起的现代诗群体大展在诗坛刮起了一场不小的飓风，我就其写好的文章本来由一家刊物定好发表，但很快那家刊物就怕担责任，打电话让导师转告"撤稿"。几乎同一时间，在泉城严重水土不服的我，被医院怀疑淋巴有问题要做切片检查，后来虽"虚惊一场"，可让导师跟着异常紧张、奔波了好几天。所以在中国现代文学研究中心元旦前的聚餐晚会上，过于压抑自己的导师情不自禁地把大展中娄方《印象》中的两句诗"把流出的泪水咽进肚子里，在厕所里尽量把屁放响"用力喊了出来。当场一些人以为先生是借此释放与发泄内心的压力，我更清楚这是他本真性情的自然流露，更源于内心深处强烈的忧患。先生从来都讲真话，甚至对灵魂深处的隐私也不遮遮掩掩，不能讲真话的情况下宁可沉默。正因如此，他才敢于反思自己 1957 年"大鸣大放"前的狂热，和"反右"开始后的惶恐怯懦，并为之感到羞愧，而不是为自己寻找托词。1981 年冬为学生小崔的作品喝彩，也对其一首讽刺中小学教师的诗提出异议，可是在稍后的"反对精神污染"活动中，当领导想把先生树为"反污染勇士"，他却在发言中实事求是，肯定小崔的探索精神，称那首诗只是有些偏激，算不上"精神污染"。一个历经劫难的人，对人对事还能保持一份"真"，不说一句违心的假话，实属难得。先生喊出娄方的两句诗，与其说是生命本能释放的需要，不如说是对学术研究环境的担忧。为自由、开放的言说风气，历史付出了多大代价啊，一个民族、国家和一份刊物都需要稳定，有思想的主见，不能说风就风、说雨就雨。是啊，一个教师，如果连说真话都做不到，即便再正襟危坐，翩翩君子，还何谈善与美？

1933年出生的吕先生，早已进入老境，自己的肠胃和老伴儿心脏病痛的长期困扰，使他不时在电话中流露出孤独和伤感的情绪；可是7年前女儿红线突发脑溢血，却让先生的生命再次激发出坚强的能量，诠释了什么叫"父爱如山"的真谛。红线发病后，因开颅手术中神经中枢受损，身体右侧半身不遂，不能说话，记忆能力消失。面对变故，先生也曾抱怨老天的不公，只是生活容不得他多想，而是以82岁的高龄为女儿的康复想方设法，两次带着羸弱的师母与病中的红线往返美国，寻找有效的技术手段和契机，在国内各大医院多方求医，出入的次数就更是数不胜数，心态也愈发刚毅了，"晴天要当阴天过，阴天要当晴天过"成了他近些年最爱说的一句话。苍天不负有心人，在先生和家人的种种努力下，多种技术手段的作用开始显现，红线的肢体、记忆与表达功能均得到了相当可观的恢复。为帮助女儿更快地康复，先生和师母照顾她的生活起居，经常拄着拐杖，陪护步履不稳的她在宿舍院子里散步，同时还制定了一套思维与语言训练方案，不间断地给她"上课"，布置"作业"，从一加一等于几学起，上午学写诗词、朗诵，下午练习打字、学拼音，像教小学生一样，循循善诱，不厌其烦，四五年里仅仅作业纸就积攒了上千张。现在，红线已经能够独立出门锻炼，和邻居、熟人、路边晒太阳的老人聊天、说笑了，人们又看到了她当初乐观开朗而又自信的神态。红线的康复，和先生、师母爱的支撑是分不开的，也完美有力地诠释了先生是父亲、人的楷模的内涵。

吕先生最初是以诗歌评论家的身份名闻学界的，《诗潮·诗人·诗艺》《品与思》《从旧体诗到新诗》等深、细、真、朴的著作，使他赢得了读者的信赖。但自从退休开始，他却侍弄起散文，接连推出《一朵喇叭花》《温暖与悲凉》《风雨人间情》等散文集；并且渐成"主业"的散文，正在产生着越来越大的影响。先生心底太多的人生沧桑、社会感受，达观冲淡、返璞归真的心境，和散文这种自由的文体有着天然的相通；而技术上不显山不露水，完全是随便的、谈话式的语言，如和朋友围炉夜话一般亲切，不温不火，娓娓道来，既把个人情思表现得十分到位，又显示出人情世事的练达。先生的散文和读者推心置腹、"言为心声"的朴素自然的取向，实际上是和他学术研究的精神一以贯之的。

进入山东师范大学之初，吕先生接受田仲济先生的邀约，计划写出一本《中国现代诗歌史》；但最后没有按照计划完成，先生不是不能，而是不为。因为他是一位在学术上十分较真的学者，在他那里，丁是丁，卯是卯，一点都不含糊，真正做到了知之为知之，不知为不知。不夸张地说，他所有的研究都是"有感而发"，追求思想的独立，绝不认可人云亦云的"演绎"，对新诗史上有些拿不准的现象、诗人与派别，他很谨慎，从不硬写，宁可不写论文，也绝不轻易下结论。特别是随着研究层次的更加专业化与内在化，他愈发深恶痛绝于学术研究上片面追求数量和速度的"大跃进"，发现像一些学者那样凑出一本诗歌史很容易，但却是贻害无穷的，所以宁可空缺，也不勉强。事实上，他诸多经得住时间考验淘洗的"硬头货"论文，单独看是某一问题或创作个体的阐释，连缀起来实则就是一部体系、视角与深度独具的新诗史，其学术含金量之高是学界公认的。

退休以后，吕先生的学术研究风骨与棱角尤为值得肯定。没有任务的要求，更无任何功利的目的，一切的研究完全出于对学术的热爱和生命的表达；因此不下妄言，不溢美，不讳恶，好则说好，坏则说坏，客观公正。如《中国新诗的诞生和艺术成就》《再论近人旧体诗不宜纳入现代诗歌史》，就从问题出发，以流行看法中现代旧体诗的翘楚聂绀弩文本的深入解剖，质疑其拙于表现现代人的丰富内心，诙谐之趣模糊了悲剧性底色，语言难以发挥现代汉语的特长；从而断定旧体诗拒斥以诗情的抑扬变化为基础的内在律，因此近人旧体诗不宜纳入现代诗歌史，识见与众不同，发人深思。《试论毛泽东诗词的艺术思维》《毛泽东诗词再论》更遵从个人的艺术感受，肯定毛泽东诗词的情景交融、大小相通，善于调节形象思维和逻辑思维的关系，但也批评其止于"今胜昔"的陶醉，缺乏自省，做到了在伟人面前也态度辩证，文章内在的分寸感充满启示。《试论杜甫名篇"三吏""三别"及其相关评说》，肯定杜甫的组诗深刻揭露了蛮横无理的兵役给群众造成的苦难以及对群众抗击叛军积极性的挫伤，指认有的论者或强调它们赞扬群众支持政府平叛的奉献精神（如萧涤非、康震），或责备它们掩盖群众和唐王朝之间的矛盾（如郭沫若、骆玉明），都属于误读。"三吏""三别"是诗人超越当时现实生活实录的艺术创造，达到了"内容的诗化"和"表达的诗化"的平衡，堪称跨越时空的对文本真相的还原，是尊重历史更尊重艺术的表现。

　　每次拜见导师，都感到吕先生的身体太瘦了，瘦得只剩下了灵魂和骨头。几年前，先生旅居美国，我心里十分想念，想起数次去恩师府上拜望的情景，写了一首诗《看望恩师》，不妨抄录如下：

四月的济南万物复苏　　　　　　　人们担心先生羸弱的肩膀能否承受
先生肺炎的细胞也在生长　　　　　可他讲起历史依旧云淡风轻
大大小小的药瓶埋在书堆中
他总不听医嘱按时休息　　　　　　每个学生都是专著的一个章节
　　　　　　　　　　　　　　　　比对自己的汗毛还要熟悉

饭量和烦恼的事虽未见少　　　　　见面三句话过后必过问他们专业
仿佛先生瘦得只剩下灵魂　　　　　像今晚的灯光都羞愧得无法躲藏
思想还是一把锋利的快刀
虚假之物见了就打哆嗦　　　　　　看先生送客用拐杖询问道路
　　　　　　　　　　　　　　　　背驼得和地面越来越近

八十六年不算短的距离　　　　　　这虽吻合先生一向谦和的态度
几乎都在测量苦难的深广度　　　　但还是心疼自己不是他手里的拐杖

（2022 年 12 月于南开大学）

翟德耀——学术至上

翟德耀 口述

江 丹 程雷童 记录

《山东师范大学学报（社会科学版）》文粹书系之一《文学编辑书简——学人与学报》刚刚出版，其中收录了《山东师范大学学报》原副主编、编审，山东师范大学文学院教授翟德耀在学报工作的30多年里与诸多学人的往来书信。

翟德耀说，这是对历史痕迹的一种保留，可以原原本本地还原那些年代的历史。回忆往昔，他怀念那些他敬仰的学人，也为青年学人后来的成长倍感欣慰。在采访的过程中，翟德耀反复强调学术期刊编辑必须秉持的理念和原则，即"学术至上、质量第一"。作为一名学报的老编辑，他有所得也有所弃，但是他认为很值得，心态坦然，无怨无悔。

形成了一个非常好的传统

新黄河：在整理这些书信的过程中，看着过去诸多学人的笔迹会觉得往事如昨吗？

翟德耀：是的，几十年前的经历确实就像昨天刚发生的一样，有种回到历史现场的感觉。编写这本《文学编辑书简——学人与学报》，考虑的就是把历史痕迹保留下来。在我看来，后人的回忆无论如何真切，也很难完全还原历史。只有当时的记录，比如说当时的书信、日记才能原原本本地还原历史。

几箱子的书信，过去多少年了，我都保留着。这些东西当废品处理了确实可惜，但是要说出版的话，当时并没有想到，没有这个意识。李宗刚教授

[《山东师范大学学报（社会科学版）》主编]想要编选一套学报文粹书系，筛选并出版学报历年发表过的优秀论文，有古代文学论文选、现代文学论文选等。因考虑到书信具有重要的文献价值，能从一个侧面展示当年我们是怎么编稿子的，编者和作者是怎样交流的，以及时代变化的某些印记，所以决定立项，编选出版。

编选这些书信，总会想起当年和学者交往的一些情景，在不经意间回到历史现场。比如说山东大学的孙昌熙先生，他是中国现代文学研究的大家，在全国享有盛誉。当时，我们为了朱德发老师刚出版的一本书，请他撰写评论文章，他很爽快地答应了下来。文章请他指导的进修生魏建作为"合作者"执笔，由他改定。从几封来信中可以看出，孙昌熙老先生确实是一位蔼蔼长者，宽厚待人，对学报、对年轻的著作作者和更年轻的学报编者都很支持，而且非常认真。他当时眼睛不大好，有一只眼睛已经失明了，看不清，就用一个木架子撑着写东西。孙先生的优秀品格令人十分感动，由衷敬仰。

本校的田仲济先生也是如此。当年我们编稿子不像现在，电子版发过去就行了，当时稿子要修改的话，或者出了清样要看的话，都必须一家一户去跑的。到田老家里，他和夫人武仅民老师总是热情接待，对于文稿中笔误之类的错讹，总会欣然予以订正。对于编者请教的学术问题，他总会娓娓答复。田老是著名的现代文学史家、杂文家，德高望重，他是山师现代文学研究学科的开创者，也是我走上文学研究道路的引领者，我一直心存感念。

再年轻一些的，像朱德发老师也是这样。他非常负责任，非常爱惜人才。他指导的博士生，有些根本不知道导师给他们推荐文章了。他是主动的，没有什么别的考虑，就是觉得文章确实有学术价值。他写的推荐信十分认真，也十分确切，这固然是对学生的支持，也是对学报的一种支持。朱老师著作等身，是中国现代文学研究名家，山师现当代文学研究学科的光大者，也是我的恩师，是我做人和治学的榜样。

前辈学者的人格风范，为后人树立了榜样，后来者发扬光大、代际传承，也就逐渐形成了一个非常好的传统。当然，我们学报编辑部本身也有一个优良传统，概括起来，大致就是执着学术的追求精神、认真负责的敬业精神、甘为人梯的奉献精神。

说到底还是一种情结

新黄河：您年轻的时候"弃政从文"，对您来说，做学报编辑和文学研究最根本的吸引力是什么？

翟德耀：概括一句话，就是一种情结使然。我当年大学毕业时，文学院现代文学教研室主任冯光廉老师就让我到他们那里去，可是没想到，毕业后却被学校政治部要去了。我被安排做文字秘书，就是起草计划、领导人讲话、写总结，主要做这些文字工作，另外就是参加各种政治运动。当年政治部必须跟着政治运动走，秘书必须跟着政治部主任走，所以每年的公文写得很多。本校之外，我还离校先后参加过两个工作队，一个是高唐县张大屯公社的省委学大寨工作队，一个是北京七机部第二研究院的中央工作队，每个工作队为时一年，共搞了两年的政治运动。

当年学校的干部队伍青黄不接，青年干部非常缺乏，政治部主任和组织组组长让我多多参加校内外的各种政治运动，显然有锻炼和培养的意思。可是对于政治运动，我从内心深处觉得不大适应，就我个人的兴趣和爱好而言，还是喜欢文学研究，或者说有一种根深蒂固的文学情结。我期待自己的工作能够相对自由一点。正好学报编辑部需要文学编辑，有这么个机会，我就抓住了，通过主动争取，在1978年年初终于如愿以偿了。兴趣至关重要，它能够产生无穷的动力。因为喜欢，所以投入。心甘情愿地做自己喜欢做的事情，不仅容易做好，而且会乐在其中。

学人就是学者，简单地说就是治学之人、从事学术研究的人。学术研究的要旨在于做学理的探究，在某个专业领域有所继承、有所突破、有所创新。作为学术期刊的编辑，既然职责在于编发学人的学术文章，那么必须成为学人。否则，何以判断文章的学术价值？打铁先要自身硬。为了实现从政工岗位到学人身份的转变，我付出了巨大的努力。经过几年的打拼，终于能够独立工作，逐步得心应手起来。由于承担多个学科稿子的编辑业务，除在自己特别钟情的现当代文学学科，特别是茅盾研究上努力"掘一口深井"外，于其他学科起码得当个"杂家"，努力保持在学术水准线以上的程度，只有这样，才能不负职责使命。学报的生命在于学术性。学术至上，质量第一。执着于学术，坚守于学术，深化于学术，是主编和编辑的基本担当。

杂家和专家、编辑和教师其实是相辅相成的。我所侧重的现当代文学研究，特别是茅盾研究，是在尽力做好本职的编辑工作前提下进行的。经过多年的努力，出版了"文苑踏青"系列三卷（《茅盾论》《现代中国作家散论》《评论与鉴赏》）、《中国现代纪游文学史》（副主编）、《现代中国作家面面观》（主编）、《心灵之约：名人的友情》（主编）等。获得各种奖励若干，其中山东省社会科学优秀成果奖 9 项。同时，应文学院之邀，在魏建教授的大力支持下，指导了 28 名现当代文学专业的研究生（其中包括 10 名在职研究生）。编研相促，教学相长，对此我是深有体会的。

有意识地扶持青年学者

新黄河：从 1978 年年初来到学报，到 2008 年年底离开学报，您一直坚持的编辑原则是什么？

翟德耀：在 30 多年的连续编刊中，我对老一辈学者像田仲济先生一直持尊重的态度，对中年学者像冯光廉老师、朱德发老师、蒋心焕老师等都是持依靠的态度，他们已经很成熟了，研究成果都是有保证的。对于青年学者，则是采取有意识地扶持态度。这里面有青年教师，也有研究生，研究生的学位论文经过一年打磨，应该说大都有所创见。这么多年我是怀着重大的使命感，自觉地在做这方面的工作。

这也有个背景，特别是二十世纪八九十年代，年轻的学者很少，学校就要求我们学报积极发现、培养青年人才。当时，学校文科的一些系开始招收研究生，这样的人力资源，顺理成章地成为学报作者的生力军。在指导教师的推荐下，一大批研究生的论文进入编辑的视野，并在学报陆续刊发出来，产生了良好的社会反响。编辑部做了个统计，在我所编发的文章中，后来成名的青年学者达六七十人之多，他们大多是第一次发表论文。第一次发表论文对作者来讲意义重大、影响深远，不仅是一种历练，而且对他们以后的人生道路选择非常关键。当年是二三十岁的研究生，二三十年过去了，现在很多成为各个领域卓有成就的学者或管理者，像李春林、杨洪承、杨守森、赵运田、魏建、王邵军、于青、李掖平、谭桂林、张清华、王兆胜、李宗刚等，就是其中的代表。当然，不能说学报怎么培养了他们，只是说推了一把，助了一臂之力。

在扶持青年学者方面，省里，甚至全国的高校学报，能够长期大量发表青年学者的文章，力度这么大，占的篇幅这么多，好像是极少，甚至是没有过的。看到青年学者的大步跨越，我的内心里经常会产生一种成就感，感到特别欣慰。

（原载《济南时报》2022 年 3 月 19 日）

第三编

山师现当代文学学科与学人

"山师学派"启示录

刘增人

拜读吕老师看似平和实则非常深刻的文章，受到许多启发。下面略述其一。

对学术研究与文学编辑的高度重视，甚至越来越自觉地把二者交互叠加为互补共生的双赢事业，乃是山师现当代学科的重要传统之一。毫无疑问，这是由田仲济先生开创的传统。他当年从青岛的《处女地》，到烟台—济南—上海的《青年文化》，后来在重庆更有了令人瞩目的巨大成就，从而给山师这一光荣传统冠以堪称辉煌的奠基礼。……岁月匆匆，山师现当代学科的编辑事业进入到李宗刚时代。把一所省属师范学院的学报，在竞争异常激烈的当下，通过踏踏实实的工作，一举跨进"C刊"行列，个中的艰辛，恐怕只有身历者才能真实地体悟。这一在山师发展史上应该大字书写的历史性功绩，当然不是李宗刚老师一人之力，但许为"头功"，应该是毫无异议的。同时，李老师又率领一众同仁，把学报的骄人成就与历史性建树——梳理，以令人信服的方式把这一传统写进当代学术史，也就留给了未来的中国学术史。在新时代，利用电子技术，把历史文献尽最大可能电子化，既有利于保存，更方便了广大的读者，纯然是功德无量之举。于是，从田仲济到李宗刚，人们看到了一条非常鲜活的学术传统的演进与拓展。自然，还有许许多多的山师人，在这一学术链条上展现才华和智慧，比如北京的王兆胜、吴义勤、于青，江苏的郭济访，安徽的万直纯，济南的赵耀堂、王洪信、翟德耀，青岛的冯济平等。他们虽然另外各有不俗的建树，但编辑却是他们文学生涯中浓墨重彩的华彩乐章，也是山师编辑事业史上的重要篇章。

向山师文学编辑的学者们致以崇高的敬礼！

吕先生的文章谈及山师现当代学科对鲁迅研究的贡献，我以为这也是山师传统之一。

山东师大最早开始鲁迅研究的，应该是田仲济先生。鲁迅的《关于新文字——答问》（后编进《鲁迅全集》第六卷），就是在他主编的《青年文化》上与读者见面的。后来山师鲁迅研究的发展，正如吕先生所说，田仲济、薛绥之等先生发挥了非常重要的作用。与薛绥之先生几乎同时，冯光廉、朱德发先生陆续成为山师鲁迅研究的骨干力量，他们的文章与著作，构成了山师现当代学科的代表性成果。

其实，山师现当代学科鲁迅研究，还应该也必须提到的是韩之友先生。他从天津带着李何林先生鲁迅研究的范式走进山师，也就使李何林式的鲁迅研究有意无意影响到山师。众所周知，中国鲁迅研究的"大本营"在北京，而北京鲁迅研究有三个"根据地"；一是冯雪峰领起的人民文学出版社鲁迅编辑室（简称鲁编，后来改称现代文学编辑室，陈早春、张伯海、李文兵、王海波等，都先后主持过该室的工作），二是唐弢先生主持的中国社科院鲁迅研究室（简称"鲁研"），三是李何林先生领导的北京鲁迅博物馆（简称"鲁博"）。他们在学术研究的方式与观念上是有差异的，但在编辑修订《鲁迅全集》时又是勠力同心的。

据刚刚辞世的人民文学出版社资深编辑张小鼎先生研究，中国有四种《鲁迅全集》最具有权威地位：1938 年版 20 卷本，1958 年版 10 卷本（另外有 10 卷本《鲁迅译文集》），1981 年版 16 卷本，2005 年版 18 卷本。山东学者有幸参加 1981 年版与 2005 年版《鲁迅全集》编辑修订的，唯有韩之友先生一人而已。

至于韩之友先生在文学期刊研究，在山师现当代文学学科建设上的贡献，特别是那种罕见的宽容气度与奉献精神，可能早就名满省城，兹不赘述。

（原载"山师现当代"公众号，2023 年）

山师求学忆恩师

谢昭新

　　1981 年 2 月至 6 月，我于山东师范大学中文系进修中国现代文学。那时山师中文系办了一个中国现代文学助教进修班，全国近 20 所高校的青年教师慕名而来参加了这个进修班。山师中文系在田仲济先生的带领下，汇聚了一批中青年知名学者，建立起一个在全国颇具影响力的一流的中国现代文学学科。当时给我们授课的老师，以山师中文系为主体，主要有田仲济、薛绥之、冯光廉、蒋心焕、朱德发、查国华、书新、吕家乡、孔孚、刘金镛等，还有山东大学的孙昌熙，曲阜师范大学的谷辅林、魏绍馨等。山师的进修，为我的中国现代文学教学与研究打下了一个坚实的学术基础。

　　山师的中国现代文学学科最注重资料在学术研究中的重要作用，形成了一种在原始资料基础上进行学理阐释的治学风格。早在二十世纪五六十年代，他们就编纂了"中国现代作家资料丛书"，这些重要资料为中国现代文学学科的研究、发展发挥了极其重要的作用。除了资料汇编，还在 1979 年出版了新时期第一批《中国现代文学史》（田仲济、孙昌熙主编，山东人民出版社1979 年版）。那时，我为能够在山师全国一流学科进修而感到自豪！

一、传道授业精彩纷呈

　　永远铭刻在我心中的记忆是授课老师们的音容笑貌、学术风采。各位老师都把自己最新最精的研究成果传授给我们。

　　先说田仲济先生。在未到山师进修之前，就听说田仲济先生在 20 世纪40 年代就著有《抗战文艺史》，后来借阅了这部著作，很觉得它是一部史料丰富翔实、评析简明扼要且突出抗战文艺思想的弥足珍贵的补缺之作。田先生在《抗战文艺史》后记中说："在抗战中，一切均以惊人的速度前进，八年中所走的几乎是过去几十年的路程。文艺的成就，自然也是同样的情形。惟以过去文艺中心城市的相继沦陷，中心文坛的移动，文艺中心由集中而分散，以及交通不便等等许多原因，这一阶段的抗战文艺资料最容易失散，最难以保存，这是关心文艺史的一个遗憾。写这本小册子的目的便是企图弥补一部分缺陷，保存一部分史料，使它不至于全部失散。"[①] 田先生是和王瑶、唐弢、李何林齐名的学者，我们怀着无比崇敬的心情，听他给我们授课。他讲课不带讲稿，其实讲稿全在他的脑子里。他讲课总是从资料出发，高屋建瓴，侃侃而谈。1981 年 6 月，他讲《对中国现代文学的几点看法》。一是谈研究方法问题，他不满意那种先从结论开始、再去找材料的研究方法，对《武训传》的调查，就用的这种方法。二是谈鲁迅问题，他说鲁迅伟大，但也有不足，比如对京剧的看法，对梅兰芳的看法，对中药的看法，就不正确吧？三是谈郭沫若问题。他说，郭是很有煽动力的社会活动家，他对甲骨文的研究、对古代史的研究，在史学上成就比文学高一些。……1981 年 6 月 15 日田老还给我们讲了《茅盾及其创作》一课。他对茅盾的早期创作评价比较高。田先

山东师范学院中文系现代文学进修班结业留念（1981 年 6 月 16 日）

---

① 田仲济：《抗战文艺史》，载《田仲济文集》（第三卷），南京：江苏文艺出版社 2007 年版，第 105 页。

生十分赞赏吴组缃对《春蚕》的评价。第一，他说吴组缃谈《春蚕》首先肯定了茅盾创作的社会作用。《子夜》《农村三部曲》适应了当时政治斗争的需要。第二，他详细介绍了吴组缃评《春蚕》的精道之处：《春蚕》写蚕丝的失败，《秋收》写农民的"吃大户"斗争，《残冬》写农民走向自发性的武装斗争。《林家铺子》是写小资产阶级意识形态的。这几篇作品都是在《子夜》的背景下产生的，是从一个整体中分出来的长短篇。在总的主题下，就资产阶级、民族资产阶级进行分析的是《子夜》，就农村农民作分析的是《农村三部曲》，就城镇小商人做分析的是《林家铺子》。《春蚕》的主题表现在两个方面：一是表现在半封建半殖民地化的时代背景下的农村破败；二是表现农民意识，人与人之间，特别是父子之间的隔膜。田先生既介绍了吴组缃对茅盾创作的评价，也谈了自己对茅盾及其创作的总体看法，他认为《子夜》《农村三部曲》不是从生活中来的，当然它有大的作用；《蚀》是从生活中来的，当然它有消极的东西。他还充分肯定了茅盾对文艺理论的贡献，认为五四文学是沿着现实主义走下来的，当然也有其他支流，但主要是现实主义的，而提倡、翻译、介绍现实主义的作品，最早、最多的是茅盾。新中国成立后的社会主义现实主义，他都起作推动作用的。

然后是冯光廉先生。冯先生于 1957 年在河南大学（原开封师院）毕业后被分配至山东师大从教。我在山师进修时，他任现代文学教研室主任。他温文尔雅、和蔼可亲，讲课不紧不慢、有条不紊，重史料实证，求真务实，步步深入。1981 年 3 月，冯先生讲《〈药〉的主题思想及其他》，他首先列出目前论及《药》的主题影响比较大的观点：一是《药》暴露了封建势力的罪恶，批判了群众的落后状态和革命的脱离群众，以及歌颂了革命者的英勇斗争；二是《药》深刻揭露了封建统治阶级毒害人民、镇压革命的罪恶，尖锐地批判了资产阶级民主主义革命的软弱性和不彻底性；三是《药》的主题不是批判辛亥革命脱离群众，而是暴露封建社会"吃人"。除对这三种意见一一进行评点，更为重要的是对作品进行了细致深刻的分析，从文本资料出发，概括《药》的主题：通过描写群众的愚昧和革命者的悲哀，显示他们之间存在着一种严重的隔膜，从而展现出疗救病态的国民精神的必要性和艰巨性。

1981 年 5 月 13 日，冯先生给我们讲《〈狂人日记〉研究中的几个问题》。

5月18日，冯先生讲《从〈呐喊〉到〈彷徨〉到〈故事新编〉——鲁迅小说的思想和艺术的发展及演变概观》。他纵横审视，深入考察，宏观鸟瞰，微观透视，全面论述了鲁迅小说的思想和艺术的发展演变。

还有蒋心焕先生。20世纪80年代，他担任山师中文系中国现代文学教研室副主任、主任，配合田仲济、冯光廉教授做了大量学科建设工作。1987年以后，他配合学科带头人朱德发教授不断推进学科建设，为山师中国现当代文学学科获得山东省首批省重点学科和博士学位授予权做出了独特的贡献。李宗刚在《中国现代文学研究的代际传承——以蒋心焕教授为例》中说："蒋先生继承和发扬了"山师学派"的学术研究传统，注重资料在学术研究中的重要作用，在散文研究与散文创作方面独树一帜。他博采众长，融会贯通，不仅自我学术研究日臻成熟与完善，而且继往开来，推动了中国现当代文学研究的代际传承。"① 我在山师进修时，蒋先生担任现代文学教研室副主任，那时他已编纂《中国现代文学史》，研究中国现代散文、中国现代历史小说、现代作家作品，硕果累累，享誉学界了。蒋先生特别注重做人，做好人，待人真诚，富有爱心，对所有人都和颜悦色。正如郭济访所说："君子宜自强，这是一般人都可以做到的，而能够助人为乐、成人之美、谦让容忍，是君子更高的境界，大儒风范，这就是我们的蒋老师为人的本质。"② 他给我们讲的第一课是《老舍的〈骆驼祥子〉》，第二讲是《关于1928年革命文学论争》，第三讲《现代小说发展中的工人形象》。总之，蒋心焕先生在掌握了十分充实的资料的基础上，通过对现代文学三个十年所有作品中工人形象的全面分析论证，展示了工人形象在现代小说中的发展演化历史，谱写了一部以工人形象演化为主色的现代小说简史。

在山师进修后，每逢参加中国现代文学研究会年会或学术讨论会，见到蒋先生，都感到特别亲切，他视我为学生又把我当作朋友，十分和蔼可亲，尤其是在他和朱德发主编的《新编中国现代文学史》（明天出版社1989年版）中，我参加编写了第五、七、十章。在整个编写过程中，我得到先生的教诲颇多颇深，恩师的教导终身铭记。

---

① 李宗刚：《中国现代文学研究的代际传承——以蒋心焕教授为例》，《长江学术》2022年第2期。
② 李宗刚：《中国现代文学研究的代际传承——以蒋心焕教授为例》，《长江学术》2022年第2期。

不得不提的还有薛绥之先生，他是中国现代文学史料研究知名学者，鲁迅研究著名专家。1955年进山师中文系任教，专注于中国现代文学的教学与研究，为中国现代文学研究作出重大贡献。在给我们授课的老师中，薛绥之先生属学术前辈。他讲起课来，把丰富翔实的资料传授给我们，一点也不保守。他给我们讲鲁迅，第一讲是《"左"的思想对鲁迅研究的影响》，显示了他对"左"的思想的批判。第二讲是《鲁迅研究在日本》。他先介绍了鲁迅研究在日本的一般情况：一是翻译鲁迅作品情况，二是日本自己研究鲁迅的东西。

接下来再说说书新先生。书新先生给我的印象是个儿不高，又黑又瘦，说话不急不慢，脑袋有点儿颤抖，正像刘增人先生在《书新先生》一文中所说："（他）又黑又瘦，而且总是不自觉地脑袋微微颤抖，老师们于是把他和另一位白白胖胖的也是教授现代文选课的先生并称为'柬埔寨双杰'——一位亲王，一位首相。"①首相即是柬埔寨前首相宾努，他有一种摇头的毛病，但一点不影响他的聪明智慧。而书新先生的脑袋微微颤抖，也丝毫不影响他的授课的学术风范。他给我们讲鲁迅杂文：第一讲《鲁迅杂文的战斗生命》，第二讲《〈热风〉时代的杂文》，第三讲《从〈华盖集〉到〈而已集〉》。书新先生对鲁迅杂文的三讲，其特点是对鲁迅杂文烂熟于心，文本分析显见真知卓识，掌握资料丰富翔实，演讲语速不急不慢，中听易记。

再谈谈孔孚先生。孔孚先生身材魁梧，红阔圆脸，谈吐风趣，无右臂，但他用左手板书，字体流畅刚劲，很有书法功底（他本身就是著名书法家）。他作为诗人，给我们讲闻一多、徐志摩的诗，诗人解诗，时时揭显诗之秘处，处处显见真知灼见，精彩纷呈。第一讲是《评闻一多的诗》，第二讲是《徐志摩和他的诗》，第三讲是《徐诗探艺》。

此外，查国华谈了《茅盾早期的社会思想》以及外国研究中国现代文学的情况，重点介绍美国、苏联、日本研究中国现代文学的情况。吕家乡从事新诗研究，讲了《臧克家对新诗的贡献》。刘金镛的《谈一谈老舍的话剧创作》，全面系统地评介了老舍的话剧创作，重点分析了《龙须沟》。山东大学的孙昌熙教授讲了鲁迅研究的历史、现状，并提出开拓研究新领域问题，

---

① 刘增人：《书新先生》，《齐鲁晚报》2014年12月24日。

他还分析了《补天》。

老师们的精彩演讲，传授给我们以丰富的学术营养，而在给我们授课的老师中，我认为最有思想哲理深度的是朱德发先生。在进修班之后，我与朱先生有了深入交往，受他的教诲颇多。

二、我与朱德发先生的交往和友情

1981 年 2 月至 8 月，我于山东师范大学中文系进修中国现代文学，在进修班聆听朱德发先生的学术演讲，是我和朱先生的最初交往。朱先生思想比较开放，所讲问题具有新锐性、前瞻性。他给我们授课的第一讲《胡适五四时期的白话文学主张》，从五个方面全面深入考察了胡适白话文学主张的革命性。

第一，在"五四"中曾起过重大作用而又比较复杂的人物；第二，从白话文学主张的实质来进行考察；第三，从白话文学的效果上进行考察；第四，从新文学创作原则和方法进行考察；第五，结语——胡适白话文学主张的局限性、矛盾性，主张的思想根源。

朱德发先生的第二讲是《周作人五四时期文学主张的历史评价》。他首先勾勒了历史上对周作人的评价问题，可以 1934 年其自己诗《五秩自寿诗》为界，之前，文学界对其评价肯定意见多，且高。抗战爆发后，他当了汉奸，几十年来，对周作人采取完全否定的态度。近年来。评论文章多了起来，研究者试图对他做公正的评价。其次，又介绍了周作人的生平、道路、著作。在此基础上，便进入正题，深入考察周作人的文学主张。

朱德发先生的第三讲是《五四文学革命的指导思想》。朱先生在全面系统地考察评述对五四文学革命指导思想问题研究的历史现状的前提下，以大量的文献资料为依据，详细谈了自己的看法，显示了他在五四文学革命的指导思想问题上的开拓创新。

朱德发先生以上三讲的内容，后来收在他的专著《五四文学初探》（山东人民出版社 1982 年版），这是一部"具有较高水平的学术著作。它们分别探讨了'五四'文学革命的指导思想、几个代表人物的文学主张和一些在当时产生过重大影响的文学作品。其要旨在于解决五四文学研究中的一些重点和疑点问题。该书的主要价值，正在于它对这些重点和疑点的突破"①。如果说在进修班聆听朱先生讲课，领略了他的学术风采，由当时的感动上升为深深埋藏在心中的深厚情感，即形成了与他初步交往的对他的新锐、新潮、开拓创新的治学风范的崇敬、崇拜。而在这些情感里面还溶入了重要的影响因子，或许是受朱先生讲胡适、讲陈独秀、讲五四文学革命的影响，引起我对胡适、陈独秀的研究兴趣，我后来写了《胡适〈尝试集〉对新诗的贡献》《论胡适的戏剧观与戏剧创作》以及《论陈独秀的文艺思想》，分别收在我的专著《现代皖籍作家艺术论》（安徽文艺出版社1998年版）。总之，初期的交往与友情，铸就了我以后的学术成长、发展。

1986年5月，在济南召开了华东地区省（市）属师范大学中文系负责人会议，具体商定，由山东师范大学中文系现代文学教研室牵头而组织力量编写一部《新编中国现代文学史》。这部教材由朱德发、蒋心焕主编，我参加了编写，撰写了第四编第五章《鲁彦与乡土小说》、第七章《新感觉派小说》、第十章《许地山、艾芜的域外题材小说》。在编写过程中，曾于1987年6月在山师召开协商会，同年11月在江西师大召开讨论会，1988年11月在浙江师大召开定稿会，我参加了这些会议，得到了朱德发、蒋心焕两位先生的亲切指导、教诲。每次会议见面，两位先生都把我当成自己的学生，嘘寒问暖，问我的写作情况。这部教材于1989年由明天出版社出版。朱德发在书中的"反思"中，重点论述了现代文学的审美特征：强烈的使命意识给新文学涂上浓重的政治色彩，民族自省精神的弘扬带来新文学文化批判意识的强化，各种形态的人道主义铸就新文学的灵魂，中外文化交汇是新文学发展的根本途径。在"反思"后，又深入论述了中国现代文学的延续——中国当代文学的发展路径、审美特征。

中国现代文学研究会第七届年会（中国现代文学研究会、山西大学主办）于1998年7月19日至22日在山西太原召开。我又一次与朱德发先生相会，我在大会发言《地域文化与皖西北作家群》，受到先生的指导与鼓励。

2002年10月20日至23日，中国现代文学研究会第八届年会（中国现

---

① 孙昌熙、魏建：《现代文学研究的新收获——评朱德发先生〈五四文学初探〉》，《山东师大学报（哲学社会科学版）》1983年第3期。

代文学研究会、湖南师范大学主办）在湖南长沙召开，朱德发先生作为大会筹备委员会委员参会，主持大会并发言。我提交论文《论沈从文的文学理论批评》并在分组会上发言，他称赞了我的论文，我说我正在从事现代小说理论批评的研究，他说这个研究很有价值。

2003 年 4 月 2 日至 6 日，全国第八届暨国际第三次老舍学术研讨会在安徽芜湖举行。会议由中国老舍研究会、安徽师范大学文学院、安徽师大中国诗学研究中心主办。我当时任文学院院长，特邀请朱德发先生莅临大会。朱先生在大会发言重点强调如何深化老舍研究问题。会后，我陪同朱先生等与会专家游览了黄山。

2003 年 7 月，朱德发等著《20 世纪中国文学理性精神》由上海人民出版社出版。先生赠此书与我，在书的扉页上写上"昭新教授正之，德发，2004.1"，并盖上自己印章，我看后很是感动。这是一部理性哲学与感性文学交叉混合研究的著作，它从哲学理论与文学文本的结合上，既把各种理性精神的内涵和外延弄清楚，又将理性精神从不同形态的文学文本中发掘出来，且作出创新性的准确的阐发。由此著作，更增强了我对朱先生的景仰之情。

2004 年 8 月 20 日至 23 日，由山东师范大学文学院、山东省社科联主办的《齐鲁文化与现代中国文学学术研讨会》在济南举行，朱德发先生作为大会主持人，并在会上充分阐述了齐鲁文化与现代中国文学的关系。我出席了此次会议，并和孙慎之先生作为第三组组长，主持分组研讨，我的发言论文是《中国现当代文学研究中"现代性"问题的历史审视》。在这次会议上，我和朱先生做了多次交谈，感觉格外亲切，因为我又回到了当年进修现代文学聆听朱先生讲课的母校。

2006 年 11 月，朱先生赠我两本书，一是《朱德发序评集》（山东电子音像出版社 2006 年 6 月版），二是朱德发等著《现代中国文学英雄叙事论稿》（山东教育出版社 2006 年 7 月版）。前者由"序言"和"书评"两部分组成，从一个侧面反映出他的学术思想和人文情怀。

2007 年 4 月 25 日，我邀请首届国家级教学名师朱德发教授莅临安徽师范大学文学院讲学，我给他主持演讲会，他演讲的题目是《胡适的"科学方法论"与中国文学现代转型》，文学院数百名师生聆听先生的精彩演讲。

2008 年 4 月 19 日至 22 日，河南大学主办《改革开放三十周年与中国文学研究学术研讨会》，朱先生和我参加了此会。

2014 年 1 月，山东人民出版社出版了朱德发先生《朱德发文集》（10卷），同年 10 月，朱师即将他的 10 卷本文集寄赠予我，扉页写上"谢昭新教授雅正，朱德发 2014.10"。我铭记师恩，怀着崇敬心情，一卷一卷地拜读他的文集。它们集中展示了朱德发先生一生的高端精品学术成果，是脑力劳模"体大思精"的结晶。

对于 10 卷本《朱德发文集》，范伯群先生评说："十卷本《朱德发文集》的问世，是我们中国现代文学史研究界的一套可以传世的文稿。它的传世性当然是多方面的，但最重要的一点就在于文集描绘了我们这个学科在成长发展的道路上，曾经经过'突出重围'、'纵横求索'的艰辛历程。这是一个需要有挣脱思维定式的勇气、并向中外古今的优秀文学取经的漫长过程。我们这个学科从它成立起就预示着必须要经过这样一个突围和求索的过程，然后才能经得起成为'史学'的一个组成部分。那也并不是说我们过去走过的路是走错了，我们过去是取得了很大成就的，但我们过去的'视野'有局限性，它还不能还原历史的全貌，中国现代文学史不能满足于这种'以偏概全'的现状。但要走出'以偏概全'的圈子，思维定式对我们有一定的束缚，因此，我们必须要有一个突围的过程，能冲破重围，敢于突入禁区，然后才可能'不套用现成公式，不盲从流行的概念，'从原始史料为依据，进行不倦的纵横求索，还原历史以真实的全貌，这样的文学史才能跨进秉笔直书、传之后代的'史学'的门槛。朱德发大半生的学术生命就是为这个目标而奋斗，他这数十年来研究现代中国文学以来的'精气神'，就精选和凝聚在这十本厚重的文集中。他代表了我们中国现代文学研究界第二代学人群体说出了我们应该去共同努力完成的历史使命。可以说，在这个突围与求索的一支队伍中，朱德发是走前最前列，他刻苦地耕耘与开拓着，他配得上做这批学人中的一位劳动模范。"①

---

① 范伯群：《脑力劳模"体大思精"的结晶——读〈朱德发文集〉有感》。本文系苏州大学文学院教授范伯群先生在 2015 年 9 月召开的"朱德发及山师学术团队与现代中国文学研究学术研讨会"上提交的文章。

我和山师现当代文学学科的 21 年
（1965—1986）

崔西璐

　　1965 年 6 月，从越南回来，到中文系报到，宫玉臻书记通知我：从语言学组调现代文学组任副组长。组长冯光廉告诉我，现代组有两个教学组，即现代文学史和现代文选，让我参加文选组。文选组，刘金镛任组长，组员有杨为珍和朱德发。1966 年上学期，和朱德发参加了刘少奇主席提出的两种教育制度的半工半读 (1965 级) 实验。我做年级主任，他做一班的班主任，兼上文选课。1966—1976 年，十年"文革"期间，教研组名亡实存。1968 年，复课闹革命，参加"毛主席诗词"教学。除跟中文系 1965 级同学一起研读外，我还给外系上过大课。"毛主席诗词"作为文学课，理所当然属于中国现当代文学范畴。1971、1972 级工农兵学员先后进校，除任过一段中文大队二连连长外，继续参加毛主席文选和诗词教学。1973—1975 年，奉国务院科教组指派，我到地拉那大学讲授中国文学。这门课分专题讲解，当代诗歌专题主要讲解毛泽东的诗词创作，现代文学专题主要讲解鲁迅的文学创作。

　　1975 年回校后，继续从事"毛主席诗词"教学与研究，同时参加现代文学组的"鲁迅作品"课教学。

　　1976—1977 年，参加《鲁迅集外集补编》注释。注释组由山师和新华印刷厂联合组成。我任书记，新华厂团委书记刘小兰任副书记，冯光廉任组长。田仲济任顾问，主要成员有韩之友、书新、孙慎之等。另有两位工人和一位工农兵学员参加。1978 年 10 月，参加韶山全国毛主席诗词教学座谈会，被选为研究会理事和研究丛书编委。1982、1983 年，参加了《毛泽东诗词研究》一书的会稿、改稿和定稿，主持了《毛泽东诗词研究资料索引》的编写，这两本书先后由福建人民出版社出版。

1978—1986年，与文选组长刘金镛，率房福贤、陆思厚、王万森，融入全国当代文学与现代文学分立建设的洪流，应时创建了山师中国当代文学学科，编写了教材，完善了教学体系，成为全国当代文学学科建设的一支劲旅。刘金镛是"中国当代文学学会"的理事，我是"中国当代文学研究会"的理事。

山师中文系当代组编写的《中国当代文学简编》，成为省内函授大学和自修大学的通用教材，当代文学组还承担了省内自学考试该课的辅导和考试工作。

1980年，我与山大吴开晋一起发起建立了山东省的"中国当代文学研究会"，分别代表山师和山大任职副会长，成了山东高校中国当代文学学科的"领军人物"，被山东高等师范专科学校通用教材《中国当代文学》并列为审稿。文学杂志《文朋诗友》还聘我们为执行顾问。

1986年初，随陈龙飞访问山师姊妹学校美国旧金山州立大学，受邀对该校中文专业师生做了《新时期中国文学》的演讲和答问。

1986年7月，服从山东省委决定，告别泉城济南，东来参加青岛大学的创建。那段终生难忘的山师现当代文学学科21年从业史，也不得不同时告终。

2023年5月10日

（原载"山师现当代"公众号，2023年）

读文集，想往事，难忘当年

——由《山师学人视阈下的中国现当代文学》想到的

房福贤

　　《山师学人视阈下的中国现当代文学》是李宗刚教授主编的"《山东师范大学学报》（人文社会科学版）文粹书系"之一种，承蒙美意，近日他将本书的电子版发我一睹为快，作为曾经的"山师学人"，没有被"老东家"遗忘，感激之情不禁油然而生。真诚地说一声，谢谢母校！

　　素净淡雅的封面，看似无意实则有心，是母校既质朴本真又充满青春活力的象征。本书选择了35位山师学人发表在《山东师范大学学报》上的文章，时间跨度近60年，涵盖了山东师范大学从初创、发展到壮大的全过程。一本论文集当然不能代表山师学人的整体成就，但这本书的意义对读者，特别是入选论文选集的作者来说，却是别有意味的，因为它不仅展示了山师几代学人在科研之路上奋进的身影，还从"学报"这一特殊的视阈展现了这个平台在推动山师现当代文学学科的发展方面发挥的重要作用。

　　打开文集，看着那一个个熟悉的名字，我的思绪也自然地回到了千佛山脚下那美丽的校园——我曾经学习工作30多年的母校，我的师长、同学、同事，一个个在脑海中浮现出来。

　　田仲济先生，中国现代文学学科和现代文学研究的奠基者与开拓者之一，也是山东师范大学现代文学学科的开创者与领军人，20世纪40年代末就出版了《中国抗战文艺史》，50年代中期就带研究生了，那时山东师范学院成立也才只有三五年。我在母校上学的时候，就已经听到他的大名了，只是因为先生年龄大了，没有给我们上过课。有一次我在校园里看到先生正从东方红广场往学校办公楼走去，那时他是副校长。一位学兄告诉我，那就是田仲济先生。那时他已经 70 多岁了，但看起还很年轻，高子很高，身板挺直，衣冠整齐，面目白皙，很和善的样子，但我自感渺小，没敢过去跟他打招呼。先生的《郁达夫先生的创作道路》作为开卷之作，虽是出于时序考虑，也是众望所归。由于孤陋寡闻，先生这篇大作我以前没有读过，但此次阅读，却毫无违和感，丝毫感觉不出这是发表于 60 多年前的文章，即使放在今天，也仍然是新意满满，值得一读再读的。

　　冯光廉先生是我的导师，我与谭桂林、陈玉申都是他当年带的第一届硕士生。在导师的精心指导下，谭桂林毕业后回到了湖南师大，很快脱颖而出，如今已是很有成就的教育部长江学者；陈玉申则改行从事新闻教学与研究，现在是南京大学新闻传播学院的教授。冯先生毕业于河南师范学院（原河南大学），师从以中国近现代文学研究而知名的任访秋先生，在学生期间就对鲁迅等作家产生了深厚的兴趣。1957 年大学毕业后被分配到山东师范学院中文系，在田仲济、薛绥之等老一辈学者的指导下，从事中国现代文学的教学与研究工作，曾经担任现代文学教研室主任、中文系副系主任。冯先生为人谦和，但做学问十分严谨，非常注重学术研究的基础训练。先生当时为我们这一级的研究生专门开设了"现代作家作品研究"课，并要求学生每人都要写一篇作家研究述评，后来结集为《现代作家研究述评》，作为《山东师大学报》增刊，于 1987 年正式出版。当时中国的研究生教育尚处于开创时期，招生人数较少，导师多按自己的经验与特点指导学生，比较自由，这有利于学生的自由发展，但对一些尚未形成学术自觉的学生来说，也会产生无所适从的感觉，不知从何处下手。冯先生作为当时学院研究生教学的负责人，似乎早就看到了未来招生规模必将扩大的趋势，所以从一开始就强调教学的规范化，不仅大班上课，还将某些课程相对固定下来，强化基础教学与专业训练相结合。这种研究生教育思路与体系，在我们这一届学生中取得了比较好的效果，毕业后的学生在现当代文学领域都做出了比较好的成绩，同时也为山师现代文学研究生教育的发展打下了很好的基础。本书选择的《对鲁迅〈自嘲〉若干问题的理解》一文，很好地体现了冯光廉老师的学术特点：细、准、深。从细小的点切入，准确地把握问题的关键，往问题的深处挖掘，这也是老师经常教导我们做学问时要注意的方法。值得注意的是，冯老师这篇文章写于 1975 年，当时正值"文革"时期，但先生没有附和所谓的政治斗争需要，而是从文本出发，回到鲁迅本身，以充分的资料为依据，不做超出事实以外的发挥，这种学术精神是非常值得称道的，这也是先生正直人格在学术上的体现。先生后来去了青岛大学，创办了文学院，在他的努力下，青岛大学很快就聚集了一批中青年学术才俊，该校的中国现代文学学科也很快成为山东东部的学术重镇。

朱德发先生是中国现代文学学科第二代学人的代表性学者，也是将山东师大现代文学学科推向新的历史阶段的旗帜人物。有关他的故事很多。比如现代文学课后休息，有一学生问同学：到底是谁领导了五四新文化运动？有人说胡适，有人说陈独秀，有人说是李大钊，有人说鲁迅，该同学答：错！是朱德发老师。大家始而不解，最后哄然大笑，因为朱先生对五四文化运动太熟悉了，讲起课来如身临其境，亲自指挥一般，故有这般笑话。还有朱先生学术上的"逆生长"，60 岁后才开始进入成熟期，月月都有新文章，年年都有新突破，始终与时代的步伐一致，从不显出落后的疲态，这种独特的学术过程，常让我们后辈学者自愧不如。朱先生的学术成就当然与他学术上的积累、思维的敏锐、视野的宽阔、文笔的快捷有关，但毫无疑问，这也是他自身勤奋努力的结果。先生而立之年才大学毕业，不惑之后才真正从事教学科研活动，没有一种坚忍不拔的精神，是很难取得如此之大的成就的。我印象深刻的是，有一年正月初四，我在街上遇见师母，随口问了一句，朱老师干什么啊？师母挺不高兴地说，还能干什么，在家写文章呗。我听了，顿时有一种惭愧感，大家还在享受年节快乐的时候，先生已经进入写作状态了，怪不得能做出这么大的成就。即使在他生命的最后一年，虽身体已有不适，但他仍然伏案写作，发表了数篇文章。作为学生的我们，每论及此，无不感慨系之。本论文集所选的《论胡适早期的白话诗主张与创作》发表于 1979年，是先生早期的文章，算不上他最重要的代表作，却是他的学术起点，于他个人来说极有意义。据他个人所说，从这篇文章开始，他才真正具有"学术自觉"，开始显示出作为一个现代学者的"独立姿态"。从这篇文章中可以看出先生的学术特点：敢为人先，勇于创新。在改革开放初期，先生就敏锐地感受出时代的变化，开始对五四文学进行系统的研究，并在很短的时间内写出一系列相关论文，于 1982 年结集为《五四文学初探》出版，在全国产生了很大的反响，甚至一度成为当时中央宣传工作会议上的"事件"之一。先生的五四文学研究成就虽然早已成为定论，但必须说，《山东师范大学学报》在当年的及时推送，也是很有历史眼光的。

　　吕家乡先生是 1980 年以后调到山东师范大学现代文学研究中心从事新诗教学与研究工作的，开始是独立于文学院的，但因为我们在组织上都属于同一个支部，经常在一起开会学习，所以比较熟悉。吕先生给我的第一个印象是非常认真，因为每次开会的时候，他都要拿一个类似学生用的笔记本认真做记录。他记录得很快，似乎也比较详细，因为过一段时间就会换一个笔记本。而且这还不是偶一为之，而是持之以恒，从未间断。我不知道先生是因为什么原因养成了这一习惯，如果先生的这些笔记还保存着，一定很有历史价值。对吕先生有了较多理解，是基于一个偶然的机会。大概是 90 年代初期，吕老师因痔疮病发，且比较严重，只好到山东中医药大学附属医院做手术。手术后，因为生活不便，我们几个年轻教师便轮流去陪护他。闲聊时，他告诉我，说他 1952 年从山东大学中文系毕业前，学校作毕业动员工作，让大家做好思想准备，到中央去，到国家机关去。半月后，却风声突变，学校开始动员大家到中学去，为国家普及教育的目标而奋斗。果然，很快教育部的分配方案公布了，几乎全部分到各地中学去了。先生也被分到了山东医学院工农速成中学做语文老师，同时兼任团支部书记。后来才听说，之所以出现这一变化，原来是当时教育部负责分配的人，将山东大学的分配计划与南方一个师范院校的分配计划搞错了，但事已如此，也没法改了。先生倒不在意，做一个老师也不错。但不幸的是，1955 年"批判胡风反党集团"时，他因为与山东大学的老师吕荧先生关系比较密切而受到牵连，被组织处分；1957 年先生又因响应号召给领导提意见而被打成了右派，下放到周村附近的王庄劳改农场劳动改造。他跟我说，当他独自一人先坐汽车、后又步行到达劳改农场大门口时，没有见到欢迎他来劳动改造的人，竟然十分不解，我来劳动改造，怎么这么不热情？说完先生笑了，他说，那时候的我多么单纯。单纯，更准确地说，是纯真，可以说是先生的本性，直到今天，他都是一个非常纯真的人。虽然经历了那么多的人生苦难，但他从来没有学会世故，记得每次开会的时候，无论是政治会议，还是学科会议，他都会认真地讨论，该提意见就提意见，该表扬时就表扬，从不隐瞒自己的观点，始终怀有一颗赤子之心。先生的诗论也同样有着赤子之心，无论是思想还是观点，都来自他内在的心灵体验与本真性情。本书选择的《内在律——郭沫若对新诗的贡献》这篇论文，我个人认为并非先生的代表作，但他从内在律上对郭沫若在新诗创作上的贡献的分析，还是非常有说服力的，可以说是一个诗人对另外一个诗人的深层体验。

感谢李宗刚教授在本书中也选择了我的《阴阳之道：张炜与矫健创作个性比较》这篇文章，让我有机会对《山东师范大学学报》编辑部，特别是当时的责编翟德耀先生表示感谢，是翟德耀先生在我走上学术之路的彷徨时，用力推了我一把，让我从此有了信心与勇气。这是真的。我上大学期间，迷上了写诗，也发表了几首小诗，也许因为这个原因，毕业后我被学校留下从事当代文学的教学工作。但是，从写诗转向文学研究是艰难的，我在很长一段时间都不能适应，因此对自己能否够胜任大学老师常感困惑。1985年我在职攻读硕士学位，在接受比较系统的训练后，对从事文学研究才开始有了初步的感觉。80年代中期，大学的学术气氛比较深厚，校园里经常有一些自发组织的学术活动。记得有一次，研究生会组织了一次山东青年作家创作研讨会，我也参加了，并且在会上做了一个有关张炜与矫健创作个性比较的发言。记得当时我说过这样的话，我说读张炜的小说，最好在晚上点一盏小油灯去读，这样才能感受到它的诗意；而读矫健的小说，最好在太阳底下去读，这样才能感受到它的强烈，还不至于害怕。许多同学都笑了，当然未必有恶意，可我还是有些敏感，心情不爽。可是令人意外的是，会后翟德耀先生找到我，说你的发言还不错，再好好改一改，改好了给我们学报。我没注意到翟先生也在场，更没想到翟先生会主动向我约稿。翟先生"文革"前就被组织上送到山东团校学习，是组织着力培养的后备干部，大学毕业后在学校党委办公室工作，有着很好的政治前途，但他主动要求到学报做普通编辑，从事学术研究工作，与同时代人相比，确实表现出了不同的志向。那时候他已经发表了不少学术论文，还出版了《茅盾前期文学思想散论》。他在学报做编辑、副主编期间，组织发表了一大批优秀的文章，山师学报也成为全国有影响的学报，许多著名的学者都在这里发表过文章。更重要的是，先生以这个刊物为平台，有意识地扶持年轻学者，对他们人生道路的选择确实有着非常积极的作用。我写的这篇关于张炜与矫健创作个性比较的文章，水平并不突出，但为了帮助我提高作学术研究的自信心，翟先生还是果断地推了我一把，这是人生中宝贵的一步，如果没有这一推，我可能要经历更多心理上的困惑与彷徨。真诚地谢谢翟先生，谢谢《山东师范大学学报》。

阅读文集的过程，也是一次愉快的精神回归的过程。看到文集中的每一篇文章，我都有一种强烈的倾诉、交流的欲望，很想与他聊一聊那过去的日子。因为我曾经与作者生活在同一个校园里，也曾经是中国现当代文学学科队伍中的一员，我曾经得到他们真诚的帮助，也曾经与他们一起为学科的发展而奔走。我想告诉老师，我永远无法忘记你们对学生的教诲，我想告诉同事，我无法忘记和你们在一起时的快乐，即使是我们曾经有过的小小的不愉快，如今也让人觉得有趣。但是话长文短，无法在此细说了。唯愿母校山东师范大学中国现代当代文学学科的老师、同事、朋友们身体康建，学科建设更上一层楼。

探寻文学史书写的多种可能性

——魏建先生访谈录

马　文

　　魏建，1958年12月生于山东省青岛市。1977年12月参加高考，次年初入泰安师专中文专业学习，1980年留校任教，开始中国现当代文学的教学和研究。1982年至1983年到山东大学中文系进修学习。1985年考取山东师范大学中文系中国现代文学专业硕士研究生，1988年毕业留校任教。1992年晋升副教授，任中国现代文学教研室主任。1996年晋升教授，任中文系副系主任。现任山东师范大学文科资深教授、博士生导师，东岳学者特聘教授领军人才，中国现当代文学国家重点学科学术带头人，国家级一流课程负责人。第二批国家"万人计划"领军人才，享受国务院特殊津贴专家，教育部高校中国语言文学类专业教学指导委员会委员。兼任国际郭沫若学会执行会长、中国郭沫若研究会监事长、中国现代文学研究会常务理事、山东省中国现代文学学会会长等职。出版学术专著7部，主编教材和学术著作30余部，发表学术论文100余篇。主持国家社科基金重点项目、一般项目，教育部和省级科研项目10多项。获得教育部优秀科研成果（人文社会科学）二等奖2项、山东省社会科学优秀成果一等奖3项，另获其他省级科研成果奖近20项。获国家级教学成果二等奖、省级教学成果一等奖等省级以上教学奖8项。被评为全国模范教师、山东省高校十大优秀教师等。

　　马文：魏老师，您好！非常荣幸，可以借此访谈的机会向您请教有关文学史研究和编写的问题。我对您的学术履历比较关注，您能不能先谈一谈，您是如何走上中国现代文学研究道路的？

　　魏建：好的。我生在青岛。从我降临人世的那家医院到我离开青岛之前住过的两处旧居，都在当年的山东大学旁边。伴随我幼小生命的那些高高低低的石头房子，小时候我可不知道它们与青岛市南区的普通民居有什么区别，直到我 20 多岁掌握了一些中国现代文学名家的生平掌故，才知道这些房子非同寻常。1930 年国立青岛大学在青岛正式成立，1932 年更名为山东大学。我出生和最初生活的区域，曾经住着许多著名的教授，其中很多都是文学名家。如今，这一片有了一个特殊的称谓——小鱼山文化名人故居保护区。从我最初住过的房子往南几百米是 80 多年前国立青岛大学文学院院长闻一多教授的故居。闻一多故居东南方向几百米是国立山东大学外国文学系主任洪深教授的故居。从洪深故居再往南走几步就是国立青岛 / 山东大学文学院讲师沈从文的故居。从我住过的房子往西南走不到一公里是国立青岛大学首任校长杨振声教授的故居，后来的国立山东大学首任校长赵太侔教授也曾经在这里住过。再向前走没多远就是老舍故居，而且是他创作《骆驼祥子》的地方，当时老舍在国立山东大学文学院任教。老舍故居东南方向直线距离约二百米就是国立青岛 / 山东大学外国文学系主任兼图书馆馆长梁实秋教授的故居……这就是我与这些中国现代文学名家在空间上的缘分。60 多年前我出生后第一次踏上大地，那小脚印或许就不知和哪一个，乃至哪些个文学大师的足迹相印合。

1977 年 12 月，我参加高考，有幸通过录取分数线。次年 2 月，作为恢复高考后的第一批大学生进入泰安师专中文系就读。20 世纪 80 年代的中国社会对精神文化的渴求，是今天的人难以想象的，几乎所有人都像快要饿死的人搜寻食物一般疯狂。我是这个昂扬向上时代氛围的受益者，平常上课，课下读书，走在路上我们都在背诵古诗文，这是很珍贵，也是很难得的一段感受。毕业后我留校任教，系领导让我教授中国现代文学。其实，我从入学到毕业一直最喜爱的是语言学，如果让我教文学类课程，按照我在课业上投入的程度，第一是中国古代文学，第二是外国文学，第三才是中国现代文学。但是，最终我还是接受了系领导的安排，成了一名中国现当代文学专业教师。这是我从事中国现当代文学教学的起点，从此连续教了 40 年中国现代文学史及其相关课程。

1982 年，我到山东大学中文系进修，在孙昌熙先生等知名教授的指导和影响下进一步深造，增强了学术底蕴，开拓了学术视野。1985 年，我考入山东师范大学中文系的研究生，由蒋心焕老师指导攻读中国现代文学专业的硕士学位。硕士一年级时，为了完成冯光廉老师的课程论文，我被动选择了郭沫若作为研究对象，交了一份有关郭沫若历史剧研究的论文《郭沫若史剧研究：挣脱狭隘功利羁绊的曲折历程》。我当时对郭沫若并不感兴趣，随着这篇论文被《郭沫若研究》采用；该刊主持编务的黄候兴先生写来亲笔信，邀请我到北京郭沫若故居商谈修改意见；之后又邀请我出席在湖南举办的全国性的郭沫若学术研讨会；这篇论文还被收入《中国现代文学研究：历史与现状》（中国社会科学出版社 1989 年版），该书作者多是王瑶、樊骏、赵园这样的顶级学者。这一切对当时的我来说是极大的鼓舞，不仅改变了我对郭沫若的偏见，而且唤起了我对学术研究的热情和向往，促使我走向更为宏阔、更为高远的学术世界，并使我与中国现当代文学研究结下了更深的缘分。可以这样说，这篇论文是我学术研究的真正起点。

马文：中国现当代文学研究的领域不断拓展，您的研究涉及中国现代文学研究的多个方面，除了郭沫若研究、创造社研究以及五四文学研究，您的文学史研究同样取得丰硕成果，直到现在，您对于探索文学史叙述可能性的热望始终不减。我想知道的是，您的文学史研究是怎样开始的？可以请您简单梳理一下您与中国现当代文学史的关联吗？

魏建：我取得的研究成果还很少，但我探索文学史的热望始终不减却是真的。可以谈谈我的有关经历。我与中国现当代文学史的关联大致分为五个阶段。

第一个阶段是我上大学的时候学习文学史。40 多年前，由于特定历史的原因，当年的中国高校不像现在这么层次分明，那时许多"小庙"里都有"大神"，例如扬州师范学院的任半塘、山东师范学院的田仲济、开封师范学院的任访秋等。那时的许多师专里也有许多优秀的学者，例如当年教我中国现代文学史的刘增人先生，很多年前就已是《新文学评论》推介的新文学史家。尽管老师很优秀，但那时的文学史教材，今天说起来很可笑，教材内容很单薄，提到的作家非常有限。当时我和我的同学们知道李伟森、冯铿，却不知道有张爱玲、穆旦；知道沈从文但不知道他是作家，而是因为他提倡

"与抗战无关论"……那时我所了解的只是中国现当代文学史的冰山一角。

第二个阶段是我工作后参与编写文学史教材及相关的工作。1982 年，我任教的泰安师专和一些兄弟学校合编一本教材——《当代文学简编》，我承担了王蒙小说部分，这是我第一次参与编写文学史教材。当时我对文学史的理解非常肤浅，正如我所编写的教材内容也是很肤浅的。这期间，刘增人老师参加了山东师范大学冯光廉老师承担的项目，负责中国社会科学院文学研究所主持的"中国现代文学史资料汇编"（乙种）中叶圣陶、王统照、臧克家三个作家研究资料的编写任务。刘老师让我帮着他抄书稿。这项工作虽然很枯燥，但我收获很大：让我第一次走进了中国现代文学的文献史料世界。过去只是笼统地知道书籍、期刊、报纸是中国现代文学的主要载体，可是，我抄写这些资料文稿所看到的是：在书籍的封面、封底、封二、封三乃至插页上，在期刊的发刊词、终刊词或复刊词乃至有关启事上，在报纸的各类文章、文学专栏、专刊、特刊、预告乃至广告上，原来饱含那么多中国现代文学史上活生生的丰富信息。

第三个阶段是在 20 世纪 90 年代，我参编、合编、协助主编了几种文学史。这一时期我参与了几部中国现当代文学史教材和著作的编写，比如我和山东师范大学中国现代文学教研室多位老师集体编写的专升本教材《中国现代文学史论》（青岛海洋大学出版社 1995 年版）、孔范今教授主编的《二十世纪中国文学史》（山东文艺出版社 1997 年版）、朱德发教授主编的《中国现代文学史实用教程》（齐鲁书社版 1999 年版）等多部。在这些文学史教材和著作的编写过程中，对我帮助最大的是孔范今先生主编的《二十世纪中国文学史》和朱德发先生主编《中国现代文学史实用教程》这两部著作。在孔范今先生主编的《二十世纪中国文学史》中，我撰写了"新文学革命运动"和"渴望超越的艺术派创作"两章。孔先生是一位优秀的文学史家，在他的影响下，我的文学史意识明显提升，在撰写过程中能够把一些中国现代文学现象放到整个 20 世纪文学发展的历史进程中，用文学史的眼光观照这些貌似孤立的文学现象，并关注这些现象与现象之间的结构关系。在朱德发先生主编的《中国现代文学史实用教程》中，我担任副主编，这使我更深入地理解了朱德发先生的文学史理念和学术意图。在那些日子里，我几乎每天都被他深深地影响着。在这本教材的基础上，我总结了朱德发先生的中国现代文学史创新成果，在 2001 年先后获得山东省省级教学成果一等奖、国家级教学成果二等奖。

第四个阶段是 21 世纪初期，我开始独立主持文学史的编写。2000 年，山东省教育厅让我组织领导山东省五年制师范学校统编大专教材的编写工作，这包括中文专业所有的课程教材，即现代汉语、古代汉语、古代文学、现代文学、外国文学、文艺理论、写作……全都由我负责组织这些教材的编写工作。当然我不敢外行领导内行，所以我把更多精力用于与我关系密切的教材上。这套教材与以往同类教材的最大变化是我做了改革课程体系的尝试，主要是我主编的《中国文学》把中国古代文学、中国现代文学、中国当代文学三门课程打通了。打通后的《中国文学》教材分 7 册，共计 300 多万字，用更文学的方式呈现了从先秦至 20 世纪末的整个中国文学及其历史演变。这是文学史内容和书写方式的创新，因而是一次大胆的学术探索；这也是教学内容和课程体系的创新，因而也是一次大胆的教学改革的探索。此后，我又主编了多部中国现当代文学史教材，如我与房福贤教授主编的《中国现当代作家研究》（山东人民出版社 2001 年版），我主编的《中国现代文学读本》（齐鲁书社 2003 年版）、《中国当代文学读本》（齐鲁书社 2004 年版）等。此外，还有我协助蒋心焕先生主编了《中国现代小说美学思想史论》（江苏文艺出版社 2006 年版）等。2009 年，我被选入教育部"马克思主义理论建设工程教材"《二十世纪中国文学史》专家组，其间专家们几易其稿，可惜的是，这部文学史教材至今没有面世。

第五个阶段是近十年，我和山东师范大学中国现当代文学学科团队一直在探索现代中国文学史编写的多种可能性。近十年来，我主编及合作主编了多部文学史教材和文学史著作。其一是我和吕周聚教授主编的《中国现代文学新编》（高等教育出版社 2012 年版）。这本教材的探索方向是作为教科书如何叙述中国现代文学的历史发展。我们的做法是以文学现象为叙事线索，突出中国现代文学的本体化和经典化，实现在中国现代文学史叙述方式上的有效创新。其二是朱德发先生和我主编的《现代中国文学通鉴（1900—2010）》（人民出版社 2012 年版）。这不是教材，而是一部文学史著作。这部著作的主要探索方向是作为学术型的文学史，如何解决现代中国文学的叙述对象、叙述时空及其评价尺度等问题。我们的做法是努力在理论和实践两个方面使得现代中国文学史尽量全景式地呈现问题。其三是我现在正在做的《二十世纪中国文学主流》，它包括两套书系，一套叫"历史档案书系"，另一套叫"学术新探书系"，均由人民出版社出版。其中"二十世纪中国文学主流"的"历史档案书系"，除特殊情况外，均已出齐；"学术新探书系"大多数已经出版，明年全部出齐。"二十世纪中国文学主流"这个名称学界并不陌生，但作为一种学术型文学史著作的"另一种写法"，我们是做了很多探索的。

马文：您刚才强调了 7 卷本《中国文学》"是文学史内容和书写方式的创新，因而是一次大胆的学术探索"，具体指的是什么？

魏建：可以这么说，这套打通古今的《中国文学》是我拥有自己系统的新的文学史观的体现。在 20 世纪 80 年代初我刚刚参与编写文学史教材的时候，我和编写者的文学史观念基本一致：文学史就是作家、作品的历史。好像当时中国现当代文学史教材的编写者相当多的人都抱有这样的共识。所以，我们当时编写的文学史教材，其主要内容就是作家论，对作家的评介内容主要是分析这个作家的代表作品。后来，在参与《二十世纪中国文学史》的撰写过程中，我接受了孔范今先生的文学史观念，特别是他从历史的悖论性结构中寻求文学发展的内在机制的学术思想令我极为佩服，我尽力把它运用到我的文学史写作实践中。朱德发先生的文学史观同样对我产生了很大的影响，例如他在 20 世纪积极倡导中国现代文学的经典化，并把这一学术思想较早地落实到文学史的编写实践上。朱德发先生带领我们编写的《中国现代文学史实用教程》，与当时中国现代文学史教材最显明的区别就是，经典作家和经典作品在这本文学史中得到了空前的强调。

到了我主编《中国文学》的时候，我完全是在尝试我的一种新的文学史理念：时间上古今打通，呈现方式上尽可能用文学的形式还原文学的历史。我这样做，首先是因为当时中国高校课程设置的人为割裂："中国文学史"课程只是"中国古代文学"，把"五四"至 1949 年的文学称为"中国现代文学"，把 1949 年以后的文学称为"中国当代文学"，更有甚者，又分出第四门课程——把 1840 年至"五四"的文学称为"中国近代文学"。为此，我主编的 7 卷本《中国文学》打通了先秦至 20 世纪中国文学，突破了中国古代文学、中国现代文学、中国当代文学三门课程格局的人为壁障，为学生提供了对中国文学发展的整体性认识。我的另一个创新理念是"尽可能用文学的形式还原文学的历史"，这是针对以往的中国现当代文学史教材主要依赖理性文字叙述中国文学的历史发展。于是，我主编的《中国文学》着力于以文学作品、文学现象等感性形式还原中国文学的历史发展。我的整套书按照时间线索分了 11 编，每一编按照文学现象划分了若干个单元，每个单元由三个部分组成：文学史叙事，经典作品选，阅读和训练。这样就形成了一个按照从古至今的历史顺序，以文学现象为核心，历史讲述、作品诵读、写作训练相结合的全新文学史编写体例。一般的文学史教材，往往文学史是文学史，作品选是作品选，而在我主编的《中国文学》中二者是一体的，打开文学史就可以看到鲜活的文学作品。所以，我一直很看重这套教材。

马文：我现在有一个模糊的感受，是不是可以把您主编的《中国文学》看作您文学史研究道路上的一个转折点？2000 年以前，您主要是处在学习、摸索和沉潜的阶段，经过《中国文学》的实践与历练之后，您逐渐探索出相对成熟的、具有创见和超越性的文学史理念，然后将之倾注到您以后的文学史教材和著作之中。不知道这样理解是否妥当？

魏建：我没有具体思考过你提的这个问题，只能说：我现在也不成熟，依然在探索中。在我看来，学术研究从来都是一个不断积累、不断探索和不断推进的过程。回顾我年轻时候对文学史的认识，基本上是懵懵懂懂的，带有相当的盲目性，那时我对文学史的理解处在简单、肤浅的层面。后来，在一些优秀的文学史著作和优秀文学史家的影响下，我逐渐形成了自己的文学史观，也不断改变自己的文学史观；摸索到了一些文学史编写的方法和路径，又不断摸索新的编写方法和路径。从这个意义上说，将我的 7 卷本《中国文学》看作一个"转折点"也未尝不可。但是，我认为，文学史观很难说有什么优劣之分，左右不过是看问题的角度、立场和方法的不同。也就是说，文学史可以有很多种写法，我也希望大家一起探寻文学史书写的更多的可能性。

马文：说到探寻文学史书写的可能性，近十年，您主编的教材型《中国现代文学新编》、学术型《现代中国文学通鉴（1900—2010）》和大型学术丛书"二十世纪中国文学主流"，提供了三种不同的文学史写作形式。能不能请您分享一下您的想法以及具体编写过程中的经验和体会？先从《中国现代文学新编》谈起吧，"新编"一说的"新"具体体现在什么地方呢？

魏建：编写这几种文学史时的想法很多，也并不一样。经验谈不上，体会可以说。如果从王瑶先生出版于20世纪50年代的《中国新文学史稿》算起，中国现代文学史著作的编写已有近70年的历史。在这期间，出版了太多种中国现代文学史教材和著作，多到一时难以计数。然而，许多文学史书写的所谓"创新"，仅仅只是在叙述线索中变换了表达方式，或是在借助新理论的加持时借来了新的"外壳"。殊不知，量变并不意味着绝对的质变，为了某种观念而"新"，或是为某种逻辑而"新"的文学史著作很多，实质上的创新型著作并不多，因为创新的确很难。

我们山东师范大学的《中国现代文学新编》与同类教科书相比，并非刻意"求新"。从一开始，我们就提出以"求真"为第一追求，以"求新"为第二目的。那么，如何"求真"呢？我在该书的前言中说：我们选择了"去本质论""去逻辑化"，不再假设中国现代文学史存在某种"本质"，也不再推想中国现代文学的发展存在某种"逻辑"，而是致力于返回历史现场、返回文学现象的原生态。具体来说，我们的《中国现代文学新编》在体例上，力求以时间为顺序，以文学现象为单元，尽量还原中国现代文学自身的发展进程；在思想上，以"少一点哲学，多一点史学""少一点'六经注我'，多一点'我注六经'"为指向，尽量减少对文学历史原貌的人为"破坏"。在此基础之上，我们采用"去掉框架，留下本真"的方法，即去掉已有中国现代文学史著作所设计的外在的"框架"，只专注于现今高校开设的中国现代文学史课程应当讲授的内容，如"晚清文学改良""五四文学革命""鲁迅""为人生文学""青春文学""左翼文学""民主主义文学""救亡文学""延安文学"等作为教材的各个基本单元。与此同时，为了追求文学史书写的客观性，我们尽力去填补被以往文学史教材忽略的部分文学现象，比如对儿童文学创作的相对忽视等。我们的具体做法表现在以下三个方面。首先，在编写过程中，尽可能地及时吸纳、融入学术界最新的，且已得到公认的研究成果。其次，在具体内容的设置和叙述中，突出经典作家和作品，并在经典作家、经典作品中突出其独特性以及在中国现代文学史上的地位与影响。再次，在具体内容的写作中，尽力追求叙述的客观性，避免做过度阐释。总之，我们致力于在保证科学性和真实性的基础上追求创新性与超越性，进而抵达文学史书写的根本目的——历史真实。在"求真"的基础上，我们才"求新"。

马文：《现代中国文学通鉴（1900—2010）》开创了一种全新文学史编写体例，得到许多专家的充分肯定，荣获教育部颁发的高等学校科学研究优秀成果奖（人文社会科学）二等奖、山东省社会科学优秀成果一等奖。当时你们编写这样一部现代中国文学通史的学术动因是什么？

魏建：《现代中国文学通鉴（1900—2010）》（简称《通鉴》）这部著作得到学界的肯定，最大的功臣无疑是朱德发先生，我本人所做的工作主要是辅助他。这是一部尽力全景呈现现代中国文学发展的学术型文学通史著作。全书200余万字，分上、中、下三卷。编写这样一部著作是基于，在相当长的时间里，人们看到的中国现代文学史或中国现当代文学史著作，都是相对"残缺"的：要么只有内地（大陆）文学，没有台港澳文学；要么只是汉族文学，没有少数民族文学；要么主要是新文学，缺乏通俗文学，更没有旧体文学，如旧体诗、文言散文和文言小说等。因此，朱德发先生带领我和本学科同人试图构建一部更完整的现代中国文学通史——在时间上，上接19世纪的古代中国文学，下延展到21世纪初的当下中国文学；在空间上，尽可能地呈现现代中国的整体文学风貌；在文学创作本身，将高雅与通俗、白话新体与文言旧体等文学样态整合为多元一体的历史结构；在评判尺度上，采用各方都能接受的价值尺度进行评判和分析，从而在理论和实践两个方面解决现代中国文学史的全景式展现问题。

马文：现代中国文学纷繁复杂，创作主体、文学样态、文学现象和文学思潮多元而多变，所以，建构一部全景式的现代中国文学通史绝非易事。面对如此庞杂的文学形态，《通鉴》是以什么标准进行取舍和评价的呢？又是以什么线索将各个文学系统联缀成一个有机整体的呢？

魏建：你说到了问题的关键。书写一部全景观式的现代中国文学通史，是非常困难的。其中难题之一就是历史材料搜集整理的艰难，而融会贯通更难，因为这些材料数量庞大、形态多样，而且一直在变化中。但是，研究对象越是繁杂，越是需要找到一个具有普适性的评价标准。为此，朱德发先生为《通鉴》提出了"一个原则三个亮点"的价值尺度，即以人道主义为最高原则，以真、善、美为三个亮点的价值评估体系。现代中国的所有文学形态，在广义上，都离不了人的文学的范畴。任何民族、阶级、党派、地域的创作主体所创建的文学文本，无不是以人为本位，表现人性、人情、人道、人意的文学。但是，并非所有彰显人道主义或人文主义的文学作品都能入史，还需要辅之以真、善、美的标准进行考量，用真、善、美和谐统一的具体价值标准给出分析与评判，从而使不同样态的文学得到平等合理的待遇和公允科学的评价。

还有，作为一部现代中国文学的通史，《通鉴》面对内地（大陆）和港澳台、50多个民族、110年历史，自然不可能把形态各异的文学全部还原出来，更不可能只承认复杂便万事大吉，而是需要让复杂的历史变得既可信又可知。经过全面、细致的学术考察，从现代中国文学的历史混沌中归纳出"多元一体"的历史发展结构及其最重要的历史发展线索和最重要的文化或文学形态。因此，《通鉴》是由内、外两大历史叙述线索联通而成：一是以"人的文学"作为核心理念贯穿在各个历史阶段的内在线索；二是由"多元一体"文学结构所呈现的外在线索，即现代中国形成的政治文化、新潮文化、传统文化、消费文化等文化或文学系统与现代中国不同形态文学的横向联系，以及在不同历史阶段的不同展现。在此基础上，《通鉴》形成了明朗的编写体系：上卷从1900年到1929年，这是现代中国多元一体文学结构的形成期；中卷从1930年到1976年，这是现代中国多元一体文学结构的演化期；下卷从1977年到2010年，这是现代中国多元一体文学结构的拓展期。

马文：关于中国现代文学"起点"的问题，可以说是众说纷纭。您对中国现代文学的"起点"是怎么看的呢？

魏建：中国现代文学的"起点"问题，学界至今争论不休。那么，中国现代文学究竟是从何时开始的呢？归纳起来主要有六类观点。第一，"五四说"，这是学界时间最长、影响最大的一种观点。因为"五四"是一个宽泛的时间概念，所以又分为 1915 年《新青年》创刊、1917 年文学革命、1918 年《狂人日记》的发表等不同的具体时间标志。第二，"晚清文学改良说"。第三，"戊戌维新说"。第四，"言情小说起源说"，主要是以《海上花列传》的发表为标志。第五，"民国建立说"。第六，"海外起源说"，如北京大学的严家炎教授提出陈季同在法国发表的长篇小说《黄衫客传奇》应是中国现代文学的发轫之作。究竟哪一种观点更有道理呢？我觉得都有一定的道理，凡是存在的就具有存在的合理性。当然，这绝不是说所有观点都是同样正确的。我认为，与其纠结于某一观点的正确性，不如多关注每一种观点背后的合理性。

马文：我理解您说的关注每一种观点背后的合理性，但我不明白的是，您为什么不太关注哪一种观点更正确呢？

魏建：如果考试做单项选择题，考生只能选择一个正确的答案。这只限于考场上，在生活中很少有唯一正确的答案。具体到中国现代文学的"起点"，我不太关注哪一种说法更正确，除不存在唯一正确的选择外，假使真有所谓"唯一正确的选择"，这种单一的"起点说"有可能掩盖更重要的学术问题，即这一时期中国文学的历史转型和多元共生。

作为中国文学发展过程的一个组成部分，中国现代文学的"起点"问题，与中国文学和中国文化从传统向现代转型的问题密切相关。有些人认为，中国文学从古代到现代发生断裂了。他们所谓的"断裂"指的是原来的中国文学传统被作为旧的文学否定了，并且被深受外来文学影响的新文学取代了。但是，另外一些学者认为，中国文学没有"断裂"，而是发生了"转型"。"转型"意味着所谓新文学或者现代文学还是从古代传下来的中国文学，只不过在新的文化语境下转换成了另一种样貌。"转型"是一个过程，绝不是某一天、某一月，甚至不是某一年所能完成的。以上提到的中国现代文学六类"起点说"，不过是这"转型"过程中的一个个"节点"。弄清了每一个"节点"的合理性，才能更好地认识中国文学从古代到现代"转型"的内在机理。所以我说，与其纠结于某一观点的正确性，不如多关注每一种观点背后的合理性。

还需要说明的是，"转型"既包括古代的中国文学向现代的中国文学转换，也包括古代中国的文学向现代中国的文学转换。前者主要是指中国文学内部的转型，也就是中国文学自身的转型；后者主要是指现代民族国家语境之下的中国文学转型，也就是古代中国的文学向现代中国文学的转型。而现代中国的文学比古代中国的文学形态更丰富、内涵更复杂，既包含外国文学和文化的渗透，也包含古代文学和文化传统的承传；既包括汉民族的汉语文学，也包括少数民族的族语文学；既包括白话新诗、白话散文、新式小说和话剧，也包括旧体诗、文言文、章回小说和戏曲；既包括满足精英读者的严肃文学，也包括满足市民读者的通俗文学……总之，现代中国文学的一个突出特点是多元共生。这也是我看重多个中国现代文学"起点"的重要原因。

马文：您主编《二十世纪中国文学主流》的学术启发来自丹麦文学批评家、文学史家格奥尔格·勃兰兑斯的《十九世纪文学主流》一书。以此书作为学术参照，起码说明您极为认可这部著作。那么，您为什么如此推崇这部著作？它到底有什么独特之处呢？或者说，它的学术生命力来自什么地方？

魏建：100多年来，勃兰兑斯的《十九世纪文学主流》一直是我们现代中国文学研究界公认的文学史经典之作，不只是我或少数人推崇它。中国现代文学研究界给大家留下深刻印象的是，1907年鲁迅先生在写《摩罗诗力说》的时候就向中国人介绍了这位"丹麦评骘家"。鲁迅先生不仅是伟大的文学家、思想家，还是一位优秀的文学史家，他对文学史著作的鉴赏具有超出常人的水平。他撰写了《中国小说史略》《汉文学史纲》，不过，他很少向人推荐文学史著作。勃兰兑斯的《十九世纪文学主潮》（这是当时的译名），却是鲁迅先生主动向人推荐的为数不多的文学史著作之一。

勃兰兑斯的《十九世纪文学主流》作为一部文学史著作，从内容到形式，都是独树一帜的，这也是它的学术生命力之所在。据我所知，许多第一次阅读这部著作的中国学人，无不是大为惊叹：文学史原来也可以这样写！这种惊叹包括很多内容：文学史原来可以这样抒情！文学史原来可以写那么多的故事！文学史的行文原来可以这样自由地表达！文学史的结构原来可以这样任意地组合……当然，惊叹之余也少不了对这种文学史写法的将信将疑。但是，《十九世纪文学主流》作为文学史著作的经典地位始终没有动摇。究其原因，在很大程度上来自它所提供的阐释空间，但凡是经典著作都有可供不断阐释的丰富内涵。

起初，中国学者看重《十九世纪文学主流》，很可能是认同其革命主题和适合中国人的文学价值观，以及它对欧洲文学浪漫主义和现实主义这两大文学潮流的描述。20 世纪 80 年代《十九世纪文学主流》开始在中国走红，书中"文学史，就其最深刻的意义来说，是一种心理学，研究人的灵魂，是灵魂的历史"一度是中国大陆文学史研究界引用最多的名言之一，书中"处处把文学归结为生活"的思想原则成为当时中国文学研究者人所共知的文学理念。之后，书中标榜的"无拘无束、淋漓尽致的表现""独立而卓越的人类灵魂"的精神追求、比较文学的研究视角及方法更为中国的学术新生代所接受。近年来，中国学界对《十九世纪文学主流》的关注热情虽然有所减弱，但对它的解读更为多元，少了一些盲目的崇拜，多了一些客观的认知。正是在这种相对客观的解读和对话中，《十九世纪文学主流》给我们的启示逐渐增多。

总之，勃兰兑斯的《十九世纪文学主流》，总是能够不断地进入不同时期中国学者期待的视野。也正是因此，这部著作内涵的丰富性完全是由阅读建构起来的，换句话说，这是一部读出来的文学史巨著。我主编的《二十世纪中国文学主流》的学术起点，是以对勃兰兑斯《十九世纪文学主流》的高度认同为基础的，我和许多人的学术梦想就是想撰写一部这样的文学史著作。

马文：《十九世纪文学主流》和《二十世纪中国文学主流》中"主流"的含义是一样的吗？"文学主流"的衡量标准是什么？《十九世纪文学主流》对《二十世纪中国文学主流》的启发具体表现在什么方面？

魏建：勃兰兑斯的《十九世纪文学主流》，名为"十九世纪"，实际上书写的是十九世纪初至二三十年代的文学现象，最晚的才到 1848 年，并且仅限于欧洲的英、法、德三国，而且说的是"主流"，其实有些分册论述的倒像是"支流"，如"流亡文学""青年德意志"等。与《十九世纪文学主流》不同，我们将《二十世纪中国文学主流》中的"主流"界定为：以常态形式随着社会变化而变化的文学潮流。也就是说，所谓"文学主流"，不是先锋文学，而是新的常态文学。常态文学的发展，总是与读者紧紧结合在一起。例如，五四时期的启蒙文学是属于少数读者的"先锋"文学，所以不属于当时的"主流"文学，而这一时期的白话文学，因为适应多数读者的要求，成为晚清以来不断转化而成的常态文学，因而成为"主流"。

当然，勃兰兑斯的《十九世纪文学主流》也不是尽善尽美的。今天来看，我们对这部巨著有很多误读，所得观点有很多属于望文生义，还有很多重要的东西被忽略了。比如，其中独具特色的文学史研究方法就没有得到足够的重视。而我主编的《二十世纪中国文学主流》在文学史研究方法上，就从《十九世纪文学主流》中获得了诸多启示。

首先，我们在文学史研究方法上所获得的第一个启示是思辨与实证的结合。在我看来，《十九世纪文学主流》是将抽象思辨与具体实证结合在一起，并且结合得比较成功的一部著作。可是，迄今为止，中国学人谈论《十九世纪文学主流》，更多地看到了其思辨的一面而忽视了其实证的一面：过于渲染《十九世纪文学主流》如何哲学化地进行分析，如何高屋建瓴般将文学主流提炼出来，却大都忽视了这是一部实证主义倾向非常显明的文学史著作。众所周知，伊波利特·泰纳是主张用纯客观的观点和实证的方法解说文学艺术问题的最有影响的美学家、文艺理论家之一。勃兰兑斯非常推崇伊波利特·泰纳，他在相当长的时间里师法泰纳"科学的实证"的批评方法。在《十九世纪文学主流》中，勃兰兑斯将思辨与实证相结合，所以才能把高远的学术目标落实到脚踏实地的具体研究工作中，做到既有理又有据。这是勃兰兑斯的做法，也是前人成功经验的总结，尤其在当下中国学术界依然充斥"假、大、空"学风的浮躁氛围里，思辨与实证的结合更应成为我们在研究方法上的首选。

其次，在文学史的叙述方法上，我们获得的启示是将宏观概括渗透到微观描述中。《十九世纪文学主流》在宏观历史叙述与微观历史叙述结合方面做得相当成功。对此，勃兰兑斯在书中讲得很清楚："有许多作品需要评论，有许多人物需要描述，面面俱到是不可能的。只从一个方面来照明整体，使主要特征突现出来，引人注目，乃是我的原则。"然而，多年来，中国学者更多地看到了其宏观历史叙述的一面而忽视了其微观历史叙述的另一面。在

《十九世纪文学主流》中，勃兰兑斯的宏观历史叙述就是概括"主要特征"，其微观历史叙述就是凸显历史细节，包括许许多多的逸闻趣事，并通过"始终将原则体现在趣闻轶事之中"实现两者的结合。的确，《十九世纪文学主流》中的大多数章节都是从小处入手的，流露出对"趣闻轶事"的浓厚兴趣。然而，无论勃兰兑斯叙述的笔调怎样细致，他叙述的眼光并不是就事论事，而是从时代、民族、宗教、政治、地理等大处着眼，让读者从这些琐细的事件中看到人物的心灵，再从人物的心灵中折射出一个社会、一个时代、一个种族，乃至整个人类的某些东西。这就是《十九世纪文学主流》中一个个小事件中所蕴含的大气度。

再次，在文学史的结构方法上，我们获得的启示是以个案透视整体。《十九世纪文学主流》好像没有任何外在的叙述线索，看起来就是把英、法、德三个国家的六个文学思潮划分为六个分册，每一分册之间没有任何明显的逻辑关系。对此，勃兰兑斯做过两个形象的比喻，解说各分册与全书之间的关系。第一个比喻是："我准备描绘的是一个带有戏剧的形式与特征的历史运动。我打算分作六个不同的文学集团来讲，可以把它们看作是构成一部大戏的六个场景。"第二个比喻是："在本世纪诞生之初，我们发现一种美学运动的萌芽，这种美学运动后来从一个国家蔓延到另一个国家，在长达五十年之久的一段时期内……如果以植物学家的方式来解剖这种萌芽，我们就能了解这种植物复合自然规律的全部发育史。"第一个比喻强调这六个分册之间独立、平等、连续的并联关系，第二个比喻揭示了这六个分册之间发育、蔓延、生成的串联关系。这两个形象的比喻从不同的侧面说明，《十九世纪文学主流》的各分册与全书存在着深层的有机关联，看似孤立的每一个个案都具有透视整体文学运动的效用。

马文：您主编的《二十世纪中国文学主流》深受勃兰兑斯《十九世纪文学主流》的启发，那《二十世纪中国文学主流》有没有创新呢？

魏建：虽然创新很难，但我们必须去争取。如果我们的《二十世纪中国文学主流》变成对勃兰兑斯《十九世纪文学主流》的照搬或套用，就只能陷入东施效颦式的尴尬。《二十世纪中国文学主流》之于《十九世纪文学主流》，有继承，也做出了一些创新的努力。

创新之一是通过"地标性建筑"展现 20 世纪中国文学地图。

我们的《二十世纪中国文学主流》不仅追求像《十九世纪文学主流》那样在实证的基础上思辨、在微观叙述中显现宏观、通过个案透视发育的整体，我们还为以上所说的"实证基础""微观叙述"和"个案透视"找到了合适的"载体"。我对这些"载体"的比喻是：它们就像 20 世纪中国文学地图中的一个个"地标性建筑"。《二十世纪中国文学主流》将这些"地标性建筑"作为历史叙述的基本单元，我们对 20 世纪中国文学发展的重新阐释才能落实到操作层面。这些构成《二十世纪中国文学主流》基本叙述单元的"地标性建筑"，就是 20 世纪中国文学发展史上那些重要的文学板块，比如白话文学、青春文学、乡土文学、左翼文学、武侠小说、话剧文学、闲适散文、大后方文学、红色经典、新诗潮、新潮小说、女性文学、网络小说等。《二十世纪中国文学主流》是一部丛书，各分册由具体的文学板块组成，各分册与整个丛书的关系是分中有合、似断实连。所谓"分"与"断"，是要做好对每一个"地标性建筑"的研究。这样的个案透视，既能使实证研究获得具体的依傍，又能把微观描述落到实处；所谓"合"与"连"，是要在对一个个"地标性建筑"的聚焦中观测整个 20 世纪中国文学的历史嬗变。

创新之二是通过"历史档案"和"学术新探"两套书系深化 20 世纪中国文学史的研究。

勃兰兑斯的《十九世纪文学主流》的确给予了我们许多有价值的东西，但是，西方的学术资源无论具有多少普适性，对于解读中国的文学艺术、中国人的心灵，作用毕竟是有限的。在超越株守传统的保守主义、走向全面开放的今天，在超越盲目崇洋的虚无主义、畅想民族复兴的今天，中国本土的学术资源更要得到应有的重视并加以现代转化。

"我注六经"与"六经注我"一直是中国人文学术的两大传统。《二十世纪中国文学主流》力求将"我注六经"与"六经注我"相结合。这既是本丛书学术目标和学术规范的要求，也是本丛书特色之所在，更是《二十世纪中国文学主流》学术质量的保证。由于目前学界相对忽视对"我注六经"的研究，所以我们极力提倡在做好"我注六经"的基础上，再做"六经注我"。为此，这部《二十世纪中国文学主流》分为两套书系："二十世纪中国文学主流·历史档案书系""二十世纪中国文学主流·学术新探书系"。"历史档案书系"可称为《二十世纪中国文学主流》的"一期工程","学术新探书系"可称为它的"二期工程",出版这两套书系将有助于深化 20 世纪中国文学史的研究,其学术意义如下。

首先,单独出版"历史档案书系"无疑体现了对文学史文献史料的高度重视。这种重视既强化了文献史料对于文学史研究的基础作用,又传达出一种重要的文学史理念——文献史料是文学史本体的重要组成部分。通过对每一个文学板块的文献史料进行多方面、多形式的搜集和整理,展现这一文学"地标性建筑"的原始风貌,直接、形象、立体地保存了这一文学板块的历史记忆。这岂能不是文学史的"本体"呢?当大家看到《二十世纪中国文学主流》这两套书系平分秋色的时候,这种理念应是一望便知的。

其次,《二十世纪中国文学主流》的每一个文学板块都有"历史档案"和"学术新探"两部著作。二者的学术生长关系将会推动这一板块的研究,甚至整个 20 世纪中国文学史研究的深化。两套书系中的所有文学板块完全相同,即每一个文学板块是同一个子课题,比如,朱德发教授负责"'五四'白话文学"子课题,那么,他既要为"历史档案书系"编著"'五四'白话文学"卷的文献史料辑,还要在此基础上撰写"学术新探书系"中刷新"'五四'白话文学"问题的学术专著。前者既重建了这一文学板块活生生的历史现场,又为后者的学术创新做好了独立的文献史料准备;后者的"学术新探"由于是建立在"历史档案"的基础上,不仅能避免轻率使用二手材料所造成的史实错误和观点错误,而且以往不为人们所知的文献史料会帮助研究者不断走进未知世界,获得全新的新发现。所以,"历史档案"会成为"学术新探"不竭的推动力。

马文: 您多次提到"六经注我"和"我注六经",据我所知,您曾有五年多的时间忙于山东师范大学齐鲁文化研究基地的组建和领导工作,您对"我注六经"的关注和重视是不是与之有关?齐鲁文化的相关研究经历对您的中国现代文学史研究有什么影响吗?

魏建: 2001 年 3 月,山东师范大学齐鲁文化研究中心被教育部正式批准为省属高校人文社会科学重点研究基地,我被任命为基地的常务副主任,主任是王志民副校长。其实，齐鲁文化研究中心的组建工作是从 1999 年开始的，前前后后加起来，我有五年多的时间在忙这件事情。回头来看，我受命筹建齐鲁文化研究基地的那五年，也是我治学中极为关键的时期，既有失也有得。那五年我几乎没做中国现当代文学研究，这是失；得，是我学到了许多平常几乎不可能学的东西，思考了许多平常几乎不可能思考的问题，比如，齐鲁文化是两千多年前的古代文化，这就逼着我读了许多古籍，加深了对齐鲁文化和中国古代文化的认识，丰富了我的学养，还让我从研究古典文献、古代文学、古代史的学者那里受到了学术理念和研究方法的启示，发现了自己在文献史料方面的严重不足。古人治学从来就分两大派别："我注六经"与"六经注我"。在中国现当代文学研究领域，大都以"六经注我"为主，少有人愿意"我注六经"；而治中国古代文学的学者特别注重文献与史料，往往从"我注六经"做起。我当时受到的启发是，做文学史研究最好是既能做"六经注我"，又能做"我注六经"。对我来说，要弥补自己"我注六经"的严重不足。于是，从那时起，我开始关注文献史料研究，并取得了一些中国现代文学文献史料的研究成果。除此之外，我主编《中国现代文学新编》和《二十世纪中国文学主流》等文学史著作时，也强调了"六经注我"和"我注六经"并重的研究路径。

马文：其实，您在讲述的过程中，一直试图总结您的文学史理念，比如"作品本位""经典化"以及"六经注我"和"我注六经"并重等，但是，我发现，您一直在不断地更新文学史观念，寻找新路径、新方法，探索"重写文学史"的更多可能性。您对"重写文学史"究竟怎么看？您理想中的文学史是什么样的？

魏建："重写文学史"是 20 世纪 80 年代影响深远的学术思潮之一。它倡导全面更新文学史的内容和形式，摆脱以往偏狭的文学史观，对固有的文学史结论进行重新评价，打捞一些被遗忘的优秀作家作品，回归更真实、更完整、更文学的文学历史。在"重写文学史"思潮的影响下，文学史写作在一定程度上实现了一元化松解，并开始步入学术多元化。从 1988 年提出"重写文学史"以来，学界相继涌现出许多有创见、有超越、有影响的文学史类著作，比如，王一川主编的"二十世纪中国文学大师文库"，钱理群、温儒敏和吴福辉合著的《中国现代文学三十年》，孔范今主编的《二十世纪中国文学》，以及朱栋霖主编的《中国现代文学史（1917—2000）》等。但是，"重写文学史"的历史重任圆满完成了吗？换句话说，我们已经写出理想的文学史了吗？答案是不可能，因为文学史永远处在一个"重写"的过程中。

至于我理想中的文学史是什么样子，其实也不是固定的，随着我对文学史研究的变化而变化着。现在出版流行的文学史著作数不胜数，不管是叫"中国现代文学史""现代中国文学史""中国当代文学史""中国现当代文学史""二十世纪中国文学史"……还是别的什么名称，但是，绝大多数的文学史著作都是大同小异，切实做到观念更新和方法创新的并不太多，所以，我们在"重写文学史"的路上还有很长的路要走。从某种意义上来说，这也是我一直致力于探索文学史书写的新方法和新路径的原因之一。我只是想通过多种文学史书写方式的探索，传递这样的信息：文学史书写有太多的可能性，我们应该尝试从更多的角度和层面去探寻现代中国文学史的书写方式。就如朱熹所言："问渠那得清如许？为有源头活水来。"只有通过对旧有模式和既定结论的反思和挑战，提出新标准、新思路、新方法、新判断，才能使中国现代文学研究成为生生不息的"活水"，不断更新、发展、创造。

马文：除此之外，您还有哪些在文学史研究方面的治学经验，可以分享给年轻的学者吗？

魏建：一般来说，一个文学史研究者做得如何主要看两个方面：功夫和创见。

功夫是俗称，主要是指学术积累和学术工作量。如果说理工科学术研究的功夫大都是花在做实验上，那么，我们人文学科特别是文学史研究的功夫首先体现在文献史料的积累和掌握上，这包括相关文学作品原著的搜集、阅读和整理；也包括其他相关文献史料的搜集、阅读和整理，例如要阅读大量的原始期刊、报纸、散见的各种书籍以及有关的书信日记等，从中打捞钩沉史料；还包括对前人有关研究成果的搜集、阅读和整理。常常是搜集、阅读了好几天下来一无所获，但功夫深了。文献史料的功夫是做好文学史研究的前提。

当然，文学史研究最重要的目的是学术创新，这就要求研究者必须在文学史研究的学理上有所发现、有所创造。最高层次的学术创见应是原创，原创很难，也很少见，但不要觉得高不可攀。多数学者及其研究成果的学术创新形式是推陈出新，也就是在前人研究成果的基础上刷新前人的学术研究。推陈出新的方法很多，较为常见的有两种：一种方法是"修正／深化"型，即观点并非完全的原创，而是通过修正前人研究中的不足而形成更深入、更准确的文学史表述；另一种方法是"补充／丰富"型，即通过补充前人研究的缺失而获得对研究对象更丰富、更深入的认识。

马文： 非常感谢您能接受我的访谈，您的治学精神和治史理念将为年轻一代的学者提供珍贵的经验和启示。

魏建： 不敢当！谢谢你的采访，同时感谢《新文学评论》的约稿！

（原载《新文学评论》2021 年第 4 期）

见证与追问

——吴义勤的文学批评

黄发有

　　吴义勤，汉族，文学博士，1966 年 2 月 22 日生，江苏海安人。1995 年苏州大学博士毕业后赴山东师范大学任教。1995 年破格晋升副教授，1997 年破格晋升教授，1998 年被评为博士生导师。山东师范大学文学院副院长，省级重点学科中国现当代文学博士点学科带头人，山东省文化建设重点研究基地首席专家，山东省作家协会副主席，中国小说学会副会长，山东省当代文学学会副会长，中国当代文学学会理事。长期从事中国现当代文学特别是中国新时期文学的研究，出版著作有《漂泊的都市之魂——徐訏论》《中国当代新潮小说论》《文学现场》《目击与守望》等专著多部，主编《中国当代文学五十年》等，在《文学评论》《文艺研究》《当代作家评论》等重要刊物发表论文 200 余篇，其中有数十篇被《新华文摘》、《中国社会科学文摘》、人大复印资料《中国现代当代文学研究》等转载。科研成果获得教育部人文社会科学优秀成果奖、山东省社会科学优秀成果奖、山东省刘勰文艺评论奖、山东省齐鲁文学奖等各种省部级奖励近十项。2001 年荣获"山东省优秀青年知识分子"称号。

　　一个批评家对文学的参与，如果要真正地有益于文学的健康发展，那就必须将自己的生命投入其中，首先点燃自己然后才能照亮其批评对象。批评之饱受指责，正在于批评家隔靴搔痒、指鹿为马、牵强附会的言说，当批评沦落为获取名利的阶梯时，批评的人文使命也就在无形中被抽空了。一个批评家必须时时保持对自我的约束，只有首先对自己负责，然后才能对其面对的作品、作家、现象和思潮负责，只有首先对自己进行深刻反思，然后才能真正深刻地对文学进行反思。正如陈思和先生在为吴义勤的评论集《目击与守望》写的跋中所言："评论家与作家一样，他对文学的参与即是一种选择，以主体的有限投入来丰富文学的世界。"① 相对于文学发展无限的可能性而言，批评家个体全身心的投入也注定只能是渺小的、微不足道的。在这个意义上，不管是批评家还是作家，都是悲剧性的角色，就像精卫填海一样，既显得悲壮又显得荒谬。吴义勤在评论集《文学现场》的后记中说："生命中许多宝贵的东西都在不知不觉中流失，但是自始至终我都没有丧失对新时期文学的热情与信心……很难想象，如果没有生机勃勃的新时期文学，我会走上文学评论的道路，我会留下那么多或偏激，或冲动，或幼稚，或平庸的文字……它的粗糙，它的笨拙，它的稚嫩，它的鲁莽都是那样触目，那样令人惭愧，但它是真实的，它是我生命的记录、精神的胎记和心灵的旋律。"吴义勤的文学批评实践，难得的是在这种清醒中，用自己真切的生命体验去见证"文学的演进脉搏"，并在与文学共同成长的过程中，在宏阔的历史时空中反思历史展望未来。

从文本出发

进入 20 世纪 90 年代，文化批评日益盛行，审美批评逐渐淡出。应该说，文以载道传统和经世致用哲学的深入人心，使审美批评在中国始终是根基浮浅。80 年代前期，思想解放从文学实践中借力的现实，使社会学、历史学、政治学的视野在文学批评中占据主导地位。随着西方文学，尤其是现代派思潮的涌入，中国作家试图以形式探索来摆脱工具情结对文学的压迫，先锋文学的形式实验也带动了形式主义批评的繁荣。但是，随着文学在消费潮流的冲击下走向文化的边缘，洪峰、余华、苏童、叶兆言等先锋作家在 90 年代转向写实风格，极端化的形式革新在内外交困中难以为继，形式批评也相应地沉落。

90 年代初期鼓噪一时的"文学危机论"和文人下海风潮，使不少文学

---

① 陈思和：跋，载吴义勤：《目击与守望》，济南：山东文艺出版社 2001 年版，第 285 页。

留守者急切地寻找拯救文学与拯救自己的对策，在病急乱投医的情境下，呼唤日渐遥远的轰动效应成为一种普遍心态。为了使文学显得"有用"，能够养活自己，不少陷入困境的文学期刊开始拿出不少版面来刊登"广告文学"，一些在80年代呼吁文学回到自身的批评家也开始重提文学的现实功用。更为重要的是，许多文学工作者最为关心的不是文学有没有"用"，而是害怕自己在消费大潮中变得"无用"。因此，在消极的层面上，文化批评在90年代的复兴可以视为文学主体放弃自身的独立性，并试图借此重新返回中心的努力，批评的功利性、依附性、消费性得以充分显现。在积极的层面上，文化批评使批评从形式的象牙塔中走出来，重新获得了介入现实、批判现实的活力。遗憾的是，文化批评的卷土重来并没有补偏救弊，并没有与审美批评形成良性互动，而是压倒性地驱逐了审美批评的正常存在。文化批评的泛滥，以及批评主体对独立性的放弃，严重损害了批评的尊严。批评主体对自己的话语边界缺乏必要的限制，以一个专门家的学识进行全方位的、不负责任的"时评"，对于大而无当的"主义"的热情掩饰了面对"问题"的无能。批评在90年代的悲哀并非"失语"，而是缺乏节制的胡言乱语，是话语"失禁"。在实用主义的氛围里，小圈子批评、广告批评、文化酷评、媒体批评渐成气候，批评的独立品格日渐流失。对文学研究而言，最为难堪的是，认真读作品的人越来越少了，而且不读作品的人还可以理直气壮地在会议上发言，长篇大论地著书立说。不少研究"二十世纪中国文学"的论文，竟然可以只谈一两个作家的几部作品。许多对"九十年代文学"进行整体把握的文章，大多采用了聪明的"抽样分析"，断章取义，道听途说。

我个人认为，认真阅读作品是文学研究最起码的要求，也是批评主体对作品、作家和文学必要的尊重，更是对自己最起码的尊重。文本细读不仅是审美批评的起点，也是严肃的文化批评的起点。脱离了具体的文本，不仅无法研究文学的形式特点和审美品格，也无法研究外部力量对文学的影响与渗透。现在流行的文化批评，往往把文学作品的精神表达作为社会政治分析的文化依据。须知，严格意义的社会学、政治学分析必须通过解剖真实的案例进行分析与归纳，根据感性的、虚构的文学经验来介入社会现实，这固然使话语表达获得了更大的自由度，但是，其主观性、臆测性显然会产生误导作用①。

在吴义勤的文学批评中，最为值得重视的就是他对文本的重视。这种重视来源于他对文学作品的一种尊重，他在其第一部著作《漂泊的都市之魂——徐訏论》的后记中谈到他破灭了的小说家梦："我接触到了真正的文学……从而认清了少年时代那渺茫的文学之梦的浅薄。现在当我以这本理论研究的小书来总结和应答我那少年时代的梦想时，我那纯粹的小说家之梦是否为我这背道而驰感到失落和忧伤呢？尽管我自己觉得这失落和忧伤也是甜蜜的。"② 时常听到作家对批评家的奚落，认为批评家是搞不了创作才退而求其次，操起了批评的行当，而吴义勤并不避讳自己从作家梦转向批评实践的精神轨迹，这种谦卑反映出他对文学的真诚，他能从自身的体验中体会到创作的艰难，感同身受地发现纷繁复杂的现象、主体和文本中的生命底蕴，并在研究中穿插着与研究对象声息相通的文化自省。这样，作者对文学症候的判断就有了反躬自问的意味，而不是眼高手低地对作家和作品指手画脚。在《无语的反思：由缄默走向成熟》中，他说："文学的生命与作家的生命意识有着相当深刻的关系。作家固然是一个生命实体，而小说文本也随着构思、创作和阅读过程被赋予了成长的生命意味。小说家的生命意识最显明地体现在对作品中的人物塑造和生命力的颂扬。"而批评家的生命意识同样与文学的生命息息相关。也正是基于这种将心比心的理解与感悟，吴义勤面对批评对象时没有那种居高临下的傲慢，而是在相互尊重中进行双向交流的精神对话。

在《漂泊的都市之魂——徐訏论》中，他一开篇就说："文学史上常常有一种非常奇怪的现象：赢得了广大读者的许多作家，却得不到评论家的认同。评论家所把持的文学史毫不留情地把这些作家放逐出去，他们只好无奈地寂寞、沦落几十年。徐訏正是遭受过这种不幸的一位作家。"③ 在出手不凡的论断中，吴义勤表现出对批评责任的清醒理解，同时对文学批评的功能与误区进行历史反思。吴义勤对徐訏的重新发现，是对批评自身的祛魅与去

---

① 参见黄发有：《准个体时代的写作——二十世纪九十年代中国小说研究》，上海：上海三联书店2002年版，"结语"。

② 吴义勤：《漂泊的都市之魂——徐訏论》，苏州：苏州大学出版社1993年版，第243页。

③ 吴义勤：《漂泊的都市之魂——徐訏论》，苏州：苏州大学出版社1993年版，第1页。

蔽，将徐訏从传统批评观念的重重帷幕后面推到文学的前台，将批评的责任从种种外部束缚中解脱出来。也就是说，批评家在深入考究作家和作品的同时，也是对批评和批评家自身的反省、质疑与拷问："徐訏何以会赢得众多读者的欢迎？又何以会遭致批评家的冷落？他的艺术世界的这种真正魅力在哪里？在中国现代文学史上，他应居什么地位？这些问题都是我们今天研究徐訏所必须回答的问题。"①对于一个一度被作为反面教材的作家的全面论述，体现了一种还原历史的追求。徐訏的被遗忘，称得上是强势话语强力干预所造成的强制性遗忘，正如米兰·昆德拉所说："采访、座谈、讲话录、改写、改编、电影的、电视的。改写好像是时代精神，'会有一天已经过去的全部文化被完全重写，它将在它的改写本后面被完全地遗忘。'"②如果这种遗忘意志弥漫成一种社会综合征，社会就会失去记忆，不能或拒绝思考过去将对自己造成损害，丧失独立思考的能力。要超越过去，首先必须记住过去，而不是对当下的撒谎和遗忘。尽管知识分子寻找记忆的努力一如王小波的《寻找无双》中王仙客的处境，对于那些走失了的文化记忆，寻找回来的却往往与初衷相背离。而吴义勤对历史本来面目的追索，同样面临着严峻的考验，但在这种不妥协的姿态中，我们间或会遭遇答案。值得注意的是，吴义勤对于徐訏的论述没有先入为主的武断，而是以文本细读为前提，层层剥笋地切入问题的关键，如他所言："在对徐訏作品的反复阅读中，徐訏逐渐向我敞开了他的情怀，我们也就一部部作品地展开了艰难的对话。这种对话是如此艰难，也完全依仗着心灵的感觉与感应，我有时觉得写得很累很苦，但我最终还是完成了。"③通过对徐訏的《风萧萧》《江湖行》《彼岸》《时与光》等代表性作品和散文、戏剧、诗歌、文艺思想的深入解读，吴义勤立体而多元地揭示了徐訏作品的丰富性、复杂性与悖论性，其"通俗的现代派"的论断更是让我们看到了徐訏的文学世界和精神结构的内在冲突，这种低调的、不故作惊人的姿态，与此前文学史对于徐訏的简单化的、排斥性的、粗暴的、不容置疑的态度，形成了鲜明的对照。或许，我们永远无法恢复历史和记忆本身，但这

---

① 吴义勤：《漂泊的都市之魂——徐訏论》，苏州：苏州大学出版社 1993 年版，第 3 页。

② ［捷］米兰·昆德拉：《小说的艺术》，孟湄译，北京：三联书店 1992 年版，第 142—143 页。

③ 吴义勤：《漂泊的都市之魂——徐訏论》，苏州：苏州大学出版社 1993 年版，第 244 页。

种质疑性的、多元化的、包容性的视角，至少让我们看到了一种逼近真实的可能性。

吴义勤的新潮小说研究同样是建立在文本细读的基础上的。对于先锋文学的研究，一直存在着一个突出的问题，那就是生硬地照搬西方批评话语，用舶来的理论肢解本土的作品，而一些批评家往往是先验地确立自己的理论框架，然后牵强附会地对作家作品进行分类，贴上五花八门的理论标签，不惜以误读、篡改和歪曲等手段来满足自己的创新焦虑和"命名"冲动。在吴义勤的《中国当代新潮小说论》中，西方小说和西方文论同样是其最为重要的理论参照系，西方话语是其重要的批评工具，但是，由于作者对文本的重视，把对代表性长篇小说和代表性作家的个案分析作为其理论基石，这种理论路径避免了那种强制性的理论归纳与自以为是的逻辑推演。对于文本的忠实，甚至使批评主体在论证过程中出现了一些不容易被察觉的内在冲突与分裂。作者在对新潮小说的理论界定、历史演变、观念革命、主题话语和叙事实验等进行阐述时，我们不难感受到批评主体的某种迟疑："命名是困难的，我们常常会感受到一种事物的存在，却无法真实地言说这种存在。对于'新潮小说'来说，这种失语的尴尬就尤为令我们痛苦。"[1]一直以来，批评家努力的目标似乎总是打造一种刀枪不入、毫无漏洞的理论体系，忽略了抽象的理论与感性的体验之间的沟通和呼应，极力地掩饰自己在研究和论证过程中遭遇的困难与阻碍，很少选择文学发展过程中的反例对论题进行反证与质疑，对与论题相冲突的材料避而不谈，掩耳盗铃地自圆其说。其实，对任何一种有意义的事业来说，它必然不断地遭遇困难与挑战，没有难度的批评只能是没有创造性的、无聊的、不负责任的陈词滥调。因此，作为一种与文学共同呼吸的批评，它不可能是永远正确的绝对真理，而批评家存在的价值恰恰在于揭穿那些"绝对真理"的虚伪与空洞，批评的作用不仅仅在于那些理论成果，更重要的是批评主体在困难中探索的生命过程，批评家用自己的呼吸来实现自我，同时和所有的呼吸着的文学灵魂一起，活生生地印证着文学的存在与变化。正如吴义勤在《"历史"的误读》中所言："谈到文学的功

---

① 吴义勤：《中国当代新潮小说论》，南京：江苏文艺出版社1997年版，第1页。

能，通常强调的都是文学的审美、教育、娱悦功能，而绝少提到作家本体的自我实现功能。而在我看来，'自我实现'才是最基本的文学功能，它是其他如教育、审美等功能得以存在的基础。"对文学批评而言，同样只有在"自我实现"的基础上，批评主体才不会虚与委蛇，才可能真诚地投入，才可能为自己和文学负责。更为重要的是，这种"自我实现"并非功成名就、自欺欺人的圆满，而是一种在不圆满状态中向文学理想逼近的动态的、艰难的生命过程。

因此，那种真诚地袒露自己探索过程中的犹疑与困境的批评，与那些打磨得异常光滑的、表面上没有任何破绽的批评相比，更能够逼近人心，更能够给人以活生生的审美启迪。直面难以直面的现实，而不是制造美丽的谎言，这是批评家的德性，也是批评的伦理底线。在这种意义上，吴义勤对新潮小说价值的鼓吹显示了其渊博的学识、飞扬的激情和华丽的文风，只是这种气势宏大的理论建构，有时不免抑制了一些直逼生命深处的审美感悟的自由表达，或者说这些灵动的体验被汹涌的逻辑激情所遮掩，却在不经意间灵光乍现。让人欣慰的是，吴义勤的审美感悟并没有完全臣服于理性思考的要求。最为值得注意的是，在《中国当代新潮小说论》的"余论"中，批评主体被压抑的体验终于冲破理性的框架，以一种自我批判的向度喷薄而出，让我们切实地体会到了批评家在理论建构与生命体悟之间的两难与分裂："文学不再神圣也不再高贵，它切切实实地成了我们日常生活中的一种普通的文化消费品。我不知道文学这种轻而易举的民间化和普及化究竟是文学的成功还是文学的失落。也许这是我们这个时代文化转型期的必然成果。然而，当我在这个时刻面对先锋（新潮）小说的命运，总有一种无法遏止的黯然神伤。先锋派的民间性还原和通俗化转型这样一个文化事实我很长时间都不愿正视和承认。作为一个热心的先锋、新潮鼓噪者，我无法面对这个事实带给我的自我否定和自相矛盾。因此，很长时间都把有关这一事实的话语压抑在意识最深层而不愿捡起。但不管怎么说转型期的先锋派能在自我还原的同时完成对于先锋性和通俗性这水火不相容的文学两极的融化与嫁接，似乎仍然是值得言说并能赢得敬意的。这也就决定了在我们这个时代对新潮小说的转型和'蜕变'

进行批判是相当艰难的。"① 这种近乎幻灭的体验并没有摧毁批评家的信心，相反，它使批评家在痛苦的挣扎中变得成熟，使批评从飘浮在半空中的梦想还原为扎根文学大地的树木，刻骨铭心地感受着扑面而来的风霜雨雪，以自己的绿色净化着文学的生态，与周围的植被共同生长。批评不是一种权力，批评话语更不能成为一种文化霸权，批评不应该成为拒绝交流和排斥异己的号令，批评应该与文学和现实的苦难、局限、悖论共同呼吸，并且承担这些困难，批评应当是一种生命的存在与确证。

从"技术主义"到"人文技术主义"

在当代文学传统中，"写什么"成了许多批评家的基本批评尺度，而意识形态的干预，更使"题材决定论"成为一种具有权威力量的判断标准。在"十七年"和"文革"文学中，文学叙事手段受"三突出"和"两结合"观念的长期渗透，显得异常苍白和贫乏，叙事视角是清一色的全知叙事，叙事逻辑基本上遵循时序排列的因果逻辑，二元对立的阶级、路线斗争成为推动叙事的动力，客观性、进步性、必然性成为历史和"革命"的内在规律。在这样的历史背景下，文学从注重"写什么"到注重"怎么写"的转变，就并不单纯是技术问题，技术的革新同时意味着观念的潜在转变，使文学叙事冲破种种政治因素和审美陈规的束缚。正如卡尔·贝克尔所言："任何一个事件的历史，对两个不同的人来说绝不会是完全一样的；而且人所共知，每一代人都用一种新的方法来写同一个历史事件，并给它一种新的解释。"② 正因为此，吴义勤对于新潮小说的推举，异常重视其技术层面的突破："新潮小说所确立的美学原则使新潮作家对小说的理解迥异于主潮作家，即小说的关键在于其形式而不在于内容和意义。因此，他们关注的不是小说写什么而是小说怎么写。在这个问题上，新潮小说特别地在语言、结构、意象和文本生成过程等方面充分地施展了他们的才能。他们认为小说的形式和内容本质上是二

---

① 吴义勤：《中国当代新潮小说论》，南京：江苏文艺出版社 1997 年版，第 444—445 页。
② 卡尔·贝克尔：《什么是历史事实？》，张文杰编译：《现代西方历史哲学译文集》，上海：上海译文出版社 1984 年版，第 237 页。

而一、一而二的关系，形式就是内容，内容也就是形式。"① 任何一种叙事手段和文学形式都不可能不受到历史、社会和政治观念的侵蚀，在这种意义上，技术革新是从操作层面入手，提升文学观念和文学思维，从最基础的地方来对文学进行"换脑子"的艺术实验，新潮小说的主题表达与其形式革新密切相关，叙事手段的革命，既是新潮小说观念和主题变革的具体实现和实践载体，同时也为这些叙事目标的实现提供了基本保证。如吴义勤所言："我觉得新潮小说对于文学观念和文学思维的革命主要有两条基本线索，一是从'为人生而艺术'向'为艺术而艺术'的过渡。在这种过渡中新潮小说实现了它的辉煌，也蕴育了它的局限。一是把文学的革命从'思想革命'的阴影下解放了出来，从而真正在中国文学史上完成了一次完全和本质意义上的'文学革命'。"②

面对小说技术的革新，尤其是西方现代派小说对小说写法的颠覆性的贡献，我们不能再死守传统的观念，因循守旧地认为技术在文学艺术中是工匠的玩意，是末道。无可怀疑的，文学的写法是我们改变观念结构和思维模式的不可或缺的知识，写法的创新将发现那些被反复书写的题材背后的新鲜玩意。和传统小说单一的、僵化的模式相比，现代小说多维的、立体的视角体现了一种批判性的变革，它对追求整体化效果的全知叙事的本能的厌弃，体现了对全知叙事中那个来历不明的声音和俯视苍生的虚拟上帝的怀疑，它既是对历史成果的批判性接受，又是对自身的批判性反思，避免以权力话语践踏其他个体的话语权利，将叙事定位于一种个人化的言说，尊重其他言说方式的差异性和复杂性，而不强求一律。基于此，吴义勤在其《史诗的尴尬与技术的无奈》等论文中，格外重视新潮小说的形式变革，甚至认为中国文学艺术低水平重复的症结在于，"一是艺术观念艺术思维的僵化落后，一是技术素养的低劣"。在这样的视野中，吴义勤对那些拒绝吸收现有的先进小说技术的作品，总是充满了一种怀疑，从其保守的姿态中敏锐地体察到一种僵化的、守成的、定于一尊的思维模式，甚至从不同的小说技术路径中，洞见潜

---

① 吴义勤：《中国当代新潮小说论》，南京：江苏文艺出版社1997年版，第31页。
② 吴义勤：《中国当代新潮小说论》，南京：江苏文艺出版社1997年版，第35—36页。

在的意识形态意味。

在某种意义上，为新潮小说而激动时期的吴义勤，算得上是一个"技术主义者"，期望着出现一个"技术主义时代"。他说："新潮作家把关于小说写作的思路从'写什么'转移到'怎样写'之后，'叙述'的地位在新潮小说中被强化到近乎神圣的地步。西方近一个世纪以来的各种各样的文本操练方式都被新潮作家置入他们的文本中，中国小说写作的可能性和丰富性可以说是达到了空前绝后的程度。这一切既大大提高了中国当代文学的叙事水平，有效地促进了汉语小说在叙事和形式层面上与西方先进文学的接轨，从而改变了中国小说对于西方文学长期以来的隔膜状况；同时，也极大地刺激了中国作家和中国读者新的审美经验和新的阅读经验的发生滋长……就目前的中国当代文学来看，不仅新潮小说的文体形态有着鲜明的西方色彩，就是传统的现实主义小说甚至通俗文学作品在叙述层面和语言方式上也都不同程度地吸纳了新潮小说的文本'技术'，从而在'叙述'方面烙上了'新潮'的痕迹，这就充分证明了'新潮'叙述方式侵入中国当代文学的深广度并寓示了中国当代文学整体叙事水平的大幅度提高。某种意义上，中国当代小说艺术表现手段之丰富、小说叙述水平之高、文本形态之新颖都可以说达到了中国文学的前所未有的高度。因此，从小说技术这个层面上我们就可以看到新潮小说对于中国新时期当代文学的杰出贡献。"[①] 在这种阐释方式中，批评主体并不仅仅把小说技术革新看成一种工具改造，而是将之视为中国当代文学的土壤改良，是根除积弊的有效途径。值得注意的是，对于技术的激情并没有遮蔽批评主体的理性视野。吴义勤在为这种技术改良而鼓噪时，也痛苦地注意到了由此带来的"技术病"，新潮小说在沉溺于技术游戏时，也导致了"文本自恋与语言的泛滥""人文关怀的失落""当代性失语"等弊端。在《"生病"的小说》一文中，作者一针见血地指出了当前小说的"技术病""语言病""精神病"等症状，并反思了自己此前所提倡的技术路线的偏颇。

吴义勤对技术革新的反思，根源于技术主义与人文主义之间的相互渗透和相互排斥。形式游戏的泛滥，使许多作家陷入"唯形式主义"的泥淖，在

① 吴义勤：《中国当代新潮小说论》，南京：江苏文艺出版社 1997 年版，第 158—159 页。

超越世俗、远离现实的同时彻底地丧失精神的追求，不但越来越无法对现实"发言"，而且连起码的一点"反抗"姿态也变得麻木不仁，使小说变成一种多余的点缀。另一方面，批评家在注意到丧失精神追求的"精神萎缩症"的同时，也注意到那些打着"精神"的幌子，声嘶力竭地贩卖"精神私货"，把小说变成布道工具和精神容器的"精神妄想狂"，使小说失落了艺术的美感，成为观念的附庸和教化的工具，成为失去了其独立的审美本体的精神客体。基于此，吴义勤开始修正自己的批评观念，从一个"技术主义者"过渡为一个"人文技术主义者"。关于人文技术主义，剑桥大学克莱亚学院前任院长艾雪培爵士（H. E. Ashby）阐述了其富有创见的观点，他认为"技术是与人文主义不能分开的"，他不同于一般人把技术看成是摧毁心灵的、非人性的，而是将技术看成是有且必有人性作用的，并且是科学与人文两个文化之间最有力的媒介。他主张"技术人文主义"，要求今日的文化必须包括科学与技术，不懂科技文化者算不上是一个"完全的人"，同时强调人文科学必须成为技术教育的一个不可分割的组成部分①。将这种理论移用到文学批评领域，同样能够给我们深刻的启示：人文的滋养有利于抑制技术主义的机械性、物化特征与游戏色彩，而技术的支持能够有效提升人文境界，同时抑制那些偏执和极端的人文热情，使艺术含量与人性关怀相得益彰。

对技术两面性的考察，使吴义勤开始谨慎地反思二十世纪八九十年代移植西方小说技术的潮流，并且探索中国作家如何有机地消化西方小说技术的艺术途径，进而实现从技术崇拜走向不留痕迹的技术创新。这种思考是吴义勤走向成熟的艰难摸索，类似于"技进乎艺，艺进乎道"的自我否定过程。在敏锐地把握到新世纪中国小说"技术隐退"的新趋势时，作者有这样的深层反思："我们承认，这种技术的进步对于中国小说的意义，但是我们又不能忽视随之而来的另一个方面的问题，那就是这种'技术'和形式究竟是小说的阶段性目标，还是小说的'终极'目标？如果它是'终极'目标的话，那么我们又如何获得在小说创作上持久不断的创造动力？"②沿着这样的思路，

---

① 参见金耀基：《大学之理念》，北京：生活·读书·新知三联书店 2001 年版，第 48—50 页。
② 吴义勤：《目击与守望》，济南：山东文艺出版社 2001 年版，第 70 页。

吴义勤从在技术上近乎"无为"的小说中感受到一种特殊的技术含量:"这种'无为'却无疑更能显示作家的'内力'与'真功'。因为,夸张的形式和繁华的'技术'可能正是对作家局限与不足的一种掩盖,它有一种'藏拙''遮丑'的功效。相反,越是朴实的,越是简单的,才越是难以表达的,才会对作家的能力构成真正的考验。"[①] 从"技术至上"到"技术隐退",小说从繁复的形式演练走向简单的"本源美学",吴义勤的审美考察也从激昂走向内敛,从表象抵达本质。批评家和当代文学创作的进程共同成长,准确地把握了不同文学发展阶段的首要目标与潜在弊病。在二十世纪八九十年代,与西方文学长期隔绝的中国文学急需技术上的"补课",但这种阶段性的任务并非终极目标。正是为了避免技术上的矫枉过正,吴义勤敏锐地提出了超越技术的话题:"小说走向朴素与简单,并不是小说艺术上的倒退,而是一种艺术上的自我涅槃,是一个'否定之否定'的过程。在这个过程中,'技术'被内化、被升华成了真正的艺术血液与艺术需要,而一度被'技术'遮蔽、为'技术'所伤的小说本源性的美学力量则得到了复苏与唤醒。小说重新与生活、与现实、与人、与情感、与精神、与故事有了血肉相亲的直接关系,又重新获得了人学力量、现实力量、思想力量与情感力量的支撑。"[②] 作者在《告别"虚伪的形式"》中讨论余华的成功"转型"时,有着同样精彩的论述,倡导文学从形式的象牙塔中走出来,回归广袤的大地,根深叶茂地扎根于中国的现实沃土中,又以灵动的想象拥抱艺术的天空,像自由生长的树枝一样伸展着形式的智慧。

偏激的"技术至上"有舍本逐末的意味,但无视形式的宣言、喊叫、议论、说教会更加粗暴地伤害小说的艺术本体。鉴于此,在论述尤凤伟的《中国一九五七》的《艺术的反思与反思的艺术》中,吴义勤表达了对"裸露思想"的拒绝:"作家终究不是传道士,他同样只是世界的探求者、追问者,而不是真理的代言人。真正的思想性是引领读者一同思索、一同探究、一同警醒、一同'思想',而不是告知某种'思想成果''思想答案'。从这个意

---

① 吴义勤:《目击与守望》,济南:山东文艺出版社2001年版,第70页。
② 吴义勤:《目击与守望》,济南:山东文艺出版社2001年版,第72页。

义上说，小说中的'思想'从来就不是艺术的添加剂或附属物，它在一部小说中之所以是必要的，本质上正是因为它本就是艺术的一个必不可缺的因素，一个有机的成分。或者说，思想其实也正是艺术化的，它就是艺术本身。"①

思想的艺术化与技术的内在化，正是"人文技术主义"的灵魂所在。问题在于，人文与技术的结合途径以及相互间的制约关系，毕竟不是一个数学与物理问题，我们无法讨论其构成比例与分子结构，这不仅是对吴义勤的挑战，也是对所有批评家和人文知识分子的考验。在吴义勤的批评话语中，"可能性"是其关键性词汇，他以开放的、包容的、富于预见性的眼光，审视着包含无限可能性的文学发展状况和进程，注重对不成熟的、在困境中不断探索的文学力量的发掘与鼓励，善于从不完善的文学状态中发现那些寻求进步的潜在倾向。"可能性"对现实的不满足才能够发挥其创造性，才能够刺激文学的进步。"可能性"是文学永不止息地向前推进的内在动力，是一种容易被忽略的、潜在的新因素，它注重过程而不是结果。在这种意义上，"人文技术主义"同样是一种新的"可能性"。

（原载《当代作家评论》2003 年第 4 期）

---

① 吴义勤：《目击与守望》，济南：山东文艺出版社 2001 年版，第 270—271 页。

当代中国的学院批评

——以青年批评家张清华为例

孟繁华

　　进入 20 世纪 90 年代以后，如果把中国当代文学批评的主流称为学院批评，应该是大体不谬的。但需要说明的是，这一印象或概括不具有价值判断的意义。也就是说，我们所谈论的"学院批评"，不是在简单的"好"与"不好"的层面上谈论，而是说，进入 90 年代以后，当代文学批评的整体面貌所具有的学院批评的品格和特征。这一现象产生的背景是复杂的。但可以肯定的是，这一现象或潮流的产生，与 90 年代以来的文化环境和批评家的知识背景有关。一方面，"从广场到岗位"的知识界的自我期许是否合理已经不重要，重要的是它业已成为事实。八九十年代之交，当启蒙话语受挫之后，批评界离开了 20 世纪激进的思想立场，在寻找新的理论和话语资源的过程中，产生于西方学院的当代思想成果被不同程度地接受。另一方面，90 年代重要的批评家，几乎都是在这一时期完成了学院教育，并取得博士、硕士学位的。而这一时期，正是西方文化思潮在中国风云际会方兴未艾的时期。启蒙话语的受挫和西方文化思潮的涌入，不仅使彷徨的知识界获得了新的思想资源，同时训练了他们的思维方式和表达方式。中国的学院批评正是在这样的文化背景下形成的。

　　应该说，学院批评的崛起，改变了感性批评和庸俗社会学批评的盛行。学术性和学理性的强化，使庸俗社会学批评的合法性和合理性都遭到不作宣告的质疑。同时我们被告知，那个热情洋溢、充斥着单纯的理想主义和乐观主义的时代已经终结了。20 世纪 90 年代的知识界经过短暂的犹疑之后，进入了新的相对理性的时代。至于这个时代整体学术风貌体现出的特征和问题，不是本文所要讨论的。而学院是那些近代意义上的文化与文学思潮，是具有更新意义的现代性的和现代主义的文化与文学思潮，所以"启蒙主义语境中的现代主义选择"便成为 20 世纪 80 年代文学的一个基本的文化策略。[①] 这一分析显示了张清华宽阔的文化研究视野。或者说，先锋文学产生的文化背景和新一代知识分子的内心期待，在他的论述中建立起了历史联系。这种新的论证视角，不仅使先锋文学获得了新的解读方式，同时从一个方面揭示了中国知识分子的传统并没有发生真正的革命性的变化——旧的启蒙已经终结，新的启蒙却替代了它。我们是否同意这种说法并不重要，重要的是在这一宽阔的文化视野里，我们了解了张清华作为学院知识分子对 20 世纪以来中国思想文化史的准确把握，对包括先锋文学在内的当代中国现代主义文学与启蒙主义历史诉求的合理性推论。因此，即便是在先锋文学被谈论多年之后，张清华仍然以他锐利独到的见解深化了对这一文学思潮的研究。

对 20 世纪文学发生发展的文化背景的探究，是张清华文学研究和批评活动的重要部分。对这一背景的凝视和追问，显示了张清华明确的历史意识，或者说历史感。当"现代性"这个概念进入中国学术界之后，一方面它为我们提供了新的研究视野，使我们对历史的复杂性有了新的认识；另一方面，"现代性"作为一个所指不明、难以界定的概念，也突然使我们对历史的认识模糊起来，面对过去的历史叙事我们一时竟无以言说。这时，历史虚无主义便乘虚而入。但在张清华的研究中，我发现，他并没有追随这一学术时尚，他仍然以学院知识分子的方式坚持着对历史文化背景的追问或考察。在 20 世纪的历史叙事中，"启蒙主义"是一个无法回避的重大话题。它的重要性是由中国 20 世纪历史情境规定的，不仅是 20 世纪中国知识分子一以贯之的文化实践和精神期许，同时，即便在"启蒙终结论"大行其道的今天，启蒙是否已经完成，或对知识分子来说启蒙的文化传统是否已经断裂或终结，仍然是个变数。但值得注意的是，在张清华的研究中，"启蒙主义"作为 20 世纪激进的文化思想脉流的表意形式，不是作为价值判断提出的。当他从整体上概括了 20 世纪的文化本质在功能和实践意义上是启蒙主义的时候，他又分析、

[①] 张清华：《从启蒙主义到存在主义——当代中国先锋文学思潮论》，《中国社会科学》1997 年 6 期。

阐释了这一时段启蒙主义的差异性、阶段性甚至多重悖论。在他看来，"由于以现代化为指归的启蒙主义在中国的迟至性和当代性，因此西方近代以来自文艺复兴到当代数百年的文化思潮对中国而言无不具有启蒙的功效，而当中国人在巨大的'历史时差'面前急不可待将它们一股脑引进来的时候，它们在失去了内部的历史逻辑秩序的条件下必然会产生多向的共时性的逻辑悖反，以及本体与功能之间、逻辑与事实之间、愿望与结果之间的多重矛盾"。这些悖反性的问题就是："社会理性目的与现代主义方向之间的悖谬""现代启蒙与民族文化丧失（殖民主义文化命运）之间的悖谬""启蒙主义的正义性与西方近代文化霸权之间的悖谬""启蒙主义的未完成性和世纪末情境与后工业时代或商业文化的弥漫之间的悖谬"。① 启蒙主义招致的这一历史复杂性或悖反性，恰恰是由我们遭遇了西方缔造的"现代性"造成的。因此，任何一种在"真理意志"控制下的思想或思潮，总会遮蔽其他的问题，也会带来与愿望相反的问题甚至是负面的结果。因此，张清华面对"启蒙主义"的时候，他是在阐释学意义上谈论的。这样，"启蒙主义"在具有历史合理性的同时，也同样暴露了其历史局限性。②

在分析或考察 20 世纪文学的思想文化背景的时候，张清华显示出他坚实的知识背景和学术训练。他的研究不仅参照了当代中国思想史和学术史的研究成果，而且整合了叙事学、阐释学、符号学以及文学社会学和文化研究的方法，借助于相关学科的最新成果，他重新描述了我们曾经熟悉的历史，做出了新的"文化地理"的分析和考察。我们可以不同意他的某些看法，但他的这些"假说"显然给我们以有益的启示。因此，当"破坏"的性格成为 20

---

① 张清华：《返观与定位——20 世纪中国文学的文化境遇》，《文艺争鸣》1995 年 6 期。

② 张清华的很多论文都与启蒙主义相关，比如《十年新历史主义思潮回顾》《启蒙神话的坍塌和殖民文化的反讽——〈围城〉主题与文化策略新论》《抗拒的神话和转向的启蒙——对沈从文文化策略的一个再回顾》《黑夜深处的火光：六七十年代地下诗歌的启蒙主题》《关于 20 世纪启蒙主义的两个基本问题》等。他对这一话题的长久关注，一方面表达了他对深刻影响 20 世纪思想文化潮流的文化主题的深究与追问的执着，另一方面也反映了作为文化研究者的张清华内在的焦虑。在这个时代，知识分子如何实现自身的价值，如何实现自我确证，已经成为问题。不同的是，张清华的内在矛盾是通过对"话题"的关注得以体现的。在这个意义上说，张清华虽然出生于 60 年代，但他仍然没有摆脱中国传统知识分子的内心痛苦。

世纪重要的文化性格并仍在延续的时候，张清华理论和知识的"建设意识"是清醒而明确的。

作为一个当代文学研究的学者和批评家，张清华在对当代文学发生发展的文化背景进行分析考察的基础上，也做了大量的当代作家作品评论。他的这一有意识的选择，恰恰像古罗马宗教所信奉的两面人雅努斯：一面向着过去，一面向着未来。当然，对历史的清理和认识总是为了更准确地把握和理解现实。正是因为张清华有了对 20 世纪思想文化脉流的深入研究和了解，他的当代文学评论才有了更深厚的历史感和理论深度。比如他对余华、格非、苏童、叶兆言等作家存在或死亡主题的评论。这些作家虽然都可以概括在"先锋文学"的潮流中，但他们作为具体的作家又是非常不同的。如何在这些不同的作家创作中提炼出共同的东西，往往可以判断一个评论家的理论洞察力和概括能力。当关于先锋文学的叙事学研究告一段落之后，这一文学现象也逐渐变成了历史遗产，新的文学现象层出不尽，当代文学热衷于新现象的癖好，使先锋文学从显学的地位迅速冷却下来。但就在这时，张清华却对先锋文学研究中长久被遮蔽的问题提出了独到的看法。他考察了先锋文学存在或死亡的主题之后，发现了那里隐含的"死亡之象与迷幻之境"[①]。这一判断不只是受到海德格尔"生存论的死亡分析"的启示或影响，在张清华那里，他用实证主义的方法对上述作家的作品做了细致的解读。这篇论文的命名和它提出问题的方式，使张清华的评论上升到了艺术哲学的高度。更值得称道的是，在论述了这一主题合理性的同时，他也表达了如下看法：存在主义观念在使当代小说发生了深刻质变的同时，也给它带来了负面效应。由于作家大都在存在主义哲学思想的支配下沉溺于个人生命体验的书写，因此，小说的社会意蕴和触及当下现实的力量都发生了萎缩，作家本身的人格力量也变得空前弱小甚至病态。存在主义必将导致消极的感伤主义，以个体生命为单位的存在者的一切精神弱点，如悲观、沉沦、私欲、变态等，也必然反映在他们的作品中。庸俗社会学对先锋文学从来没有构成真正的批判，但这并不意味着先锋文学是不可批判的。张清华从存在主义的问题入手，揭示了先锋

[①] 张清华：《死亡之象与迷幻之境》，《小说评论》1999 年第 1 期。

文学存在或死亡主题尚未被揭示的问题，这应该说是他对先锋文学长期研究和思考的结果。

对包括中国当代文学在内的 20 世纪文学思潮的研究，使张清华的评论获得了历史的纵深感。在一段时间里，"断裂"一词曾给当代文坛以强烈的震撼，这是标示一代新人走向历史前台最抢眼的词组。一方面，"断裂"要将新一代人与过去区别开来，另一方面要强调他们和传统没有关系。但事实上这仅仅是一个策略性的表达。被称为"新生代"的一代作家，不要说他们和历史，就是和切近的先锋文学依然有不能"断裂"的文化血缘关系。张清华在论述"新生代"写作的意义时强调了这一点："从思潮性质的角度看，'新生代'仍是产生自 80 年代后期的关注当下生存的文学思潮的延续。对终极价值的怀疑，对生存意义的逃避，对现实和此在生存活动与场景的专注，对个人日常经验书写的热衷，这些都显示了他们对先锋小说与新写实的双重继承性及对其个体化、个人性视角的强化。"① 这种历史连续性对新生代来说并不是一种耻辱，而不顾历史事实，对横空出世的热衷和一味强调，可能恰恰是"断裂"意志真正的心理问题。因此，新生代与先锋文学的历史关系被张清华概括为"精神接力"是非常有历史感的。

张清华的文学批评涉及几个不同的领域。除文学思潮和小说作家作品论外，他的诗歌研究和评论同样别具一格。他的《食指论》、《海子论》、"文革"时期地下诗歌研究和世纪之交的诗歌观察，都给我留下了深刻的印象。就中国传统的文学批评而言，中国诗学研究是最为发达的。即便在 20 世纪 80 年代，诗歌研究也引领风潮，推动了中国多元文化的兴起。但随着文学市场化的日益加剧，诗歌创作和评论所承受的压力比其他文艺形式要大得多。另一方面，诗歌的影响力在越来越有限的情况下，其内部分歧却越来越尖锐，诗歌评价的尺度也越来越难以把握。大概越是在这样的情况下，越能考验一个诗评家的眼光或胆识。当《食指论》《海子论》发表的时候，诗歌界的"盘峰论剑"已经过去，剑拔弩张的双方已经壁垒分明。其诗学成果虽然寥寥，唯一可以谈论的可能就是被社会遗忘已久的诗歌，因传媒对分歧严重性的渲

---

① 张清华：《精神接力与叙事蜕变——论"新生代"写作的意义》，《小说评论》1998 年第 4 期。

染而重新引起了"奇观式"的关注。也正在这时，张清华发表了他上述诗歌论文。他选择的论述对象和他热情洋溢的表达，从另一个角度传达了他的诗歌观念。在论述海子时，他甚至难以抑制澎湃的激情："在我们回首和追寻当代诗歌发展的历史流脉时，越来越无法忽视一个人的作用，他不但是一个逝去时代的象征和符号，也是一盏不灭的灯标，引领、影响甚至规定着后来者的行程。他是一个谜，他的方向同时朝着灵光灿烂的澄明高迈之境，同时也朝向幽晦黑暗的深渊。这个人就是海子。"[①] 张清华对海子的赞颂就是他对一种"伟大的诗歌"的赞颂。海子去世之后，对他的不同评价几乎同时开始。对一个诗人的不同评价原本是正常的，但就中国当代诗歌而言，如果连海子都难以被接受或认同的话，当代诗歌还能留下什么，就不能不是一个问题。在我看来，《海子论》是张清华最好的评论文章之一。

如上所述，张清华是学院批评家，他理性和实证的批评与其他学院批评家一起改变了中国当代文学批评的面貌和格局，这一批评在 20 世纪 90 年代初期兴起的时候，不仅缘于特殊的历史处境，就那个时代而言，它同时意味着一种战斗和反抗。但毋庸讳言的是，当学院批评逐渐成为批评主流的时候，也越来越多地凸现出了它的问题。一方面是西方话语的整体性覆盖，我们自身的经验几乎难以得到真正的表达；另一方面，80 年代感性的、深怀理想主义情怀的批评，难道真的就没有可资借鉴或值得继承的吗？那一时代充满心性或性情的表达在今天已经荡然无存，我们会没有任何遗憾吗？在张清华的诗歌批评中，他偶尔会不经意地流露出对过于理性的某种修正，但就他的批评所表达出的整体风貌，我仍然对其过于理性的冷静感到有种难以言说的失落。当然，这个问题不是张清华一个人的。对他的某些批评，事实上也是对当下批评共性问题的一个检讨。

（原载《南方文坛》2002 年第 4 期）

---

① 张清华：《"在幻象和流放中创造了伟大的诗歌"——海子论》，《当代作家评论》1998 年第 5 期。

深耕与拓荒

——李宗刚学术研究评述

乔宇 刘勇

从踏上学术研究之路开始，山东师范大学中国现当代文学学科（以下简称"山师现当代"）的李宗刚就将文学、社会学、史学、教育学的交汇区域作为其学术研究的突破口。无论是对五四时期中国文学转型的宏观考察，还是对作家作品的微观分析，又或是对经典文本的重新阐释，他的论述都体现出一种宏阔的学术视野、严谨的考证方法和自觉的跨学科意识，这些学术意识与方法赋予了他学术研究独特的理论视角。对文学教育的持续思考、对史料建构的高度重视，对文学史书写的积极探索，都体现出他作为人文学者在深化研究和建设学科方面的担当意识。在与学科与时代之间更深层次的对话和互动中，他的学术研究在守正与创新中愈发体现出前沿的价值。

一、对中国文学教育的持续思考

李宗刚的学术贡献首先是在文学教育研究领域。他最初的学术起点是中国近代文学如何向现代转换这一问题，后来拓展到文学教育和五四文学发生学领域，在日积月累的探索中不断向前推进，逐渐建构起跨越"近代—现代—当代"三个时代文学教育的研究体系。在硕士研究生阶段，他就开始有意识地关注中国文学转型这样宏大而复杂的命题，在日复一日的摸索过程中，逐渐将五四文学发生学作为自己研究的出发点和支撑点。自2002年开始，李宗刚师从朱德发攻读博士学位，在此过程中，他选择从新式教育这一角度来切入五四文学的发生问题。2006年，其博士论文的主要部分《新式教育下的学生和五四文学的发生》刊发于《文学评论》第 2 期，这意味着他在文学教育研究领域的第一次发声便获得了学界的关注。不久后，他又在博士论文基础上继续完善，出版了《新式教育与五四文学的发生》（齐鲁书社 2006 年版）。该著从科举废除、新课程设置、教师群体、学生群体、公共话语、文学翻译等多个角度切入五四文学的发生研究，"多维度探察新式教育与五四文学发生的深微关系"①。在重返五四历史现场的学术旅途中，李宗刚从文学教育研究中获得诸多学术启迪，也观察到许多重要的学术现象。

他注意到自 20 世纪 80 年代以来，文学教育的研究伴随着大学研究而兴起，但是学者们关注最多的是知名大学文学教育与校园文学的个案研究，对于民国教育体制在整体上对教育产生的影响探索甚少。为了从更空阔的历史背景出发思考现代文学与现代教育的互动关系，李宗刚开始从"民国教育体制"入手探索教育在现代文学发生过程中的"机制性"作用。2010 年，他以"民国教育体制与中国现代文学"为题申报的国家社科基金项目获得立项，由此开启了"文学教育"研究的第二阶段。在这一阶段，他陆续发表了《文学教育与大学的文学传承》（《文艺争鸣》2011 年第 7 期）、《通俗教育研究会与鲁迅现代小说的生成》（《文学评论》2016 年第 2 期）、《民国教育体制下的鲁迅兼课及新文学传承》[《清华大学学报（哲学社会科学版）》2017 年第 5 期]、《民国教育体制与中国现代文学的奠基和发展》[《山东大学学报（哲学社会科学版）》2017 年第 5 期]等一系列研究成果，并于 2016 年以优秀的成绩顺利结项。2017 年，他又把对文学教育的关注拓展到共和国这一阶段，其设计的课题"共和国教育与中国当代文学"获得了国家社科基金的立项支持，2022 年，这一课题结项时又获得了优秀成绩。在这一段学术旅程中，李宗刚深入探究了民国教育体制从激进的"教育革命"转变为稳健的"教育制度"的过程，同时辩证地分析了民国教育体制与现代文学的关系。

他在这一时期发表的代表性论文《通俗教育研究会与鲁迅现代小说的生成》，便显示了他对民国教育体制与现代文学关系之"细节"的深度剖析。他在这篇论文中提出，《新青年》杂志并非中国现代小说的发生的唯一影响之

---

① 朱德发：《现代中国文学新探》，济南：山东人民出版社 2016 年版，第 317—318 页。

源，通俗教育研究会同样对中国现代小说产生了重要影响，新文学的产生是诸多历史合力共同作用的结果。从中国现代文学的发生来看，《新青年》以显性的形式把文学革命的诉求提了出来，并借助北大这一公共领域，迅即使文学革命成为名噪一时的文学运动；而通俗教育研究会则以隐性的形式把现代小说创作和翻译纳入自觉的文学诉求中，从理论上和实践上为现代小说的创作提供了保障①。他由此发出倡议，在现有教科书中增加一个章节，专门讲解通俗教育研究会之于五四新文学发生的作用，这一观点的提出对于改变中国现代文学史关于五四文学发生的书写版图具有重要意义。此篇论文在发表后引起了一系列反响，被人大复印报刊资料《中国现代、当代文学研究》2016年第7期全文转载、《新华文摘》网络版2016年第9期全文转载、《新华文摘》2016年第14期论点摘要、《高等学校文科学术文摘》2016年第5期论点摘要，还被翻译成日文在日本期刊发表。魏建等学者在评述该年度山东的现代文学研究时认为该文"不仅拓展了学界对鲁迅小说发生的认识，深化了对现代小说发生的认知，而且在研究层面上具有方法论的指导意义，是学界在鲁迅研究上的重大突破"②。《文艺报》认为："本年度鲁研界成果丰硕……李宗刚《通俗教育研究会与鲁迅现代小说的生成》等也颇多洞见。"③《中国文学年鉴2017》指出："清末民初的制度变革对新文学发生亦存在着不容忽视的影响，李宗刚《通俗教育研究会与鲁迅现代小说的生成》独辟蹊径，钩沉出通俗教育研究会这一特殊机构与鲁迅小说写作的内在关联。"④经过多年的深耕，李宗刚对既有的诸多结论有了进一步推进、对现存的研究盲点进行了再观照，也为文学教育研究领域带来了诸多创新和突破。

2021年，李宗刚的专著《民国教育体制与中国现代文学》由中国社会科学出版社出版。这意味着李宗刚在文学教育研究领域已经形成了自己相对独

① 李宗刚：《通俗教育研究会与鲁迅现代小说的生成》，《文学评论》2016年第2期。
② 魏建、郭晓平：《"本色的呈现和坚持"——2016—2017年山东学界中国现代文学研究综述》《山东师范大学学报（人文社会科学版）》2018年第5期。
③ 陈培浩：《2016文学批评：构建文学话语的中国视野和文化自信》，《文艺报》2017年2月15日，第2版。
④ 中国社会科学院文学研究所：《中国文学年鉴2017》，北京：中国文学年鉴社，2018年，第711页。

立的学术话语体系，在自由的学术王国中拥有了属于自己的一片沃土。不难发现，文学教育既是他学术生涯的出发点，也是促使其学术体系的建构实现跨越性发展的关键点，他从文学教育的维度，对中国现当代文学的生发和发展进行了全方位的纵深考察。文学与教育的互动关系，是一个非常复杂且具有相当难度的话题，也是一个富有持续生命力的学术增长点。李宗刚在这方面的研究，至少具有以下几个方面的意义。

其一，对教育问题的关注，显示出了李宗刚学术研究中强烈的问题意识，对于当下教育发展和社会文化建设具有启发作用。教育乃国之大计，国运的兴衰系于教育。无论是哪一时期，哪个民族，抓好了教育就等于奠定了民族发展的基石。教育不仅关乎一国政治、经济、文化、外交等方方面面的发展，也深刻影响着国民精神的整体风貌。文学教育更是以其独特的功能，在近现代社会历史变迁中发挥着不可替代的作用。从这点出发，不难看出李宗刚学术研究所蕴含的强烈的使命意识和浓厚的现实关怀。文学研究应当与时代社会的发展同行，这既是学术研究的应有之义，也是中国文学"载道"传统在当代的遥远回响。这就是说，"如果不花大决心与大毅力，将民国至今百余年来'一半断烂，一半庞杂'的纷繁的文学教育史理出一个头绪，不仅很难给予中国现代文学研究一个合理的入门路径，也无法真正'以史为鉴'，更不会对当下的文学教育工作以科学的精神引导"①。

其二，对文学教育的关注，更是一种方法意识的体现，带有方法论的意义，体现出李宗刚对学术研究路径的自觉探索。从教育的角度来研究文学并探讨二者之间的关系，既需要对具体问题有着深入的考察，也需要有一定的宏观视野。既要能够跳出现象看本质，也要能够透过局部观整体，这对研究者的学术能力是一个不小的挑战。将文学内部研究与社会背景、文化思潮、政治制度、教育体制放到一个平面上来探讨，势必会带来许多新的碰撞。他的这种研究思路，对于文学研究的"跨界"有着指导性的意义。文学是精神的体操，同时也是时代社会的影子。李宗刚将文学的发生与发展还原到广阔

---

① 李宗刚、金星：《民国文学教育研究的历史、现状与反思》，《北京联合大学学报（人文社会科学版）》2017 年第 1 期。

的历史空间去考察，跳出文学内部研究的纯文学机制，力争以史学叙事和美学叙事的结合来打通文学与历史的联系，建立起一个相对科学完善的文学研究范式。李宗刚在这方面做出的尝试与努力，足见其学术研究上的苦心。包括 2020 年出版的《现代教育与鲁迅的文学世界》（人民出版社 2020 年版）一书，同样也是他学术视野聚焦与跨界的又一次生动体现。将鲁迅研究统筹到教育这样一个维度和框架下展开，从现代教育的视野谈鲁迅与现代小说的生成，并且深入到鲁迅的文本世界，探讨教育之于鲁迅的意义，以及在文学史书写中鲁迅的形象及变迁。特别是其中涉及鲁迅讲课、讲演等历史情形，进行了富有条理性的梳理。这一方面显示出他治学的严谨与扎实，另一方面也为打开鲁迅的文学世界开辟出了一条新的研究路径。对此，李春林指出："李宗刚的全人全文其实贯穿着鲁迅的'立人'思想。……当年鲁迅强调'立人'，主要还是希望先觉之士（精神界之战士）唤醒民众的个性，唤醒他们人的自觉意识，通过立人实现民族的解放与强大。在李宗刚这里，所谓'立人'，更多的是一种自我追求和对研究对象的审视范式。他张扬自己的个性，将生活中的一切均作为展开自我人生和实现自我价值的途径与方式，'角逐列国'（领军学报，逆势成长即可作如是观），不断地超越自我（学术研究连续进入佳境），达到了主客体世界的同时自由。他实现了自我的全面健康的发展，关注并推动着社会的全面健康发展。""李宗刚深广的精神世界，乃是鲁迅思想和五四精神的呈现。""李宗刚强烈的使命意识和丰盈的情感世界，基于他对人的本质的认识，对人的生命的意义与价值的体认。"[①]杨剑龙则认为李宗刚"以跨学科的视域、史论结合的方法、多元创新的观点，拓展了鲁迅研究的视野，深化了鲁迅文学的研究，成为近些年来鲁迅研究重要的研究成果之一"[②]。

其三，对文学教育的关注，也体现出李宗刚在知识体系建构中的谱系意识。李宗刚最初的学术起点是五四文学发生学研究领域，从新式教育的维度

① 李春林：《一位人文学者的深广的精神世界——读李宗刚〈跨界的文学对话〉》，《东吴学术》2021 年第 6 期。

② 杨剑龙：《从跨学科视域探究鲁迅的文学世界——评李宗刚著〈现代教育与鲁迅的文学世界〉》，《中国语言文学研究》2022 年秋之卷。

阐释五四新文学的发生，由这一个点出发，在历时的纵向脉络上展开，有意识地勾连起新式教育、现代教育、共和国教育与现当代文学发展之间的内在关系，沿着这几条线索，分时期、分阶段，从教育的维度对整个中国20世纪的文学发展和现代教育发展之间的内在互动关系做了细致的分析，最终描绘出了整个20世纪中国文学教育发展的宏阔图景。由此可以发现，李宗刚的学术研究呈现出一定的规律特征，即所有的学术成果并非单独地存在，而是在原有积累思考的基础上持续深耕。在原有基点上对外拓展、不断推进，构成了20世纪中国文学教育研究的谱系。这一谱系从五四文学这个原点生成和衍生出来，逐步由"现代"延伸到"当代"，构成了源"远"流"长"的可持续发展状态。这些质与量兼具的成果反映了李宗刚研究本身的延续性和体系性，深耕广拓的轨迹也足以体现出他在建构知识谱系时的学术敏感与定力。

二、史料建构中的传承与突破

学术研究的发展离不开一代又一代学人的持续推进，这不仅是科学探索的内在逻辑，也是学术传承的一种体现。学术研究要想取得突破，一方面要注重学理性的阐释和新思路新方法的开拓，另一方面也要有足够的史料积累作为学术大厦的根基，才能"平地起高楼"。史料无法"说话"，但却蕴含着无限的"生机"，每一个新材料的发掘，都能生发出新的学术增长点来。如果说历史是一个任人打扮的小姑娘，那么史料则是用来打扮小姑娘的项链，是潜藏在贝壳里面的一颗颗珍珠。要想让历史露出真面目，首先要把史料的"眉目"清理干净，才能循着一个个"可疑之点"，一环又一环地推进学术研究。李宗刚的研究路径一方面得益于个人的勤奋，另一方面也受益于山东师范大学老一辈学人开创的学术传统。他所取得的一系列成果既是个人学术研究"厚积薄发"的表现，也是对其所从事的中国现当代文学学科"薪火相传"的学科传统的自觉传承。山东师范大学中国现当代文学学科一直拥有"重史料、崇学理与尊个性"的学术传统，学科不仅注重对现代文学原始资料的爬梳、整理与研究，也看重对现当代文学现象与作家作品的学理阐释。更为重要的是，学科对于学者的研究始终保持着"海纳百川"的包容态度，这使得学科的成果既有基础研究的厚重，也显示出较强的跨界和交叉特点。

　　翔实的史料加上抽丝剥茧的辩证分析，才能最大程度地还原历史现场，阐释出复杂的文学现象背后的规律，得出令人信服的、全新的学术见解。"重史料、崇学理与尊个性"的学术薪火代代相传，已经内化到山师学人的研究中；他们的研究，既有鲜明的个人特色，也深深烙上了山东师范大学一贯秉承的扎实、沉稳、持重的治学风格之烙印，李宗刚的研究也正是接下了前辈学者的接力棒，沿着这一轨道不断深入开掘。

　　作为山师中国现当代学科的第三代学人，李宗刚既是一位学科传统的自觉传承者，也是一位学科建设的无私奉献者。对此，有学者指出："资料之于研究的重要性不言自明。……如薛绥之的鲁迅研究，林非之于散文，范伯群之于通俗文学，孔范今之于现代小说……另如近年来李宗刚出版了多部（套）中国现当代文学研究资料……都是可圈可点的。"① 近年来，李宗刚始终笔耕不辍，在学术上保持着较强的活力。在史料整理方面，用力甚勤。在不到 10 年的时间里，便相继整理出版了《炮声与弦歌——国统区校园文学文献史料辑》（人民出版社 2014 年版）、《杨振声研究资料选编》（李宗刚、谢慧聪编，山东人民出版社 2016 年版）、《杨振声文献史料汇编》（李宗刚、谢慧聪编，山东人民出版社 2016 年版）、《郭澄清研究资料》（山东人民出版社 2016 年版）、《新世纪以来学术期刊研究资料》（李宗刚、孙昕光编选，山东人民出版社 2018 年版），《山东师范大学学报目录摘要汇编（人文社会科学版）》（贵州人民出版社 2019 年版），《多维视阈下的中国现当代文学》（山东人民出版社 2019 年版），《赵德发研究资料》（山东大学出版社 2020 年版），《穿越时空的鲁迅研究——"山师学报"（1957—1999）鲁迅研究论文选》（李宗刚、王沛良编，山东人民出版社 2021 年版），《山师学人与山师学报：教育学心理学研究卷》（山东大学出版社 2021 年版），《新时代学术期刊评价体系的建构与实践》（山东大学出版社 2021 年版），《山师学人视阈下的中国现代当代文学："山师学报"论文选：1959—2009》（山东大学出版社 2022 年），《山师学人视阈下的中国古代文学："山师学报"论文选》（山东大学出版社 2022 年版），《朱德发学术手稿选编》（上下卷，团结出版社 2023 年版）等

---

① 王兆胜：《中国现当代文学研究的偏向与调整》，《华夏文化论坛》2021 年第二十五辑。

研究资料。这些研究资料为日后的相关研究提供了便利。此外，李宗刚还协助他的博士生导师朱德发、硕士生导师蒋心焕完成了两卷本的《第三次国内革命战争时期解放区文艺运动资料汇编》（朱德发、蒋心焕、李宗刚编选，辽宁人民出版社 2018 年版）的出版工作，并且带领研究生撰写了资料性质很强的《〈新华文摘〉（1979—2013）文学作品与评论研究》（山东人民出版社 2015 年版）和《民国时期山东文学教育研究》（山东人民出版社 2020 年版）。每一部著作的问世都要投入大量的时间精力，文章的搜集、整理、校对与汇编每一个步骤都要花费大量的心血。史料工作是体力和心力兼用的工作，能保持几乎每年都有新著作问世，反映出李宗刚勤奋的工作态度和炙热的学术情怀。他的一系列资料整理和汇编，既能够做到结合自己的专长，同时也能够明显看出他对于山师现当代学脉延续和学科建构的自发与自觉，这一部部著作都是他耕耘多年的学术田地里结出的最丰硕的果实，也见证了他在文献资料整理方面所迈出的一个个坚实的脚步。

除了在中国现当代文学方面注重资料的搜集与整理，李宗刚还十分重视《山东师范大学学报（社会科学版）》（以下简称"山师学报"）的资料整理与研究工作，并主持编纂了 24 本山师学报文粹书系。这套文粹书系并不是对既有论文的简单移植，而是在设定的学术中心目标的引领下对文献进行重新的排列组合，力图通过文粹书系来折射 70 年来中国学术史的发展轨迹，由此搭建学报史、学科史和学术史"三史合一"的文献体系。

在一众史料成果中，最值得一提的是李宗刚与其指导的硕士生谢慧聪关于杨振声的文献史料汇编和研究资料选编。既有杨振声文集收录的文章仅 57 篇，《杨振声文献史料汇编》则增加到 110 篇，并且收录文章均为原始文献，有效确保了这项文献资料的整理工作遵循着尽可能贴近历史的原则。这两部文献史料的编纂，在中国现当代文学研究领域获得了不少好评。陈子善先生在其主编的《现代中文学刊》2017 年第 4 期封面上，以《山东人民出版社推出杨振声研究新著》为题专门刊出了这两本书的书影及介绍。李浴洋在评述 2016 年中国现代文学研究著作时，特别提及了杨振声这两本研究资料。正如李钧等人撰文指出的那样："杨振声研究系列资料的出版，使杨振声重回人们的视野，改变了文学史上对杨振声作品自 1987 年以来重复汇编的现状，填补了文学史上对杨振声研究资料尚属空白的现状，首次对散落各处的有关杨振声创作的文章、有关杨振声评论文章的搜集、整理、校对与汇编，是对杨振声研究的基础性成果、具有重要作用。"①

基于鲜明的史料意识和扎实的史料功底，李宗刚擅长在翔实的史料基础上建构学理化的阐释，既"重史料"又能"明学理"。原始资料整理是李宗刚在学术研究上有所创新的根基。李宗刚通过精读细研文献史料，从蛛丝马迹中找寻到其所蕴含的历史规律。从新式教育与五四文学的关系探讨开始，李宗刚不断追溯五四文学的发生原因，其研究逐渐形成了"社会说""教育说"和"家庭说"三个向度。尤其在后两个研究向度上，形成了令人耳目一新的观点，能代表其思考结晶的成果《父权缺失与五四文学的发生》原刊于《文史哲》2014 年第 6 期，后被《新华文摘》2015 年主体转载并作为封面文章。通过对李大钊公葬的资料发倔，得出了五四新文化同人在"分道扬镳"后又一次找寻到了他们的"交集"，说明 20 世纪 30 年代政治文化生态具有复杂性和多元性特点。②

在探索现代文学各类现象的过程中，李宗刚尤其重视透过现象看本质、作规律性的总结与解读。其代表性研究如《〈新青年〉编辑约稿与鲁迅现代小说的诞生》《民国教育体制下的鲁迅兼课及新文学传承》等不仅刊发于学界权威期刊，而且连续被人大复印资料转载。在对文学史中的重要作家及其思想进行研究时，他注重从个案比较中发掘背后蕴含的文化"基因"。如《孙犁与莫言：从认同走向疏离》《鲁迅与胡适"和而不同"的现代文化阐释》充分显示了他对中国现当代文化脉络问题的关注。尤其是《孙犁与莫言：从认同走向疏离》一文，被国内的人大复印资料《中国现代、当代文学研究》和《高校社科文摘》等全文或主体转载，还被翻译成日文刊登在日本学术刊物《亚洲文化历史》2020 年第 11 号。该文从孙犁与莫言之间从认同到疏离的关系作为切入点，回答了新时期以来崛起的一代作家的视野如何从中国扩

---

① 李钧、吴丽彬：《历史的勘探与现实的凸显——评李宗刚等编选的杨振声系列资料》，《潍坊学院学报》2017 年第 3 期。
② 李宗刚、陈志华：《公葬李大钊与二十世纪三十年代的政治文化生态》，《中共党史研究》2013 年第 5 期。

展到西方，并在文学创作上走出中国现代作家的文学创作的疆域、进而创造出属于他们自己的文学世界的这一共性问题。在资料的基础上，李宗刚还通过文学、教育学和编辑学的跨界研究，找到新的学术增长点。如他通过对孙犁编辑身份的辨析，指出孙犁以文学编辑的方式参与了中国当代文学的发展进程。

传承着"重史料"和"崇学理"的学科传统，李宗刚在个性化的研究中一次又一次关注了中国现当代文学研究中的基本问题，得到了学术界的认可。他把学术研究创新奠基于丰盈的原始文献资料基础上，注重在既有文献资料整理的基础上继续往前拓展，又注重最大限度地还原文献的初始版本的面貌，还从既有文献史料中发掘出了一些不大为人关注的新观点。

三、文学史研究的"拓荒"意识

在文学史的书写与研究中，李宗刚有着自己独特的文学史观。他认为文学史的天空中，永远没有不发光的星星，学者的使命是努力发现它们的光芒并使之汇聚。在现当代文学史的研究中，李宗刚注重以个性化的研究深化拓展文学史的固定疆域，由此形成了文学史研究的拓荒意识。他在 2014 年出版的两部文学史便是这种"拓荒"意识的体现。

《中国现代文学史论》（山东人民出版社 2014 年版）可以说是李宗刚在其一直关注的五四文学发生学领域的一次更为全方位的深度学术探险，上篇"中国近现代文学的转型研究"以他所熟悉的五四文学为起点，推展到整个中国现代文学史。中篇"中国现代作家作品研究"则选取鲁迅、李大钊、巴金、丁玲、胡风、张恨水等个案为支点，通过对其个人际遇、创作历程、文学品格等多重内涵的精准解读，串联起了整个现代文学的发展历程。在研究对象的选取上，并未按照大多数文学史"排座次"式的方式进行重要作家专章论述，更多是以一种整体观照的视野。尊重不同创作向度、风格及时代背景，注重体现出作家独特的个人风格。尤其是对于李大钊与 20 世纪 30 年代政治文化的专章论述，令人耳目一新的同时不得不感叹其治学思路的独辟蹊径。下篇"中国现代文学史书写理论与实践"则将学术视野收拢到几个关键理论问题上，别出心裁地探讨了诸如"马工程"教材的编纂、文学史主体对象的选择、儿童文学理论的建构、期刊辑校等一些具有挑战性的话题，并且在附录中对学术期刊评估等现存问题给出了合理化建议，这些成果大都是对他在担任《山东师范大学学报》主编时所面临的现实问题的思考和回答。值得肯定的是，李宗刚从期刊理论建设出发，还延伸到文学研究领域，对孙犁、刘心武等人的文学创作从编辑维度进行了解读，从而初步实现了跨学科的融会贯通。可以说，李宗刚以独具个人化的观察视域和多年的学术积累与思考，完成了他对中国现代文学史的重新梳理和解读，努力建构自己的文学史研究及写作理论体系的同时，为当下文学史写作提供了新的思路和借鉴。

如果说《中国现代文学史论》是李宗刚在严谨史料的基础上探索文学史的基因密码，那么《中国当代文学史论》（山东人民出版社 2014 年版）则是李宗刚在文学史领域的一次"有勇气"的尝试。之所以称其"有勇气"，是源于作者对这部文学史从整体架构到具体行文、再到个案选取的考量。多年来，李宗刚的治学方向主要是在现代文学领域，却著有一部当代文学史论。不得不说，这是一次勇敢的"眺望"。翻看这本文学史论的内容，不难发现，李宗刚的这次"跨越"，并不是一次心血来潮的冒险尝试，而是有着深厚的积淀和充分的准备的。这部文学史是以一种"点、线、面、体相结合"的写作思路来完成的。整体关照与局部突破的研究方法是整本书的亮点，作者将大量的文学"现象"和"作品"，还原到"历史"发展的脉络中，采用"史论结合""史论互证""以史代论"的方法，寻求文学史解读的一种整体视野。这种研究模式突破了以往偏重其一的研究范式，尤其是对一些个案的解读，往往能够跳出以往的研究路径，注重在"历史"的宏观背景下来观照文学现象本身发生和发展的轨迹，从复杂的文学现象中概括出一些高度抽象的文学规律，并且在此过程中对诸多重要的文学现象逐一作出科学的评价与重估，提出了许多富有创见的见解，对当代文学研究有着重要的理论借鉴价值。尽管这是一次"跨界"的尝试，但也正因如此，使得他对文学史的解读有了更为自由的言说空间。下篇第六章对郭澄清的专章"打捞"，第九章中对于电影导演代际研究与第十章对影视作品的解读，均体现出李宗刚在当代文学经典化建构过程中的积极尝试和努力。

李宗刚从中国现代文学出发，进而把研究领域拓展到中国当代文学，既与其在学术上的自然成长有关，也与导师引领和课题需要有关。对此情形，朱德发曾有过这样的介绍："记得博士论文开题报告时，宗刚的论题范围是环绕着五四文学发生学展开研究的，而从何角度切入则是决定本论题能否出新的关键一环，不过当时并未选好；与此同时他承担的省社科规划项目"现代中国文学英雄叙事论稿"的'十七年'文学英雄叙事的十几万字的撰稿任务，亦要求突破出新，不能老调重弹。这两个科研课题之间的差异又太大，不论逻辑框架、理论观点或者资料搜集、整理辨识都不能互相贯通与彼此借鉴，实际上是在不同思路轨迹上同时完成着两个课题，这越发增加了研究的难度。"① 这就是说，李宗刚在攻读博士学位期间的学术研究循着两条路径往前推进，一是新式教育与五四文学的发生，二是中国当代文学的"十七年"文学的英雄叙事阐释。这两个看似关联度不大的课题，在 2017 年得到了贯通：从教育视角来解读中国当代文学。如此一来，李宗刚便把 20 世纪中国文学置于文学教育的整体视野中加以观照，从而为他进一步研究文学教育与 20 世纪中国文学的关系打下了良好的基础。

李宗刚由中国文学从传统向现代的转换出发，逐渐地把晚清文学、五四文学以及"十七年"文学、新时期文学贯通了起来，这自然就促成了他的文学研究在自觉与不自觉中具有了史的意识。从既有的文学史书写实践来看，李宗刚参与了魏建等主编的《中国现代文学新编》（高等教育出版社 2012 年版）编写工作，该教材在"新编"上下了很大的功夫，为此，他们遵循着去芜存精的原则，"'去掉框架，留下本真'，即去掉已有中国现代文学史著作所设计的外在的'框架'，只专注于当今大专院校普遍开设的中国现代文学史课程必然涉及的内容"②，这一点在由李宗刚撰写的第一、第二章中有所体现。李宗刚分别撰写了晚晴文学改良和早期言情小说，这是过去的文学史没有给予足够重视的内容。这一文学史写作实践对李宗刚确立自我的文学史观有一定的作用，那就是他在此后从事研究时，晚清文学就会成为他审视中国现当代文学现象的一个重要坐标，从而使他的学术研究具有历史纵深感。

---

① 朱德发：《新式教育与五四文学的发生》，济南：齐鲁书社 2006 年版，序。
② 魏建、吕周聚主编：《中国现代文学新编》，北京：高等教育出版社 2012 年版，前言，第 2 页。

李宗刚不仅形成了时间维度上的文学史观，还逐渐培养了空间维度上的文学史观，这便是他提出的建构起一个可以整合起港澳台文学在内的"现代中国文学史"。朱德发曾经倡导过"现代中国文学史"[①]的概念，并组织相关学者撰写了《现代中国文学通鉴》（人民出版社 2011 年版），其在空间上也涵盖了台港澳文学。但是，如何把包括中国大陆（内地）和中国台港澳的文学在内的现代中国文学，整合到一个完整的文学史体系中，还有许多理论问题需要探讨。李宗刚对此提出了自己的文学史观，那就是"把大陆文学和台湾文学纳入一个宏观的历史发展脉络中，尤其是从'现代中国'的视点出发，既不再是简单地把大陆文学当作衡量台湾文学的维度、也不再是简单地把台湾文学当作衡量大陆文学的维度，而是用'现代中国文学史'的概念，来重新整合大陆文学和台湾文学，勾连出现代中国文学史发展的内在关联"。正是由此出发，李宗刚认为："现代中国文学史，理应以现代中国为文学演变的空间维度，对大陆文学、台湾文学进行系统阐释，这需要我们站在'一个中国'的立场上，以'九二共识'为基点，强化世界上只有一个中国，中国文学的完整不容分割，大陆文学和台湾文学同属一个中国文学。"[②] 这就是说，李宗刚对现代中国文学史的认识开始逸出了既有的文学史疆域，试图站在历史高度重新审视大陆和台湾的文学发展史，并由此提出了新的文学史书写愿景。

近年来，李宗刚循着已经建构起来的研究脉络继续探索，以求真的精神和怀疑的眼光重审文学现象，由此对于文学史规律有了新的认识。如《孙犁与莫言：从认同走向疏离》一文发掘出孙犁与莫言之间潜在的关联，揭示出 20 世纪中国文学的代际更替在历史嬗变中悄然展开的方式[③]；《文本的生产与文学经典的诞生——基于〈阿 Q 正传〉文本生产过程的历史考察》从鲁迅的生活史入手，还原了《晨报》副刊编辑孙伏园通过催稿等方式影响《阿 Q 正传》文本生产的过程以及"边写边发"的现代报刊连载方式和由此带来的

---

① 朱德发：《现代文学史的书写理论与实践》，济南：山东人民出版社，2010 年版。
② 李宗刚：《文学史对历史转捩点书写的纠结与突围》，《理论学刊》2011 年第 10 期。
③ 李宗刚：《孙犁与莫言：从认同走向疏离》，《文学评论》2019 年第 2 期。

"反响—回应"模式①，为解读文学经典的生成提供了一个新视角；《鲁迅与胡适"和而不同"的现代文化阐释》在文学史的视野中重审鲁迅与胡适的关系，聚焦于"和而不同"这一文化现象背后，鲁迅与胡适作为觉醒了的"真的人"在确立了现代文化理念之后获得的"主体性"，由此发掘出五四新文学在其后的继承与发展规律②；《教育的多元性与当代作家文学创作的复杂性——以柳青创作的〈创业史〉为例》关注到在现代教育发展的过程中，广大的乡村被夹在现代教育与传统教育之间，柳青作为从农村走出来的作家，其个性解放意识呈现复杂的态势，而这直接反映了现代教育的多元性特征，也导致了柳青的作品既有对五四新文学传统中个性解放主题的深层皈依，又有传统教育制导下的个性压抑，由此阐释出《创业史》的多重文学史价值和意义③。这些研究，都体现着他突破既有文学史叙述框架的"拓荒"意识。

四、结语

李宗刚自觉传承着山东师大中国现当代文学学科"重史料、崇学理与尊个性"的学术传统，他的一系列学术成果不仅是其个人学术成长的坚实印记，也构成了20世纪90年代以来中国当代学术发展史中的一个音符，既反映出改革开放以来学术研究领域百花齐放的盛况，也体现了学科建设与学科传统对文学研究的重要影响。

[原载《山东理工大学学报（社会科学版）》2024年第2期]

---

① 李宗刚：《文本的生产与文学经典的诞生——基于〈阿Q正传〉文本生产过程的历史考察》，《东方论坛》2022年第2期。

② 李宗刚：《鲁迅与胡适"和而不同"的现代文化阐释》，《北京师范大学学报（社会科学版）》2020年第5期。

③ 李宗刚：《教育的多元性与当代作家文学创作的复杂性——以柳青创作的〈创业史〉为例》，《东北师大学报（哲学社会科学版）》2021年第5期。

邂逅，便是一种缘

——我与山东师大

子　张

　　生命旅途中往往有令人意想不到的邂逅，所遇有时是人，有时则是学校、单位或居住地。而无论是某人、某地还是某种特殊的时刻，又常常会不同程度地改变个人自以为不可改变的命运或生命轨迹，说来真是不可思议。

　　我与山东师范大学，就有着这样一层既在意料之外又仿佛前生注定的因缘。

一、师生缘

　　而某种缘分，其实早在你完全意识不到的时候就发生了。

　　现在只能通过追忆来说清这一点。1979 年高考后，我在填报志愿时第一次注意到不同大学的性质与层次。拿山东来说，山东大学层次最高，是综合性大学，接下来的山东师范学院（后改为山东师范大学）、山东工学院或山东农学院，层次差不多，但性质各有不同。如果我能考入上述任一学校，都能大大满足自己的虚荣心。而最终不"选择"这些学校，却并非不想选，乃是分数达不到。故而当我无可奈何地到离家仅有百里之遥的泰安读师专时，内心的感受着实有点复杂。

　　未能去山大、山师读书，却似乎间接地与山大、山师以及曲师（曲阜师范学院）有了关联。因为，泰安师专中文系的老师，除个别出身北师大等外省高校，大都毕业于二十世纪五六十年代的山大、山师和曲师。所以从某种意义上，似乎也可以把泰安师专理解为前述三个学校的"泰安分校"，层次

---

① 子张，本名张欣，山东师范大学中国现代文学助教进修班，现为浙江工业大学人文学院教授。

低了一级而已。

在泰安师专读了一个学期后的寒假中，我去莱芜一中看望高中班主任隋庆云老师，谈话中说到刘增人老师讲"现代文学课"的事。不料隋老师听到"刘增人"三个字，便叫我稍等片刻，起身回了里屋。过了十几分钟，隋老师递给我一封她刚刚写好的信，说："刘增人是我大学同班同学，你开学后拿着信去找他吧！"我这才知道，隋老师、李耘耕老师夫妇二人都是山师中文系出身！这样，第二学期开学后，我就带着隋老师给我写的"介绍信"，第一次走进了深受同学们敬佩的刘增人老师家里，并慢慢与刘老师建立起较其他同学更为密切的联络。此后，毕业回莱芜教中学，以中学教师的资格回泰安参加母校组织的全国师专现代文学教学研讨会，到1985年又奉召回到母校，与从前教过我的老师们成了同事。

从中学阶段的隋庆云老师（当然不止隋老师一人）到大学阶段的汤贵仁、何蕴秀、姜岱东、孙越、冯守仲、孔昭琪、姜全吉、曹抡元、刘增人、张兆勋等多位老师，应该就是我与山师之间真真切切的关联了。而且最近我又突然想起另一件事，即我在莱芜四中工作时，为了学业上的进修提高，曾报名参加了山东师范大学附设自修大学的中文专业刊授学习，从第一年发的《古代文学》《现代汉语》系列教材可知，它们都是山师大组织编写的。只是不知为什么，这个自修好像未能持续下去，后续教材也没有领到。

而真正和山师的老师们从走近到直接接触，还是1985年我回到泰安师专成为现代文学专业教师之后。开始一段时间，由于忙于备课上课和编教材，顾不上做研究，只偶然写点所谓"评论"发在《山东文学》和刚创刊的《黄河诗报》上，严格说来还算不上学术。直到1987年5月，为了参加在济南举行的山东省中国现代文学学会年会，依据新出版的《李广田文集》，写了篇近万字的论文《作为现代诗人的李广田》，附带写了首关于李广田之死的现代诗《莲死于池》。这一文一诗，大概是我学术与诗歌写作第一阶段最好的成果吧，因为它们都产生了令我始料未及的"反响"。论文，在济南的会议上受到不少老师的肯定，特别是山师现代诗研究专家吕家乡先生看了，专门向刘增人老师了解我的情况，见到我时又当面予以首肯，给了我很大鼓舞。此文在《泰安师专学报》发表后，旋即被北京的中国人民大学报刊资料复印中心全文复印——我把这理解为现代文学学术圈对我的"接纳"。也正是这次年会，使我与山大、山师现代文学教学与研究的前辈们拉进了距离，见到了担任省中国现代文学学会会长的山师名教授田仲济先生，而吕家乡先生则是我"认识"的第一位山师老师。一年之后，我正式进入山师校园，参加由山师承办的山东省高师培训项目"中国现代文学助教进修班"，吕家乡老师不但是授课教师之一，还兼任助教进修班的班主任。这样，我和吕家乡老师也就有了一段师生之缘，无论在此后共同从事现代诗歌研究或一起出席学术会议，还是在某种特殊的时刻，吕老师始终给予我热情的关注、支持，乃至保护，成为我心目中最受尊敬，也永难忘怀的老师之一。在我的第一本学术著作后记中，我曾表达过对吕老师发自内心的感激：

　　他不仅是值得敬佩的诗学前辈，也是曾在风雨中庇护过我的仁师，结业之后他始终关注着我的治学境况。前几年，我寄上一篇刚刚发表的论文请他指教，结果他很快就答我，以密密麻麻的三张信笺、极为恳切地指出了为我所忽略的一些问题。但同时他又给我以最高的奖励，他说："您的论文写得很扎实，例如您认真地考察了新月派所采用的13种'外国诗型'，这种苦工是才子们所不屑为的。但我以为作研究的人，凡是重要一些的论点，都不可人云亦云，而要据第一手材料自己去捉摸一下。这一点你我可谓同道。……这两年您在研究和创作上都取得了不少成绩，且呈上升之势。您是'一步一个脚印'地走过来的。足迹虽不能说多么辉煌，但确实亮堂堂。作为一个退伍的老兵，我是感佩而且欣喜的。"

　　我把这段话抄在这里，并非借以自炫，而意在表明：即使在愚钝如我这样的弟子身上，也承载着老师们的多少血汗和期待！

二、助教进修班

　　1988年暑假之后的9月，我如约前往省城济南，参加了为期一年的中国现代文学专业助教进修班。进修班是山东省高师培训中心举办的，由山东师范大学中文系承办，故而吃、住、学都在文化东路的山师老校区。

我专科毕业后，除了1982年参加过山师附设自修大学的中文刊授，又在1984年报考过山师的现代文学研究生，只是因为临时外出讲课，而未能到泰安参加考试。所以这回以高校助教身份参加的业务培训，是我工作以后第一次正式的专业进修。助教进修班开设的是硕士研究生的主干课程，读助教进修班大致相当于硕研同等学力吧，对我这样学历不达标的高校教师，此种进修实在是不得已的补课。本来，我最初联系的是北京中国社科院文学研究所，事到临头学校却规定只能参加山东省高师培训中心举办的同类助教进修班，为此我有点不高兴。张继坤老师劝我说，你去山师也好，熟悉熟悉本省的专业圈，有利于工作。我想想也对，就接受下来。于此正式与山师结了缘。

助教班的开班仪式上，我见到了现代文学专业的大部分老师和十几位助教班同学。印象中开班仪式由韩之友老师主持，先是介绍在座的学员和教师，介绍到谁还要说几句话。轮到我，不知怎么我就随口批评起当时的学风来，且说了"著书都为职称谋"的话。说这话，一是有感而发，二是或许前一天拜访宋遂良老师时涉及此类话题。但从学员角度，在开班仪式上讲这些或许有点僭越吧？后来朱德发老师讲话，就特别强调学术研究和多出成果，似乎还有"不做研究不出成果怎么行呢"这样的诘问。朱老师所言未必是针对我，但却使我意识到开班仪式上自己的发言或有欠妥之处。

接下来就是排课上课了。有朱德发老师的现代文学宏观研究，查国华老师的茅盾研究，宋遂良老师的当代文学研究和吕家乡、袁忠岳老师的新诗研究，蒋心焕、王万森老师的现代小说研究，有韩之友老师的一门课，姜振昌老师的杂文研究。还有一个青年教师讲座性质的课，即每位青年教师各讲一次，姚健、杨洪承、姜静楠、房福贤、刘新华、李掖平、魏建几位老师都来讲过。朱德发老师的课有点特别，是大家到他办公室坐在沙发上听课，他是蓬莱口音，湖南和新疆的同学完全听不懂。宋遂良老师的课是漫谈，每次来上课，手里都提着那个装着讲稿的布袋，然后笑眯眯地进入讲课环节，一边讲，一边不断叫大家起来讨论，我也在课上发过几次言。宋老师谦虚地说："我的课听一次比较好，多了就没什么意思了。"查国华老师有一次讲到茅盾年轻时的一次婚外恋，说他曾拜访过晚年的这位女主秦德君，查老师形容为"风度翩翩、白白胖胖"，逗得大家都笑起来。其实查老师自己也是白白胖胖，但同时是一团和气，我在入学前就买过查老师编的《邵荃麟评论选集》，在济南偶尔会在公交车上和查老师相遇。蒋心焕老师人也特别和气，他讲课和日常说话都是南方口音，语速平缓，十分真诚。相比较而言，袁忠岳老师倒显得激情澎湃，记得有一次听袁老师做讲座，题目是《诗与生命》，他认为婴儿落生之后的啼哭就是人生第一首诗！这个说法给我留下了极深的印象。李掖平老师对袁老师很尊崇，说袁老师是理论水平最高的老师之一。

课程之外，第一学期还有可记的几件事。先是姜静楠老师跑到我们宿舍，说他参加朱德发老师编的现代纪游文学史，让我们也参与写稿。有三四位同学选了题目，我也选了郁达夫游记一节。结果我费了不少时间集中读郁氏文集，写出了万把字的初稿。但此事似乎一直未有结果，我们的稿子是用了还是没用也不清楚。第二件事，也是姜静楠老师约我和另一个同学到洪楼山东大学，和山大几位当代文学研究生讨论《收获》第6期上的实验小说，之后让写文章。我读了史铁生、格非、苏童、孙甘露等人的作品，写了篇《先锋文学与批评的隔膜》，着重谈文学批评面对当代小说实验性作品时的滞后状态，交给了姜老师。转年省作协主办的《文学评论家》第2期报道了姜老师策划的这次讨论，参加座谈者写的稿子，也都在专栏里发表了。

有一次我向同学们提议：要不要一起去拜访拜访田仲济先生？结果大家都说好，于是我们住校的一部分同学就和杨洪承老师约了个时间，到了山师北面教工宿舍区一个院落，拜见了当时已80多岁的田先生。田先生坐在沙发上，鹤发童颜，操着一口浓重的潍坊口音，询问我们的课程安排和学习情况。自然，人多嘴杂，不太可能把话头引向深入，但第一次拜访仿佛也只好如此。遗憾的是，那时候大家都还没有比较自觉的"采访"意识，没有再就某些现代文学话题找机会向田先生请教或讨论，如今想起来有些后悔。

这学期还有一件事。山师和山大要举办孔孚诗歌讨论会，我得知消息后，专门去拜访了孔孚先生，得到他赠送的一本诗集。总体上感觉他虽然在写诗"做减法"方面确有心得，但技术上总还有某种缺憾，意蕴的提炼和升华方面也有限，似乎达不到我的期望值（这个看法会前我曾与吕家乡老师交流过）。但我想，对诗人不好苛求，孔孚先生即便有一首好诗留下也就够了。另外，我还写了一首题作《山狐》的诗表达对孔孚的印象，潜意识里写到了诗人与自然的某种精神契合。拿到山大研讨会上给诗人看，他顺手将拙诗中的"凝练"一词改为"吐炼"。那天到会的人不少，发言踊跃，我几次举手才获得主持会议的吴开晋先生"特批"，他说："张欣要求一分钟的发言，请他发言。"我在匆促发言中所谈的就是上述感想。

第二学期除了另几门课，还有一个结业论文的写作，为此先要根据个人志愿配备导师。照说我那时的兴趣在新诗，但出于某种考虑——一方面想扩大自己的视野，另一方面也想跟朱德发老师多接近一些，结果就选了朱老师做我的导师。但那个学期实在非同寻常，尤其是4月中旬以后。在如此风云变幻的时刻，我还是回到新诗上来，定了一个《中国现代城市诗述评》的论文题目。

为什么是"述评"呢？原来在和同学们商讨论文写作时，我因为受到山师1988届研究生们《现代作家研究述评》一书的启发，遂建议助教班结业论文也围绕一个相对集中的论题，争取让山师大学报出个"增刊"或专集。商量来商量去，大家确定写现代文学的个体文学研究述评，题目可大可小。这样既尊重每个人的研究方向，体式又相对统一，做出来就有点意思。这也算是我读助教班参与的学术策划吧。让学报出"增刊"的事没搞成，有的同学后来又调整了题目，最终还是各写各的了。这大概和助教班学员来源、结构都有些关系吧。

这篇论文我自己并不满意，主要是资料看得少，那时候好像还少有人注意城市文化与城市文学，可供参考的文献不多，写起来也费力，就勉为其难地给现代城市诗下了一个初步定义，从史的角度做了些梳理而已。初稿写完后交给朱老师提了修改意见，最后就以这篇论文结束了一年的"深造"。此文后来发表在中国现代文学研究会会刊《中国现代文学研究丛刊》1992年第2期上，这是我第一次在《丛刊》上发表论文。

助教班"准研究生"的一段生活，在我有不少可纪念之处。单就现代文学教学和学术研究来说，大抵算我初步的学术训练阶段吧。

前几天，李宗刚兄发来微信询问我们这届助教进修班的情况，并让我把参加学习的学员名单提供给他。我经过回忆，除了班长"老王"的全名暂时想不起来（因为只叫他"老王"，倒把名字忘了），其他同学的姓名和来源

都想起来了。名单如下：

王源章：菏泽师专

周立勋、史挥戈：济南教育学院

刘传霞：济南师专

孙昕光、宋全政：山东师大

孔令云：青岛教育学院

王恒升：昌潍师专

张启莲：烟台教育学院

胡文君：枣庄师专

张丽丽：济宁师专

张欣：泰安师专

佘向军：湖南怀化师专

别克霍加：新疆伊犁师范学院

三、在职读研

我的读研梦想竟然在 90 年代有了实现的机会。

自从错过了 1984 年的研究生考试，一晃近十年过去了。1993 年下半年，早就在山师任教数年的魏建老师告诉张用蓬和我，山师和南大准备合办一个现代文学研究生班，要我们不要错过机会，赶紧报名。我当时略有些迟疑，积极性并不高，有一种要证明自己不凭学历也能走出一条路的念头。魏老师听了我的话，颇不以为然，在电话里跟我讲了不少道理。最终我听取了他的意见，在这年年底和张用蓬一起报了名——事实证明，如果没有这次在职读研的经历，我后来的人生际遇可能就是另一番样子了。

在职读研，形式上与全日制读研确有不少差异。至少入学考试的外语一项显然是降低了要求。记得为了这次考试，我和济南的同学专程坐火车去了一趟南京，住在南大斜对面一个小酒店里，然后正经八百地在考场考了外语。最后分数虽然未公布，但我知道自己的水平，按常规要求未必能过关。其次，既然是"在职"，就只能一边在单位教学，一边业余学习，只有集中面授时才能听南大老师们的课。而记忆中的集中面授只有 1995 年 8 月中旬在威海的一次，由威海的同学负责接待并提供授课场所。讲课的老师主要是叶子铭先生、许志英先生和朱德发先生，南大的丁帆、朱寿桐，山师的蒋心焕、袁忠岳、王万森等老师也都在场。时日已久，讲课的内容都模糊了，但叶子铭先生讲课结束时的一段话我却一直记得。他用抛物线比喻人生，很恳切地跟大家讲：每个人的人生都是一个抛物线，有上升也必然有下降，我们能把握的只是在上升时尽量看清楚方向，使自己头脑清醒些，这样才不会在下降时落到一个不干净的地方。

在威海的集中面授留下了几张合影，有全体同学和南大、山师老师们的合影，也有学员与自己导师的合影。因为是两校合办，实行的是双导师制，即每个学员都同时有两个导师，一个南大的，一个山师的，我和威海一位同学的导师分别是南大的丁帆老师和山师的袁忠岳老师。不过那时候通信不便，再加上自己毕竟是在职，与导师也算同行，为了不给导师添麻烦，尽量自己解决学习和毕业论文写作问题。我不太了解别人情况如何，至少就我个人而言，三年在职读研真正比较花时间和用心思的还是毕业论文。选题、开题倒也没太费神，这是因为我的研究方向就是现代诗。1988 年上助教进修班时，同学张启莲大姐介绍我认识了她曲师大的同学周海波，海波老师留校教现代文学，他来山师时张启莲陪他到我们宿舍聊天，并邀请我参加编写曲阜师大魏绍馨先生主编的现代文学史教材，我答应了。为了写好 40 年代后期"新现代派诗歌"一节，我当时翻了不少资料。所以研究生论文就以 40 年代后期的现代主义诗歌为论题。1996 年申报副教授，未获通过，心里有点不平衡。征得系里同意，就去南京查阅写毕业论文需要的资料，实际也是想近距离感受一下南京大学的日常氛围。在南京数天，我一天也没有浪费。玄武湖、中山陵、总统府、雨花台、大屠杀纪念馆这些地标性景点都去了，也在南大里面"金陵大学""江南师范学堂"的石碑前留了影。查资料则主要去了南京图书馆，调阅了《九叶集》《一个民族已经起来》等图书杂志，还在一家小书店里买了特价的港版洛夫诗集《爱的辩证》。回泰安以后，还托师专校友齐福民介绍在山师图书馆工作的王小蓓帮忙，去山师重新查阅 40 年代的《诗创造》和《中国新诗》杂志，这样慢慢搭起了论文框架，通过开题报告后就着手写起来。

也许有编教材的积累，论文写作并不十分吃力。只是随着对史料的挖掘与辨析，我最终抛弃了"九叶诗派"这一说法，对"新现代派诗歌"的概念也不满意，我用的是"四十年代现代主义诗歌"这一称谓，而正标题采用了穆旦评论艾青时用的"新的抒情"一语。后来答辩时南大的朱寿桐老师对"抒情"的提法有所质疑，认为这和"现代主义"是有些矛盾的。那么，怎么理解穆旦、杜运燮、郑敏、辛笛、陈敬容、唐祈、唐湜、袁可嘉、杭约赫们诗作中冷峻批判与深情赞美并存的"矛盾"现象呢？我以为这种"矛盾"并不是学术表述的矛盾，而是这些诗人在理论上标举、实践上尝试 T. S. 艾略特、奥登或英国玄学派诗歌时本身创作呈现出的矛盾。这种矛盾表明，诗人们面对 20 世纪 40 年代中国的社会现实，做不到绝然的、纯粹的"现代主义"，而仍然愿意如穆旦所说，"有理性地鼓舞人们去争取那个光明的一种东西"。

现在想来，既然穆旦们的"现代主义"并不纯粹，当初就干脆不用"主义"而直接以"现代诗"称呼不是更准确，也更简洁吗？

三年读研，一朝答辩，终于到了和老师们面对面陈述自己观点的时刻了。答辩安排在山师中文系，南大的许志英、丁帆、朱寿桐老师和山师的朱德发、蒋心焕、宋遂良、袁忠岳、王万森、魏建诸老师分在两个答辩组，泰安师专毕业专升本考入山师又成为研究生的张伟忠和另一个同学负责答辩记录。我的答辩很顺利，五位老师各问了一个问题，稍事准备之后我一一作答。从我留下来的一份论文和当时答问的要点看，关于"九叶诗派"这一提法是否科学、穆旦被当代学术界评为 20 世纪中国最优秀诗人的依据以及 40 年代现代主义诗歌的双重主题问题，我的回答似乎尚可。事后也多次听到山师老师说，南大那边对我们二人（张用蓬、张欣）的论文和答辩都很满意，认为不比南大的应届生差。

答辩那天正好是五一劳动节。经由一年的助教进修班和三年在职读研，我总算补上了研究生教育经历。但作为高校中文系教师，假如考虑到未来发展，那仍然不够，应该再接再厉把博士读出来才好。后来几年，我也确曾留意着在职读博的信息。无奈全日制也罢，在职也罢，都不能逃掉外语这一关。2001 年，在已通过正高职称的情况下，刘增人老师鼓励我继续考博。他说，既然在高校工作，这一步恐怕迟早要走。话说到这份上，我也只好下定决心考一回，于是仍然报考了山东师大的当代文学方向——结果不出所料，终于还是栽在外语上了。

四、未了情

20 世纪 80 年代建校的青岛大学，其师资自然皆非无源之水，大致以学科不同而从山东省内外的高校引入，引入的渠道自然又和已有的校际关联、人际关联相关。拿青岛大学中文系的现代文学学科来说，就因为从山师调去的崔西璐副校长的缘故，而有了同为山师出身的冯光廉先生和刘增人先生。90 年代初，冯、刘两位先生主持申报了山东省社科规划重点项目"近百年中国文学体式流变史"，在组建学术力量分头撰写各体文学流变史时，我也有幸被两位先生纳入该项目的学术队伍，第一次参加了如此高规格的学术课题。如今多少年过去，但当时在青岛大学参与讨论、随后与鲁原先生合作撰写《诗歌体式卷》的情景至今历历在目。该课题自 1992 年开始，1999 年 5 本书汇编为两大卷，由人民文学出版社隆重推出。其中鲁原先生与我合署的《近百年中国文学体式流变史·诗歌体式卷》连同另一本书《冷雨与热风》一并成为我当时的"代表作"，不但是我破格评审教授的标志性成果之一，也为我以"引进人才"调入浙江工业大学增加了砝码。

《冷雨与热风》是我本人的"第一本书"，它的出版竟然也与山师有关。

就在研究生班毕业、诗歌体式卷的稿子杀青之后，结识不久的山师中文系友人、诗评家张清华兄给我来信，说他拟主编一套"山东青年批评家丛书"，热情约请我加盟。我答应试试，便将近几年所写包括研究生毕业论文和诗歌体式研究在内的"成果"粗略汇总了一下，发现总字数也有十七八万了，出本书不成问题。于是趁热打铁，把这本个人的"第一本书"编了出来。考虑到书中涉及的现代诗既有所谓"现代主义"又有所谓"现实主义"，便拟了一个略有点诗意的书名《冷雨与热风》，还加了个"现代诗思问录"的副标题。最后一项工作，则是分别致信朱德发老师和袁忠岳老师，恳请他们赐序支持。承蒙两位老师厚爱，都很快手写了热情鼓励的话寄给我，给这本小书穿上了最漂亮的"嫁衣"，使之像模像样地"出嫁"了。1999 年，这本书由北京中国文联出版社出版，与《诗歌体式卷》是同一年问世。

最近，手机短信通知我，我的一笔教材编写稿费已由高等教育出版社汇入我的个人账号，这是怎么回事呢？原来是十一二年前王万森老师约我参与编写的《中国当代文学50年》又增加了印数。承蒙王老师信任，在我离开山东到浙江后还盛情约我为这部教材担纲副主编之责，并负责撰写了当代诗歌部分的全部章节（后来再版时还增写了"新世纪十年诗歌"一章）。以至于北京老诗人吕剑先生看了我写的章节后，来信建议我在这个基础上编写一部当代诗歌史，他认为我既然已经涉猎到全部当代诗，只要把规模扩大些就成了。当然，我知道这绝非易事，但参与王万森老师主编的这部当代文学教材，毕竟让我对当代诗歌下了一点考察功夫，认识当然也会更全面些。稿费的事让我知道这部教材还在继续使用，也从另一方面说明了该教材的影响与质量。

前面讲到助教进修班时，我曾提及想请山师学报为我们的结业论文出一本"增刊"，此事虽然因为某种原因未能办成，但我后来还是成为学报的作者。在职读研期间，我把毕业论文的一部分整理为一篇独立论文《40年代现代诗派的抒情策略》托一位老师转给了学报，不久之后论文就发表在了1996年第2期上。记得收到样刊后，我还曾给"九叶诗人"之一郑敏先生寄去一册，郑先生在回信中首先就对该期学报刊发的一组讨论现代诗歌的论文给予了肯定："感谢赠山东师大学报2期，这一期关于诗歌及诗歌理论的几篇文章都很有见解，比初期的这方面的研究深入。"前些年，在我集中编撰吴伯箫年谱时，担任学报主编的李宗刚兄又打来电话，嘱我整理出一部分在学报发表，让我既十分意外，又特别感动。当时，《新文学史料》《现代中文学刊》也的确都刊载了一部分年谱，但却都未能如《山东师大学报》那样一次就刊出三四万字的篇幅，无疑，学报给我的支持是慷慨的、巨大的。

在老师们青眼有加的高看中，我甚至有了堂而皇之回到山师母校与研究生学弟学妹们分享木心的机会。2018年春，袁忠岳老师告诉我，魏建老师要安排我去山师给研究生做个关于木心的讲座，我很惶恐。但母校之命，又岂敢不从？于是4月初，当魏老师打来电话相约时，我还是不揣冒昧地乘高铁回了一趟济南，再次走进熟悉而觉亲切的山师校园，再一次与宋遂良、袁忠岳等老师相见。记得在我花费了不少时间与现代文学专业研究生的同学们以及济南几位"木心之友"谈了我对木心的理解后，宋老师、袁老师和魏建老师都对我未必成熟的看法给予了热情、诚恳的认可，也围绕木心话题讲了不少对我极有启发的话语。那次回济南时间虽短，但我记忆深刻，因为我觉得在北方、在济南、在山师那个我既熟悉又有点陌生的环境里与年轻学子讨论木心，实在是一件非常奢侈和幸运的事。

山师建校 70 年来，在田仲济、冯光廉、朱德发、吴义勤、魏建诸先生代有传承与改革创新的历届学科带头人的开拓下，山师中国现代文学学科一直保持强劲的发展态势，不但在师资上始终人才辈出并辐射到全国，而且自二十世纪五六十年代以来，经由田仲济、薛绥之、书新、冯光廉、朱德发、查国华、韩之友、张桂兴、杨洪承、魏建诸先生，其中国现代文学文献史料学传统与学风，数十年间成果丰硕，蔚为大观，令人瞩目。几年前，应邀再回山师参加刘增人先生《1872—1949 文学期刊信息总汇》研讨会，在这次会上，魏建教授做了题为《中国现代期刊研究与学派传承——以"山师学派"为例》的发言，使我感觉到，作为学科负责人，魏建先生的发言实际上是通过对刘增人先生成果的高度评价，在更高层面上对山师现代文学学科的学术成就与学术传统做了进一步的梳理和提炼。"山师学派"的内涵固然不止体现于文献史料学一方面的成果，但又毕竟是其中最重要的标志性成就之一。我想，的确到了厚积薄发、水到渠成地自我观照阶段了，以魏建先生为代表的第三代山师学人所做的一切，其承先启后的巨大意义也已逐渐为国内外同行认同并给予高评。

我与山师，涉及的话题自然不止上述数端，但作为一篇文章，却似乎应该收束了。好在直到眼下，山师也罢，我自己也罢，都还处在动态运行之中，相信我们仍有无数相遇或碰撞的机会，此种未了之情，是值得继续期待的。

最后，感谢宗刚兄为我提供这样一次回忆与山师结缘的机会。需要说明的是，此文限于篇幅，对助教进修班同学们的风采和取得的成果未能详加展示，深觉遗憾。还有，魏建先生对本文初稿提出了不少修改建议，特别是为我补上了因疏忽而漏掉的几位山师老师的大名，在此特别致谢。

（2022 年 8 月 3 日、6 日，暑热中，写于杭州朝晖楼）

学科视野、学统传承与学术眼光

——评李宗刚编的《山师学人视阈下的中国现当代文学》

董卉川　张　宇

　　《山东师范大学学报》历史悠久。李宗刚教授于 2011 年担任了《山东师范大学学报》主编。不久前，李宗刚编选的《山师学人视阈下的中国现当代文学——"山师学报"论文选：1959—2009》（以下简称《"山师"论文选》）在山东大学出版社出版。这本书辑录了 50 年里山师学报刊发过的山师现当代学科的优秀论文，是山师现当代文学领域学术成果的一次集中展现。该论文集的编撰，彰显出别样的学科视野、历史传承与学术眼光。

　　近年来，魏建、李宗刚等学人着力推进"山师学派"的阐释、建构，发表了《中国现代文学期刊研究与学派传承——以"山师学派"为例》《大学的学术传承与学者群落的崛起——山东师范大学中国现当代文学研究生学者群解读》等文章。在中国现当代文学学术史上，山师学人扮演了不可忽视的角色。山师中国现代文学专业自 1950 年设立至今，已跨越了 70 余年的发展历程，不仅有田仲济、薛绥之等老一辈学术名家"开宗立派"，亦有第二代学人朱德发、刘增人、蒋心焕等的赓续承传，更培育了当今一大批知名的专家学者，如吴义勤、张清华、王兆胜、罗振亚、谭桂林、吕周聚、张光芒等。他们活跃在各个高校、科研机构，成为中国现当代文学研究界不可忽视的一支生力军。这群学人在山师先贤的人格与学术的双重陶染下，开启了学术之路，将学术作为生命展开的方式，以学术涵育品格，以品格滋养学术。

　　在此背景下，《"山师"论文选》的编选无疑具有特殊的意义。通过学术

―――――――――――

① 董卉川，青岛大学国际教育学院副教授，博士；张宇，华南师范大学文学院副研究员，博士。

论文的甄选、辑录，能够全面展示数十年来山师学人的学术成就，促进山师相关学科的发展。尽管所选论文篇目有限，但也可管窥山师学人的个性与风格。这些论文在一定程度上彰显出山师学人的不俗实力，亦能够以"集束炸弹"的效果，扩大山师学报的学术影响力。山师学人、山师学派、山师学报三者互促共生，形成了一种开放包容、充满活力的学术生态。

重视史料、重视考据是山师现当代文学学科的重要特色。以田仲济和薛绥之为代表的第一代山师学人，编撰了"中国现代作家资料丛书"，奠定了中国现当代文学"最初的文献资料基础"（陈思和）。20世纪70年代至90年代，以冯光廉、刘增人、朱德发、查国华、韩之友、蒋心焕、张桂兴等为代表的学者，汇编了鲁迅、茅盾、老舍、王统照、臧克家等知名作家的研究资料，以及解放区文艺运动、报告文学、期刊编目等重要的研究资料，成为该研究领域不可绕过的参考书目。21世纪以来，以吴义勤、魏建为代表的山师学人，赓续传统，分别主编了《中国新时期文学研究资料汇编》"20世纪中国文学主流·历史档案书系"。李宗刚于2016年辑校了《杨振声研究资料选编》和《杨振声文献史料汇编》，之后又接连编选了《郭澄清研究资料》《多维视阈下的中国现当代文学》《赵德发研究资料》等书目。在编选这部论文集的过程中，李宗刚发挥史料汇编的特长，遵循历史真实的原则，尽可能"原汁原味"地呈现论文刊发时的原貌，同时兼顾了现代出版规范，根据出版社的要求补充了引文注释不全的内容，对个别文字也做出了适当的修订。

《"山师"论文选》并不是论文的随意组合，而是深蕴了编者的学术眼光与编辑理念。李宗刚在《中国现代文学史论》中，结合自己的编辑经验，思考了期刊与学术研究互动共生的关系，而本书可以看作李宗刚编辑理念、学术理想的集中、系统的呈现。整部论文集按照发表时间顺序排列，"似断实续"，潜藏着内在肌理与秩序。从学术史的视角进行观照，该论文集实则构成了一部现当代学术史，见证了数十年来中国现当代文学学术范式的变迁。简单地说，不同代际的学人呈现出不同的时代风貌。透过其中，我们可以看出他们在学术思维、学术理路、学术方法、学术立场等方面的赓续、变革、嬗递，其问题意识、知识资源、治学路径、语言表达等方面都形成了范式的转换。

当然，我们也可以从中看到一些共同的学术倾向。其一是众体皆备。从论文集的选目来看，山师学人对于小说、诗歌、散文、戏剧都有突出的研究成果，启蒙主义、现代主义、叙事学、符号学、女性主义等理论驾轻就熟，与学界前沿成果同频互振。其二是气魄宏大。思潮研究向来是山师现当代学人的强项，不管是乡土小说、历史小说、左翼文学、女性主义文学思潮，山师学人均有代表性研究成果。在论述中，注重史论结合，既把握整体变化趋势，如《五四新小说理论和近代小说理论关系锁忆》《中国小说创作主体的审美情感由传统向现代的转换》等文章，注重传统与现代的关联，而非以二元对立思维看待历史的嬗变与转型。其三是齐鲁风范。在编选时，注意收入关于本土作家作品研究，比如关于王统照、莫言、张炜、矫健、孔孚等的研究。山师学人对这些本土作家的深情回望，饱含了家园之思与文化自觉。

李宗刚坦言："学术研究成为我的人生展开的基本方式。"这本论文集的编撰，既是"编缘"的再续，亦是山师学人对于山师学派、山师学报的温情检视。这些论文穿越了历史的烟尘，在传承中得以绵延向前，为学术的变与不变留下了一份可贵的见证。

（原载《文艺报》2022 年 12 月 28 日）

甘愿做一个"灶下婢"

——从李宗刚编的《穿越时空的鲁迅研究》谈起

吕家乡

收到李宗刚老师送我的这本书——《穿越时空的鲁迅研究》,我翻了一下,觉得挺吃惊。因为我正式调入山东师范大学(当时名为山东师范学院,1981年更名为山东师范大学)是1980年,到现在也40多年了,和学报的关系也就是说延续了40多年。我来山师以前,在附中教书,那时候对山师文科也有些了解,对山师学报也有一些了解,与当年研究鲁迅的薛绥之先生很早就相熟,我自以为了解的有关鲁迅研究这方面的情况不少,但我看了这本书以后觉得自己已了解得太少了,很吃惊。我没想到,山师学报发表了这么多关于鲁迅的文章,而且这还是经过筛选的,只是其中占比不大的一部分。从这本书所收集的鲁迅研究的文章来看,从1957年第一篇文章,到现在已经70多年,这几十年鲁迅研究的过程,确实是整个社会发展的一个侧面,或者说一个侧影,能够看到其演变的过程。(其中)最大的一个变化就是,在"以阶级斗争为纲"的特定历史时期背景下,鲁迅研究也体现了"以阶级斗争为纲"的特点。改革开放以后就不再"以阶级斗争为纲"了,更多地强调"实事求是"和"以经济建设为中心"。思想路线是强调"实事求是",那么,鲁迅研究的指导原则也跟着变了,(通过这本书)能看出这个变化的脉络来。不过总体来看,即便是在当年那个"以阶级斗争为纲"的年代所写的一些研究文章,也有着很深的时代烙印,但现在看来仍然有一定的价值。

比如说第一篇田先生(田仲济)的文章《鲁迅在现实主义道路上的发展》。现在来看,这篇文章当然有一些提法不见得准确,比如强调鲁迅是从现实主义到社会主义现实主义。但这篇文章整体来说是强调鲁迅清醒的那一面，强调他的现实主义精神，强调鲁迅写东西是反对"瞒和骗"的。这和瞿秋白一样，强调鲁迅是清醒的现实主义者。突出强调这一方面，那么这篇文章至今还是有它不能否定的价值的。还有一篇文章，对鲁迅的《流氓的变迁》做了注释和简析，这篇文章是配合当时"文化大革命"末期"评《水浒》"运动的，应当说这是在"左"的路线影响之下产生的东西，但是这篇文章现在来看仍然有它的价值。为什么呢？因为研究者确实认真地对鲁迅这篇文章做了注释，是从文本出发的，并不是有意地去歪曲文本，去附会当时所号召的"评《水浒》"。就是说，尽管是在当时"左"的思潮影响之下所写的论文、所编的学报，但文稿中仍然有一些考据性的东西，应当说这些考据是超越时代局限的、超越当时思潮局限的。

鲁迅研究这方面的文章，之所以能在某种意义上超越当时那种思潮的局限，我想有两个方面的原因。一方面，就研究者来说，他研究鲁迅，就不由地或者自觉地去学习鲁迅。瞿秋白早就说过，鲁迅的精神特点之一是"清醒的现实主义"。这样研究者也会像鲁迅一样，提醒自己要坚持反对"瞒和骗"，坚持"睁了眼看"。这样研究者本身对于过"左"的路线，对于那种仅仅配合政策的不良的倾向，就有一定的免疫力。尽管不可能不受当时主流思潮的影响，但是，做学术研究要从文本出发，要坚持实事求是，底线还是要坚持的，这是一个原因。另外一个方面的原因就是和研究对象有关系。你研究的对象是鲁迅，鲁迅是一个什么样的人呢？我们都知道鲁迅最有名的话就是："真正的勇士，敢于直面惨淡的人生，敢于正视淋漓的鲜血。"鲁迅是一贯反对"瞒和骗"的。鲁迅绝不做一个"迎风倒"的角色，他一直是一个非常坚定的人，能够守住自己做人的底线。研究这样一个对象，如果深入他的作品，就不可能不受他这种人格的影响。我想这两个方面就决定了这些鲁迅研究的文章，在某种意义上具有超越时代局限、超越思潮局限的比较永恒的价值。这是我看了这本书所收录的文章后的总体印象。里面还有一些"大家"写的小文章，包括戈宝权、任访秋、赵家璧、吴奔星、倪墨炎、丁景唐等，这些先生所写的文章，题目很小，但是很扎实，现在来看仍然是很难得的。

读了这本书以后，我就想到山师研究鲁迅最早、成绩最大的薛绥之先生。

薛绥之先生坚持研究鲁迅是非常不容易的，他在 1957 年被打成"右派"，"右派"的日子是非常难过的，因为我自己也是个"右派"，深有体会。就在戴着"右派"帽子的时候，他在那里埋头苦干，去研究鲁迅。后来虽然摘了帽子，作为摘帽"右派"，日子仍然很不好过。他在那种情况之下，一直默默地坚持研究鲁迅，做了一些非常踏实的工作。比如说做鲁迅书信集的一些补编，对当时已经出版的《鲁迅文集》进行注释，并且做了一些订正。当时他做出来的这些东西并不能发表，有时候发表也不能署他的名字，对他个人来讲，名啊利啊这一切都没有意义，他只是坚持这样做。一直到改革开放以后，给他平反了，他这些东西才能够真正得到社会的承认。薛绥之应该说在鲁迅研究方面是我们山师的一面旗帜，这是永远不能忘记的。另外，冯光廉先生在鲁迅研究上也是下过很大功夫的。我当时在附中教书，有时候教鲁迅的一些作品，就去请教他，请教的往往是些很小的又很有难度的地方，比如某一句话怎么理解，他认真地跟我一起探讨。这些都是和当时的所谓潮流无关的，是一些考据性、注解性的内容，完全从文本出发的。从薛绥之先生身上、从冯光廉先生身上就能够看出"鲁迅精神"对研究者的学风、文风以及人格的熏陶、影响。

现在，山师鲁迅研究的现状，我并不太熟悉。李宗刚老师在鲁迅研究上是下过一些功夫的，但是他并不是将主要的精力投入鲁迅研究的。凭着我不太准确的印象，我觉得山师在鲁迅研究方面还是需要加强的。能不能像薛绥之先生那样长期地、默默无闻地投入到鲁迅研究中去，把这个精神传承下来。我们现在没有一个专门的鲁迅研究室，我想还是需要有意地加强这方面的力量。

我再谈谈这本书。我拿到这本书，看了全部篇目，大体浏览了收入的文章，读了李宗刚老师写的后记，又翻了已发表的鲁迅研究目录汇总，我首先就感觉到哎呀！这个工程量相当大！李宗刚老师这么忙，又是学科的骨干人员，他有自己的研究工作，这些年也做出了很丰硕的研究成果，教学任务又这么重，学报主编的工作量也很大，在这种情况之下，他能够和编辑部的有关同志一块儿拿出这么大的精力来做这个工作，这是一种什么精神？应该说这就是一种精神境界。做这个工作花费大量的时间、精力，他们做出来以后怎么样呢？拿这本书能去评奖吗？恐怕很难评奖。这本书能算学术成果吗？恐怕很难算学术成果。编这本书能给你多少稿费吗？恐怕也挣不了几个稿费，甚至是无偿的。就是说对自己来讲无名无利，那么为什么李老师愿意做呢？为什么咱那些编辑同志能够和他一块儿来做呢？应当说这就是发扬"鲁迅精神"，学习"鲁迅精神"的一个具体表现。我想这种精神太难得了！在当前浮躁成风、精致的个人主义盛行的情况之下，竟然还能够不辞劳瘁地做这种默默无闻的、无名无利的工作，这种精神太难得了。我想到冯雪峰，冯雪峰是鲁迅的亲传弟子，鲁迅研究的"大家"，他曾经说过一句话："革命工作既需要座上客，也需要灶下婢。"这本书所体现的就是那个"灶下婢"的精神，不是"座上客"的精神。做革命工作的"座上客"比较容易，出头露面，但是做革命工作的"灶下婢"，那不容易。这本研究资料汇编就是"灶下婢"的工作，值得敬佩。

我最近在重读《鲁迅全集》。我看到鲁迅为了推动、提倡中国木刻，提倡中国连环画，他就从国外引进一些版画。他为此花费的精力相当大，要去和版画的作者联系，千方百计地去联系，这个工作非常难做。联系了以后，希望这些版画的作者能够提供他们自己的传记材料。等到这些材料收集起来以后，鲁迅再把这些材料认真地翻译成中文。他把这些从国外弄来的版画，经过制版、印刷，最后汇编成书，其中每一幅版画都是鲁迅自己来写说明。他还要再写一篇介绍这些版画作者的文章。他得花费多少功夫！花费多少时间！当时他的身体已经很不好了，你说这是一种什么精神？我当时看到这些以后很感慨，我想，哎呀，当年光是从鲁迅作品里面体会"鲁迅精神"，就觉得伟大，好像高不可攀，但是从鲁迅所做的这些默默无闻的、文字之外的、文字背后的工作，更能体会到鲁迅那种不辞劳瘁、埋头苦干的奉献精神。在读这本《穿越时空的鲁迅研究》的时候，我就联想到《鲁迅全集》中的一些故事，联想到鲁迅晚年提倡版画、介绍版画的做法。我觉得这本书应当说是继承了鲁迅的这种精神。现在在李宗刚老师身上，在我们学报编辑部，还能够有这样的一种默默无闻的、坚持做"灶下婢"的精神。这对于当前浮躁成风的社会风气，应当说是有力的清化剂，太难得了！我是由衷地敬佩的。真的，向李宗刚老师学习，向学报编辑部学习，向李宗刚老师致敬，向学报编辑部致敬，我是发自肺腑地这样说的。这就是我初读这本书时内心的一些感受。真好，确实好！

对李宗刚老师，我很难做出多么认真的、系统的、全面的评价，只能谈谈我的印象。我觉得李宗刚老师这几年，一方面是在他个人的研究上成绩卓著。他研究的课题之一是新文学发生学，他当时提出这个研究课题的时候，我就想，这个难度多大啊！但他在这方面已经出了好几本书了，应当说这些是有原创意义的。听说这些年他在山东省社科评奖中得了好几个一等奖，那应当是实至名归、名副其实的。我绝对不以谁得奖不得奖来评价他的成就高或者低，李宗刚老师出的一些书，他送我了，我都看过，当然没有全部仔细看，但是，我看他那些书确实有原创性，下了一些功夫。包括他自己很不看重的一篇关于从古到今灵感研究的综述，我对那一篇文章都很看重，我在一篇我所写的论文里面还引用了他的话。他这几年在学术研究上的成绩用"卓著"两个字来形容不过分，他不是去东拼西凑写一些"急就章"，而是踏踏实实地下苦功夫，由量变到质变，所以他那些文章有他自己的见解，其中有一些真知灼见。这是他学术研究的成就。他在学报这一阵地，应当说担任学报主编以后成就也非常显著。先说一个表面的指标吧，原来我们学报在全国默默无闻，现在我们学报在全国也很有名了，进入"C刊"了，影响相当大了。这还是表面的、能看见的东西。他在学报做主编的十几年间，做了很多踏踏实实的工作。比如这本书的编辑，把学报从最早1957年到1999年所发表的有关鲁迅研究方面的论文，一篇一篇找出来，经过筛选，要筛选的话就得一篇篇地读啊，选定下来要打印，输入电脑，有的还要再做校订，还要重新再给它搞注释。这一类的书，咱们学报出了好几本。我还听说他已经把我们学报从创刊到现在所有的文章都电子化了，这个工作量太大了。这个工作太有意义了，这样为要查找这些文件的人提供了很大的方便啊。我有时候想查一篇什么文章，也能查到这篇文章是在哪一个杂志上、是一九七几年发表的，但是到网上根本找不着，因为那时候还没上网，还没被输入电脑呢。李宗刚老师做了好多这样很扎实、很琐碎、很刻苦的工作，有些不见得是属于主编范围的工作，这个太难得了。这是我对他学报主编工作的印象。

他的治学精神和人格精神很可贵。我看到他给张廉新老师那个诗文集写了长长的序言。这个序言不是逢场作戏，光说漂亮话的，从他写的序言可以看出他认真地读了张廉新老师的文集，那些话都是很中肯的。我觉得李宗刚这个人，他既能够做"座上宾"的一些事情，这一方面做得挺好，又能够做"灶下婢"的一些事情，这一方面也做得挺好，出头露面的事情和默默无闻的事情，只要是有意义，他都会不辞劳瘁、尽心竭力地去做，这是非常不容易的，所以我对李宗刚老师的学风、文品和人品都很钦佩。有时候和他谈起来，他就说，他现在经常提醒自己，一定守住自己的底线。做学术要守住学术的底线，一定要时时刻刻提醒自己，要对历史负责，不要去赶一时的潮流。能够有这种自觉性，太可贵、太重要了！我相信李宗刚老师会坚持下去，他不会有任何自满情绪的。从他身上，我看到山师的学人是很值得信任的，也能看到山师现当代文学这个学科，前途是很辉煌的。

（访谈时间：2022 年 1 月 27 日下午，史超整理）

《山師学人から見る中国の近現代文学：「山師学報」論文選》正式出版

李宗刚

近日，山东师范大学外语学院李光贞教授、山师学报主编李宗刚教授等主持编译的《山師学人から見る中国の近現代文学：「山師学報」論文選》（中国学术日译·2022年特刊）由日本櫂歌書房出版社正式出版。该书选译了山东师范大学中国现当代文学学科部分学者发表在山师学报上的优秀论文。该书的出版，标志着山师学报和山师重点学科在国际文化交流上迈出了重要一步。为方便广大读者了解此书，公众号现将本书封面、目录及作者、译校者相关信息介绍如下：

2022·特集（2022·特刊）
山師学人から見る中国の近現代文学：「山師学報」論文選
山师学人视阈下的中国现当代文学："山师学报"论文选

日本語訳·中国学術論文

中国学术日译

総編集長（总主编）：李光贞

本册編集長（本册主编）：李光贞 李宗刚

日本·櫂歌書房

目　次

（山东师范大学学报公众号，2023 年 7 月 13 日）

我与山师现当代文学学科的不解之缘

李 惠

我于1984年到人民出版社工作，从普通编辑做到编审，接触的作者大多是高校教师，但我感到还是"山师学派"阵容整齐，功底深厚。我与山东师范大学中国现当代文学学科（简称"山师现当代"）的不解之缘始于2006年在内蒙古大学召开的一次研讨会。在会上我认识了魏建老师，他当时是山师文学院的副院长，还是山师现当代有代表性的学者。

2007年，魏建老师把贾振勇博士的学位论文《理性与革命：中国左翼文学的文化阐释》推荐给我。当时我已在人民出版社从事编辑工作20多年，而且我是学中文的，这也是我得到魏老师信任的缘故吧。该书2009年由人民出版社出版。我在做责任编辑的过程中，既见识了作者出色的学术水平，也不由得对他所在的这个学科另眼相待。

2009年，在四川乐山召开的郭沫若学术研讨会上，又与魏老师不期而遇。他告诉我，山师现当代正在准备出版两套丛书："二十世纪中国文学主流·历史档案书系"和"二十世纪中国文学主流·学术新探书系"，有意在人民出版社出版。

2012年，山师现当代文学"二十世纪中国文学主流·历史档案书系"首批8个选题在人民出版社通过选题论证，正式立项出版（后来又陆续报了第二批和第三批选题，共计17个）。这两套历史档案书系和学术新探书系从卷帙浩繁的新文学史料中爬梳整理出相关材料，分门别类、分专题辑录并进行研究。由于年代久远，这些档案文献的原作者均已不在世，版权问题很难解决。我通过其他尚健在的老作者，提供给山师的老师们一些线索，他们按图索骥，又逐渐联系上史料中原作的后人，解决了大部分版权问题。此外，原稿经过扫描，在后编改和识别时常出现许多讹误，必须核对原文，工作量相当大。难得的是，山师现当代的编选者以严谨的治学态度，一丝不苟，认真核对，使得"历史档案书系"得以顺利出版（目前已出版12本。由于我已退休，"学术新探书系"系列由另外的编辑负责）。

因为编辑"历史档案书系"，我还有幸结识了山师现当代的朱德发老师。朱老师是一位德高望重的山师第二代学人的代表性学者，他的五四文学研究可以说早就享誉海内外。朱老师对这两套书系的出版给予了大力支持。他与赵佃强编的"历史档案书系"《国语的文学与文学的国语——五四时期白话文文献史料辑》（人民出版社2013年版）便由我做责任编辑。朱老师与我父亲同龄，但在出书的过程中却以谦逊平等的态度与我这个责任编辑沟通，朱老师严谨认真的治学态度给我留下了深刻的印象。后来，我得知朱老师已于2018年7月病逝的消息后深感震惊。呜呼，斯人已逝，风范犹存！

魏建老师既是这两套书系策划者，也是身体力行者，他编的"历史档案书系"及其中的《青春与感伤——创造社与主情文学文献史料辑》（2014年出版）也都是由我担任责任编辑。此后，山师现当代的李宗刚、吕周聚、贾振勇、顾广梅、孙桂荣、张丽军等老师的学术专著——经我手编辑出版，有些还获得了山东省社会科学优秀成果奖，我感到无上荣幸！

齐鲁文化博大精深，孕育了山东人质朴淳厚的性格，而山师学人们做学问的态度，彰显了深厚的文化底蕴。其中，给我印象较深的是李宗刚老师，他经我手出版了两本学术专著：《父权缺失与五四文学的发生》（2015年出版）和《现代教育与鲁迅的文学世界》（2020年出版）。从选题立项到编辑出版的全过程，李老师都密切配合我的工作，对编辑的修改意见从谏如流。李老师的谦逊低调和严谨的治学态度使我深受感动。

山东师范大学既非"985"高校，也非"211"高校，只是一个省属师范院校，但山师现当代却人才济济，成果丰硕。新世纪以来，山师现当代不少优秀教师被中国现代文学馆、北京师范大学、南京大学、南京师范大学、海南师范大学、暨南大学、青岛大学等高校"挖"过去，成为国内中国现当代文学学科研究方面的中坚力量。这既是山师现当代的损失，也是山师现当代的骄傲。有一次，与魏老师一起开会时，我不禁与他开玩笑说："山师现当代可以比作学界的'黄埔军校'了！"

江山代有才人出。山师现当代秉承着齐鲁文化的博大精深，以山东人淳朴执着的为人为文的精神，必将发扬光大其优良的学术传统，以长江后浪推前浪之势，人才辈出，后继有人！

后　记

　　2021 年 3 月，我作为山东师范大学中国现当代文学国家重点学科学位点建设的负责人，开始接替魏建教授负责学科建设的具体事务。从这一时期开始，我便自觉地把自己代入到学位点建设者的角色中，筹划着如何更好地为学科发展尽到力所能及的责任。其中，编选一套中国现当代文学研究"山师学人"丛书便是这一想法的具体外化形式。

　　2022 年 10 月 15 日，由中国现代文学研究会、山东师范大学文学院、山东省中国现代文学学会联合主办，山东师范大学中国现当代文学学科承办的"学科史与学术史：中国现当代文学研究 70 年"学术研讨会在济南召开。会议采用线上与线下相结合的方式。国内 60 余位专家学者在会上发表了相关研究成果。15 日上午，中国现代文学研究会会长刘勇教授在开幕式上致辞，山东师范大学中国现当代文学学科学术带头人魏建教授致辞并对会议主题和会议议程做了说明。开幕式后，我主持了大会学术发言，方长安、关爱和、韩琛、洪亮、李继凯、李怡、刘增人、栾梅健、宋声泉、王卫平、魏建、俞兆平、张福贵、张光芒、赵普光和朱自强（按姓名音序排列）先后做大会报告。大会发言构成了一个以学术史、学科史为中心的全景式观照体系，由此对中国现代文学研究的历史、现状与未来进行了全面深入的解析。15 日下午，学术研讨会分成"学术史"和"学科史"两个分论坛，对两个会场的学术研讨活动通过腾讯会议进行了线上同步直播。这次研讨会收到了一批专家学者的论文，其中便包括十几篇关于"山师学人"话题的文章。

　　早在召开这次会议之前，我们便利用"山师现当代"公众号以"学科 70年"为总题目，刊发了一系列关于学科发展史的文章，其中有些便是我邀请的与"山师学人"有关系的学者撰写的论文。如安徽师范大学谢昭新教授撰写的《山师求学忆恩师》，便讲述了他于 1981 年 2 月至 6 月在山东师范大学中文系进修中国现代文学的经历。那时，山师中文系办了一个中国现代文学助教进修班，全国近 20 所高校的青年教师慕名而来，参加了这个进修班。山师中文系在田仲济先生的带领下，汇聚了一批中青年知名学者，建立起一个在全国颇具影响力的一流的中国现代文学学科。当时授课的老师，以山师中文系教师为主体，主要有田仲济、薛绥之、冯光廉、蒋心焕、朱德发、查国华、书新、吕家乡、孔孚、刘金镛等，还有山东大学的孙昌熙，曲阜师范大学的谷辅林、魏绍馨等。谢昭新教授坦言，在山师的进修为其中国现代文学研究与教学打下了一个坚实的学术基础。显然，这说明山师现当代文学学科曾经积极地参与和推动了全国中国现代文学研究的深入发展。面对这些珍贵的学科资料，我觉得仅仅刊发在公众号上还是不够的，需要整合到"山师现当代文学学科研究资料丛书"中，从而为从事学科史研究的学者提供一手的文献资料。正是由此出发，我开始着手编选这本山师中国现当代文学学科发展历史的研究资料，力图从一个个侧面展现学科发展的历史。这也是我把本书命名为《山东师范大学中国现当代文学学科发展侧记》的缘由之所在。

这本学科发展历史的研究资料，并非全面展现学科发展历史，而仅仅是从一个个侧面展现学科发展历史。由此，我在选择文章时便侧重关注了那些展现山师学科发展史的资料，以及在学科发展中曾经发挥过重要作用的山师学者的文章，目的自然也是为研究者了解和把握"山师学人"提供一个便捷的通道。

本书在编选过程中得到了山东师范大学社科规划处的鼎力相助，获得了来自山东师范大学重点学科建设经费的资助，得到了魏建教授和翟德耀编审的具体指导，还得到了分管这一工作的张茂聪副校长的全力支持。我期待着，在大家的共同努力下，这套丛书能够始终围绕着全面立体地展现"山师学人"的精神风貌这个中心点，编选出一批风格迥异的研究资料，推出一批具有原创学术价值的研究专著，为"山师学人"的中国现当代文学研究提供支持！

李宗刚

2024 年 4 月 3 日